U0663240

改造

GAIZAO

王伶—著

中国言实出版社

图书在版编目（CIP）数据

改造 / 王伶著 . -- 北京：中国言实出版社，
2022.5

ISBN 978-7-5171-4159-4

Ⅰ . ①改⋯ Ⅱ . ①王⋯ Ⅲ . ①长篇小说—中国—当代
Ⅳ . ①I247.5

中国版本图书馆 CIP 数据核字（2022）第 078836 号

改造

责任编辑：王建玲　史会美
责任校对：张天杨

出版发行：中国言实出版社
　　　　地　　址：北京市朝阳区北苑路180号加利大厦5号楼105室
　　　　邮　编：100101
　　　　编辑部：北京市海淀区花园路6号院B座6层
　　　　邮　编：100088
　　　　电　话：010-64924853（总编室）　010-64924716（发行部）
　　　　网　址：www.zgyscbs.cn　电子邮箱：zgyscbs@263.net

经　　销：新华书店
印　　刷：北京温林源印刷有限公司
版　　次：2023年1月第1版　2023年1月第1次印刷
规　　格：710毫米×1000毫米　1/16　31印张
字　　数：500千字

定　　价：69.80元
书　　号：ISBN 978-7-5171-4159-4

第一章

一

在这秃山里，足足窝了俩钟头了。除了偶尔有一条小蛇从脚边擦过，发出短促的哧溜声，再无别的声音。没有风，也没有鸟。天空像一片巨大的树叶，死去，田野在荒睡。刘铁眯眼看天，盼着那一星子白日头赶紧下来，狗东西下来就好了。这时辰的太阳光是毒针，七长八短，一根根专往人的后背心戳，不好受哩。在刘铁十多载的戎马生涯中，诸如此类的埋伏说起来是家常便饭了，很多时候环境甚至更糟，但刘铁总是十拿九稳，胸有成竹。可这回不知咋的，一颗心在嗓子眼上荡秋千，忽悠忽悠，大热天儿直淌冷汗，那条不争气的腿也跟着捣乱，一下一下跳着痛，这是个啥情况哩？

太紧张了，一紧张全身不对劲儿。刘铁的紧张自然跟眼下的局势有关。进入一九四九年九月，全国解放指日可待。年初彭德怀司令员率军向西北挺进，刘铁所在的第一野战军一兵团一路攻克西安、宝鸡、天水等地，如今又拿下这号称攻不破的铁城兰州，国民党的最后一百万人马也稀里哗啦，完蛋。胡宗南、马步芳的残兵败将屁滚尿流，纷纷西逃。

西边是新疆。

鸡尾巴似的一片黄，孤零零在地图上撅着。这些天刘铁每当揣摩上面那些大大小小的地名时，手掌心都会发胀，他差不多感觉自己已将这根粗大的尾巴攥住了，下一步就是一根一根拔开乱毛，找寻他的那个目标。中国有句古话，君子报仇，十年不晚，老天爷到底把机会给了他，他可以去新疆了！趁着这次进疆消灭国民党残余势力，他无论如何要把那仨狗屌找到，做个了断，不然这辈子是死不瞑目啊。

去新疆，戈壁滩大，路途远，要能搞它几辆美国大道奇就好了。刘铁打一进兰州就琢磨起这事儿。这天刘铁天不亮就醒来，把睡在身边的政治处主任邢保财拖起，说他听见汽车声了，呜呜地从跑马山穿过。这跑马山离驻地少说有二十里，你铁娃子即使生了一对大招风耳也根本不可能听见。邢保财讥笑地说，你不是在做梦吧？刘铁说，我就是在梦里听见的，当时我正在睡觉，一睁眼看见跑马山乌烟瘴气，一股子浓浓的柴油味儿。刘铁还认真地说，老天爷托梦来了，咱得去看看。

说行动就行动。邢保财暗想，没文化的人就是可笑，竟然相信梦，这不是迷信嘛。但是他知道他是说服不了刘铁的，铁团长是出了名的顽主，要说怕谁，也只有一个人，吴颂莲。所以这事儿照例瞒着吴颂莲。

晌午，太阳出来了，暖烘烘的，刘铁以到河边搞个人卫生为由，拖着政治处主任邢保财进了跑马山，随行的还有二营教导员王春来、营长宋刚、通信员常福等十余人。一行人在半山腰靠路边的地方猫下来。瞅着这荒山野岭实在是静，静得心发慌，哪里有什么汽车？汗珠子吧嗒吧嗒，快把眼珠子腌熟了。瞅着日头一点点西移，邢保财再也受不住这种没着没落的煎熬，向刘铁提议去侦察一番，看看是个啥情况。

二人翻过一道梁，绕过一条沟，见一对牧人夫妻赶着羊群过来，慌里慌张。一问，说是后面有国民党逃兵的汽车，国民党要抢女人和羊儿哩。刘铁一听精神大振，老天爷啊，你当真给我摆馅饼呢！他上前夺过鞭子，说，老乡，这群羊借我用一下。接着又借人家的行头——羊皮背心、白手巾，甚至连女人的大花袄子和绿头巾也借。牧人夫妻得知解放军这是要拦截国民党军车，很配合，男人说，只要你们不借我女人，我啥都借！

刘铁让邢保财穿大花袄子时，邢保财不乐意了，说："使不得，使不得！"

刘铁说："咋，让你给本团长扮一回老婆，委屈啦？要不是看你细皮白肉，老子还相不中你哩。"

邢保财哭笑不得，一张白胖脸拉成了面饼，本来就细的眼睛成一条缝了。

要搁从前，知识分子出身的邢保财是不吃这一套的，可现在不得不从，刘铁素来自说自话，武断行事，自己是犯过错误的人，明显气短了半截。

刘铁给邢保财围上头巾，邢主任骑上驴子，活活儿就是一个村妇——还是个有些模样的小媳妇。刘铁望着他，呵呵地笑了一阵，说："嗯，像！像我媳妇！"

笑毕，皮鞭一甩，吼起秦腔：

> 哥哥——
> 多亏你虎口之中救下我，
> 妹妹上前拜哥哥……

清丽柔媚，含一半娇羞，俨然从少女口中流出。刘铁居然女旦也唱得这么好，邢保财觉得有点不可思议。但此刻跟在一群骚烘烘的羊屁股后面，他笑不出来。哼，铁娃子，你那俩招风耳一扇动，老子就知道你要刮什么风。你不就是想搞几辆汽车去新疆找你那三个老仇人报仇嘛，一九四六年在鄂北清风岭那会儿，你要是听了人家吴颂莲的劝，会上当受骗，全军覆没，还弄残了自己一条腿？你小子尿得高，谁的话都听不进去嘛。

刘铁唱罢小旦，改唱小生，有板有眼，铿锵有力：

> 一时侥幸免大祸，
> 小姐何必礼让多……

邢保财撇撇嘴，想，真是当过戏子的，走哪儿唱哪儿，今天就看你怎么演这出戏吧。说实话，邢保财是不大情愿参加这次行动的，战争就要结束了，他在考虑自己的归宿问题，对于进疆这件事压根儿不积极。可是刘铁热情高得了不得，部队好不容易捞到个休整，他竟然没黑没白地让大家练兵。

两个人一个兴致勃勃，一个没精打采。随着高亢的秦腔在漫天黄尘中荡开，秃山里起了风，风一来，茅草们扑扑棱棱起舞，羊儿们咩咩唱起歌，那些晒得滚烫的土疙瘩也按捺不住，顺着山势呼呼啦啦翻跟头，像是要迎接一场大戏！

刘铁就是在这时捕捉到那个声音的，说："来啦。"

山脚下腾起一股白雾，果然是汽车。两个人赶忙吆喝羊群，堵崖口。刘铁之所以要借牧人的羊，其实是早看中了山崖边这条道，他要找个有利地形设路障。转眼间，几辆拉着篷布的军用卡车摇摇晃晃醉汉似的撞来。刘铁一声呼哨，那攒足了劲儿的黑公羊，就像听到命令的指挥官，带着众兵冲上去。狭窄的山路，羊头涌动，黄尘滚滚，好一股浩浩洪流，势不可当！打头的汽车原准备轧过去，谁知道那柔弱的畜生，竟拿出不要命的架势，扑腾，跳跃，用它们柔软的头颅和身体去迎接汽车。有的被撞倒，打个滚，翻个身，又爬起，大有从容不迫的君子气度。这样，打头的车在撞死一只羊后，就不得不停下来了。羊儿们却并未因同伴的倒下而退却，它们愤怒地叫着，传递着信息，脸贴脸，身子连身子，里三圈，外三圈，密密地裹住了汽车。小小的羊竟这般皮实，这般勇敢，真叫邢保财没想到。好个铁娃子，开场不错，邢保财这回笑了。

瘦瘦的司机跳下来，摘了帽子骂："找死啊你们，把羊赶走，不然老子把这群羊羔子全碾死！"

邢保财上前扯住司机的袖子，操着蹩脚的甘肃话，细声细气地说："你赔我羊！赔我羊！"

司机翻翻白眼，说："赔你羊，赔你小娘儿们俩耳光！"

刘铁说："谁敢动我女人一指头，我把他个狗日的脖子拧断。"

车上跳下十来个国民党兵，大家都被这突如其来的事件震住了，一时顾不上别的。刘铁一步登上驾驶室，二话不说先拔钥匙。司机见刘铁拔了车钥匙，顿时感到不妙，冲过来嚷："放羊的，把老子的钥匙拿来！"

刘铁说："没那么便宜，叫你们长官来。长官不来，休想过去！"

场面一下乱得不可收拾，要的就是这等效果。刘铁打量后面几辆车，车上拉着篷布，似乎装着一些货物，押车的士兵全副武装，大约有一二十个。看起来不像逃兵，他们这是执行什么任务呢？

一个又高又壮的大胡子哈欠连天，从第三辆汽车上下来，眼角晃着两粒青黄黄的屎蛋子。他刚从一场甜睡中醒来，脸微红，样子傻乎乎。大胡子迈着鹅步，慢悠悠地走到刘铁面前，霍地拔出大刀，说：

"哪个狗尿敢挡老子的道？！"

显然这就是头儿。

不等大胡子挥刀，刘铁拔枪抵住了对方的腰眼，说："别动！"

大胡子感觉到那腰间的硬度，一惊，问："你，啥人？"

邢保财唰地扯开花布大褂，露出胸章，说："睁大狗眼看看，我们是中国人民解放军！"

大胡子暗自叫苦，糟！遇上冤家了，解放军咋跑到这秃山里来了。这一路千小心，万小心，绕了好多道，为的就是安全，到头来还是惹下了麻达。大胡子朝司机使了个眼色，连忙赔笑脸，说："误会，误会！二位长官，有话好好说，好好说……"话说了一半，大刀向邢保财劈去！

好刀法！从那闪电般的刀光中，刘铁断定这小子是在马家军练过的。刘铁腾空一跃，拧住了大胡子的手腕！四目相对，大刀反射的光斑在刘铁的脖子上一阵乱抖。

"呵呵，真是把好刀，把你狗日的胡子照得一根是一根，黄中带红……"刘铁瞪着那刀笑。

大胡子瞪圆的牛蛋眼不由得往刀刃上移。在这瞬间的游移中，刘铁一个翻掌，刀刃改变了方向。只听得"咔嚓"一声，割韭菜似的，大胡子肥厚的下颔豁然一亮，那丛硕大茂盛的胡须霎时间荡然无存，飞上了天！大胡子噢了一声，在场的人也噢了一声，瞪大眼去看天上——半空中，一道悠然划出的青黑色弧线抛出去，又落下！好家伙，那个漂亮！

丢了胡子，比丢了枪还要命，大胡子几乎是哭喊了，说：

"你赔我胡子！赔我胡子！"

刘铁哈哈大笑。

那些荷枪实弹的国民党兵也禁不住捧腹大笑。原本一场惊心动魄的战斗，没想到就被这样一个小插曲给搅了。王春来和宋刚几乎没费什么事儿，三下五除二就把这拨人给拿下。当刘铁开着汽车高高兴兴驶出秃山时，邢保财甚至不无遗憾，觉得这次"空谷劫车"缺少必要的情节，失去了它应有的神秘感。

也许，这就是刘铁的风格，再复杂的事到了他这里，就变得简单了。

二

吴颂莲从师部开会回来，下了马，走向村子。跑了一路热了，她脱下军装，只留一件白衬衣，皱皱巴巴扎进军裤，加上裤裆阔大，就愈加显得她瘦削，甚至有一些干瘪。帽子压得低低的，不见眉，紧锁的眉头耸出三道清晰的皱纹。

帽檐下露出的小半截脸唯一醒目的，应该算是眼睛，黑黑的，深深的，倏忽间会漫出些许寒意。这个二十七岁的女政委不漂亮，甚至谈不上有女人味儿，只有当她紧抿的嘴唇偶尔弯起，露出浅浅的笑纹时，你方才觉得她是个女人，并且还很年轻。通常队伍里的人是不把她当作女人看待的，平级的一律称她老吴，下级喊她吴政委。

平日这个时候，小学校操场上总会传来刘铁的粗嗓门——杀！杀！！杀！！！但这会儿静悄悄的，很奇怪。刘铁亲自督阵练刺杀，这些天是从不间断，一个简单的动作，从早到晚，刘铁能让战士们重复上百次。眼神要狠，背要直，腿不许哆嗦。这种不近人情的严酷训练，在颂莲看来着实有些过分。一路打过来，大大小小几百仗；又五天五夜没合眼，拿下兰州，战士们疲了，就想待在城里逛逛，看看姑娘，喝个小酒，这很正常。颂莲虽是个粗粗拉拉不像女人的女人，可长期在部队从事思想政治工作，她最清楚这帮老爷们儿打完仗后想什么。可刘铁不仅不许大家逛街看姑娘，还不许他们睡一个懒觉，每天一早就喊起来集合。私下里颂莲和邢保财交换过意见，邢保财说了一句，老刘这是有目的。

此时，小操场上坐着几个伤兵晒太阳，一边闲谝，一边挠痒痒，补裤裆，顺便把藏在衣缝子里的那些个虱子虮子用牙齿消灭掉。颂莲问，铁团长和邢主任呢？老兵说河边洗澡去啦。洗澡去了？颂莲吃惊不小。大前天，邢保财带着战士找了个老河湾洗澡，跟当地洗衣的大姑娘小媳妇开了些不荤不素的玩笑，结果被人家藏了衣服，回不了驻地。刘铁知道后很恼火，这"三大纪律八项注意"咋学的，狗日的调戏妇女，就让他们在水里泡一宿过够瘾，谁也不许去送衣服！铁团长这话一说，没人敢吭声，最后还是颂莲去河边领的人。九月的河水到了傍晚寒气刺骨，那些个战士穿上衣服是猛虎，可此时上上不得，下下不去，缩成一根根棒棒儿了。颂莲抱着一堆破衣烂衫，说，都上来吧。一帮老爷们儿顾不上别的了，呼啦啦往上爬。颂莲背对着他们，鼻子酸了。这一路战士们好不容易才泡个澡，刘铁太过分啦！

颂莲骑着马直奔老河湾，那里果然有不少战士，一边搓着，一边同岸上的姑娘媳妇们扯着笑话，有的还唱山歌，"情妹子呀那个开门子，哥哥我轻手轻脚摸黑进……"嘻嘻嘻，哈哈哈，好不热闹。没有刘铁和邢保财，刘铁那两个哼哈二将王春来和宋刚也不见影儿。颂莲的心紧了一下，她把帽子拉了拉，牙一咬，跨上马，磕一脚马肚子，一股烟儿似的掉头离去。

刘铁一准儿进山了。这些日子他打的什么算盘，颂莲是看得一清二楚。冲着他作战辛苦的分儿上，她一直忍着；现在刘铁背着自己又搞鬼名堂，颂莲这心里呼呼地冒火，不像话！这要万一闹出个啥事儿来怎么得了。刘铁这个人她是再了解不过，孩子脾气，三天不打，上房揭瓦；年龄不小，政治上却欠成熟。

在颂莲火烧火燎地往山里赶时，刘铁正踩着油门兴致勃勃地出山。山风呼呼地，车轮子飞转，刘铁光着膀子，和大家唱起歌。他高兴哪，这次出来真是一举两得，得了汽车不说，还另有收获。原来大胡子是新疆联合勤务总司令部供应局的，叫马彪，上校处长，他们此次来甘肃是拉被服给养的。看到满满当当的被褥服装，刘铁乐不可支，去新疆不用愁了。只是心里犯嘀咕，眼下这种局势，跑到这里来拉被服，这帮人不会还有啥任务吧？看看天不早了，想押回去再好好审他一审。

汽车拐出秃山，前方弯道旁陡然亮起一丛紫色。刘铁在轧上去的一刹那，意识到那应该是一丛花，连忙打方向盘，不料车头一扭，冲着一片凹地飞去，轰隆一声，后面的车全停下了，王春来和宋刚几个冲过来，喊："铁团长！邢主任！"

驾驶室的门撞扁了，打不开，邢保财一身泥土从车窗里勉强爬出。刘铁趴在方向盘上，软软的，似乎不会动了，头上淌着一股浓艳的血。看到这情景大家呆了，老天爷，乐极生悲啊。颂莲赶来的时候，汽车的轮子还悬在沟沿上飞转，颂莲跳下马，冲过来三两脚就踹开那歪七扭八的车门，一把抱住了刘铁的头，说：

"老刘！听着，你不能死！咱好不容易打到这里，你不是还想去新疆嘛！老刘，我老吴这回不收拾你，你赶紧给我把眼睁开。"

刘铁还是一动不动，头上的血越流越多。

那个叫马彪的国民党军官上来用手摸了摸刘铁的鼻子，说："冰冰凉，死球掉了。"

死啦？颂莲那个火，腾地蹿起。她恶狠狠地瞪了一眼马彪，扯下帽子摔到刘铁脸上，骂道："刘铁，你个王八蛋，你瞒着我去劫车，狗胆包天！就你那臭技术能开车？你死吧，死了活该！谁叫你这么不听话！"高筒皮靴重重踹在刘铁的屁股上。

这一脚下去倒是管用，刘铁像弹簧一样弹起来。他抹了一把头上的血，说："呀，我咋了我，一觉睡过去了。"

见刘铁活了过来，战士们一片欢呼，连忙帮他包扎受伤的脑袋。颂莲看了一眼刘铁，还想发火，却有一团绵软的东西堵在了心口。她别过头，戴上帽子，大步走开。

包扎好脑袋，刘铁一瘸一拐，欢欢喜喜奔向那丛紫花。颂莲站在十米开外看得分明，刘铁没事，这个属猫的有七条命哩。只是她有点不解，一枝小花儿怎就能让他迷失方向，差点儿害了一车人！

三

当晚刘铁审问马彪的时候，负责清点货物的王春来教导员来报告，说在车上一口大木箱里发现若干铁箱，沉甸甸的，样子可疑，打开来竟是金条，一共十万两！老天爷！原本是想弄几条小鱼小虾，没想到逮着大黄鱼了。颂莲和刘铁当即向师政委孙世贤和师长罗大胜汇报，消息一夜间传遍部队。

刘铁再一次提审马彪，马彪总算招了，说这十万两黄金是他们陶司令求爷爷告奶奶多半年，李宗仁代总统发了狠才给拨的。还说新疆部队的弟兄们两年没发饷了，新疆好，新疆好，人无粮来马无草，脚底抹油快点跑，熬不住啦。刘铁问这批黄金要运到新疆什么地方？马彪说，没接到指示。这小子还留一手。

十万两金子被自己轻轻松松缴了来，一种巨大的成就感在内心鼓胀着，夜里刘铁就有些睡不安。想着白天发生的大大小小颇有意思的事儿，他觉得自己的运气真不差。刘铁是个典型的北方汉子，大块头，大手大脚，大嘴大眼大脑门子。用他的话说，老天爷给咱一双大手，再难的事儿都不叫事儿；给咱一双大脚，走遍天下全不怕；给咱一张大嘴呢，当然是吃香喝辣！古戏里唱，千里做官，为的吃和穿。这话没错，就是阶级觉悟低了点，应该说是为了大家伙儿过好日子。想到吃，一股甜蜜的东西顺着喉咙涌到嘴角，好久没吃到肉了，明儿去找孙政委要碗肉吃。既然咱立了功，就得给咱奖励。刘铁这么想着，那甜蜜的燥热从胸口蹿到两腿，紧绷绷的，索性扒了裤头。要这个小玩意儿干吗？不舒坦还费一溜子布。刘铁对这种物质文明一直是不感冒的，他喜欢睡光身觉。为这，初进部队时被首长提溜过好多回，出尽洋相，真正改了这毛病是颂莲来跟他做搭档之后。颂莲这个权力最大又是部队唯一的女性，偏就不像个女人，走哪儿都爱跟爷们儿挤一个炕。刘铁和战士们很多时候也基本不把她当女人看，只是睡觉的时候还有点顾虑，露着蛋总归是不行的。

刘铁没想到上级对这批黄金另有打算。

第二天独立师开大会，在城西敌军的一个指挥部里。这阵子趁部队休整，各种政治学习和培训不间断，颂莲给每个干部发了笔记本和铅笔，要求大家做好笔记。刘铁这方面是弱项，要写个胳膊腿齐全的字都有困难，就让邢保财代劳。邢主任虽觉得大材小用，委屈了他这初中毕业生，但也只好照办。

孙世贤在滔滔不绝阐述完国际国内形势，传达了党中央毛主席关于部队准备进疆的指示后，话锋一转，转到了黄金上。孙政委说："铁团缴获的十万两黄金，现在我们已经证实，是李宗仁代总统拨给新疆的一笔军费。目的呢无非有两个：一是想安抚和收买陶司令；二是支持新疆的主战派们积极备战，对付解放军进疆。"孙政委接着说："为了争取新疆的和平解放，上级决定把这批黄金如数归还。我们跟新疆国民党方面已取得联系，他们同意由我方派一支小分队护送进疆……"

刘铁傻了，归还黄金？这叫啥事。他霍地站起，瞪着台上的孙政委和罗师长，说："岂有此理！这黄金是国民党搜刮的老百姓的血汗钱，凭啥还给他们？"

刘铁是孙世贤的老部下，孙政委是了解刘铁的脾气的，所以并不生气，笑着说："眼下中央和新疆方面正在进行和谈，如果咱们把这黄金扣下，那岂不是不利于用政治的方式解决新疆问题？刘铁同志，你想一想，是不是这个理儿？"

刘铁说："黄金给了国民党，狗日的不是更有劲儿跟咱对着干了？我不同意还！"

这个铁娃子居功自傲，竟敢在团干部会上跟师政委唱反调，不懂规矩。罗大胜恼了，大巴掌往下一压，操着浓重的四川口音说："你说不还就不还啦？格老子这回还要派你铁娃子去新疆护送黄金哩！"

刘铁只觉得一股子血涌到脑门上，狠狠地撂了一句："老子不去！"

罗大胜说："你是谁的老子？你这个铁团长凶得很嘛！小吴，回去给我好好捋捋他的毛！"

后面传来一个硬硬的声音："是！"

众人轰地笑了。

颂莲站得笔直，严肃地说："孙政委，罗师长，我请求组织上让我去护送黄金！"

二位首长对颂莲的行为似乎相当满意，孙世贤笑着说："好，女将出马，一个顶俩，就小吴去！"

室内光线虽然昏暗，可刘铁分明觉得颂莲那冷硬的目光利剑般从自己后背穿过。好个老吴，你是逮着机会就给我颜色看啊。

刘铁高昂的情绪一下跌到谷底。散会后，几个老战友邀刘铁去喝酒，刘铁说不喝，就回了驻地。一下午，他蹲在小院的鸡窝旁抽闷烟，那模样真有点像下不出蛋的母鸡，却又苦熬着不肯离窝，弄得口干舌燥，毛发都乍了起来。邢保财洗着衣服，想这个威风的铁团长怎么一下子变成了母鸡，可笑又可怜啊。邢保财这么有文化的人，又是搞政工的，见不得别人出现思想问题，但他不知道该如何引导和安慰他的脾气很大的团长，只好轻手轻脚地从刘铁身上扯下军装替他洗。邢保财比通常的军人要柔，关键时刻又比他们硬，以后发生的故事会证明这一点。

那只蹲在刘铁身边的芦花母鸡终于完成使命，屙了一只带血的红皮蛋后，咯咯地跳下窝。瞧它仰着脖子，摆动肥臀，两只脚吧嗒吧嗒地撇，刘铁看着丧眼，朝母鸡轰去，说："叫！叫！不就下了个鸟蛋蛋吗？"

母鸡叫得欢畅，绕着院子跑，刘铁一瘸一拐地追。母鸡似乎极有兴致跟刘铁展开这场美好的游戏，把花花点点的翅膀抖落开来，圆眼睛亮亮的，含情脉脉。刘铁看得眼热，看得心急，张开两臂，呈包抄势。哪知小芦花不慌不忙，一个起范儿，飞出了包围圈，稳稳地蹦到了高高的院墙上，衬着三两朵粉红的牵牛花，朝刘铁搔首弄姿呢。刘铁这回火了，抄起棍子跳起来，准备给小芦花一点颜色看看，不料脚下一硌，自个儿先被鸡槽子绊了，重重地跌了个屁股蹲儿，哎哟！

邢保财笑着跑过来，说："你看你老刘，你跟鸡斗的啥气嘛，有道是：'君子不迁怒，不二过。'上级让咱送还黄金是一百个正确，斗争是要讲策略的，这个你难道不懂？啥叫通过政治方式解决新疆问题？来文的，不来武的嘛。"

刘铁平素就烦邢保财这张一本正经、自以为是的脸，论学问，老吴是从燕京大学出来的，你能跟人家比？论资历，老子十三四岁就抡大刀片子了，那时你还抱着你娘的大腿哩。刘铁坐在地上拍打着一阵疼痛的腿，满肚子的火一下找到了发泄点，指着邢保财说："邢保财，你不想去新疆打仗，想回家抱婆娘就明说，少红口白牙说瞎话，啥来文的，不来武的，扯淡吧你！"

近一个时期到处有人煽动这种怕苦怕累的情绪，说革命成了功，一人一个洋学生，留在城里不好吗，跑新疆那鬼地方打的什么仗。作为一个政治主任竟也这么抵触，刘铁是万万想不到的，更是不能容忍的。

刘铁如此愤懑，自然不全是因为归还黄金的事，不过归还黄金却进一步预示了目前的形势。随着兰州、西宁的解放，新疆的问题尖锐地摆在了国共双方面前——这是争夺的最后一块阵地了。共产党如果拿不下来，这占中国版图六分之一的土地必将永远失去，国内外多少贪婪的眼睛盯着她呢。打不打新疆，着实成了我军上上下下最为关心的事儿。中央领导作了若干批示，还派人赴新疆作联络；那位国民党元老张治中先生也几乎一天一个密电，向他的老部下、新疆的陶司令发出指令，希望和谈；而新疆国民党内部风云迭起，主和派与主战派唇枪舌剑，争论不休……这些，刘铁作为一名团长是略知一二的。眼下让归还黄金，说明形势正朝着那个预定目标发展，假使真像邢保财说的那样，新疆"八成不打"，自己的复仇计划不就落空了嘛！所以，刘铁急，刘铁恼，刘铁是断然不能接受这个观点的。理由是，在前两天召开的一野高级干部会议上，彭德怀副总司令不是还传达了毛主席的指示吗？毛主席说，咱们既要发扬不怕苦不怕累、连续作战的精神，又要力争通过政治方式解决新疆问题。用战斗方式解决新疆问题，仍然是我们必须首先考虑和准备的。这个"必须"和"首先"是啥意思，就是说要打嘛。毛主席还说，扫帚不到，灰尘不会自己跑掉。国民党不打，能自个儿下台？依刘铁看，新疆不打是不行的。

晚饭时，常福送来一壶高粱酒。刘铁的右腿受过伤，藏着弹片，时不时要折腾他一下。驱寒是必要的，刘铁平日里好喝两口更是主要的。常福从前是颂莲的警卫员，白皮嫩肉，手脚灵活，挺招人喜欢的一个孩子。曾因为帮刘铁偷了一次酒，被老吴大骂一通赶走了，这以后跟上了刘铁。这会儿刘铁捧着古色古香的铜酒壶，忘了下午的不开心，说："好小子，真能干，哪儿弄的？"

常福说："人家给的。"

刘铁抿了一口，想起来了，这酒壶自己是见过的，审马彪的时候，马彪别在腰间。于是说："这么好的酒一人喝咋成，去，喊马上校来。"

常福脸红了，说："这、这……算了吧。"

刘铁在他头上拍了一把，说："偷的吧？哈，天下酒徒是一家，偷酒不算偷，去吧！"

常福去了。

刘铁请马彪喝酒，是有用意的。功夫没白费，刘铁总算从马彪嘴里打听到他的三个老仇人的下落。马彪醉醺醺地说：

"那哥、哥仁吧，是一二六旅的，在新疆亚其。"还比画着说，"吴老大吧，没、没老婆，长一大秃瓢。俞老二吧，戴眼镜，细长脸，说、说话慢吞吞。马老三吧，黑……不溜秋，能喝一坛子酒，哥哥你不是他对手！这哥仁牛呀，走街上，半里外，毛驴子看、看见，都要嗷嗷叫，给让道哩！……"

马彪走后，刘铁把地图摊在磨盘上，唤常福点了两盏汽灯，高高举着。醉眼蒙眬中，当他在一道狭长的灰黄中终于找到那个小小的点时，忍不住兴奋地大叫：

"亚——其——"

邢保财提着裤子解手回来，说："老刘你要下——棋？好，我跟你下！"

刘铁看着邢保财，说："老邢，你说得对，斗争要讲策略，我还是应该去新疆押送黄金。"

<h2 style="text-align:center">四</h2>

亚其县坐落在新疆南北交汇处的一个盆地中，北依乌帕尔雪山，南抵黑戈壁，东西两侧虽有一些山地，但草原丰茂，松林遍布，这里不仅有上万个泉眼四季喷涌着甘露，还有许多珍稀动物，比如麋鹿、雪狼、大哈熊等，称得上是个宝盆。最有名的要数羚羊，当地人把羚羊看作是圣物。小孩子生下来，脚上要戴一枚用鸡冠花染红的羊髀石，这预示着他未来走得平稳，一切顺利；新娘子出嫁，如若佩一对洁白的羚羊髀于颈上，那是尊贵又吉祥。这小小的羊腿骨，寄托了人类那么多梦想。只是，人类不曾想过，做一只羚羊的可悲。这种模样乖巧，气质优雅的哺乳动物，许是因了她的美丽，成为羊的极品，羊的灾难，一年四季总有人寻找着她，追踪着她。

在这支强大的猎取队伍里，国军一二六旅旅长吴家耀应该算一个。今年三十四岁的吴家耀曾经是个古板的人,十九岁加入国军,烟酒不沾,连打个麻将这样的热闹事也极少掺和。用他的话说,这辈子除了打仗,对什么都不感冒,甚至女人。这种长期规律而自敛的生活,让他状态良好,除了前额已有些秃的迹象,其他方面都显得比同龄人年轻,比如说话声,走路姿态,等等。也就这一阵儿吧,吴家耀突然迷上打猎,打羚羊。他的两位结拜兄弟好生奇怪,说大哥这是咋了,成天价想打羚羊,时局这么乱,共军快打上门了,也不着急,防御工事还修不修了?这两位弟弟一个叫俞天白,是旅直属骑兵团团长,三十二三岁,生得清瘦白皙,戴金丝眼镜,一副斯文人的模样;另一位叫马黑鹰,骑兵团副团长,正好跟二哥反了个个儿,五短身材,红脸膛,大龅牙,长得剽悍蛮野。

这一天,弟兄仨又踏着秋叶,拍马而来。这种漫无边际的找寻有一些日子了,除了偶尔能见到几只山鸡和野兔,从没见到过一只羚羊。羚羊是不是也嗅到了什么奇异味道,不肯出来了?马黑鹰跑得渴了累了,有些灰心,俞天白倒是无所谓,说大哥想找只羚羊,咱就陪着。秋天是打猎的好时辰,天气不冷不热,景物如诗如画,看那远天下的雪山,蓝是蓝,白是白,干净得让人浑身舒坦;加上缓缓流淌的一湾河水,倒映着东一簇西一簇的胡杨,色彩斑斓,凝重得仿佛一幅油画。踏着松软的落叶,那沙沙声顺着脚底,把一种温情送进心里。这种美妙俞天白是能体会得出的,吴家耀却未必,他是一心一意地在寻找羚羊。用他的话说,我有的是耐心,不信等不来这小东西。

羚羊说来就来。

嗒嗒!嗒嗒嗒!一串轻盈欢快的脚步声从山崖后传来。

"羚羊!"马黑鹰指着前方叫了一声。

吴家耀动作麻利地拔枪。但他并不急于出击,他很想看看这个小东西——他苦苦找寻了那么久的羚羊,到底是个什么样子。草丛后终于探出了弯弯的白色的角,像个捣蛋的孩子,举着两条小胳膊,一摇一晃;棕灰色条纹的面孔,湿漉漉的眼睛,灰黄色的皮毛在晚霞中一闪一闪。真是个小俏皮!

"是个母家伙,大哥,打!"马黑鹰小声催促。

吴家耀的白胖脸上泛出两抹红晕,眼神是欢喜又慈爱的。他说:"不慌嘛。"

俞天白也朝那团黄色望去。哦,真是个母的,一只漂亮的小母羚羊。你看她那两只角多么灵巧,脖颈柔软,毛发浓密,腿是纤细的,臀丰满紧翘。还有,她的眼圆圆的，亮亮的，耳朵一支棱一支棱，左顾右盼，有股子"美目盼兮，巧笑倩兮"的味道。由此推测，她应该是个妙龄少女，一个瞒着父母家人在日落黄昏偷跑出来，跟心上人会见的不听话的孩子。

"哇，又来一只，公的！"马黑鹰指指左前方，兴奋得有些喘不上气了。

果然，视野里又出现一只羚羊。这家伙踱着方步，两个弓状的大角一摇一摆，尾巴已迫不及待地翘起。动物的傲慢从尾巴就能看出来，这一定是个首领了。他是要同这只小母羚羊幽会吗？俞天白在用他人类的思维进行着推理判断时，就不禁要生出一些好奇与担忧了。正当他沉浸在这莫名的惆怅中时，砰！枪响了。俞天白仿佛也中了弹，一个趔趄！

小母羚羊因为要会见心上人，心迷神移，显然丧失了必要的警惕，当她发现有黑洞洞的枪口对准自己时，已经晚了，腿上挨了一枪。中弹的母羚羊吃力地扭过头，她看见他了——她的心上人来了，他是那么强壮和伟岸。他们曾经在这里相约过无数回，他答应要带她去远方的，一个有泉水还有天鹅的地方。现在她受伤了，跑不动了，年轻的母羚羊是多么不甘心，她耸起两只美丽的角——那应该算是她的翅膀，挣扎着、跳跃着，奔向她的心上人……但是，就在她飞向他的时候，他突然掉转身子，狂奔而去。因为枪声又响起了，他必须躲开。于是这一枪从他健硕的屁股擦过，结结实实，又落在了小母羚羊的脖子上。

"打中啦！打中啦！"马黑鹰在呐喊，一阵稀里哗啦，皮靴踏过杂草。

俞天白恍若梦中，机械地跟着过去。小母羚羊躺在一丛野麻花中，野麻花是娇嫩的浅粉。

吴家耀慢悠悠地过来，说："小东西，到底逮着你了。"

说着，弯腰去看那花丛中的尤物。小母羚羊绵软的身体在哆嗦，腿一抻一抻；脖颈处咕咚咕咚冒血泡，黏黏的，热热的。

"这羚羊血可是大补，老三，趁热来两口？"吴家耀说。

马黑鹰说："羊血热性，喝下去睡不着，咱二哥喝两口晚上还能练它几场兵呢。"

吴家耀朝俞天白挤挤眼，笑着说："三弟不是小洞天酒家的常客吗？"

马黑鹰说："哎呀，那可是个要命的地方，两年没发饷了，整不起，整不起。"说着，满嘴龅牙已毫不客气地伸到了那个血窟窿上，上下嘴皮子一吧嗒，哧溜一声。

俞天白看得心里发毛，扭过脸。小母羚羊瞪着一双失神的圆眼睛还在喘息，突然跳将起来，尖尖的角戳过来！马黑鹰想躲，身子一歪，结结实实地坐在了骆驼刺上，啊呀一声。小母羚羊像芭蕾舞剧中悲情的公主那样，在野麻花上跳了几下，訇然倒地——倒在俞天白脚下，血溅了他一皮靴！俞天白后退一步，咧了咧嘴。小母羚羊瞪着他，良久，一颗硕大的泪珠滑下。

小母羚羊一动不动了。

"操！这小母羊挺凶，看我不抽了它那根骚筋！"马黑鹰顾不上满脸的血花子，拔出腰刀。

吴家耀做了个制止的手势，说："筋不值钱。二位弟弟知道不，这母羚羊的腿骨要比公羚羊的腿骨漂亮得多呢。"说着摘下手套，用一双短胖的手托起那条中弹的羊腿。

马黑鹰说："大哥，你不会也想弄一副羊髀石吧？"

吴家耀说："为什么不呢？"

马黑鹰暂时忘记了疼痛，朝俞天白眨巴眨巴眼，说："给谁？"

吴家耀呵呵地笑了，说："当然是女人嘛。"

女人？若是说给什么朋友刚出生的小孩，马黑鹰倒是相信；说给女人，马黑鹰不信。马黑鹰说："大哥说笑话哩。咱二哥要是弄……弄一个半个女人我信，你，我不信。"

吴家耀笑了，说："礼拜天我请两位弟弟喝喜酒。"

马黑鹰又小又黑的眼睛一亮，说："喜酒？谁的喜酒？"

吴家耀搂着二人的肩，甚是和蔼，说："本人的。"

哈，大哥啥时候又找了人儿？他看起来不像在说笑话，要不干吗打羚羊搞羊髀石呢。但是眼下军中大小人物皆惶惶不可终日，各自想方设法把家眷往内地送呢，大哥怎么会在这个时候结婚？并且那位新娘也是他们不曾听说过的。两位弟弟你看看我，我看看你。

第二章

一

其实，吴家耀远远没有他两个兄弟想象得那么轻松。打羚羊不过是一种掩饰，或者说是需要。这一年多，吴家耀时常感到焦虑。自从共军取得辽沈、淮海、平津三大战役的胜利后，国民党是元气大伤，一日不如一日。今年五月共军把战场转移到西北，形势更是急转直下；国军连连失利，一败再败，连自称"西北王"的胡宗南脸上也挂不住了。取代蒋介石的李宗仁不得不大老远从新疆搬兵，让十万人马赴关参战。但新疆警备总司令陶峙岳愣是不吐口。以陶的堂弟陶晋初参谋长为首的主和派，和叶成、马呈祥、罗恕人为中心的主战派，还就此打起了嘴皮子仗。叶成曾是蒋介石的得意门生，眼下是整编七十八师师长，可谓年轻气盛；马呈祥是马步芳的亲外甥，整编骑一师师长，实力雄厚；剩下一位罗旅长，这个军统在新疆的负责人，也很硬。此三人坚决要求回关内打援手，吴家耀当然是他们的支持者和响应者，无奈陶司令说没开拔费，动不了。

陶司令葫芦里卖的什么药天知道！可叹的是，战机已失，兰州这号称攻不破的铁城，西宁这马家军的后院，眨眼工夫便被共军拿下。国民党难道就这么完了？不！这是吴家耀等党国精英们不能答应的。共军的下一个目标无疑就是新疆了，广州临时政府此时拨来一笔军费，可谓意味深长。胡长官一再有令，一定要坚守新疆，实在不行，哪怕把队伍先撤到天山南部。因为失了新疆这最后的阵地，乃全盘皆输。那么现在给你黄金，就是要你陶司令听招呼！谁知道这么背时，黄金未运到，就传来被"共匪"劫了的消息。吴家耀两天前得到这个消息时是既喜又忧，按他的想法，一场恶战必将就此拉开序幕——弟兄们好不容易盼来的军饷被共军抢了，他们如何能答应解放军进疆？一定是同仇敌忾、刀枪相见了。吴家耀觉得这件事不算太坏，甚至来得正是时候，自己苦心修建的防御工事马上就能派上用场了。岂料现在情况又发生了变化，解放军现在又要上门送还黄金，这是醉翁之意不在酒，另有图谋啊。莫非那位陶司令要学傅作义了？跟共产党打了这么多年，说谈和就能谈和？吴家耀觉得党内一些人的脑筋很成问题。什么和平、民主、自由，扯淡！谁掌握了政权，谁才有好日子过。天要下雨，娘要嫁人，奈何不得，让我吴家耀跟着你们当叛徒可不行！党国栽培了这么多年，一枪不放就当俘虏，算什么军人！

这个时候结婚，吴家耀也是不得已，共军马上来了，婚事再拖下去恐怕不好办了，夜长梦多。比起那些底子好、有后台的人，吴家耀这个年龄才是个旅长，不能算很成功，但也不算差，比上不足，比下有余吧。只是婚姻上格外不如意，有段时间还成为人们茶余饭后谈论的话题。先前有过两房太太，一个因肺痨离世，一个生孩子难产而死，可悲哪！连着死两个女人，这在民间是会被说成克妻的。自此，吴家耀对成家有了真正的恐惧，若不是遇上这个女孩儿，他很难说会再结婚。这是一个男人的幸运，也是不幸。以后来看这件事，就是这样。

可惜吴家耀并未完全意识。他就要结婚了，是的，他要第三次做新郎官了，这无论如何是一件唾手可得的幸福的事情。只是这个礼拜天的早晨，他心爱的猫把他吵醒，让他迎接婚礼的第一束阳光的同时，又送给他一封"羚羊"密电，这似乎有些不搭界。他一手捏着密电，领会着上峰的精神；另一只手握着准备送给新娘的羊髀石项链，陷入惶惑。密电说，共军押送黄金的小分队将于明天下午抵达三道河子，在那里交货，让他做好应对准备。吴家耀犹豫了好一阵子。光润细洁的羚羊骨在指间搓着，发出轻柔好听的声音，咯吱——咯吱——，恍惚间就有一只美丽的小羚羊走来，摇曳着弯弯的角，踏着如歌的步伐……吴家耀举起右手，拇指和中指抻拉成手枪状——

就在这时，电话铃响了。

电话是俞天白打来的，俞天白在电话里说："大哥，我和老三陪你一起去接嫂子吧。"又说："我请到一个军乐队，还从布拉克苏草原请了一位老歌手，来助兴。"

俞天白虽说是胆小懦弱了些，书生气重，但做事用心，待人真诚，尤其是能替他这个大哥想得这么周到，叫吴家耀不能不感动。吴家耀当即决定还是先结婚，把公事放一放，反正来得及。他说："二弟费心了。也好，咱们一起去接你嫂子，你和老三给我当伴郎。"

俞天白骑着他的大白马来到旅部时，几名士兵正排着队换岗。森严的门楼子下吊了两只大红灯笼，红穗子在风中飘来荡去。院内的苍松也全披挂了亮晶晶的各色纸花；一条红地毯长长地伸向大门，两侧皆是粉的、白的海棠，招来成群的蜜蜂，闹闹哄哄。在大门口，俞天白跟马黑鹰相遇。马黑鹰刚刮过脸，一条粗眉刮去半截，像一道疤那样翘着，显得有些滑稽可笑。俞天白笑开了。

"笑啥，二哥，不是做梦吧，大哥咋说结婚就结婚了？"

大哥突然要结婚，并且拣这种时候办婚礼，俞天白其实也觉得哪儿有点不对头。哪儿呢，他不敢多想，更不便多说。大哥有恩于自己，他得处处帮衬着点。吴家耀喜欢排场，这两天俞天白马不停蹄地张罗，累得连说话的气力好像都没了。

二人走进营区，营区里的草木修剪一新，镜湖假山凉亭，披红戴花，煞是扎眼。但是很静，大大小小的路口都设了岗的。这就使婚礼的喜庆被规范成了一种严密，倒好像是准备迎接一场秘密会谈。二人拐进一丛浓荫，古榆掩映中的土黄色俄式小楼露出一角——这就是一二六旅的首脑机关。吴家耀的办公室兼宿舍在二楼靠西边的套房里，平素一天二十四小时他坚守在这儿，很少出去，也不常回他南郊的家。

这会儿，两名勤务兵刚刚拾掇好他们的上司。猛一瞧，穿着长袍马褂的吴家耀有些不像吴家耀，皮肤蜡白，模样古怪，好像刚出土的一件文物。吴家耀瞪着镜中的人片刻，抹了抹略秃的额头，感觉踏实了些，暗笑，你看你，换了件衣服，怎么就不认得自个儿了？是不是这朵花别得不对劲儿，大大的，红红的，看着跟血似的在左胸喷溅……吴家耀想把它拿下来。

马黑鹰上前一步制止，说："大哥，不能摘，新郎官咋能不戴花儿哩。"

俞天白也说："今天是大哥的好日子，花一定得戴。我们也戴。"说着给自己和马黑鹰也别了一朵。

马黑鹰在镜子前照了照，说："哟，这一收拾我咋觉得自个儿跟新郎官差球不多了。可惜呀可惜，咱没大哥的福气。大哥，咱嫂子到底是个啥人儿，你这么保密，连我们也不漏个风？"

吴家耀一副不急不躁的模样，说："一会儿你们就见到了。"

二

金秋的原野一派繁荣景象，庄稼、果树全是沉甸甸的饱满姿态。在这甜蜜蜜的成熟和丰富中，大自然其实已经开始走向衰败。这是季节，也是规律，万物须遵循的原则。俞天白看着这些景物，不知怎么就生出了伤感，仿佛看见了自己的命运。时光对于每个人来说，都不多了。你瞧那跳荡在花叶上的蜜蜂和蝴蝶，明年这个时候它们会在哪儿呢？他看了看一旁的吴家耀，有点不安，有点恍惚。吴家耀似乎若无其事，两根短胖的指头做出枪状，轻轻地敲着。

一个时辰不到，一座俄式风格的别墅出现在面前，这儿是吴家耀的私邸。看起来新娘子不是本地人了，马黑鹰朝俞天白笑笑，对这个神秘新娘愈发有了兴趣。

吴家耀的管家吴妈带着几个下人迎候在门前。这个穿着大红绣花夹袄、装扮得有些过了的半老牡丹一见主人，还未张口，已是泪水盈盈，仿佛今天她要出嫁似的。

吴家耀拍了拍她的肩，说："准备好了，吴妈？"

吴妈抹着眼泪水说："都准备好了，先生。春红陪小姐在楼上等您呢。"

吴家耀朝几个下人点头，让吴妈给他们每人今天多加一份银子，说完健步走进大门。俞天白不知怎么，一颗心突然就怦怦地跳起来，他想他还是不进去的好。马黑鹰已抢先一步跟了过去。

这时，一个穿红裙的丫头嚷着"吴妈、吴妈"，从楼上跑下。看见吴家耀，咚地一下跪倒在地，泪水涟涟，上气不接下气地说："先生，小、小姐她不见啦！"

不见了？俞天白看吴家耀，吴家耀看吴妈，吴妈顿时变脸，说："死丫头尽胡说！你、你……不是一直跟小姐在一块儿吗？"

丫头说："我是一直看着她来着。她让我去房里换身衣服，我回来她就不见了……"

乱弹琴！吴家耀三步并作两步上楼，推开一扇门，窗户大开，通往后院的一扇小门也开着。一股凉风吹进，把床上的紫红色旗袍拂到地上。这里无疑是小姐的闺房了。

马黑鹰拾起簇新的绣花旗袍，仿佛是拎着一只血淋淋的羚羊，嘘了一口气说："大哥，这、这……"

一个下人插话说："小姐她不会是又跑了吧？"

拇指和食指习惯性地又做出手枪状，吴家耀仿佛听到砰的一声，他的心脏被击中了。他忽然感到自己是多么愚蠢，他怎么就能相信吴妈这个半老娘儿们，就算她有多能干，对自己多忠诚，他应该明白她终究是个女人，办不成大事的，连个人都看不住，没用！

吴妈想说什么，吴家耀枪状的手朝她指去，吴妈连忙闭嘴。吴家耀最近老是用这把"手枪"制止人家讲话，弄得大家很怕。倒是俞天白有些眼色，目光扫了一圈，从桌上一本古旧的书籍下取出一页纸。俞天白把字条递给大哥，上面写着一行工整的小楷字：

　　请原谅紫苏吧，先生。

三

吴家耀的这桩婚事委实有些不寻常，事情还得从头说起。

一九四三年在著名的中日常德会战中，有一位叫薛文瑾的国军少将为国捐躯，此人是对日作战中牺牲的最年轻的将军。吴家耀给其做部下时，曾得到过重用提拔，二人有些私交。将军临死前一刻留下话，说夫人和女儿在湖北乡下，若有机会去看看。不久吴家耀到湖北执行公务，便绕道去了薛将军的老家。不去不知道，一去心里打起寒战。原来薛将军早已跟夫人离婚，夫人偏瘫，家中有个十三四岁的女儿，母女俩靠卖中草药为生。乡下的天黑得早，加上下雨，夜色如墨。火塘被雨水熄灭，那盏唯一的豆油灯也熬干了。吴家耀坐在黑暗中，捧着一碗盐水泡饭，怎么也难以下咽。说来也怪，吴家耀这样的男人什么都不怕，单就怯黑。女孩儿像是看出了他的心思，便倚在竹门上吹起箫。吹了一曲又一曲，都是些欢快明朗的山野小曲儿，忽而虫吟鸟鸣，忽而花开泉涌，把个阴森的夜吹出了蓝天丽日，春意洋洋，香气扑鼻的。吴家耀喝着没一滴油花子的咸汤，心里忽然甜丝丝的，暖了。临走，吴家耀摸着女孩儿扎着小辫的脑袋，说，叔叔会再来看你。遂将钱袋压在了褥子下。

再来并不容易。但吴家耀每年都会记得按时给薛家母女寄钱，说给孩子添件过年的新衣裳吧。直到今年初夏，吴家耀到广州办事，绕道湖北，又见到了薛家母女。其时老夫人已水米不进，枯瘦如柴了，她抖抖索索，一手拉着吴家耀，一手拉着女儿，眼里飘过一丝光亮，说，先生，我死了，紫苏就交给您了。您对我们家有恩，娶了她吧。吴家耀不曾想过会有这样的好事，看看女孩儿，发现她确已长成一个翠竹般挺秀的大姑娘了。

就这样，吴家耀和名叫紫苏的女孩儿订了婚，带着她返回新疆。为了避免外界不必要的猜疑和打扰，他特意在城郊买了一处别墅，取名"解忧"，极秘密地把姑娘放在了那儿，让吴妈照管。姑娘喜欢研究医书，就让她关起门来好好读书。时局不稳，他自己也是前途未卜，加上这三个月公务缠身，城外那条防御工事耗费了他大量时间和精力，他无暇顾及婚事。偶尔去看女孩儿一回，女孩儿腼腆中带着一丝恐慌，替他沏了茶，便继续埋头读书。问一句，她答一句，小嘴半张，眼睛躲闪着，像一只受了惊吓的小羚羊。这模样倒平添了朴实可爱，少了通常女孩儿的那种矫情，更令人着迷。她就像一缕月光，那样不远不近地给他一种朦胧的渴望。在他这个年龄和位置，要得到一个女人是很容易的，但那样的女人百分之百是没意思的。他要有一点意思，要慢慢地品尝，这幅风景早晚是属于他的。

当然，吴家耀也不是没有忧虑。记得女孩儿刚来不久，说要到山林里走走，结果跑了，害得所有仆人去找。对于这件事，吴家耀当时认为不过是小孩子式的调皮捣蛋，是不懂事。于是他像父亲那样慈祥和善，好言相劝，说新疆乱，到处是土匪强盗，你一个姑娘家万一出点事儿，我怎么向你九泉之下的父母交代，我得对你负责任是不是。那次以后，吴家耀派去士兵站岗，就是以防万一。可到头来女孩儿还是跑了，这婚礼前的临阵脱逃又是为了什么，不愿嫁给自己？对此吴家耀应该是有感觉的。一周前当他告诉她准备办婚礼的时候，她眼泪汪汪地说，先生，我想回老家，您让我回家吧。一个孤女背井离乡，突然到了遥远的新疆，总归是一件伤感的事情。吴家耀以长者的口气说，紫苏啊紫苏，现在这里就是你的家，你要学会适应。共产党马上打过来了，形势会越来越险恶，往后的事谁也说不准。咱们成了亲，我照顾你也方便些对不对？女孩儿一言不发，末了来了一句，先生您就不怕共产党来了，消灭你们？！这话从一个不谙政治的小女子嘴里出来，吴家耀是既惊又恼。从前我供你们母女吃穿，送你念书，现在又把你带到新疆，算是你的恩人了，你怎么就不领情呢？吴家耀不能不生出些怨。但怨归怨，此时却是满腹的辛酸了，比先前两次死了太太还难过，忍不住一把热泪抛洒下来……

咚咚咚！马黑鹰踏着两脚泥泞进门。一进门就愣住了，大哥这是咋啦？跟了大哥这么久还从没见他这副模样呢。马黑鹰不禁愤愤然了，掏出一张皱巴巴的女人的黑白小照片摔到桌上，说："鸡巴玩意儿，一个九头鸟有啥稀罕的！大哥，莫难过，凭你这，就是天仙也找得来，他娘的咱明天就弄一个。"

马黑鹰这是刚刚找人回来，除了浑身被雨淋透，一无所获。新娘他从没见过，现在凭着一张小照片，他如何能辨认出？他从仆人那里已经知道了，这姓薛的小姐是三个月前大哥从湖北秘密接来的。

马黑鹰这番粗话，吴家耀听了自然是不入耳，"手枪"一指，说："闭嘴！"

马黑鹰抹了一把脸上的雨水，着急地说："大哥，说句不中听的话，咱们明天是个啥球样儿还不知道呢，你却对这么个小毛丫头上心得很。到底是党国的前途重要，还是那丫头重要？"

吴家耀火了，霍地站起，拍着桌子说："你懂什么？！"

马黑鹰小眼迷瞪不吱声了。

不过还真得感谢马黑鹰这番话，直到这时吴家耀仿佛才醒来。是啊，为了一个不识抬举的小女子，他竟然差点误了正经事！这会儿解放军小分队怕是已经朝这边来了，他怎么还能坐在这里不动弹？失职啊！吴家耀取了一条毛巾递给马黑鹰，放缓了语气说："你觉得我现在很开心是不是？三弟呀，我这心里像着火！可是火气再大也烧不开奶茶，性急的人成不了好猎手，不着急的人却能逮住兔子，这句维吾尔族谚语你听说过吧？姓陶的那老东西要当懦夫，我岂能跟着他举白旗？我吴家耀堂堂黄埔生，蒋委员长器重我，胡长官提携我，我得对得起党国，就是打到最后一颗子弹，我也要为党国尽忠！"

马黑鹰高兴了，挥着拳头说："大哥说得好，三弟虽没多大能耐，但我坚决支持大哥！"

吴家耀点点头，遂关了门，拉开墙上的纱帘，一幅大地图亮在眼前。二人的目光一同射向那片青灰色中的一个圆点，三道河子！

这里是解放军小分队"交货"的地方。

四

远远地，天山露出雪白的头颅。

天山！天山！战士们纷纷钻出汽车篷布，拥到车头，指着远方。在戈壁滩上提心吊胆地跑了几天，这是大家第一次这么放松，目的地总算到了！刘铁脱下大衣，吼起秦腔《单刀会》关云长一段：

你道他兵多将广，人强马壮，
大丈夫敢勇当先，
一人拼命，万夫难当！
……

刘铁一吼，战士们会唱的不会唱的全吼了起来。马彪那帮国民党兵噼噼啪啪拍手，高喊："好！好！"这一路，他们发现解放军都是些乐和人，并且当官的比当兵的吃亏。譬如晚上，这位铁团长老是站岗，还把大衣给了兵娃子盖，自己冻得围着宿营地瞎跑，你说勺不勺？跟他们的长官愣是不一样。王春来解释说，要不我们咋叫共产党，你们咋叫国民党？共产党是为人民谋福利的，你们国民党是为自己，所以垮台啦！

刘铁的小分队是在正午赶到三道河子的。这是对方指定的接货地方，也许出于安全方面的考虑，他们一开始并没有明确，只说要把这批黄金运到迪化，后来又说送到三道河子即可。也好，省得多跑路。从地图上看，三道河子离亚其不算远，小半天的路。这两天刘铁坐在车上时常会想象一番他和吴家耀、俞天白、马黑鹰哥仨见面的情景。他是用枪毙了他们，还是用刀捅了他们，抑或把三个狗尿吊到大树上先各自抽他一百鞭？想了想都不够劲儿，他还是想用军人的方式来解决问题，两军对垒，枪对枪，刀对刀，痛痛快快地干他一大仗，这才叫以牙还牙，以血还血！

说唱间，三道河子近在眼前。这山坳里的一团浓绿隐秘而幽静，说是个农庄又不像，大院里坐落着仓库和灰色营房，即使茂密的柳树和大片的白菊也遮掩不住它的森严，沿途持枪的国民党士兵虎视眈眈。

刘铁站在第一辆汽车上，举起一面小红旗。大门缓缓打开，车队鱼贯而入。

一名矮个儿的国民党上校军官带着三名随从笑容满面地迎上来，又是递烟，又是送水，显得格外热情。刘铁推开送过来的香烟，拿出账册，瓮声瓮气地说："没工夫啰唆，货分装在第二辆车上，验货吧。"

矮个儿军官接过账册，翻开看了看，笑着说："亲兄弟明算账，就不客气啦。"遂吩咐下属去验货。

没多大工夫，负责验货的两个人来汇报，说："李处长，货一两不差。"

矮个儿军官就笑得更起劲、更亲热了，他拍着刘铁的肩说："解放军兄弟，谢谢啦。陶司令有令，本人略备薄酒，请你和弟兄们赏光。"

王春来第一眼就看不上这个油头粉面、不长胡子的家伙，对他"兄弟、弟兄"的称呼很反感，上前拿掉那只细白的小手，说："这是我们铁团长，称兄道弟的，少来这一套。饭免了，我们还要返回呢。"

矮个儿军官并不在乎，仍然笑容可掬，说："小兄弟，你还有所不知吧，一个时辰前咱们陶司令通电起义啦，你们还回去做什么。"

陶司令通电起义了？一个时辰前？刘铁有点不相信自己的耳朵，问王春来："他、他说啥？"

大胡子马彪也不相信这个消息，瞪着矮个儿军官，说："陶司令叛变啦？你胡扯！"

一名歪戴帽子、叼着烟卷的营长吐着烟圈说："啥叛变，是起义！往后咱也是解放军啦！"

刘铁说不出话来，马彪那拨人也都大眼瞪小眼了。矮个儿军官嘻嘻一笑，一挥手，两名士兵抬着一大缸酒过来，重重地一搁；又有四名战士抬着两个长方形的大铝盆放在地上。白纱布一扯，哇，红彤彤的红烧肉，白花花的大米饭。战士们的眼睛唰地亮了，有人咂巴起嘴。这一路大家伙折腾得马瘦毛长，都想吃肉了，包括刘铁。但是，此刻他哪里还有心情，本打算送完黄金就奔亚其呢，结果不早不晚，偏这时候赶上起义，老天爷不是成心耍弄自己嘛！

王春来深知刘铁的心思，小声说："铁团长，咱们干吗听他们瞎扯淡，咱们去亚其看看！"

是啊，自己大老远地来了，岂能从亚其边儿上绕过去。一不做，二不休，刀山火海老子也要闯！干完了，卷铺盖走人都成，看谁能咬掉我的卵子！反正咱没接到上级的通知，权当不知道起义这回事！这么一想，刘铁便谢绝了这餐美食，匆匆带着大伙上路。他们在三道河子附近选了个避风处，弄来一些枯树枝，点起篝火吃饭。跑了大半天路，战士们又渴又饿，都有些埋怨，说铁团长干吗拒绝人家的红烧肉。刘铁说，我们是来报仇的，吃了这红烧肉，就没精神头了。这时机要员小梁捏着一页纸跑来，说："铁团长，酒泉来电！"

接过那页纸，刘铁想，坏了！如果说刚才那个国民党矮个儿军官在扯淡，那么这回白纸黑字，是自己的组织郑重其事地发来的电报。上级表扬刘铁的小分队胜利完成了护送黄金的任务，有力地支持了新疆的和平解放；同时告之，新疆的十万国民党已于今日通电起义，让他们就地待命。

刘铁仿佛被人从谷顶推到了悬崖，整个儿碎了。老天爷啊，铁娃子发过誓，一定要为清风岭冤死的弟兄报仇！可是现在，铁娃子没法子啦，铁娃子找的那仨狗屁起义啦！铁娃子手里这杆枪没球用啦！喝下一壶酒，刘铁倒在沙坡上，悲愤的泪水哗哗流淌。依稀听到嘻嘻哈哈的笑闹声，叮叮当当的碰碗声，还有踢踢踏踏的舞步声。火光飘过一张张红彤彤的脸，火光把人影歪歪扭扭地拉长在地上。"噢！噢！噢！新疆和平解放！""嗨！嗨！嗨！我们不打仗！""哟！哟！哟！回家抱婆娘！"有人编起了"枪杆诗"，喊得热火朝天。是啊，战士们早都盼着战争结束，过安稳日子。刘铁又何尝不想，但是和平解放了，也就意味着他刘铁不能再报仇了。天哪，紧赶慢赶还是慢了半拍！

渐渐地，欢呼声远去，刘铁什么也听不到了。

星月模糊，戈壁死寂。

五

要体会刘铁此番报仇的心切，就不能不说说他与吴家耀哥仨儿的关系和历史渊源。刘铁同这哥仨的仇，其实是同一个人的仇，别人不过是一种浅层次的关联，只有他——俞天白，才是矛盾的主体。

刘铁生于陕西汉中，汉中在陕西南部，隔着一架山是四川。那一年，三岁的刘铁跟着父母逃难到四川大巴山，父母死于军阀混战，他被一个戏班子从雪地救出。据说那是个百年不遇的寒天，冻死许多穷人，连狗都不能幸免，这孩子竟然活着，戏班班主便说这是个"铁娃"，命硬，收养了他。铁娃子果然是有些不同寻常，听别人唱戏，一遍就能记下词曲；大翻小翻、耍刀弄棍更是不在话下，那股子灵劲儿铁劲儿，就连比他大得多的学徒也愣是没法比，六岁时就在台上跑得滴溜转了。老班主看中了这是块好坯子，除了教他唱，还教他一些杂耍，以望日后做摇钱树。一次，四川当地一个俞姓财主给少爷过生日，要办堂会，请戏班子到府上。考虑到寿星是个孩子，班主便带了铁娃子去。

一进门，先被轮椅上的寿星吓住了。

此少爷又瘦又小，半闭着眼，病猫子似的，裹一块大布蜷在奶妈怀里。一问，十岁了，细胳膊细腿上满是紫红色的东西，疙里疙瘩，能吓死人。原来这孩子叫添百（不断添丁，子孙兴旺之意），为老爷和桃园的一个丫头所生，是俞老爷唯一的儿子。之前老爷有过五子，均夭折，没活过十五岁的。得的是一种病，身上长疙瘩，动不动流血流脓。不知请了多少郎中，治不了，说是血有问题。有了添百后，俞老爷相当重视，无奈这孩子也是个病秧子，体弱多病不说，还孤僻少言。就是聪明，三岁时能背诵唐诗宋词，五岁能下棋，并写得一手好小楷，连老先生都惊叹。老爷好生喜欢，同时忧虑更甚。这一次少爷又病了，一连多日话说不得，饭咽不下，命悬一线，危在旦夕。算命先生算了一卦，让老爷赶紧到民间选个命硬的孩子来"压邪"，可这样的孩子上哪儿去找？俞老爷正愁这事呢，现在送上门一个。你看那台上的铁娃子，玩起铁环来不要命，躺在地上，人在转，头上、手上、脚上也呼啦啦地转，满场的人看着那飞花似的铁环，屏住呼吸，生怕惊扰了他。忽然，奶妈怀里那个气息奄奄的寿星睁开了眼，指着台上咯咯地笑了，说，我要跟他玩儿！这大约就是一种缘分吧。表演结束，俞老爷给班主付了优厚的报酬，并跟班主说，这铁娃给我留下，要多少银子，您只管说！

照算命先生的意思，俞家少爷要是死了，铁娃子得陪葬。只有这样俞家才能了断这桩孽缘，以此托生出一个健康的新生命。如果少爷活了，那当然是再好不过，说明铁娃子真的命硬，替俞家把灾难顶回去了，少爷呢，这辈子恐怕也就安稳了。老班主听得明白，这可怜的铁娃子从此将成为一个道具，或者说殉葬品。但是为了钱，老班主一咬牙把铁娃子留下，摸着他的头说，在这儿耍，爷爷明天来领你。铁娃子生性顽劣，好吃好耍，蹦蹦跳跳地答应了。

说来也怪，铁娃子化腐朽为神奇，愣是拯救了少爷，少爷的身子骨竟一天天强壮起来。但是，他们的主仆关系却似乎从未好过。除了性情孤僻，不爱说话，添百少爷从骨子里是看不起铁娃子的，他嫌他光屁股睡觉，嫌他头上长虱子，还嫌他天生一副牛一样的粗嗓门。但是他又从来离不开铁娃子，白天上学，要铁娃子背；晚上出门，要铁娃子陪。出来进去，吃饭睡觉，没一样不要铁娃子侍候。好在铁娃子大大咧咧，没心没肺，没个记性，总也记不住小主人待他的不是。直到有一天他和他都长成了少年，面对一个叫桃花的女孩儿时，才算是有了一次认真的较量。

桃花是一个果农的女儿，没事时常来听铁娃子唱戏，少爷便生了恨。少爷是个情种，不到十四岁便向父亲提出要娶桃花，老爷自然是不能同意，让铁娃子监督少爷。不久老爷打发了那对父女，父女俩便去闯关东。半年后传来消息，桃花被日本鬼子糟蹋，杀害。那一天，他们听说这个消息后，一路没说话。天在下雨，驮少爷的小白马摇摇晃晃地走在前面。快到家时，铁娃子方才觉得他该去牵马了，小白马却不见了。小白马是少爷的心爱之物，俞老爷不能容忍铁娃子的疏忽，一顿痛打，叫他去找马。黄昏，铁娃子顶着大雨奔跑在山间，脚下一滑，冲进河里。要不是被过路的一支队伍搭救了，他早没命了。这支队伍正是一部分撤退的红军，铁娃子有幸参加了革命，就在这一天，一九三五年秋，他刚满十四岁。

逃离了俞家，铁娃子很快就把那个讨厌的俞少爷忘了。一九三六年十月，工农红军第一、二、四方面军经过长征，在甘肃会宁胜利会师。铁娃子所在的少年红军团随红四方面军的三个军及总部直属队两万多人，奉命西渡黄河，执行宁夏战役计划。在与敌人浴血奋战时，铁娃子万万没想到他会看见一双熟悉的眼睛，俞少爷！他们只是对视了一下，连一秒钟都不到，他就倒在乱枪中，被山上滚落的巨大雪团覆盖了……这冰冷柔软的雪救了他，让他与死神擦肩而过，可他的许多战友却牺牲了。刘铁对国民党、对俞少爷，产生真正意义上的恨，是从这开始。

再一次邂逅，又是若干年后。

一九四三年国共二次合作时期，在豫西的老虎沟，刘铁配合友军与日军作战。这是一支被称作"野狼"的日本王牌军，装备先进，兵力强大。一天打下来，双方伤亡惨重，刘铁的两个营报销了，国军一个整编团情况更惨，被死死地卡在了那颗老虎牙上。日军的增援部队不断往这边送，上级命令刘铁迅速撤至山北，避开其火力。但是，当刘铁听说那国军团长不是别人，而是俞天白时，震住了。刘铁违抗军令，重返老虎沟展开营救，结果让几十个战士送了命。为这，他被降了职，背了处分。倒是通过这次，他和俞天白的关系暂时得到了改善，俞天白偷着给了他一批武器，还送给他一架美国望远镜。

只是三年不到，一九四六年他们再一次在战场上会面时，又成了仇敌。抗日战争一结束，蒋介石又挑起内战，枪口转向共产党。俞天白也翻脸不认人了。是年春，刘铁所在的南下支队一大队赴湘鄂赣一带建立革命根据地，在鄂北清风岭遭到国民党大肆围剿。刘铁为掩护大部队，陷入敌人包围圈，被困山中。听说正是俞天白驻守山口，刘铁捎去信求他手下留情。俞天白倒也爽快，说暮色降临放行。刘铁好生感动。然而，就在这个傍晚，当刘铁率队移至山口时，没想到竟遭到毁灭性的打击！漫山漫谷是敌人的伏兵，刘铁的一个团几乎全军覆没。若不是颂莲的敢死队拼死相救，若不是他铁娃子运气好，也就葬身清风岭了。事后，俞天白为一具残缺不全的尸体做了厚葬，认为这个脖子上挂着望远镜的人就是刘铁，显然搞错了。这个人其实是刘铁的一名营长，叫左向东，那架美国望远镜是刘铁借给左的。

至此，刘铁方才醒悟，自己是多么幼稚，俞少爷是什么人，地主老财、剥削阶级，白眼狼一个！他怎么能相信他？战友们死了大半，而自己却活着，丢人啊！尤其是和颂莲的头回见面就闹得极不愉快，此事成为落在这女人手中的一把利剑，动不动就用它来戳他的脊梁骨，这叫刘铁着实感到窝囊，窝火。这一仗之后，很久很久，刘铁都缓不过劲，他愈是痛恨自己，就愈是想为死难的弟兄报仇。谁知接着就听说俞天白随他两个拜把兄弟调防新疆，刘铁只能一声长叹，遥望蓝天，饮恨在心了！

六

正当刘铁沉浸在绝望中时，远方传来枪声。

不难判断，是三道河子方向。刘铁仿佛有预感似的，一跃而起，立刻带着人马沿来路返回。刚刚翻过干沟，便遭伏击，朦胧的月影下，只见一支土匪装扮的人骑在马上，黄风般扑来。大家乘坐在汽车上目标过于集中，刘铁命小分队分作两批，由宋刚作掩护，自己带王春来乘汽车直奔三道河子救急。

刘铁赶到三道河子时，大院里一片狼藉，哨兵一个不剩全被击毙，地上散落着一些银圆和金圆券。十万两黄金被抢劫一空。那个矮个儿军官这会儿是怎么也笑不出来了，胳膊上吊着渗血的绷带，一见刘铁便号起来。原来他们为了庆贺黄金的到来，狠狠地喝了一通，从上到下，全醉了。

几个没跑脱的土匪被王春来押进来，靠墙根蹲着，穿羊皮袄子，戴羊皮帽，活像一只只老绵羊。刘铁借着灯光看出了名堂，这些人不是土匪。他一喊起立，他们姿态上虽懒散，但手脚还是有些章法的。果然，一审就有人招了，说："长官，你说得对，我们还真不是哈孜别克的土匪，我们是正规国军，亚其县一二六旅骑兵团的。"亚其县？一二六旅？刘铁以为自己听错了。另一名士兵补充说："骗你不是人，我们真是一二六旅骑兵团的，我们长官叫俞天白……"

好啊，老天爷这回总算开眼了，几经周折，还是要让我刘铁报这一仇！刘铁一声令下，去亚其！战士们呼啦啦爬上汽车，高喊："夺回黄金！消灭吴家耀、俞天白和马黑鹰！"出了这么大的事，自己无论如何不能不管了。刘铁命令机要员小梁："把电台关了！"

刘铁的小分队赶至亚其县五里外的野狼沟时，已是凌晨一点。亚其仿佛已沉睡，山坳里的几星子光狼眼似的，阴惨惨。战士们还真就听到了一声一声的狼嗥。刘铁命令大家在小树林里宿营，好好睡一觉，养养神，等天亮摸清了情况再打他狗日的也不迟，自己带着王春来去站岗。

刚走到一棵树下，就听到马蹄声。那骑在马上的人似乎也觉察出动静，不由得慢下来。

王春来上前一步，喝道："不许动，举起手来！"

那人犹豫了一下，举起双手。

借着月光，王春来认出是个国民党少将，说："好小子，往哪里跑！"

那人笑了，说："噢，是解放军，本人姓肖，一二六旅副旅长肖伯年。幸会！幸会！"说着下马。

刘铁上前一步，先把对方的枪下了，接着打量起面前这个四十开外、留平头的红脸汉子，说："嗬，官不小哩。这大晚上的，你慌里慌张出城，干啥去？"

来人拉了拉敞开的军装，说："说出来真不好意思，方才有刺客上门行刺，要不是我们一位叫俞天白的团长救我，老命说不定也要送掉了。"

肖伯年说得没错，半小时前他正在家里收听新华社消息——陶将军起义通电全文，突然有人往窗户里打冷枪，正好俞天白上门来，愣是掩护他逃出家门。肖伯年早先是一二六旅旅长，吴家耀一九四六年从内地来亚其不久，以"肖通共"为由,向胡宗南打了小报告,不久就把肖伯年的旅长给顶了。此后他们二人针尖对麦芒,近来关系愈加紧张,吴家耀让他负责修建城外的防御工事,对付共产党,肖伯年推说自己身体不好,干不了,看来他们是要向他下手了。只是俞天白突然出面保护自己,这叫肖伯年感到相当意外,俞天白可是吴家耀的结拜兄弟呢。

这位肖副旅长开场就说俞天白救他的事儿,刘铁一脸不快,挥挥手说:"好啦好啦,姓肖的,我咋样才能相信你呢?"

肖伯年从怀里掏出一张图,铺在月亮下。"这张军事指挥图你不会不感兴趣吧?"他在图上比画着,"城东、城西以及城南,全设有工事。最近吴家耀又构筑了新的前沿阵地,防守十分严密。所以在你们的大部队没到来之前,刘团长,奉劝贵军还是不要轻举妄动,最好别惊动吴家耀。"

这不是吴家耀派出的探子吧?刘铁用鼻子哼了一声,说:"喂,那我来这里干啥,躲在草棵子里当地老鼠?我跟你说吧,肖副旅长,我这人最不喜欢老鼠,就是当一只公鸡也比当老鼠威风,至少还能把老天爷叫醒。我刘铁还就要让他吴家耀知道我来了,吓死他!肖副旅长,你能帮我个忙吗?"

肖伯年很高兴,说:"你要我帮你什么忙?"

刘铁说:"弄些马吧,多了不要,三十匹!"

第二天天不亮,吴家耀的副官花之锦火烧火燎地向吴家耀报告,说城外发现共军,一大批!一大批共军!吴家耀不大相信。就算那帮送黄金的共军全来,也不过区区几十号人!吴家耀连忙命马黑鹰去摸情况,马黑鹰是一点不敢怠慢,不到一刻钟又来报告,说,真是一大批。吴家耀不敢不信了,当即带着俞天白、马黑鹰一行数人驱车赶到城头。只见几里外漫天飞尘,大地在抖动,天空一片昏暗,守城的士兵发出恐慌的号叫。这光景让人看了惘怅,吴家耀皱着眉头,对俞天白说:"二弟,你分析一下,怎么回事?"

俞天白登上高台,架起望远镜,看了片刻,明白过来,显然是对方布的迷魂阵。

吴家耀冷笑一声说:"共军在耍花招,对不对?听着,不管他多少人,今天必须消灭这股共军,打他个有来无回!俞团长,你来打头阵!"

俞天白表情木然。最近他一直很郁闷,昨晚送走肖伯年之后,回家的路上,他发现有两个神秘的黑影在背后晃动,这叫他既紧张又气愤。陶司令明明通电起义了,你吴家耀为什么压着不宣布?肖伯年支持起义,为什么要对他行刺?

还有，是谁策划的黄金抢劫案，那个藏在深处的"羚羊"究竟是谁……俞天白心里装着许许多多的问题。长久以来他为自己超凡脱俗、温文尔雅的形象感到满意，他与世无争，与大家和睦相处；他在大哥面前百依百顺，一副感恩戴德的模样，现在他才发现自己有多矛盾，多痛苦，他跟吴家耀、马黑鹰原来是不同的！他早已厌倦战争，他对这个腐败无能的党更不抱任何希望，可是他们却固守那所谓的信仰，不惜一切要干到底。悲哀的是，他不想参与却又无法摆脱这种境况，他恨自己软弱无能。俞天白啊俞天白，你是白读了那么多书啊……

看到俞天白不表态，吴家耀拉长腔调，说："怎么，二弟有困难？"

俞天白放走肖伯年的事情昨晚就传到他耳朵里，吴家耀相当不满，是谁漏了风！现在看到俞天白这么不死不活，他愈加懊恼，冷冷地说："俞团长，任务就交给你了，完不成我拿你是问！"说罢，背着手走下高台。

马黑鹰为他二哥着急，他看了一眼俞天白，说："二哥，动手吧，再不动手共军就打进来啦！"

俞天白不说话。看见俞天白这副架势，马黑鹰朝一旁的特务营营长莫三强使了个眼色。

这阵子刘铁正率马队拉开距离，环城兜圈子。每匹马后拖着两棵小树，马在狂奔，树枝上下翻飞，便将天地搅得一片混沌，呼呼啦啦，煞是壮观。"跑它二十圈！让狗日的看看咱们的'树上开花'！"刘铁兴奋地呐喊。肖伯年想，这个腿有些跛的土八路还有点军事才能，懂一点《孙子兵法》哩。

肖伯年跟刘铁见面就熟，虽然刘铁不拿他当回事儿，但肖伯年一点不在乎，讨好似的唠唠叨叨，说个没完："刘团长，告诉你，一二六旅三个团，俩团长是我的老部下，一个叫张涛，一个叫杨涛。张涛的七团在乌帕尔山边防上，杨涛的八团守克拉油矿，这'二涛'兄弟是支持起义的。剩下一个骑兵团，团长俞天白现在负责城防，依我看这个人争取过来也不成问题……"

刘铁说："是吗？俞天白这个人我可比你了解，不是个好鸟！"

说话间，对面响起枪声。刘铁大喊一声："注意隐蔽！"两匹马嘶鸣腾跃，战士中弹落马。刘铁瞪着肖伯年，气呼呼地说："这就是你信的人！狗日的俞天白，又伤我两个人，这笔账老子记着呢！"

王春来一身土钻过来，说："铁团长，咱们打吧。"

刘铁说："不能这么早暴露咱们的兵力，先喊话，在心理上压倒对方！"

王春来拿出铁皮喇叭，喊起了话："一二六旅的弟兄们，你们被解放军包围啦！你们的陶司令都弃暗投明，和平起义啦，你们干吗一条道走到黑？别再给吴家耀当炮灰啦，你们跟解放军打，是鸡蛋碰石头，自取灭亡……"

子弹嗖嗖飞来，在喇叭上打了几个眼儿。

刘铁一把夺过喇叭筒，吼起来："狗日的一二六旅！狗日的吴家耀、俞天白、马黑鹰！听着，老子是三五九旅的刘铁，铁娃子！现在我正在城门口撒尿，老子的肚子饿啦，赶快给我备一桌好酒好菜！……"

此时俞天白站在工事前的高台上，眯缝着眼，神情悲哀。从马黑鹰放第一枪起，他就有种说不出的坏感觉。这会儿听到远处传来一个耳熟的声音，他一下睁开了眼，是什么人在喊？他往前走了两步，侧耳细听，怎么有点像……像铁娃子？不是自己的耳朵出毛病了吧？

马黑鹰慌慌张张跑来，喘着粗气喊："二哥！二哥！"

俞天白恍恍惚惚转过脸去。

"咱的老仇人来了！铁、铁娃子没死，他还活、活着！"

俞天白连忙架起望远镜——清风岭近在眼前，仿佛又回到了三年前。哦，四面风声的清风岭，血流成河的清风岭！他走向一具面目全非的血淋淋的尸体，摘下他熟悉的那架美国望远镜——这是他曾经送给刘铁的呀……俞天白的嘴唇哆嗦起来，额上渗出汗珠，铁娃子怎么会还活着？那个被自己亲自埋葬的残缺不全的尸体难道不是他？！

粗粗的声音再次传过来，带着漫天杀气和血腥："……俞少爷！三年没见了，想不到我会来找你吧？睁大你的狗眼瞅瞅，铁娃子没死，铁娃子有七条猫命，这条贱命硬着哩！……"

俞天白放下望远镜，无力地挥挥手，对马黑鹰说：

"撤兵！……"

第三章

一

铁娃子竟然活着，并且打到了家门口，这叫吴家耀难以置信。不过更让他吃惊的还是俞天白的擅自撤兵。吴家耀拍着桌子，大发雷霆："俞团长，你不该变得这么脆弱和儿女情长，现在是你死我活的时候，退却就意味着灭亡！"

俞天白说："大哥，为了你我，也为了一二六旅的弟兄们和亚其城的老百姓，咱们不能打了。陶司令已经宣布起义，咱们再打，就是违抗军令。"

拿姓陶的来压他，这是吴家耀反感的，他哼了一声，说："我们党内正是因为出了叛徒，才会走到今天这一步。告诉你，我吴家耀不会当叛徒！俞团长，我现在命令你，马上回到指挥官的位置上去，消灭这批共匪，消灭刘铁！"

"不！"

一向懦弱的俞天白如此强硬，是吴家耀和马黑鹰始料不及的，就连进门的花之锦也颇感惊讶。花之锦走到吴家耀身边一阵耳语，吴家耀的眉头皱了一下，不让对方再说下去。他叹了口气，看了一眼俞天白，放缓了口气说："二弟啊，你是个重感情的人，你不想跟铁娃子打也罢，我不逼你。不过你要明白，不是一纸起义通电，国共就能成一家人。清风岭一战咱们几乎把铁娃子一个团干掉了，他能饶得了你？看起来你累了，回去歇着吧。"

俞天白出得门，一股冷风从背后袭来，挟着呜呜的箫声。从葡萄架望去，后院的雕花铁门里有一个淡紫色身影在摇曳，黑缎子似的长发飘起飘落。俞天白略一停顿，牵着马离去。这个淡紫色的身影应该是薛小姐，几天前他从雨夜中找回她时，她就穿着这裙子。此时听到这幽怨的箫声，俞天白心里涌出一丝担忧，可怜的姑娘，她一定在为自己的不幸命运而哭泣！俞天白啊，你为什么要把她找回来，你这是把她往一座牢狱里送啊。以后的事实证明，俞天白的某些预感是对的，他替他的大哥找回这个叫薛紫苏的女孩儿，其实是把她给害了。这是后话。

亚其县的礼拜天是维吾尔族人的巴扎天（巴扎，维吾尔语，集市之意）。清晨，当最后一颗星从天幕隐去，一弯月牙便赫然指向苍穹。那是清真寺的蓝月亮，从幽深狭窄的羊肠小巷里探出，从石榴花和无花果背后升起。随着阿訇悠远的召唤，小城从睡梦中醒来，鸽群高飞，车马摇响一片铃铛。新的一天开始了。

巴扎天，通往城东的道路从早到晚升腾着波浪似的黄尘。丁零当啷的驴车马车，以及浩浩荡荡的牛羊，踏着高亢的民歌，一路走着跳着，近了，又远了。要是没什么要紧事做，俞天白礼拜天会骑着他的大白马，走在这热腾腾的小街上。小街从东到西，铺子一个挨一个，拥挤而混乱，却有一匹银白的马踏着贵族的步伐从容不迫地走着。马背上的主人穿着挺括的国军军装，皮靴油黑锃亮，金丝眼镜闪着洁净的光，显得那么儒雅不凡，甚至连他的白手套都让这条街上的人好奇又艳羡。这里的人都知道他是骑兵团团长，他总骑着白马来这儿接送他的女儿，一个长着褐色眼睛、亚麻色鬈发的三岁女童，名叫莱丽，寄放在卡佳大婶家。

对于这条小街，俞天白始终有一种说不清的感情，既陌生又亲切。说她陌生，是因为她是一条真正的民族街，她小到一副马掌，一粒石头，都是具有历史感的，积淀着一个民族的文化，透射着民族的喜怒哀乐。这对一个汉人来说，的确是遥远的。尽管在新疆待了也有几个年头，可是他从来没有深入它们，更听不懂它们在说些什么。不过又很奇怪，他却是熟悉它们的气味的。闭上眼，都能分得清哪是珠宝作坊、乐器作坊和花帽作坊，还有土陶、染织、铁皮等五花八门的作坊。每个作坊的气味是不一样的，吆喝声也不一样。只要细听，从这些声音里你能掂出卖主的心情。俞天白是个少言的人，即使对自己心爱的妻子，他也不会说太多话。但是他却又那么迷恋这各种各样的声音，每次骑着马穿行在这沸腾的人潮中,他都会有说不出的感动。啊,多好听的声音,自己正活在一个健康美好的人群中呢。巴扎此起彼伏的叫卖声,总是能让他暂时忘却孤独。

但是今天街上冷清清的,好多店铺关门,老乡们知道要打仗了。前一阵部队在城边修建防御工事,不断弄些人来干活,老乡们很怕,能躲的都躲出去了。突然,白马一声嘶鸣,朝街边靠去。俞天白睁开眼,前面一群士兵押着几个老乡吆喝着过去。一群男男女女从身边跑过,喊,国民党抓人了,快跑啊。天哪,怎么又抓起人来了。

俞天白满腹心事地回到家时,妻子薇拉刚把女儿从保姆家接回来。这是个俄罗斯族女人,穿着高筒靴、黄呢裙,白衬衣束在腰间,丰满而匀称,她是旅部医院军医。看见丈夫进门,薇拉美丽的褐色眼睛闪过惊喜,上前接过提包,问:"天白,你没事吧?"

俞天白摇摇头,说:"莱丽怎么啦?"

莱丽可怜巴巴地站在卧室床前,眼泪鼻涕一大把,看见父亲进来,指着壁柜,说:"娃娃……"

俞天白看看壁柜前的板凳,马上明白了,莱丽是为了取俄罗斯套娃。那只檀香木彩绘套娃是薇拉儿时的玩具,莱丽喜欢这个娃娃,无奈薇拉就是不肯让她玩。薇拉在这件事上显得超乎寻常的固执,连俞天白也没办法。俞天白从衣帽架上取下缀着蝴蝶结的红纱帽,说:"莱丽乖,爸爸带你出去看鸽子,好不好?"

篮球场上今天没有一个孩子,也没有一只鸽子。

"爸爸,鸽子呢?"

"飞回家了。"

"它们家在哪儿?"

"很远很远的地方。"

"爸爸,我也想飞。"

俞天白于是高高举起女儿,抛出去,接住;再抛,再接。莱丽咯咯地笑。俞天白亲了亲女儿,也笑了。但转瞬间眼圈一红,将她抱紧,好像她真要飞走似的。他想,他和女儿,还有妻子,他们一家还有多少欢欣的日子呢?

清风岭之惨剧其实是吴家耀一手导演的。一九四六年夏内战全面爆发,刘铁在陕西、河南一带先后几次粉碎号称王牌旅的吴家耀部队的进攻。吴家耀恼火至极，责怪俞天白作战不力，下令要取刘铁的脑袋。不久在鄂北清风岭，这对冤家又撞上了。刘铁掩护大部队突围后被困山里，这一段刚好是俞天白的防区，刘铁捎信过去，俞天白出于对他过去救命之恩的回报，答应天黑后悄悄放行。谁知道这一秘密被泄露，吴家耀大骂俞天白徇私情，关了他禁闭，并亲自到现场督战。此次刘铁众多弟兄阵亡，刘铁一条腿被炸伤。吴家耀下令捉拿刘铁，马黑鹰带人搜山没找到活人，却在一具残缺不全的尸体上，发现了俞天白送给刘铁的那架美国望远镜。后来看到这具血肉模糊的尸体，俞天白悲愤交加，怀着一种说不出的痛，他买了口棺材，给予厚葬……

刘铁死了，这份冤屈他又找谁去诉！三年来俞天白无数次在梦里申辩，向着自己那无处躲藏的灵魂哭诉，但是这仍旧不能叫他解脱。不承想这个有着七条猫命的铁娃子竟然活着，如今打上门来找他算账，俞天白不知是高兴，还是难过。对于明天俞天白已不抱任何希望，回四川老家也许是他唯一的选择。

二

花之锦给吴家耀带来的又是一连串坏消息：一是陶司令派出军法处下来查处黄金抢劫案；二是张杨"二涛"起义，宣布脱离吴家耀；三是一支解放军平叛部队已从酒泉出发，朝新疆这边来了。

这一切其实都在吴家耀的预料之中，他早把下一步棋想好了。俞天白前脚走，他后脚就让马黑鹰跟哈孜别克联系，他要见一见这位大人了。马黑鹰说，哈孜别克那可是个老狐狸，不见兔子不撒鹰。吴家耀说，兔子我准备好了。

哈孜别克是这一带势力最大的土匪头子，五毒俱全，无恶不作。这家伙身高两米，据说一顿能吃一只烤全羊，一晚上能睡好几个娘儿们。他手下有兵力几千，还有个上百人的白俄卫队，武器装备精良，全是美国驻迪化使馆的那位副领事马克南提供的。马克南跟驻疆国军关系一向疏淡，偏就喜欢哈孜别克，他出手特别大方，要钱给钱，要枪给枪，其目的是想通过这帮人把新疆分出去。吴家耀讨厌马克南的蓝眼睛，更恶心哈孜别克这个一身狐臭、狐假虎威的狗杂种。三年前他来新疆不久，在一次检查防务时，因为轧死了哈孜别克的一只羊，引发一场纠纷，此后二人一直疙里疙瘩。最近一个时期因为要对付共产党，吴家耀必须借助这股势力，所以他显得和气多了，开始主动套近乎。半月前他委托哈孜别克做一件事，哈孜别克一直磨磨蹭蹭，这叫吴家耀很恼火。现在想通了，狗东西不就是贪点吗，对于贪的人，要下血本，舍不得孩子打不着狼嘛。

马黑鹰通过线上的人，很快联系上哈孜别克，见面时间定在下午，地点是布拉克苏草原赛马场。吴家耀的吉普车赶到时，哈孜别克正在驯一匹雪青马，一件白色的丝绸袍子汗涔涔地贴在身上，露出毛发黑亮的胸和一个硕大无比的肚子。

"咯！解放军的一来，你的，慌啦？"哈孜别克操着生硬的汉话一字一句地说，嗓子眼里弹出一个响，带着鼻音，一脸轻蔑。"你们汉族人，有意思得很，一到关键时刻，骨头就酥啦！我们嘛，才是巴图尔，真正的，巴图尔。"

求人求上门儿，便不能不低头，吴家耀宽容一笑，说："你们的民族不是有句话嘛，一匹马扬不起尘土，一个人成不了英雄；一只山羊被狼吃掉，十只山羊把狼吓跑。"

哈孜别克抖着浓密的黑胡子大笑，笑毕，说："吴旅长，人精！你来新疆不过三年，咋说起话来比我还地道。不过，我的爷爷的爷爷说啦，刀口的糖不可尝，人听谎言易上当。我的，咋样的才能看到你的，兄弟的情义呢？"

马黑鹰拉开后车门，是满满当当的枪支，还有一箱黄金。

哈孜别克再次大笑，狠狠地搂了一把吴家耀，贴着他的脸说："心，放到肚子里去吧，旅座要的'黄金道'，我的，三天内叫人修进城。"

马黑鹰插了一句："我们还要借你一批羊娃子。"

哈孜别克眨巴了一下毛茸茸的眼睛，说："羊娃子？人质吧？吴旅长，你的，比草原上的雪狼，凶！"

清静了半天的城门傍晚时分又热闹起来。沿着曲里拐弯的工事，一群黑压压的牧民被绳子捆成一串，押上城头。刚接上火对面就撤了兵，刘铁想着对方要耍啥花招，果然，说来就来了。刘铁举着望远镜，看到城头挤满男女老少，说："狗日的，跟老子玩起这套把戏！"

王春来说："吴家耀把人质押到城头，分明是想阻止咱们进城。"

他不让咱进城咱就不进了？既然守城的是俞少爷，我咋能不会会呢，他得请我喝酒哩。利用下午这段时间，刘铁侦察了一下地形，早把亚其的东西南北画在了小本本上。强攻是不行的，伤了百姓折了兵，他思谋着不如来他一个夜袭亚其城，把三个狗屁抓了。当然这是军事机密，不敢让肖伯年知道。

时间过了凌晨两点，月牙儿西移，驻扎在小树林里的战士们听到鸽子的咕咕声，轻手轻脚起来。他们每个人都是全副武装，在暗夜中眼睛亮亮的，充满了战斗的豪情。一行人迅速摸到隐蔽在林间的汽车前，刚刚发动好车准备出发，谁知那姓肖的幽灵般钻了出来，身后跟着一个魁梧的民族军战士。

肖伯年说："刘团长，你不能去。吴家耀在城里的兵力虽说不多，可情况复杂，万一有个闪失就麻达啦。我这位民族军的朋友刚送来信，说你们有一支解放军平叛部队开过来了……"

电台关了，刘铁自然是不知道这件事，不过他相信这是真的。刘铁说："姓肖的，你要是愿意立功赎罪，就给我铁娃子打下手，帮着引引路啥的。你要是想挡道，老子可就不客气啦！"

刘铁登上驾驶室，打开大灯，挂挡。一脚油门，汽车冲出几米，灰尘扑了肖伯年一头一脸。

夜风挟着寒意，扑面而来，四野寂静。荒漠的夜黑得庞大而透彻，偶尔有几只萤火虫忽地划过一些亮影。汽车呜呜地向前开去，攀上一个沙包，灯下忽然飞过来一串黑影子。刘铁一个急刹车，车上的人叫起来！刘铁定睛一看，白光下立着一队解放军装扮的人马，打头的帽檐拉得低低的，叉着腰，屁股后面的红绸子一蹿一蹿。瞧这架势，不用说就是她了——老吴咋跑来了？后面还跟着宋刚几个。

"刘小队长是准备偷袭亚其城吧？"

"没错，欢迎吴政委亲临指导！"

"听着！我命令你马上停止行动。"

这女人总是在关键时刻跑出来跟自己较劲儿，真让人恼火。刘铁半带嘲弄地说："你大老远撵着我们的屁股后面跑来，不是为了挡我的道吧？"

"哼，我还要捋你刘铁的毛哩！你擅自关电台，无组织无纪律！"

"老吴，现在不是上课的时候，本小队长要执行任务，让开！"

颂莲腾地跳下马，一步跨到车头前，说："让开？你这是跟谁说话？告诉你，我现在是上级派来的先头部队总指挥！"

"那是太阳升起以后的事儿，今晚吴总指挥先歇着吧！"

"来啊，给我把刘铁押回去！"

听到政委下了命令，宋刚犹豫了一下，便和两名战士冲过来。好好的计划被搅了，刘铁懊丧极了，但他不得不下车。偏在这时肖伯年和那个民族军战士骑马过来，刘铁面子上更是挂不住，怒气冲冲地说："吴颂莲，你他娘的一来就给我瞎捣蛋！哼，这仇老子肯定要报的！"

颂莲并不在意刘铁的态度，心里还有点小得意，你小子再横，我老吴一来不还是得乖乖的？自打刘铁赴疆后，颂莲就开始忐忑不安，她知道刘铁此行的目的。她是清风岭一战的亲历者，从某种程度上说是理解他的，甚至很有几分同情，觉得这个仇该报。所以传来新疆通电起义的消息后，颂莲很替刘铁难过，担心他想不通。但是刘铁关了电台，跟家里断了联系，这一点她作为党的一把手是不能容忍的，他这不是成心要摆脱组织，摆脱自己嘛！后来听说新疆发生了黄金抢劫案及一系列有组织有预谋的暴乱，并且黄金抢劫案还与吴家耀有关，颂莲就坐不住了，当即请战去新疆。新疆局势混乱，也盼着解放军早点来维持社会秩序，这样，颂莲就带着一支精兵强将乘苏联老大哥提供的运输机飞往迪化，邢保财同战车团随后跟进。临行，孙世贤找颂莲谈过一次话，语重心长地说："小吴，亚其县是新疆重镇，又是少数民族地区，它关系到整个新疆的稳定，我希望你和刘铁尽快平息暴乱！"

一到迪化，颂莲就得到刘铁去亚其的消息。人生地不熟，这小子愣劲儿上来别把命送了，还搭进去一个小分队。颂莲急得连饭都没顾上吃，硬是冒险横穿沙漠，日夜兼程，赶到亚其。带路的维吾尔族向导很佩服这个汉族女解放军的魄力，说，从古到今没几人敢走这条路，当年就连英国大探险家斯文·赫定也要绕道哩。

当夜，颂莲召开党员干部会议，肖伯年也被邀请来参加。颂莲开场就毫不客气地批评刘铁，说："刘铁同志作为一名团长和指挥员，竟然关了电台，拒绝上级领导，并且擅自行动，制造混乱，在这里给予严肃批评！"

刘铁正窝着火呢，瞪着颂莲说："谁制造混乱了？老子不就是想为清风岭冤死的战友报个仇吗？"

颂莲说："你是谁的老子？满嘴脏话，不像个团长！你还好意思提清风岭，不就是你听不进去别人的意见才上了俞天白的当，导致全军覆没嘛！眼下形势严峻，是你个人的仇重要，还是来之不易的和平局面重要？"

肖伯年看看这二人，笑了一下，才刚刚接触，他就很欣赏这位解放军女军官的干练，所以立马站到了颂莲的立场上，说："吴政委所言极是，避免这场恶战更有实际意义。吴家耀压着起义通电不宣布，士兵们眼下还蒙在鼓里，他们认为共产党要洗劫亚其城，所以才为吴卖命。我们可以做做工作。"

颂莲说："以肖副旅长之见，如何做这个工作？"

肖伯年说："吴家耀目前只能依靠两个人——俞天白和马黑鹰。马黑鹰心狠手辣，这个人不可救药，俞天白为人还算正直，就是性格懦弱，处世中庸，有时被吴马二人所左右。但他是拥护起义的，如果你们同意，我可以回去跟他谈谈，看能不能从他身上突破。"

刘铁冷笑一声，说："上级是指示我们平叛，不是谈判！吴家耀他们是一帮反动暴徒，黄金抢劫案是他们一手策划的。我们首先、必须考虑的，应该是采取武力解决。都啥时候了，还婆婆妈妈的搞谈判！"

肖伯年说："为了亚其城的百姓，谈判也不失为一种好办法嘛。"

刘铁看也不看肖伯年，直视颂莲，说："老吴，我提醒你，你可别犯错误，犯软弱轻敌的错误！俞天白那种人还能叫人相信？清风岭的教训难道还不够惨重？这城你是不想进对吧，我进行不？"

颂莲说："你什么意思？想摆脱组织？刘铁，没有我发话，这个城你别想进！"

三

吴家耀知道，从哈孜别克那里弄来一批牧民送到城头当人质，不过是权宜之计，终究不是长久之事。他现在最为关心的是，那条"黄金道"后天能否通进城里。只要这条道通到了脚下，别说区区刘铁一个小分队，就是调来再多的解放军他也有恃无恐。在这一点上，吴家耀很有军人气魄，绝不拖泥带水，新疆政界军界的一些个人物在他这里都显得那么不入眼。比如说陶峙岳吧，你再是个杂牌军，也不能自毁到投降的地步吧。还有之前那个自称新疆王的盛世才，出尔反尔，更不像爷们儿。要不是这个人，还有后来那位软弱无能的政府主席吴忠信，他吴家耀能大老远从内地调防到新疆？

吴家耀在没来新疆之前就知道一个叫"魔鬼盛世才"的人。此人早年在国民党南京政府混过，没混出名堂，于是漂洋过海去日本镀金。脑瓜不算笨的他为了混出名堂，拉人情，找靠山，结果骗取了苏联老大哥的信任。依靠这强有力的支持，很快攫取了新疆的军政大权，自封新疆边防督办。一九三七年抗日，这家伙显得前所未有的积极，在首府迪化建立了一个八路军办事处，邀请大批共产党人到新疆工作。时隔不久，屁股一扭，又投向蒋介石的怀抱。为了表忠诚，一夜间将在疆工作的大批共产党人打进监狱，一批批暗杀掉。盛世才如此做派给自己招来祸患，无奈逃离新疆，蒋介石把他调去当农林部长，据说还是用重金买的……这还算军人吗？

正是这种人搞得新疆乱成一团，不可收拾。那来自天山南北的民族武装起义，此起彼伏，一波更甚一波，最为著名的要数"三区革命"，吴家耀早听说过。这是一支集塔城、伊犁、阿勒泰三地区的少数民族的庞大武装，短短时间呈烽火燎原之势，由北至南，长驱直入，一直打到夏米力河东岸，直逼迪化。到了如此地步，新疆的问题就不是个简单的问题了，有道是"唇亡齿寒"，历代统治者为了西域不惜兵力，为的就是自己的"牙齿"。蒋介石是明白这个道理的，所以派出一支支部队进驻新疆，企图消灭这杂草蔓生的"三区革命"。同时，蒋介石还派了那位善于做协调工作的张元老赴疆疏导，化解矛盾。自然张元老也是力不从心的，一来二去，却终不能平顺这愈演愈烈的政治局势。吴家耀作为一支嫡系部队，就是在这个时候赴新疆救急的。他一来就发现驻疆十万部队是有贵贱之分的，第一类是胡宗南系统的正规国军，整编七十八师，师长是叶成，也就是他的上司；第二类是马呈祥的整编骑兵第一师，隶属青海的马步芳，尤为擅长马上作战，牛气哄哄；第三类即整编四十二师，杂牌军，最让人看不起的，师长赵锡光是云南讲武堂出来的。三支部队彼此钩心斗角，各为其主，那位陶司令根本就是个光杆司令。此外，还有一个庞大的间谍网——军统、中统、军参和CC派，渗透在各部队。大大小小的特务，以及国外各式各样的嘴脸，新疆被虎狼围困，处于风雨飘摇之中……

人说乱世出英雄，吴家耀是深信不疑的，并一直怀着出人头地的梦想。无奈机遇似乎总与他无缘，三年中除了面对雪山荒漠，时常怀一腔悲凄外，好像再无希望了。而现在——老天爷突然让他看到了一线光亮，在这样一场社会大变革中，他无论如何不能袖手旁观。是军人，就要拿起刀枪准备出击！结局如何不重要，重要的是他要做最后一搏，哪怕粉身碎骨，也在所不惜，这才是党国的忠臣。

这天上午吴家耀召集团以上军官开最后一次会，宣布了他的那个决定：撤离亚其！撤离亚其就是要血洗亚其，大家是明白这个意思的。一时间所有人慌了手脚，情绪激烈，说解放军的战车团马上就到了，咱们给自己留条活路吧。俞天白更是深谙"血洗亚其"的含义。吴家耀这两天一直在密切监督哈孜别克手下的匠人疏通城外一段废弃的坎儿井，这是一件奇怪的事情，难道他是想把坎儿井的水引进城里？不，他是别有用意。如果克拉油库出了问题，别说亚其，连它周边的地方也保不住了！俞天白和花之锦也劝吴家耀，说，亚其是祖宗留下的，我们没有权利毁灭她！毁灭她对我们有什么好处？！吴家耀当然不会听他们的，一帮软蛋，他无须跟他们磨嘴皮，让大家马上安排撤离事宜。眼前就这么跟铁娃子僵持下去意义不大，到了该甩出撒手锏的时候了！

散会后吴家耀回到办公室，这时门卫打来电话，说外面有位小姐找。小姐？吴家耀说叫她进来。几分钟后一个包着头巾的神秘女郎湿漉漉地站在面前，吴家耀当真惊讶了，竟是那女孩儿。女孩儿被俞天白找回来后，一直软禁在解忧别墅的一间小屋里，算是惩罚，现在她突然跑到这里来找他，又是为了什么？吴家耀带点责备地说："你怎么闯到这里来了？"

女孩儿说："我要跟先生结婚。"

吴家耀吓了一跳，说："这都什么时候了，薛小姐。"

女孩儿抹了一把脸上的雨水，笑了笑，说："正是时候。您看今天这雨下得多欢畅，先生！"

吴家耀瞪视着女孩儿，不是惊愕，而是疑惑了，这孩子怎么就突然改变了呢？

女孩儿认真地说："先生，我说的是真的，我要跟您结婚。咱们离开这儿，走得远远的。只要您放过亚其，紫苏情愿一辈子跟随先生！"

原来是这般！吴家耀不敢小视这女孩儿了，她的小脑瓜里竟藏着很多想法呢。一个看似简单的女人，如果你真把她当作一个简单的女人，那你就大错特错了。

俞天白和马黑鹰皆在场。

俞天白看了一眼女孩儿，想她原是不愿嫁给吴家耀的，那个雨夜是自己硬把她押了回来。现在为了劝阻吴家耀血洗亚其，她竟然答应嫁给他，多么善良的姑娘啊。但是这么一来，她会被毁掉的，她想过吗？俞天白觉得自己的手心开始冒冷汗。

叫紫苏的女孩儿在来这里之前，其实矛盾了很久。一直以来紫苏都认为吴家耀是个美好的人，到了新疆以后对他才算有了真正意义上的了解。紫苏自小受外祖父的影响，熟读唐诗宋词和医书，这使得她跟寻常人家的姑娘大为不同，比较唯美。这在穿戴上就能体现，她喜欢浅紫的颜色，她的身上四季都开着那种淡紫色小花，高贵而忧伤。自然，当她后来发现吴家耀有一个可怕的癖好后，就相当不能容忍了，甚至有了一种厌恶。那是她刚来新疆不久，一天夜里到楼下解手，听到一种声音，是从吴妈的小屋里传来的。她顺着一缕暗光朝那敞开的小窗看去，顿时吓住了，吴家耀竟然靠在吴妈怀里，仿佛一个古怪的巨型婴儿，正贪婪地吸吮着一只大奶……

紫苏像一只受伤的小鹿仓皇逃去。她有好长时间都怀疑自己的眼睛是不是出了问题，以后几天她简直不敢看吴家耀那张保养良好的脸，看吴妈沉甸甸的胸。后来当真听说吴妈刚生了孩子，孩子死了。有一天，吴妈在小屋换衣裳，紫苏看见她膨胀的乳房淌着奶水，她相信了，那天晚上不是幻觉，是真的。吴家耀有这个嗜好。这就是紫苏第一次逃跑的原因，她怎么可能嫁给这样的男人？！

紫苏虽在小镇长大，书读得不是很多，但也算个小家碧玉。把自己给了这种恶心男人，她是不甘心的。再说了，在镇上念书的时候，她的国文老师是个进步人士，常常讲些政治和历史，她对共产党素来是怀有好感的。现在吴家耀要跟共产党决一死战，要血洗亚其，紫苏无论如何是反对的。可是，她能阻止住他吗？她连自己都救不了，还能救谁呢？

这个清晨，紫苏吹着箫，心乱如麻。箫声凄切，仿佛雨中飘摇的龙须柳，一片纷乱。紫苏想起了自己的外祖父，那个一辈子奔波劳碌的老中医。有一年夏天，一座小镇传来消息，说那里发生了百年不遇的瘟疫，方圆百里到处是死人，无人敢进去。政府准备让那里变成一座"死镇"。在没有一位医生敢靠近的时候，紫苏的外祖父拉了一马车草药进去了。紫苏的外祖父不顾一切，投入到救治病人的战斗中，他凭着自己高超的医术，征服了这场瘟疫……为了纪念这位舍生忘死的好医生，这座新生的小镇从此以她外祖父的名字命名，叫厚朴镇。厚朴，是个中药名。想到可敬的外祖父，一股从未有的豪气陡然从心底升起。

为了亚其，为了和平，我薛紫苏怎么就不能做点什么呢？如果能阻止这场战争，她倒是情愿献出自己的！

紫苏就是带着这样一种献身的心情来找吴家耀的。吴家耀看到这个美丽的女孩儿在哀求自己，心里有满足，更有遗憾和愤怒，他是不会丢掉自己的职责的。一个女人想用自己来换一座城市，是不是傻气了呢，或者说自不量力？不过，吴家耀不会这么去问她，他会在口头上答应她。

四

颂莲扮成羊倌，从城西的一条暗道进入亚其。这条暗道是肖伯年两年前利用一段废弃的坎儿井改造的。坎儿井也就是暗渠，新疆干旱，把渠修在地底下，水的蒸发量要小得多，这是当地人创造的，既可用来灌溉庄稼，也能当饮用水。手电筒照着狭长漆黑的地道，颂莲弓着腰，摸索了一个时辰，夜幕降落时才从一片小树林的出口钻出。望着脚下的小城灯火，颂莲想今天一定得见见俞天白。她来这里没有告诉任何人，只有肖伯年知道，肖伯年给她提供的这条秘密路线。

其时，俞天白正骑马走在通往家的林荫道上。半小时前，他刚把妻子和女儿安顿到旅部医院的一间地下室里，即使打起来，这里也安全些。俞天白给熟睡的女儿盖好被子，叮嘱妻子这几天别乱跑，就告辞了。明天是个什么样子，我还有明天吗？也许正像吴家耀所说，你想解甲归田，只怕共产党不会饶过你，刘铁更不会饶你！俞天白头痛欲裂，难道这是他与心爱的妻子和女儿最后的诀别？月下那模糊的二层小楼终于出现在面前，俞天白下马，望着黑乎乎的窗户，感到一阵绝望。背后突然嚯的一声，一条影子飞过来，冰冷的枪口顶在了他的太阳穴上！

"别动！"

夜色衬着一张英武的脸，抹去毛巾，竟是个女人。

"我是西北野战军一兵团六军九师独立团政委吴颂莲，俞团长，咱们能谈谈吗？"

解放军竟然摸到了自家门上，太不可思议！俞天白冷淡地说："谈什么？你到底有什么事？"

"长话短说，我今天来只有一个目的，就是希望你能为我们做点工作。"

"我不想参与你们任何一方。你最好还是离开这儿，不然一会儿你的命也保不准会丢掉的。"

"在俞团长这里，我相信我很安全。"

"安全？一个没有明天的人，一个连自己的命运都主宰不了的人，谈何安全……"

"你不愿与吴家耀为伍，更不愿做解放军的阶下囚，所以你宁可选择逃避，是吗？俞团长，为了早日平息暴乱，解放军先头部队日夜兼程赶赴这里。大部队眼下还没到，这个时候如果你能配合我们做些工作，共产党是会感谢你的，你俞天白也算为新疆的和平立了功。我保证刘铁不会动你一根毫毛，我吴颂莲说话算数！"

"你想让我做什么？"

"劝吴家耀放下武器，把所有人质放了！"

"这简直不可能！"

"这要看你的了，我相信你是愿意为人民做一点好事的，对不对？"

……

颂莲的造访，不能不说对俞天白是个震动，他真的很想为刘铁他们做点什么，也许只有这样，他在良心上才能得到平衡。

雨停了，树叶又落了一层。那些红的、黄的、紫的花儿终于经不住这场秋寒，收尽风情，零落成泥。蝴蝶、蜜蜂们也一下子消失了。俞天白这天做东，请吴家耀和马黑鹰在小洞天酒家喝了一场酒。很久没一块儿聚了，都有些激动，喝得很多，马黑鹰躺倒了。俞天白脑袋生痛，心里在着火，但是他今天带着任务来，撑也要撑到底。饭后，侍女上了两杯咖啡。咖啡的浓香唤起二人久远的记忆，吴家耀带着一种怀旧的情绪对俞天白说："记得我第一次喝这东西是一九三六年，还是你给我煮的，当时我喝下去，感觉就跟喝煮烂的玉米粥似的。那年你才二十岁，刚从苏联念书回来，对不对？提着一只沉甸甸的皮箱，走在南川一条小街上，一看就是个阔少……"

俞天白说："其实……其实是一箱书，那些土匪以为装的是金银财宝，就来打劫。多亏大哥相救，不然我这条命就送了。"

吴家耀笑了一下，说："你那只箱子还真惹眼，后来咱们俩到青海投奔马家军，又被偷过一回是不是？幸亏被我截住。我要把那个叫花子送警察局，你说这孩子还小，算了。天白弟心地善良，也算挽救了马老三，不然他现在不知在哪儿呢。这就是咱哥仨的缘分，不容易啊。"

俞天白点点头，眼睛热了。

"我有个问题一直不明白，"吴家耀看着俞天白认真地说，"当时你怎么会跑到南川那座小镇上找国军呢？谁告诉你那儿有国军的？那里有红军倒是不假。"

窗外一对雀儿飞过，发出吱的一声，俞天白的心也一下子被带走了。哪儿是头呢？是十三年前铁娃子失踪后的那个秋天？是的，一切的一切，都源于铁娃子啊……

老实说，俞天白打小就不待见铁娃子，他看不起这个穷小子，同时又十分妒忌——他的聪明，他的健康，他会翻跟头，耍大刀，吼秦腔，他还讨桃花姑娘欢喜……这些日积月累，在俞天白小小的心灵中变成了敌意。终于有一天，当俞天白听说闯关东的桃花姑娘被日本鬼子惨杀后，他迁怒于刘铁，在放学路上放走了自己的小白马。他原本只是想吓一吓这穷小子，却没想到他心爱的小白马真会丢失，更没想到铁娃子会为了找马掉进河里。几天后，他听说有人在河下游打捞上一具男孩尸体时，他大哭一场，病倒了……不能不承认，铁娃子的死，改变了他整个生活。父亲本来是要他接管这个家的，可是现在他不想待在家里了，他毅然离家出走，到城里念书去了。

俞天白在学校勤奋好学，成绩优秀。他从鸦片战争和八国联军入侵中国这段悲惨的历史中得到启示：一定要用科学武装国人，知识救国。为此，他改了"添百"这个寄托着老父希望的名字，变成了"天白"，他希望中国能早日结束黑暗，雄鸡一唱天下白。高中毕业后，俞天白毫不犹豫地选择到苏联留学，专修园艺，一心要做个米丘林学者。是为了告慰他死去的种桃子的生母，还是为了那个叫桃花的姑娘？是的，他做梦都想在一个遥远的地方建一座芬芳的大果园，那里没有战争，没有压迫，人们过着和平幸福的生活。可是那年春天突然传来家乡遭日军飞机轰炸的消息，家人全部丧生。十九岁的俞天白匆忙回国，此时国破家亡，桃园荒芜，俞天白无心再念书了，他想上前线打鬼子！隔着一架山，南川有红军队伍驻扎，红军是共产党的队伍，红军是好人，从前他不止一次听铁娃子说过。于是俞天白去找红军，谁知红军没找着，半路上还遭土匪劫持，幸好一个浙江大哥救了他，这个人就是吴家耀。

吴家耀生在浙江，老家在青海。那一年他去青海寻根，中途碰上遭抢劫的俞天白，见义勇为，当了一回英雄。俞天白对吴家耀是充满感激的，所以听说吴家耀的亲戚是正规国军，也打鬼子时，二话不说就跟着他走，结果却辗转到青海进了马步芳的部队。也许这就是命，原本是想当红军，一九三六年却成了"围剿"红军西路军的一员。那次战场上与铁娃子邂逅，对俞天白刺激很大。一年后他和马黑鹰跟着吴家耀离开马家军来到南京。要在国军里混出个模样，必须入黄埔，在地方军里混没前途。三人投考了黄埔军校，毕业后调到西安，称得上正统国军了。不过，俞天白在部队较长一段时间都是抄抄写写，属于被人看不起的角儿。搞政工要靠嘴皮子，偏偏他不善言语，做人做事又太过古板，曾沦为一批实力派的笑柄。若不是吴家耀，俞天白恐怕很难坐到团长的位置上。只有吴家耀慧眼识珠，知道俞天白是个宝贝。实质上俞天白在吴家耀的身边一直发挥着军师的作用，吴家耀军事生涯中那几个令人称道的胜仗，都是靠俞天白来指挥调度的。这一点，吴家耀又是感激俞天白的。

这天下午扯起过去，二人的感情重又拉近，一时忘了这些日子的不快。俞天白说出了那句埋在心底多年的真话，他说：

"大哥，当年我去南川其实是想找红军的。"

吴家耀看了俞天白一阵儿，哈哈大笑，笑得眼泪出来了。他早已看出俞天白今天的用意，笑着说："有意思，真有意思啊！老天爷怎么偏偏让咱们俩碰到了一块儿，你跟着我是误入歧途呀……"

俞天白摆摆手说："大哥，我绝没有怪你的意思，这是当初我自己的选择，不怨任何人。好在今天我算是明白了，跟着国民党再无出路，把新疆交给共产党是大势所趋，历史之必然。但是大哥，你为什么就看不清这个事实，还要扛下去呢？这既保不了亚其，也保不住自己，外人还会乘虚而入，大哥啊，大哥，咱们不能做中华民族的罪人啊！"

总算把心里话吐了出来，俞天白不那么憋闷了。吴家耀沉默片刻，点点头，说："说得好！其实哪，大哥不是看不清事态，而是看得再清楚不过！只是这双手沾满了共产党的鲜血，共产党会饶过我吗？刘铁首先会扒了我的皮。走到今天这一步，谁也无法改变自己的命运，我更是如此！你和薛小姐想让我离开亚其，我知道。跟你说句实话吧，我不是没想过，可两手空空，你让我怎么走？"

俞天白还是第一次听吴家耀说想离开亚其，心里陡然一亮，感动地叫了一声"大哥"。吴家耀的胖脸上掠过一丝复杂的表情，说："天白弟，你是在帮你的老朋友铁娃子劝我，对吧？这样，容我考虑一下，好不好？"

第四章

一

　　回到家俞天白踏踏实实地睡了一觉。这是多日来第一次安稳入睡，醒来头不那么痛了。他从箱子里翻出那架早年送给刘铁的望远镜，一边细细地擦，一边回忆一些他跟刘铁儿时的片段。这时花之锦打来电话，火烧火燎地说："旅座兑换黄金的事没办成，正大发脾气哩！"

　　两个小时前，俞天白从小洞天酒家出来，花之锦来给吴家耀送一份文件，二人有过片刻交谈。花之锦告诉俞天白，吴家耀在这一带有多处商铺，前段时间曾找人秘密兑换黄金，一直没办妥，这是他的后顾之忧。俞天白说，花副官，看来你比我更了解旅座。你的意思是，如果他拿到兑换的黄金，就会离开亚其？花之锦说，应该是这样。叶成、马呈祥他们不都是拿了一笔钱后，才向陶司令交出兵权出国的嘛。旅座爱财，还喜怒无常，共军逼得急了，他什么事都可能做得出来。俞天白明白了，就是说如果兑换不了黄金，吴家耀就还会留在亚其！

　　花之锦的这个电话叫俞天白刚刚放松的心又笼上了阴云。陶峙岳为了劝叶成和马呈祥放下武器，耗资不少，甚至从自己腰包拿出钱送给他们。这在军中已不是秘密，可自己上哪弄钱去？吴家耀貌似随和，其实锋芒藏在内里。眼下刘铁和他的战车团逼到了城门口，一心想报仇；吴家耀也是咬紧牙关，准备甩出撒手锏。这种状态拖下去，每一分钟都藏着危险，就像一座正在冒烟的活火山，不知哪一刻就爆炸了……想到这里，俞天白如坐针毡，他该如何向刘铁他们交代？他的任务没完成啊。

忽然眼前一亮，想起那笔夏米力河堤的工程加固款！说起这条夏米力河有点历史，一九四七年为阻止"三区民族军"打进迪化，国民党往河西派出重兵驻守。但"三区"那拨人隔三岔五来骚扰，大仗小仗不断线，很烦人。最后吴家耀索性下令炸堤，让他们过不来！大水泛滥，果然把民族军隔到了东岸，此后两军对峙，倒也相安无事。但却苦了百姓，每年六七月雪山融化，洪水猛兽般扑来，淹没大片房屋和庄稼，无数人丧生。为了治理这条河，新疆政府拨下一笔工程款，责令一二六旅修缮。俞天白负责这项工程，两个月前刚把工程款提到账上，吴家耀又令他去修工事，河堤加固工程一事只好停下了。

俞天白心里一阵发悚，挪用这笔款子？对，这是唯一的办法！只要吴家耀能离开亚其，他一定要帮他，不能让他落到刘铁手里。至于自己，走一步算一步。俞天白颤抖着手，拨通了财务科长的电话。

一个小时后，汤科长来了，称那笔工程款已全部提出。汤科长问："这一下雨，河水暴涨，又该发洪灾了，这河堤加固工程还搞不搞了？"俞天白说："现在这个样子怎么搞？"汤科长说："那提这笔款子干吗？这可不是一笔小数目，将来万一查起来，过不了关哪！"这一点俞天白何尝不明白，但眼下顾不了那么多了。俞天白说："别废话了，我不是说过嘛，有重要用途，马上送到旅座那里！"

汤科长只好照办了。

这笔钱果然取得了预期效果。吴家耀打电话给俞天白，说："天白，大哥谢谢你。告诉铁娃子吧，明天一早我把人质放了，然后交出兵权。不过，得让我把婚结了，你来给我当司仪，如何？"

颂莲是黄昏的时候接到俞天白的信的，一手小楷毛笔字写得很漂亮，一看就是有功底的。她捧着信给大伙念："……望贵军体谅吴旅长的心情，待其三天完婚之后，定将亚其城完好交与解放军。在此，团长俞天白和副团长马黑鹰谨代表骑兵团全体将士郑重宣布和平起义……"

不等颂莲念完，刘铁跳了起来，说："现在办婚礼，扯他娘的淡！是不是听说咱们的大部队到了，吴家耀又想玩啥花样？这里面肯定有大阴谋，我敢说俞天白就是阴谋策划者！"

盼星星盼月亮，今天一早总算把邢保财的战车团盼到了，刘铁本打算杀进城救出人质，消灭那狗日的哥仨，为清风岭的死难战友报仇！可是现在接到这样一封信，刘铁格外恼火。

"我去探个虚实。"刘铁咬咬牙说。

邢保财说："我看也是。"

颂莲说："老刘，你在城外怎么日鬼都行，但我不许你进城胡来，别忘了咱们现在是坐在火山旁，守着炸药包！"

肖伯年说："吴政委说得对，不能莽撞。"

刘铁斜了一眼颂莲，心说，哼，你可以单独进城去会俞天白，我怎么就不能进城，老子明天一定要去讨杯喜酒喝！

吴家耀倒是说话算话，第二天一早就把押在城头的牧民放了。这些哈萨克族牧民多是从布拉克苏草原赶过来的，饿了几天，四散开去寻找食物。刘铁派王春来接应他们到临时营地吃顿饭。粮食紧张，附近的民族革命军送来一些土豆，战士们煮了一锅。颂莲挨个给老乡发土豆，每人一个，剩下两个，给了刘铁。

刘铁蹲到了红柳棵子下，边吃边研究起军事作战图来。这正是肖伯年提供的那张图。看着看着，眼睛直了，把土豆放在草地上，手在图上划拉起来。

一个十三四岁的小丫头从背后绕过来。小丫头穿着红裙，腰上拴着一枚手榴弹，一头散乱的小辫子在绿头巾下飘飘荡荡，在黄昏暮色里，有一种别样的味道。丫头眼儿贼大，骨碌碌转了两转，盯上了刘铁的土豆。她猫着腰，蹑手蹑脚，捡了一根干红柳枝，朝热热的土豆上一扎，举着小跑开去。刘铁隐隐觉得一个影子晃过，抬眼一看土豆少了一个，何人如此大胆，敢偷我铁团长的东西？

小丫头躲在爷爷背后笑。木拉提头人看到插着土豆的红柳枝，拍了孙女一巴掌，说："你这个馋嘴猫，快把洋芋送回去！"

小丫头说："不！"

刘铁很快就弄清楚怎么回事了，他捧着另一个土豆走过来，放到小丫头手上。木拉提头人有点不好意思，连忙抚胸施礼，用熟练的汉语说："阿娜尔古丽,还不快谢谢解放军叔叔。"

小丫头朝刘铁一笑,露出一口洁白的小牙,有点顽皮,又有点羞涩。

刘铁指着地图,说:"大叔,跟您打听一下,这城外靠西边的地方有坎儿井吗?"

"有啊。"

"能把水引进城吗?"

"坎儿井的水一般引进地里浇庄稼,不引进城,隔着城还有一截子距离哩。"

刘铁死盯地图,沉思。突然,小丫头叫起来:"着啦!着啦!"原来那丫头在篝火上烤土豆,把裙子给烧着了。这团火仿佛烧到了刘铁的头上,刘铁一拍脑门儿,猛醒,不得了!肖伯年说过,亚其城里人口密集,有两片商业区,另外城西还有个克拉油库,一旦吴家耀要玩阴谋,后果不堪设想!刘铁今天早上通过望远镜观察油库,发现四周重兵把守,格外森严。在离油库不远的一侧,有一些模糊不清的人影在晃动。肖伯年说那是些老乡,每年这个时候都要清一次坎儿井,这样来年春天引水才不会被淤泥堵。这些人,跟油库有没有关系呢?

二

当刘铁赶到城西小树林时,靠近坎儿井的地方几个穿羊皮袄的匪徒正忙碌着。匪徒们把几只大油桶滚到井口,一阵轰隆隆响。听到马蹄声,一帮人手忙脚乱地打开油桶朝井口倒;顿时,大股的油顺着流水疯狂窜去——流向前方一段明渠,荡起黑色波浪。钻过一道墙,就进城了。

"共军来了,快点火!"匪徒们惊慌失措,大喊。

"他们说,快点火!快点火!"那个小丫头骑着马也跟来了,给刘铁当翻译,她汉语说得不错。

说话间,匪徒四散开来,一条火龙腾空而起,张着血盆大口,啸叫着落下,向暗渠扑去。刘铁跳下马大喊:"吴家耀,你个王八蛋,给老子来这一套!救火啊!"

颂莲、邢保财和肖伯年骑马驰来,后面是木拉提头人和一些乡亲。

肖伯年喊:"赶紧截断进城的连接处!"

一行人朝前面的明渠冲去。大火蔓延开，黑烟四起，众人投入到一场争分夺秒的战斗中。有人用树枝灭火，有人往燃烧的渠里填土，木拉提头人和乡亲们脱下羊皮袄扑打。可是湍急的流水转瞬便将泥土卷走。望着可怕的火龙一路奔去，刘铁急了，从木拉提头人手里夺过羊皮袄跳进渠中，试图用身体挡住滚滚扑来的大火。颂莲、邢保财、王春来、肖伯年，还有那个小丫头，也一个个跳了下去，奋力扑打火苗……

在解放军和牧民们齐心协力阻止这场灾难时，城郊的解忧别墅正沉浸在从未有过的热闹中。来自政界、军界和商界的名流雅士们，成双成对，鱼贯而入，来给吴家耀贺喜。大厅里张灯结彩，鲜花盛开，一条醒目的红地毯伸向楼上。八方来客叽叽喳喳，说说笑笑，期待着那个神圣的时刻。俞天白的夫人薇拉也来了，领着女儿莱丽。莱丽戴着漂亮的小红帽，瞪着大眼左看右看，问：

"妈妈，新娘子在哪儿，我要看新娘子！"

"等爸爸宣布婚礼开始，新娘子就出来了。"

今天，俞天白收拾得很精神，深灰条纹毛料西装，配紫红色暗花领带——这套行头还是他结婚时买的，现在穿上有种别样的感觉。看着那条伸向楼上的红地毯，此时的俞天白好像看见一条通向和平幸福的路，他真要感谢大哥，到底被他说服了；还有那位薛小姐，做出这样的牺牲真不容易。吴家耀能结婚、离去，也许是最好的结局，自己也算完成了任务，该解甲归田了。咦，马黑鹰怎么没来？还有莫三强呢？……一小时前俞天白去吴家耀的书房，向他汇报关于婚礼的一些程序，吴家耀很兴奋，说，一切听天白弟安排。马老三和莫营长也说听二哥安排，二哥是有学问的人，懂得多。

看看表，时间到了。俞天白让花之锦上楼去请新娘新郎。他轻轻咳了一声，走上台，环顾台下，郑重宣布：

"各位来宾，各位朋友，女士们，先生们，大家好！现在我宣布，婚礼仪式正式开始，请新郎新娘入场——"

军乐队奏起《婚礼进行曲》，气氛顿时变得凝重起来。围坐在红地毯两侧圆桌旁的人们瞪大眼睛，翘首期待——那通向楼上的红地毯，在灯下闪着耀目的光。这个神圣的时刻，幸福的时刻，有多少人在重温过去！他们倾听着庄严的音乐，聆听着自己的心跳，仿佛看到了往昔那个美丽的新娘、英俊的新郎就是自己……进行曲接近尾声了，像一条通往云端的路走到了尽头，有点吃力，有点疲软。人群中开始出现少许不安。这不安是正常的，因为新娘和新郎还迟迟未能出场。俞天白抹了一把额上的细汗，扭过脸朝楼上看，这时花之锦快步走来，小声说：

"没人。"

没人？！俞天白蒙了。花之锦说得不错，二楼三楼空空荡荡。薛小姐住的那间小屋门敞着，地上摊着雪白的婚纱。究竟发生了什么事，花之锦上上下下转了一圈，想不出个所以然来。

突然一阵巨大的爆炸声从不远处传来。一时间大厅炸了锅，参加婚礼的来宾们大呼小叫，纷纷向门外冲去。俞天白呆住了，天哪，这是什么声音？！薇拉抱着女儿冲过来，说："快走啊，天白，亚其出大事啦！"

俞天白咬着牙说："我哪也不去，让我死在这里吧……"

薇拉说："天白，要死咱一家死在一起！"

俞天白推开妻子，恶狠狠地说："你个傻女人，你待在这里干什么？滚！滚！"

大门轰的一声合上。

人散楼空，四周变得格外安静。西装革履的俞天白面对大红喜字，呆若木鸡，难道这就是他一番苦心换来的结果吗？这是为什么，吴家耀为何要这么待他？！

三

吴家耀不承想那轰隆一声巨响，不是好戏开场，而是结束。以后每每忆起这件事，他都万分懊恼，琢磨不出这中间究竟哪儿出了岔子。有人告诉他说，是一个叫铁娃子的人一手榴弹拯救了亚其，他不相信。他不相信，是因为他不愿意承认自己的失败命运。

可事实的确如此，刘铁一手榴弹救了亚其。那天在城西，当人们拼尽全力也无法将那流动的火龙制服时，刘铁看了一眼远处城墙内高大的油库，急中生智，从腰间拔出手榴弹，朝反方向摔出去。随着轰的一声，一段新挖的明渠从中间炸开，尘土飞扬，水波四溅，一场灾难结束了。刘铁万分感谢这手榴弹，感谢那个叫阿娜尔古丽的小丫头，因为手榴弹是小丫头捡的，挂在腰上防身，被刘铁要了去。

吴家耀一天之后才听说了这个故事，他彻夜不眠，不明白自己为什么这么不顺，弄得鸡飞蛋打，甚至连自己喜欢的女人也丢了，倒霉啊。

话说那天上午，紫苏刚刚穿戴停当，莫三强突然进来，说，薛小姐，旅座让你马上走！走哪里？不是要办婚礼吗？紫苏大为惊讶，接着松了口气，也许是老天顾惜她，又放过了她一次。然而她依旧无处可逃，只是穿了件大衣，就被莫三强从后门架出，弄上了马车。莫三强拉着紫苏刚出城不久，在山道上碰上一辆急驰过来的马车，车上传来女人撕心扯肺的叫声。马车停在了路旁，一个穿着花裙子的妇女高声嚷着，赶车的男人和一个小姑娘慌了手脚，连连呼救。

"是个产妇，我去看看！"紫苏对莫三强说，马车没停稳，已跳了下去。

紫苏背着药箱不顾一切地奔过去。莫三强自然不敢不等旅座的未婚妻，只是这一等就等个没完。那个妇女是头胎，难产，准备送往亚其县的医院，谁知半道上羊水破了。到城里还有不短的路，再说亚其现在这种形势，能顺利请到医生吗？看到产妇痛不欲生的样子，紫苏的心抽搐起来。紫苏这个年龄的女孩儿对生孩子的事是陌生的，但从前跟着外祖父在山里行医，知道个皮毛，不行自己试一试，救命要紧呢！她让那个汉子把产妇就近送到一户牧民家，又吩咐产妇的妹妹烧水做准备。站在外面的莫三强焦急地转来转去，眼看着天一点点暗下去，他凑近门催促："薛小姐，该走啦！"

紫苏仿佛没听到，满耳朵都是产妇的尖叫。

莫三强再也等不起了，听到远处的枪声，想了想便跳上马车，甩鞭离去。共军打进来了，他得先保自个儿的小命。

紫苏早已忘却了时间，几个小时后当一声婴儿的啼哭划破山野的寂静时，她才松了口气。

"大姐，看啊，是个漂亮的小公主！"

产妇虚弱地睁开眼睛，笑了一下，又睡过去。

紫苏拿着毛巾走到门外，外面很静，枪声停止了。一弯月牙悬在头顶，月儿呀，是你救了我吗？女孩儿捂着脸，轻轻地哭起来……

四

在一片清悦的鸽铃声中，小城醒来。雕花的清真寺上，一弯蓝月亮高高耸立，于晨曦中闪着微光；小巷深处响起悠长的琴声，赶着驴车丁零当啷的白胡子老头，提着一篮石榴叫卖的少女，还有那些披着曳地面纱的女人，使这个早晨充满活力，又神秘无比。

这就是亚其，亚其新的一天。

这个周一对于一二六旅的官兵们有着特殊意义，以往的升旗仪式变成了降旗仪式。肃穆的大操场出奇的静，凛冽的秋风呼啦啦撕扯着那褪了色的青天白日旗。吴家耀落荒而逃，肖伯年成了代理旅长。肖伯年今天下巴刮得铁青，穿得也很特别，他没穿军服，而是穿了一套银灰色中山装，这衣裳大概有些年头，略为宽大，还有点皱巴，却是簇新的，在阳光下闪着温和的光。大家注意到，不修边幅的肖伯年扣子扣得齐齐整整，一粒不落。

"肖伯年谨率一二六旅全体将士郑重宣布：与广州政府和国民党断绝关系，竭诚接受毛泽东主席之八项声明和国内和平协定，听候人民革命军事委员会及人民解放军总部之命令，实行和平起义！……"

声音略有些沙哑颤抖，但与以往不同，肖伯年的表情相当严肃，严肃得近乎神圣。会场鸦雀无声，那些军官和士兵表情各不相同。

"亚其的和平解放来之不易，虽然她晚了一些时辰，但终于解放啦，走向光明！我相信，绝大多数弟兄早都盼着这个和平的日子了，我说得对不对？"

一片沉寂。片刻，响起稀稀落落的掌声。毛旦、柴米贵等士兵拍得很响，俞天白、花之锦拍得比较礼节，马黑鹰、莫三强这帮人索性一动不动。看到一些人在犹豫，肖伯年抬高胳膊，把一双手拍得啪啪响。掌声是有感染力的，一传十，十传百，从上到下，从前到后，一浪压过一浪。一二六旅热爱和平的官兵们在这个清晨，面对一轮新鲜的日头，心不由得热了起来。不知不觉，许多人的眼睛湿润了。旗杆上的青天白日旗缓缓降落，官兵们取下帽子上的徽章，抛向天空。俞天白闭眼，双手托着摔出去，那沉重的一抛之后，便是释然。

结束了，结束了！

解放军临时指挥部设在一座干打垒的维吾尔族四合院里。一条渠从院墙穿过，流水潺潺；院子一角栽着桑树、石榴树等，树下有一张大土炕。屋子因无人居住，甬道长满杂草，蛛网密集，倒是房檐下一对鸽子飞上飞下，很有活力。据说以前这里住着一对经营珠宝的夫妇，夫妇俩一年前出门送货，被哈孜别克的手下人给杀了。此后这屋子就空着，县政府工作人员让刘铁他们在这里临时办公，战车团的官兵们也一一分配到各个点驻扎。为了增进民族团结，颂莲给大家认真上了一课，要求官兵尊重少数民族习俗，多为老乡做好事；另外，她还从县政府请了一位翻译给大家当老师，教维吾尔语。

这天早上，颂莲和邢保财正在打扫屋子，听见外面传来一阵骂声："你以为自个儿摘了帽徽，就是解放军啦？你骨子里还是国民党！你个浑蛋！骗子！……"

颂莲跑出去，见刘铁站在屋顶上，手里提着一只破铜盆。那晚上没追着吴家耀，从渡口回来，刘铁就一直没个好脸。吴家耀这么一个大坏蛋，就这么被放走了，俞天白事先为啥不向我们请示？还谎说吴家耀办婚礼，分明是一种包庇！在这个问题上，刘铁和邢保财都想不通。颂莲倒是觉得俞天白放走吴家耀在当时的情况下也算一种政治智慧，说我们应该理解俞天白，甚至要感谢他；如果吴家耀不走，亚其说不定血流成河呢。

颂莲说："老刘，你在屋顶上喊什么？"

刘铁当当地敲了几响，说："庆祝青天白日旗降落！"

"一会儿咱们开个小会。"颂莲说。

一听开会，刘铁撇嘴。他不喜欢开会，但颂莲就爱开会，小会能开成大会，大会能开成批判会。而且每次会议都是摆足了阵势，不许一人迟到，还要点名，记录在案。这倒也罢，不许爷们儿打哈欠抽烟咳嗽放屁这一条，管得就太宽了。颂莲这么一个扎在男人堆里几乎丧失性别的女人，偏偏有这个要求，太过分，太不近情理，但也是她保留下来的唯一一点女人嗜好了。所以，刘铁和一帮老爷们儿尽管愤愤然，憋急了还要一起抗议，但最终都被他们的女政委镇压了下去。

开会已是晌午时分，早上喝的玉米糊糊，搞了一通卫生，都有些饿了。干部们盘腿坐在大土炕上，屁股底下一凉，肚子便叽咕叫。不知谁说了一句，弄点啥玩意儿吃，常福哧溜一下就出去了。不到十分钟，一小碗煮鸽子蛋放在了板凳上。

一炕的人眼全亮了，邢保财说，好东西，这玩意儿对男人是大补，给大家每人分了一个。轮到颂莲，颂莲正埋头准备会议的发言稿，看也不看，说："什么蛋，给刘铁吃吧。"

刘铁上厕所回来，邢保财一只大手捧两颗小蛋，说："这俩蛋，你的。"

刘铁问："哪儿来的？"

常福说："老乡给的。"

刘铁本来就不痛快，一下恼了，说："胆儿不小，敢要老乡的蛋！你解放军的纪律还要不要？"

"人家非给不可，说解放军救了亚其，救了他们……"

"那就该吃人家的蛋？没看见老乡穷得连裤子都穿不上？都把你们的蛋交出来！"

"我的蛋吃了一个，咋办？"邢保财说。

"吃一个赔俩！"

看到刘铁脸黑得发紫，颂莲说："算啦，一会儿我去给老乡付钱，算我请客。"

刘铁说："不行，把你们的蛋送回去，吃掉的自个儿赔！"

大家只好把手里的东西放进碗里。

颂莲敲了敲笔记本，说："现在开会了，蛋的事儿会后再做处理吧。"

刘铁背对着颂莲，在炕脚上坐下。

"同志们，咱们今天一是做个工作小结，二是布置下面的任务。这几天相当紧张，可以说我们是揣着炸药站在火山口上。为保住亚其，保住老百姓，大家伙都付出很多，有两位同志还牺牲了……但是，我们终究清除了吴家耀这个阻碍起义的绊脚石，让亚其回到了人民的怀抱。上级对于我们的工作是给予充分肯定的……"颂莲看了一眼刘铁。

邢保财握着粗大的黑杆钢笔，歪着脑袋哗哗记着，中间还时不时找个空朝刘铁乜两眼。那感觉愣是像个知识分子。除了颂莲，全团官兵加到一起，识的字也不及他一半。他有骄傲的资本。

"大部队徒步行军，十二月中旬才能抵达新疆。咱们先头部队近期的任务是，巩固起义成果，稳定亚其的社会秩序。具体地说，就是帮助起义部队整顿军纪，开展民主诉苦运动。另外，有一件事迫在眉睫，那就是尽快破了'九·二六'黄金抢劫案……"

提到"九·二六"黄金抢劫案，刘铁一下坐直了，说："我来破这个案子！"

颂莲说："肖伯年现在是代理旅长，陶司令责令他来负责此案，我们这边只是协助。"

刘铁说："成，我来协助吧。"

邢保财笑了笑说："老刘，打仗你没得说，这破案吧，你不成。"

刘铁说："我咋不成？老邢我说你别仗着自己喝了点墨水，就门缝里瞧人。"

邢保财说："不是这意思，这破案吧，那是需要有一套缜密的逻辑思维的，还需要法律知识……"

"这案子我还非破不可，你们谁也甭跟我争！"刘铁生气了，指头捏得咯嘣响。

颂莲只好劝邢保财，说："老邢，你课讲得不错，你就带春来、宋刚他们到下面讲讲我们党改造起义部队的有关政策，好不好？马上要开展诉苦运动，这是重中之重哩。"

邢保财本想参与破案，也好显示一下自个儿的综合素质，结果机会还是给刘铁拿去了，他有点郁闷。夹在这一男一女两个强手中间，自己什么时候才有出头的日子？

会后，颂莲和刘铁一起去旅部找肖伯年接洽。二人一进肖伯年的办公室，就觉得气氛不大对头，俞天白坐在里面，脸色绯红。看见颂莲和刘铁上门，肖伯年很高兴，说："欢迎二位光临！来得正好，我和俞团长在谈黄金抢劫案哩。"

其实他是在给俞天白做工作。黄金抢劫案与吴家耀有瓜葛，让俞天白来破这个案子似乎最不恰当，却又最合适，一是肖伯年相信俞天白是个正直的人；二是他希望俞天白能抓住这次立功机会，这样自己也算报答了救命之恩。但是，俞天白心有余悸，不肯表态。

听说案子交给俞天白办，刘铁急了眼，说："肖代旅长，我这人说话不会兜圈子。黄金抢劫案与吴家耀脱不了干系，那个幕后策划的'羚羊'肯定就在其中。你让俞某人来破这个案，不等于不破吗？"

颂莲白了一眼刘铁。"咱们是协助破案，还是尊重肖旅长的安排。"然后对俞天白笑笑，伸出了手，"俞团长，你别介意。咱们已经合作过一回了，我希望咱们再一次合作成功！"

俞天白连忙站起，握住了那只坚硬有力的手。真是个不凡的女人哪。

第五章

一

夏米力河仿佛一个老人，步履蹒跚，驮着一夏的疲惫缓缓流去。巨大的风车静静地转着，把春变成夏，夏变成秋，冬天眼看到来了。

俞天白蹲在河边叼着玉石烟斗。他已抽了好几支了，每抽完一支，马黑鹰就会递上一支，替他点燃。吴家耀谎称办婚礼，马黑鹰是知道的，他没有告诉俞天白，觉得多少有点歉意。但感情归感情，他和二哥走的不是一条道，没办法。今天，他请二哥来这里，一是想解释解释；二呢，顺便打打气。

天上摇过一串鸽铃，俞天白仰头看天，一脸迷茫。不远处，毛旦在给大白马刷洗，腰间的红腰带晃来晃去。这小伙子从前当过马夫，对马有种特别的感情，大白马买来不久便病了，毛旦主动找俞天白，要帮他饲养，一养就养出感情来了。

"二哥，破案这事儿吧，我看你不能推。你想，咱们这帮弟兄里肯定有人参与，说句不中听的话，也是被逼无奈，两年没发饷了，家里老婆孩子谁养活？"

"可走到哪儿，抢金库都是死罪！"

"说得是。但他们毕竟跟了咱多年，从十五六岁的尕娃就来当兵了，要是抓出来全杀了，你说咱咋跟他们的亲娘老子交代？再说了，反正现在归了共产党，要回了金子还不是上缴人家？这时候咱不帮着自个儿的弟兄，还把他们查来查

60

去，往死里整，你说那算啥，连共产党都会骂咱们这些当官的没心没肺……二哥，这事儿你不能不管，就看咋个管法。既然是咱们主办案子，他们就得听你的，不能让刘铁随便宰咱们！"

俞天白叹口气，队伍里出了强盗自然不是啥光彩事，他本人也是深恶痛绝，可想想马黑鹰的话不无道理，弟兄们三年守边不容易，硬要把他们往死里逼，这种事俞天白干不来。

毛旦牵马过来，刚刚洗过澡的大白马浑身闪着银光，高昂着头，姿态优美。大白马叫了一声，俞天白扭过头，看见颂莲挑着水桶站在面前。颂莲住在一个维吾尔族大妈家，离这儿不远，每天都要来河边挑水。颂莲放下水桶，说："俞团长，你这马是匹好马呀。"

马黑鹰说："那是，这还是三年前我给我二哥从伊犁买的呢，苏联顿河马和哈萨克马配的种。"

俞天白对毛旦说："怎么能让吴政委挑水，毛旦，快去！"

毛旦看了一眼颂莲，挑起桶就到河边去了。

"对了，俞团长，有个事儿还得向你请示呢。"

"吴政委客气了，请讲。"

"这两天我们到骑兵团摸情况，大家伙看起来有些顾忌。我们商量了一下，看能不能这样，凡是主动上缴黄金的，解放军一律宽大处理。只要认识到自己的错误，改邪归正，我们可以不予追究。"

俞天白"哦"了一声，点点头。

马黑鹰插嘴道："吴政委这么说，好像认定抢黄金的就是我们骑兵团的人，这未免武断了吧？"

颂莲看他一眼，说："是谁干的，咱们用事实说话嘛。"

方才颂莲主持召开了一个紧急会议。几天来刘铁带着常福下去处处碰壁，那些个起义兵不是躲，就是跑，连话都不肯搭一句。邢保财和王春来、宋刚几个也反馈回一些情况，说这个旅真不愧是王牌旅，反动透顶。特务营营长莫三强公开说，谁敢跟解放军说话，老子割他的舌头！士兵们多是贫苦出身，愚昧无知，逆来顺受。一来害怕他们的长官；二来也担心查到自己身上，必死无疑，所以都把嘴闭得紧紧的。为了尽快打开局面，大家认为必须来点软政策，目的只有一个，收回黄金，最大限度地降低国家损失。

解放军要贴告示，显然是为了推动破案工作，自己没有理由反对。俞天白表态说："试试也好。"

这时毛旦挑着一担水上来，颂莲走上去说："我来。"

颂莲去抓扁担，碰到了毛旦的手。那毛旦像挨了烫似的猛一甩手，泼了颂莲一裤腿水。

"不……是故意的，长、长官……"毛旦吓得哆嗦，垂着眼，脸红红的。

颂莲看了一眼这个腰上拖着半截绣花腰带的汉子，想系这么红的腰带，有意思。她笑呵呵地说："别叫我长官，叫同志。你是毛旦，对吧？"

毛旦的脸更红了，说："是，长、长官……"

告示半下午时贴了出去。"凡主动上缴黄金者，皆宽大处理，不予追究责任。"刘铁让邢保财特意把这一句写得很大，隔着十几米都看得清。

不到一个时辰，王春来和宋刚跑来说，贴在各营连的告示统统被人扯掉了！

刘铁拿着扯碎的告示去找俞天白，俞天白说："是不是风刮掉了？"

刘铁说："你长眼睛了吧？是撕的！有人说这是'羚羊'的指示！"

俞天白说："谁是'羚羊'？"

刘铁说："我倒要问你呢！还有，这案子你到底想不想破？不想破，就让我们解放军来主办！"

俞天白一笑，说："想夺权是吧？告诉你刘铁，这个权谁也休想夺走，我俞天白从现在起不需要任何协助，要协助就另请高明！"

俞天白谢绝刘铁协助办案，刘铁还真没有办法。俞天白像往常一样，每天夹着公文包上班下班，不见有任何动静（其实动静是有的，只是俞天白心存顾虑，他是个相当谨慎、患得患失的人），这叫刘铁着急。吴家耀走了，可亚其的邪气仍然很重。据情报部门掌握的情况来看，黄金抢劫案是"羚羊"一手策划的，这个"羚羊"究竟是个啥人？刘铁满脑子疑团，更是憋了一肚子火，无处发。

总算有了一个发泄的机会。

一二六旅在举行了降旗仪式后，虽然还没换装，但正经八百是解放军了，枪支弹药等武器装备及大小财物自然也要归共产党。交接仪式是个严肃的事儿，解放军是要参加的，所以肖伯年要求搞得隆重些，他按照着共产党的习惯，在大操场上拉了横幅"告别昨天，走向光明"，还张贴出红红绿绿的标语，气氛造得挺足。

这是个大晴天，太阳暖洋洋的。颂莲、刘铁一行一走进一二六旅，军乐队便奏起了他们熟悉的《义勇军进行曲》。那些个乐手穿着不知从哪儿弄来的解放军服装，样子很可笑。刘铁和邢保财都禁不住笑开了。只见大操场上国旗高高飘扬，一排排各种枪支在阳光下闪闪发光；四队军马威武雄壮，还真像那么回事。俞天白的大白马拴在第四排最里边，在一片黑红黄中显得有些扎眼。

刘铁昂首挺胸，稳着步子，那条有些跛的右腿一下一下，迈得很努力，很踏实。颂莲、刘铁一一同肖伯年、花之锦等握手。轮到俞天白，刘铁脖子一仰，有意闪了他。俞天白的手僵在半空，尴尬极了。接下来，瞅着颂莲查收枪支武器的时候，刘铁来到马匹跟前。他拍拍这个，摸摸那个，眼睛盯在大白马上。肖伯年跟了过来，说："刘团长对马有兴趣？"

刘铁说："我就对这匹白马感兴趣！"

马黑鹰说："刘团长眼力不错，这是本人送给咱们俞团长的马，叫大白。"

刘铁笑了一下，说："哦，是大白马，不是从前的小白马了，俞团长鸟枪换炮了嘛。"说着解开缰绳，飞身一跃，上了马。那大白马看到一个陌生人上来，眼睛瞪成了铜铃，仰起脖子，前蹄轻轻一抬，一个急转，便腾起一股旋风，在半空中闪电般画了个圆。刘铁几乎还没坐下，一条跛腿半吊着，就被重重地甩了出去！

在场的人惊呆了，发出一片"哎哟"声。马黑鹰哈哈大笑，俞天白眼里露出一丝得意。刘铁趴在地上一动不动，似乎起不来了，肖伯年让马黑鹰去看看，摔坏没。马黑鹰跑过去，故意把声音放得很响："铁娃子，你可别把另一条腿也摔球断啦！"

刘铁一来就出了这么一个大洋相，颂莲觉得又可气又可笑，不知如何是好。却见刘铁爬起，一瘸一拐，又走向那匹大白马。

"喂，铁娃子，那马你骑不了！"马黑鹰喊。

刘铁拍了拍腿，说："骑不了？老子还就要骑给你看！"纵身一跳，再次骑上了大白马。

颂莲的心提到了嗓子眼，那些个兵"嗷嗷"地叫。只见大白马仰天长啸，左奔右突，在半空中呼呼生风，眼看要飞起来，抛出去。但刘铁这次死死地俯在马上，两腿紧紧夹着马肚子。几个回合，大白马老实下来，刘铁一拍马头，驾！大白马绝尘而去。

肖伯年笑开了，说："吴政委，你们这位刘铁团长很有意思呢。"

马黑鹰捅了俞天白一把，愤愤地说："看见了吧，二哥，铁娃子骑到你脖子上来啦！"

俞天白叹口气，一脸怨愤和无奈。

二

黄金抢劫案还没弄出个眉目，接下来又发生一起强奸案，木拉提头人的孙女小石榴被人糟蹋了。这使形势急转直下。

木拉提头人自从回到布拉克苏草原后，一直卧病不起。眼看着咳得一天比一天厉害，小丫头抚摸着爷爷胳膊上的伤，淌开了眼泪，说，爷爷，我去城里给你抓药吧。那会儿天快黑了，木拉提头人不让她去，小丫头不听，说，我快快去，快快回。结果一夜没回来。木拉提头人不放心，拖着病体出门找孙女，却见老牧工斯拉木马上驮着个人驰来。老天爷啊，竟然是他的阿娜尔古丽，他可爱的小石榴！头发蓬乱、衣衫不整的丫头一见爷爷就号啕大哭，两只手不住地抖着。木拉提头人说，孩子，你这是咋啦？斯拉木从怀里抖出一条绣花红腰带，说，一朵玫瑰花被野狼糟蹋啦！腰带是在草窠里捡到的。

木拉提头人气疯了，拿着红腰带，骑上马就要去找那个坏蛋算账。可昨夜月黑风高，小丫头根本没看清那人长啥样，只记得她走在芦苇丛中的小路上，迎面过来一个黑影子，她吓了一跳，连忙猫到草垛后，结果还是被那家伙发现了。那是个又高又壮的人，穿着国民党的衣服……原来孙女是被国民党祸害的，木拉提头人领着孙女找到了解放军临时指挥部。

听完木拉提头人的讲述，刘铁抓过红腰带，愤怒地说："真是禽兽不如！逮到那王八蛋，老子把他剁了。丫头，铁叔叔给你报仇！"

小丫头怕冷似的，一只手缩在袖管里。听刘铁这么说，哇地哭了出来，哭得颂莲和刘铁好揪心。颂莲拿着红腰带，觉得眼熟，但是她不敢肯定。送走木拉提祖孙，刘铁直奔俞天白办公室，把红腰带摔到了桌上。

"昨晚上你们的人强奸了木拉提头人的孙女，这是在案发现场捡到的。肖旅长去迪化开会了，现在就请你马上查一查是哪个王八蛋！"

"这、这……你有什么证据说是我们的人干的？"

"国民党那身黄皮还认不出来？你倒是想查不想查吧？"

俞天白拿起腰带，眼前忽地就闪过毛旦晃着红腰带在河边遛马的情景。毛旦曾跟他说过，这条腰带是他娘给他缝的，今年是他本命年，系根红腰带，保平安。莫非是他干的？怎么会呢，毛旦可是个老实人啊！

颂莲不放心刘铁，赶了过来，郑重地对俞天白说："俞团长，这可不是小事，它关系到咱们部队的形象，也关系到和地方百姓的关系，黄金抢劫案可以先放一放，但这个案子必须马上破！"

黄金抢劫案目前都难以向共产党交差，俞天白正琢磨着用个什么办法大事化小，小事化了呢，怎么又弄出一桩强奸案？这件事无论如何不能不办。刘铁和颂莲走后，俞天白立刻下令把毛旦押过来。

"是你的红腰带吧？"俞天白瞪着毛旦问。

毛旦看了一眼，汗珠往下流，说："是，我、我……昨晚上丢、丢外面了……"

"外面？昨晚上你在哪儿？"

毛旦不敢说了，昨天晚上他被营长莫三强逼着下了一趟馆子。之前赌牌时输给了莫三强，毛旦不得不把自己的一只玉珮抵给了莫三强那相好——小洞天酒家的老板娘。从小洞天出来，天已大黑，二人摇摇晃晃经过芦苇滩时，毛旦肚子疼，说要大便，莫三强也跟着一起进去撒尿。莫三强尿完，头里走了。倒霉的毛旦屙了一半，被一只恶狗盯上，汪汪地扑过来，毛旦吓得提起裤子就跑，连裤腰带掉了也不知道……

"说话！"

"想、想不起来了……"毛旦哪有胆量扯出莫三强吃赌的事儿。

马黑鹰走进来，拍了拍毛旦驼着的背，说："想不起来了？解放军现在逼我们交出这个嫌疑犯，你一只老鼠坏一锅汤，知道不知道？"

"可我没、没干，真、真的没干呀！"

莫三强拿着两条烟推门进来，看到红腰带和毛旦，愣了一下。

马黑鹰说："你没干？那你去抢过黄金没？"

俞天白一惊，问："毛旦，你还参与过抢黄金？"

毛旦偷看一眼莫三强，低下头，汗珠子吧嗒吧嗒往下落。

"哑巴啦？你到底干没干？！"此时俞天白的愤怒达到了极点，看这架势，真是毛旦干的了。

"看着你怪老实，没想到你什么坏事都干得出，给我把他关起来，等候处理！"俞天白怒吼。

"团、团座，毛旦冤枉啊！"毛旦大喊着，被拖了出去。

"这个骚毛旦，狗胆儿不小！"马黑鹰吐着烟圈说。

"团座，别生气，别生气。"莫三强给马黑鹰点了烟，又上前准备给俞天白点烟。俞天白一巴掌拍在桌上，莫三强吓了一跳，朝后退了两步，香烟落到地上。

马黑鹰叹口气，说："二哥，我知道你受不了，毛旦这些年为你鞍前马后的。可这怪谁，全怪他娘的刘铁和那姓吴的，他们拿来这根裤腰带啥意思，不就是逼你吗？事情发生在我们的地盘上，我们愿意咋整咋整，他们掺和个屁！"

莫三强说："是啊，团座，这是咱们的事儿，他们凭啥管。"

俞天白吸了一口烟，说："别忘了咱们现在可是起义了，不受他们管，受谁管？说吧，你们俩是不是也瞒着我，干过一些什么事儿？"

俞天白这么问心里是有数的，他不是白查黄金抢劫案。因为某种原因，他才一直举棋不定。

马黑鹰眨巴着眼，说："二哥，你这话啥意思，咋叫我们瞒着你，我们瞒你啥啦？"

俞天白话到嘴边没说出来，愤愤地一屁股坐在了椅子上。

三

毛旦被关的消息传到解放军临时指挥部，大家伙儿都坐不住了。颂莲说："毛旦不像干这种事儿的人。一个连碰一下女人的手都会吓得乱跳的男人，可能去强奸？即使那条红腰带是毛旦的，也不能就此认定是毛旦干的。"

邢保财说："他碰了哪个女人的手，吓得乱跳？"

颂莲白他一眼，说："还有哪个女人？不就是碰了我的手嘛。"

邢保财点点头，认真地说："碰了你老吴的手，那可不得跳呀！换个人，说不定要吓死呢，是不是，老刘？"

刘铁说："别胡扯啦！老吴说得有道理，这种事儿女人的感觉比男人准。"

颂莲第一次听到刘铁用"女人的感觉"这样的话来肯定自己，心里顿时觉得很温暖，她扯起刘铁的袖子，说："走，去看看毛旦！"

刘铁和颂莲来到特务营时，碰上马黑鹰从禁闭室里出来。听说二人要见毛旦，马黑鹰两臂交叉，态度蛮横，说："这可不行，没有俞团长的指示，谁也不能见他。"

颂莲说："怎么不能见？我们得了解一下情况。"

马黑鹰说："免了吧，我们有专人负责这个案子，不需要外人插手。"

刘铁火了，说："马黑鹰，我警告你，现在不是过去了！"

马黑鹰哼了一声，说："那咋地，说你铁娃子管不着，你就管不着！"脖子一拧，走了。

颂莲看看刘铁，说："走，去找俞团长！你呢，先别说话，我来说。"

此时，在俞天白办公室里，正发生一场大地震。

俞天白直视侯宝玉，严肃地问："你说的是真的，侯副营长？"

侯宝玉站得笔直，说："我要说一句假话，天打五雷轰！刚才我亲眼看见薇拉医生给莫三强的背上涂药，薇拉医生还骂了他，说你干出这么不要脸的事儿，还敢来找我？烂死你，疼死你！……"

侯宝玉跟莫三强住一个宿舍。平日里一到晚上莫三强倒头就扯呼噜，可是昨晚上躺在床上直哼哼，好像不舒服。侯宝玉拿着老头乐挠痒痒，莫三强烦躁地说，你他娘的别在这里挠啊挠，烦人！侯宝玉笑着下床，把老头乐伸进莫三强的线衣，猛来了两下。不料莫三强跳起，一拳砸到侯宝玉嘴上，喊，疼死啦！你他娘的想要老子的命呀！猝不及防的侯宝玉满嘴淌血，愣在那儿。李二万和柴米贵、大眼几个跑进来，问莫营长咋啦？莫三强抓起枕头、皮鞋砸向一帮人，说滚！都滚出去！侯宝玉又委屈又气愤，这位莫营长凭着自己是俞团长的"小舅子"，从前横行霸道，现在解放军来了还这么凶，侯宝玉冲上去准备跟他干一仗，被李二万拖走了。今晨侯宝玉的嘴肿得跟小孩屁股似的，连说话都困难了，他只好来到旅部医院，想涂点药，消消炎，却发现莫三强也来了，慌慌张张跟着薇拉进了换药室。侯宝玉觉得奇怪，便躲在小窗外窥视，不看不要紧，一看吓一跳，莫三强满背红红紫紫的伤痕！侯宝玉一看就明白咋回事了，想到那个冤屈的傻毛旦被打得皮开肉绽，于是一口气跑来找俞天白。

听了这番讲述，俞天白的脑袋里好像飞进无数蜜蜂，嘤嘤嗡嗡。他想了一会儿，对侯宝玉说："这事不要到外面声张，我先了解一下。"

侯宝玉走后，俞天白打电话给马黑鹰，要他马上带莫三强去家里一趟。这种事是不能在这里谈的。挂了电话，俞天白戴上帽子，匆忙回家。

俞天白前脚走，颂莲和刘铁后脚赶来。勤务兵说俞团长刚刚出去，两个人只好悻悻而归。

俞天白赶到家时，薇拉正提着一只铜壶沏茶，看见丈夫满脸怒气进门，她有点慌，朝后退了一步。马黑鹰和莫三强竟然很神速，已坐在了他家的长沙发上。

俞天白从妻子手里夺过茶壶，说："让这个浑蛋喝什么茶！说，莫三强，这事儿是不是你干的？"

莫三强吓得连忙站起往后退，脊背撞在了衣帽架上，他叫唤了一声。昨晚上在芦苇丛中撒完尿，他一路向西走去。突然脚下一绊，是草垛，不对，是人的腿。黑暗中，一双黑白发亮的大眼睛恐慌地瞪着！莫三强乐了，原本想在小洞天耍一家伙，老板娘说生意忙，愣是撵他走，弄得莫三强很不开心。这会儿看是个丫头，那疲软的身体就一下紧绷了。他四下里看看，怕毛旦听见叫声影响了办事儿，于是脱下军装，呼地一下捂到了丫头脸上。那真是个小母狼，又撕又打，几乎把他整个脊背都抓烂了……

"果然是你！"俞天白一把揪住莫三强的衣领，瞪着他说，"你还干过什么，抢没抢过黄金？"

莫三强看了一眼马黑鹰，头摇得像拨浪鼓，说："别的我啥也没干呀，就是弄、弄了这烂事儿……"

"我再问你一遍，抢没抢过黄金？！"俞天白紧逼。

莫三强就挤出了眼泪，说："真、真的没有啊，姐夫……"

"谁是你姐夫，不说实话，就拉出去毙了！"

"姐、姐夫，求你饶了我吧，我再也不敢啦！"莫三强一下跪到了地上，哭起来。

"你还有脸哭！"俞天白拔出枪，说，"老子现在就毙了你这个败类！"

马黑鹰扑过去，说："二哥，千万别！莫三强，你个臭狗屎，还不给我滚到外面去，我有话跟团座说。滚！"

"你什么都不用说了，马上把他送到解放军那里！"

"二哥，你就听我把话说完，好不好？！"

薇拉推了一把莫三强，莫三强屁滚尿流地逃了出去。气喘吁吁的俞天白一屁股瘫坐到椅子上。

"二哥，莫营长这人毛病是不少，可对你是忠心耿耿；而且他也算咱薇拉嫂子半个兄弟。为这点事儿，你就把他交给共产党，是不是也有点那个了。共产党可最在乎这些男男女女的事儿，弄不好老莫的小命都会丢球掉！"

"这是他咎由自取！"

薇拉倒了杯茶送到丈夫面前，柔声细气地说："天白，喝口茶，消消火。这事儿吧本来我想跟你说来着，怕惹你心烦，没敢说……"

"哼，你有脑子嘛，还包庇他！"俞天白推开茶杯，滚烫的茶洒出来，溅到了薇拉手上。

薇拉收回手，眼泪汪汪，她心里其实也很不好受。早上一上班，莫三强就到医院找她治伤。显然脊背上的伤口感染了，再不治就会出问题。薇拉看到那一道道深深的划痕，追问是怎么回事儿，疼痛难忍的莫三强终于说了实话。薇拉又惊又怒，训骂了一通莫三强。莫三强一个劲儿求情，说，薇拉姐，你千万别告诉解放军，告诉俞团长，他们要知道这事一定会枪毙我的！看在我娘的分儿上，求你啦！薇拉心软了。

"我一向不掺和你们的事儿，天白，这你清楚。"薇拉含着眼泪说，"莫三强确实不是人，按说他理应受惩罚，把他交给解放军也没错。可是……可是眼下部队刚起义，人心惶惶，你放走了一个反动旅长，又整出一个流氓营长，这些事儿传开来不是让人笑话吗？你这个当团长的还有点面子嘛……"

"嫂子说得对，莫三强不是一般士兵，是咱骑兵团的军官，弄出去影响太大，等于往咱脸上抹屎，往后解放军还咋看咱们？丢国军的脸哪。"马黑鹰在一旁帮腔。

"我父母过世早，三强的母亲待我就像待自己的亲闺女。看在莫妈妈的面子上，天白，你得放他一马，就算我求你了！"薇拉哭了起来。

哼，你们都想做有情有义的好人，怎么就不替我想想，我如何向共产党交代? 向肖旅长交代? 还有，毛旦那边怎么办? 侯宝玉那边又怎么办? 俞天白的心在呐喊。

"二哥，这事儿交给我来办成不成? 侯宝玉我有法子堵他的嘴，这人贪财，几块银圆就打发了。至于毛旦，不就是个孬娃子嘛，我去给他做工作。反正解放军也知道他被关了，咱们索性将错就错。"

"不! 我不能这么待毛旦!" 俞天白摇头。

薇拉站在一边，泪水像断了线的珠子，可怜巴巴，又楚楚动人。

马黑鹰叹了口气，说: "二哥呀，你瞧嫂子哭成啥样儿了。唉! 人生在世，谁能没个私情? 你想，抓出个莫三强，对你对嫂子有啥好处? 我这也是为你着想呢。"

俞天白抽着烟，镜片后的眼睛露出一丝动摇的光。

马黑鹰接着说: "二哥，事情到了这一步，其实很好办，只是要办就快办。陶司令不是给了你尚方宝剑嘛，凡是重犯统统斩，不须上报! 姓肖的刚好去迪化开会了，这把剑握在你手里，你就快刀斩乱麻，一了百了，不然夜长梦多……"

俞天白吐了一口烟圈，闭上眼睛。

四

这一夜，马黑鹰亲自上阵，软硬兼施。毛旦被打得满脸是血都没招，最后马黑鹰说，毛旦，黄金你总抢过吧? 抢黄金也是死罪，知道不? 反正你早晚是死，现在为了咱俞团长，为啥就不能担了这个事呢。你担了这事儿，俞团长买你的好，你死了他养你老娘，绝不食言! 毛旦听了这话，两腿一软跪在了地上。自己抢过黄金，早晚是一死，不如认了，俞团长还记自己的好……

原来是担心毛旦不认，救不了莫三强; 现在毛旦认了，俞天白却是忐忑不安。这天一大早，俞天白就到禁闭室探望毛旦，说是探望，却是最后的告别。

俞天白给毛旦带了一只烧鸡。打开陶罐，那鸡红光诱人，毛旦惊讶极了。俞天白望着满脸是伤的毛旦，说: "吃吧，毛旦，这是你薇拉嫂子特意给你做的……" 强调 "薇拉嫂子"，俞天白是想让毛旦明白这一切其实并不是他所为，他也是没办法。当然，这很虚伪!

毛旦傻傻地摇了摇头。

"我知道你爱吃鸡，你跟我说过，你娘做的鸡你能吃一整只……"

毛旦愣在那儿，吸了吸鼻子，似乎闻到了娘做的鸡味儿，突然嘿嘿地笑了。

"吃吧，吃了好上路……"

"嗯！"毛旦点了头。抓起鸡，扯下一条大腿，狠命地啃起来。

俞天白定定地看着毛旦满嘴流油，大吃大嚼，思绪飞到好远好远，飞到毛旦时常饮马的夏米力河畔……毛旦啊毛旦，吃完这顿饭，你就该上路了。放心地去吧，我会替你赡养你老娘。俞天白两眼忽然湿润，背过脸去……

早上，颂莲去敲邢保财的门。刘铁从昨天下午就一直不见影儿，到现在没回来，问常福，常福也说不知道，真是怪了。会不会是去搞调查了？不管怎么着，总该跟自己吱一声吧。邢保财说，老刘一准儿是去布拉克苏了，他怕咱们跟他争功呢。颂莲想，邢保财的分析是对的，这个刘铁个人主义太强，什么事都好出风头。

这时王春来喘着粗气跑进来，说："吴政委，毛旦被押上广场，要枪毙了！"

"枪毙毛旦？这么快！他们怎么也不跟我们通个气？"颂莲感到震惊。

邢保财戴上帽子，说："这个俞少爷不是又跟咱们玩什么花招吧？走，去看看！"

三个人赶到广场时，那里已人山人海，有站着的，也有骑着马或坐在马车驴车上的牧民。毛旦五花大绑站在一个土台子当中，驼着背，脑袋垂得低低的。

"……毛旦趁乱作恶，强奸民女，为严肃我法纪，立即执行枪决！……"站在台子一侧主审席上的俞天白，捧着判决书的手在抖动。宣读完，他的大脑仿佛"咔嚓"一下裂开，疼痛难忍。

人群里响起一片喊声、呼哨声。一些孩子把土块、石头掷向台上那个罪人。毛旦一动不动。

"预备——"马黑鹰喊道。

一排士兵端起枪对准毛旦，毛旦面如死灰。俞天白偏过脸。

下面一片静。

突然，传来清脆的马蹄声。马蹄急促的嗒嗒声由远及近，来到会场。人们回过头看去，一个人骑着高头大马冲进来！

"等一等！"

人们的目光集中到马背上的刘铁和那个小丫头身上。木拉提头人骑着马紧跟其后。看到刘铁和木拉提祖孙，颂莲放心了，看来刘铁找到什么证据了。

刘铁跳下马，抱下那丫头，说："乡亲们，今天是个不寻常的日子，咱解放军不来参加这个公判大会不合适。我有个提议，让受害者上台来，也认认这个迫害她的家伙！"

刘铁把丫头领到毛旦跟前，问："是这个人吗？"

小丫头瞪着大眼睛不说话。刘铁上前一步，唰地一下，从背后掀起了毛旦的衣服。

毛旦的后背，是一片瓷白光滑比女人毫不逊色的细嫩肌肤。刘铁哈哈大笑，下面的老乡们也笑了。

俞天白、马黑鹰和莫三强顿时恐慌起来。

"这是一个多么健康漂亮的脊背，大家伙看见了吧？"刘铁拉过丫头的手说，"现在咱们让受害人把右手举起来……"

小丫头犹豫一下，举起右手。

"举得高高的！"

小丫头把手举高。众人更加迷惑，不知刘铁何意。

刘铁指着小丫头的食指和中指，说："看见了吗？受害人的指甲盖抠劈了，有淤血，这是一个手无寸铁的孩子对暴徒的反抗！她把那个狗日的坏蛋的脊背抓烂啦！是这样吧？丫头，大胆地说，解放军给你做主，铁叔叔给你做主！"

小丫头咬着嘴唇，喊出来："是！"

"大点儿声！"

"我、我……抓了那狗日的坏蛋的背！"

整个广场像开了锅，沸腾起来。俞天白满头大汗，坐立不安。

"大家伙儿都听清了吧，她抓了那暴徒的背！那么，现在我要请示一下尊敬的俞团长，咱们要不要都查验一下？"

俞天白看了看马黑鹰、花之锦，不知该说什么。好一个铁娃子，厉害啊！

刘铁笑了一下，说："咋，都这么怕亮出自己的脊背吗？"

马黑鹰喊了起来："我抗议，这是对我们起义官兵人格的侮辱！"

"对！是对我们的侮辱，我们不干！"李二万和一帮喽啰也喊起来。

"有什么好怕的？不就是亮个脊背嘛！"肖伯年挤了进来，他刚刚从迪化开会回来，听说这事后赶了过来。肖伯年的到来，使广场掀起一阵高潮。肖伯年三下两下就脱去衣服，露出一副不够强壮的光滑脊梁。

接着，花之锦、侯宝玉、大眼、柴米贵等，一个挨一个脱。一排排或结实或单薄或黝黑或白皙的脊背，裸露在天光下。剩下俞天白、马黑鹰和莫三强三人了。俞天白看看马黑鹰，开始慢慢脱衣服；马黑鹰无奈，也只好脱衣服，露出两个健康的后背。

剩下莫三强了。

莫三强崩溃了，手脚抖个不停，突然他发出一声古怪的大叫，向场外跑去。侯宝玉飞过去将他拖回，说："就是这个王八蛋！枪毙他！"

邢保财和王春来冲上去，抓住莫三强两条胳膊。刘铁一个箭步，从后面掀起他的衣服——脊背上一片红肿溃烂的抓痕！

全场哗然，"杀了他！杀了他！"人们高喊。

"莫三强，你还有啥要说的？"刘铁冷笑道。

莫三强跪在了地上，说："我不是人，我是畜生！解放军长官，饶了我吧！……"

"杀了他！杀了他！！"

肖伯年走上台，大声说："亚其县的父老乡亲们，我是一二六旅代理旅长肖伯年。国民党从前做了很多危害老百姓的事情，在这里我向大家致歉，对不起啦！现在我们起义了，我们也是解放军了，从今往后要遵纪守法，全心全意为各族人民服务，希望大家监督。现在我宣布：无罪释放毛旦，对罪大恶极的莫三强，立即执行枪决！……"

侯宝玉、大眼拖着莫三强下去，那小丫头眼疾手快，冲过去给了莫三强一耳光。当颂莲上台为毛旦松绑时，毛旦咚的一声，竟瘫在了地上！

第六章

一

这是一座装饰华丽的毡房，挂着花卉图案的壁毯，大炕上码着高高的彩色鲜艳的被垛。在布拉克苏草原，被垛是主人身份的象征，只有富人家里才会有小山一样高的被垛。这个家，自然不是普通人家。紫苏在这里待了一天，就能感觉出来，只是一直没见男主人。这一天，看见塔吉古丽气色好转，哼着摇篮曲给孩子喂奶，紫苏忍不住问："大姐，孩子的父亲哩？"

塔吉古丽的妹妹玛丽娅说："他是土匪，他有十个老婆哩！"

塔吉古丽连忙制止道："玛丽娅！"

玛丽娅玩起自己的小辫子；塔吉古丽垂下浓密的睫毛，脸庞笼上一层阴云。

外面传来咴咴的马叫，塔吉古丽把孩子往摇篮里一搁，披上衣服往外跑去。"哈孜别克！哈孜别克——"她尖声叫着。

紫苏掀开门帘，看见塔吉古丽疯了似的扑向一个又高又胖穿着白袍子的男人。

"哈孜别克，去看看咱们的小公主吧，她长得可爱极了……"

哈孜别克正把一羊皮袋马酒往马上放，粗暴地推开塔吉古丽，说："我的小羊羔，别烦我！我有要紧事哩，我是回来拿些马酒送朋友的……"

"哈孜别克，请你看看咱们的小公主吧，她长着月亮一样的眉毛，葡萄似的眼睛，还有樱桃般的小嘴……"

哈孜别克不耐烦了，说："今天不行，下次吧，我亲爱的小羊羔……"说罢，上马驰去。

塔吉古丽呆呆地站在那儿，紫苏和玛丽娅望着她。塔吉古丽嘤嘤地哭开了。

也是一个不幸的女人啊，紫苏扶她回屋，宽慰道："大姐，别哭，凡事都要想开。"说着这话，心里却是百味交织。得知吴家耀逃跑后，紫苏认真地哭过一次，为自己不幸中的万幸，同时又多少有些不安，毕竟吴家耀是她和母亲的恩人。她本想马上离开新疆回老家，可塔吉古丽的妹妹玛丽娅求她留下来照顾她姐姐和婴儿。看到产妇和婴儿都还虚弱，紫苏便随这对姐妹来到草原。这一待，就是十多天。不能再待下去了，这里不是自己的家啊。紫苏终于向塔吉古丽姐妹提出辞行。

塔吉古丽舍不得这位善良的汉族姑娘，但是她知道她必须走了——她的家在遥远的南方。塔吉古丽亲手为姑娘打了一摞热腾腾、香喷喷的白面馕，用头巾包起，说："紫苏姑娘，把这些馕带上。馕是我们最珍贵的食物，它们到了你们湖北老家都不会坏的。"

姐妹俩唱着忧伤的歌儿，送了一程又一程。白云悠悠，马蹄声声，回望天鹅湖，天鹅湖弯弯曲曲，仿佛一条被撕碎的带子散落在草地。一块受伤的土地啊，而自己不过是一片异乡的树叶，随风飘到了这里，现在又要飘走了。

紫苏心中泪水汹涌。

紫苏风尘仆仆地寻到俞家门上时，俞天白夫妇正在闹别扭。这对恩爱夫妻结婚以来还是头一回红脸，自然是因为莫三强。尽管事后薇拉一再认错，说自己一时糊涂，不该逼丈夫做那样的事。但事情已经发生了，俞天白是无论如何也不能原谅妻子，更无法忘记那个令他一生耻辱的残酷场面。作孽呀，都怪自己耳根子软。

这是个礼拜天，平日这个时辰是一家人吃晚饭的时候，薇拉会准备一些可口饭菜，比如烤牛排、果酱面包、酸奶等，今天薇拉却早早就送女儿回保姆家了。俞天白心烦，一整天都闷声不响，书柜里的书几乎翻了一遍，扔得满地都是。薇拉要帮着收拾，俞天白摆摆手，制止了她。最后，他在木箱里又看到了那架望远镜。俞天白捧着望远镜，嘴边挂着一抹僵笑，比哭还难看。

这时，传来轻轻的敲门声。

　　俞天白犹豫了一下，去开门。一个围着头巾的女孩儿背着药箱，站在门边。看见这女孩儿，俞天白的疲惫一下子没了，全身绷紧，说："是薛小姐？你、你从哪儿来，有人看见吗？"

　　紫苏摇摇头。

　　薇拉从楼上下来。之前她只是从丈夫口中知道薛小姐和吴家耀的一些事情，还未接触过这个姑娘。现在看到姑娘找上门来，显然是遇到难处了。薇拉连忙接过包袱，热情地说："天白，就让薛小姐住咱家吧！"

　　俞天白朝门外看了看，忧心忡忡。

　　俞天白和这女孩儿的关系，似乎从一开始就有种说不清、道不明的尴尬。四个多月前，俞天白去解忧别墅给吴家耀送一份工事设计图纸，经过葡萄架下时，看见草丛里躺着一管箫。俞天白拾起细看，斑斑点点，光滑无比，是由一根泪竹做的。如此精美的物件，是什么人遗落在了这里？俞天白握在手中，想还是送到管家吴妈那里。谁知却是那么不巧，吴妈正气势汹汹地责骂两个丫头，问她们为何没看好小姐让她跑了，赶快去找！整座大院都惶惶然了，原本要见他的吴家耀也改变了计划，没出来见他。俞天白不知道发生了什么，更不知道那被称作小姐的人是谁，他把那管箫放下就走了。刚走了两步，就听到吴妈愤怒的声音，说，啥破管管，成天价呜呜地鬼叫，她给谁哭丧？贱货！接着好像有一只鸟从自己耳边飞过，咚地栽进前面一摊水中！俞天白看清了，是他刚才捡的那管箫，他隐约感到，这大概是那位小姐的东西。俞天白对音乐没有什么特别爱好，但他知道箫声是一种动听的声音。而这管箫竹节分明，纤纤之身流淌着冰冷的泪珠儿，应该称得上绝美了，为什么要扔了呢。俞天白下马，再次捡回箫，抖了抖上面的泥水，插在了马笼头上。回去后，他用镊子夹着酒精棉细细擦洗了两遍，然后用一条白手帕包好，锁进了抽屉。做这一切，没有别的想法，就是不忍让一个美丽的东西被遗弃掉。

　　可是不久，他就听说解忧别墅的仆人们在大院里四处寻箫的事儿，因为那小姐回来了，小姐要她的箫。吴妈是装聋作哑。吴家耀有一次跟俞天白闲谈，问他何处能买到一管箫，泪竹做的箫。俞天白一头冷汗，好不恐慌。他很想说，他在解忧别墅捡到一管箫，泪箫！可是不知为什么竟没说出来。当时没说出口，就意味着以后也无法说出口，世界上很多事都是这样的。如此一来，这管箫就成了一段故事，一个尴尬的情结，藏在了俞天白心底。许多时候，他一个人坐在黄昏里，四周一片阒静，拉上窗帘，他会悄悄打开抽屉。一管箫捧在手里，那点点滴滴的泪珠啊，便一颗一颗顺着指尖滑落，彻骨的冰冷。无人知道，在这个社会变革的动乱时期，泪箫成了俞天白心情的寄托。当然，偶尔俞天白也会想象一下那位小姐——箫的主人，她是何人，她同吴家耀究竟是什么关系？

直到吴家耀告诉他们他要结婚，俞天白便明白无误了，箫的主人原来是大哥的女人，叫薛紫苏。婚礼那一天，新娘不翼而飞，俞天白错愕中更加焦灼。他揣上那管箫连夜奔走，似乎是在寻找一位自己早已熟识的老朋友。夜色漆黑，风雨交加，俞天白骑在马上心口咚咚地跳，有一把火在烧。一向沉稳冷静的俞天白，这个时候不仅不像一个军事指挥员，而倒更像是一个鲁莽的小伙，凭的全是感觉。他朝着一个方向飞奔、飞奔，他相信那路的尽头就有她！那一整天俞天白马不停蹄，直到夜幕洒落，他和他的马疲惫至极，一起跌在河里。他的头撞在石头上，当时就血流如注，昏了过去。过了很久，听到一个微弱的声音，箫！一个满身泥水的女孩儿坐在他身边吹箫，膝下放着一只红十字标志的药箱。他哆哆嗦嗦摸衣袋，箫没了。他问，你是谁？她说，我就是你要找的人，这箫的主人！

就这样，他们回到亚其。与其说是他"押"她回来的，不如说是她送他回来的。他受伤了。过了很长时间，俞天白都不能相信这是一个真实的事情，而不是想象中的故事。姑娘啊，俞天白对不起你！

二

亚其城里的民居多是伊斯兰风格的，门户沿街而开，彩绘门上雕着星月和花卉等装饰性图案，屋顶矗立着哨楼似的小房。路两侧栽着很多白杨树，初冬的时候，那树呈青灰色，极其肃穆，一棵挨一棵，剑一般指向天空。这使得妖娆了一夏的亚其有了某种端庄和秩序。解放军先头部队的战士们暂时居住在一些老乡废弃的院房里。

从东到西，一段一岗。刘铁查哨来到一座院落前，哨兵向他敬礼。刘铁捏了捏哨兵的袖子，问，冷吗？哨兵说，不冷！刘铁知道其实他们是冷的，来的时候穿的是单衣，顶多两件，没想到新疆的初冬已寒气逼人。早晚温差大，又是露宿，这些小伙子睡觉没哪个是老实的，所以刘铁每天夜里都要起来给大伙盖被子，把那些不听话的手和脚塞进被筒。

刘铁朝另一座院落走去时，碰上了颂莲。颂莲说，南边几个院子她刚查过，一切正常。刘铁看了一眼天空，说："瞧，今儿这月亮多好，嫦娥在里边跳舞哩。"

月亮果然清亮，里面似有个人影儿游动，颂莲笑了。这样的时候不多，通常颂莲是不笑的。刘铁便觉得奇怪，说："笑啥？"

颂莲说："原来你还是个破案高手呢。"

刘铁立刻得意了，说："咋样，咱这大老粗不比你们知识分子笨吧，告诉你老吴，本人墨水是没喝过，可打小在戏班里混，多少也沾了点文气儿。三国啊，水浒呀，啥故事没听过，让我说书是一点问题没有。"

"这一表扬你，尾巴翘上天了。"

"没办法，铁娃子这对招风耳就爱听顺耳的。"

一般说来刘铁是个粗人，但也有细的时候。那天他见那丫头时，发现小丫头一只手老是缩在袖子里，觉得有点怪。后来去她家，木拉提头人给孙女擦手，孙女大叫，刘铁问咋啦，木拉提头人说丫头的指甲劈了，她抓过那坏蛋。刘铁问抓了那坏蛋啥地方，丫头说，背！刘铁马上感到这是个重要线索！

刘铁说："老吴，你不知道吧，这丫头不是木拉提头人的亲孙女，她是个汉人，叫石榴，阿娜尔古丽就是石榴的意思。石榴的爹妈是一九三七年被我们党从延安派到新疆工作的八路军。"

颂莲很惊讶，说："这丫头是汉人，是咱八路军的孩子？"

刘铁点点头，说："这是木拉提头人告诉我的。他说，盛世才这个魔鬼投靠蒋介石后，翻脸不认人，新疆的共产党关的关，杀的杀。石榴三岁不到，她爹妈就和一批共产党被送进监狱秘密杀害了……石榴的爹妈从前在亚其县工作，给民族群众办学校，建医院，做过很多好事，木拉提头人就把石榴保护下来，说是自己的孙女。为这，他的儿子被盛世才杀了……"

听了刘铁这番话，颂莲既震惊又感动，眼前浮现出那个瘦小仁慈的木拉提头人，多么好的民族兄弟呀。

"石榴不是个普通孩子，她是木拉提头人用生命保护下来的革命火种！我问老人有啥困难，老人说啥困难也没有，说你们解放军来了，保住了亚其，解放了新疆，我们得感谢你们，感谢共产党！后来老人对我说，刘同志，你能帮我把石榴送回延安吗？石榴她爹在世的时候说过，石榴有个叔叔在延安，是中学校长。还说以后要是解放了，就让石榴回老家念书。老人说草原上没条件上学，石榴是个聪明孩子，不能误了她一辈子，不然对不住她爹妈。我说，大叔，你好不容易把石榴拉扯大，现在让她回老家，你舍得呀？老人流泪了，说我是想让孩子见见她亲叔叔！……"刘铁说到这里，眼睛潮湿了。

颂莲说："想不到这丫头有这番身世哩。木拉提头人真是个好人，他这么考虑也有道理，老刘，回头我跟延安那边联系联系吧。"

颂莲住的小院到了，颂莲说："你回吧。"

刘铁哼着小曲，大步离去。颂莲目送着那有些倾斜的背影，心里泛起一片涟漪，是被木拉提头人和石榴这对异族祖孙的故事所感染，还是被刘铁？

颂莲住的这户人家只有一个老太太，叫枣尔罕。枣尔罕是个皮货商的遗孀，两个儿子参加了民族革命军，三年前跟国民党打仗，牺牲在战场。见解放军来，她十分高兴，主动请颂莲住她家。颂莲跟枣尔罕大妈打过招呼，便进屋换了一套绸子的白色裤褂，到小院里舞剑。倒桃型的窗户亮着灯光，半明半暗，照着院里的大桑树；树下有一个秋千架，在风中摇晃。静静的月下，只听得风声呼呼，银光闪耀，颂莲时而燕子探海、蝴蝶穿花；时而流星赶月、雁落平沙，一招一式，转接流畅，若行云流水。

墙下传来几声蛙鸣，夜更静了。练罢，颂莲在秋千架上坐下。夜风掠过，那月亮好像晃动起来，变成水波粼粼的湖面，那是自己遥远的江南水乡啊。华月千里，年方二八，穿着白色绣花旗袍的自己，在莲花湖畔，手抚书卷，曾有过多少爱的遐想……

身后传来一丝奇怪的声音，有人！颂莲倏地跳下秋千架，宝剑一挥，喝道："谁？！"

竟然是毛旦，弓着背，缩在一团阴影里。

颂莲脸上的羞怯尚未褪去，不禁有些恼火，硬硬地说："是毛旦？怎么像个猫似的，进来也不喊报告。这么晚了，有什么事儿？"

毛旦咚的一声跪在地上，双手捧出几块闪闪发光的碎金。

"金子？！"颂莲大惊，连忙让毛旦进屋细说。

毛旦进了颂莲的小屋，一鼻子撞到那股子奇怪的香味儿，顿时涨红了脸，结巴得厉害，说："没、没啥好说，你救、救了我，我就、就想干点好事儿……"

颂莲说："你能投案自首，很好。我问你，银行的金砖全是方方正正的，你这一堆碎块是怎么回事儿？"

"砍、砍的……"

"据我所知，金砖是二十五斤一块，你和谁分的这一块？"

毛旦汗珠子吧嗒吧嗒流。

"检举有功，你要是真想认罪，就统统说出来，别藏着掖着了！"

"跟柴米贵、侯副营长，还有王、王小顺分的一块儿……"

"五人分一块，你该分五斤对吧，这有五斤吗？要坦白就干脆点，少拖泥带水！"

"还有，埋、埋在戈壁滩了……"毛旦经不住颂莲那剑一般锋利的眼神，索性全说了。

第二天一早，刘铁和颂莲带着毛旦等五个起义兵赶到戈壁滩。在刘铁的监督下，五人寻找各自的记号，不大一会儿工夫就挖出自己的那份金子。回到指挥部，把五个人的一称，邢保财噼里啪啦打了一通算盘，说："不多不少，二十五斤。"

颂莲看了一眼他们，说："请回吧。"

侯宝玉有点不敢相信，说："连禁闭也不关我们？"

颂莲说："不是说了嘛，凡是如数交回黄金的，全都宽大处理，既往不咎！"

侯宝玉说："哎呀，谢谢解放军长官！快叩头啊你们。"

毛旦又要跪下，被颂莲拉住，说："解放军不兴这一套，以后别叫长官，叫同志。"

侯宝玉说："好，叫同志。解放军同志还真说话算数！"

毛旦、侯宝玉上缴黄金得到宽大处理的消息，到晌午已传遍整个骑兵团。莫三强被枪毙，对部队是个极大震动，这一次又引发了不小的凡响。开展诉苦运动以来，士兵的斗志高昂多了，士气大涨，就连俞天白也能感觉到他们的精神面貌跟从前大不一样。当然，他还发现他们跟解放军越来越近乎，而对自己的长官却是愈发冷漠了。

共产党用怀柔政策——这把无所不能的利剑，逼到了眼皮子底下，再不做出反应，似乎不能够了。俞天白是个崇尚中庸的人，凡事讲究个度。下午下班时，他把马黑鹰叫到办公室，门一关，沉着脸说："老三，叫你手下的人把金子缴了吧！"

马黑鹰做贼心虚，觍着脸说："二哥，你看你这话说的，我的人还不是你的人吗？你让我动员大伙缴没问题，小弟马上就去督促。只是咱们这么做了，共产党就会信任你我？"

俞天白心底的失落和悲愤自不必说，可是又能怎么样呢，他不得不承认共产党的公正，刘铁的厉害。再扛下去对人对己皆无好处，就像吴家耀，能阻止得了历史的车轮吗？

"统统交，一两也不许私藏！"俞天白命令道。

马黑鹰也只有照办了。

但马黑鹰不是傻瓜，他回头先去找了侯宝玉，让侯宝玉负责在下面收金子，说到时候由团里统一往解放军那里缴。侯宝玉有些担心，说这行吗？马黑鹰撂给侯宝玉一盒苏联产的香烟，说这有啥不行，你是不放心我和俞团长？马黑鹰把玩着手里的烟说，莫三强是大头管不好，小头管不了；顾了小头痛快，结果丢了大头，活该他去见阎王！侯子，这个营长你想不想当吧？你要不想当就滚蛋！侯宝玉顿时受宠若惊，说，我听你的，听你的！

三

解放军的宽大政策果然有感召力，一周不到就收回了三千多两金子。总部派了马彪来收账，马彪一见刘铁就乐了。"还是你牛，把我的黄金又找回来了。"说着，从腰里解下一个长脖子酒壶，"今晚我请你喝酒。"

刘铁说："免啦！这回咱可得注意了，再不能让人给劫了。"

"那是，都被劫了两回了……"话一出口觉得不对头，连忙改口，"噢，你那回不能算……"

当晚刘铁加了哨，一个明哨，两个暗哨。为了确保安全，他提出自己和王春来守第一班。这是个无月的夜晚，窗外漆黑一片。刘铁和王春来坐在油灯下卷起莫合烟。一阵风吹来，院门吱扭响了一下。刘铁警觉地站起，说："我去看看。春来，你去打个盹儿吧。"

王春来说："不困。"这是个瘦瘦的年轻人，一双不大的眼睛挺有神。他是刘铁最喜欢的教导员，为人厚道，能吃苦，工作特别踏实。

刘铁出了门，沿着院子四周巡视。院子里那棵大桑树枝枝丫丫，几乎罩了半个屋檐，风一吹哗啦啦响。刘铁朝屋檐下看了一眼，听到鸽子扇动翅膀的声音。这阵子咋还不睡哩？他觉得有点怪，刚伸过脑袋，突然砰砰两声枪响，一颗子弹从耳边飞过。

刘铁拔出枪，大喊："啥人？！"

王春来听到枪声，也端着枪跑出来。两条黑影从屋顶翻下，跑了。

这时，颂莲和邢保财、马彪几个冲进大院，问怎么回事。刘铁指了指屋顶，说有人打黑枪！一行人分两队迅速追击，追了一阵儿，眼见着两匹快马穿过林带，遁入夜幕，没影儿了。刘铁懊恼地说："狗日的，让他跑了！"

邢保财问："是啥人，看清没？"

刘铁说："还能是啥人？哼，躲得过初一，躲不过十五！"

这一宿大家都没睡，守到天亮。吃过早饭，颂莲召集干部们开会。昨晚上他们把打黑枪一事向上级做了汇报，上级要求前头部队进一步加强亚其县周边的警戒工作，确保缴回的黄金安全运出亚其，押送到迪化。颂莲布置完押送黄金的任务后，严肃地说：

"昨晚上的事儿绝不是孤立的现象，吴家耀走了，还有潜伏下来的敌人顽抗。我可以告诉大家，据情报部门提供的情况，亚其县境内有一个叫'羚羊'的特务组织活动频繁，上级要求我们提高警惕，防止特务的破坏活动……"

是啊，最近亚其县发生不少怪事，比如说，偌大的集市竟买不到粮食。刘铁和邢保财两次去给部队买粮，都是两手空空，只是买回一些南瓜、土豆和萝卜。这说明有人囤积粮食，明摆着是冲解放军来的。还有，老百姓中也有不少传言，说解放军来新疆是和少数民族争水争地的，叫嚣让汉人滚……这些肯定也是有背景的。

刘铁皱着眉头想了一会儿，说："我觉得俞天白有重大嫌疑。狗东西先是欺骗咱们，放走了吴家耀；接着又压着黄金抢劫案不办，还包庇莫三强，故意错判强奸案。这样有步骤的一系列行动，不是特务干的还能是谁？"

颂莲说："事情大概不会这么简单。如果俞天白真是特务，他这样干不是暴露自己了吗？而且你说他是特务，有什么证据？"

刘铁一时没了话。散会后，刘铁招呼常福上街吃羊肉泡馍。常福贼精，说："铁团，你不是要我执行啥任务吧。"刘铁说："算你小子聪明，我这客当然不是白请的。"

从这天起，常福就多了一个任务，监视俞天白的出入情况。一连两天，没什么动静，俞天白总是夹着公文包两点一线，从家到团部，再从团部到家。刘铁听了汇报很不满意，说："这叫啥情况？你就没细瞅瞅，比如他老站在院子里干啥？"常福说："看马呗。"刘铁指着常福的脑袋，说："羊肉泡馍叫你白吃啦！"

刘铁亲自出动了。刘铁一出动，就发现了问题。俞天白家是个二层小别墅，小院修得极别致，黑色的雕花铁门古色古香。小院旁边是马厩，那里有个两寸见方的窟窿。刘铁扒在窟窿上朝里看，正巧俞天白过来牵马。刘铁一闪，弯下身子。那一闪，没有躲过俞天白异常灵敏的感觉，他顿时一脸惶惑，左右看看，因为窟窿比较高，他没能看到刘铁。而刘铁趴在地上，大气不敢出，眼睛一瞟，却把俞天白的古怪表情看得一清二楚。俞天白后来牵马出来，回过头又朝那个窟窿看。第二天，那个窟窿就被堵住了。这说明啥，俞天白是心虚的！

俞天白不是傻瓜，他意识到有人监视自己了。他相当恼火，让毛旦把那个讨厌的窟窿给堵上了。如果没看错，那个在窟窿上一晃而过的大脑壳不是别人，就是刘铁！他铁娃子凭什么怀疑我是"羚羊"？这是一种多么无聊可悲的日子啊。

这天是周末，俞天白照例骑马到老保姆卡佳家里接女儿。抱着莱丽刚刚出门，就发现有个影子从一扇门里倏地缩回去。俞天白的心情顿时像那收尽夕阳的天空暗下来。回到家，他情绪激愤，往旅行包里收拾东西。薇拉做好了饭，叫丈夫吃饭，俞天白说不吃，提着旅行包就往外走。

薇拉上前拦丈夫，说："都是我害了你，要不我去找刘铁说清楚。"

俞天白推开妻子，说："我的事你别管，你让我走！"

莱丽正在楼上跟紫苏学画房子，听到父母争吵，要下楼，被紫苏一把拉住。紫苏听着这夫妇俩发生口角，格外不安。她一来就发现这个家空气沉闷，薇拉待她倒是很热情，俞天白也相当客气，但她能感到他们中间发生了什么。她猜出这些不愉快跟吴家耀的逃跑有关，跟当前的形势有关。她待在这里显然不太合适了。紫苏继续教莱丽画房子，可心思却跑到了楼下，这时男主人的声音传了上来：

"我放走了吴家耀，又错判了强奸案，我算什么人？在他们眼里，我是个十足的坏蛋！实话告诉你吧，刘铁已经开始监视我了！"

嘭！重重的关门声。

俞天白从屋里出来，大喘一口气。他回头看了看二楼透出的灯光，想那女孩儿也许听到了他们的争吵。对不起了，紫苏姑娘，你来我这儿借宿，按说我该关照你，可我连自己都无法保护啊。俞天白摇了摇头，苦笑一下，悲哀地拉开雕花院门。

两支手枪抵在了背上，"不许动！"

"俞团长这是准备上哪？看样子是要出远门？"刘铁大摇大摆走过来。

俞天白看着那张顽皮的脸，想，我这辈子怎么就逃不脱你了，我当真欠你铁娃子吗？清风岭一战，不是老子不放过你，是吴家耀！俞天白稳了稳神，说："不错，是要出远门。有人跟踪我，我离开这儿还不成吗？"

"离开这儿？说得真轻巧！你一大串问题还没交代清楚呢，说走就能走？你这叫畏罪潜逃！把他带走！"刘铁下令。

常福一把夺下俞天白的旅行包，王春来在他背上猛推一掌，"走！"

薇拉闻声出来，尖叫一声，说："你们这是干吗？为什么抓人？放开我丈夫！"

这个温柔如水的女人一下手，力气蛮大，常福和王春来被她推了个趔趄。刘铁有点惊讶，他一把抓住了她的手，用一种威严的口气说："你是薇拉医生吧？我们这是在执行公务，请你不要妨碍。这是我们和俞天白之间的事，和你没关系。带走！"

看着丈夫被带走，薇拉急得眼泪涌出来。

四

薇拉找到颂莲的住处，枣尔罕大妈告诉她，吴政委到布拉克苏草原看一个叫石榴的孩子去了。薇拉不敢耽搁，骑着马直奔草原。她知道颂莲是先头部队最大的官。

辽阔的草原，圆圆的落日。薇拉策马奔驰，一副职业军人训练有素的架势。前面有一道沟，薇拉踹一脚马肚子，身子一伏，黑马飞了过去！

　　这个时候，颂莲和木拉提头人正在地里掰没来得及收的秋玉米。大筐满了，颂莲一手一个，提起筐子往场院走。一群鸡在抢啄路上的马粪，颂莲说："大叔，你们场上的牲口没戴嘴笼子啊？"

　　木拉提头人说："戴了呀。"

　　颂莲指着争食的鸡群，说："鸡是不吃粪的，你看它们在争那一溜子马粪。"

　　木拉提头人走到跟前，鸡四散而去，粪里确实有不少玉米粒。木拉提头人说："哎呀，吴同志，你的眼睛好厉害，可不是嘛。我那孙女八成是贪玩，忘了给牲口戴嘴笼子，让牲口糟蹋了粮食。"

　　薇拉下马，听着二人说话，不便上前打搅。她第一次认真打量这个帽檐压得低低的、干瘦得像男人似的女政委，觉得这女人虽无姿色可言，却有种睿智的美。一个女人能领导一帮爷们儿，想必是有真本事的。

　　这时石榴追赶着一匹黄骠马跑出来，大喊："站住！给姑奶奶站住——"

　　黄骠马肚子鼓得很大，不顾一切往这边冲。

　　木拉提头人大惊，说："马撑成这样了，孩子，你咋不给马戴上嘴笼子！"

　　黄骠马撑得难受，被人一追，恼怒了，一头向颂莲撞去！薇拉看在眼里，闪电般飞身上马，去挡黄骠马。一个漂亮的反扑，她就将黄骠马拖住——黄骠马踢腾着，围着薇拉转圈子，薇拉死死拉住缰绳，黄骠马被牢牢地控制了。

　　颂莲眼见着这惊险的一幕和薇拉的不凡身手，感激和钦佩油然而生，说："你，是薇拉医生吧？"

　　薇拉下马，冲木拉提头人点点头，朝颂莲一笑。石榴提着一桶水送到黄骠马面前。薇拉制止道："不能让马饮水，一喝水，玉米会膨胀开，马要胀死的。小姑娘，你现在得拉着马去遛，等它排泄了，才能饮水。"

　　颂莲眯眼看着面前这个妖娆干练的女人，想她来这里一定是找自己的，便问："你有什么事吗？"

　　薇拉看了一眼去遛马的石榴，这才放低声说："是的，吴政委，真不好意思打扰你。"

　　二人各牵一匹马，并肩走去。薇拉的是黑马，颂莲的是枣红马，这一黑一红两匹马走在天鹅湖畔，加上两个不同装束的女军人，使这个黄昏别有一番味道。

　　"我一来亚其就听说薇拉医生了，外科一把刀，人称'美人刀'，没想到你的骑术跟医术一样精湛。"

"过奖了，我倒是听说吴政委从前是赫赫有名的敢死队队长呢。"

"薇拉医生有什么事儿，请讲。"

薇拉站住，直视对方，说："你手下的人刚才把我丈夫抓走了，这事不是吴总指挥安排的吧？"

"你是说我们的人抓走了俞团长？"颂莲大为惊讶。

"吴总指挥，我丈夫可是光荣起义的团职军官，你们共产党有政策，说对起义官兵既往不咎，和解放军一视同仁。请问，你们这种做法合适吗？"

颂莲暗骂，刘铁，你怎么瞅着我一会儿工夫不在，就给我惹祸呢，混账东西！颂莲说："薇拉医生，很抱歉。刘铁这么做是错误的，我马上回去纠正！"

临时指挥部今夜灯光雪亮，对俞天白的第一轮审讯已进入实质阶段。刘铁、邢保财主审，王春来做笔录，宋刚带常福几个警戒。

"俞天白，共产党的政策是抗拒从严，坦白从宽。你不是蠢蛋，何去何从，自己看。我们对你起义前后的表现注意一阵子了，老实说，你疑点很多。说吧，你是不是'羚羊'？"邢保财口齿伶俐地说。

俞天白狠吸一口烟，说："岂有此理！"

邢保财跳起来，刘铁拉他坐下，说："是狐狸早晚会露出尾巴，别急。俞天白，我问你，你为啥要骗我们，偷偷把吴家耀放走，你们之间有啥交易？"

俞天白闭上眼睛，索性不理不睬。

刘铁火了，说："俞天白，你可要搞清楚，这会儿不是你们的天下了，你现在是败军之将，少摆臭架子，老老实实交代你的问题吧！"

话音未落，门外传来颂莲的声音。颂莲一头大汗进来，帽子一抹，摔到桌上。看来她是真火了。刘铁翻了翻眼皮，看着颂莲一头又短又黑支棱着的乱发，说："吴总指挥，我们在审案呢。"

"谁批准的？！"颂莲浓眉一耸，眼锋凌厉，"赶紧把俞团长放了！"

邢保财和王春来看着刘铁。刘铁知道不放人是不可能了，瓮声说："放人！"

颂莲把帽子扣到头上，使劲一压，走到俞天白跟前，礼貌地说："俞团长，对不起，您请回吧。"

俞天白优雅地收起玉石烟斗，站起，拉了一下衣角，笔直地出门。

薇拉一直候在门口，见丈夫出来，用俄语叫了一声"亲爱的"，上前一把搂住丈夫，狂吻起来，脸蛋儿红扑扑，眼泪唰唰唰。邢保财几个看呆了，这个女人，真是火！

刘铁瞪他们一眼，说："看啥看，好看哪？丢人现眼！"

五

薇拉关键时刻挺身而出救丈夫，别说俞天白感到惊讶，连颂莲和刘铁这些共产党干部也觉得不简单。当晚刘铁躺下后久久不能入睡，对邢保财说："这个娘儿们咋就跟了俞天白这种人，一枝鲜花插到牛粪上，可惜哩。"邢保财说："咋，眼红啦？俞天白比你铁娃子有福气！"

俞天白自然也被妻子的行为所感动。当夜，夫妻俩如胶似漆，难分难舍。这是多日来不曾有过的一次交融，俞天白好像得到了释放，一下轻松了，睡了一个踏实觉。第二天醒来，见院子里晾了一铁丝被单——女孩儿把俞家该洗的都洗了，还做好了早餐。

女孩儿穿一件单薄的紫色碎花夹袄，背着药箱和包袱准备告辞了。

望着阳光下的白色被单，金黄喷香的煎蛋，俞天白夫妇都觉得过意不去。尤其是俞天白，目光突然触到女孩儿斜插在包袱里的那管箫时，他的心不由得抽了一下。薇拉拿出一个手绢包，说："薛小姐，你实在想回老家我们也不好留你。我和天白对你的遭遇很同情，你孤苦伶仃一个姑娘家不容易，这点钱权当是路费，请收下吧。"

紫苏含着两颗泪珠鞠了一躬。

不过下午的时候，她就回来了，直奔旅部医院找薇拉。亚其这阵子流行感冒好厉害，已有人员死亡。这股风蔓延到部队，不少起义兵病倒了。紫苏在俞家小住的这两天，薇拉几乎每天都是早出晚归，因为没有药品，她很着急。今天上午紫苏坐着马车走到百草沟时，突然发现前面有一片红，那尚未枯萎的暗红不是野生紫苏吗？新疆这地儿原来也长紫苏！很小的时候，她就知道这种植物既可以当食物，也可以入药。紫苏兴奋得一时忘了自己的行程，扑下身子采了起来。采完了药，紫苏想医院有那么多病人等着治疗，她不如把这些草药送回去。看到紫苏背着一大捆草药回来，薇拉既惊讶又感动，这真是个好姑娘，更是医者难得的品性！

旅部医院位于县城西北角，这是一处独立的院落，几排砖房简洁大方。院内树木很多，且不少是古树，初冬绿色虽已凋零，但鹅卵石铺就的小径旁因有古树点缀，整个院子看起来便多了些雅致和古朴，成为一处冬日的佳景。大门的门匾已摘掉，不过倒是有士兵站岗。一辆吉普车驶进门来，停在门诊部门口，几名士兵抬着一个昏迷不醒的战士，嚷着，急匆匆奔向急诊室。

刘铁、颂莲和肖伯年一行来到医院时，病房和过道到处躺着坐着一些个人，问题远远比他们想象得严重。护士们走马灯似的，小跑着端来一盆盆冷水，病人全靠毛巾冷敷来降温。

肖伯年担忧地对一个戴眼镜的老医生说："王院长，你们就不能再想想办法，弄点盘尼西林来？"

王院长说："这一个礼拜我跟总部卫生处打了两次电话，都解决不了。别说盘尼西林，现在连治感冒的最普通的药都用光了，只好靠物理降温，治标不治本。"

看到王院长着急的样子，刘铁问："新疆这边有中草药吗？"

肖伯年说："有肯定有，就是亚其这里不大认中医。医院从前有过一位中医，也调走了。"

颂莲说："老百姓生病怎么办？靠巫医？"

王院长说："吴政委还真说对了，老乡们要有个病有个灾，只能找跳大神的达罕了。"

窗外忽然亮起红光，一闪一闪。王院长想起什么，说："噢，对了，今天我们倒是有人采了些草药来，薇拉医生他们正在做试验呢。"

听说有人采来了草药，肖伯年说："太好了，中医是咱老祖宗留下的瑰宝嘛。走，去看看。"

一股蓝烟从住院部后面升起，顺着火光走去，浓浓的苦香飘来。树下架着一口大锅，薇拉正用一根木棍用力地搅着锅里的汤药。蹲在灶膛前添柴的是紫苏，火光映着她汗涔涔的脸。

"薛小姐，你可真是个有心人，走了那么远了，又跑回来给我送草药。我刚才查了一下资料，说紫苏这种草药具有发表、散寒、理气的功效，能治感冒咳嗽、恶寒发热。《本草纲目》上说，还能'行气宽中，清痰利肺，和血、温中、止痛、定喘、安胎',对不对?"

"对。以前我外祖父常用它给人治病,说'紫苏全身都是宝,古今中外皆说好;炎帝神农尝百草,久服紫苏身不老'。"

"所以就给你取了'紫苏'这个名儿?"

紫苏眨着美丽的大眼睛笑了。

王院长带着肖伯年一行来到灶前。肖伯年说:"薇拉医生,辛苦啦!听说你们在试用一种能治感冒的草药?"

薇拉说:"是的,肖旅长,吴政委,你们看,这是我们熬的紫苏汤。"

刘铁说:"紫苏汤?这么好听的名儿?"

薇拉没搭理刘铁。刘铁并不计较,他凑到锅前吸了吸鼻子,说:"薇拉医生,你煮的药真香,有股子清凉味儿哩。"说完,咂巴起嘴,好像那锅里煮的是肉。

他这个动作惹得大家笑了,蹲在灶前的紫苏便禁不住抬脸看刘铁。

刘铁哎哟一声,说:"这是谁呀?"

薇拉连忙说:"这位薛小姐是我同学的表妹,学中医的,这些草药就是她采的。"

紫苏拿着烧火棍站起,红着脸朝大家点点头。

"你同学的表妹?"刘铁盯着紫苏看,目光直勾勾的。

颂莲拍了一把刘铁,刘铁有点不好意思,说:"那个啥,我来帮你们烧火,行不?我的火烧得特别好。"说着,从紫苏手里夺过烧火棍,慌乱中又看了人家一眼。

在场的人都看出了刘铁的失态。肖伯年笑着说:"刘团长既然这么爱烧火,咱们就让他烧,我来熬药。你们女士歇着去。"

薇拉给紫苏抹了一把汗,两个人一前一后走去。紫苏稍稍偏了一下脸,就发现那位团长大人还在瞅自己,这个人是谁?

颂莲平日说话做事看着像爷们儿,其实细的时候很细。看到刘铁和一位陌生姑娘在火光下眉来眼去好几回,她心里敲开了小鼓,这二人是怎么了?

接下来,就更加叫颂莲疑惑,甚至是不可思议了。

药煎好后,紫苏给病员们分盛汤药,那些个起义兵一见这黑黄的汤,舌头一舔,话就来了,说这是啥东西?这女的是外面来帮忙的,别给咱们乱配药,喝下去中毒。现在这么乱,"羚羊"到处搞破坏呢,别病没治,还丧了命!一个病员把药倒进脸盆,其他病员也跟着学。紫苏说,这药能清热解毒治感冒,还是喝了好。她把一碗汤药端到一个士兵面前,士兵喝下一口,哇地吐出来,吐了紫苏一身!

刘铁和颂莲赶来,看到紫苏身上的汤汁,刘铁从病员手里接过碗,一仰脖子,一碗下去,抹了抹嘴,说:"你们都看我吧,有没有事!哐叽哐叽哐叽……"说着,踩着台步转起圈,做了个甩水袖、亮相的动作。

"没事儿对吧,告诉你们,这位姑娘是中医,人家一片好心,给大伙煮汤药,咱得谢人家,对不对?别磨磨叽叽了,都给我喝!"

病员们端着碗,你看看我,我看看你,还是不动。

刘铁说:"再来一碗!"不由分说,从颂莲手里夺过碗,咕咚咕咚又是一碗下去。

病员们瞪着刘铁,刘铁翻了个白眼,接着笑开了,说:"哎呀,真好喝,比汽水还清凉哪!"

病员们这下笑了,说:"那我们也尝尝。"

刘铁朝紫苏俏皮地眨眨眼睛。

探视完病员,首长们该走了,薇拉和紫苏把一行人送到大门口。刘铁笑嘻嘻地对紫苏说:"喂,我好像在哪儿见过你。"

颂莲瞪刘铁一眼,说:"你没把脑子喝坏吧?"

刘铁拍拍脑袋,说:"没,我清醒着呢,你是吴总指挥,我是刘小队长,她是薇拉医生,这位是……"

薇拉说:"她姓薛,叫薛紫苏。"

刘铁点点头,说:"紫苏,就是刚才我们喝的草药的名字?能清热解毒,治感冒?"

紫苏说:"还能消炎止痛疗伤。"

刘铁说:"哎哟,这么说紫苏还真是个宝贝,那我以后得找你要紫苏汤喝了!"

夜色下,女孩儿的脸红了。无论是颂莲还是薇拉,谁都看出来了,刘小队长今天晚上太不对头了!

六

人倒霉吃凉粉都能把牙硌了。坏事一来，跟下冰雹似的，一个接一个。石榴出事后，木拉提头人的日子一直不消停，这几天才安下心来收了玉米，准备打场入仓，结果石榴没给马戴嘴笼子，马吃了玉米撑坏了肚子，一病不起，把个木拉提头人急坏了。木拉提头人让石榴到附近部落去请一位给牲口看病的师傅，谁知道石榴一出门，就叫小肉孜家的一头疯牛给撞上了。石榴吓得吱哇乱叫，被顶在篱笆墙上，一动也不会动。木拉提听到叫声赶忙出来，只见石榴两条胳膊架得高高的，表情呆傻。老人去拉石榴的胳膊，说，孩子，咱回家。石榴胳膊抻着，像牛角一样硬。老人说，把胳膊放下，疯牛跑了，爷爷在，你不怕，可石榴的胳膊愣是放不下来。老天爷，这是得上了啥怪病？木拉提头人立即请来了一个女达罕。

木拉提头人和那个女达罕，一人拽着石榴的一条胳膊往下拉，石榴呜呜哇哇地叫。纵使你有天大的劲儿，石榴那细细的胳膊就像变成了铁棍，难以弯曲，你还真奈何不得。木拉提头人一头大汗，豁牙巫医也累得半死，瘪着嘴喷喷两声，摇头道："我老婆子这辈子见过傻的聋的瘫的瘸的，就是没见过这稀罕病，治不了！"说罢，牵起一只羊走了。

木拉提头人一筹莫展，众乡亲唏嘘不已，说这是个苦命女啊。这时来了个骆驼客，骆驼客弹着冬不拉唱了两句停下来，说："木拉提头人，你带这丫头去找解放军吧，解放军可神着呢，把城里的传染病都给降住了。"骆驼客说的正是流行性感冒。

想起解放军，木拉提头人舒了一口气。

木拉提头人赶着马车，带石榴直奔亚其县解放军驻地。一阵儿不见，刘铁见这丫头又出了毛病，并且是个古怪的毛病，好不痛心。自己对治病是一窍不通，爱莫能助，不过，他马上就想到了那位紫苏姑娘，她是医生，应该治得了石榴这病的。刘铁二话不说，就找到俞天白家门上了。说来不巧，薇拉刚送走紫苏。昨夜，俞家夫妇讨论了很久关于紫苏的问题，二人一致认为送走紫苏是明智的。俞天白从妻子口中听说刘铁对紫苏"一见钟情"，这对他是个提醒。

刘铁一早上门来找紫苏，薇拉有点紧张，得知他找紫苏是要给一个叫石榴的女孩儿治怪病后，薇拉放心下来，说紫苏走了，去迪化了，刚走一会儿。

薇拉自然没想到，紫苏会第二次半途返回。恐怕连刘铁也没想到，他能把紫苏姑娘追回来。其实他没费什么口舌，只说来了一个急病号，想请她帮忙，姑娘想了想，便点了头。

紫苏在老家的时候就跟外祖父学得一手好针灸，身边这只药箱是外祖父留下的。虽说有一阵没扎针了，但她下手依旧准确到位，拔针更是快而轻，看得人眼花，不由得感叹，好医术！紫苏拔去最后一处穴位上的针，说："石榴，咱们试试，把手放下来，好不好？"

石榴纹丝不动，依然高举双臂，瞪着大眼。

紫苏轻轻抚摸她的手，说："哎呀，石榴的小手真漂亮，把手伸开来，让我看看？"

石榴举着双手，傻傻地摇头。

一时间，都沉默了。薇拉上来为紫苏解围。"胳膊我刚才检查了，好好的。患者的问题会不会出在这儿……"她指了指脑袋，"不如送到大医院去看看好了。"

刘铁说："不可能，好端端一个丫头咋会傻呢，我看不会有啥大毛病。"

既然是这样，怎么就放不下两条胳膊呢？忙活了半天毫无效果，紫苏多少有点不甘，对刘铁说："我总觉得这孩子有点问题，你看她那眼神，是不是因为受到惊吓，心理上留下了什么障碍……"

一直没吭声的颂莲说："薛小姐说的好像有道理呢，这孩子这些日子吃苦头了。"

石榴呆滞的大眼睛这时就淌开了泪，尖声号起来！木拉提头人的心都碎了，上前搂住石榴，说："孩子，不哭！走，跟爷爷回家……"

刘铁上前一步，说："大叔，要不我……我试试？"

颂莲以为自己听错了，说："刘铁，你要干吗？"

刘铁认真地说："治病！"

颂莲说："你疯啦，这里这么多医生治不了，你能治？"

刘铁不理会颂莲，说："木拉提大叔，请您老先出去。吴总指挥，薇拉医生，你们也请出去。"

木拉提头人满脸狐疑，看看颂莲。

颂莲说："刘铁，这可不是开玩笑的事，你别胡闹！"

刘铁不由分说，把三人推到外面，关了门，对紫苏说："薛小姐，麻烦你给我准备一个大针管。"

紫苏一副心领神会的样子。

颂莲在外面拍打门。可是任颂莲怎么喊，刘铁也不去理睬。此时，刘铁端着一支粗大的针管，嘴里"噫嘻"不断，弄出很大动静。他抽了满满一管蒸馏水，朝上一推——唰！又长又尖的针头喷出一串水珠，好家伙，够厉害！

一直木呆呆的石榴这阵子终于有了表情，瞪着那针管满眼惊恐。刘铁举着大针管走到石榴面前晃了晃，说："小石榴，你病得不轻，铁叔叔要给你打针，你可别哭鼻子。瞧，这针管有多威风，跟枪筒子似的，一针下去，哇，保你病好……"

石榴朝后缩去，连连摇头，说："怕！……"

刘铁推出一串水珠子，说："怕啥，不怕！快趴下，把裤子褪下来。"

举着双臂的石榴一边后退，一边筛糠似的摇脑袋。紫苏站在一边，也着实紧张了。看着满脸绯红的石榴，刘铁感到时机到了，上前一步，一把抓住了石榴的裤腰！

石榴立时瞪圆了眼尖叫起来："不——"情急中两条胳膊猛地放下，死死地摁住了自己的裤腰！

门被推开，颂莲和木拉提头人、薇拉拥进来，只见石榴垂着两条胳膊，浑身发抖。所有人都愣住了。满脸通红的石榴扑向木拉提头人，抱住爷爷嘤嘤地哭起来。

刘铁一头大汗，把针管还给紫苏，走了出去。颂莲瞪着刘铁的后背，想，这个玩笑也开得太过了！

第七章

一

　　十万解放大军顶风冒雪，经过长途跋涉，终于在一九四九年十一月下旬西进新疆。这在我军历史上是一次绝不亚于南下北上的伟大壮举，是一次大转折、大融合。解放军每到一地，都受到各族群众的热烈欢迎。老乡们倾其所有，有花毡的拿出花毡，挂在街上，这是一种礼仪。还有人站在自家屋顶上，弹奏起欢快的乐曲。屋顶上风总是很大，风能把他们的歌声琴声带给解放军。姑娘和小伙儿喜欢跳舞，他们穿着节日的盛装，站在迎接解放军的最前列。

　　孙世贤一来到亚其，就被这异域风情迷住了。在广场上，他甚至混入欢迎的人群，跟那些弯弯眉毛的姑娘对跳起来，跳得满头大汗。姑娘们立刻喜欢上这位和蔼可亲的解放军首长，争着给他送好吃的，石榴、鸡蛋、核桃，还有人送鞋垫和绣花荷包。不过孙世贤是清醒的，亚其是目前的前沿阵地，看似歌舞升平，其实斗争形势异常严峻。上级把他安排到这里，就是要他尽快稳定社会秩序，粉碎"羚羊"组织，改造好一二六这支国民党王牌旅。紧接着，就是部队整编，开展大生产运动，所有这些都耽搁不得。

　　孙世贤深感肩上的担子很重，所以一到临时指挥部，就召集先遣部队的干部们开见面会。师长罗大胜说，铁娃子给咱们准备了大块肉，先吃它一顿再开。孙世贤笑着说，铁娃子的肉咱先不能吃，开完会再吃也不迟，有好多问题要研究哩。孙世贤是教书匠出身，在战场上真刀真枪地干，可以说他是外行，也许因为这个原因，一些人不服他，说他不像个军人。但孙世贤有一张铁嘴，在延安的时候大家就叫他"土喇叭"，这只土喇叭在关键时刻曾瓦解过一个团的日伪军，还劝降过国民党高级将领，这就让人不能小瞧他了。孙世贤做思想政治工作有个讲究，那就是未雨绸缪，防微杜渐。先遣部队的工作总的来说开展得是不错的，但有没有问题？这些问题将引发什么样的后果，是否会影响今后的工作？接下来起义部队将面临整编，组织上要派出一批解放军政工干部进驻起义部队，如果没有一个正确的舆论引导，以后的矛盾和冲突都会在所难免。尤其是在总部听说了刘铁的种种过分之举后，孙世贤担忧更甚，他跟罗大胜交流了一下意见，罗师长是行伍出身，完全站在刘铁一边，说，军人没点仇恨叫啥子军人，仇恨是军人的血气，仇恨是军人的动力！这话说得似乎有道理，但孙世贤认为我们将来是要改造起义部队的，也就是说要和自己昔日的敌人做战友做兄弟，共同建设家园，如果不讲个策略，不讲个"和"字，共产党如何能完成这项宏伟工程？

见面会气氛喜庆又不失庄严。孙世贤充分肯定了先遣部队的工作，他说："同志们辛苦了！以吴颂莲为总指挥的先遣队，像天兵天将神速来到亚其县，震慑了国民党顽固分子，保卫了亚其城和老百姓，成功地侦破了强奸案，惩处了犯罪分子，在新疆各族群众中为解放军树立了良好形象。你们发挥我党政策的威力，广泛发动起义士兵开展诉苦运动，使黄金抢劫案的侦破工作也取得了进展，你们做得好，我要感谢你们！……"

尽管孙政委没提到自己的名字，刘铁还是高兴得狠拍巴掌，两个大大的招风耳忽悠忽悠。

"但是，我们的工作有没有问题？"孙世贤环视会场，目光转到了刘铁身上，"有！我刚来就听说了一件不好听的事情……"

下面传来小声的议论，所有的目光集中到刘铁身上。

"有人扒人家小姑娘的裤子！"

孙政委原来是说自己呢，刘铁站起，说："误会了，我不是要扒她裤子，我是给她治病。"

下面笑开了，有人说铁娃子这是运用《孙子兵法》中"围魏救赵"一计哩！罗大胜笑得嘿嘿的，喝下一大口茶，操着川音慢悠悠地说："老孙，我跟你看法不一样。要我说，铁娃子这件事硬是干得漂亮！不管用啥子法子，治好了那丫头的怪病，就该受表扬嘛！不是我祖护刘铁，刘铁利用姑娘怕羞的心理治疗疾病，据说这还是古代的时候咱们老祖宗用过的法子……"

孙世贤笑了，说："是吗？这么说是我批评错了，看起来是我孤陋寡闻了。"

外门传来一声"报告"，常福进来，说："孙政委，罗师长，木拉提头人来了！"

木拉提头人领着石榴已站在了门口。

孙世贤连忙迎上前，热情中带着一丝紧张，说："老人家，您有事啊？"

木拉提头人没有回答，而是在人群中寻找着什么，终于他看见坐在角落里的刘铁了。木拉提头人推了一把石榴，石榴跑过去，一句话没说，咚的一声先跪下，"铁叔叔！"

"孩子，记住！铁叔叔是咱们的恩人，是咱们最亲最亲的人！"木拉提头人说。

石榴扑过去抱住刘铁的双腿，就哭开了。原来这就是那个丫头呀，大家伙儿啪啪地鼓起掌。石榴两条胳膊死死地箍着刘铁的腿，眼泪鼻涕一把，弄得刘铁不知所措，动也动不得。

木拉提头人对孙世贤和罗大胜说："你们二位是这里最大的官，对不对？"

孙世贤笑着说："老人家，我们解放军官兵一致，没有高低之分。"

木拉提头人说："你们可不要批评刘团长，他是个大好人，两次帮了我们。为了表达我一点心意，我和我孙女请你们到我房子做客！"

在这次木拉提头人举办的舞会上，刘铁最大的收获，就是留下了那位薛小姐。这一切要归功于颂莲，颂莲尽管一开始就看出刘铁对这个女子心怀叵测，但到底是领导，领导有领导的眼光和胸怀，一切从工作大局出发。新疆刚解放，各种人才都很匮乏。亚其缺医少药的状况尤为突出，亟须像薛紫苏这样一批年轻而有经验的医生。颂莲让刘铁邀请薛小姐参加这次军民联欢。舞会上，颂莲又跟紫苏做了一次认真的谈话，动员她留下来，留在亚其。紫苏起先是犹豫的，颂莲便鼓励刘铁去请她跳舞，继续落实此事。政委把这样一个政治任务交给自己，刘铁是喜不自禁，态度上十分积极和努力。为了让这位薛小姐高兴，刘铁主动献艺，上台吼了一段秦腔《苏武牧羊》：

弟兄们相会在荒郊外，

我含羞带愧跪尘埃。

弟奉命领兵边关外。

征战胡儿显将才……

当刘铁高亢的秦腔响彻草原之夜，九曲回肠，直冲霄汉时，紫苏有一刹那那眼睛湿润了。苏武牧羊的故事她是知道的，此时不是彼时，她当然更不能与苏武相比，但漂泊他乡的凄苦，那种不能言说的屈辱，却又是相同的。后来刘铁请她跳舞，她一只手攥在他手中，有些冰凉微颤，脚下多了些迟疑和迷乱，面前这个男人说见过她，她一点不记得自己见过他，但是她不觉得他陌生，好像他们很早就认识一样。就是这种疑惑、悸动，还有一点点说不清的伤怀，让她答应下来，她不走了，暂时到医院帮忙，等来年春天再回老家。刘铁喜滋滋地把这个在他看来十分重大的成果报告给颂莲，颂莲望着刘铁眼里溢出的那股子兴奋，愣了好一阵儿神。

紫苏搬进了颂莲的小屋。多年来，战场上风里雨里，一身血，满脚泥，颂莲总是跟一帮老爷们儿待在一起，有条件单独睡，没条件就挤一张炕。最初还觉得不方便，脚和脚碰一块儿会红脸，后来就习惯了。不仅是她，男人们也习惯了，夜里撒个尿啥的也常常不避她。这让她很恼火，几次骂人，说谁再当我的面尿，我一枪崩了他那玩意儿！但这天晚上颂莲却感到了别扭，一股子久违的香味儿，从紫苏那边飘来。

正在铺床的紫苏，浓密的黑发垂在腰际，幽光闪烁间有暗香浮动。颂莲瞟了一眼那头发，忽然就想到一个问题，问："薛小姐是怎么到新疆的？"

那天舞会上谈得倒是不少，却遗漏了这个问题。

紫苏还不习惯颂莲这种突如其来的谈话方式，加上这个问题的敏感性，她慌乱起来，说："我……我父亲是个中医，过世得早，半年前母亲也去世了，新疆有个表哥，我投奔他来了……"

一件小背心落到地上，颂莲拾起，说："你织的？"

"是。"

"你手挺巧嘛。你……你跟刘团长过去见过？"

"没、没有啊。"

"那他怎么说见过你？"

"他……肯定认错人了。"

颂莲笑了，想，这个刘铁时常说话做事是不着调的。她从自己床上抽下褥子，说："天冷，把这个铺上。"

看到颂莲只留下一张毡子，紫苏说："不，吴政委，您留下吧。"

颂莲不喜欢这种婆婆妈妈、你来我去的交流方式，说："让你铺，你就铺，别啰唆。"一边说，一边替紫苏铺起褥子。颂莲干起活来动作很大，胳膊肘子一拐，就撞到紫苏身上。紫苏朝后闪了一下。颂莲忽然觉得不对头，那鼓鼓的柔软的东西分明是女人的那个地方。她看了一眼紫苏，说对不起。紫苏笑笑，说没事。可颂莲的脸却像被人捆了一把，热辣辣地红起来，浑身大汗了。床没铺完，颂莲跑了出去。

紫苏听到外面传来呼呼风声，伴以低低的吼声。她掀起窗帘，是颂莲在舞剑。这柄剑此时在颂莲手中仿佛就是一种仇恨，它要将那些捆绑她的灰色记忆全部击碎，她要挣脱它们！"啊！啊……"铿锵之声下，银光一片。看着那张被月光浸得半明半暗的脸，紫苏惊得张大了嘴巴。

二

一九四九年十二月十七日，在新疆的历史上，是一个值得纪念的日子——新疆军区和新疆省人民政府成立。中央军委把驻疆十万国民党起义部队改编为中国人民解放军第二十二兵团，陶峙岳这位为新疆和平解放立下功劳的将军成为二十二兵团司令员，新疆军区政委、司令员王震兼任二十二兵团政委。

起义部队基本不动，授予解放军番号，派少量解放军政工干部到起义部队担任各级政治领导——这是第一野战军彭德怀司令员的建议，得到了党中央和毛主席的认可。改编命令下达后，没想到首先在老部队这边引起一场不小的震动！像孙世贤这种懂行的人一看就知道，这种成建制改编是上级有意为之，这是一种政治智慧和政治度量。但是下面的干部们却不这么看，大家说，十万解放军，十万起义兵，干吗不融编？这是给自个儿找难题嘛。

这么说不无道理。解放战争以来，国民党起义部队近一百八十万，我军对他们主要采取两种形式的改编：合编、融编。合编，就是跟解放军老部队合并，授予新的解放军番号，人称"面包夹火腿"。融编，即把起义官兵打散了编入解放军老部队，撤销起义部队原建制，这叫"羊肉泡馍"。无论是"面包夹火腿"，还是"羊肉泡馍"，差不多是一半对一半。这种人员配置是有一定科学性的，也算一种防范措施。而成建制改编情况就大不一样了，试想，一个上百人的起义连队，只派一名解放军过去当政治指导员，你说，是不是聋子的耳朵——摆设？

在一片争论声中，刘铁倒是大气，说咱们是共产党，还怕他国民党？你们不去，我去！他认为这是个难得的机会，与其攥在吴颂莲这个女人的手心里，不如去起义部队。政委是党的一把手，说话比团长硬气，何况对方又是起义团长呢。刘铁找到孙世贤，坚决要求到"最艰苦的地方"去锻炼。孙世贤看他一脸认真，说："成，我第一个点你的将！"

接着，师团一级的班子名单下来了。肖伯年任独立师师长，孙世贤任政委，颂莲调到师政治部担任主任。罗大胜师长调到另一个起义部队去当政委了。而刘铁也如愿以偿当了团政委，不过情况跟他想的不大一样，他原以为会调到哪个新地方，没想到他和邢保财原封不动，跟俞天白、马黑鹰和花之锦搭班子，孙政委这不是成心收拾人嘛！

独立师师部设在亚其县伪政府的官邸里，离刘铁住的不远，刘铁一口气就冲到师部，甩开两名哨兵，直奔孙世贤办公室。

孙世贤说："铁娃子，到起义部队当政委，这可是你自个儿要求的，现在你又挑肥拣瘦，不像话！你和俞天白也算是儿时的伙伴了，知根知底，把你们弄到一块儿这叫黄金搭档。你们之间那点子事儿算什么事儿，谈开不就完啦？俞天白是爱国起义军官，文化水平不低，咱们马上要搞经济建设了，你要好好向人家学习，人家不嫌你这个大老粗政委就算不错了。"

"我不想跟这种人缠一块儿，我们俩结的仇这辈子都化解不开！"

"无产阶级的最终目标是什么？是解放全人类，对不对？你铁娃子就这点胸怀？连自个儿心里的一点怨都放不下，还能干大事吗？不像个共产党员！"

刘铁哑口无言。刘铁最怕人家说他没胸怀一类的话，没胸怀不就是小肚鸡肠吗？小肚鸡肠那还叫男人吗，连老娘儿们都不如呀。可是，他真的不想跟俞天白这种人缠一块儿了。挑肥拣瘦的自然不光刘铁，还有不少政工干部。一听说新疆这边到处是杳无人烟的戈壁滩，且驻军分散，连队与连队隔个百十公里，那些分得远的教导员和指导员也有了顾虑，担心连小命丢了都无人知晓，希望能调个近的地方。说到底，对改造这样一支身处荒漠的起义部队，大家是缺乏心理准备和信心的。

尽管之前在酒泉就对政工干部进行过培训，但是孙世贤觉得眼下还是有必要再讲一讲。这帮政工干部年龄不大，但都是老革命了，居功自傲的毛病很严重，那天和起义军官们一接触，孙世贤就明显感觉到了。人家肖师长在台上讲话，我们一些个团干部竟然蹲在凳子上开起了小会，还有人一抬屁股坐到桌子上，抽烟放屁说笑话，太没教养，太放肆，怎么能这么不尊重人家起义的？孙世贤当场就收拾了两个干部。

这天上午，独立师被抽调的一批政工干部全部集中在了会议室，每人面前放着一只粗陶碗。孙政委莫非要请大家喝壮行酒？有人小声说。但是不像。孙政委的警卫员小黄捧只碟子进来，用手指捏了两粒什么，挨个儿放进每人的碗里。孙世贤提着水壶给大家倒水。

"啥玩意儿？盐巴，还是砂糖？"有人问。

孙世贤说："不是盐巴，也不是砂糖，是糖精。"

糖精？这可是很高级的东西，别说吃了，就是听到这个词儿都让人激动！干部们乐了，有人忍不住端起喝了一口，说："不甜嘛！孙政委，能不能多放点？"孙世贤把水壶往地上一搁，说："不够甜是吧？不够甜这就对啦！新疆供应困难，这还是我好不容易买来的呢。我现在要告诉大家的是，这也正是咱们目前所面临的政治形势！最近不少人发牢骚，说我们和起义部队十万对十万，干吗不打散了融编，一半对一半，掺沙子不好吗？党中央为什么没有这样做，你们想过包含在这其中的意义吗？"孙世贤望着鸦雀无声的台下。

"因为共产党深信，新疆这十万起义部队一定能改造成人民的军队！这是共产党的胸怀和胆识！这两天我还听到一些议论，说解放军政工干部几个鸟人，撒到各团，好比糖精撒到涝坝里！是啊，糖精太少，涝坝太大。同志们哪，咱们面临的形势是很严峻，但是我们要相信自己，相信共产党的能力。从前我们在战场上刀剑相搏，征服敌人；今天，我们在没有硝烟的战场上，打响了另一场战役。它，绝不亚于一场战争，它是漫长的、艰苦的，甚至是残酷的，它是灵魂之剑的一场博杀，它要求我们共产党拿出全部的智慧、勇气和耐力，去化解一个曾经敌对的世界……"

孙世贤这一席话，仿佛一江春水冲开万仞冰雪，汹涌激荡，一往无前。颂莲、邢保财等一批政工干部瞪大了眼睛，注视着台上那张激情的脸，炯炯的目光，坚定有力的手势，不由得肃然起敬。青春的热血总是靠革命浪漫主义来点燃。革命是理想和信念，也是最美丽的浪漫。在颂莲的面前，刹那间就闪耀出一柄光亮无比的剑，但此时它不是寒气逼人，它在月光下竟像一条洁白的丝带，挥洒和舞蹈，柔软又温暖……

"同志们，糖精是不多，可它是温暖的，带着淡淡的芬芳。我希望你们每位政工干部都能用这样一种美好心情去跟你们的搭档合作，希望你们首先化解自己心中那把仇恨之剑，将它变成宽容、理解和爱，变成战友兄弟之情，共同来建设咱们的家园！这，就是我对你们的要求，也是党对你们每个政工干部的一次考验！"

哗——掌声雷动，久久地回荡在不大的会议室里。

刘铁低着头，面前放着那碗未动的水。坐在台上的颂莲，看了一眼刘铁，竟然笑了。

三

当解放军的政工干部们正在受教育时，起义部队是一片欢腾，比过年还让人高兴。一是国民党欠大家两年的军饷，共产党一文不少给大家补了；二是政治待遇和生活待遇从今往后跟解放军一样；三是以前当啥官，现在还当啥官。这种好事儿哪里去找，冲这一点，连马黑鹰都要谢谢共产党呢。

在士兵宿舍里，大家刚换上解放军的新军装。毛旦和王小顺走了一通正步，然后立正敬礼，问大眼："我们俩像不像解放军？"

大眼说："王小顺有点味儿，毛旦不像，一敬礼就是个国民党。"

毛旦一阵儿发傻，不知道问题出在哪儿。人家解放军都教过的，咋就学不像哩。柴米贵弄来半块镜子，大家凑上去照。轮到毛旦，毛旦看见镜子里的自己，又傻掉了，结结巴巴地说："真、真好看！娘，毛旦现在是光荣的解放军啦，嘿嘿！……"

毛旦笑开了，笑着笑着，哭起来。他想要不是解放军，自己现在已经变成一堆白骨了，解放军是他的救命恩人呀。看见毛旦哭，王小顺和柴米贵也跟着抹起眼泪。

连长李二万听到哭声，夹着军装进来，嚷道："他娘的，哭啥呀？"

毛旦说："高兴。"

李二万夺过镜子摔在地上，说："这身黄皮能跟咱国军的军装比吗？！穿这破烂玩意儿还哭！脱，都给我脱了，老子看着就丧眼！"

侯宝玉穿着肥大的新军装进来，问："干吗脱了？"

李二万说："大裤裆，不好看。"

侯宝玉说："大裤裆也得穿，这要让解放军知道了还了得。李连长，你带头给我穿上！"

李二万斜侯宝玉一眼，他是马黑鹰、莫三强的人，素来看不起侯宝玉。但侯宝玉现在当了营长，他就是有一肚子不满，也只有服从的份儿了。

换装本来是件小事，却几乎在起义部队的每个角落都生出一些故事来，有喜有忧，也有抵触和恨。军装就真正成为一个象征了。换个装就像变了个人似的，怎么看怎么别扭，这是俞天白的感觉。俞天白在团部那面大镜子前，瞅了自己半天，感到自己不仅矮了，还难看了，没法跟从前那个一身笔挺、气质儒雅的形象比。尤其是两膝鼓出两个包，好端端一双直腿短半截不说，还罗圈。俞天白哑然失笑。

"嘿嘿！嘿嘿嘿嘿……"

镜子里又多出一双罗圈腿。俞天白转过身，是马黑鹰。马黑鹰的军装略显小，肚子那里鼓出一块，像个孕妇，看着更滑稽。

马黑鹰拍打着肚子，说："哎哟，好玩儿，真他娘的好玩儿！让一对老仇人做搭档，共产党还真有创见！二哥，这是你跟铁娃子的第几回合作？"

俞天白阴着脸，说："你还笑！"

马黑鹰说："当然要笑！"

俞天白生气了，说："没个正形儿！"

马黑鹰这才收回了龇着的牙，说："你以为我真那么开心？共产党的规矩是党指挥枪，政委是党的一把手，团长、副团长是军事干部，做不了主，这你知道吧？这就是说，将来是刘铁说了算，你俞天白要低他一头，更别说我马老三了。他们在各营连都安插上他们的政工干部，这是想彻底统治咱们的头脑哩，共产党可太会想了！"

俞天白意识到的问题，马黑鹰全看出来了。是啊，共产党这一手太厉害啦！

"不过，二哥你别怕！兵来将挡，水来土掩，刘铁要来就叫他来，老子倒要看看谁厉害！要不了多久，就叫他打铺盖卷儿滚蛋！"

有这么简单吗，请神容易送神难啊。通过这段时间的接触，俞天白已深切地感受到他和刘铁之间是不可能和平共处了。这就像陈年老疤，什么时候碰一下，都会牵扯到全部的痛感神经。老天爷啊，这可如何是好呢，俞天白想到了肖伯年，请肖师长帮忙，给自己重新调个团吧。

俞天白去找肖伯年。肖伯年穿着合体的新军装，模样很精神。说来也怪，肖伯年从前穿那么挺括的呢子军装，就好像一个乡绅，土里巴叽；这会儿穿上人家的粗布衣裳，倒看着顺眼了，有股子解放军首长的沉稳朴素。俞天白把这个感觉说给肖伯年听，肖伯年笑得呵呵的，关上门，放低了声说："老俞，你是不是为那事儿？"

俞天白说："是。我和刘铁这种关系再做搭档，怕是对谁都没好处。肖师长，你能不能找孙政委说说，把我调出九团都行。"

肖伯年一改过去的狂放劲儿，竟显得相当谨慎，说："共产党是党管干部，干部的任免、调配都是师党委研究定的，我不是中共党员，恐怕没发言权。"

肖伯年既然有为难之处，俞天白也就不好再说什么了。他知道，自己放走了吴家耀，后来又错判了强奸案，肖伯年对他是有看法的。肖伯年眼下是最进步的起义军官，共产党很喜欢这种人，而自己是不清不白啊。

俞天白悻悻而归，大白马似乎看出了主人的心事，一路走得很慢。走到夏米力河畔时，看到缓缓转动的水车，不知怎么，俞天白竟突然想起他抵给吴家耀的那笔河堤加固工程款。天哪，他是多么愚蠢啊。

其实俞天白走后，肖伯年就去找了孙世贤。

孙世贤笑着说："一个不想去，一个要调走，这二人的双簧演得挺合拍嘛。肖师长，刘铁和俞天白有恩怨并不新鲜，说到底这是两个阶级、两支军队间的恩怨。军队是政治的工具，各为其主，他们个人不应当承担什么责任。刘铁前一段时间的一些做法确实很不妥，伤了俞天白，我很抱歉，我们会对他进行批评教育的。你的意思是，把他们俩调开？"

肖伯年说:"我觉得这样或许好些,可以减轻俞团长的思想负担,让他轻装上阵。"

孙世贤说:"暂时回避是可以的,但最终还得要面对矛盾,化解矛盾,当然这有个过程。肖师长,你看谁来替换刘铁合适呢?"

孙世贤如此客气,倒让肖伯年不好意思,他连忙说:"孙政委定,孙政委定……不过,弟兄们,不,是同志们!同志们似乎对吴颂莲同志的印象格外不错……"

孙世贤笑了,指头在桌上敲敲,说:"你还真会选,那可是我们做思想政治工作的一把好手!成,我这就跟她谈,不行就让她暂时兼一阵子九团政委。"

四

第二天是个晴朗的日子。骑兵团的团部一早就传来歌声,是邢保财教他们的歌,"向前向前向前,我们的队伍向太阳……"本来挺有力量的歌儿,被这些起义兵一唱,跑调儿不说,软掉了。但操场中央旗杆上的五星红旗呼呼啦啦,飘得挺带劲儿。

起义士兵有的扫地,有的用脸盆泼水。虽然干得不像解放军那么卖力,也算认真。俞天白戴着一双白手套,和马黑鹰、花之锦一路检查过来。俞天白摸了一下旗杆,白手套成了黑的,他不高兴地责问:"谁擦的?不干不净,返工!"

大眼连忙跑过来擦旗杆。

俞天白指着院子里一个小坑说:"侯营长,叫你的人把这个坑填平,再摆上一些鲜花来。"

侯宝玉有些为难,说:"团座,这阵子从哪弄鲜花去?"

"叫团长!从哪弄鲜花我不管,从老乡家借也得给我借几盆来!解放军派来的政委下午到,咱们总得把院子弄得像个样子,有点气氛嘛。"

侯宝玉说:"是!"

马黑鹰笑着说:"二哥,你也太认真了。"

花之锦说:"俞团长这么做是对的,不光是个脸面,也是个态度,表示咱们对吴政委的欢迎嘛。"

马黑鹰说："对对。伙房那边我也都交代了，他们一早就去采购了。"

俞天白两个镜片在阳光下闪闪发光，说："好！蒋委员长欠大伙两年的薪水人家解放军给发了，咱们是得庆贺一下。马副团长，一会儿你给各营说一声，放半天假，下午就让大家庆祝庆祝，聚个餐。"

马黑鹰说："好嘞，让弟兄们喝他一顿！"

九团团部伙房这会儿正热闹非凡，炊事兵们择菜的择菜，剁肉的剁肉，各种声音交汇在一起，奏响了一曲锅碗瓢盆交响乐。间或，还有男人们粗鲁的说笑声。

这时一个头戴黑毡帽、身穿长袷袢的大胡子进来，操着羊肉味儿的汉语说："尧尔达西（维吾尔语，同志），谁是你们这儿的长官？"

正在择菜的小个子炊事兵朝剁肉的喊："仇班长，找你的。"

仇班长叼着烟卷，举着刀，问："你，啥人呀？"

大胡子眉毛一耸，挤挤眼，一半维吾尔语，一半汉语，幽默地说："曼（维维吾尔语，我），俞团长，琼、阿西派孜（维吾尔语，大厨师）。"

"你，俞团长请来的大厨？"仇班长听明白了，觉得有些吃惊。

"亚其城最有名的清真饭馆、夏米力餐厅的主厨买买提。三（维吾尔语，你），无乎买道（维吾尔语，不知道）？没吃过我的烤全羊？"

既然是这么有名的大厨师，仇班长觉得如果自己还不知道，就显得无知了，他连忙说："吃过，吃过，味道很不错。买买提先生，您先坐下歇个脚，我去给您拿盒好烟来抽。"说着看众兵一眼，"愣着干吗？干活啊。"

大胡子在椅子上坐下，跷着腿，哼起新疆民歌："什么亚克西呀，什么亚克西，姑娘的苹果亚克西……"

一名炊事兵笑了，说："嘻嘻，是姑娘的屁股亚克西！……"

仇班长的警惕性挺高，立马找了马黑鹰。马黑鹰正在桌前洗扑克牌，给自己算命。见仇班长进来，头也不抬，说："仇班长，不好好准备你的酒席，跑这儿来干啥？"

仇班长跟马黑鹰很熟，笑着说："马副团长，团座从夏米力餐厅请来一个大厨，这事你知道不？"

马黑鹰愣了一下，说："大厨？好家伙，他这么重视？从外面请好嘛，咱们也换换口味。就你那厨艺，仇班长呀仇班长，啥菜叫你做出来都一球味儿，老子早吃腻啦！"啪！甩下两张牌。

仇班长站着不动，看马黑鹰玩牌，心也痒痒了。

马黑鹰瞪他一眼，说："杵在这干啥，还不快回去给人家帮忙啊？仇班长呀，我的球班长哎！"

仇班长两个脚后跟一碰，敬了个国民党的礼，说："是。"

仇班长回到伙房，这才想起没给大师傅拿烟。好在人家大厨早已换上了白大褂，戴着高帽子，在案前忙碌呢，口中念念有词："带骨羊后腿一只，花生油二两，葱白葱头各一个，盐面六钱，甜面酱三两，香叶、姜片少许……嗯，这两位小兄弟料备得不错。"

两个炊事兵高兴地冲仇班长笑。

仇班长态度谦和多了，说："请买买提大师多多指点。"

大厨说："今儿咱们这个全羊席，甜酱烤羊腿是主打菜。甜酱烤全羊，做法知道不？"

仇班长上前一步，弓下身子，说："请大师指教。"

"第一步，先把羊后腿放进盆子，撒上葱段、香叶、姜片、味精、盐面、花椒和料酒，连盆上锅蒸四个钟头。"

"要这么长时间？"小个子炊事兵说。

"除了盐，火候对于烹调也是一大秘诀，这个也不懂？火候就是时间！"

仇班长瞪了一眼那个炊事兵，说："听大师的！"

"第二步，羊腿蒸熟后，抹上葱头泥和甜面酱，放到热油里炸。炸得焦黄拿出来。"

一边说着，一边切葱头姜片，动作之麻利，刀工之精湛，令人咋舌。

"第三步，放进烤箱烤一个钟头……"

仇班长看了一眼站着的炊事兵，说："别光傻瞪个牛眼，都给我用脑子记，一人记一条。这可是咱们向大师学习的机会。"说罢，拿了一条毛巾替大师擦汗："买买提先生，你的厨艺真是太高超了，我拜你为师——"

"拜师有规矩，"大厨抹了抹小胡子，眼珠子一转，说，"你给我拿的烟呢？拿烟去！"

接风宴设在军官餐厅一间大包厢里，包厢布置得典雅又不失热烈，窗台上摆着几盆石榴花，拳头大小的红石榴已结了一串，十分诱人。平素这里是用来接待上头的客人的。马黑鹰、花之锦等几位团干部，以及侯宝玉等几名营长已坐在长椅上了，看起来大家等了不短的时间。俞天白站在门口不时抬腕看表，有些焦灼不安。

仇班长从侧门进来，把凉菜摆上了桌，一道道凉菜色彩和谐，富丽大方。

马黑鹰惊呼："哎哟，不愧是亚其城一流的厨师做出来的，好家伙，漂亮！"

客人还未到，凉菜就上了，俞天白觉得很不礼貌，对仇班长说："怎么现在就上菜，政委还没来呢，都给我撤下去！"

仇班长说："不是说让我们一点钟上菜吗？"

话音未落，大厨端着红通通一个大羊腿出来了，"甜酱烤羊腿，来喽——"

红亮亮一只大盘子放在了桌子正中。

仇班长连忙介绍，说："俞团长，这位就是买买提大厨……"

俞天白扫了那大厨一眼，礼节性地点点头。

大厨噗地笑了，说："俞团长，不认识我了？"

声音好耳熟，俞天白这才去认真打量那个大厨，不看不要紧，一看吓一跳！那大厨一把抹掉了白帽和胡子，朗声大笑，操着戏剧道白说："大人，请不要再等了，小的来了——"

一桌人愣在那儿，望着一脸滑稽、穿着白大褂的刘铁。

"本政委这见面礼还不错吧，给你弄了一桌全羊席！羊眼羊舌羊脑子，羊心羊肝羊腰子；羊肚羊肠羊腿子，羊髓羊尾羊蹄子。哈，全啦！"

马黑鹰、花之锦看着俞天白，俞天白哭笑不得，想这是怎么回事，不是那位吴主任来嘛。

"愣着干啥，坐，坐呀，尝尝我的手艺！"刘铁招呼大家。

一帮人你看看我，我看看你，只得坐下。俞天白也不好不坐了，只是脑子里一团乱麻，刘铁怎么会钻进伙房的？江山易改，本性难移，这个人打小鬼点子就多，到这会儿还是这德行，能折腾啊。

"俞少爷，这羊心羊肝可是你小时候最爱吃的。人家说，缺啥补啥，来，吃一点心肝吧……"刘铁笑呵呵地夹了一筷子，放进俞天白的碟子。

俞天白嘴角耷拉着，表情难看极了，刘铁却笑得格外开心。就在昨天下午他还不想来这里跟俞天白做搭档，后来听邢保财说俞天白找了肖伯年，坚决要求换个政委，这一下倒惹恼了刘铁。你不想让我来，你有啥权力不让我来？邢保财说得对，俞天白、马黑鹰表面是起义了，但他们换了军装能换得了心？骨子里肯定还是反动的嘛。咱们一个政委，一个政治部主任，他们俩就在咱眼皮子底下，以后要找个机会收拾掉那还不是小菜一碟？所以刘铁今天来了个出其不意！

这时一名士兵跑进来报告："俞团长，吴政委他们来了！"

颂莲带着邢保财、王春来、宋刚一行风尘仆仆进门。颂莲换了身苏式双排扣军装，戴船形帽，着呢制短裙，穿高筒皮靴，腰间别着枪，飒爽英姿，落落大方。

俞天白像捞到了救命稻草，连忙站起拍手，说："欢迎欢迎，大家欢迎吴政委！"

有好戏看了！马黑鹰起劲地拍巴掌，说："欢迎吴政委！欢迎吴政委！"

颂莲第一眼看见刘铁，有些惊讶，但看到刘铁和邢保财对了一下眼神，她马上就明白怎么一回事了。刘铁自然有些心虚，所以态度上格外亲热，又好像不大在意，说："哟，吴主任换行头了，这一身苏式军装真不错，看着就威风，就像个师政治部主任！不好意思啊，本来应该由你先宣布师党委对我的任命，我呢心情一激动，自个儿跑上门来了，嘿嘿……"

颂莲说："刘铁，你还真会说话。"

刘铁一本正经地说："当政委了，当然要学会说话。说得不对的地方，请首长批评。"

对于刘铁的"悔棋"，颂莲没想到。孙世贤找她谈话时，她也觉得让刘铁和俞天白搭班子似有不妥，所以就爽快地答应到九团兼一阵子政委，等到有合适人选了再换。眼下，颂莲只好随机应变，借坡下驴了。她招呼大家说："坐，大家都坐下。想必大家都知道了吧？经师党委研究决定，刘铁同志担任独立师九团政治委员，希望诸位今后支持他的工作。"

邢保财、王春来示威似的，把手拍得很响。俞天白和马黑鹰对视了一眼，也只好拍手了。

刘铁摇身一变就成了主人，好像其他人都是客人。"请大家动筷子，先吃点点心垫垫饥，然后再开喝。俞团长，马副团长，咱们凑到一块儿可不容易，今天要一醉方休呀……"

"老刘，你这菜做得可越来越讲究啦。"邢保财跟刘铁一唱一和。

刘铁说："那是！当年在南泥湾，咱就能整出'满汉全席'，俞团长，你能吃上本政委做的菜，可是你的福分呢。老吴，你说是不是？"

俞天白脸由红变白，又变成铁青，他抓过酒杯一口喝尽，重重地蹾在桌上。

刘铁装作没看见，抓起羊腿先下了口，一边很香地啃着，一边说："老邢，老吴，还有春来、宋刚，吃！吃啊！……"

五

吃完这顿大餐，稍事休息，刘铁就在原骑兵团小会议室召开连营以上政工干部会议。颂莲是上级领导，也列席参加了。

这是刘铁作为政委的第一次发言，他做了认真准备，琢磨了一下孙政委的讲话方式和语气，所以一开口便跟过去不大一样，语速很慢。他说："改造起义部队，说实话，我跟大伙一样没经验。九团的老底子你们也看到了，是国民党一二六旅骑兵团，兵痞子多，顽固派多，仇恨咱解放军的也不老少！一千多号人，四十个政工干部，还真就是糖精撒到涝坝里。但是我相信，咱这四十个人不是草包饭桶，是英雄好汉，是四十发炮弹，四十座堡垒，四十台大播种机，你们说，还怕他们那帮狗屁？"

"哎哎，什么狗屁呀。"颂莲打断了刘铁的讲话。

刘铁连忙说："对不起，说错了，本人接受吴主任批评。"

他朝窗外看了一眼，窗外有一个脑袋，是李二万。李二万是马黑鹰派过来观察动静的。

刘铁沉了沉气接着说："总之，一句话，咱是共产党，是解放军，思想政治工作就是共产党的宝剑，有了这把剑，咱没有打不败的敌人，更没有战胜不了的困难。大家说，是不是？"

王春来和一帮政工干部笑着，齐声说："是！"

刘铁手一挥，结束讲话："同志们，只要下狠心，铁棍棍也能磨成缝衣针！"

正在记录的邢保财抬起头，纠正道："那叫：只要有恒心，铁杵磨成绣花针。"

刘铁说："你就别鸟蛋里面挑骨头啦，赶紧把本政委的讲话记下来！"

邢保财说："那叫鸡蛋里面挑骨头，我的政委同志！"

尽管刘铁的讲话言辞还存在着毛病，但颂莲觉得他已经有了某种意识，开始朝政委的思维和方向靠近了，这就好。颂莲首先鼓起掌。

听到一阵有力的掌声，窗外窥视的李二万慌忙跑了，他该向马黑鹰汇报去了。

送走了颂莲，天黑下来。刘铁的腿病最近犯了，这第一个晚上就由邢保财和王春来值班。刘铁有点不放心，披上大衣，沿着团部院子转悠。他和邢保财的宿舍在大院后面拐角的一栋小平房里，条件还不错，有自来水、火墙炉子，用水取暖都不成问题。刘铁走出大院，熄灯号刚吹过，马路对面一些营房灯光熄灭，有两个窗口亮着灯。这不足为奇，让刘铁真正疑惑的是，还有一些窗口一直黑着。

这个情况王春来当然也发现了。王春来来到特务营一间宿舍查铺时，大眼、柴米贵、王小顺三人正裹着被子打牌。见王春来来了，大眼慌忙把面前的一堆小钱压到腿下。

王春来问："你们是哪个班的？"

几个人披着被子站起，说是一连二排二班的。柴米贵说："我姓柴，柴火的柴，大米的米，富贵的贵。"

都笑了。有人的被子掉到地上，王春来帮着拾起，说："是穷苦人家出身吧？父母总为吃的烧的发愁呢。"

柴米贵说："王教导员说得一点不错，我家三代长工。到我这辈儿，出来当兵混混。"

王春来把手朝下一按，说："大家坐，坐下聊。"又问大眼，"你呢，叫啥？"

柴米贵抢着回答："他的大号谁也记不住，就叫他大眼。"

王春来看看大眼，说："嗯，眼睛挺大，就是没神儿。现在是解放军了，要抖起精神来。"

另外一个士兵说："我叫王小顺。"

王春来朝这个十八九岁模样可爱的男孩儿点点头，说："王小顺，这名儿顺嘴。"他看了看周围的空铺，有点不解："其他人呢？你们班长是谁？"

几个人不说话了。

半晌，大眼才说："这屋子生不着火，窗户又透风，实在不是人待的地方。他们有人就找暖和的地方去了……"

王春来环顾屋内，窗玻璃不全，糊上的纸早破了，在风中抖着。屋子中间有个铁皮炉子，炉前一大堆炉灰，灶里连个火星都没有。

"他们到啥地方取暖去啦？"王春来觉得这里面有文章。

大眼低头窃笑。王春来一把抓出压在他腿下的赌资，说："我给各位提个醒，解放军是不许赌博的！"

大眼说："我们不过在这儿玩玩小钱，偷喝奶子的你不管，倒抓我们添碗的。"

王春来说："啥意思，谁偷喝奶子啦？"

柴米贵噗地笑了，说："王教导员，你不知道吧，他们、他们正在喝窑姐的大奶子呢！"

王春来一愣，说："还有这种事儿？去叫你们连长李二万来！"

王小顺说："我们不敢叫，李连长打人哩……"

"好，我去叫！"王春来说罢，出门。

冷不丁黑暗中飞来一块砖头，直砸向王春来，王春来"哎哟"一声。大眼几个听到叫声跑出来，看见王春来额上冒血，嚷了起来。

刘铁和邢保财赶到特务营时，几乎所有人都认为今晚要整出一场大戏了。解放军刚来，就把人家一名教导员打破了头，这还了得？解放军不杀他一两个才怪哩。刘铁自然是恨不能马上抓出那个王八蛋毙了，但他现在是政委了，做事就得讲究个方式，考虑一下利弊。解放军一来就搞得人心惶惶，杀气腾腾，不好，他是不会上那个坏蛋的当的。有些事要马上办，有些事则是需要冷处理的，这里面有个时机问题，时机也是火候，有了火候才有效果。这是唯物辩证法。

刘铁让人送王春来去医院包扎，自己和邢保财立即投入到一场修炉子的战斗中去。这两天气温骤降，一般人家早生起了炉子。特务营的士兵住的是老营房，年久失修，火墙炉子四处裂缝，一生火满屋子烟，这叫大家如何过冬。刘铁可怜起这些起义兵。不过这帮人也着实懒惰，看着邢保财和刘铁一个满手黄泥撅着屁股抹火墙，一个站在屋顶上操着大棒子捅烟囱，他们竟像看西洋景，笼着袖子，嘻嘻哈哈，没一人上去帮忙。

挨着宿舍，捅完一个，又捅下一个。刘铁一脸黑灰，扛着大棒子，在一架摇摇晃晃的木梯上爬上爬下。有些起义兵还不认识刘铁，指着屋顶上的人问，这是新来的政委？那么大的官干这个，狗屁吧！俞天白、马黑鹰和侯宝玉来到现场时，士兵们正站在下面叽叽喳喳。马黑鹰问："谁罚你们站的？嗯，大晚上不睡觉，站在这里干啥？刘政委人呢？"

这时一股带着火星的浓烟从屋顶上冲天而起，照亮了刘铁的身影。毛旦和一些战士从屋里跑出来，朝房上喊："着啦！着啦！"

俞天白仰脸望着那个瘦瘦的黑影子，心里有点不是滋味儿。下午从宴席上离去后，他骑着大白马沿城西的胡杨林整整跑了俩钟头，一身大汗，最后趴在了马背上。老天爷，这往后的日子难道真要跟刘铁耗下去了？俞天白早有走的念头，无奈薇拉不愿离开新疆，说她从小待在新疆，习惯了。俞天白只有叹息了。跑了一圈累了，回到家洗了个澡，刚躺下一会儿，就被电话铃叫起。马黑鹰粗声粗气地说，王春来在特务营让人用砖头砸了！怎么会出这种事儿，解放军这才来头一天嘛！俞天白气不打一处来，难说刘铁不会拿这件事开刀，说不定他还怀疑是自己作梗呢！

待捅完最后一个烟囱，刘铁已成了一个彻彻底底的黑人，一笑，只有牙齿是白的。站在寒风中半天，那条伤腿此时又酸又痛，下木梯时禁不住哆嗦，一不小心踩了个空，跌下来，当场膝盖上就浸出一片血。俞天白让侯宝玉用车赶紧把刘政委送到医院，刘铁说："免啦！本人这条腿连炮弹都不怕，还怕一个小跟头，不碍事儿！"说完，还使劲拍了拍膝盖。接着，他对众士兵说："都别傻站在这儿了，赶紧回去烧点水，烫个脚，好好睡个觉。咱们现在是解放军了，解放军就要遵守'三大纪律八项注意'。国民党军队的那些坏习气，要坚决改掉！在人民军队里，是不允许赌博和逛窑子的。过去的事儿就算了，下不为例！"

刘铁就这么把事情处理了，不仅是那些士兵，就连俞天白都有点不敢相信。

第八章

一

　　一九五〇年的春天刚刚来临，冰雪未消，中央军委发布《关于一九五〇军队参加生产建设工作的指示》。这个指示主要是针对新疆二十万驻军的。因为新疆部队吃粮的问题已变得越来越突出。奸商囤粮，哄抬粮价，军区后勤部部长每个月都要跑北京，用飞机运一趟银圆回来买粮。毛主席和周总理为此大伤脑筋。解放军要长期驻守边疆，总靠别人吃饭怎么行，新疆占全国六分之一土地面积，那么多地放着不种不可惜了？接到中央指示，新疆军区立刻发布了大生产命令，要求全体军人一律参加劳动生产。孙世贤表扬刘铁有政治敏感，有眼光，在此之前刘铁规定九团起义官兵每人每天拾一筐粪，这个做法意义重大，值得推广。

　　为了搞好这次大生产运动，独立师师党委做了专题研究，认为要加大宣传力度，造足声势，目的是让广大起义官兵明白大生产运动的意义。共产党的思想政治工作历来是走在前头的，并且有一套缜密完整的思路，有路线、方针、政策，有宗旨、任务和目标；这一切最后还要体现到一两句最具感召力的口号上，提纲挈领，旗帜鲜明。孙世贤召集颂莲和政治部几个秀才琢磨了几个晚上，集思广益，取其精华，提炼出一个主题：化剑为犁，建设美好家园。

　　孙世贤解释说："我们为什么要提出化剑为犁的口号？意在让两支曾经刀剑

相对的军队，把仇恨与隔阂变成理解与友爱，把'剑'熔化成'犁'，为建设一个共同的家园，齐心协力去奋斗。大家都是热血男儿，我相信你们的热血一定能融化冰冻的大地，滋润荒原，重铸一片新绿洲……"

孙世贤这番在团干部会议上的讲话，令刘铁佩服之至。刘铁回来以后便琢磨起怎么开好动员会。他让俞天白和马黑鹰通知各营连，礼拜天下午一点开全团官兵大会；上午休息半天，大家伙可以睡睡懒觉，搞搞个人卫生。刘铁自己这天是起了个大早，礼拜天是巴扎天，从乡下来的驴车马车多，粪便自然不会少，这个机会不能错过。

这天早上刘铁果然收获颇丰，没多大工夫就拾了一担粪。因为是新鲜粪，挺沉。天上飘起小雪，路有些滑，走了一阵儿，那条伤腿就疼得厉害。刘铁看到对面有个小酒馆，想不如进去喝一碗，暖和暖和。小酒馆里外两间，刘铁在里间找了一张桌子坐下。

戴毡帽的伙计操着新疆话热情地问："同志，啥样子东西吃呢？"

刘铁说："一盘黑白面肺子，二两白酒。"

不到五分钟，伙计就把热腾腾的饭菜端上来了，刘铁呼呼啦啦埋头吃起。

这时窗外有一双眼睛盯上了他，是马黑鹰。马黑鹰几乎每个礼拜都要上街给自己改善一下，近来伙食是越来越不像样，马黑鹰便是三两天一次了。方才他看见刘铁放下粪筐进了店门，想，姓刘的倒是也会享受啊。马黑鹰从窗户外朝小伙计招招手。小伙计出来，说："同志，啥事情有呢？里头去撒，抓饭烤肉拌面炒面……"

马黑鹰小声说："马奶子酒，有吗？"

"有，早晨刚从山里送来的，鲜得很，甜得很。"

马黑鹰笑了，从裤袋里摸出一撂铜板拍到小伙计手上，指指里面的刘铁，说："里面坐的那位，我兄弟！给他上马奶酒，管饱，听到没？"

小伙计眨巴眨巴眼睛。

马黑鹰拍了一把小伙计，说："勺子嘛，听不懂？这钱可不少，剩下的全归你！"

小伙计看了看铜板，笑了，眼里闪过一丝小狡猾，说："懂！"

片刻，小伙计提着两壶马奶酒一溜烟送进里屋。刘铁正津津有味地抿着小酒，哼秦腔。马黑鹰朝里看了一眼，铁娃子，今儿老子请客，你就放开喝吧！

马黑鹰几个军事干部最近算是和刘铁较上了劲儿。原来刘铁来九团没几天就宣布一条规定，让每个起义官兵每天拾一筐粪。因为他发现亚其的街上有那么多牛粪马粪没人拾，这要在延安早就被当作宝贝抢到地里去了，庄稼一枝花，全靠肥当家嘛。起先刘铁怕人家老乡不高兴，说解放军不拿群众一针一线，为啥拾他们的粪。后来木拉提头人告诉他说，亚其这地儿种庄稼的人少，牧民多；再说这里的人种庄稼也从不上粪，驴屎马粪能种庄稼，听都没听说过！春天撒下种子，秋天收多少，全看老天爷了。马粪摊在街上又脏又臭，影响市容，送到地里却是再好不过。对于三五九旅的老兵们，开展大生产运动是有传统的，在延安的时候他们这支部队就被毛主席称作战斗队、工作队、生产队。眼下二十万大军待在新疆，要想立住脚跟，不种地不打粮怎么行！这一点，刘铁是早有准备。为了慎重起见，他先召集政工干部们开了一个会，大家觉得每人每天拾一筐粪不是问题，只怕那帮人干不了。在刘铁看来，树立起义官兵的劳动观念，克服他们怕脏怕累的老爷思想，这也是起义部队改造的一个重要方面。如果这一点都过不了关，将来还能搞生产建设？刘铁去找俞天白、马黑鹰和花之锦商量拾粪的事儿，三个人对刘铁总是召集政工干部开小会正不满呢，觉得那帮人背着他们在搞鬼；现在一听说解放军开会决定让他们拾粪，简直惊呆了。马黑鹰先跳起来，说："共产党养不起军队，不如解散算球！"花之锦说："我们是军人，正经八百吃军饷的，不是农民。"

俞天白没说什么，但心里一样抵触。刘铁他们来九团这些天，他其实思考了不少问题，他觉得共产党解放军确实是一心为民，作风端正，这一点国民党没法比。拾粪积肥应该说也没错，种庄稼就得靠肥，自己有朝一日回老家，还想开一片桃园。问题是，作为一个正规军队，不研究军事，不习练兵法，整天拉出去拾马粪，这简直就是不务正业嘛。俞天白很想给肖伯年打个电话，反映一下这个问题，但是他想这样一来等于告刘铁的状，罢了！等个合适的机会再说吧。

头一天拾粪，俞天白、马黑鹰和花之锦三个人没交来粪。第二天照旧。不仅是他们，特务营除了毛旦一人拾了一筐马粪，其余士兵都才拾了小半筐。到了第三天，听说刘铁气哼哼地候在那里专等他们仨来送粪，俞天白实在觉得不好办了，这才让侯宝玉花钱雇老乡拾了三筐粪送过去。刘铁当然知道这件事，当时没说什么，过了几天说要召集全体军政干部开紧急会议，研究重大问题，并派司机接俞天白等到亚其县城南的大巴扎。什么会要到大巴扎那种热闹地儿去开？俞天白、马黑鹰和花之锦怀着一腔好奇准时来到大巴扎，一下车就被一股浓重的臭味熏得差点背过气去！马黑鹰望着前方的厕所，说："咋弄到这儿开会，没搞错吧？"

刘铁笑嘻嘻地说："错不了！都闻到味儿了，是吧？告诉你们，这里可是亚其县最大的肥料宝库。大家伙儿都在积肥，街上的粪不好找了，听说你们三位急得要死，花大价钱托人拾粪，挺不容易，所以，我就给你们寻了个好地方。这里面我已经侦察过了，能掏好几马车哩，全是上等粪，估计够你们这个月的任务了。"

俞天白再也控制不住自己的情绪了，大声说："刘政委，恕我直言，军人就是军人，军人是扛枪打仗的，不是挖厕所的！你现在这种做法，弄得军不军，民不民的，还像个部队吗？"

刘铁说："解放军那可是人民的子弟兵，你是咱们解放军的团长，就更得好好为人民服务。为咱人民挖个厕所，有啥不行？"不由分说，把铁锨推到了俞天白怀里。

邢保财、王春来像端枪似的端着铁锨，几乎是把俞天白、马黑鹰和花之锦押进的厕所。

他娘的！铁娃子欺人太甚啊，害得自己几天吃不下去饭，屙不出屎！俞天白在心里大骂刘铁。

下午的动员大会放在一个农家晒场上开。晒场上有两间土屋和一溜麦草垛，土台子上盖一块粗白布就成了主席台。时间过了一点，俞天白、邢保财、花之锦等几个团干部已陪着颂莲坐在了那儿。各营连的官兵也都到了，密密麻麻一大片。虽然有太阳，但毕竟是初春，春寒料峭，在外面多待一会儿，大家伙儿就受不了了，骚动起来。毛旦不爱跟人扯闲篇，他看见麦草垛一侧有个大水缸，就跑过去舀了半桶水去饮马。俞天白的大白马拴在晒场边的一根马桩上，正寂寞地甩着尾巴。

颂莲看看下面的士兵，又抬头看天，一脸不快。邢保财也有点火，说："这都啥时辰了。"

马黑鹰打着哈欠说："这可是咱们九团第一次开全体军人大会，刘政委自个儿定的，现在大家伙儿到了，他不来，这叫啥事儿！"

俞天白看看表，嘴边挂着冷笑，一言不发。刘铁总是强调纪律，这回看他怎么说吧。

邢保财站起，皱着眉头说："我去看看吧。"

这时草垛后传来一阵呜呜哇哇的声音，只见柴米贵和王小顺架着一个人，歪歪斜斜地进了会场，竟然是刘铁！刘铁闭着眼，拍打着腿，嘴里嘟嘟囔囔："过……瘾，真过瘾！奶、奶子酒！"

士兵们哄笑起来。有人喊："啥叫奶子酒，是马奶子酒吧？""这酒酸甜好喝，喝多了能醉死人哩！"

马黑鹰站起来，咧嘴笑着拍巴掌，说："哎哟哟，我的个亲娘！刘政委奶、奶子酒喝多了，喝成这个熊样儿！二哥，快看哪！"

一直阴着脸的俞天白笑了。

真是丢人现眼！颂莲让邢保财先带大家唱歌，她和柴米贵、王小顺把人弄进了一间小土屋。刘铁活像一条破羊皮口袋，软软地倒在麦草上。

颂莲揪住他腰间的皮带，吼道："刘铁！你给我起来！"

刘铁依稀听到有人叫他，使劲睁眼睛，睁不开，嘴里咕咕噜噜地说："干、干啥，你、你谁呀？铁娃子的裤腰带是随、随便扯的吗？不礼貌！……"一把将颂莲的手推开。

颂莲火冒三丈，说："你还知道礼貌？开动员大会，人都到齐了，就等你政委讲话呢！"

刘铁摇晃着脑袋，说："哦，又开会？我讨厌开会……睡、睡觉，别烦我！……"头一歪，就扯起呼噜，任凭颂莲怎么叫，也不醒。

颂莲哪有耐心再等下去，一脚端上去，骂道："没出息的东西，我让你再睡！"

颂莲这一脚端到了痛处，刘铁"哎哟"一声，疼得抽气，他瞪着颂莲，说："你打、打人？！"

颂莲说："该打！去看看吧，上千名官兵坐在那儿等你呢，你却醉成这个熊样子。你给我马上出去，向大家伙儿做检讨！"

刘铁眼珠子血红，借着酒劲吼："检、检讨？给谁？老吴你……不给面子！"

颂莲说："给了你面子，共产党就没了面子！刘铁，我命令你立刻出去！"

邢保财推门进来。外面喧闹声立时涌入，有起哄的，有吹口哨的。听到这声音，刘铁猛然想起今天不是要开动员大会嘛，老天爷！自己咋把这事儿给忘了？这一吓，彻底酒醒，刘铁扶着淌着血的膝盖要站起，但是颂莲那一脚委实不轻，刘铁站不起来了。成事不足，败事有余！颂莲看了一眼这个没出息的男人，冲出门去。

场上人声鼎沸，喧闹不止。颂莲把帽檐朝下压了压，挺直腰板，健步走上。看到她女神般威严地矗立于台前，喧闹声戛然而止。

"同志们，对不起了！我替刘铁同志向大家致歉！"颂莲弓下身。

这个瘦瘦的女人究竟哪来的这般勇气和威力，俞天白有点搞不懂，又在心里骂刘铁，你一个爷们儿，三番五次让女人替你致歉，你算男人吗？一转脸，却见刘铁站在了台上，裤子上洇着一片血。

看见刘铁出来了，颂莲朝后让了让。刘铁努力站直，他望着会场，沉默片刻，终于开口了：

"九团全体指战员们，我这个政委主持召开的第一次军人大会，没想到是在这样一种气氛中开场。这全怪我，我贪杯，我嘴馋，我喝高啦，我没脸啦！我、我铁娃子……罪该万死！"说着低下头去，"作为解放军政委，我首先犯纪律，实不应该！我请求处罚——"

刘铁说得这么诚恳，腿上还在淌血，有战士不安了，他们说，刘政委是为我们捅烟囱摔伤的腿，他喝酒也是为了驱寒止痛。还有人说，刘政委，请你坐下讲话吧，我们不罚你！

刘铁面对这些朴实的士兵，一时羞愧交加。"你们说不罚我，我谢谢你们！好吧，那就让我喝口水吧——"他指指麦草垛前的大水缸，"你们哪位，帮我去提一桶水来。"

刘政委要喝水？对，喝了酒口渴。毛旦立刻小跑着上来，提了一桶水送到刘铁面前，还解下腰间的茶缸，舀了一缸子水。刘铁却没有接茶缸，而是指指自己的脑袋，说：

"朝这儿泼！"

"不，刘、刘政委……"

"让你泼，你就泼！"

"水冰，你腿、腿有伤……"

刘铁火了，他上前一步，拎起桶，哗——倒在了自己头上！好家伙！所有人的眼睛都瞪圆了。只见刘铁像只落汤鸡，腿上的血水流了一地。刘铁抬起袖子在脸上一抹，挺了挺胸，吸了一口气，说："同志们，现在咱们开会！今天的生产动员大会，主题就一个：化剑为犁，建设美好家园！……"

二

独立师垦荒的地方叫巴格其，距离亚其县有一百多里地。一望无际的荒原，苍苍茫茫，长着大片芦苇和芨芨草，远处有一处烽火台遗址，古代这里驻扎过屯兵。巴格其翻译成汉语，就是"建果园的人"。相传很久以前，有个叫玉山的维吾尔族老人在这儿开了一片果园，后来河流改道，水不来了，黑风暴就来了。果园被埋了，老人不肯离开，最后守着果园死在这里。巴格其这块地是木拉提头人给推荐的，孙世贤看中了它的辽阔和平坦，有十几个南泥湾大，能驻好几个团。但这儿盐碱大，一脚下去，白花花的碱壳子能埋人小腿，肖伯年担心将来的饮水成问题和庄稼能否种活。孙世贤说，只要肯下苦功，二十年之后我们定叫它变成塞外江南；玉山老人走了，我们解放军就来做那个建花园果园的人，我们在这里还要建一座城市，一座军人的城市！刘铁当即表示，建城市的时候可别忘了他，他一定要打头阵！刘铁率领的九团被安排在巴格其的西边开荒，据说那一带有野狼出没，是个凶险的地方。

一九五〇年的一月似乎格外冷，干冷。往年这个时候已下了十来场雪了，骑马出去，白茫茫一片，干干净净，看着倒也入目。可今年不知咋了，愣是没雪。这不下雪的天就像不长草的地，牧人们预感到草场要秃了，这好比得了病的母狗的那颗癞痢头，要多难看有多难看。难看不怕，就怕牲口的日子不好过。牲口的日子不好过，人的日子也不会好过了。

下雪的事，刘铁还不是太担心，他望着远方白皑皑的乌帕尔雪山想，到春播还有一阵子，老天爷总会做出安排，不然那山上咋会有那么多积雪。刘铁眼下最愁的是，拉犁的牲口不够，愁吃喝拉撒。为赶今春按时播种，所有部队都是匆匆开进荒原，前期的准备也顶多是用废战车、旧炮筒打一些铁锨和坎土曼，人手一把都做不到。所以进了戈壁滩，好多事儿堆到一块儿。住的问题尤为突出，人员多，帐篷少，晚上不少战士是天当被，地当床。这新疆的冬天不像内地只是冷点，戈壁滩风大，一晚上下来人全僵了，连尿都尿不出来。

刘铁颇为动了一番脑筋，想出一个办法来。他想，在延安我们能在黄土坡坡上掘窑洞，省工省料，还冬暖夏凉。在这儿，有这么大片的地，何不造些地下宫殿——把地挖个三两米深，七八米见方，上面搭些胡杨树枝和红柳芦苇，不就成了嘛！

刘铁的地下宫殿就这样诞生了。

有窝总比没窝强，刘铁这些政工干部觉得挺受用，就是难为了俞天白那帮起义官兵。这种又阴又潮、连腰都直不起来的地方连狗窝都不如，怎么能叫宫殿？地窝子嘛。关于地窝子，头天晚上就传出好多笑话。说俞天白夜里出去小解，没戴眼镜，回来时一脚踏进了某个女医生宿舍的窗户，恍惚中还以为陷进了共军的埋伏圈，大叫"共军、共军"，被下面的女医生给接住了。刘铁觉得邢保财讲的这个故事有些夸大其词，医疗队住的是帐篷，怎么可能踏进窗户去？俞天白要踏也只能是踏进他老婆薇拉的被窝。不过这头天夜里走错房、上错床的事却是真的。一模一样的地窝子，密密麻麻一片，屋里也都是一张挨一张的麦草地铺，谁住哪屋，谁睡哪床，黑咕隆咚的，就连这些当兵的也辨不清个东南西北呢。

地窝子好也罢，孬也罢，总之还是推广开去，在荒原成了一道独特的景观。刘铁为了提高地窝子的知名度，还特意在一片向阳坡地上建了一座豪华地窝子，插了面五星红旗，作为九团首脑机关。它比一般地窝子要高要大，有两个四方的大窗户，这好比一张脸上有了眼睛，显得比较正常。其他地窝子的窗户都是开在顶上的，只有屁股大。豪华地窝子一时间吸引了众多参观者，报上还登出照片，说这是解放军在荒原的一大独创，具有划时代的意义！

除了豪华地窝子，刘铁式的厕所也被人所称道。这些用洁白的芦苇做栅栏的露天厕所遍布各营连，方方正正，规格一致，一眼看过去竟有些美丽。刘铁颁布了一条规定，不许士兵们乱屙乱尿，种庄稼要肥料，肥水不流外人田。

刘铁好生乐了一阵，住和拉的问题总算解决了。

三

吃喝却是个大问题，眼下粮食严重不足，吃水的问题也比较尖锐。

夏米力是条季节性河流，她从乌帕尔雪山深处流出，源头在哪儿，这里的人谁都说不上，据说很远很远。但人们知道她一年中有大半年是枯的，有了雪她才得以润养，丰满好看；没了雪，干瘪得就像老太太似的。夏米力河真是很老了，老到无人知道她的年龄，她的年龄就是她的长度，她几乎围着乌帕尔山，围着黑戈壁，围着亚其县和另外几个县，绕了一大圈。这中间，她的胳膊腿还被扯出去好远，现在它们全都不能动了，跟那里的胡杨和房屋一道变成了荒漠。

只剩下这段身体的主干，在苍白的日光下，闪着一层银灰。垦荒的部队现在全靠它提供生活用水。厚厚的冰层，打个小小的窟窿，水桶上上下下，牛车来来去去，勉强解决周围几个团官兵的吃水问题。从九团出去，拉一趟水至少得俩钟头，这么多人每天需要的水量，一个连派一辆牛车专门拉水都供不上。派得再多不可能，因为开荒需要牲口，拉犁需要牲口，所有的运输也要靠牛马。各营连于是做出规定，洗脸刷牙每人每天分一茶缸水。

偏偏这时，特务营拉水的老黄牛被狼吃了，由此引发出一连串矛盾。这事儿来得突然，大家伙儿都没料到。但事后刘铁细琢磨，觉得不是无缘无故，它跟俞天白和马黑鹰是有关的。

这次大生产运动，师里给九团下达了一万六千亩开荒任务，另外就是修建一条六十八公里的和平大渠，确保开春几个团按时引水和播种。刘铁回来召开军政干部会，实行责任分工，俞天白和马黑鹰掂量来掂量去，选择了技术性较强的项目——带领特务营修渠。刘铁呢，就跟花之锦带两个营开荒。

过了没几天，俞天白就发现情况不对，六十八公里怎么变成了八十八公里？原来刘铁为了照顾一片老百姓的地，硬是改了线路，让他们多绕一个山包。一个山包，就是二十公里。俞天白有了想法，说这儿的老百姓不会种地，他们种的是"闯田"——水流到哪儿，就种哪儿。时间这么紧，我们何必花这么大工夫多绕二十公里？刘铁说，咱们是人民的子弟兵，帮老百姓修一段渠还怕麻烦？他们不会种地，咱们可以教他们嘛，总不能让他们一直过吃不饱穿不暖的苦日子。邢保财自然是站在刘铁的立场上，说咱们引导老百姓开辟新生活，改变贫困落后面貌，意义重大，要是你们干不了，我老邢上！

俞天白每天带着特务营像啃骨头一样，啃那八十八公里的和平大渠，心里很不是滋味。当初谁也没想到这一带全是砂石地，冻得坚硬无比，一镐下去，只掘出一个小白窝，虎口都能震裂。看到这光景，马黑鹰埋怨二哥太听刘铁的话，说你这一妥协，搞得大家苦不堪言，这活儿不是人干的，不干了。俞天白说，这由得了你？事到如今，就是磨也得磨下去！特务营当真就磨起洋工。三天打鱼，两天晒网，每天出工晚，收工早；到了工地干不了一会儿，便围着火堆抽烟聊天，玩斗鸡。只有王春来和毛旦两个人是认真干活的。大家看出来了，王教导员是个老实疙瘩，所以并不拿他当回事。

刘铁对特务营的修渠进度十分不满，俞天白和马黑鹰找各种理由对付。

这一天，天气特别寒冷，北风呼啸，李二万又点起篝火取暖，突然在一丛红柳下发现一个狼窝，里面肉乎乎地窝着一群出生不久的狼崽。这一下工地上热闹起来，有的说用铁锨拍死它们，有的说挖出来烤肉吃。李二万觉得恶心，便让士兵们用烟熏。这一招挺灵，一对狼爹狼娘被熏了出来，公狼当场被击毙，母狼仓皇中丢下一群孩子，逃之夭夭。

这事之后，狼灾兴起。夜里时常传来阵阵狼嗥，有月亮的晚上叫得格外凶。早晚出门上班下班，冷不丁就会发现草丛和沙坡后面似乎有个人蹲着，细一看，是狼！马黑鹰提出成立打狼队，刘铁很恼火。在刘铁看来，人不主动进攻狼，狼是不会伤人的，这不都是你们这帮人惹下的祸吗！这儿是狼的家，干吗要把人家赶走，和平共处不行吗？但为了防止万一，刘铁不得不让各连在夜间点起篝火。修渠工地是狼的重灾区，因为死过狼崽，时有狼群出没，士兵们猜测，一定是那只母狼带着娘家人来讨债的。狼群的入侵，严重影响了官兵们的生产生活，大家一到晚上就恐慌，关于狼的各种故事一时间也传得沸沸扬扬。

其中最著名的是雪狼的故事。说，巴格其有一种狼小巧玲珑，通体银白，人们说它是一个美丽的姑娘死后变成的。别看这种狼模样乖巧，它能跳到哈熊背上，把爪子伸进熊的肛门，掏出它的肠子，让大哈熊当场毙命！还说，雪狼的毛又白又软，相当名贵。有一次，一个猎人打了一只雪狼，想把狼皮送给头人。当时看着雪狼死了，他就背着它回家，走到半道，雪狼突然活过来，一口咬断了猎人的脖子。又说，雪狼很残忍，但同时却有很强的母性。哺乳期的母狼如果失去幼崽，偶然碰上婴儿，会叼回去哺育。布拉克苏草原有个牧民，放羊的时候把女儿丢了，几个月后，牧民的妻子发现了一个跟着母狼爬行的小狼孩。她从那孩子脚上戴的银链子，认出狼孩正是她女儿……

雪狼的故事越传越邪乎。据说，这些故事最早是俞天白的老婆薇拉给大家讲的，后来一传十，十传百。总之，特务营这下算是找到了冠冕堂皇的理由，说他们之所以修渠进度上不去，是因为狼，狼叫他们吃不下，睡不着，狼叫他们每天干活提心吊胆，情绪受影响。俞天白有一次在会上甚至提出撤离巴格其，说你刘铁既然承认巴格其是狼的家，为什么还要占领它们的家园，人类这不是太无情嘛。狗日的，这不是成心跟自己对着来嘛！刘铁想。

那是一个有月亮的晚上，刘铁心情不错，吃罢饭便趴在油灯下，用小刀雕刻一个树疙瘩。这胡杨树根是开荒时挖出来的，刘铁觉得很像一只凤凰。小时候在戏班子跟一位老师傅学捏泥人，做道具，有些手艺，他想好了，他要整出一只"凤凰"送给紫苏，紫苏随医疗队也来巴格其了。刘铁用小刀刻着根雕，心里充满幸福。这时候传来一阵凄厉的狼嗥声，伴以人声——"来人啊，牛被咬死啦！"刘铁赶到时，牛圈里只剩下一副血糊糊的牛骨架，是特务营拉水的那头黄牛！

大家都说这是那只母狼在报复，你烧死了它的孩子，它还不找你算账？指不定啥时候还会来呢。刘铁狠狠地批评了一通王春来，说安全生产也是思想政治工作的一项，你这个教导员怎么当的？其实，刘铁这气是冲着俞天白和马黑鹰来的。

四

大黄牛死了，拉水的事儿就只好落到人身上。特务营的人开始轮流拉水。

轮到侯宝玉和李二万，这二人是不可能干的，俞天白和马黑鹰更不用说了。王春来和一连指导员黄强就承担了他们的任务。高文书有些看不过眼，私下里对王春来说，王教导员，你真是个好人。可人善被人欺，马善被人骑，我把这事儿向刘政委反映去。王春来说算了，不就拉几趟水嘛，累不死，咱们得多做团结工作。高文书说，别的都算了，可俞团长也太过了吧？

高文书的意思是，人家每天只分一茶缸水，俞天白却分一脸盆。起先大家觉得是俞团长爱干净，多分就多分点，后来才闹清楚是他的大白马要喝。负责分水的大眼不乐意了，说我们是人，才分一缸子，它一个畜生凭啥还比我们多分？马黑鹰很蛮横，说，因为它是革命功臣，它救过咱俞团长的命。马黑鹰这话倒是不假，一九四七年蒙古在边境线上挑起事端，俞天白率军赴边境作战。要不是大白马，那次他就死在山里了。看到大家为水的事发生争执，王春来就把自己分到的一茶缸水倒进毛旦的脸盆。来到巴格其后，喜欢马的毛旦又主动承担起饲养大白马的任务来。

这事儿传到了邢保财这里。邢保财觉得俞天白太不是玩意儿，马就是马，每周还要洗澡，当成了老爷供，这还得了！上回颂莲借马他不肯借，邢保财就有看法，过分了嘛！邢保财对俞天白的不满，还因为前不久一次教唱会。邢保财此次主要负责思想政治工作和宣传工作，为大生产运动扫清障碍，摇旗呐喊。这些天工地上一片红，到处飘着红旗，贴着标语，大喇叭从早到晚唱着"劳动的歌声满山遍野，劳动的热情高又高。生产运动猛烈地展开，困难把咱们吓不倒……"，这都是邢保财的业绩。为了让《戈壁滩上盖花园》这首歌深入人心，邢保财每天晚上把全团机关和各连营的军政干部召集到一块儿学，不仅会唱，还要深刻领会这首歌的意义，做到人人过关。在俞天白看来，共产党搞这种"灌输"，以及共产党政工干部的这种训练有素实在是幼稚可笑。俞天白说自己不擅长唱歌，唱不了。邢保财火了，说不是唱不了，而是阶级感情的问题！邢保财不知从哪儿借了一架破手风琴，拉得呼哧呼哧，像个哮喘病人，俞天白真就受不了了。还是一场感冒救了他，俞天白发不出声了。

这件事邢保财牢牢地记在了心里。

这天上午，邢保财到师里参加完一个会议回来，很兴奋。刘铁问他带回了啥新精神，邢保财说，上级要求起义部队加快步伐，力争完成二十二万亩开荒任务，今秋实现粮食自给自足。这不算新鲜了，孙世贤早在会上强调过的。邢保财带回的真正的新精神是：为确保开荒任务的完成，师里要求没有交出军马的单位一律交马，顶多留下跑运输的。师里要统一调配，用于生产。

刘铁听了这个消息，皱起眉头，说："整编时不是都交过嘛，咱们也就特务营留下近百匹马，能不能不交？"

邢保财说："孙政委这回可是亲自抓呢，他就怕贫富不均，一些单位有马，另一些单位连毛驴都没得骑。我看还是交吧，统一分配也好。这次人家还专门强调了，各团领导原则上只留一匹坐骑。"

邢保财之所以这么激动，是因为有好戏看了，他要看看俞天白到底交不交他的大白马！

刘铁、邢保财当日就把马交了。马黑鹰和花之锦尽管嘟嘟囔囔有意见，第二天还是把马交到了登记处。唯有俞天白不肯交马，理由是：马是朋友的馈赠，并且救过他的命，不能交。

邢保财早料到会是这个结果，对刘铁说："现在这个时候，马不上战场了，那还不得当牲口使，他以为他那马是天马神驹，这种行为在咱们解放军部队里叫啥？搞特殊化！"

刘铁说："这事儿还是先缓缓。"他是觉得那大白马确实是匹好马，虽是个洋杂种，可为中国人民立过功。对于这样的功臣，是要给予尊重的。

邢保财对刘铁的温和态度很不理解，很生气，但也不便再顶下去。这一天是战马上套的日子，邢保财背着相机来拍新闻照片，找到了发泄的机会。马黑鹰的黑马上套时，踢了常福一蹄子，邢保财决定亲自上阵。邢保财扬起鞭子，对黑马很不客气地说："马黑鹰，我要开犁了——"驾！一鞭子下去。黑马又蹦又跳，接下来停住，死活不走。邢保财骂道："不听话的狗东西，我要让你知道咱解放军的厉害！"说着，在马头上又连抽两鞭。黑马走起来。黑马走着走着，开始使坏了，左一下，右一下，曲里拐弯，犁出的地深一处，浅一处，比狗啃的还难看。邢保财火了，使劲拉缰绳，说："马黑鹰，老实点！这可不是战场，没让你狗东西冲锋！"黑马又拿出上回对付颂莲的办法，把邢保财拖出一截，狠狠地带倒在沟里，自个儿拉着空犁跑了……邢保财爬起，边追边喊："站住！老子开枪啦！"

战士们哈哈大笑。

马黑鹰和俞天白正好过来，马黑鹰满眼放光，说："这小白脸还想调教老子的黑将军，没门儿！"

黑马跑出一段，站住。邢保财追过去，挥起鞭子就是一顿猛抽，说："我让你跑！狗东西，不老老实实改造，老子揍死你！"

马黑鹰冲上去揪住邢保财的衣襟，说："邢保财，你他娘的给谁看，竟敢抽老子的马，找死是吧！"

要不是刘铁和俞天白上去拉架，两个人当真就干起了仗。

马黑鹰当场就要把马收回去，刘铁说："邢主任打马不对，你想收回去也不可能！"

有士兵说："这些马就不是干活的马嘛，不听话还不能打，这咋调教。"

刘铁说："要让战马转变角色当好耕马，确实不是一件容易事儿，得有个适应过程。这些战马过去都是受过良好训练的，有的还立过战功，不管它们曾经为谁服务，都该受到尊重！今天这些马能为咱开荒出力，我刘铁特别感激它们，拿它们当兄弟！以后谁敢动不动上鞭子，我就抽他鞭子！"

五

这场驯马风波之后，邢保财耿耿于怀，注意力仍然在马上。这一天王春来拉着一车水过来，看到春来面色黑黄，满头大汗，邢保财说："你们特务营有那么多壮汉，咋不叫他们拉？俞团长的大白马不是没交嘛，就舍不得给你们拉个水？欺负我们王教导员人老实是吧？"

高文书是来接王春来的，不满地说："可不是嘛，王教导员就是啥事儿都忍。特务营每人每天分一缸子水洗脸，俞团长的大白马能分一脸盆，有时候还洗澡哩。"

听了这话，邢保财气不打一处来，他娘的一群壮牛让个教导员给他们拉水，不像话！这一回，邢保财真要向大白马开战了！邢保财来到特务营伙房背后的工棚时，毛旦刚给大白马洗完澡，拿一把木梳细心地梳着马鬃。大白马一身净白，冒着热气，悠闲地享受着毛旦的侍候，看起来不像匹马，倒像个慵懒的贵妇。邢保财站在毛旦背后看了半天，突然嘿嘿一笑，说："舒服啊，真舒服！"

毛旦看见邢保财来了，眨巴着眼，说："邢、邢主任……"

"俞团长呢？"

"打、打草去了……"

邢保财拍了一下马屁股，说："他回来你跟他说，大白马我借用一下。"

听说邢主任要借马，毛旦慌了手脚，说："这、这……得俞团长批准……"

邢保财说："告诉俞团长，就说邢主任批准了，从今天起，这老爷马要去为人民服务了！"

邢保财不管三七二十一，牵起大白马就走了。

俞天白打草回来，听说大白马被邢保财牵走了，脸都白了，气冲冲地去找刘铁。

刘铁说："再好的马都是要为人服务的，你那大白马那么有力气，不干活咋成？"

俞天白说："我的马不是干粗活的！"

刘铁说："那它是干啥的？现在不打仗了，你不让它拉车干活，还准备像小狗小猫一样养起来玩儿？邢主任派它拉水，那也是委以重任嘛。"又说："俞团长，眼下大家都不骑马，你总不能搞特殊吧？这可不像解放军的作风。"

俞天白从办公室出来，心里火烧火燎，他想，你们拿我的大白马当牲口使，这不是侮辱它吗，绝对不行！俞天白气呼呼地准备去找邢保财时，马黑鹰来了，马黑鹰已经听说这事了，一见俞天白就问：

"铁娃子咋说的，二哥？"

"和稀泥！"

马黑鹰嘴里喷出一股冷气，哼了一声，说："当初咱不想来巴格其，他逼咱；咱来了，他又给咱戴铐子。他不拿我马老三当盘菜也就罢了，二哥你可是一团之长，咋能这么受他欺负？你等着！"

马黑鹰迈着一双有些罗圈的短腿快步走去。

这天傍晚，马黑鹰带着一帮弟兄稳稳地候在了去九团的路口。等到邢保财赶着马车过来，一群人堵到路中央。大白马打着响鼻，不高兴地甩着尾巴，四蹄交错。因为这家伙是第一次干活，又拉这么沉的水，王春来没有坐马车，一直跟在后面，走得满脸是汗，脸色发青。

邢保财料到有人要闹事，"吁"了一声，不慌不忙地停下车，说："干吗？"

马黑鹰叼着烟卷，吹了一口气，说："卸套，把马交出来！"

"交马？这不关你的事，让开！"

"这马是我送给我二哥的，我二哥的事，就是我的事！"

"称兄道弟的，你别把国民党拉帮结派的旧习气带到解放军部队来！"

"邢主任，你倒是交不交？"

"我再说一遍，这事跟你无关，你少掺和！"

"掺和？老子今天掺和到底了，给我把马卸了！"

马黑鹰拔出枪，一挥手，一帮弟兄冲上去，拉马的拉马，扯缰绳的扯缰绳。

邢保财跳下车，也拔出了枪，说："我邢保财也不是吃素的！"

王春来慌了神，说："邢主任，马副团长，有啥话好好说，千万别动武！"

马黑鹰说："王教导员，你一边站着，这事儿你别管！告诉你，姓邢的，你别把我惹急了，老子的枪可不长眼睛。"

一群乌鸦聒噪着从头顶飞过，邢保财看了一眼，笑道："老子的枪可是长眼的，专打那些黑家伙！"

一声枪响，一只乌鸦冲着马头直直地栽下来！大白马大概还没经历过这种不够尊重的玩笑——连一只乌鸦都敢在自己头上耍威风，放肆！它于是恼了，发出一声嘶鸣，四蹄腾起，拉着车狂奔而去。

王春来大叫着追去："截住马！截住——"

刘铁和俞天白一前一后出现在路边。刘铁一跳，跳得老高，一下扑到大白马前面，挟住了它的脖子。大白马还在跳，猛一使劲，把车上的大油桶甩了出去。油桶骨碌碌滚了几米，那并不结实的铁盖子早已脱落，水哗哗流淌，瞬间就被沙土吸没了。

王春来追赶着大油桶，还在努力地挽救着这桶水，可是已不可能，这叫他十分难过。这桶水是他和邢保财从冰窟窿里一小桶一小桶打上来的，踏着随时都可能裂的冰面，小心翼翼才装上车。谁知快到家门口了，发生这样的事，这事儿跟自己有关啊。看到这么一个结果，俞天白突然觉得很无聊，难道是自己错了？他有点头晕，这些天失眠的老毛病又犯了。刘铁此时倒是比较冷静，他走向那匹汗涔涔的马，拍拍马头，凝视它耳朵上的那个弹孔，对邢保财说：

"把马还给人家吧。"

刘铁在俞天白的马的问题上如此宽容，邢保财简直搞不懂。王春来教导员拖着瘦弱的身子能替大家拉水，那马咋就不能拉？这不是迁就俞天白嘛。邢保财对刘铁很有意见，他用一颗知识分子的脑袋做了认真分析后，认为这刘俞二人虽说仇比天大，恨比海深，可有时候——在是与非的临界点上，往往会发生化学反应，出其不意，出人意料。难怪人家说，爱恨乃一线之隔，可不是嘛。邢保财好像第一次发现这个真理，同时发现刘铁是偏袒俞天白的，至少在马的事情上。

第九章

一

这是薇拉来到巴格其后第一次请假。在旅部医院，大家都知道薇拉不仅是个好医生，还是个好女人，她热情大方，乐于助人，深受大家尊重和喜欢。在很多个寂寞的夜晚，薇拉坐在床头给病员们唱《喀秋莎》，跳踢踏舞，病员们因此减轻了痛苦。但是，谁也不知道薇拉的内心其实挺压抑。一家三口，女儿全托在保姆家，和丈夫虽都在巴格其，可戈壁滩这么大，一个东，一个西，加上各自住集体宿舍，能聚到一起很不容易。薇拉有一个月没见丈夫了，中间打过一次电话，说了没几句就断了，再打就不通了。薇拉了解丈夫，这个人很感性，不擅与人交流，他跟刘铁不会又闹出什么不愉快吧？薇拉每天睡到后半夜会突然醒来，觉得黑暗中有什么东西贴着帐篷从身边擦过，像风又不像风，是狼吗？薇拉再也睡不着了。

薇拉的焦灼不安，紫苏看在眼里。她问薇拉，是不是想俞团长了？薇拉抿嘴一笑，说，不想！这么年轻漂亮、充满活力的女人怎么会不想丈夫呢？紫苏便去找队长，帮薇拉请假。

这天天不亮薇拉就起来了，对着镜子又是洗又是抹的，还用一把火钳卷刘海发梢。最后，她换了一件红毛衣，把一对乳房绷得鼓鼓的。薇拉就这样兴冲冲地踏上了去见丈夫的路。

薇拉来到九团团部时，那座门前飘着国旗的大地窝子空无一人，都干活去了。她绕了一圈，才觉得出来前应该给丈夫打个电话的，之所以没打，是想给他一个惊喜。薇拉站在寒风中朝远处张望着，有个士兵赶着牛车经过，说："你找俞团长吗？他的宿舍是第一排靠右边的第二个。"

薇拉顺利地找到了，门没锁，她上前轻轻敲了两下。俞天白今天没去上班，又感冒了，头疼。他靠在床前，正百无聊赖地翻看报纸，头也不抬，说："进来。"

薇拉走进去。一进去，她就被丈夫那副消瘦憔悴的容颜吓了一跳！听到轻轻的呼吸声，俞天白觉得有些奇怪，抬起头，更是惊诧，说："是你？你怎么来了？！"

走了好长的路，薇拉的腿肚子在哆嗦，心咚咚乱跳。久违了，我的爱人，见你一次多么不容易啊。薇拉扑过去，抱住丈夫，在他脸上亲吻起来。俞天白似乎不再习惯这种方式，他惶恐地推开妻子，表情严肃地说："别、别这样啊！这是集体宿舍，是工作时间……"

薇拉愣了一下，又抱住丈夫，说："人家好不容易请了假来看你的，我不管！"说着，就解丈夫的棉衣扣子。

俞天白一把摁住妻子的手，说："你要干什么呀，薇拉！这可是工作场合，不能胡来……"

薇拉柔起来似水，热起来像火，她说："胡来？我是你老婆，你怕什么？天白，我想你了，你就不想我？！"三两下就解开了丈夫的棉衣，那棉衣五粒扣子掉了三粒。

俞天白在妻子的眼里看到了一种不顾一切，他攥着她细嫩的手，感觉到那温软的身体在抖动，这是爱的渴望，是痛苦的幸福。俞天白忍不住揽过妻子，埋下脑袋狠命地吻了起来……咚！门开了。夫妻俩立刻松开来，一起朝外面看，没人，是风在捣乱。

薇拉跑过去，用一根棍子把门顶死，说："这下安全了。"

但是，两个人刚刚躺下，那张用木板钉的小床又不争气地塌下半边，让薇拉滚到地上。就是这张床还是俞天白和马黑鹰搞了特殊化，让一个木工兵给拼凑起来的，其他人睡的是麦草地铺。俞天白不得不爬起修床，把脱落的钉子重新钉下去。一来二去，浑身大汗，看看自己那被折磨得枯瘦难看的身体，心情从火烧火燎降到冰点！重又躺下，他竟然软得不能再软。

薇拉抱住疲惫不堪、一筹莫展的丈夫，哭了起来。

二

薇拉走后，俞天白好长时间都缓不过来，心情郁闷至极。捧着妻子带给他的两个牛肉罐头，他狠狠拍打自己的脑袋，觉得真是对不住妻子。一个多月不见，她想跟你亲热一下，你怎么就这么无能？

马黑鹰听说薇拉来了，再一看俞天白这脸色，多少猜出了点情况，说："共产党真他娘的不人道，活生生把人家夫妻拆散。要吃没吃，要喝没喝，还干这么苦的活儿，看吧，弟兄们早晚要造反。"

马黑鹰说这话，是因为中午开饭时，士兵们闹腾了一场，起因是为一个窝头。初来巴格其时，士兵们每人每天的定量是一斤，后来降为六两。王春来解释说，粮食紧张，得省着点，所以又要降成四两；还说人家那两个营每天三顿饭改成两顿饭了。听到这个消息，大家意见很大，说，解放军养不起兵，就解散得啦，何必让弟兄们窝在这儿吃苦！到最后窝头分完了，有两个士兵没吃上，王春来只好把自己的饭分给了他们。

饿着肚子的王春来来到营区后面的一片芦苇丛中，寻找芦根。挖芦根充饥，他已不是第一回，白生生的芦根尽管又咸又涩，却有股子泥土的芳香哩。侯宝玉和李二万几个吃完饭去撒尿，远远发现王春来趴在草丛中吃什么，怀疑他背着大伙吃好东西，所以绕了过去。这一看吓一跳。侯宝玉说："王教导员，你咋吃这个？"王春来笑着说："这玩意儿挺好吃呢，甜丝丝、脆生生的，和芦笋差不多，尝尝？"侯宝玉摇头说："这哪是人吃的。"王春来说："红军过草地的时候，就是吃的草根呢。"

马黑鹰向俞天白讲完这一段，脑袋摇起来，说："二哥，共产党这回没戏啦。断了粮，你看他们咋办吧，弟兄们还会这么干下去？"

俞天白闷头吃着马黑鹰弄来的熏马肠，竟然不知是何味道，心思还在薇拉那边。马黑鹰就不再说了，也埋头吃起来。这二人极少跟士兵们一起吃伙房，几乎每周都有个骆驼客来工地卖小百货，顺便给马黑鹰捎些东西。俞天白问过这些东西的来历，马黑鹰笑着说，说出来吓你一跳，是哈孜别克大人给的。当真就把俞天白吓了一跳，哈孜别克是什么人，他会白白给你马黑鹰这么多东西？马黑鹰解释说，从前他欠我情，这是还情呢。俞天白也只好信了，但每次吃马黑鹰这些东西时，心里都觉得不舒服。可是，他又没有办法不靠它们，伙房的苞谷窝头他吃得实在费劲儿。

门外传来一声"报告"，是侯宝玉。

马黑鹰现在对侯宝玉很友好，热情让座，说："一起喝一杯，侯营长。"

侯宝玉看到满桌的食物，有些眼馋，他咽了一口唾沫，摆摆手说："谢谢，吃过了……俞团长，马副团长，我想反映个事儿……"

俞天白已有预感，说："你说。"

侯宝玉说："王教导员又叫伙房给大家减了口粮，从六两变成四两。这么下去，弟兄们还有力气干活吗？我担心将来有麻达。"

马黑鹰看了一眼俞天白，说："看到了吧，二哥，大家伙儿对吃不饱肚子意见很大哩。"

俞天白问："侯营长，你那儿还有多少粮了？"

侯宝玉说："也就那么几袋吧。"

马黑鹰看了一眼俞天白，说："二哥，弟兄们这么饿下去，会对你这个团长有怨气的！要我说，咱管他口粮不口粮，吃完再说，共产党还能见死不救？"

俞天白想了想，说："今天是礼拜天吧，不休息，你就蒸几笼窝头，好好犒劳一下大家！"

侯宝玉高兴地说："太好啦！你看我这肚子，过去像面鼓，这会儿成了臭皮囊了。这要让放开吃，我少说也能装七八个哩。"

开晚饭的时候，特务营伙房一片说笑声，比过年还热闹。仇班长和几名炊事兵把一笼笼窝头抬下来，袅袅蒸汽仿佛一些快活的舌头，在金黄的窝头上翻卷着。看到高高的几蒸笼窝头，士兵们像疯了似的拼命敲碗，喊："噢噢噢，过年喽！噢噢噢，过年喽！"有人动起了手，去抓窝头。仇班长从肩上扯下一条油乎乎的大毛巾甩过来，说："贱爪子！不许自个儿拿！排好队，一个一个领。咱们说清楚，一人十四个，这是一个礼拜的饭，全发给你们，吃完就没得吃喽！……"

大家说，管球那么多，吃饱肚子死了也成，咱不当饿死鬼！碗不够大，有人用衣襟兜，怀里热腾腾的，像抱了一堆黄金蛋。也有人端着脸盆，拎着筐子。大眼比较绝，他把一个大号铁锨用水冲了冲，捧着铁锨来打饭。王春来从来都是上班早，下班晚，当他扛着坎土曼回来的时候，侯宝玉和士兵们已经吃得差不多了。侯宝玉想清楚了，这种事儿用不着通过王春来，只要那两位长官发了话，他就不怕。反正是为大家，吃了就吃了，他王春来能把自己咋样？

大眼看见王春来一身灰尘过来，有些同情这个教导员，说："王教导员，快去吃饭，侯营长说今天放开吃，我都吃八个了……"他说着吃着，一口窝头卡在了嗓子眼上，噎住了。

王春来看看周围狼吞虎咽的士兵，每人都是端着盆，提着筐，一副不要命的架势，他一下着了慌。天哪，侯宝玉竟背着他干这种事！王春来撂下坎土曼，冲向蹲在树下的侯宝玉。侯宝玉吃得只剩半个窝头，上气不接下气，说："王……教导员，回、回来了？快去吃、吃饭……"

王春来一把拽住他的胳膊，说："你疯啦，你让他们放开吃，这会惹麻烦的！"

侯宝玉噎得直打嗝，翻着眼，说话挺费劲儿，"嗝儿！炊事班蒸……一笼，烧一堆柴，蒸十笼，也一堆柴。嗝儿！就干脆吧，把……一个礼拜的全蒸出来，省柴省事儿。嗝儿！弟兄们饿了，也有个东西垫垫……"

王春来吼道："这样一来，他们会把所有的窝头一顿吃光，明天后天咋办？嗯？"

侯宝玉打嗝打得更厉害了，说："这么大人儿了，嗝儿！谁……不知个饥饱，再说……再说吃完了，嗝儿！上面能不管嘛，嗝儿！……"

王春来气得浑身发抖，朝一旁的士兵说："不许吃了，统统给我把窝头交回去！"

柴米贵跑过来，说："不得了啦，王教导员，大眼吐啦！"

王春来和侯宝玉连忙跑过去，只见大眼趴在地上，抱着肚子，喊："哎哟！疼死我了……"

侯宝玉去掰大眼的嘴，撑得有些弯不下腰，说："快吐！吐出来！"

王春来把大眼拖起来，说："柴米贵，你拉着他慢慢走，像遛马一样，不能停，消化了就好了。"又对一群围观的战士说："你们，还有你们，马上把窝头交回去！听到没？！"

士兵们说："我们全吃光了！"

王春来说："那好，你们都听着，肚子胀的给我慢慢走，不许停下来！"

侯宝玉一头的汗，捂着肚子，上气不接下气地说："放、放心，教导员，嗝儿！今晚上就是……不睡觉，嗝儿！我也要遛他们的马，嗝儿！……"说完，自个儿先倒在了地上，翻起白眼。

一时间乱成一团，王春来对柴米贵说："快，去打电话，叫医疗队的人来！"

柴米贵说了声"是"，刚跑了两步，突然僵在那儿，仰天倒了下去……

这一宿，从特务营到医疗队，到处是参加急救的人，天快亮时，才消停下来。刘铁拍桌子大骂王春来："王春来啊王春来，你说你是干啥吃的，眼下粮食紧张到这种程度，你却让他们把一个礼拜的粮一顿给报销了，闹得鸡飞狗跳。你说你这个教导员称职吗？要不是看在你跟我从清风岭上一起活下来，老子非撤你的职不可！"

王春来低着头，豆大的汗珠往下落，说："刘政委，我工作没做好，我检讨……"

刘铁说："检讨有啥用，我现在最愁的是粮食，你能给老子弄来粮吗？！"

邢保财从外边回来，看到王春来快站不住了，上前扶他坐下，说："老刘，你就别骂春来了。这事儿我了解过了，是俞天白和马黑鹰批准的，瞧见了吧，那对狗兄弟是成心跟咱们捣乱呢。"

刘铁不说话了，两个拳头握得紧紧的。好啊，俞少爷，在大白马的事情上老子迁就你，给足了你面子，你却不知好歹，得寸进尺哪你。刘铁知道王春来是个老实人，他在特务营的处境比自己要艰难得多，有俞天白、马黑鹰，还有侯宝玉、李二万一帮子，他能咋样呢。看到王春来皮包骨头，一脸焦黄，刘铁有些不忍，挥挥手，说："你走吧。"

王春来当晚饿着肚子，在回去的路上吐了一次，吐得全是黑黄的东西。这一个月他时常觉得浑身无力，头晕恶心，肚子里有一块硬东西堵着，胀痛。王春来身体一直不是很好，他想自己是累了，所以才会这样。男子汉没那么娇气，咬紧牙关，没有过不去的坎儿。王春来对前途一直持乐观态度，包括对特务营这些士兵，能忍则忍，能让则让，韩信胯下之辱都能受，自己有什么不能忍的？孙政委不是说嘛，你们是"化剑"的人，就要有一副慈悲心，要宽宏为怀，大肚能容天下难容之事。所以每回刘铁问他特务营的情况，他总是只说好的，他想自己是教导员，有问题存在，是自己工作没做好，慢慢改进，不信上不去。

吐过之后似乎舒服了些，王春来趴在一条沟里，感到很冷，忽然就想吃一碗热腾腾的鸡汤面。王春来是孤儿，很小的时候跟着爹去讨饭，爹为了换一碗鸡汤面吃，把他卖给了人。那在冬日的黄昏中散发着浓香的鸡汤面，从此就牢牢地占据了他童年悲惨的记忆。直到参加了八路军，他还念念不忘鸡汤面，在延安的时候刘铁给他做过两次，他爱吃极了，一个人几乎把一脸盆面全吃了。王春来此时闭着眼睛，呻吟着，轻轻地说："月亮娘娘啊，月亮娘娘，给我一碗鸡汤面吃吧。"小时候听过一个故事，说一个穷孩子病了，特别想吃东西，于是每天对着月亮喊，月亮娘娘，我想吃桃子；月亮娘娘，我想吃饺子。喊到九九八十一次的时候，真的就有好多好多好吃的出现在眼前……

月亮娘娘，你什么时候也能给我送一碗鸡汤面呢？王春来睁开眼，月光皎洁。

三

这是一个寒冷的清晨，地上凝了一层白霜。天不亮刘铁就拉着架子车去了胡杨林，他想趁着没下雪再打一车柴回来。那天晚上送侯宝玉他们去医疗队，匆忙中和紫苏说了没两句话。紫苏正在煎中药，灶里烧着一截湿乎乎的树疙瘩，烟熏火燎，呛得她直咳。他知道眼下到处缺燃料，大家全靠打柴煮饭取暖。医疗队女的多，自然没有劳力干这个苦差役。

刘铁满头大汗地拉着一车柴回来的时候，远远看见团部门前围着一大群人，吵吵嚷嚷的。原来特务营今天开早饭时，仇班长搅动着一锅玉米糊糊，向大家郑重宣布：没粮了，每人一勺糊糊。士兵们说，就一勺糊糊，能吃饱吗？仇班长说，一个礼拜的窝头不是被你们干掉了吗，怎么刚屙出来就忘啦？李二万说，弟兄们，这日子一天不如一天，过不下去了，咱们找他们当官的要粮去！王春来和侯宝玉出来阻拦，说团里现在也没粮，咱刚惹了事儿，就别给领导添乱了。李二万振振有词，说，王春来，你身为教导员，得替弟兄们说话。共产党不能光让大伙儿卖苦力，不让吃饱肚子！马黑鹰来了，也说，大家伙儿想跟刘政委说个话有啥不行？没吃没喝了，总不能等着饿死吧。要让马儿跑，又不让马儿吃草，没这个理儿！

一群人冲到了团部。

士兵们啪啪地拍着门板，喊："姓刘的，都快饿出人命了，你管不管呀？"

"妈的，让我们卖苦力，你待在办公室大腿跷二腿，我们不答应！"

"铁娃子，有种的你出来！"

半天没动静，李二万手一挥，说："他不出来，咱们进去！"

办公室没上锁，邢保财出去跑步了。王春来挡在了门口，说："同志们，别这样，咱们是解放军，得讲组织纪律。"

李二万说："讲纪律就不让人吃饭？王教导员，你最好让开！"

王春来死死把住门，拍着胸脯说："有种的你们就从我身上踩过去！"

士兵们还从来没见过这位教导员发火，他们看着王春来有些惊讶。但是，也只是愣了片刻，就在李二万的带领下，扑向王春来。王春来不知哪来那么大力气，两个拳头一挡，就把他们推得跟头绊子，倒在地上。接着，更多的人扑向王春来。王春来弓着身，瞪着眼，额上青筋暴出，一张脸红通通的，这个瘦小的男人此时变成了一头怒狮，两只不相称的大拳头挥舞着，落到谁头上，定会叫它稀巴烂！

双方正僵持着，刘铁拉着一车柴回来。刘铁说："你们闹个啥？"

李二万说："刘政委，我们没闹，弟兄们就是想吃饭。"

刘铁斜了一眼李二万，冷笑一声说："想吃饭是好事嘛，不过就请李连长先说说你那个连任务完成得咋样，到现在挖了几扁担长？哼，你们打了败仗，还有脸吃饭？！眼下粮荒，你们不是不知道，可你们管不住自己那张臭嘴，一个礼拜的口粮，他娘的一顿就给我干光，这怪谁？怪你们自己！"话没说完，刘铁虚得有些站不住了，这些天他每天喝三碗糊糊，皮带已系到了最里面一个扣。

一帮人不知是因为理亏，还是被刘铁吓住了，都傻呆呆地站着。刘铁从车上取下斧头，朝半空一抡，说："咋，还站着不走啊？侯营长，今天你给我听好了，别说我没粮，我就是有粮，也决不会把粮给一群偷奸耍滑的人吃，马上带着你的人滚回去干活！滚！"

特务营一帮人走后，刘铁真就犯起了愁。缺啥不能缺粮，肚里有了粮，心里不发慌。这么下去，别说到时候完不成生产任务，弄不好还要出大乱子。这儿不是解放军的老部队，遇到困难大家齐心协力，共渡难关，起义官兵可没那个觉悟。刘铁和邢保财商量了好一阵儿，二人决定打报告向上面要粮。

当天，师里通知各团领导去开会。刘铁是个坐不住的人，一向不喜欢开会，何况眼下忙得屁股朝天。邢保财这个人特别热衷于开会，并且喜欢记笔记，刘铁就让邢保财去。

傍晚，邢保财回来了。

刘铁问："咋样？"

邢保财从挎包里掏出笔记本念："孙政委传达了军部的指示，要求起义部队进一步加强思想政治工作，稳定士兵的情绪，克服一切困难……"

刘铁说："我问你要粮的报告批了没有？！"

邢保财继续念："孙政委特别强调，自力更生，艰苦奋斗，是我们党的优良传统……"

刘铁一把夺过笔记本摔到桌上，瞪着他说："我是问你，咱们的报告批了没有？！"

邢保财这才一屁股坐下，说："别想啦！"

原来，孙世贤和肖伯年为粮食的事专门向军区打了报告，但要粮的单位太多，军区一时也搞不到那么多，就让各单位克服困难，自己想办法解决。

自己想办法解决？自己想啥办法？他娘的我就是把自个儿卖了，也解决不了这么多人的吃饭问题！刘铁真就傻了眼。木呆呆地坐了一阵儿，这才把自己那口紫漆木箱打开，从箱底翻出一个荷包，哗啦啦一倒，是几块大洋。

邢保财说："你还真能攒，南泥湾分红的钱一直存着呢。"

刘铁说："这不是准备娶媳妇嘛。老邢，明天你帮我值一下班，我到亚其县买粮去，特务营的事不解决怕是不行。"

邢保财说："给特务营买粮？咳，我当是你给你那两个营的弟兄们买粮呢。特务营归他俞天白、马黑鹰管，这对狗兄弟自个儿吃香喝辣，为啥不替他们的人弄粮食？现在粮食很难买，而且是高价粮，你这点钱哪够！"

刘铁说："有多少买多少吧。老邢啊，我的心情其实跟你一样，恨不得给特务营那帮兔崽子一人俩耳光子，打烂他们的歪歪嘴！可是他们已经把口粮吃光了，你说咋办，从肚子里抠都来不及了。上面让咱们政工干部做好起义部队的稳定工作，是有预见性的，咱不能不做。你的分红都寄给老婆啦？先借我几块行吧，以后还你……"

邢保财从褥子底下摸出一个布包，撂给刘铁，说："不用还了，他娘的就当是被狗吃啦。"

刘铁嘿嘿笑，说："小子，存了这么多私房钱，也不给老婆寄回去？"

邢保财哼了一声。

刘铁此次去买粮，前前后后跑了不下五家，连集市也去了，硬是没买到一粒粮。一个店老板怀里抱着一只大猫，说，你们瞧，连我家的猫都闲得没事干了。意思是，他家没粮，老鼠都饿得跑光了。刘铁心里冒火，一路上骂那些王八蛋奸商，骂"羚羊"。返回的途中倒是碰上一个赶着牛车的老乡，车上堆着鼓鼓的麻袋，是苞谷。原来这老乡的儿子得了重病，想卖了苞谷换钱抓药。刘铁磨了半天嘴皮，还说要让解放军军医给他儿子治病，老乡总算答应卖给他。看到老乡紧张的样子，刘铁明白这里面有文章，后来才知晓，有人不让老乡们卖粮给解放军，说发现了，杀他全家！

四

这天晚上，特务营的士兵总算吃了一顿饱饭——盐水煮玉米。硬是硬点，可毕竟是粮食，大家伙儿吃得热火朝天。听说是刘铁用自己的大洋给大家买的粮，侯宝玉有些感动，说刘政委这人心善。当然也有人说这是"牲口饭"，只有牲口才吃囫囵个儿。

趁着晚上的工夫，刘铁修理一个石头磨，这是他和常福从一座废弃的羊圈里扒出来的，收拾收拾就可以用。特务营刚买了几麻袋玉米，磨成面，吃起来有营养，也省得多。刘铁想等修好了磨，他就把石磨送过去，让仇班长加个夜班磨面。这时候远处传来喊声，常福跑到高坡上一看，不好了，特务营的方向正升腾着一股浓烟。

这火是从特务营伙房外的一堆柴火燃起的，小仓库离柴堆只有几米远，很快烧到了那里。刘铁买来的几袋苞谷全放在仓库，仇班长被马黑鹰叫去打牌了。王春来今天从工地上回来得还算早，待他发现去救火时，小仓库已大火熊熊。王春来带着人费了半天劲儿，才抢出一袋烧得半生不熟的苞谷。刘铁和邢保财赶来时，那袋玉米还在冒烟。

刘铁揪住满脸黑灰的王春来问："这火是咋来的，咋来的？！"

王春来说："是柴火引起的，我还专门派了人站岗来着……"

王春来说得不假，他确实派了一名士兵站岗，守卫这粮食重地，可还是出了事。王春来自责极了，想自己不该回去补那一会儿懒觉，失职啊。刘铁拨拉着烧煳的玉米，心疼极了，愤怒极了，自己和邢保财那仅有的几块大洋全赔进去了！他指着王春来，忍了再忍，还是忍不住了，骂道："王春来啊王春来，你尽给老子惹祸！这点粮我费劲巴力买来不到仨小时，你就给我弄球没啦！这事儿我是要追究责任的！"

王春来低着头，连连说："我有责任，我有责任！刘政委，邢主任，我接受处罚，你们可以把我那份口粮扣掉……"

刘铁说："你以为扣掉你的口粮就能抵了这损失？老子要你停职反省！窝囊废一个！"

王春来瘦小的身子猛地一抖，他立刻站直了，挺了挺背，才没有倒下。但一头汗珠啪啪地落，那张青黑的脸有些脱相，细长的眼睛毫无生气，可怜巴巴地看着刘铁。

邢保财拉了一把刘铁，说："老刘，春来够委屈了，你冲他发的哪门子邪火，这分明有人捣鬼嘛！"

刘铁一拍脑门，叹口气，对王春来说："回去写检讨吧！"

俞天白、马黑鹰这才赶来，后面跟着侯宝玉和仇班长。俞天白到河边遛马去了，一回来就听说买回的粮被烧了，他是震惊又恼火，同时多少觉得有点对不住刘铁。他皱着眉头转了一圈，看了看不远处的篝火，说："今天刮春风，不会是从那边飘过来的火星引起的吧？"

刘铁捡起一截烧煳的木柴，闻了闻，冷笑道："春风引起的？闻闻吧，这上面有柴油味儿！是有人成心在搞鬼，他们不希望我们有粮吃，想饿死我们，赶走我们！狗日的'羚羊'，有种的站到老子面前，看我不活剥了他！"

刘铁这是冲着自己来的，俞天白有些无奈。从上回他给士兵发一个礼拜的馒头，到士兵上门找刘铁闹事，俞天白一直采取听之任之的态度。说实在的，他对共产党这种吃苦耐劳、敢于改天换地的精神是佩服的，但是他又不能接受他们——他们的思维方式、劳动方式和生活方式。得过且过，悠着玩儿吧，维吾尔族人有句谚语，棉花里的针最扎人。跟你刘铁这种人斗下去，有意思吗？

俞天白好像豁然开朗了。

王春来停职反省几天，修渠进度更慢，这让刘铁忧心。刘铁这时气消了，捧着王春来写得工工整整的检讨，心里有些内疚，他立刻让这边两个营匀了一架子车南瓜给特务营送去。特务营这天的晚饭算是有了着落。

但是，谁都没想到一件不可思议的事情这时又发生了。

这天下班后，毛旦牵着大白马出去遛，吃晚饭的时候才回来。大眼和柴米贵一帮士兵敲着碗，站在伙房门前一边等开饭，一边聊天，看见大白马嘶叫着往这边跑，就都嗷嗷地叫开了。原来这大白马最近很反常，只要看见那匹枣红色母马，就会发疯似的冲上去。那枣红马确实漂亮，脖子长长，身形匀称，也很温顺，是花之锦从前的坐骑。大白马此时挣开缰绳，又朝母马奔去。毛旦在后面拼命追，边追边喊："站、站住！大白，你个没出息的，不正经！……"

大眼捣捣柴米贵，尖叫一声："哎哟，看哪，俞团长的大白马成五条腿啦！"

柴米贵说："胡说，哪有五条腿的马。"

大眼说："傻蛋，自个儿看嘛！"

士兵们挤在一堆，眼睛一眨不眨地看，有人总算看出了名堂，说："哇，真是五条腿！看呀，肚子下面，比毛旦的还粗哩！"

毛旦跑上前拦马，大白马长鬃飘飘，从毛旦身上飞过去。大家惊呼，太厉害啦，这家伙！

大眼说："操！大白的日子过得比咱们滋润，我这阵子腰都直不起来了，那玩意儿垂到六点，想指到十二点钟都没底气了。你瞧人家俞团长的坐骑，好家伙，那个直！"

大家哄地笑了，你摸我一把，我掐你一下。这时仇班长挑着两桶饭过来，喊："开饭喽，开饭喽！"仓库被烧后，伙房那间木头房子也烧坏了，正在修，所以最近大家就在外面吃。听到"开饭"，一帮人比大白马见了枣红马还要激动，敲着碗往这边跑，说有南瓜粥吃也不错，尝尝铁娃子的老南瓜！

大白马就是这时候冲过来的。事后，很多人说，如果不是那个"小娘儿们"（指枣红马）勾引大白，大白是不会丧失理智的。但也有人说，大白再漂亮再高雅，说到底是个牲口，牲口发起情来还不跟人似的。还有人说，怪毛旦，毛旦为啥不把马看好。总之，大白马飞扬着四蹄，将两个饭桶踩翻，热腾腾的南瓜粥倒了一地！而后，仓皇逃去。

俞天白平常是不跟士兵一起用餐的，可是近来越来越觉得吃马黑鹰那些来历不明的东西，心里不舒服。听说刘铁送来一些老南瓜，他有些感慨，甚至是感动，相比之下，人家的觉悟是高。他很想品尝一下刘铁的老南瓜，所以也端着碗过来了，正好看到了这悲惨的一幕！

当黄澄澄的南瓜粥泼洒在地时，俞天白的心跟着也沉到了地上，就像上回目睹那桶水被倒一样。望着奔向枣红马的大白，还有它裆里夹着的那杆枪，俞天白羞愧难当，一股血冲上脑门儿！大白啊大白，你什么时候也变得这么恬不知耻？！

两桶南瓜糊糊，让大白马再次成了众矢之的。且不说士兵对这匹马的怨恨，那邢保财就说得更加直接了，邢保财在一个公众场合说，俞天白那大白马真骚情！这种时候糟蹋粮食就是扰乱军心，把狗日的给骟了算了！这话分明是说给自己听的，俞天白恼羞成怒，心里憋着一股火不知道该找谁发。

这一天俞天白在河边走着，那匹马站在他背后又不安分起来，裆里的东西伸出来。俞天白狠狠抽了它一鞭，骑上马一气跑到胡杨林。俞天白把它拴到一棵枯树上，大白马歪着脖子发出悲鸣，它知道主人要惩罚它了，但它没想到主人会掏出枪！

"二哥！"背后传来一声大叫，马黑鹰抱住了大白马，"别开枪！"

"让开！"

"二哥，你犯得着嘛！"

"你让不让开？！"

"不让！这马是我送给你的，它救过你的命！要打，你不如打死我！它不就是弄翻了两桶南瓜粥嘛，我马老三赔给他们行不行？！"

马黑鹰死死抱着大白马的头，俞天白叹口气，手中的枪垂下了……

第十章

一

这天颂莲从师部过来，刘铁一看那架势，还背着行李，就知道吴主任此番另有用意。刘铁的判断没错，颂莲是来蹲点的，也就是说，这阵子要待在九团。刘铁想，肯定是听说了什么，上面才会有这样的决策，这不是对自己的不信任嘛。他打着哈哈说："吴主任，我们这地儿吧，你也看见了，住得紧张。让你一人住一间地窝子，人家会说你搞特殊化；让你像从前一样跟我和老邢挤一张炕，你干吗？你现在是我们的上级。"

颂莲解下脖子上的红围巾，说："少废话，我怎么住你就别操心了，不行我先住薛医生那儿。你不是怕我来监督吧？"

刘铁说："我怕啥，就怕管不起你的饭。不瞒你说，我们马上断顿了。"

颂莲一惊，说："这么严重？"

颂莲这次来九团蹲点，是她主动向孙世贤提出的，说起来也是她对刘铁的放不下。尽管有好多事刘铁都不让邢保财向上面汇报，可实际上颂莲掌握了不少情况，除了九团，当然还有其他团。她知道，眼下部队缺粮是个普遍现象，二十二兵团所有师都陷于这种困境。上级领导已经意识到问题的严重性，弄不好这支十万人的起义部队会军心动摇，同时共产党的威信也会因此受影响。王司令员求爷爷告奶奶，到处筹措粮食，但是新疆离内地遥远，再说眼下又是青黄不接之际，一时半会儿粮食很难到位。所以，政工干部在这个关键时刻，就需要做大量细致耐心的思想工作，去疏导、化解各种矛盾，带领大家一切向前看，鼓足勇气，增强信心，坚决打胜开荒造田这一仗！毛主席说过，我们的同志在困难的时候，要看到成绩，要看到光明，要提高我们的勇气。颂莲补充了一条，还要团结一心，这是我们各项工作取得胜利的保证！

颂莲来到九团第二天，就召集连以上军政干部开了一次会，叫鼓劲会。会开得很成功，无论是政工干部，还是军事干部，大家都很振奋。大家这么振奋，有一个重要原因，就是颂莲弄到一车粮，是她的一位老上级给帮的忙。这好比一声春雷在戈壁滩炸响，大家伙高兴地站起来，一齐朝颂莲拍巴掌，说，好啊，吴主任，你可真是我们的救护神！

给颂莲帮忙的老上级叫孙富林，是军区政治部副主任，早年曾追求过颂莲。孙副主任跟后勤部那位仓库主任是老乡，走了老乡的后门。老乡说这两天要往南疆马兰兵站发几批粮，看能不能给匀出一车来。刘铁觉得颂莲带着一车粮来蹲点，多少有点提高自己身价的味道，但是他还是得感谢她帮了自己。邢保财也感慨，还是有权好啊，多少人要粮要不上，孙富林一句话人家就答应匀一车来，这老吴当初咋就没答应人家？刘铁说，是啊，这老吴，老大不小了，挑个啥嘛！

掐着指头算，这趟车中午十二点大约能到马兰兵站，最迟下午六点半就能到巴格其。也就是说，今天大家的晚饭有着落了！刘铁通知各营做好分粮的准备。

晚上有饭吃了，特务营的人这一天干得还算不错。侯宝玉跟王春来商量了一下，说今天要分粮，提前半小时下班。士兵们一阵欢呼，有的连工具也来不及收拾，兔子似的就跑了。王春来照例给大家做收尾工作，看哪个地方挖得不到位，接着挖。许多士兵脸没顾上洗，就拿起碗筷直接去了伙房。几口大铁锅水哗哗地沸腾，灶下炉火熊熊。仇班长和两个炊事兵满脸带笑，忙着加水添柴。从下午六点半到现在，水已经开过几回，从一满锅烧到半锅，仇班长只好让大家不断加水添柴，总之，要做好米下锅的准备。士兵们围着大锅，热腾腾的蒸气扑到脸上，好舒服。

时间早已过了六点半。颂莲坐在电话机前，一分一秒地挨着。邢保财说，该来了吧？刘铁说，该来了。这时电话铃终于响了，颂莲一把抓起。

"你好，我是九团。"

"小吴，是我，老孙，孙富林。"

"孙主任好！"

"情况有些变化……"

"变化？！"

"对，变化……"

刘铁和邢保财一听，完了！颂莲还能说什么，哼哼哈哈两句，把电话挂了。原来南边那几个接粮的部队早已派人等在马兰兵站，孙富林的老乡做他们的工作，让匀出一车来，人家死活不干，还把电话打到了军区，向司令员告状，说孙富林搞不正之风，司令员把孙富林骂得狗血喷头，说要撤他的职！

真是空欢喜一场！颂莲走出门时，外面静悄悄的，大家伙儿看着她，不说话。这异常的沉默，这沉默中含着幽怨和心酸的目光，忽然让颂莲受不了，我吴颂莲算什么巾帼英雄，不过一个女流之辈，没用啊。颂莲扶着墙，大颗的眼泪和着汗珠从脸上滚下。她怕人看见，使劲抹了一把，"嗨"了一声，解下腰间的牛皮带，撂给仇班长，说："咱们不是还有几个老南瓜嘛，肉皮炖南瓜汤很好吃呢，仇班长，你就给大伙煮碗汤吧……"

颂莲难得一笑，笑得十分灿烂。

刘铁、邢保财、王春来、宋刚等，也纷纷跟着解皮带。

二

特务营的士兵们这天晚上吃了一顿难忘的饭，皮带煮南瓜，里面还有俞天白的两个罐头，是王春来让高文书送到伙房的。味道很独特。

王春来没去吃饭，侯宝玉问高文书，王教导员呢？高文书说，王教导员说他想睡一会儿。王春来这天从工地回来算是早的，他感到很乏很累，想睡一觉。可是刚刚躺下，忽然想起什么，睡不着了，又爬起来。屋角放着十几把铁锹，不是断了把子，就是太钝，还没收拾，明天等着用哩。在特务营，大家都知道王春来和毛旦的铁锹最利最好使，因为他们干活多，磨出来了。所以不少人喜欢把铁锹拿到王春来这里，让他使几天。人多，使不过来，王春来就帮大家磨。此时王春来就着黄昏微弱的光线，磨铁锹。嚓嚓——嚓嚓嚓，一声一声，好动听。磨着这些铁锨，心里有种骄傲，铁锨利，大家伙儿挖起冻土就会省劲儿。铁锨渐渐地闪出亮光，晃着王春来汗涔涔的一张脸，这时候就大功告成了。

收拾完铁锨，王春来把它们一把一把靠墙摆好，头朝上，把子着地；猛一瞧，竟有些像他的士兵，笔直地站着，那雪亮的刃就是他们的刀剑。王春来喜滋滋地看着，笑着；笑着，看着……最后他想，还有一件事要做。明天该轮到俞团长拉水了，趁着天没黑，他现在就跑一趟，这样明早就能多睡一会儿。你病了人家俞团长送你两个罐头，这个时候真不容易。

王春来来到河边时，暮色中有一对喜鹊站在树上，叽叽喳喳。喜鹊叫，喜事到，在他们老家有这个说法。王春来冲着它们也啾啾了两声，满是汗水的脸上露出笑容。果然，天上忽然飘起雪来，一朵一朵，好大的雪花哟，鹅毛似的落到脸上。王春来张大嘴巴，对着天空，便有许多的雪花飘进来，融化，留下丝丝凉意。王春来就这么张着嘴，吃了好一阵儿雪，觉得头脑清醒了，身上也有劲儿了。他一使劲儿，拉着架子车小跑起来，一边跑还一边唱：

　　俺的个亲妹子，
　　给俺开门子。
　　我左一声呀右一声，
　　叫得个扑通扑通——
　　哎哟那个心里慌……

唱完这段酸曲，王春来接着又唱《游击队之歌》和《南泥湾》，凡是部队教过的，他都喜欢。最后，唱《凯歌进新疆》，唱《戈壁滩上盖花园》。《戈壁滩上盖花园》这首歌长，唱得王春来浑身是汗，气喘吁吁，刚好爬一道坡，他几乎有些唱不上去，但是王春来觉得"辛劳的种子撒下去，幸福的泉水涌上来"这两句非常之关键，是全曲的高潮，是不能断气的，于是他顿了一下，一挺胸脯，一扯脖子，两臂一扬，吼了出去——

天空在旋转，大地在旋转，仿佛被这昂扬无畏的歌声震撼了！呼啦啦，鸟儿飞过来，大雪飞过来，好像是在赞美他。王春来望着这漫天的白，一时百感交集，热泪盈眶，觉得自己也要飞起来了。你好啊，巴格其！你好啊，大雪！王春来张开两臂，真想紧紧地拥抱这个美丽的黄昏，拥抱这些可爱的雪花和小鸟。下了雪，弟兄们就不用去河边拉水了，多好啊……

王春来像一朵雪花，一只鸟那样，轻轻地飞到地上。从他口中喷出的血，热热地飞溅开去，雪地立刻盛开一片绚烂的梅花……

雪越下越大，倏忽间大地就是一层白。王春来后来是被一只受伤的小鸽子唤醒的。小鸽子在草丛中咕咕地叫着，它看见了王春来。王春来伸出手去捉，感到腹部一阵揪心的痛。小鸽子瞪着惊恐的眼睛，翅膀上粘着血，就像王春来一样，它再也没有力量前进了。王春来使出全身气力，够到了那只鸽子。小鸽子在王春来的微微颤抖的手里，一动不动……

当晚，侯宝玉和高文书找到王春来时，王春来已昏迷不醒，冻僵在戈壁。那车水也冻住了。只有小鸽子暖暖地依偎在王春来的胸口。

刘铁请来了紫苏，紫苏号了脉，又翻看王春来的眼皮，最后对刘铁说，王教导员患的是肝病。这种病累不得，还得吃有营养的东西，拖到现在已经是肝腹水了，恐怕没治了。听了这话，别说刘铁不能接受，那些平常欺负过王春来的士兵也很难过，说我们啥苦活累活都叫你干，我们对不住你呀，王教导员！听文书小高说王春来为替大伙儿省粮，经常吃草根，刘铁揪住侯宝玉，恨不能捏死他，说："狗日的！你们好狠啊！"王春来醒来了，话说得非常吃力，他说："刘政委，你别怪侯营长，是我工作没做好，对不起你和组织。"刘铁问他想吃什么，想不想吃鸡汤面？王春来半张着嘴，笑了。

邢保财说这戈壁滩哪儿有鸡，刘铁说，发动所有人找！刘铁亲手给王春来擀的面，俞天白不知从哪弄来一只鸡，花之锦还搞来两根葱，一碗鸡汤面做成了，端到了王春来的床头。

刘铁挑了一筷子面，吹了吹，说："春来，鸡汤面来了，闻到香味儿了吧？"

王春来张了张嘴，又闭上。

刘铁挥挥手，示意大家出去，说："春来，我知道你脸皮薄，不好意思当着大伙儿的面吃这么好的饭。我让他们出去，行了吧。你是病号，吃顿病号饭理所应当，大家谁都没意见，你就放心吃吧，啊？"

众人退出去，只留下邢保财、颂莲和紫苏，三个人听着刘铁轻轻絮叨。

"春来，还记得在延安的时候吗？每回打了胜仗，你都跟我说，铁团长，你得请大家的客，给咱们做顿鸡汤面吧，你擀的面筋道好吃，我负责买鸡。你还跟我说，当初你爹为了吃人家一碗鸡汤面，硬是把你卖给了人。你说没想到你也这么爱吃鸡汤面，真是没出息透了……"

王春来的嘴角动了动，醒来了。

刘铁惊喜地说："嘿，馋了吧？来，咱们吃一口，吃下这碗面，保准你的病好得快……"

王春来的嘴巴张开了，面条放进嘴里，他动了一下，不动了。

刘铁看着王春来，说："咋啦？春来，我做的不好吃，你不爱吃？啊？"

四个人都看着王春来，只见一颗很大的泪珠从王春来的眼角缓缓滚落，嘴里的面条还冒着热气。紫苏上前摸了摸王春来的心口，低下了头。

刘铁一把抱住王春来，哭了起来："春来，我的好兄弟！铁娃子对不住你呀，铁娃子是浑蛋！他本该体谅你，帮帮你，可是他却训你骂你，真不该呀……"

刘铁这副模样还是极少见的。外面的人都进来了，俞天白也进来了，看着满脸泪水的刘铁，不知该说什么。那只受伤的小鸽子此时卧在床头，咕咕地叫，像是在哭。四下一片寂静。

第二天雪依然在下，原野一片洁白肃穆，天地相连。刘铁和颂莲带着几名政工干部在乌帕尔山下选了一块地，安葬王春来。头天晚上俞天白提出让特务营的人也参加送葬仪式，刘铁阴着脸说，不必了！但是这天早上俞天白还是赶到了团部，提出让大白马拉王春来的棺材。刘铁样子很凶，说我们王教导员是什么人，是清清白白的共产党员，活着时用不着这老爷马，死了就更不会沾它！刘铁当着众人这么说，很不给俞天白面子，连颂莲都觉得过分了。

王春来的坟，与远方白皑皑的和平大渠遥遥相对。和平大渠，就成了王春来生命的延续。

回来时，刘铁顶着大雪，一路吼着秦腔："弟兄们相会在荒郊外，我含羞带愧跪尘埃……"唱着唱着，泪水不由得往下流。

刘铁想，今生自己最对不住的人就是春来了。

三

王春来死后，刘铁一连几天吃不下，睡不香，休息的时候就陪着那只小鸽子。在临时指挥部的时候，也有两只鸽子伴在身边，但那是玩鸽子；这会儿看着受伤的小鸽子在手上发抖，刘铁觉得鸽子已不是玩物，而是个人，是王春来，连一双眼睛都带着春来的表情，有一种羞怯。刘铁对鸽子说，春来救了你，自个儿走了，你就是春来的魂。他割来红柳条编了一只笼子，又对小鸽子说，春来啊，这是你的家，好好待着，咱们还像过去那样，待在一起，好吧……

九团的政工干部们一致认为，王春来是饿死的、累死的，是被特务营那帮人活活整死的！死得冤枉，要求惩治一些个坏蛋。颂莲为这事开了一个会，做大家的思想工作，总算压了下去。但是，刘铁胸中的悲愤却愈来愈强烈。这天傍晚，刘铁一直抽闷烟，邢保财劝他想开，刘铁咬牙切齿地说："想开了！我的人都死球掉了，我还有啥想不开？老子啥也不怕啦！"

邢保财觉得刘铁这两天的沉默着实反常，问道："老刘你想干啥？"

刘铁恶狠狠地说："逮兔子！"

邢保财哪里想得到，刘铁所谓的"逮兔子"，其实是劫粮。

望着公路拐弯处几块横在路中央的大石头，邢保财忽然有些后悔，咋就这么头脑简单，跟着来了，这要真动了手，将来会咋样？……邢保财和侯宝玉、常福、毛旦几个趴在公路旁的草丛里，只感到背上冒冷汗。毛旦曾经参与过抢黄金，对这类事情很敏感，侯玉宝叫他时没多说，到了这儿才知道。他低声问常福，这事儿要是暴露了，会不会被枪毙？常福说，这又不是抢老百姓的，抢的是自家兄弟，有啥好怕！刘铁有些不屑，说，谁要怕，就滚回去！他这是说给邢保财听的。

颂莲那车粮食告吹后，刘铁就打起了小算盘。他知道从马兰兵站往南疆运送粮食，这条盘山公路是必经之路。但一想这事很严重，不禁有些顾忌。现在春来死了，还有那么多像春来一样的政工干部在下面忍气吞声挨饿，不能再让第二个春来报销了，为了自己手下这些可怜的弟兄，豁出来也值！

传来汽车声，远处有车灯闪烁。刘铁瞪大眼睛，其他人也紧张起来。车灯越来越近，引擎声也越来越大，刘铁密切关注着公路上的动静，说："到时听我口令！"

汽车带着巨大的呼啸顺坡爬来，猛然间发现坡上有障碍物，一个急刹车！押车士兵举起枪，喊道："有人要劫粮！"

吆喝声、拉枪栓的声音响作一团。

刘铁早有准备，不来武的如何能劫到粮，他喊了一声"冲"，子弹一样飞了出去！

"马！"毛旦大叫一声。

刘铁还没站稳，就看见一匹马咴咴地叫着，飞到了汽车前。马上的人使劲拉了拉帽檐，手按着屁股后面的盒子枪，红绸子一飘一飘！老天爷，又是这个女人！

"刘铁，你给我出来，把大石头搬走！"颂莲高喊。

她咋知道我在这儿？！刘铁下意识地往一丛芦苇后面躲去。汽车司机和押送的士兵看出了名堂，立刻站在了颂莲身边，端着枪示威似的对着路旁的黑暗处。

侯宝玉趴在草丛后，腿上扎了一根铃铛刺，又疼又痒，说："刘政委，咋办？"

刘铁呼呼地喘着粗气。

"刘铁，你有本事就别像老娘儿们一样缩在里面，滚出来！"颂莲把她那硬硬的声音提高到八度。

邢保财抬抬下巴，示意侯宝玉他们先出，自己跟在后边。他朝刘铁看了一眼，说："都这样了，出去吧。"心里却是一阵庆幸，老吴来得真是时候，要不然自己这回也给装进去了。

刘铁走在最后，与颂莲四目相对，禁不住一股怒火冲天而起。他恶狠狠地瞪着这个女人说："吴颂莲，你来了也好，告诉你，老子今天就是要让他们把粮食留下！有福同享，有难同当，凭啥他们有粮，我们喝西北风，起义部队难道是后娘养的？！常福，侯宝玉，给我搬粮！"

侯宝玉和毛旦看着颂莲，哆哆嗦嗦，不知如何是好。

颂莲一脸威严，目光如电，说："把石头搬开！"

侯宝玉看看刘铁，觉得为难，索性一动不动。

"我再说一遍，把石头搬开！"颂莲提高声音，好像要跟刘铁比试似的。

邢保财发了话，说："搬石头。"

有了这句话，几个人便一起去搬石头。

关键时刻这个女人总是压自己一头，一直是这样，好像所有人都更怕她。刘铁气呼呼地扭过脸，沮丧、羞辱、愤怒使他两眼发黑，双腿发软。

颂莲向司机们挥挥手，说："对不起，惊扰了，诸位请走吧，一路平安！"

有惊无险，司机和押车的士兵笑着向颂莲招手，摁响了一串串喇叭。颂莲飞身上马，屁股后面的红绸子一蹿一蹿，似火焰。刘铁瞪着那团火，大吼："吴颂莲，你他娘的想饿死我们啊！"

颂莲扭过脸，哼了一声，心里在笑。刘铁不知道，这些天除了自己关注这些拉粮的汽车，颂莲也在盯着它。尽管刘铁的小九九从未在颂莲面前表露过，但颂莲不是傻瓜。刘铁这两天的沉默，似乎隐含着某种可怕的东西，这，她从他眼睛里就看出来了。她能及时赶到这里，制止这一严重事件发生，当然也是出自她的政治敏感，或者说是经验。一个时辰前，她在院子里练剑，忽然感到不大对头。这是个美丽的月夜，大地一片通亮，雪野静悄悄的。平日里那些龇牙咧嘴、模样狰狞的枯胡杨因为挂上霜花，也变得丰润优美了。颂莲一身白色裤褂，像往常一样开始习剑。她住在医疗队紫苏的宿舍，紫苏和薇拉几乎每天晚上都有一个人值夜班，三个人碰在一起的机会很少。颂莲今天舞剑的动作似与往日不同，舒缓中有种掩饰不住的沉重，这沉重从剑柄挥洒到剑锋，又笼上眉宇，颂莲眼里全是忧思和伤感。王春来去了，这无论如何是政工干部的一大损失，自己是负有责任的。眼下九团处在一种动荡不安之中，她该如何做安抚工作？……

一个有力的收势，颂莲站住不动。营区是那么静，闪烁着几点篝火，隐隐地有狼嗥声传来。颂莲看着月亮，觉得这种静有些不寻常，突然她想去九团看看刘铁。当颂莲一路小跑来到九团的时候，团部的门半掩着。颂莲推开门，屋里有烟雾。夹着报纸的文书小高走进来，颂莲问，高文书，刘政委他们几个，你见了吗？高文书说，刘政委和邢主任他们逮兔子去啦。颂莲朝雪山望去，那里有条盘山公路，她立刻就明白了，什么逮兔子，这个刘铁是吃了豹子胆，犯法的事也敢干！颂莲骑马从另一条山道斜插过来，夜风把她盒子枪上的红绸吹得上下翻飞；这时一队运粮的汽车刚刚从山后绕出，路面车灯的反光和几辆汽车大灯的光柱，一齐射向颂莲，她看起来就像一尊暗夜中通体透亮的女神雕塑！

四

刘铁劫粮的事儿，第二天俞天白就从侯宝玉那里听说了，这件事无论如何对他是个震动，这个铁娃子疯了！俞天白知道，在共产党这里，这种事儿是要命的，显然刘铁也是被逼无奈了。清晨，俞天白牵着大白马来到河边，他很想给他心爱的马再喂一次草，说说话。大白马有过那次闪失后，差点被枪毙，这阵子好像醒悟过来，变得特别听话。俞天白打了一捆干草，看着大白马吃完，拍拍它，说，吃饱了吧？大白马摇摇耳朵，湿漉漉的眼睛看着他，嘴巴在他手上蹭了两下。它好像明白了什么。俞天白抚摸马耳朵上的洞，一时间两眼湿润。

毛旦抱着一捆干草过来，他是俞天白约来的。

"团、团长！……"毛旦哭了，他知道俞天白约他来干什么。

俞天白拍拍毛旦，说："大白是你一手养大的，我知道你对它有感情。可是眼下大家饿成这样，王教导员也去了，我这心里头……唉，把大白拉走吧！"

马黑鹰跑来，说："二哥，咋听说你要卖马？你不就是想买粮嘛，我借钱买，成吧？"

俞天白抽出手，叹口气，说："谢谢三弟送我这匹马，你就别管这事儿啦。"

马黑鹰说："我咋能不管，二哥的事就是我的事，你咋对我见外起来。你要实在是急，我手头还有那么点钱，现在就给你。这马是万里挑一的好马，不能卖！"

俞天白皱皱眉头，说："老三，你还是别管这事儿了！毛旦，你去吧！"

俞天白如此决绝，让马黑鹰很难过，这还是他那个和气的二哥吗？马黑鹰觉得自己跟俞天白的真正断裂，大概就是在这个清晨。细想，其实他们一直是貌合神离的，他们是兄弟，有过生死与共的情谊，但他们之间又有一些禁区是不能涉及的。就像吴家耀所说，咱们跟他，不是一条道上的！

第十一章

一

　　"劫粮计划"半途而废，刘铁是又气又恨，又被颂莲抓了小辫子不说，关键是大家伙的吃饭问题还是得不到解决。这些天连自己都饿得两眼昏花，一身虚汗，以盐水充饥，士兵们肯定也一样。饥饿是可怕的，更可怕的是，生产进度日渐缓慢，尤其是特务营的修渠任务已连续几天没完成。王春来这一死，那帮人传出话来，说解放军的政工干部都累死饿死了，往后弟兄们还不得一个一个被折腾死？听说太阳不晒到屁股上不出工，刘铁决定先到特务营监他几天工，治治这帮坏蛋！

　　这一天，大雪纷飞，寒风呼啸。气温骤降，好多人感冒，加上手脚长了冻疮，大家干活就更是有一下没一下。干了一小会儿，又围着火堆聊起了天。俞天白尽管着急，却也无奈。马黑鹰和李二万他们说得不是没道理，饭没得吃，还要干这么重的活，谁能顶得住？一手的血泡，一脚的冻疮，怎么干活？看见一溜病恹恹的士兵靠着渠堤喘息，俞天白只有叹息了。

　　刘铁和邢保财来到修渠工地，一看这架势，自然是恼怒，说："你们这水渠打算啥时候修完？照这个进度下去，开春能引水吗？水是庄稼的命根子，引不了水，大家开的地全他娘的白废！给我把那小红旗朝前挪二百米！"一听刘铁要给他们增加二百米，有人叫唤起来，说这不是不让人活嘛。刘铁说："我就是要让你们豁出命来，看能把谁累死！听着，哪个狗娘养的敢给我溜号，老子毙了他！不完成任务谁也别想回去睡觉，我铁娃子奉陪到底了！"

特务营有史以来还从未这么干过活，从太阳落下，到月亮升起，又到翌日，可谓夜以继日。中间，俞天白和马黑鹰几次想发作，但看到刘铁和邢保财不要命的样子，也只好硬忍了。第二天大多数士兵都累趴下了，那些生了冻疮的人手渗出血来，铁锹把子都染红了。刘铁也累得够呛，那条伤腿早已冻僵。

也许就是从这天起，特务营正式出现了一批病号。在医疗队，据说排着歪歪扭扭长队的，多是特务营的士兵，他们是来开病假条的。因为人太多，薇拉不得不严格把关。但这些人都是丈夫那个团的，她不开行吗？薇拉为难了半天，觉得有病还是要治。

开病假条一事，侯宝玉找过俞天白和马黑鹰，俞天白起先也感到不好办，但马黑鹰说，有病不治，那不是逼大家走王春来的路嘛。说得对呀，只要想起王春来，俞天白就心生不安。似乎较早的时候他就发现王春来有病，但王春来每天第一个出工，最后一个收工，士兵们刁难他，他也是默默忍让——他过于好的忍性，和他的吃苦精神，让俞天白产生了某种错觉，以为这种人除了像头牛，没多大能耐，因而小视了他，送两个罐头不过是一种礼节。但是王春来去世后，同志们收拾遗物，俞天白看到了王春来的笔记本，这一本子密密麻麻的小字令他震惊。俞天白自小习字，似乎也写不出王春来这样一手好字。还有王春来的一双袜子，也让俞天白吃惊，这样一双补丁摞补丁的袜子，那细密整齐的针脚竟让人感到一种朴素，一种美。一笔清秀的字，一双粗陋的袜子，是王春来留给这个世界的最后的语言。俞天白再一次决定卖马，就是因为王春来——也许只有把大白马卖了，换些粮回来，良心才得以安生。

卖马的事，刘铁和邢保财是后来知道的，都说卖了才好，留着丧眼。同时更觉得俞天白有愧，王春来死了，你俞天白良心发现了是不是？难道说你卖了一匹马就能抵罪？所以，看到俞天白批过的厚厚一沓病假条，刘铁是勃然大怒，无非是手脚生了点小疮，头发掉了几根，这能算病？王春来请过一天假吗？我这腿上的伤到现在还流脓，我请过一天假吗？刘铁几乎是把假条摔到俞天白眼镜上的，说："轻伤不下火线，这个假不能批！往后谁要请假，让他直接来找我！"

俞天白不能接受，说："我一个团长怎么就不能给士兵批个病假？刘铁，我已经忍了很长时间了！我说句实话，你们这种做法太不讲人性，我俞天白坚决反对！解放军要是这么搞下去，要不了多长时间，大家伙儿还会跑，等着瞧！"

刘铁第二天到特务营的时候，就只有二三十个人上工了。侯营长苦着脸说，这事儿他也没办法，那些人都是俞团长批了假的。常福说，政委，我拿枪把那些狗日的押出来！刘铁说，没有牛粪，还不烧奶茶了？离了狗屎我照样种辣子！就这样，刘铁一瘸一拐，带着二三十人出工了。

这一片是风口，寒风挟着砂砾刮来，掀起一阵阵雪雾。刘铁干得来劲，吼起了秦腔：

> 哥哥——
> 多亏你虎口之中救下我，
> 妹妹上前拜哥哥……

这是《虎口缘》中的一段，前两句是女声，刘铁唱得惟妙惟肖，惹得周围一阵笑，说，呀，刘政委也会唱哥哥妹妹那种酸曲哩。士兵们真正被刘铁震惊的不是他的歌声，而是他干起活来那种不要命的劲儿。刘铁甩掉棉衣，呸呸！往掌心吐两口唾沫，抡起膀子，嘿的一声，一把大号的十字镐便砸向冻土；只见冻土上飞起一串火星——刺啦！接着狠命一攫，咯噔！几十公斤的冻土，咔嚓就裂开了！只听说刘政委刀工不错，没想到他抡起镐头来也这么干净利索，真好看哩！

常福训斥他们说："刘政委咋干的，都看见了吧？赶紧学，谁再偷奸耍滑，我扯他的蛋！"

一吼秦腔，就愈发有劲儿。刘铁镐头举过头顶，嗨的一声，直劈向更大一片冻土——站在冻土旁的士兵们吓得连忙躲，冻土被撬裂，哗啦倒下来，一块石片飞起，蹦到刘铁膝盖上！

"血！"士兵们喊。

刘铁撸起裤腿，膝盖上的伤口翻裂开，跟小孩的嘴一样。

"妈呀，这么深的口子，吓死人！"有人说。

刘铁对常福说："带针了吧，让它捣蛋，老子把它的嘴缝起来！"

常福说："刘政委，这可使不得，疼死人，我背你去医疗队吧。"

刘铁说："免啦！"从常福的帽檐上拔下一根绕了黑线的针。

看见刘铁要用缝衣针缝伤口，士兵们围过来，瞪大了眼，哈着气，显得很紧张。

刘铁笑着说："瞅你们一个两个这模样，都退后两米，别影响老子做手术！"说罢，捋了捋线，眼一闭，一针攘下去，刺啦——线拉了出来！

"刘政委！"

刘铁睁开眼，一个穿着紫花夹袄的女子背着背篓站在面前。紫苏刚从南梁坡回来，那儿有几块老乡的菜地，可以采到茄子秆和辣椒秆。医疗队最近接诊了大批冻疮患者，虽说不算什么大病，但是非常痛苦，不认真治疗很难说不会留下后遗症。昨天刘铁为士兵请病假的事情，到医疗队找薇拉没找着，愣是冲她发了一通火，说乱开病假，影响了生产；还说轻伤不下火线，你薛医生懂不懂？紫苏还从没见过刘铁这么凶，脸涨得通红。但看到刘铁一瘸一拐地走了，她理解他了。紫苏一夜未眠，一直在查医书。关于冻疮的治疗，目前确实没有什么特效药，即使有，要马上买到也相当困难。紫苏查到一个偏方，用霜打的茄子秆和辣椒秆煮水，可以预防和治疗冻疮。所以一早起来，她就去了南梁坡，那里有老乡的菜地，果然弄回不少。

紫苏放下背篓，说："刘政委，你跟我去医疗队吧！"

刘铁看着紫苏，说："我要去医疗队，这些人还不跑了？侯营长，你说是不是？"

看见刘铁在自己的皮肉上下针，侯宝玉心里直哆嗦，这个人怎么就不怕疼呀！现在听刘铁这么说，他有些惭愧，说："我们不跑！刘政委，我们保证在这儿干活。"

刘铁说："我知道你们很辛苦，有人手上脚上长了疮，跟我一样难受，所以我不能丢下你们。薛医生，帮个忙，你这手又小又巧，缝起来肯定比我利索。"

紫苏说："这要是感染了可不是开玩笑的，弄不好连腿都保不住！你还是跟我去医疗队吧。"

刘铁说："别吓唬人，你不帮我就算了！"一咬牙，刺啦——又是一针。

紫苏连忙蹲下，说："我来，我来。"接过针，却有点下不了手。

刘铁说："扎呀！"

紫苏看了一眼刘铁额上的汗珠，这是一个多么顽强多么奇怪的男人啊。

<h1 style="text-align:center">二</h1>

颂莲这两天一直在医疗队做调查研究。她先是看望了每一位伤病员，同他们谈心，拉家常，最后召集医疗队主要人员开会，听取他们的工作汇报，了解伤病员的治疗情况，以及大家伙儿生活上存在的困难。帐篷外架着一口大锅，雪水煮着茄子秆和辣椒秆。颂莲坐在烟雾缭绕的灶前，一边听，一边在小本上认真记录。

说到伤病员的情况，大家伙儿很热烈。薇拉说，从近期我们接收的病人来看，主要有两类，第一类属于营养缺乏造成的浮肿、脱发、神经衰弱。第二类比较普遍，那就是冻疮。冻疮看起来不是什么大病，其实病人非常痛苦。这种病重在预防和调养，薛医生已推出了"紫苏泡脚法"。颂莲朝紫苏点头，说，你们煮的就是紫苏泡脚水？晚上咱们也试用一下。

大家都说，很管用，洗完脚上热辣辣，心里暖烘烘，一觉睡到大天明！刘队长说，恐怕也有人睡不着吧？说完笑了。颂莲不明白什么意思，让大家谈谈有什么生活困难，一下都沉默了。颂莲看了看，医疗队绝大多数是女性，只有两个男医生，包括刘队长。

刘队长说："吴主任，她们需要一个洗澡的地方。"

颂莲点点头，在小本上记下，说："哦，还有呢？"

刘队长看看他的女部下，说："看来还得我说。吴主任，她们这几位丈夫全在工地，适当的时候能不能给她们个假？"

颂莲没听明白，说："假？什么假？"

刘队长说："就是……就是每个礼拜吧，跟丈夫那个一晚上。"

颂莲愣了一下，说："噢！刘队长的意思是说……团聚一下，对吧？"

刘队长说："对对，团聚一晚上，就一晚上！"

女人们笑开了。一个年龄稍大叫李山杏的女护士这会儿也不害羞了，说："他们全住集体宿舍，我们去了怎么住，钻野地睡呀？"

紫苏和几个小护士嘻嘻笑。

李山杏说："笑个啥！丫头片子，以后你们就知道了，待这大戈壁能旱死人！"

颂莲笑了一下，又绷紧了面孔，说："你们就这两个问题是不是？成，一并解决！"

颂莲解决的第一个问题，其实是洗脚。她从紫苏这里了解到，士兵从来到这戈壁滩，几乎没洗过脚，因为没水。现在有了雪水，为什么不能给大家创造一个好一点的条件呢？颂莲对"紫苏泡脚法"非常赞赏，觉得紫苏这姑娘真是很聪明，主观能动性也很强呢。

这天傍晚，两个人挑着热腾腾的药水送到特务营来，给每人打了一盆洗脚水。士兵们排成一排坐在地铺上，是又激动又感动。脚放进盆里，发出一片惬意的声音。毛旦看见颂莲为他亲自打水，心里一热，话还没说出来就哭了。

侯宝玉说："同志们，这洗脚水好不好？"

众士兵说："好！"

侯宝玉说："吴主任和薛医生好不好？"

众士兵说："好！"

邢保财听说紫苏熬了洗脚的药水，跑来打水，回到宿舍后感叹不止，说："老吴这一招儿绝，弄得那帮龟儿子当场就掉泪蛋子啦。"

刘铁想，老吴到底是个女人，就爱搞些婆婆妈妈的事儿。邢保财说："这可是薛医生专门配制的洗脚水。"听说是紫苏配制的泡脚水，刘铁有些不甘，说："她咋没想到给本政委送一盆来？"

话音未落，传来敲门声。常福开门，紫苏提着冒热气的半桶水站在门口。

邢保财惊喜地说："哟！薛医生，咱刘政委正盼着你送洗脚水哩。"

紫苏笑着说："是吗？泡个脚活血解乏，睡得好。"

邢保财说："听到了吧？这可是人家一片心意，老刘，你一定得好好泡个脚哟。"

刘铁平时最烦洗脚，这次却回答得干脆，说："泡！薛医生，我保证泡！"

刘铁果然睡了个很香的觉，一觉到天明。他穿上衣服，胡乱抹了把脸，便匆匆出了门。让他没想到的是，这天出工的人很多，队形也站得比往日整齐。刘铁挺满意，表扬侯宝玉说，你们今天人来得不少嘛。侯宝玉说，昨晚泡了脚，大家伙儿说，要对得起吴主任和薛医生。而后又补充了一句，刘政委带重伤劳动，我们轻伤不下火线！刘铁笑了，想这老吴才来几天呀，一盆洗脚水就能把人震住？

这一天，特务营的士兵们干得不错，刘铁让大家歇口气，喝点水。颂莲赶了过来。

刘铁问："吴主任到这儿蹲点，发现了不少新问题吧？"

颂莲说："问题不少，咱们回头再说。现在有两个政治任务要交给你。"

刘铁问："啥政治任务？"

颂莲说："打柴。"

刘铁想，这是啥政治任务？颂莲叫刘铁打柴，其实是为医疗队，紫苏每天要为大家煮治疗冻疮的药汤，需要柴火。刘铁听说是为这事，干脆地说："没问题，是帮咱薛医生干事儿，我乐意！不瞒你说，我上回就帮他们打过一车柴哩。"

颂莲说："是吗？"想这小子对那薛紫苏还真上心呢。停顿了一下，又问："九团有几个军事干部是两口子待在这儿的？"

刘铁说："花参谋长、杜科长……噢，还有俞天白，有那么四五对吧，咋啦？"

颂莲说："建两座夫妻房，你觉得怎么样？让这些夫妻十天半月的也能有个窝团聚一下。"

这话从颂莲嘴里冒出来，刘铁一愣，想，这就是你调查研究的成果？这就是你下达的"政治任务"？他瞪着她说："是不是俞天白提出来的？狗日的活儿不好好干，就想着跟老婆睡觉，思想太成问题！"

颂莲说："这也是人之常情，你这当政委的得考虑进去。"

刘铁说："老子不给他整个干坏事儿的窝，就不讲人性啦？"

颂莲皱皱眉头，说："什么叫干坏事儿，人家是合法夫妻。你说话要注意场合、对象，要有分寸。"

常福插了一句，说："那叫好事儿！刘政委，我想了个名字，那房子就叫鸳鸯房得啦。"

刘铁不满地瞪他一眼，说："小小年龄，掺和个屁！还鸳鸯房哩，咋不叫公共洞房？"

刘铁对颂莲交给自己的这第二个政治任务还真有些不以为然，他怀疑俞天白和花之锦私下里给颂莲反映过什么。眼下连吃饭都成问题，他俞天白还想着跟老婆睡觉，锦上添花，真不要脸！刘铁在心里愤愤地骂着。这时候邢保财跑来通知他说，孙政委来电话，叫你和老吴马上过去！

刘铁不知道，有人把他告了上去。

三

两天前，马黑鹰和李二万炮制了一个密件，为刘铁罗列了八大罪状，告到了师里，坚决要求处理刘铁。这八条中，有军阀作风、打人骂人、歧视排挤起义干部、闹不团结，等等。写完，李二万串通一帮子弟兄签了名，马黑鹰把自己和俞天白的名字写在最前面。共产党不是口口声声讲民主嘛，向上级反映情况那是正当权利，看他刘铁能把老子咋样！

正如马黑鹰所料，上级党委对刘铁的"八大罪状"是不会视而不见的。政治委员是一把手，党的路线方针政策要靠他们贯彻落实下去，这个把舵人任何时候政治上都要保持清醒的头脑，行动上更不能有偏激。孙世贤看了告状信，大发雷霆，他早就知道刘铁跟俞天白有些疙里疙瘩的事情，为此他敲打过刘铁，想他刘铁应该有所觉醒和长进，却没想到这个人是愈演愈烈，完全在胡闹了！孙世贤一见刘铁面，就把告状信拍在桌上，说：

"人家说你对军事干部极不尊重，用枪押着他们去厕所挖大粪，有这事儿吧？"

"有。"

"对士兵态度粗暴，逼着伤病员去干活，还踢人家，有这事儿吧？"

"有。"

"动不动就骂人家是国民党、狗日的，这事儿也有吧？"

"有。"

"好，你都承认了，算你铁娃子有种！好好看看这封信吧，有这么多起义官兵对你有意见，反映了你八个方面的问题，看来不是凭空捏造。刘铁，你是政委，是代表咱们共产党去工作的，是化干戈为玉帛的人，现在你和他们把关系搞得这么紧张，刀枪相对的，还怎么改造这支起义部队，树立共产党的威信？又谈何化剑为犁？"

　　孙政委把问题上升到这样一个高度，刘铁先是一愣，接着也做了一番有力量的阐述，他说："不就是个俞天白、马黑鹰吗？我跟他们搞不好关系太正常了，这是两个阶级、两个军队、两个党的斗争。啥叫化剑？化剑就是共产党消灭国民党，就是我刘铁把他们的反动脑筋打得落花流水，让他们龟儿子一样，老老实实、规规矩矩听咱的！如果我刘铁没这个本事，我化个鸟的剑？我要跟他们成了兄弟，那我成了啥？是他改造我，还是我改造他，哼，革命早改变颜色啦！"

　　"你这是诡辩！"孙世贤一拍桌子，"改造起义部队的目的是什么、化剑又是为了什么，你刘铁难道闹不明白？化剑，就是要化解矛盾和仇恨，就是要让他们成为真正的解放军，成为咱们的兄弟，成为和谐的一家人。你越化，矛盾越大，仇恨越深，这是咱们的目的吗？你是怎么学习的政策？你要是这种思想，我看你这个政委别当啦！"

　　"不当也罢，反正我这辈子不会跟俞天白这帮狗……做兄弟，咱们有多少同志惨死在他们手里，王春来被他们活活整死，你知道吗？！"

　　刘铁说着，眼泪吧嗒了。提到王春来，孙世贤的眼圈也红了，说："王春来教导员的死确实令人痛心，我理解你的心情，刘铁，我也非常难过！但是，正是这种牺牲让我们看到了化剑的艰难。表面上看，国民党的刀剑被我们缴了，但他们的内心还藏着太多的仇恨。这不是一天两天就能消融的，我们得有心理准备，得有耐心，耐心是最强大的力量！亮剑凭的是精神，这化剑凭啥？得靠境界呀，同志，共产党应该有这种胸怀和境界！和自己的同志交朋友不算水平，能和自己的敌人做朋友，那才叫本事！有一个叫'羚羊'的特务组织眼下就潜伏在我们身边，我们要保持清醒的头脑，不能让敌人利用我们工作中的不慎，钻了空子……"

　　孙世贤此番话可谓意味深长，但是刘铁这个时候是听不进去的，他想，一定是俞天白策划的这事儿！要说"羚羊"，没有比他更像的了！

　　刘铁拖着一条伤腿步行回营地，一路上心里很乱，有种四面楚歌的感觉。自己辛辛苦苦工作，咋弄成了这种局面？刘铁只是扫了一遍那封告状信，上面好像有一长串名字，有些人他还认识。这么多人告自己，他咋就一点不知道？这是一个防不胜防的险恶环境啊。后天师里召开军政干部恳谈会，师党委决定让他公开检讨。刘铁对此是有想法的，觉得组织上对自己不公。他想，如果我早一步向上面反映俞天白这帮人的种种行径，也许今天就不会这么被动了。

刘铁不想做这个检讨。自己究竟错在哪儿，凭啥向他俞天白和马黑鹰检讨？这不是长人家的威风，灭自己的志气嘛。邢保财也觉得刘铁冤，说那帮家伙实在可恶，让开荒种地不想来，截留国库黄金吃香喝辣，干活磨洋工。工程进度上不去，咱还不能管！一管，他就钻你空子，找你茬子，炝你蹶子，到头来弄得咱们这些政工干部不是人，这咋能叫人想得通？

不过，邢保财又劝刘铁，检讨是必须做的。他举着粗大的黑钢笔，认真地说："我是搞政工的，对党的政策恐怕比你吃得透。共产党对自己的干部向来是严格要求的，把你放到起义部队当头儿，你以为就是光让你改造人家？其实也是让你自我改造，自我完善，甚至是自个儿把自个儿化掉！打铁还须自身硬，这道理懂吧？这自我改造，或者说自个儿把自个儿化掉，就是要让你摒弃私字，全心全意为人民服务；让你毫不利己，专门利人；让你任劳任怨，甘当革命的老黄牛；让你流尽最后一滴血，为共产主义理想奋斗终身……"

刘铁看着邢保财，说："呀，老邢，我发现你想得比我深，比我远哩。"

邢保财拍了拍书，说："当然，咱们文化程度不一样嘛。老刘，你知道巴顿将军吗？"

刘铁说："不知道。"

邢保财笑了笑说："你肯定不知道。告诉你，那是二战期间美国的名将，战功赫赫。但这老兄毛病不少，有一次行军途中，他的部队被人家的马车挡了路，他上去就给马一枪，连马带车推到河里，厉害吧。还有，他到医院看望伤病员，一个新兵蛋子跟他说，自己一打仗就紧张，这个老巴同志听了，火冒三丈，差点把那家伙拉出去毙掉……"

"嗯，老巴同志比较像我。"

"是吗？没看出来。人家老巴有个优点，敢认错。他一冷静下来，就能悟出自己做得出格的地方，而且敢当着成千上万的官兵做检讨。"

"你啥意思？想让我做这个检讨？"

"我当然不想让你做这个检讨，就怕你在孙政委那里过不了关，除非你不干了。"

这么严重？看起来好像真是这样，邢保财说的是实话。刘铁有些犯愁了，想了一阵儿，也没想出个办法。这时，常福来叫刘铁去医疗队换药。刘铁顿时有了主意，哎哟一声跪到地上，说："老邢你可看见了，我这腿路都走不成了，咋去开会？明天帮我请个假吧，要不你就替我说两句，你是咱们的政治处主任，大秀才一个，水平高，嘴头子也利索，咋样？铁娃子求你啦！"

四

第二天师里召开军政干部恳谈会。

为了体现这次会议的正规，会场特意拉了横幅，孙世贤、肖伯年和几位在家的师领导都来参加了。召开军政干部恳谈会是孙世贤的主意，最近他到军里参加了几次会，大家谈的最多的就是军政干部的团结问题。政委和团长尿不到一个壶的现象不在少数，有的都到了动刀动枪的地步。如果再不重视这个问题，接下来还不又像从前似的刀枪相对，共产党改造起义部队岂不成了空话？在孙世贤看来，你共产党要想改造好这样一支部队，首要问题就是你自个儿得硬，这个硬不是真硬，而是一种绵。绵也是硬。为什么要叫刘铁做检讨，是因为刘铁做的全不对？未必，让刘铁做这个检讨具有一种意义。

今天这个会是相当敏感的，对政工干部而言，是准备受一场教育，挨一顿鞭挞；对军事干部来说，是一次出气会，可以好好说道说道那些耀武扬威、看不起人的政工干部了。所以今天的参会者到得很齐，会场也比较特别，政工干部和军事干部各坐一半，脸上的表情也都是泾渭分明的。

颂莲主持会议，她一上来就开门见山，说："这些日子，咱们各团的军政干部在合作中都或多或少产生了一些摩擦，彼此结下疙瘩。这个问题，我看主要责任还是在政工干部身上，是我们工作做得不够细，不够好，我在这里向大家做检讨。我们今天开这个会，目的只有一个，与人为善，治病救人，消除隔阂，增进团结。各位军事干部，你们对我们政工干部有什么意见，尽管提，说对说错，都没关系，大胆地说，不用怕！哪个政工干部要是不服气，让他站出来。咱们王司令员有一句话，作为一名党的政治委员，如果你的团出现了团结问题，那么毫无疑问就是你这个班长有问题，打板子的首先应该是你！"

颂莲一开场就说了一番为军事干部撑腰鼓劲儿的话，下面立刻响起一片嗡嗡声，那些军事干部摇头晃脑，觉得今天真是扬眉吐气了！颂莲看了一眼孙世贤，孙世贤点点头，对颂莲这个开场白表示满意。颂莲咳了一声，下面马上静了。她环视了一下会场，说：

"下面，先由九团的刘铁同志做检讨。"

俞天白和马黑鹰、花之锦坐在一排，马黑鹰巴掌拍得很响，龇着牙使劲儿朝那边瞅，没瞅见刘铁。俞天白拉了他一下，让他含蓄点。对于马黑鹰状告刘铁这件事，俞天白觉得有点过，尤其是马黑鹰不打招呼就签了他的名字，让他不快。但想想也无妨，你刘铁难道就没问题？好多事情大家也是如实向组织反映的嘛。

听说刘铁做检讨，下面表现出极大的兴趣，都在打问铁娃子又犯啥错误了。但是半天不见刘铁上台，就有些着急，问刘铁咋会没来呢？邢保财这时走上台解释说，刘政委腿伤复发，发了一宿的高烧，现在躺在床上动不了，我代他念这份检讨。邢保财为了刘铁，昨晚上专门写了份检讨，可谓用心良苦。

孙世贤火了，说："胡闹！马上叫刘铁来，抬也得给我抬来，我今天还就要听他亲口检讨！"

邢保财不知道该怎么办了，老天爷，这份耗了他一晚上心血的检讨看来是白写了！正当邢保财讪讪地准备下去时，刘铁不知从什么地方钻了出来，样子挺精神，胡子刮得光光生生，哪里像个病人。

下面发出笑声。邢保财看见刘铁从天而降，带点责怪地小声说："你来这干啥？"

刘铁说："咋能不来，孙政委不是要听我亲口检讨嘛，我一晚上就等着这一刻哩。"

刘铁说得不假，他一晚上都没睡好，就想着这一刻。本来他是不想做这个检讨的，可是去了一趟医疗队之后，就变了，是紫苏的那番话给了他启示。傍晚换完药，看到他心事重重的样子，紫苏陪着他在野外走了一阵儿，不知不觉来到王春来的坟前。看到这坟，刘铁百感交集，捧起一把冰冷的土，说，春来啊，你睡在这雪地里冷吗？紫苏说，你看这么多雪，整个大地都是王教导员的雪被，他不会冷的。又说，看起来没有比雪更柔弱的东西了，但她又是最强大的！她能让大地变得洁白、温暖，像雪被一样。冬去春来，冰雪消融，她还能滋润田野，让万物复苏。王教导员的牺牲，就像雪融化成水，终会换来春天！听姑娘这么说，刘铁觉得新鲜生动，也很有哲理。刘铁豁然开朗。

"同志们，刘铁现在正式检讨！"刘铁大声说。

有人噼噼啪啪拍起手。看到刘铁从衣袋里掏出个叠得四四方方的信笺，打开，字很大，豆腐块似的，有人笑了。

"看来大家非常欢迎我做这个检讨，那好，我做了……"刘铁清了清嗓子，停顿了一下，念道，"刘铁，即本人，在与俞天白、马黑鹰、花之锦等军事干部搭档的过程中，犯有不可饶恕的错误，现归纳如下：一、刘铁不该用枪杆子押着军事干部去厕所挖大粪，把他们熏得差点背过气去，这是不尊重他们的人格；二、刘铁不该逼那些腚上长疮、脚上流脓的官兵去挖渠，不顾他们死活，这是不讲人性；三、刘铁不该骂士兵狗日的，甚至踹他们屁股，揪他们卵子，这是军阀作风；四……"

刘铁念得一字一句，抑扬顿挫，还没念完，又是一片掌声。

不能不承认，刘铁这个检讨确实是检讨，说的是大实话，态度诚恳，认识也到位。但不知哪儿出了毛病，让你听了就是想笑。听到最后，连俞天白也笑了。笑完，便恼，觉得这铁娃子太狡猾了，他哪里是在检讨，分明是出我们这些人的丑嘛！所以，后来当马黑鹰说咱们这回打了个大胜仗的时候，俞天白一针见血地指出，愚蠢！说你以为刘铁输了，其实他是赢了！马黑鹰说，他赢了，那他做鸟的检讨？俞天白说，他做检讨，是因为他太知道自己的力量了！

其实就是这样，刘铁终于悟到一个东西，真正强大的人是不怕别人告刁状的。你俞天白、马黑鹰那个德行，我刘铁难道做一番检讨就败啦？还是紫苏说得好，王教导员的牺牲，就像雪融化成水，终会换来春天！

第十二章

一

　　第一个在戈壁滩上发现绿色的是紫苏。冰雪融化，露出一大片一大片参差不齐的湿地。远看，这些湿地很难看，像大地的秃斑。但是走过去，你会发现沿着低凹处的边缘，有一些毛茸茸的青黄的东西冒出来，在阳光下晃眼。啊，野菜出来了！紫苏把这个消息告诉刘铁，刘铁便带着大伙在河边挖野菜，那里的野菜长得特别好。

　　俞天白也跟着大家一起挖，他有些心不在焉，郁郁寡欢，跟谁都懒得说话。一次他在河边看到一些嫩绿的小草，打起呼哨。说来也巧，有个哈萨克族少女骑着匹白马正好过河，俞天白追上去，大喊，大白！大白！结果滑倒在湍急的河里，要不是毛旦几个把他拖上来，就被水冲走了。

　　听说丈夫心情不好，薇拉请假来探望。这天晚上，马黑鹰和花之锦为给这两口子腾地方，跑到别处睡去了。总算有了一片小天地，薇拉兴奋得手舞足蹈，把带来的鸡蛋、炒面和一瓶水果罐头拿出来，一一摆到丈夫面前。这是颂莲代表师里发给医疗队队员的慰问品，她舍不得吃，全带了过来。但丈夫并无多少兴奋。薇拉于是换上一件特意带过来的白色真丝睡衣，问丈夫是不是好看，丈夫说，好看。这件睡衣很久没穿了，它是那样温和、熨帖，衬着薇拉雪白的肌肤，把她衬得像个冰雪美人。但是，薇拉不是冰雪，是烈焰，或者说是春天的桃李，她要燃烧，要绽放。薇拉是迫不及待、雄心勃勃的。当她抱住丈夫的身体时，由于过于激动，竟然哭了起来，抽抽噎噎地说："真好！我们总算能在一起了……"

然而，俞天白是冰凉的，从头到脚。

薇拉说："你这是怎么啦？"

俞天白说："不知道，早这样了……"他把那不争气的小东西遮住了。

"不，不可能，我不相信！"

薇拉是真的不信。上回是床的缘故，弄得人紧张，这回又是什么问题呢？薇拉鼓励丈夫一次不行，两次；两次不行，三次。但是这种事就跟扎针似的，第一针下去，行就是行，不行，再扎，失败的几率就很大了。

俞天白被整得上上下下，满头大汗。明知不能为，偏要为之，这叫什么事儿！他恼了，一脚蹬开被子，说："别逼我了，我缴枪，行不行？！"

薇拉走后，俞天白又像上次那样丢魂落魄，百般自责。马黑鹰开玩笑说，二哥是精气失得太多，现在天天吃野菜，哪有干事儿的力气。俞天白一句话不说，眼睛是直的。

俞天白当真有些不正常了。颂莲担心俞天白精神上别出什么问题。这阵子部队患精神病的可是不少，有个团长在修路的时候愣是跳崖了，还有一个士兵因为成天睡不着觉，头发掉光了，最后割了脉。这一说，刘铁被吓住了，想俞天白一定是想他的大白马了，那实在是匹好马，卖了可惜！刘铁琢磨着抽空是不是去趟布拉克苏，找那个买主把马赎回来。这时木拉提头人带着石榴来了，听说解放军为了方便他们种庄稼多绕了一个大山包，老人很感动，动员乡亲们给解放军凑了些粮食，还专门把大白马牵了回来，要还给解放军。

此时俞天白蹲在河边抽烟。望着流动的河水，想着自己多少次在这里看着大白马吃草，禁不住一阵哀伤。俞天白是一个孤独的人，能走进他内心的人真是不多的。现在回过头去看，一个也没有，即使是妻子薇拉，最多也是一种肉体的关系，不能说没有感情，但那感情是凡俗的。想一想，就剩下大白马了。虽然它不会说话，可是他觉得他和它是相通的。在一九四七年那场抗击侵略者的边境还击战中，他在山沟里被整整围困三天，这三天里，每天就靠这匹大白马通过敌人的封锁，到山梁下去驮水。大白马认得路，从不要人操心，它是那样从容不迫，迈着不疾不缓的步子，上山下山。连敌军都觉得这是一匹神马，不能把它杀了！就是这大白马救了他，也救了所有人，使这次战役取得最后的胜利。

俞天白低头看着水边一丛嫩草，拔了起来。忽然耳畔传来咴咴的马叫，这声音好耳熟！俞天白慌忙站起，四下巡视，只见一匹白马四蹄腾空，朝他飞来……

二

上面传来一个大喜讯，内地调来的粮食运到新疆了。

孙世贤专门召开了一个团以上干部大会宣布这件事。孙世贤说，这是军区想方设法筹到的一点粮，首先照顾起义部队，宁可解放军老部队吃野菜，也要解决起义部队的粮食困难。听到这里，许多起义军官感动地流下热泪。孙世贤还说了一件事。十六师五团团长郭一豹，前不久因为劫走了调拨给其他部队的一车粮食，被撤销了团长职务。郭一豹这个人，刘铁认识，外号郭二球。这家伙在战场上是一员虎将，因而很不把人放眼里。在南泥湾的时候，为了争一块地，跟刘铁还干过一仗。孙世贤说，郭一豹居功自傲，无法无天，结果栽了个跟头，在这里，我提醒各位，谁再敢胡来，惹了麻烦我孙世贤可保不了你！

这话是说给刘铁听的。刘铁想，肯定是吴颂莲汇报的，这女人原则性太强。但是他还是感谢她的，她阶级觉悟高，看事情比较远，要不是她，自己就是郭一豹今天的下场。

粮食终于运来了。士兵们数着远处公路上的一辆辆汽车，欢呼。孙世贤亲自来给九团送粮，显得不同寻常，他说，前一阵子让大伙儿受苦了。春播在即，大家伙儿就放开肚皮吃吧，吃饱了饭，一鼓作气，拿下和平大渠！

孙世贤这次来，在俞天白和花之锦这些起义军官看来，解决了一个非常重要的生活问题，那就是大家伙儿从此有了休息日——每个月放一天假。听到这个决定，连俞天白都掉眼泪了。这天晚上还破天荒办了一场舞会。士兵们把篝火烧得旺旺的，刘铁不知从哪儿借来了手风琴、二胡、笛子等，吹拉弹奏，竟把场子弄得红红火火。孙世贤一高兴，也上台拉了一曲苏联民歌《红莓花儿开》。连马黑鹰都觉吃惊，说，这个土八路还会拉琴哩。俞天白说，人家从前是教书先生，天文地理历史没有不通的。

紫苏跟着医疗队的女兵们也来了。女兵们今天穿红戴绿，格外耀眼。薇拉穿一条红色粗呢的布拉吉，刘海儿是卷过的，艳若桃花。紫苏倒是朴素，穿一件白毛衣，这毛衣还是薇拉送给她的。孙世贤的爱人郑玉春一眼就从人群里挑出了紫苏，她问颂莲，那姑娘我咋没见过？颂莲便把紫苏拉过来，介绍两个人认识。郑玉春是师招待所所长，她像许多工农女干部一样，热情泼辣，说起话来粗门大嗓，直来直去。她问紫苏："闺女，你今年多大啦，有没婆家？"

紫苏抿嘴笑，有些不知所措。这时刘铁来了，鞠了个躬，伸出手来，说："薛医生，我可以请你跳舞吗？"

这一次，紫苏不像上回在布拉克苏那么拘谨了，她把手自然地搭在了刘铁的肩上。但是，她的一颗心却随着蹿动的火苗一起一落。火光在刘铁脸上、鼻尖和眸子里闪烁，有一种坚毅，还有一种温柔。脚下是舒缓的、优美的，带着适中的力度和把握。他们围着一圈篝火，从这头转到那头，又转回来。在刘铁和紫苏跳舞的时候，不仅颂莲，还有郑大姐、俞天白和薇拉，他们全看出来了，刘铁跟平常的刘铁是不一样的，尽管没有西装革履，但那是温文尔雅的气质，绅士的气质。

郑大姐推推颂莲，说："小吴啊，你也去跳舞，别陪我老太婆了。"

颂莲说："大姐，我不会。"

郑大姐说："你看，铁娃子跟那个叫、叫紫苏的姑娘跳得多带劲儿！"

颂莲不说话。郑大姐低下头，朝颂莲的帽檐下瞅了瞅，说："小吴，你说刘铁咋样？"

颂莲像没听到一样。其实她听到了。

邢保财出生在一个杂货铺小老板的家里，也算是个公子哥了，但他从来没喜欢过跳舞这种娱乐。但是这会儿看到刘铁搂着紫苏，俞天白搂着薇拉，两对跳得如痴如醉、情深意长的，他忽然羡慕起来。邢保财坐了半天，不甘心了，站起来冲那些没舞伴的士兵喊："喂，同志们，都起来跟我学跳舞！没舞伴没关系，咱们自力更生，想办法解决……"说完，抓起一个背篓搂上了。

那些个士兵也纷纷抱起椅子、木墩、水桶，跟在邢保财后面学。结果，你撞我，我撞你，乱成一团，笑成一片。薇拉松开丈夫，跑过来，拉起邢保财的手往腰上一搁，说："邢主任，我教你！"

突然握了一只软乎乎的手，邢保财相当不适应，心怦怦乱跳，一连踩了人家好几脚。薇拉很大气，笑着说："没事儿，继续。"重又把邢保财拽住。邢保财就更慌乱了，我的个娘！那对奶子都挤到胸口了，咋好呢。邢保财用胳膊肘撑了撑，薇拉往后退了半步，一转，又靠过来。如此这般，邢保财比端枪还紧张，比推磨还累人。倒是薇拉完全沉浸在美妙的音乐中，一起一伏，仿佛大海的波浪。

当晚回去，邢保财心潮起伏，感慨万千，对刘铁说："哎哟，那家伙不得了，足有两个一斤重的馒头！俞天白饿不了肚子的。"

三

颂莲真正对紫苏产生一种女人意义上的妒忌，是从这个舞会开始的。

之前颂莲似乎并不知道什么叫妒忌。虽说在京城念了那么多年书，颂莲一直是个简单的姑娘，一个一心只读圣贤书的姑娘。后来跟学校一位地下组织的负责人老陈恋爱，那也是理想、信念和共产主义的远大目标，把他们火热的心连在了一起。有浪漫，那是革命的浪漫，比如三更半夜到街上贴标语、化装成夫妻去参加日军举行的酒会，在敌人的警报声中钻进地下室开秘密会议……这些，跟男女间卿卿我我、风花雪月的私人感情不大一样，爱情中注入的全是革命的激情，有一种拯救全人类的大志向、大情怀，是为革命而恋爱。即使跳舞——颂莲其实是会跳舞的，也是纯粹跳舞，欢快自由高于一切。反正颂莲从来没有在舞会上发现过什么让她觉得不对头的地方，也许是她没有发现。但是，颂莲这天晚上突然发现一个人跟另一个人跳舞，原来是能够表达更深沉更广泛的内容的。刘铁如此一个暴烈和不讲究的人，握着紫苏的小手跳舞，居然是那么认真，认真得近乎庄严了。还有，他看她的目光——那目光也是颂莲不曾见过的，温柔又文雅，完全是绅士式的。他搂着她的腰——严格地说，不叫搂，不像许多男人那样粗鲁地一揽一抓，他是扶，轻柔又体贴的……

颂莲用她女人的心一分析，觉得脑袋要爆炸了！再用她女人的眼睛去看紫苏，觉得这小女子不得了，比自己强的地方太多了。随便拣几样，她老吴都是没法比的。比如说，地窝子门前那一溜子花花草草，最近吸引了不少士兵来观光；看花草是其次，主要是想看医疗队这位美丽的天使。门前的花草是紫苏到山上采草药时挖回来的，骆驼刺、红柳、苦豆子，这些长在荒漠的植被耐干旱的能力都很强，它们的叶子很小，有的像米粒那么大，开出的花也是别样的，碎花，或红或黄。紫苏把它们移回来，栽进小盆小罐，精心侍弄，颂莲真羡慕这个富有生活情调的女孩儿。

紫苏还会织毛活。她从牧人那里弄了些羊毛，自己捻线上色，然后织手套和袜子送给伤病员，伤病员们高兴得到处宣传，引以为荣。这两天紫苏织了一只裤筒不像裤筒、袖子不像袖子的东西。颂莲问这是织的什么，紫苏说，护膝，说刘政委的腿伤挺重的，戴上护膝春天防寒。颂莲便有些恼，想你有什么资格给刘政委织护膝？又一想，人家是医生，医生对领导表示关心也是应该的。而且紫苏很坦率，说，你织一只，我织一只，织得快。颂莲说不会，紫苏说我教你。颂莲织了几圈就织错了，无法完成这个艰巨的工程。

这就是自己与紫苏的区别。颂莲意识到自己这辈子大概是无法做紫苏这样的女人了，所以是不会让男人喜欢的。这是悲哀。她对紫苏说："薛医生，你真能干，能当医生，还会栽花种草，织毛衣。我什么都不会。"

紫苏说："你比我能干多了，这么年轻就当了首长，连爷们儿也比不上，刘政委都怕你呢。"

紫苏其实早看出了颂莲的古怪，比如睡觉从不脱衬衣，即使脱，也是避开她的。还有，颂莲不喜欢和她冲一方向睡觉，总是同她脚对脚；她还时常一个人跑到月亮地里习剑，神情专注而凛厉。

这天晚上从舞会回来，颂莲一直靠在床头打盹儿，眯缝着眼就看见了紫苏身旁那转动的线团。小油灯晕黄的光，温和地照着紫苏白皙的脖颈，她竟是那么美，美得让人动心……

紫苏下意识地抬起头，紧张地说："吴主任，你怎么了？"

颂莲没说话，倏地爬起，从墙上抽出剑，拉开门跑出去。直到站在了空旷的月亮地里，颂莲才觉得安生了，大喘一口气，左劈右砍起来。当一片红柳斩断在脚下时，颂莲忽然想明白一个问题，她跟薛紫苏原本就不是一类女人，她是她，我是我！这么硬比下去是危险的，毫无意义的。自己怎么会陷入这样一个荒谬错误的思路中去，愚蠢！

王春来死后，刘铁一直发愁没有合适的人选去特务营任教导员。刘铁曾跟宋刚谈过一回，宋刚一听就摇巴掌，说，不行，不行，特务营那地方还是派个能干的人去吧。颂莲心想，既然没人愿去，何不自己去？第二天，颂莲一早就去找刘铁，提出要去特务营代理教导员。刘铁特别高兴，又觉得不安，说："老吴，你这身份不合适。那帮老特务可不好整，别把你也给整死了。你有能耐就待这儿，监督一下我得啦，别添乱了！"邢保财也为颂莲担忧。但是，颂莲态度非常坚决，说："现在荒也开了，地也平了，就剩和平大渠修不好，拖全团的后腿，我去督战！"

隐藏在颂莲内心深处的东西，刘铁是看不到的。颂莲有过一阵非正常的状态后，幡然醒悟，就又回到了政治部主任的路线上来。她现在有一种很盛的气势，心说我难道还比不上薛紫苏那小女子？

<h2 style="text-align:center">四</h2>

从这个舞会后，刘铁也开始有心事了。这种心事不是从前那种工作带来的烦恼、失落，或者说愤怒不平，它是一种复杂的不好描述的东西。

紫苏来找过刘铁，说她该回老家了。刘铁这才想起姑娘当初就说过的，开春回老家。刘铁索性把心里话一股脑儿倒出来。他说："薛医生，其实咱们真的见过面的，是在三年前，在湖北清风岭！我记得当时有一位采药的姑娘为我治过腿伤，用的那种草药清清凉凉，紫色的叶子，开着紫色的小花。她还给我吹过箫，好听极了……紫苏，你就是那个姑娘，对不对？"

紫苏避开刘铁的目光，说："你认错人了，刘政委。"

刘铁说："不，我没认错，就是你！"

紫苏忽然鼻子发酸。其实有一回给刘铁治伤，刘铁说紫苏膏"清清凉凉，名字好听"时，她的记忆就复苏了，一下想起了一位年轻的解放军，没错，她是救过这样一个人。三年前的那个夏日，天上下着好大的雨，她扶着一个右腿受伤的年轻军人下山，她的裙子都被他身上的血染红了。夜半，在一位老大娘家，年轻人痛得睡不着，她坐在他身边为他吹箫。他说，你吹得真好听，我的疼痛减轻多了……

几年过去，他还记得自己，这本是件让人高兴的事情！可是，她高兴不起来，而是更加为自己的命运感到悲哀。她看出来了，他喜欢她；同时，她也被这个人所吸引，这是最致命的！她还有权利有心情恋爱吗？吴家耀像幽灵一样时常出现在梦里，她隐隐觉得这个人就躲在一个角落里窥视着她，让她无处可逃。俞天白有一次郑重告诫她：注意自己的身份！什么意思，就是要她远离刘铁，她怎么会不明白这一点呢。

紫苏说："对不起，刘政委，你真的认错人了。"

紫苏不知道，她的矜持和冷漠足以把刘铁推到一个绝境。刘铁足足有两天闷闷不乐，最后不得不去找颂莲，汇报紫苏要走的事。颂莲看得再分明不过了，这个刘铁不对头了。

颂莲说："难道我们待她不够好吗？她是一个老百姓，她要走，自然有她的想法，我们过多干涉，强行留她，合适吗？"最后，颂莲又补充了一句："她要走，走好了！"

不仅颂莲这个态度，邢保财也是站在颂莲立场上的，觉得这么使用一个身份不明的老百姓不合适。这让刘铁一下感到了无助，看来他是没有办法留住这位姑娘了。

刘铁心里憋闷，一连两个晚上来医疗队换药，换药不过是幌子，他很想再跟紫苏谈谈。但是紫苏给他换完药，就忙别的去了，根本没时间跟他多说。刘铁便在外面草棚里帮着煎煮草药，或者劈柴烧火，凡是跑腿打杂的事情他都干，一点不像个政委。刘铁这么喜欢在医疗队义务劳动，谁都看出来了，他是为了紫苏。他还把自己一把大号的新手电筒支援给薇拉，好让她做手术断电时应急。薇拉一下子好感动，不再记恨以前刘铁上门抓她丈夫的事儿。薇拉认真地对刘铁说，你要真喜欢这姑娘，就大胆追求。在薇拉看来，紫苏跟吴家耀那点子事儿不算啥，又没嫁给他嘛，当然可以重新选择爱人。薇拉是真诚地希望紫苏能幸福。

因为得到了薇拉的支持，刘铁胆子壮了。这天傍晚劈完了柴，来到医生办公室，正好薇拉和紫苏都在。刘铁便说："薛医生，这段时间辛苦你了，你为九团做出了贡献。我这腿能好起来，也归功于你。现在你要走了，我送你一件东西。"

刘铁从被单里捧出"凤凰"根雕。那土里巴叽的胡杨树根，被刘铁一拾掇，打磨光，上了油，竟然闪闪发亮，飘飘欲飞。

薇拉说："哎呀！薛医生，既然这是人家刘政委的心意，你就收下吧。凤凰可是古代传说中的百鸟之王，雄的叫凤，雌的叫凰，是一对，象征着吉祥如意呢。"

刘铁说："薇拉医生说得对，薛医生，你给咱们带来了吉祥和安康，我们应该感谢你呢。"

紫苏起先说这么珍贵的东西，刘政委你还是自己留着吧。但刘铁跟薇拉一唱一和，弄得她不好不收这份礼物了。但是收了人家的礼物，又怎么好马上走呢，紫苏矛盾了。

紫苏最后决定留下，其实还是颂莲起了作用。这天颂莲跟紫苏聊了好长时间自己在北平上大学的事儿，最后话锋一转，说：

"紫苏，你想当解放军吗？"

这个问题紫苏想都不敢想。她看着颂莲一身合体的苏式双排扣军装，还带收腰的，一时间眼睛有些热。颂莲今天好像特意收拾了一番，绛黄色呢子短裙下，锃亮的皮靴紧包着两条修长的腿，飒爽英姿，着实标致。紫苏眨了眨眼睛，诚惶诚恐地说：

"我、我……真的能当解放军？"

"为什么不能呢，你是个人才，组织上可以考虑吸收你。"

"我愿意！"

"好吧，那你就得遵守组织纪律，军人是以服从命令为天职的。"

紫苏这一夜特别兴奋。她想，如果自己真能当解放军，那么就算与过去那个薛紫苏彻底告别，成为一个崭新的人了！

第十三章

一

自从大白马回来后，俞天白的心情一下好起来，他是打心眼里感谢刘铁，人家老乡要不是冲着刘铁怎么会还他马呢。还有一件事也叫俞天白感慨，那就是刘铁和邢保财搬出了团部，把那座荒原最豪华的地窝子一隔为二，特设了一间"鸳鸯房"，给了他。看见里面放着双人床，还挂着窗帘，俞天白竟有些难以接受，说，大家伙儿都分开住，我不搞特殊，集体宿舍好。薇拉却说，这是组织安排的，我再不想过那种偷偷摸摸的日子，两口子想睡个觉都找不着地方。薇拉这么坚决，又这么急需，俞天白只好依她了。

薇拉像要把前段时间的损失补回来一样，每隔两天都要和丈夫搞一场会战。俞天白身体还比较虚弱，但是那方面倒是正常了，第二天到工地上并不觉得累，活儿照样干得卖力。在颂莲的带领下，那条尾巴差不多快完成了。

修渠进度一上去，刘铁就乐了，见了俞天白不叫俞团长，而叫老俞。连马黑鹰都觉得他们的关系变化得太突然了。这段日子对于刘铁和俞天白双方来说，确是一段风平浪静的好日子。不知是紫苏留下的缘故，还是大渠快修好的缘故，刘铁的情绪特别好，对俞天白很友善。而俞天白自打住进了"鸳鸯房"，清瘦的脸上见了些红，话也比过去多了。俞天白这时不知哪儿来的兴致，从箱底翻出一副很久没动过的象棋，开始找人下棋。俞天白的棋艺是不错的，在这一片几乎无人下得过他。他曾扬言，谁要把他下输了，这副象牙棋就归谁。可这么多年过去了，似乎从没碰上对手，无人打败他。时间一长，俞天白也就没有兴致下棋了。刘铁和邢保财从花之锦那里听说俞天白有副珍贵的象牙棋，都跑来看，于是一场象棋大战拉开了序幕。每到夜晚，团部办公室，也就是俞天白"鸳鸯房"的隔壁，就亮起一盏汽灯。不是刘铁和俞天白，就是邢保财、花之锦和俞天白，杀得不亦乐乎。但是结果总是一个，俞天白赢。

常福和一些士兵每天围在旁边看热闹，看到最后都为刘铁惋惜，刘铁总是差那么一步。刘铁就搞不懂了，自己为啥在这小小的棋子上总输给俞天白。颂莲说，不奇怪，因为俞天白这个人智商很高，而你不过是有一点小聪明。颂莲话中有话。

常福看出了点名堂。这一天，他斗胆提出跟俞天白下一盘。俞天白眼皮都不抬，说，你行吗？常福说，让咱也学习一下嘛。两个人就摆了棋，下起来。俞天白点燃一支烟，慢慢吸着，眼睛是眯起的，时不时还要想一下别的事。说实话，他都没认真看过常福一眼。俞天白跟那些不入流的人下棋，通常就是这样，居高临下的。但是，走到差不多三分之二时，他发现苗头不对；不对在哪儿，也没搞明白，总之棋路子整个乱了，就像突然间涌进一股洪水，你不知渠堤上到底哪儿出了漏洞。你手忙脚乱，这边堵，那边拦，拆了东墙补西墙，反而坏事儿。就这样，俞天白输给了常福！

在场的人都不敢相信，但是俞天白确实输了，连他自己都不得不承认。俞天白愣了好半天，忽然呵呵笑了，接着是哈哈大笑。笑完，俞天白用紫红的天鹅绒把象牙棋子一兜，说，归你啦！常福却不接那宝贝，说，我不要这玩意儿。大家就更惊讶，想这个鬼精鬼精的小家伙到底要干什么。常福这时拉了拉俞天白披在身上的绛黄色披风，说，我要你这个！在常福看来，这件绛黄色披风披在身上，可太威风了，骑在马上像大将军！国民党有一样好，披风啊！

刘铁第二天上午要去亚其参加县委召开的一个组织工作会议。临出门了，他发现衣服前襟剗了个三角口，只好找出针来连了几下，但咋看咋不顺眼。可是就这一身衣裳，没得换，想问邢保财借外套，邢保财昨晚上挤到别处睡去了，没回来。邢保财最近跟刘铁闹了点别扭，起因是刘铁腾出团部给俞天白当"鸳鸯房"，邢保财认为刘铁太迁就俞天白。其实下面议论也很多，不少政工干部说，照顾了俞天白，花之锦还有其他夫妻分居的军事干部照顾不照顾？这件事是刘铁一手拍板的，刘铁这么干，一是执行颂莲指示，二是为了感谢薇拉，薇拉在紫苏的问题上给自己帮了大忙（刘铁还不知道紫苏能留下，颂莲是头等功臣，颂莲是忍受着感情的煎熬，做了牺牲的）。

常福拎着披风兴冲冲进来时，刘铁正在为衣裳的事情发愁。

常福说："政委，我给你弄来一个好东西！"

刘铁眼睛一亮，说："披风？哪儿来的？"刘铁早就喜欢这玩意儿。

常福展开披风帮他披上，说："漂亮吧？你穿上这玩意儿去县上开会，保准比县长都威风！"

刘铁就爱听人家说他威风之类的好话，他一扬头，一挥手，走起方步，说："哎哟，一穿上浑身有股风，带劲儿！人靠衣装马靠鞍嘛。好东西，国民党这东西好。"

常福打量着刘铁，啧啧两声，说："这才像咱们解放军的政委。"

刘铁耳朵一偏，说："啥意思？你是说我平常就不像个解放军的政委？"

常福搔搔脑袋，说："反正吧，你一站到俞团长跟前，就显得土里土气，歪瓜裂枣的。你看人家俞团长，啥时候衬衣领子都白白的，裤缝子直直的，头发上抹香油，指甲盖里也没泥……"

刘铁一把拍到他头上，说："臭小子，看不出你资产阶级思想还挺严重哪，我的衬衣领子不够白是吧？我的指甲盖里有泥是吧？告诉你，这就是工农干部，咱们司令员的领子有多白，跟我差球不多，人家不照样是战功累累的大将军？蒋介石的领子白，裤缝子直，还不是被我们打跑了？你要是觉得跟着我丢脸，你就滚蛋！"

常福眨巴着眼说："我这不是随便说说嘛，想着你穿得好一点，不遭人笑话，所以才死缠硬磨跟俞团长下棋……告诉你，昨晚上我把他狗日的打败啦！"

刘铁说："啥，谁打败谁？"

常福说："我把俞天白打败啦！他说象棋归你啦，我说我不要，我就要你的披风……"

刘铁大惊道："老天爷，这是俞天白的披风？你说你打败了他？瞎掰吧，肯定是你死皮赖脸问人家要的。你这张臭嘴还真能张得开，给我拿回去！滚！"

常福知道刘铁真火了，不敢硬顶，吓得往外跑，说："我滚，我滚……"

刘铁气呼呼地站那儿，想，他娘的真贱，咋把他俞天白的东西穿上了，这国民党的披风有啥好，我刘铁就是再缺穿，也不能穿他的东西吧。忽然，他发现玻璃窗外站着个人，披着披风，浓眉高扬，威风凛凛。再一看，嘿，这不是自个儿嘛！铁娃子啥时候这么有模有样，比大将军还气派哩。

邢保财刚好抱着被子回来，哎哟一声，讥讽道："呀，跟国民党穿一块儿去了，好啊！"

邢保财话中有话。本来刘铁不打算穿这披风的，听邢保财这么一说，就说："好，是吧？那好，老子就穿他一回国民党的衣裳！"

刘铁此次去县上开会，还给自己安排了一个事儿，那就是去看望俞天白的女儿。跟薇拉几次接触，薇拉都提到孩子，有一回还抹起眼泪。刘铁想，夫妻俩到这大戈壁滩上开荒，把孩子撂在保姆家，这么长时间不见，肯定要牵挂的。刘铁不知该给那孩子带点啥东西，想了半天，觉得还是把王春来留下的鸽子带过去，小孩子都喜欢动物。

二

这是个周末，薇拉比往常提前半小时回到家里，拿出两个存放了好久没舍得吃的牛肉罐头和桃子罐头，开始准备晚饭。最近薇拉气色好多了，大家伙儿都说，这一进"鸳鸯房"，就是不一样，肯定是被俞团长侍候好了。薇拉挺认真地说，女人是不能离开男人的，不然就像戈壁滩，是荒的。紫苏听这群已婚的女人东拉西扯，心里羞羞的，有种甜蜜感，觉得自己好像正在恋爱。

等人走了，薇拉对紫苏说："今天上我家吃饭吧，我把刘政委也请上。"

紫苏又高兴，又有点怕。

薇拉说："紫苏，我的好妹妹，薇拉姐希望你将来能幸福，忘掉过去。"

紫苏感激地望着薇拉，想，自己是应该忘掉过去，开始一种新生活。

对于薇拉要请刘铁和紫苏吃饭这个提议，俞天白其实并不赞同。请刘铁，或者说紫苏，如果是单个他都没意见，可要把这两个人弄一块儿，他觉得就不大合适。薇拉说，怎么不合适，他们俩再合适不过，无论从年龄，还是别的方面，紫苏跟吴家耀那才叫不合适呢！

一提到吴家耀，俞天白脸色都变了，他现在越来越怕听到这个名字，一想起几个月前那段惊心动魄的经历，他就禁不住心里哆嗦。说句实话，他也觉得

　　紫苏跟吴家耀不般配，但是她毕竟是人家的未婚妻，吴家耀跟薛家的关系也不是一日两日，现在薛紫苏马上就要跟另一个男人搞对象，好像也成点问题吧。何况这男人不是别人，而是刘铁，是一个共产党，一个解放军，一个吴家耀和自己的老仇人！俞天白心里一时难以转过这个弯子，还有，他很担心紫苏的将来，她继续待在这儿会是个什么结果；她要跟了刘铁，又是个什么结果！

　　俞天白想得很多。

　　但是，俞天白还是尊重妻子，请刘铁和紫苏吃顿饭也是应该的，得感谢人家嘛。俞天白听说刘铁去县上开会了，想着等他回来，就去请他。这时外面传来一个孩子的声音："爸爸！妈妈！"

　　薇拉拉开门，看见女儿站在面前，又惊又喜，说："莱丽！我的宝贝，你怎么来了？"

　　莱丽拎着鸽笼，指了指，说："铁叔叔接我回来的。"

　　原来刘铁去老保姆卡佳家里看莱丽，莱丽一见刘铁，就嚷着铁叔叔，央他带自己回家。这孩子居然还记得自己，刘铁便欣然答应带她回巴格其，给俞天白一个惊喜。

　　薇拉抬头一看，不远处刘铁骑在马上，正要离去。薇拉连忙叫："刘政委！我们老俞正要请你吃饭呢，薛医生也来这里！"

　　听说俞天白要请自己吃饭，刘铁觉得新鲜。要是过去，刘铁是不会吃这个饭的，但是今天他把莱丽接来了，还有薛医生也在这里，刘铁便想，吃就吃吧。

　　俞天白夫妇是用苏联的沃得克酒招待的刘铁。这酒性烈，喝下三杯，刘铁就有些飘起来的感觉，加上对面坐着紫苏，刘铁的眼神也有点飘了。紫苏今天也露了一手，做了一道糯米团子。刘铁喜欢吃甜的，看着紫苏，说："好吃！嗯，没……想到薛医生这么能干，还会做菜，跟我一个爱好！你要是喜欢做饭，以后我……教你，教你做猪肉炖、炖大枣！"

　　俞天白听着新鲜，说："猪肉炖大枣？"

　　刘铁说："不知道吧？告诉你老俞，这是我在延安的时候发、发明的菜！你们国民党对八路军实行经济封锁，他娘的弄、弄不到盐巴，我就创造了猪肉炖大枣，香香甜甜！"他拍着胸脯，冲俞天白喷了一口酒气，凑近紫苏，"以后我做给你吃，好不好？"

　　紫苏脸红了。

接下来，刘铁完全像个主人了。他给紫苏夹菜，给莱丽喂饭，莱丽掉到桌上的饭渣，他也捡起来吃了。莱丽一直坐在刘铁腿上，刘铁吃着喝着，还不断用他油乎乎的嘴亲莱丽的小脸蛋，看得俞天白很不舒服。这个铁娃没个样子，简直不像政委。

吃完了饭，紫苏跟刘铁一道走的。望着这二人，俞天白真有点担心刘铁别干出什么不得体的事情。实质上，走到半路，刘铁想对紫苏说点什么的时候，被颂莲叫走谈工作去了。

三

这天晚上，俞天白一家三口团聚，其乐融融。好久没见女儿了，两口子争着给她讲故事。莱丽听得多了，就失去了兴趣，跟母亲要娃娃玩儿。薇拉知道莱丽是要那只俄罗斯套娃，照例是不答应的。俞天白就说教她画画，莱丽高兴了。俞天白拿出蜡笔、纸张，把着女儿的小手画起来，一边画，一边说："这是咱们的房子。这是果园，果园里有桃树，结着红红的桃子……"

父女俩一直画到很晚，薇拉才叫女儿去睡。莱丽把刘铁送她的鸽子笼放到小床边，薇拉是个爱干净的人，看到莱丽睡了，又把鸽子笼放到了门外。

第二天出工号一响，俞天白就扛着铁锨准备上班了。和平大渠马上收尾，俞天白是信心百倍，争取提前完工。临走时，他问薇拉孩子什么时候送回亚其，薇拉说着什么急，好不容易见一回，让莱丽在这儿待两天。这天刚好是薇拉轮休，薇拉打算带莱丽去金沙滩，溜沙子是件有意思的事情，她保准喜欢。俞天白对妻子的这个计划大加赞赏，亲了亲熟睡的女儿，说宝贝儿，爸爸晚上回来。

俞天白走后不久，薇拉也烧好了水，想洗个头。这时，传来敲门声："薇拉队长在吗？"

薇拉打开门，是个陌生士兵。士兵说："薇拉医生，我是二营的，我们有个战士摔伤了。"

薇拉连忙放下水壶，问："伤在哪儿？"

士兵说："大腿，一直在流血。"

薇拉感到情况严重，说不定要动手术呢，队长去开会了，只有自己做了。薇拉用铁链子扣上门，就跟着那士兵离去。她想到了医院，要是事情顺利她可以马上回来。如果要做手术，她就托紫苏过来关照一下孩子。

薇拉是个好医生，一旦投入工作就进入了忘我状态，孩子、丈夫、时间……所有这一切都忘了，心里只有一个，病人。这天，当薇拉做完手术，疲惫不堪地走出手术间，走到一棵树下时，这才猛然想起莱丽，莱丽还在家等着她呢。老天爷！半天过去了，她怎么忘了交代给紫苏或者别的什么人去看看女儿呢。薇拉的心抽了一下，她脱下白大褂，飞也似的奔向家去。

薇拉回到家时，门是反锁的，打开进去，莱丽不在。这孩子会上哪儿，她还知道把门扣上？薇拉在门口转了一圈，喊："莱丽！莱丽！"四野一片寂静，还不到下班时间，营区一个人也没有。门前的鸽子笼在，鸽子却没了！薇拉忽然有些怕，莱丽会不会去找鸽子了？这很可能！薇拉于是朝前跑去，发现草丛中有一幅蜡笔画，是昨天俞天白教女儿画的果园，上面写着一个稚嫩的大字：家。薇拉顿时欢喜起来，大喊："莱丽！别捣蛋，快出来吧，别让妈妈着急。"

薇拉觉得女儿就躲在哪丛红柳后面，像过去一样跟她玩捉迷藏哩。

但是傍晚下班的时候，莱丽还是没影儿。薇拉冲到了修渠工地找丈夫，一时间工地上的人全慌了手脚，刘铁听说后也赶来了，大家兵分几路出去找。刘铁觉得薇拉的话有道理，莱丽是去找鸽子了。在他看来，这么一个小孩子不会跑远。

"莱丽最听铁叔叔的话了，是不是？小鸽子跑了，铁叔叔再给你捉一只，好不好？莱丽，快出来，听话，爸爸妈妈都着急了。"

刘铁一路找，一路喊。凄厉的风声在耳畔响着，没有回音。

找到太阳落山，夜幕降临，这时候大家伙儿都蒙了。这孩子人生地不熟的，她会跑哪儿去？最后一致认定莱丽是被哪个同志带出去玩了，戈壁滩难得见个孩子，何况莱丽又是这么招人疼的孩子，谁能不喜欢？有这个可能，但是不能排除另一个可能，万一孩子在野外迷了路，碰上狼和坏人怎么办？刘铁揪着一颗心，捏着一把汗，他和俞天白简短地商量了一下，决定带人继续寻找。颂莲、薇拉等留在家里，跟一些熟人联系。

颂莲回到办公室立刻给各营连打电话，让他们马上帮着找寻，说，谁要抱走了一个大眼睛、卷头发的小女孩，务必连夜送回来！电话打出去后，颂莲就守在电话机前等消息，虽来了不少电话，但是都说没见过这样一个孩子。

外出找寻的人一直没有回来。实际上，刘铁和俞天白跑得越来越远的时候，他们都有了一种不祥之感。惨白的月亮挂在天空，夜色幽深，人影幢幢，大风摇曳着灌木，火把光影闪闪。人们四散在戈壁搜寻呼叫，回应的是那个熟悉的声音，狼嗥。难道孩子被狼叼走了？俞天白几乎要疯了，扑向狼的方向，大叫："莱丽！莱丽啊！"

外出找寻的人是清晨回来的。薇拉被紫苏和李山杏搀着出来迎接，身后跟了很多人。薇拉一宿都在等待——等待着丈夫把女儿带回来，她眼前一次一次出现父女俩手拉手奔向她的情景。但是睁开酸涩的眼睛，面前却是丈夫一个人。

"莱丽呢？我的莱丽呢？！"

薇拉望着丈夫，他是那么疲惫，一双脚沾满泥泞，头低着，似乎有些怕她。人群里有人小声说，巴格其有一种雪狼，就爱吃漂亮的小闺女！这不是自己曾经讲过的故事吗？薇拉转过脸去看那人，是个她不认识的士兵。薇拉咬着嘴唇，瞪着一双褐色的眼睛，人们看见她的嘴角淌着鲜红的血。

四

莱丽失踪的事惊动了师里，正在乌鲁木齐开会的孙世贤指示肖伯年，要不惜一切代价尽快找到孩子；并请他转告对俞团长夫妇的问候。肖伯年不敢怠慢，亲自带队开进沙漠。但是，几乎所有能去的地方都去过了，还是没有找到孩子，甚至连孩子的线索也没摸到一丝。肖伯年只好让报社登寻人启事。

孙世贤还专门给颂莲打了一个很长的电话，提醒要关心俞天白夫妇的生活，保证他们的安全，不能再出问题。孙世贤说："这件事也许并不那么简单，它的背后很可能藏着一个阴谋，这对你们是一个更大的考验！"

颂莲这天上午召集大家开会，干部们一个个都是忧心忡忡的样子。因为时间越往后，找到孩子的可能性就越小。而眼下和平大渠正在收尾，等着引水，这是天大的事情，无论如何不能影响今年的粮食生产。但是找孩子又是个急事，要动用大量人力，这几天大家伙儿东西南北地找寻，都感到力不从心了，这孩子还找吗？颂莲以政治部主任的身份开这个会，其实就是要统一认识。她说："找孩子，是眼下最最重要的事情。虽然一时没找到，但是我们决不放弃！只要有一分希望，就要做出十分努力，这是师党委也是孙政委的指示。另外，和平大渠的收尾工程也不能耽误，一定要保证按时引水。今天咱们分个工，生产上的事由我和花参谋长来抓，老刘、老邢和马副团长，你们仨就负责找孩子。"

颂莲这番安排，让刘铁得到很大安慰，幸亏她在这里蹲点，不然工作就拉不开栓了。刘铁最近听到一些议论，说孩子肯定找不着了，干吗还要浪费这么多人力。果然，邢保财说："老吴，我说一句不中听的吧，这孩子八成是回不来了，再找也白搭……"

刘铁说："啥叫八成回不来了，我就不信好端端的孩子会没了！"

邢保财看着刘铁认真的模样，眨巴了两下眼睛，心说，愚蠢啊，铁娃子！看来我得给你提个醒啦。邢保财哼了一声，慢条斯理地说："老刘，你的心情我可以理解，但是……但是吧，不是说你想找就能找到。这么小一个孩子，她能跑多远？那天又没有黑风暴，不可能被风刮走。那么就只有两种可能了：一是被狼叼走；二是被坏人拐走……"

被狼吃了？被坏人害了？天哪，一想到莱丽那张花瓣一样的小脸，刘铁心都要碎了。他霍地站起，说："邢保财，你给我闭上你的臭嘴，少说这种不吉利的话！"

刘铁这么听不进去别人的话，邢保财很恼火，说："老刘你厉害啥嘛，还不让人说话了。看你现在这个鬼样子，我不跟你计较。你啊你，真是可怜又可恶！穿了人家一个披风是不？去县里不好好开会，你说你闲得慌了，非要把俞天白的小闺女弄到大戈壁滩不可？这儿没吃没喝又没玩的，是娃娃待的地方吗？现在闹出了事，不怪你怪谁？薇拉医生急得都疯了，动不动就要到戈壁滩找雪狼算账，俞天白整个人也崩溃掉了，瞅吧，这事儿完不了！……"

颂莲制止道："行啦，老邢，你就少说几句吧。老刘替俞团长接孩子来不也是好心嘛，谁能想到出这样的事情。"

邢保财说："好心办坏事儿！人家要怨到你刘铁头上，你能说跟你没关系？说不清嘛！"

邢保财这话不是空穴来风，刘铁最近听到不少，谴责他不该把一个小孩往戈壁滩上带，说他把孩子害了，也把人家大人坑了。刘铁也觉得莱丽的失踪跟自己有关系，要不是你把她接到这里，她咋会丢呢？因为痛悔和自责，因为总以为能找回孩子，刘铁忽略了其他事情。邢保财和颂莲看得仔细，这件事不是那么简单。

这件事的确不是那么简单。孙世贤分析得没错，这件事的背后隐藏着一个阴谋，是"羚羊"组织的又一次行动！

马黑鹰这几天躺在医疗队，心绪很乱，甚至可以用悲痛欲绝来形容。马黑鹰是真的病了，这是他平生最严重的一次，高烧不退，浑身疼痛，每到夜里要打摆子。医生们都说，还没见谁感冒会这么重。所以马黑鹰不能帮着二哥去找孩子。但是，有一回他硬撑着还是去了，走到一片叫魔鬼城的地方时就晕倒了，被人发现，背了回去。俞天白很感动，说："老三呀，你病成这样，好好养着吧。"

马黑鹰抱住他的二哥俞天白大哭一场，几乎要昏过去。

马黑鹰哭完，冷静了，捆在身上的那些良知之类的东西就统统放下了。马黑鹰这回病，跟莱丽的失踪有关。早在三个月前，卖百货的骆驼客艾尔肯来到工地，把一包东西交给他，马黑鹰在烟盒里意外地发现了一封密信，上面有"羚羊"标志。信极短，只有四个字：绝处逢生。这信不可能是哈孜别克写的，那么又是何人写的？从前大哥吴家耀在时，这样的信是到不了他手里的，因为他不过是这个组织中的一只羊娃子。以后，他又收到过两封信，指示他要有卧薪尝胆之坚韧，按照"羚羊"的计划行动，云云。

一天傍晚，李二万找到他，突然扯开棉衣领子，露出一只金灿灿的"羚羊"项坠。马黑鹰吓了一跳！这可是代表他们身份的一个秘密标志，马黑鹰也有一模一样的一只。难道李二万就是大哥说过的那个会来找自己的"神秘朋友"？在马黑鹰的印象中，李二万是个老兵油子，是个浑球，他很讨厌这个人。但是他们现在却成了这条地下战线上的战友，这让马黑鹰心里不是滋味。李二万搂着马黑鹰，眼里噙着泪水，说："老马，就剩咱们兄弟啦，咱们要自力更生，艰苦奋斗！"自力更生，艰苦奋斗，是从解放军这里学来的。马黑鹰哭笑不得，但是他知道，在这样一个孤苦险恶的环境中，要开展斗争，他是不能够拒绝这个战友的。

说起来马黑鹰是团副，是上级，但在他们这个组织中，李二万却自认为是师兄，并不太把马黑鹰放在眼里，之前的一些行动皆是他李二万一手策划。这个人有些来历，早年在他老家湖南是个土匪小头目，后来加入了青红帮。一九四三年在兰州驻防那会儿，李二万是个营长，因为倒卖枪支和烟土，被军事法庭判过两年，离开过部队一阵子。之后又混入部队，来到新疆。在亚其只有一两个人知道他的身份，他实际上是军统在新疆的一个地下组织的成员。李二万当连长当得很滋润，虽大字不识一筐，但自说自话，谁都敢骂，士兵对他是又恨又怕。之前肖伯年想收拾掉这个拉帮结派、不服管理的老兵痞子，结果被降了职，旅长的宝座成了吴家耀的。大家这才知道李二万不是个普通人，是有靠山的，据说他表叔在南京政府要害部门当处长，所以无人敢得罪。吴家耀在时，李二万只听吴家耀的，连俞天白和马黑鹰都不放眼里。俞天白和马黑鹰有气，但对他的种种不敬和为非作歹也是睁只眼闭只眼，尽量不惹这条老疯狗。马黑鹰为了利用他，很多时候甚至还得让他三分。李二万自知晋升为时已晚，有前科不说，文化底子薄，俞天白不赏识他，表叔现在又跑台湾了，好日子是到头了，这叫他始终揣着一股恶气。李二万是个心胸狭窄、报复心极强的人，他不甘心自己这么倒霉下去，他要干出点动静来！退一步说，实在干不成，走人。这一点他是比较佩服吴家耀的。

对于李二万和他那帮喽啰策动的一系列活动，马黑鹰不以为然，没请示自己不说，且都是些小打小闹，比如烧粮食，这种事太小儿科了。虽说大哥吴家耀最后也未能实现他的理想，毁灭亚其，但马黑鹰觉得那至少可以称得上是壮志未酬。马黑鹰看起来粗，内心却还有一种忍性，这是跟俞天白习练书法时学到的，一笔一画，都要攒足了劲儿，功夫到了才有味道。处在眼下这样一种环境里，没有忍性，是不能成就大业的。胯下之辱，该忍的当忍，小不忍则乱大谋。等待吧，等待着那重生的时刻，马黑鹰坚信国民党有朝一日会打回来，到那时就又是自己的天下了……

然而待在大戈壁滩上，除了日出日落，时光在流逝，小草在发芽，似乎再也看不到别的东西。马黑鹰的耐心渐渐地开始变得稀薄起来。此时他与自己的二哥关系好像也不如从前那么铁了，俞天白跟共产党、跟刘铁走得是越来越近了。马黑鹰萌动了除掉刘铁的念头，正好这时"羚羊"也指示他们实施刺杀刘铁的行动。只是马黑鹰不想选择那种过于直接的方式，一是刘铁早有防范意识，二呢，马黑鹰不愿过早暴露，所以这件事让他苦思冥想而不得其法。不久前有天晚上刘铁带队到黑碱滩加班修渠，马黑鹰觉得这是个时机。那天正好下雪，马黑鹰特意选了一条近道儿。这所谓的近道，其实隐藏着极其可怕的陷阱——有一处沼泽，被白雪一掩盖，看着挺平整，挺好看，但只要踏上去就完蛋！奇怪的是，那天不知怎么搞的，吴颂莲和花之锦半路杀了出来，说也要一起参加突击劳动。接着，花之锦那匹枣红马冲过去，众目睽睽之下陷进了泥潭，被淹没……

这件事令马黑鹰惶惑，难道有人发现了自己的阴谋？看起来又不像，事情过去就过去了。但马黑鹰一直气恼，没有把事情办成。现在眼看着和平大渠就要修起来了，俞天白跟刘铁的关系也日渐和缓，马黑鹰除了嫉恨，还有一种比嫉恨更强烈的东西，责任。不能让他们好起来，要让他们的仇恨永远化解不了，永远为敌！遗憾的是，马黑鹰还是没有想出什么好办法。几天前一个下午，李二万突然匆匆忙忙来找马黑鹰，说机会来了！听完李二万的计划，马黑鹰吓了一跳，脸都变了，说别的都可以，就这事儿不能弄！李二万叼着烟卷，冷冷地说，上了套的瞎马，你不干能饶你？别忘了咱们是宣过誓的，这颗脑袋早不归自个儿啦。马黑鹰还是说，我马老三不能对不住我二哥。李二万说，我提醒你老弟一句，注意你现在的身份，你这是在执行任务！马黑鹰还是说，别的都可以，这事儿打死我，也不能干！

第二天傍晚的时候，马黑鹰就听说俞天白的女儿莱丽失踪了。马黑鹰听到这个消息，几乎瘫在了地上！他知道自己不干，李二万也一定会下手，果然！马黑鹰当时正在工地，趁着乱哄哄的劲儿，把李二万叫到一个僻静的地方，一拳砸过去，说，王八犊子，你说你把孩子弄到啥地方去了？李二万擦了擦嘴角，很镇定，说，装进麻袋，投河里啦。

为了弄走这孩子，李二万真是下了大功夫，从当天傍晚接到来自亚其的那封密信后，到第二天清晨，他一直密切注视着俞家的动静。这天，李二万说要去拉柴，走到俞天白家附近便藏到了苇丛中。看到俞天白一早上班去了，接着薇拉又走了，他暗自高兴，总算有了机会。正好那孩子出来找鸽子，李二万便上前搭上了话，引着她去找。一直引到可以下手的地方，李二万一把堵住了孩子的嘴，将她装进麻袋，扔到了车上……

原本是计划直接杀刘铁的，现在借小孩来杀刘铁，拐了个弯，更妙。应该说李二万这次是动了脑筋的。可是马黑鹰简直不能容忍，他连连朝李二万踢去，骂道："你个王八蛋好狠！这是我二哥的孩子，是他的命根儿，你知道不知道？！"马黑鹰那天快疯了，骑在李二万身上，拼命地掐他脖子。李二万瞪着马黑鹰，眼睛一眨不眨，任他掐。后来，李二万觉得差不多了，便开始反击，他一把将马黑鹰掀翻，踩在他脑袋上，说："马老三，你以为你是谁，敢这么收拾老子！老子这是在替你完成任务呢。"李二万重重地朝马黑鹰的裤裆来了一脚，马黑鹰痛得几乎昏过去，大声哀号，二哥啊，我马老三不是人哪！

马黑鹰就这么病倒了。生一场病也好，回避了很多矛盾。他在医疗队躺了几天，想了几天。想明白了，病也就去了三分。李二万这么做尽管歹毒，但从党国事业的全盘考虑，他没错，他比自己有主见，有魄力。有一句话叫作，舍不得孩子打不着狼，就是这个意思。马黑鹰回忆大哥吴家耀过去的谆谆教诲，想如果他在，他也一定是这样做的。所以马黑鹰决定配合李二万的战果，在俞天白身上下功夫，让他把痛失爱女的疼痛变成仇恨之剑，劈向共产党，劈向刘铁！

第十四章

一

悬在半空的太阳终于坠落，月亮升起。天边飘散着缕缕炊烟，鸽铃摇过。这是一个祥和的春天的傍晚。

薇拉在丈夫的劝说下，这天总算喝了小半碗粥。喝完，她看着丈夫，平静地说："天白，去，把莱丽叫回来睡觉，这孩子真淘气，还在跟雪狼玩儿呢。"

俞天白只好拿妻子当孩子一样哄，说："好，我叫她。你先睡。"

好像女儿就在附近什么地方玩儿呢。俞天白出得家门，就忍不住蹲在一丛红柳下哭开了，可怜的薇拉啊，她真是疯了！但是当俞天白从口袋里掏手帕，掏出莱丽的那张图画时，他心里真就生出一个奇怪的念头：贪玩儿的莱丽是被雪狼骗走的，她跟着它到一个地方玩儿去了。

俞天白背着长枪，来马厩牵马时，毛旦正在给马喂夜草。毛旦一看这架势就明白了，说："团、团长，你要干啥？天都黑啦，你不能去！"

"马给我！"

"团长，不⋯⋯安全！再说，大白马感、感冒了⋯⋯"

毛旦撒了个谎，俞天白于是撂下缰绳，走了。毛旦想了想，觉得不对头，便跑去向刘铁报告。

当刘铁和邢保财追到黑碱滩时，俞天白正站在远处的沙丘上，一声一声地嚷着。莱丽！你在哪儿，答应爸爸一声吧！莱丽！天黑了，别贪玩了，该回家睡觉了，妈妈在家等你呢。俞天白磕磕绊绊地跑着，叫着；叫着，跑着。一个人过度悲伤的时候，往往是不自知的、错乱的、疯狂的。现在的俞天白就是这样。人家说，有月亮的时候，雪狼会出来，今晚的月亮多好！俞天白听到了一阵阵狼嗥。他没有害怕，反倒有一种欣喜，迎上前，喊，雪狼，我来了！雪狼，请你把孩子还给我，好吗？！

俞天白并不比薇拉坚强，在有月亮的夜晚，他同那个可怕的梦境一道走向虚幻。

忽然脚下一软，一条腿陷进了泥潭。俞天白好像这才意识到这里是黑碱滩，他挣扎着，仍在呼喊，孩子啊，跟爸爸回家吧——

愈挣扎，陷得愈深，俞天白两臂张着，眼看着半截身子下去了。这时，刘铁冲上来，脱下披风甩过去。俞天白双手抓着披风下襟，被拖了上来！浑身是泥的俞天白趴在地上大口喘息，梦醒了。他看见面前竟站着自己的仇人刘铁，一时间悲愤交加，禁不住号啕起来："你还我女儿！还我女儿啊……"

刘铁两手是泥，蹲在地上，看着俞天白。看着他毫无节制地流泪，听着他一声一声的哀号，忽然就觉得面前这个人不是俞天白了，而是一位苍老绝望的父亲。

"还给我女儿，还给我女儿！"俞天白张着两只黑乎乎的手。

刘铁这辈子最怕的就是看见可怜的人，怕自己欠人家。现在，他欠了俞天白多大一笔债！刘铁不知道该用啥来偿还，才能安慰这个可怜的父亲。他弯下腰去，抚去俞天白脸上的污泥，说："老俞啊，是我害了莱丽，我不该把她接到这里！铁娃子是个浑蛋，他犯了天大的罪，你就杀了他算球了！"

俞天白哆哆嗦嗦地端起泥乎乎的枪，说："我杀了你！杀了你个狗日的！……"

黑洞洞的枪口对准了刘铁。

颂莲、邢保财和常福这时赶来，看到这情景吓坏了。常福拔出枪，差一点就要扑过去。颂莲怕出大事，一把拉住了常福，说："我去！"

实质上，颂莲一个箭步飞到他们面前时，什么也没发生。刘铁一动不动地望着那枪口，眼里满是愧疚。如果俞天白杀了自己真能好起来，自己在这一刻情愿去死。但是，俞天白举着枪的手抖了一阵，枪口无力地垂下了……

二

这之后俞天白又发作过一回。这一回不是去找雪狼要孩子，而是要打死那只可恶的雪狼，替妻子女儿报仇！此时的俞天白不仅精神错乱，还有点丧心病狂了。

起因还是薇拉。俞天白有一天发现家里那口木箱被移动过，打开来就看到装着俄罗斯套娃的盒子，盒子底部放着一把极精致的手枪。薇拉什么时候有这样一把手枪，俞天白是不知道的，不过今天这手枪突然不见了。俞天白很担忧，四处找薇拉，一直找到胡杨林，看见她呆呆地站在一棵枯树下，手里握着枪。出事后，薇拉整个变了，敏感，阴郁，狂躁，可怜巴巴，又穷凶极恶，连俞天白都怕她三分。俞天白看见妻子这样，扑过去夺过她的枪，说："薇拉啊，你可不能想不开，孩子没了，我不能再失去你！"薇拉眼神很硬，说："我要打雪狼，雪狼把莱丽骗走了。"

这天俞天白、马黑鹰一行来到山里时，已是傍晚，一轮淡黄的月亮挂在天上。听人说雪狼时常在这一带出没，可是走了这一路，却没有发现雪狼的踪迹。大家都有点着急，眼看天要黑了，俞天白本想往回撤，马黑鹰却说："二哥，再找找。"

再找找就再找找，翻过一个大坂，进入一片开阔的谷地。两边雪山上，松柏茂密，谷地里小草青青，溪水潺潺。哈孜别克匪徒时常在这一带活动，据说这里有不少暗洞，外面来的人搞不清方向，掉进洞里就再上不来了，所以人们又称它死亡谷。俞天白放眼满山青翠，静听溪水流淌，想这死亡谷真是个好地方，他让大家下马歇息一会儿。看到他们的上司表情和缓多了，众人也都松了口气，蹲到溪边抽烟喝水。突然，李二万指着前方松树后一个白影子，叫了一声：

"雪狼！"

大家定睛看去，不错！毛茸茸一团白影子。

马黑鹰也兴奋地叫了一声："雪狼！"

话音未落，俞天白就端起枪放了出去，白影子当即被撂倒！

"雪狼打着啦！雪狼打着啦！"大家欢呼，毛旦冲上前去查验他们的战果。

　　此时俞天白心口狂跳，觉得自己就要瘫倒了。他想，他终于把雪狼杀死了，莱丽啊，你看见了吗？爸爸替你报仇了！俞天白沉浸在这巨大的痛苦和幸福之中，因而忽略了背后的马蹄声。马黑鹰和李二万却听得真切，他们的盟军来了！

　　毛旦跑上去，还未看到雪狼，一串子弹便在脚下炸豆般响起。毛旦撅着屁股，抱着脑袋，准备隐蔽，这时一帮匪徒冲了出来，先把他结结实实地绑了起来。

　　"哪里来的强盗，敢杀我们哈孜别克大人的头羊！"

　　毛旦去看地上，老天爷！那个雪白的家伙不是狼，而是一只十分剽悍的公羊。

　　"都给我举起手来！"匪徒小头目大声喊。

　　雪狼怎么变成了公羊？俞天白慌了神，说："老三，这是怎么回事儿？"

　　马黑鹰举着手，冲李二万发脾气，说："李连长，你狗眼瞎了，这回可闯大祸啦！"

　　俞天白知道这下完了，哈孜别克可不是省油的灯。但事到如今，又能如何呢，也只好跟着匪徒走了。

　　俞天白一行被押至匪徒窝子时，正是吃晚饭的时候。一座毡房前篝火熊熊，升腾着烈焰；吊锅里煮着大块肉，蒸气缭绕。哈孜别克盘腿坐在毡子上，闭着眼睛，陶醉地弹着冬不拉，唱着一支古老的民歌。匪徒押着光着脊梁、五花大绑的俞天白、马黑鹰、侯宝玉等上来，那个肥胖的肉孜管家凑到哈孜别克耳边，小声说："人带来了。"

　　哈孜别克放下冬不拉，翻了一下眼皮，说："胆子不小嘛，敢打死我的羊，那可是我的头羊！你们五个，谁开的枪？"

　　俞天白几个互相看了一眼。

　　哈孜别克哧溜哧溜地喝着奶茶，说："怎么不说话？我再问一遍，哪个开的枪？"

　　毛旦说："我……"毛旦这也是因为同情俞天白近来的不幸，怕他再担责。

　　听到毛旦这么说，俞天白上前一步，说："不是他，是我开的枪！"

　　哈孜别克打量着俞天白，捻捻胡子，说："好个巴图尔！我们草原上有个规矩，想必你们应该知道吧，猎杀头羊那是要以命抵命的！"

马黑鹰说："哈孜别克大人，这位可是咱们的俞天白团长！"

哈孜别克似乎这才认出马黑鹰来，两条又粗又长的黑眉挑了挑，说："哎呀，这不是大名鼎鼎的马副团长吗？没认出来，对不起了！快给二位长官松绑！"

两个小土匪上来给俞天白、马黑鹰松绑。

马黑鹰一脸感激，向哈孜别克鞠了一躬，说："谢谢哈孜别克大人。"

哈孜别克撅了撅胡子，吩咐管家："今晚好酒好肉招待俞团长！通知全部落男女老少，明天一早来这里，我要处决这个猎杀头羊的罪人！"

马黑鹰瞪圆了小眼睛，说："哈孜别克大人，你啥意思，你要杀俞团长？！"

哈孜别克冷冷地说："马副团长，咱们打交道好像不止一天了，你应该知道我哈孜别克的脾气，我认的是规矩，规矩面前，没有朋友！"

马黑鹰真就慌了神，一下跪倒在地，说："哈孜别克大人，你不能这么干！求求你了，你哪怕让我死，也不能杀我二哥！"

俞天白一把拉起马黑鹰，说："你干吗求他，我俞天白早活腻了，要杀要剐随便。哈孜别克先生，先把你的好酒好肉端上来让老子享受！"

俞天白说得这么干脆利落，一脸的英勇无畏，让哈孜别克有些惊讶。他眯缝着眼看了他一阵，突然哈哈大笑，说："嗯，好样的。拿酒来，我要敬这位巴图尔俞团长！"

俞天白酒量不大，又讲究个斯文，所以醉的时候少有。但这天晚上俞天白完全不要命了，哈孜别克弄来一帮人灌酒，俞天白是让喝多少喝多少，后来索性自己让自己喝，马黑鹰拦都拦不住。最后俞天白醉得像一团烂泥，瘫在地上。酒精变成了长着毒牙的火在他血液里咬，他疼痛难忍，拼命地撕扯胸口，滚来滚去，大喊："让我死吧，让我死吧！……"

哈孜别克遂令两个小土匪把俞天白扔到一只大水缸里。俞天白在水里扑打，几乎要被淹死。看见二哥这副模样，马黑鹰眼泪都出来了，上去把俞天白拽了出来。

李二万笑话他说："马老三，你还真是心地善良。"

马黑鹰骂道："你个王八蛋！"

李二万豁着没有门牙的嘴笑了，说："咱们俩一对王八蛋。"

到死亡谷来打雪狼，是马黑鹰和李二万利用薇拉的复仇心理一手策划的。

哈孜别克不过是个慷慨的刽子手，替他们玩一场有意思的杀人游戏。按照事先约定，哈孜别克把他们一抓，然后给解放军放出风，引来刘铁这个活靶子就完了。马黑鹰没想到哈孜别克会这么狠命地折腾他二哥；而二哥也真的不想活了，喝下这么大量的烈酒。这让马黑鹰心里愧疚，二哥呀二哥，你这是干吗呀！

马黑鹰红着眼，向哈孜别克求情："大人，我二哥刚丢了孩子，您就放过他吧！"

哈孜别克转动着眼珠子，说："马副团长，你二哥这个人很有意思，你这个人就更有意思啦，蹲下像只羊，站起来像只狼！你的，狼吗，羊吗？你们汉族人变得真快！成，看在马副团长的面子上，我放了俞团长，但得有人代替他死！"

侯宝玉和毛旦几个立时慌了手脚。

哈孜别克当然不会让侯宝玉、毛旦这种羊娃子来换俞天白的命，他要让刘铁来换！这是他们此次计划的一个终极目标。都说铁娃子有七条猫命，看他的命到底有多硬！

三

第二天是个阴天，雾气缭绕，大地笼罩着一片肃杀之气。人们骑着马和骆驼，赶着牛车驴车，从四面八方会集到这里。草原上黑压压的，一片人。

四匹高头大马驾着一辆丁零当啷、披红戴绿的大篷车，停靠在草场一侧。俞天白光着脊梁，腰间捆一根油黑的粗麻绳，绳子的另一头绑在马车后面。一看这架势，人们就明白了，哈孜别克今天要干什么——这在草原并不新鲜，大概每年都会有人被马活活拖死。只是这位样子斯文的解放军，他究竟犯了什么罪，怎么会落到哈孜别克这恶魔手中？人们唏嘘不已，老天爷啊，这个可怜的人儿会被活活拖死的！在人们叽叽喳喳时，俞天白似乎还未酒醒，头发蓬乱，眼皮浮肿，太阳穴一阵一阵跳着疼，这使他有些看不清眼前的东西。但他从牛羊的骚动和嘈杂的人声中，隐隐感到场面不小，一定有很多很多人，这些人跟他有什么关系呢？

哈孜别克披着一件羊羔皮大衣终于露面了。之前他一直坐在毡房里等待，等待山下解放军的消息，但是刘铁迟迟不来，这让他十分扫兴。如果那边真不来人，那么今天他也只好拿俞天白开刀了，你马黑鹰再求情也是没用的。哈孜别克这么做，一是要表明"家规"的严肃性；还有一个原因，恐怕连马黑鹰都不知道，这是他综合了吴家耀的旨意后才下的决心——俞天白这个亲共的人已没有必要再留在世上！哈孜别克等得有些不耐烦了，便走出毡房，来到一座凉亭下。他朝周围的牧民环视了一圈，拍了拍手，开始说话：

"我亲爱的乡亲们，今天请你们来参加这个特殊的仪式，我想大家伙儿跟我一样，心情很沉重。但是没办法，咱们草原历来就有一个规矩，杀了头羊，要以命抵命，因为羊是我们的命根儿，头羊的尊严不可辱！我哈孜别克一向仁慈，今天呢换一种做法，把这个罪人用快马拖十六圈！要是他还活着，算他命大，我放了他；可是，他要是死了呢，我也就没办法了，是老天爷的安排喽，哈哈哈！……"

俞天白闭着双眼，嘴角浮起一丝轻蔑的笑意。死，算什么呢，老子是军人，不怕死，只是当初就应该死在抗日战场上，为国捐躯！

羊皮鼓咚咚地敲响了，唢呐划破长空，那些装扮古怪的艺人声嘶力竭地唱起来。伴以歌声，一群上身裸露、佩戴头饰的壮士跳起强劲的舞蹈，发出一片刺耳的呐喊。穿着红袍的行刑人这时走向马车，将长鞭在空中甩了三响，行刑就正式拉开了序幕——

马黑鹰这次是真的红了眼，向哈孜别克哀求："大人，求你再等一等吧！"

哈孜别克说："马副团长，你派回去送信的人到现在仍没音信，不能怪我了。"

按马黑鹰原来的设想，刘铁他们接到信一定会赶过来的。只要刘铁来了，那么他刘铁就成了瓮中之鳖，在劫难逃。这中间会出什么问题呢，是侯宝玉没有把信送到？侯子，你他娘的误老子的事了！

马黑鹰正恨得咬牙切齿时，颂莲带着高文书骑马赶到。见是颂莲，马黑鹰愣了一下。

哈孜别克耸耸眉毛，两手一摊，说："马副团长，你的信送错地方了吧，我可不想用个女的换！"

马黑鹰脸都变了。

只见颂莲径直走向哈孜别克，朗声说："你就是哈孜别克吧，我是九团政治部主任吴颂莲，咱们能谈一谈吗？"

这个黑黑瘦瘦并不漂亮的女人，开口就直呼他"哈孜别克"，哈孜别克很不高兴，嗓子眼里挤出一个响，打着哈哈说："有啥话就在这儿说吧，没见我正忙着吗？"

颂莲看了一眼不远处光着脊梁的俞天白，皱起眉头，说："哈孜别克先生，你这是玩的什么游戏？我想提醒你一下，现在是新社会，不兴再搞这套把戏了！我们的人误杀了你的头羊，是不对，我可以向你道歉，并愿意照价赔偿。但是，你得给我把人放了！"

一个汉族女人竟敢跑到门上指手画脚，不懂规矩！哈孜别克慢悠悠地吐了一口烟，傲慢地说："照价赔偿？哼，钱，我哈孜别克不缺！你们汉人不是有句话嘛，叫作打狗得看主人面。那么，现在有人欺负我的头羊，就是欺负我哈孜别克！要按草原的规矩办，哼，我可以砍了这个罪人的脑袋！但是，看在解放军的面子上，我没这么做，算是宽恕他了。"

颂莲说："让快马拖着人跑十六圈，这算是宽恕？太不人道了，政府迟早会废了这规矩！羊的命怎么可以跟人的命相比？哈孜别克先生，难道你的命就是一只羊？"

这女人看着不起眼，说起话来倒是伶牙俐齿呀。哈孜别克突然对她有了兴趣，哈哈一笑，说："您真会说话，长官。可惜这规矩现在还没废，我得按老祖宗说的办，不是吗？我听说你们解放军同起义军官一律平等，如果这位女长官愿意替俞团长受罚，我倒是可以考虑少拖一圈，十五圈，怎么样？哈哈哈哈！"

哈孜别克不过是说说，却没想到颂莲冷冷一笑，说："成！你给我先放人！"

哈孜别克愣住了，马黑鹰也是一愣，这女人不得了！哈孜别克看了一眼颂莲，又看了一眼马黑鹰，说："这位女士，你不是开玩笑吧？"

颂莲哼了一声，说："我再说一遍，马上放了俞团长，我来替！"

哈孜别克冲马黑鹰眨眨眼，那意思是，给你马副团长面子，刘铁不来，就让这女人顶了。马黑鹰一头冷汗，这时松了口气。

当两个小土匪上去给俞天白松绑时，俞天白有些惶惑，他们这是要干什么？看到颂莲站在面前，伸出双手，他恍然大悟，这怎么能够！他转过身，喊道："不！吴主任，这一切是我造成的，我甘愿受罚！"俞天白说得那样恳切，眼里充满愧疚。直到此时，他好像才醒了，发现自己干了一件多么愚蠢的事情。愚蠢，是不可饶恕的；再说了，落到今天这一步，他真就觉得活着再无意义，了断吧。

颂莲说："俞团长，不要再说了，我命令你下去！"

颂莲早就听说过哈孜别克这个人，今天头一回见，留给她的印象是，此人阴险狡诈，心狠手辣。看到他手下的人个个全副武装，虎视眈眈，她感觉到哈孜别克是早有准备，他们今天就是要收拾解放军的。待在这样一个少数民族地区，处理问题最忌简单急躁，稍有不慎就有可能引发一场民族纠纷，甚至是血战。所以，颂莲咬着牙打算自己扛，你是一个解放军，代表着共产党，无论如何不能让起义军官来受这个罚！

颂莲想到这里，心里就坦然了，变得异常坚定。她朝众乡亲笑了一下，挺起胸，大踏步走向那辆叮当作响的大篷车。那些牧人眼见着一个瘦弱的女子就要套上绳索，发出一片惊呼，男人们打着呼哨表示抗议，女人们不断地祈求老天爷保佑，孩子们吓得哭了。站在前面的毛旦满头大汗，不知道该如何阻止这件事的继续。这时，人群后传来一个声音：

"等一等！"

刘铁来了！刘铁是凌晨得到消息的，昨天到修渠工地干活，回来得很晚，颂莲没有打扰他。听常福说颂莲带着人去了山里，刘铁十分担心。哈孜别克那种人可是啥事都干得出来，又是在少数民族地区，刘铁怕有个不测，把颂莲搭进去。

哈孜别克和马黑鹰看到刘铁来了，眼睛一亮，最后时刻铁娃子到底来了！

刘铁把颂莲推到一边，腰一叉，冲哈孜别克说："狗日的哈孜别克，盼着刘铁来是吧？老子就是刘铁，铁娃子，九团最大的官！老子这条命，你看值不值一头公羊吧？！"说罢，夺过颂莲手中的绳索，套在自己身上。

哈孜别克眉开眼笑，对众乡亲说："看到了吧，这才是最大的巴图尔！我就喜欢这种爽快人。铁娃子，今天哈孜别克成全你！愿老天爷保佑我们的英雄！"

俞天白从上回刘铁上门探望，他用羊腿砸了刘铁之后，就再未跟这个人说过话，他恨刘铁，甚至觉得自己今生会栽在这个冤家手中。可是看到刘铁关键时刻跑到这里替他受罚，他心里一阵不安。他用沙哑的声音说："哈孜别克先生，我不需要任何人替我，一人做事一人担！"

刘铁看也不看俞天白，说：

"就你那少爷的身子骨，还不被拖死？！"

"那是我的事，你莫管，请你离开这里！"

"愚蠢至极！"

刘铁一把推开俞天白，对哈孜别克说："不要理这个人，这个人疯啦。哈孜别克先生，开始吧！"

哈孜别克将手中的牦牛尾巴一甩，说："好个巴图尔，开始！"

行刑人跳上车，甩了三响鞭，"驾——"

四马飞去，羊皮鼓和唢呐声震天价响。

刘铁跟着丁零当啷的马车，在后面跑起来。行刑人是个胖子，一根缰绳牵在手里，他主宰着这些马，也主宰着这个人的命。通常他喜欢先跟这些可怜的罪人逗逗乐子，把场面搞得活跃些。所以他不急着赶马，而是靠那根缰绳传达着他的指令，松一松，马走得快；紧一紧，马就慢下来。逢沟跨坎，他会用皮靴磕一下辕马的肚子，那畜生就会腾起四蹄，来一个漂亮的跳跃。行刑人很快就发现，这个罪人，这个年轻的解放军功底很深，与自己配合得也恰到好处。马快，他也快；马慢，他就慢。马要越沟跨坎，他表现得更为出色，小跳变大跳，连滚带翻，像那些杂耍艺人似的，动作连贯，且姿势优美。行刑人还没见过这么出色的罪人，禁不住咧开肥厚的大嘴笑了，一身的红袍子闪光。哈孜别克也觉得实在是有意思，这个铁娃子当真有些功夫哩。

这个序曲耗去了三圈。那个负责拔旗子的小土匪，乐呵呵地拔掉了插在草地上的三面三角旗。牧人们欢呼起来，有人还拍巴掌，打呼哨。颂莲的心一直揪着，她知道严峻的在后面。果然，五圈过去，行刑人明显地加快了速度；十圈过去，马车开始飞。按常理，即使最强壮最擅长奔跑的牧人，这时的体力也应该达到极限了。但是，刘铁好像还能对付。他的一条腿虽然有些跛，跑得不够流畅，不过他时常用一些连滚带翻的动作，用那条羊皮坎肩让自己顺势而前。行刑人看出了这个人的忍性、韧性，也看出了他的狡猾。在最后六圈时，行刑人连挥几鞭，把四匹马轮抽了一遍，开始走"之"字路。马车这时就悬空了，忽上忽下，忽左忽右，马头高扬，马蹄翻飞。行刑人今天可以说使出了他的绝技。刘铁这时终于体力不支了，在他挣扎了一阵之后，便像一只羊那样，软软地被马车拖着而去。草地上留下一道长长的血迹。

俞天白闭上痛苦的眼睛。哈孜别克看一眼马黑鹰，似乎叹了一口气，脸上露出笑容。

草地上的三角旗剩下最后三面了。看到刘铁的脸和手被擦破，一条腿不断地渗出血，围观的士兵和牧民们发出一片哀叹。常福几乎要拔出枪，冲上去跟哈孜别克拼，被颂莲拉住了，颂莲不希望再节外生枝。颂莲的心在颤抖，她祈求上苍能保佑刘铁。

最后一面三角旗被拔去，马车缓缓地停下来，四匹马大汗淋漓。众人屏住呼吸，望着草场中间那血肉模糊、一动不动的人儿……

四

晌午时分，艾尔肯牵着骆驼，丁零当啷，又来卖百货。在整个漫长的冬天，这个声音时常回荡在戈壁，士兵们一听就来精神。马黑鹰更是如此。艾尔肯打着手鼓，唱完"盐巴茶叶马奶酒，香烟洋火针线头——要啥来啥，买啥有啥——"后，马黑鹰凑到跟前。这一次那骆驼客没有问他要不要烟，而是问："马奶子酒，喝嘛不喝？"

马黑鹰一听"马奶子酒"四个字，嘴里泛出了酸甜，说："喝！"

艾尔肯从羊皮帽下探出一双骨碌碌的大眼珠子，说："今天嘛，黄羊谷去一下。"

马黑鹰知道，是哈孜别克找他有事了。

马黑鹰捧着马奶酒没敢多喝，就上路了。他跟俞天白请假说，亚其有个朋友要死了，得去一趟。

上回同哈孜别克的协作失败后，马黑鹰和李二万极不愉快。精心策划的一个阴谋未能实现，二人互相埋怨。李二万的口气充满鄙夷，觉得马黑鹰关键时刻婆婆妈妈，老是顾忌俞天白，说你早晚要毁在你二哥手里！马黑鹰自然不能容忍李二万这番胡言乱语，两个人不欢而散。但是，马黑鹰确已感觉到自己与二哥的关系日渐冷漠，这是没办法的事情，终究不是一条道上跑的车。感情归感情，理智归理智，马黑鹰气完，还得跟李二万做战友加兄弟，继续联手。

马黑鹰来到黄羊谷，哈孜别克又像上回那样拿出好酒好肉款待。席间，两个人扯东扯西扯女人，哈孜别克却只字不提别的。马黑鹰喝到一半，便喝得不安生了，说：

"哈孜别克大人，你叫我来这里，不是白喝你的酒，白吃你的肉吧？"

"当然，待会儿我带你去见个人儿。"

之前哈孜别克就说过一次，要带他见什么朋友的。马黑鹰于是问："谁呀？"

哈孜别克挤挤眼，翘起胡子，朝进来倒茶的塔吉古丽挥挥手，让她退下。哈孜别克凑近马黑鹰，神秘地说："你认识的。"

酒足饭饱，马黑鹰和哈孜别克坐一辆马车，七绕八拐，来到山间一片密林。密林深处，有一座孤零零的尖顶小木屋，那木屋的窗户亮着光，一闪一闪。猫头鹰在不远的什么地方，一声一声地叫。马黑鹰打了个冷战，这里的夜好阴森啊。

哈孜别克轻轻敲门，少顷，传来一声羊羔叫，门开了。摇曳的烛光映出一个略秃的后脑勺，那人缓缓转过。马黑鹰吸了一口冷气，瞪大眼睛，说：

"大哥，是你？！你咋在这儿？"

吴家耀穿着睡袍，怀抱一只雪白的羊羔，笑眯眯地说："我从来就没离开过这里。"

马黑鹰的心咚咚乱跳，他打量着简陋的木屋，简直不敢相信，说："你、你就待在这儿？！"

吴家耀把马黑鹰摁在毡子上，说："是啊。三弟，请坐。"

马黑鹰在毡子上盘腿坐下，看着大哥消瘦的面孔和鬓角的白发，竟然一时感到恍惚，这是大哥吗？几个月不见，咋苍老成这个样子？马黑鹰鼻子一酸，说："大哥，你瘦多了！"

吴家耀倒了两杯酒，一杯递到马黑鹰手里，问道："天白还好吧？"

马黑鹰摇摇头，说："他、他……大哥想必都知道了吧。"

吴家耀笑了笑，说："老三比过去聪明了，有长进。来，为咱们的重逢先干一杯！"

二人碰了杯，马黑鹰一口喝下，禁不住眼眶湿润了。

吴家耀拍拍马黑鹰，说："你啥时候变得像天白一样，也多愁善感起来了？"

马黑鹰真就哭开了，说："大哥，你为啥没走，待在这儿呀？是不是为了那个女人？那薛小姐现在跟共产党打得火热，马上就被咱们的老仇人铁娃子夺走了，你知道吗？"

哈孜别克笑着说："咱们旅座不仅长着千里眼，他还有一万只耳朵哩。他早晚要杀了那女人和铁娃子的！"

吴家耀朝哈孜别克摆摆手，依然不愠不火，捋着怀里的羊羔，说："瞧咱们老三还这么孩子气，见面就哭！跟你说，大哥现在比出家的人还清心寡欲，不需要什么女人了。铁娃子喜欢薛小姐，就让他拿去好了。咱们现在还有大事要做呢，老三啊，这回你得给我把动静搞大了，让弟兄们都动起来。"

马黑鹰望着他许久未见的大哥，从那眼神里又找到了从前。是的，这才是大哥，一个胸怀大志的人。这么说来，这些日子"羚羊"的指示应该就是来自这里了。大哥就是大哥，他真能沉得住气啊。马黑鹰自然不知道吴家耀的苦衷。当初吴家耀误以为亚其会被炸毁，在渡口乘船逃走。但走了没多远，他就意识到自己犯了一个愚蠢的错误！这时候他已站在了边境线上，要出去是来得及的。但是，眺望远方的乌帕尔雪山，他突然难过起来，不甘起来。这么走有意义吗？兵没了，女人丢了，他这叫抱头鼠窜啊！吴家耀怨恨起俞天白来，如若不是他再三劝诫，用那笔夏米力河堤的加固工程款来收买自己，我吴家耀怎会放弃亚其，就是死也要死在亚其，跟共产党决一死战！吴家耀就是这样改变了计划，留在山里开始跟哈孜别克合作。

有了大哥，马黑鹰顿时感到腰粗气壮了。哈孜别克拿来新酿的马奶酒，三个人又喝了一场，认真地做了一个行动方案。为了确保这次行动的顺利完成，吴家耀还慷慨地给了马黑鹰一笔活动经费。马黑鹰真是心花怒放。

第十五章

一

和平大渠开闸放水这天，刘铁特意给大家放了一天假，迎接孙世贤和肖伯年来剪彩。木拉提祖孙和老乡们也来看光景。穿着盛装的文工团员们载歌载舞，四面八方响着"我们新疆好地方，天山南北好牧场。戈壁沙漠变良田，雪水融化灌农庄"。白花花的雪水在欢呼声中，带着轰隆隆的巨响流去。那些士兵有的追着水跑，有的耳朵贴着渠堤听水声。刘铁、邢保财和一些政工干部跳进渠里，又洗又撩的。看见他们玩得开心，俞天白和花之锦也跳下了水。最后，颂莲和医疗队的女兵们也一个一个往下蹦。大家打起水仗，你泼我撩的，好不热闹。

放水仪式结束后，大家回到营区搞卫生，洗衣服的洗衣服，理发的理发。晚上有会餐，这是所有人盼望的，各营伙房一早就在准备了，还订了菜谱。刘铁这天亲自为特务营掌勺，对仇班长说，今天你们歇着，我侍候你们。仇班长有些不放心，说你身体吃得消吗？刘铁说，不碍事儿，没听说嘛，铁娃子有七条猫命，哈孜别克整不死我！来检查卫生的紫苏说，我也算一个。常福和文书小高说，我们也正好跟刘政委学学做饭。

仇班长便带着他的兵，到门口用石子儿下方子去了。

刘铁给三个人分了工，紫苏负责烧火。常福和小高觉得把这么重的活儿交给一个女的不妥，刘铁说，叫你们烧火我不放心，火大火小，都会影响烧菜，薛医生经常煮药，比你们强。只见这二位一个灶上，一个灶下，配合默契。刘铁挥着一把小号的铁锨翻炒着肉，忙中偷闲，还要看一眼灶旁的紫苏，脸上晃悠着幸福的笑意。

颂莲不知什么时候进来的，这暖融融、红彤彤的气氛，让她羡慕，同时又觉得不对味儿，这二人唱的哪一出呀。她不远不近地站在门边看了好半天，两个人竟然都没发现她。颂莲只好笑一笑，退了。

这时候她突然有些后悔，为什么要留下这个女人，她费劲巴力把这个女人留下，其实是给自己留了一颗钉子。

颂莲一个人去了和平大渠。在渠边她走了好一阵子，方平静下来，觉得自己今天又不大对头。一经发现，颂莲更加难受，想，你一个政治部主任，怎么没点气度和涵养，竟吃开了薛紫苏的醋？颂莲一脚踹倒一个半枯的胡杨树根，下决心脱离那种低级趣味的东西，做一个"大女人"。

颂莲回到特务营营部时天色已暗，她住在这里，就睡从前王春来睡过的那张床。戈壁的春天变幻莫测，这两天倒春寒来了，到了傍晚干冷干冷的。颂莲推门进去，却被一团暖意包围，只见炉火呼呼作响，红光闪动；炉子上的水开了，壶盖一上一下跳着。太好了，可以擦个澡了。颂莲想，这个好人是谁？

颂莲忘了下午的不快，洗了头，擦了澡，浑身热乎乎的挺舒坦。突然就想照照镜子，便打开小皮箱，找出那半拉生着锈迹的镜子。这镜子就像个月牙儿，只能照到半边脸，一只眼。照完这半边，再照另半边。颂莲惊诧地发现，她的两边脸竟是不一样的，一边大，一边小；一边白，一边黑；一边看着像女人，一边看着像男人。怎么会是这样的呢？颂莲觉得非常奇怪，非常可笑。这镜子原本好大好圆，镶在考究的铜镜框里，是母亲生前留下的，一直被她带在身边。其实她平素是不照镜子的，只是作为一个念想，因为母亲从前特别爱照镜子，母亲是个漂亮女人。后来在一次战役中镜子被打掉了，只剩下小半拉子，和一个破镜框，颂莲没舍得扔。现在颂莲从镜框里取出一张小照，是她当学生时拍的，穿着旗袍。那是一条白色的丝绸旗袍，绣着粉色莲花。颂莲用食指摸着小照片，似乎能感到一丝光滑和柔软，这不禁叫她心里一痛，那个江南水乡的美丽少女再也找不到影子了！

门外好像有什么声音。颂莲拉开门，没有人，风在轻轻吹。怎么多了一捆柴？颂莲看到门前一捆整整齐齐的梭梭柴，想这个人挺有心呢。梭梭柴油性大，好燃烧，荒原的人最喜欢这种黑梭梭。颂莲有点不甘心，左左右右又寻了一遍，还是没看见什么人。再朝远看，就看见一个熟悉的身影冲这边跑来。

"老吴，你让人好找！你这是去哪儿了，会餐也不去。"

"怎么不去会餐，去！"

"算了吧，还会啥餐呀，都乱成一锅粥啦！"

"怎么回事儿？"

邢保财情绪激动地把事情说了一遍。原来特务营刚才准备会餐时，突然有人对紫苏说，外面有个小巴郎找你。部队饭前一般都有拉歌子的习惯，战士们还从未听过紫苏唱歌，拍着巴掌让紫苏唱歌，常福便主动出去见那个小巴郎。常福进来时，手里捧着一个丝绒的小红盒，说，薛医生，这是人家让小巴郎带给你的生日礼物。紫苏接过小红盒，半天没反应过来。大家伙儿便凑上前，说，今天是薛医生的生日，正好咱们给薛医生敬一杯酒！刘铁看着那么贵重的一个小盒子，有些按捺不住，说，谁送的这么一个宝盒子，像是个首饰盒。常福说，装的啥宝贝，让我们大家伙儿看看，行不？刘铁夺过去，说，没规矩，人家姑娘的东西，你们咋能随便看，要看也是本政委先看，这叫审查！他像耍魔术似的，很神秘地打开一条细缝；接着，猛地打开——一条闪闪发光的"金羚羊"项链赫然在目！

听了邢保财这番叙述，颂莲心里一惊，说："你没看错？真是羚羊，不是牛呀马的？"

邢保财说："猫和老虎我分不清，马牛羊我还能分不清？是羊，一只纯金的羚羊！老刘当场脸色都变了，薛紫苏也傻在那儿了。大家伙儿全没心思吃饭了，七嘴八舌，说啥的都有，你看这个餐会的！"

颂莲披上外套，立刻和邢保财去找刘铁。

刘铁坐在办公室里抽烟。刘铁心里有些乱，这乱好像还不是"金羚羊"项链本身，而是周围的反应，仿佛有一颗炸弹从天落下，太强烈，太震动了！看到颂莲一脸森严地进来，刘铁明白老吴要出手了。果然，颂莲一开口就旗帜鲜明地亮出了观点，要审查薛紫苏！

刘铁说："老吴，这、这也有点小题大做了吧？"

颂莲沉吟了一下，说："小题大做？刘政委怕是有所不知吧，前两天有个陌生女人来找过薛紫苏，这女人据说是土匪头子哈孜别克的小老婆。"

这是颂莲前天去医疗队找薇拉看病时偶然碰上的，女人披着白色面纱，穿戴讲究，样子神秘。薇拉曾给哈孜别克的小老婆塔吉古丽看过病，认出了她，当时颂莲就觉得蹊跷，很有几分警惕。颂莲说的是实情，塔吉古丽确实去医疗队找过紫苏。那天马黑鹰与丈夫会面，他们的谈话她听了只言片语，后来从管家肉孜那里探听到，那个叫吴家耀的国民党旅长就藏在山里，他是薛医生的未婚夫。塔吉古丽便开始为紫苏担心了。虽然相处短暂，但塔吉古丽一直把紫苏看作恩人，要不是她，自己和孩子怕是早没命了。现在紫苏可能遭遇不测，塔吉古丽觉得自己必须告诉她。

刘铁说："薛紫苏是医生，哈孜别克的小老婆来找她，这很正常，能说明啥？"

颂莲说："我觉得那女人行为鬼祟。瞧薛紫苏闷不声的一个弱女子，有人竟然不留姓名把'金羚羊'送上门来了，难道我们还不该想一想？我可以肯定，送'金羚羊'的是个身份不一般的男子。"

邢保财也说："老吴说得有道理。这'金羚羊'不是普通礼物，也不是一般人能送得出手的。这件事的背后很可能隐藏着一些不为人知的东西。眼下的斗争形势很复杂，这个'金羚羊'究竟是个啥'羚羊'，我们有必要搞搞清楚，会不会是'羚羊'组织的一个啥物件？所以我建议把那项链没收。"

刘铁说："这是私人送的东西，你凭啥没收？再说了，薛紫苏要真是特务，何必这样暴露？我认为这是有人蓄意栽赃陷害，是想把水搅浑，除此还能有啥目的？"

颂莲思忖片刻，说："老刘的分析也不无道理，薛紫苏要真是'羚羊'，可能不会以这样一种方式暴露在大众面前。不过有一点是可以肯定的，薛紫苏是一团谜，或者说一颗定时炸弹，有必要探一探。她要不是'羚羊'，起码咱们可以通过她来钓别的大鱼嘛。"

二

紫苏这天晚上正好值班，刚刚煎完了药，就被两名警卫带到了团部。紫苏看起来跟平时差不多，一说话有些娇羞，但逃不过颂莲的眼睛，她从她眉宇间几次闪过的细小皱纹，还是看出了一个女人的心事。还有，她一直不看刘铁，很有意思。

颂莲说："薛紫苏，今天当着刘政委和邢主任的面，咱们谈谈吧。"

他们要跟自己谈什么，紫苏心里是有数的。对于这条"金羚羊"项链，老实说，她也弄不清是谁送来的，那个小巴郎早已无影无踪，她找谁去问？当然，她不是没生过那个奇怪的念头，会不会是那个人？接着她就一个劲儿地摇头，那个人不是远走高飞了嘛。事情发生后，紫苏离开特务营伙房时，在马厩前俞天白曾跟她有过片刻交谈，俞天白神色很严峻。这个人在紫苏心里一直是个巨大的谜团，或者说压力，紫苏是惧怕他的——因为只有他最清楚她的底细。这个人阴郁又傲慢，眼神里时常有一种悲天悯人、不可捉摸的东西，叫人望而生畏。但是这天傍晚的那个短暂瞬间，俞天白的话可以说影响了紫苏一生。俞天白说，紫苏姑娘，这"金羚羊"是谁送的你怎么会知道，对不对？记住，千万别给自己找麻烦！紫苏当然明白俞天白的意思，他早就告诫过她，要想在这部队待下去，就永远不能说出她跟吴家耀的关系！紫苏想也对，自己跟吴家耀究竟有什么关系？我又没嫁给他，为什么我得把自己的隐私告诉你吴主任和邢主任呢，我又不是你们的人嘛！

所以，这天晚上颂莲问她"金羚羊"项链是怎么回事，紫苏说："不知道谁送的。"说完，把"金羚羊"交了出来。

这就让事情简单又复杂了。薛紫苏说她不知道这个送"金羚羊"的人是谁，你还真拿她没办法。

颂莲捧着这烫手的"金羚羊"一时想不出个辙。刘铁看了颂莲一眼，那意思是，你又没证据，放人吧。但颂莲相信自己的直觉，这薛紫苏绝不是一个简单的女人，所以她在这件事上固执己见，心说，我就不信她能扛得下去，我非要让她说出那个人不可！

颂莲坚持要对紫苏进行隔离审查，邢保财与颂莲态度一致，刘铁似乎不能够反驳。

当晚颂莲和邢保财合计了一下，决定以九团政治处的名义给薛紫苏的老家发个外调函。既然打算留用薛紫苏，那就要对组织负责，了解一下她的真实情况也是有必要的。末了，颂莲叮嘱邢保财这事儿要保密。

邢保财说："放心，邢保财同志是有组织原则的。"

三

在九团被"金羚羊"项链搅得一片乱哄哄的时候，另一件事情又发生了。

这事的起因是侯宝玉。侯宝玉有一年多没收到家信，这天高文书来发信，叫到了他的名字。侯宝玉有些不相信自己的耳朵，啃着馒头半天不动弹。马黑鹰就说，猴子，耳朵塞羊毛了，喊你拿信哩。

听说有侯营长的信，大家伙儿都为他高兴。大眼一把抢过信，说，从前侯营长老是私拆咱们的信看，咱也得看看他的信，大家说中不中？士兵们说，中！侯宝玉没辙了，说，看就看吧，人家老婆写信，你们也眼馋，别看到眼里拔不出来啦！大眼就让高文书念给大家听。高文书打开信，念了一句"我的儿，苦命的儿啊"，大家伙儿就愣住了，说不是侯营长的媳妇写的，是他老娘写的嘛。高文书接着又往下念，"娘憋了多日，现在不得不跟你讲实话啦，你媳妇跟咱村西头老王家的三小子王富贵跑啦……"，大家伙儿顿时慌了神，高文书不敢念了。只见侯宝玉面色通红，手一劈，说，念！高文书就又接着念，"儿啊，漂亮的母鸡不恋窝。娘早跟你说过，你嫌唠叨，现在是鸡飞蛋打啦……"

大家伙儿听到这里，都同情地看着侯宝玉，说这个老侯真可怜，好不容易找个小媳妇还被人拐了。当时侯宝玉好像还不大在乎，说跑了就跑了，老子再找一个。可是到了晚上睡觉的时候，侯宝玉突然想不开了，去找俞天白，要请假回老家找媳妇。不光侯宝宝，还有大眼、柴米贵和毛旦，都想请假，说家里来信，让回去相亲。俞天白一时有些为难，男大当婚，女大当嫁，这些士兵跟了自己多年，年龄也不小了，是该找个老婆过正常日子了。但是俞天白吸取了上次的教训，不能随便签这个字，就让他们去跟刘政委说说。

其时，刘铁、颂莲和几名政工干部正往地头运送种子，研究种子分配和春播的事儿。突然看到侯宝玉带着几个兵眼泪吧嗒地来请假，刘铁有点恼火，说，马上播种了，你一个营长不起模范带头作用，这时候请假像啥话。那样的老婆跑了就跑了，不要也罢，你说你哭个啥嘛！侯宝玉哭得更厉害了，说要回去把那狗日的男人和他媳妇全砍啦！一听这话，刘铁便说，别说眼下正在春播，就算不忙，我也不会准你这个假，让你去闯祸。侯宝玉就扑通跪下了，说，刘政委，求你啦。刘铁让他起来，侯宝玉说，你不批假，我就不起来！刘铁火了，一脚踹到他屁股上，说，为那么个女人，你又是哭又是跪的，没球出息！给老子抬种子去!

刘铁愣是没给侯宝玉批假,而且第二天在特务营的大会上狠狠批评了一通侯宝玉,说,有人说侯宝玉的老婆跟人跑了,是火烧屁股的事儿。要我说,这样的老婆就是不跑,咱也把她赶跑。咱们是军人,军人就得有点军人的骨气!刘铁还强调,近期不许任何人请假,也不许其他干部给士兵批假。等秋天丰收了,再回老家看你们的爹娘和老婆孩子也不迟!

刘铁这个决定,无疑让一些士兵不舒服。马黑鹰觉得这是个机会,私下里一烧火,侯宝玉和一帮弟兄全着了,说,共产党拿咱们起义的当牲口使,连个老婆都不让找,这还让人活吗?他刘铁身边左一个医生,右一个主任,我们没人疼没人爱的,这光棍还要打到哪一年?有人说,既然不让咱回去找老婆,那咱就去找女人,这不都是共产党逼的嘛。马黑鹰和李二万一合计,就答应请大家的客,找个地方乐和乐和,给侯宝玉宽心。侯宝玉自然是又感动又高兴,说,弟兄们全他娘的给我去,不怕!

说归说,要变成一次有组织的行动,就不能不认真谋划,考虑一些环节和细节。为此,马黑鹰和李二万碰了几次头,并且召集一些骨干开了一个小型会议,做了具体分工,相关的经费也发下去了,算是酬劳。做这一切是极其隐蔽的,也是巧妙的,是利用打牌时完成的。为了确保此次行动的成功,马黑鹰把视线放到了邢保财身上,打算利用一下这个响当当的政工干部。跟共产党斗,他的经验是不能全来硬的,一要骗,二要哄,三要学会用。再坚固的堡垒都怕从内部攻破,邢保财是马黑鹰看好的。

一切准备就绪。李二万带着他的人把埋在山里的枪也挖出来了,运到了隐蔽点。

这是一个礼拜天,特务营不休息,播种。工间歇息时,马黑鹰凑到了邢保财身边,递过一根烟去,说:"尝尝我这烟,邢主任。"

邢保财不喜欢俞天白,对马黑鹰更是瞧不上,看也不看他,说:"马副团长,你是有事儿吧?"

马黑鹰并不在意邢保财的冷淡,嘿嘿一笑,说:"是,我是有点事儿想给邢主任汇报。"

听到"汇报"二字,邢保财才转过了脸,说:"啥事,说。"

马黑鹰往前凑凑,小声说:"老刘不批侯营长的假,大家伙儿意见很大,都说他马列主义对外，自己左一个女的，右一个女的，弟兄们找个老婆也不行……"

邢保财皱起眉头，说："马副团长说话要实事求是，啥左一个，右一个的？这是诽谤。老刘有时候是过些火，但他也是为了咱们九团，为了春播，是不是？"

马黑鹰连忙说："那倒也是。不过，大家伙儿对他确实看法不少，都说邢主任你吧，有文化，有那个……共产党人的修养。到底是秀才出身，耍笔杆子的，水平就是高，也比较懂感情吧。"

邢保财冷笑一下，说："少给我戴高帽子。"

马黑鹰说："我说的是真心话。而且你这个人还很讲原则，遇到事吧，俞团长怕老刘，老吴有时候也迁就老刘，就你不怕。冲这一点，我马黑鹰敬重你，邢主任讲哥们儿义气，人好！"

邢保财表情和缓了，接过烟来，说："有啥事儿就直说吧，老马。"

马黑鹰给邢保财点了烟，等他吸了一口，才说："既是私事，也是公事，想吧，请你当红娘。"

邢保财一愣，说："当红娘？给你？"

马黑鹰说："我老眉咔嚓眼了，还找啥婆娘。我是说侯宝玉现在这个尿样儿，媳妇跑了，灰不溜秋怪可怜。还有毛旦呀，大眼呀，柴米贵呀，特务营那一帮老特务眼下全是光棍，浑身快着火啦，睡不着啊……"

邢保财笑了，说："怕是你老马睡不着吧？"

马黑鹰说："咱都是过来人了，不想那个了，我这可真是为弟兄们着想。实话实说，前一阵子我去亚其县办事，碰上我一个在毛纺厂工作的大姐。我跟大姐说弟兄们年龄不小了，该成个家了，让她帮着拉呱拉呱。大姐说她们那儿姑娘是不少，但人家就是要找正牌子的解放军，不愿找咱起义的。我好说歹说，人家才答应跟咱这些弟兄见个面。"

邢保财吐着烟圈，风一吹，周身舒畅。再看马黑鹰那对小眼，黑亮黑亮，还挺有生气哩，他顿时感到亲切起来，说："咋这么说话呢，咱起义的也是解放军嘛，不懂政策。"

马黑鹰说："是啊，是啊，问题是我说了不管用，得由你这种牌子正、身份硬的首长去说才行。所以请你出面，一是代表组织，二是也给弟兄们撑个面子……"

这种事邢保财过去还没干过，倒是觉得新鲜。但是他转念一想，自己去合适吗，是不是应该向老吴汇报一下呢？邢保财说："这事儿吧是个好事儿，让吴主任出面是不是更好？她是女的，做起工作来比咱爷们儿方便。"

马黑鹰连忙摆手，小声说："吴主任那张脸子，又是个老姑娘，人家那些小丫头一见还不被吓着了。邢主任，还是你出马，你白面书生，又会说话，这方面还有经验，就给咱们帮帮忙吧。"

邢保财想了一想，说："成。说吧，啥时候？"

马黑鹰说："今儿晚上。"

邢保财说："今儿晚上我要值班。这样吧，我跟人换。"

"那就多谢了。"说着把一包烟塞到了邢保财手里，"邢主任真是个痛快人，我就喜欢你这种痛快。不过这事儿最好保密，别看咱这帮老特务，脸皮吧还挺薄，怕事情不成了说出去难堪。"

邢保财笑着说："这个我比你懂，放心，老马。你让大家伙儿收拾收拾，晚上穿得体面些。"

马黑鹰说："好哩！"

下班后，特务营的弟兄们匆匆洗漱完，就离开了营区，到事先约定的地点会合。地点在小洞天酒楼，马黑鹰和邢保财赶到时已近黄昏。被马黑鹰称为马大姐的女人已候在了门前，身边还站着两位漂亮姑娘。马大姐真是牛高马大，说话声又粗又沉，跟一口老钟似的。

"哎呀呀，尕兄弟！盼呀盼呀，总算把你们盼来喽！"

马黑鹰说："马大姐，这位是我们政治部邢主任。"

邢保财走上前，恭恭敬敬地行了个军礼。

马大姐用一对大大的眼珠子瞪着邢保财，说："哎呀呀，你看看咱们邢主任，细皮嫩肉的，长得可真俊气。"说着，就伸出了手，把邢保财的手一握。

邢保财差点儿叫出声，有这么握手的吗，比打铁的手还厉害呢，这女人！看到邢保财有点窘，马黑鹰笑着说："咱们马大姐新疆人的脾气，见到好看的人吧，就特热情，爱夸两句。"

邢保财小声问马黑鹰："姑娘们呢？"

马大姐耳朵挺灵，眼珠子在马黑鹰脸上转了一圈，说："是这样，邢主任，我们厂最近在赶一批活儿，姑娘们得八点下班以后到这儿集合，咱们先上去吃个便饭。"

小洞天酒楼坐落在亚其城西北角的一片桦树林间，灰扑扑的两层楼，拱形门窗，俄式风格，比起一些新建的饭店酒楼显得寒酸，但老人们都知道它是亚其的第一楼，从前接待的尽是些有头有脸的人。邢保财和刘铁曾来过一回，一看那饭菜价格贵得吓人，屁股没敢挨板凳就跑了，吃不起。这一次有人请客，邢保财算是长了见识。

这是二楼的一处包厢，布置得相当雅致，米色的窗纱帷幔，配以深褐色的雕花屏风，从土陶茶具到细瓷碗盘，既是古色古香的，又是颇具现代感的。推开一扇窗，不知何处传来一阵古琴声，叮叮咚咚，泉水一般，清凉渗骨；放眼望去，满目春色，那些美丽的白桦就像一群姑娘，舒展着纤纤腰肢和青春的臂膀……这等美景，这种情致，在邢保财的印象中，似乎在画中见过，在古戏中听过。虽说少年时代是在大城市度过的，但那时战乱连连，邢保财还未来得及品味这一人生境界呢。

酒不醉人人自醉，邢保财便是在这种情境中醉倒的。马黑鹰太热情了，还有那位马大姐，一杯接一杯地敬，你咋能拒绝呢？为了弟兄们，这酒得喝，得把马大姐套牢了，让她好好为弟兄们效劳。大约喝到舌头发直的时候，邢保财忽然想起什么，说："噢，对了，姑、姑娘咋还不来？让我、我过过目，看能不能配上咱们的帅小伙儿……"

说话间，一群浓妆艳抹的女人嘻嘻哈哈上楼来。一见这些人，侯宝玉顿时两眼放光。

邢保财摇摇晃晃，两眼迷瞪，手一指，说："老马，这红红绿……绿，咋这么个打扮？"

马黑鹰笑着说："邢主任，人家这不是为了欢迎咱嘛，马大姐要她们专门武装了一下。"

一个女子上来拉住邢保财，咯咯地笑着说："是啊，解放军哥哥，为了你们，我们今儿特意收拾了一番呢。闻闻，香不香？"说着把半个胸脯凑到了邢保财脸上。

另一个上来拖邢保财，说："哥哥，你喝高了，上我房里歇会儿去吧，今晚妹子好好侍候你。"

邢保财揉了揉眼睛，这时看得清清儿的了，这些人不是啥纺织女工，是窑姐儿！天哪，自己被人糊弄了！邢保财凭着最后一丝清醒，一把推开那女人，霍地站起，指着马黑鹰说："马、马黑鹰，你敢骗、骗老子！她们是干啥的，你……你他娘的说！"

马黑鹰说："干啥的？邢主任，你真是个乡巴佬儿，看不出呀，是花姑娘嘛。"

侯宝玉呵呵地笑开了，说："邢主任，你还没尝过这些姑娘的味道吧？哎哟，那个好！"

邢保财说："呸！好你娘的腿！你们一帮子王八蛋，合起伙来把我骗到这里，是想让老子犯、犯错误呀。老子是共产党员，是解放军，不吃你……们这一套！听着，马黑鹰，我命令你狗日的，现、现在，就跟我回去！"说着，就把马黑鹰往外拉。

马黑鹰并不费力，就把邢保财推了个趔趄，说："回去？到了这儿可就由不得你了，老邢！瞅着你一个小小的鸟主任，还动不动爱教训人，真恶心！看起来你老兄的酒还没喝够，弟兄们，拿酒来！"

一帮人七手八脚地把邢保财摁住。邢保财挣扎，大喊"放开我，放开我"，吓得几个妓女吱哇乱叫。马黑鹰冲邢保财头上来了一脚，想，老子今天要让你这颗共产党的脑袋彻底完蛋！两个士兵掰开邢保财的嘴，一阵猛灌，邢保财终于不省人事，躺倒了。

马黑鹰吩咐手下人说："让这个倒霉蛋好好睡个光生觉。"

两个士兵便上去扒邢保财的衣服，扒到下面，嘿嘿地笑了，说，看，邢主任那玩意儿真够气派！马黑鹰看了一眼，嘻嘻地笑了，说："别看啦，还是看自个儿的，赶紧办正经事儿吧。"

四

刘铁和花之锦、宋刚赶到小洞天酒楼时，邢保财正躺在二楼楼梯口的沙发上睡觉，上身裸着，肚脐眼一起一伏，伴以响亮的呼噜。看到这光景，刘铁上去就是一脚，说："邢保财，你胆子不小，敢在窑子洞里睡大觉，给我起来！"

这一脚正端在小腿肚子上，邢保财哎哟一声，惊醒。看见刘铁站在面前，他一激灵，猛地坐起，撩开毯子，这一撩发现是光的，顿时慌了神，捂住下体，结结巴巴地说："这、这……咋回事？"

刘铁气愤地说："咋回事，你干了不要脸的事，装啥蒜！我问你，你带的人呢？马黑鹰在哪儿？"

邢保财四下里一看，似乎回忆起来，扯着嗓子喊："老刘，我是被马黑鹰那个王八蛋骗了，狗日的把我灌、灌醉了，我啥也不知道……"

"啥也不知道，你光着屁股也不知道？邢保财，这回你错误犯大了！"

"我他娘的冤啊，老刘，我可是一片好心，都是这张臭嘴贪酒！打你打你打你！……"邢保才喊着，往自己嘴上扇去，边扇边哭开了。

这时，楼梯上走下打着哈欠的侯宝玉。猛瞧见刘铁和花之锦，侯玉宝一哆嗦，想跑，花之锦大喝一声："侯宝玉，你往哪儿跑！马黑鹰呢？"

侯宝玉指指楼上一个门，说："上、上面。"慌忙系衣扣，还系错了位。

邢保财还在哭，刘铁吼道："你还有脸哭，赶紧把裤子穿上，你的事咱们回头再说！"

刘铁跑上楼踹开一扇门，马黑鹰搂着女人还在睡觉。刘铁直冲到蚊帐前，一把将他拖起，说："马黑鹰，你光天化日之下竟敢来嫖娼，你还是解放军的干部吗？走，跟我回去！"

那女人吓得直往马黑鹰怀里钻，马黑鹰推开女人，扑向枕头。花之锦已先行一步，从枕下抓起了枪。马黑鹰斜了一眼花之锦，说："哎呀，花参谋长，你可真积极，帮着共产党打起自家兄弟来了。"

花之锦冷笑了一下，说："马副团长，请你还是赶紧把衣服穿上，多不雅观，是不是？"

马黑鹰打着哈欠，两眼一闭，说："你们想咋地？大礼拜天跑到这里来打扰别人休息，就文明？就雅观？今天是公民的休息日，老子喜欢这儿，就待在这儿！"

刘铁说："马黑鹰，你想闹事是吧？花参谋长，宋教导员，给我把他绑起来！"

穿着一条裤衩的马黑鹰跳下地，说："我看你们谁敢碰老子！"

刘铁拔出枪，朝着马黑鹰就是一梭子，子弹从马黑鹰裆下飞过。马黑鹰大叫一声，慌忙去摸裤裆。子弹是从大花裤衩上穿过的，打落了一块布片。马黑鹰慌慌张张地去看地下，花之锦和宋刚上去摁倒他。

刘铁下令："把他押回去！"

俞天白赶到禁闭室时，马黑鹰、侯宝玉一帮刚刚被押回来，排成一溜。旁边围了不少人叽叽喳喳，看热闹。马黑鹰手一挥，说："看啥看，眼馋我们玩了一趟是吧？"

真不知羞耻！这个马老三，俞天白是早看出他的不安分，这下又惹事了，这不是添乱嘛。嫖娼这种事要在从前算不了什么，纪律严明些的国民党部队也抓过这事儿，实行过惩罚，但最后还是睁只眼闭只眼。可现在情况不一样了，共产党很计较这种事，弄不好是要撤职处分的！

俞天白上前一把揪住马黑鹰的前襟，气呼呼地说："你个浑蛋，谁让你去那种地方的！"

马黑鹰并不当回事，说："二哥，我们又没有影响工作，不就是玩了玩嘛。"

马黑鹰这种态度叫俞天白更加恼怒，指着他说："解放军纪律严明你不知道啊，等着挨收拾吧！"

马黑鹰说："他铁娃子敢收拾我，我马老三也不是好惹的！把我逼急了，我可啥事都干得出来！"

俞天白瞪着马黑鹰，说："你想干什么？你要再胡来，别怪我不认你这个兄弟！"

俞天白这么一说，马黑鹰似乎软了，接着眼泪水挤出来，说："二哥，我知道我是越来越招你嫌了，马黑鹰现在里外不是人啊。我是没跟你说，我、我那婆娘前不久跑啦，扔下个儿子吧寄人篱下，我这也是心烦才去那种地方。我要是像你这样有个好端端的家，我至于吗？都是共产党把人逼成了这样，圈在这大戈壁滩，哪也不让去，咱们比犯人还可怜哪……"

看到马黑鹰哭，侯宝玉几个也抹开了泪，哭着说，我们也想找个老婆，好好过日子，这不是刘政委不让，没办法嘛。看见一帮老爷们儿哭得唏唏嘘嘘，可怜巴巴，俞天白长叹一口气，说："眼下正在播种的节骨眼上，刘政委也是为了咱们九团，从大局考虑。"

马黑鹰说："算了吧，反正不是自个儿的长官，不心疼自个儿的兄弟。共产党只拿我们当牲口使，根本不会想着弟兄的事儿。刘铁我是早得罪了，为了二哥你，他对我记恨在心，这回又落到他手里，不会好啦。二哥，你攥在铁娃子手里早晚也是个死，咱不如一块儿走吧，去找大哥……"

俞天白说："你胡说什么！"

马黑鹰抱住俞天白，呜呜地哭起来，说："二哥，你看我这个样子他们能容我吗，我只有走了！"

俞天白看到马黑鹰满脸的泪，顿时心软，说："你现在知道哭了，我跟你说过多少次了，让你别惹事儿，你怎么就不听！老三啊，老三，你让我说你什么好呢。快别哭了，我这就去找刘铁他们谈谈，看能不能争取宽大……"

刘铁正在开支委会，和政工干部们讨论处理邢保财和马黑鹰一伙的事儿。俞天白这时候跑来为马黑鹰求情，刘铁是火冒三丈，指着他的鼻子就骂："想宽大处理？俞天白，亏你狗日的想得出！马黑鹰干出这种事来，你还替他求情，你还有没有点是非观念？别忘了你现在是共产党的一团之长，不是国民党的团长！马黑鹰的问题相当严重，这回一定得重重处罚！"

俞天白说："老刘，你不要开口就骂人，不好！共产党的干部首先要严格要求自己。你要处罚他们那是你的权力，但是，老刘，我对你有意见。马黑鹰、侯宝玉他们目前的情况你不是不知道，作为政委，你对他们的个人问题关心过多少？这帮人一把年纪了，战争年代没条件娶老婆，现在是和平年代了，他们还光棍一条，每天面对荒原撅着屁股要苦干十多个小时，吃的是南瓜糊糊，睡的是四面透风的地窝子，你说，这是人过的日子吗？共产党要不要讲一点人道？"

关于人道这样一个深奥的问题，刘铁自然没有多少研究。刚刚从旧社会爬过来，出生入死打了那么多年仗，现在和平了，就是最大的幸福。刘铁说："吃南瓜糊糊咋啦，睡地窝子咋啦，这就不是人过的日子了？我们能过，你们就不能过？你们比我们金贵？嫌这种日子不好是吧，所以我们不是才要在戈壁滩上建花园嘛，要让大家有高楼洋房住嘛。可是幸福的生活总是要有人创造吧，没有艰苦奋斗，哪儿来的好日子？俞天白啊俞天白，说到底你这国民党军官的本性难改，贪图享受，怕苦怕累，这要不得，要不得啊！"

俞天白这回跟刘铁较上了劲儿，他说："我怎么怕苦啦？怎么怕累啦？这地全是你们开的，渠全是你们修的？你别不把起义官兵当人看！告诉你，铁娃子，老子什么都不怕，就怕咱们两家子永远隔着一道冰河！"

"啥意思？你要搞分裂呀？这就是你们'羚羊'的最高目标吧，我看你和马黑鹰一球样，一黑一白，两只'羚羊'！"

"血口喷人！"

"急啦？等着吧，我非抓出这只狡猾的老'羚羊'来不可！"

看着两个人越吵越没边儿，颂莲一拍桌子，说："刘铁，你给我闭嘴！"

刘铁只好闭嘴。

颂莲说："你们吵了半天，谁都有自个儿的理儿，但是我要说，俞团长今天的话说得好。诸位想一想，咱们平时光顾着让战士们干活，要求他们吃苦耐劳，对他们的个人问题确实关心得不够。俞团长这个意见很有针对性，我一定把这个意见带回师里，向孙政委汇报。"

俞天白说："谢谢吴主任。我再次请求你们能对马黑鹰和侯宝玉他们从宽处理。"

刘铁冷笑一声，说："一码是一码，这不可能，本政委首先就不同意！"

其他几位支委也说，从宽处理不可能。

刘铁说："听见了吧，俞团长？嫖娼这种事在共产党的军队里是决不允许的，是一定要处罚的！鉴于马黑鹰、侯宝玉他们犯的严重错误，我建议给予行政处分，关禁闭三天；邢保财作为共产党的领导干部尤其不可饶恕，虽说没干那种事，但是去了那种地方，建议给予党内严重警告。同意的举手！"

刘铁第一个高高地举起了手，颂莲和几位教导员也举了手。

俞天白阴着脸，低下了头。

五

邢保财从亚其回来后，找颂莲和刘铁认真地谈了一次，陈述了自己被马黑鹰骗到窑子洞的不幸遭遇，一再发誓，自己绝没干那种事儿，衣服是被人扒掉的。经过调查，证实邢保财说的是实话，但是要想逃过这个处分却是不可能的。刘铁态度坚决，不仅要罚他，还要重罚，说："因为你是咱们的政工干部，还是政治处主任，你无论如何都有责任；起码你麻痹大意，丧失了必要的警惕！"

邢保财这么爱面子的人，当场就蹲在地上，捂着脸哇哇地号起，说："老刘哇，我是想替大伙办好事的，谁知道弄成这样！我老邢好不容易干到今天，要再背个处分，这辈子就他娘的完蛋啦！"

看着邢保财哭，刘铁和颂莲都有些不忍。

邢保财在延安大生产运动的时候就犯过一回错误，要不是一位姓丁的首长保他，差点儿给崩了。邢保财在柳树沟战役中救过那位姓丁的首长，为此左脚的一根小拇指被炸掉了，姓丁的首长一直记着这事儿。那阵子邢保财正红火，在老部队像他这样的初中生委实不多，他来延安干了没多久，因为一笔字写得漂亮，还会画两笔，拍照片，所以找他帮忙的就特别多。邢保财能当上团政委，还得益于他会写新闻报道，一些不起眼的事，被他一挖掘，一剖析，就变得光彩无比，那位姓丁的首长仕途一路畅通，也要归功于邢保财这支无所不能的笔。邢保财那时是全旅最有前途的团政委，只可惜好景不长，干了两个月就下来了。这事儿说起来不能全怪他，邢保财有一次在劳动中腿受了伤，被就近送到了一个老乡家里。那家只有一个老公公和儿媳妇。媳妇很热情，让邢保财把脏衣服脱了，帮他洗。想必那女人也是看上了邢保财，上来就扯住邢保财。邢保财吓坏了，说，嫂子，谢谢了！媳妇说，军民一家亲，大兄弟你谢个啥嘛。媳妇劲儿很大，三下五除二，就把邢保财上面给弄光了，露出一截白肚皮。接着，又扯他的裤子。邢保财喊起来，说，嫂子，使不得，使不得！媳妇说，大兄弟你客气个啥嘛，你腿子受伤了，那地儿又没毛病，咋使不得，嫂子帮你试试！说着，把邢保财摁倒在了炕上……这事儿被老公公发现了，老公公提着邢保财的裤子，一口气跑到部队，说解放军不好好在地里干活，跑到人家炕上来了，把他儿媳妇给日了！组织上找到邢保财，邢保财声泪俱下，说是那大嫂弄的我，我被她摁在下面差点弄死！这话后来在部队里被当作笑料传，都说邢保财有意思，被个老娘儿们给日弄了。邢保财被撤了职，关了一场禁闭，出来就打算回老家了。这时部队要南下建立根据地，邢保财被那位姓丁的首长留了下来。一路上邢保财表现出色，又被重新用起来。老首长教导他说，这辈子男人要管好"两头"——大头要清醒，小头要规矩。邢保财对老首长这个精辟总结很是佩服。这一次教训可谓深刻，以后邢保财几乎不敢和女人啰唆了，有点谈虎色变的味道。就是这么小心又小心，到了新疆还是染上了"腥"。这一次处分意味着什么，邢保财再清楚不过，这部队看来自己再待下去是没前途了，不如趁早打行李卷走人！

邢保财气冲冲地回到宿舍收拾东西。

刘铁听说后，赶来堵住了他，说："老邢你这是干啥嘛。你是老同志了，应该有觉悟有胸怀，要正确对待组织上的处理嘛。"

刘铁不劝还好，一劝，邢保财气不打一处来。他毫不客气地指出："刘铁，我告诉你，我邢保财也是个爷们儿，不能总活得这么窝囊！你少给我上政治课，讲大道理，这事儿要摊到你头上，你会咋想？正确对待？哼，我做不到！革命十多年，到头来我们这些人还不如个起义的，他娘的不冤吗？现在我好心不得好报，背个嫖娼的恶名声，你让我还能咋想，这公平吗？"

邢保财眼珠子快冒血了。他这番话的意思刘铁当然听得懂，不光他，很多在起义部队干的政工干部心里都不平衡，觉得累死累活，还要受委屈，真不如那些起义军官活得自在。所以大家说，早革命不如晚革命，晚革命不如不革命，不革命不如反革命！针对这几句话，部队批驳了好一阵子呢。

刘铁拍着邢保财的肩膀说："老邢啊，老邢，我知道你冤枉。可这事儿关系到解放军的纪律，关系大局，你说我能不处理吗？我要不处理你，马黑鹰、俞天白他们就会说我偏袒你。老邢，求你谅解兄弟吧，别走，以后你的衣服我洗，成不？"

刘铁连哄带劝了好一阵子，邢保财总算坐下了。想一想刘铁经历的那些事儿，邢保财觉得刘铁其实也很委屈。两个人手拉着手，眼里都涌出了泪花。

第十六章

一

邢保财算是安抚下来了，刘铁觉得紫苏的事也应该有个了断了，把人家一个姑娘这么审查下去不是回事。刘铁这两天心里老是不安宁，跟这事关系很大。只是老吴那么固执，咬定紫苏有问题，弄得刘铁一点办法没有。

晚上刘铁去找颂莲，颂莲似乎也觉得自己处理得有些过，答应把"金羚羊"项链还给紫苏，放人。两个人准备去一趟禁闭室，这时俞天白上门来。颂莲问有什么事吗？俞天白看刘铁在，吞吞吐吐。

这两天俞天白的情绪也很糟糕，这种糟糕与先前丢了女儿还不一样，那是一种可以表达的明白无误的痛苦、悲伤和焦灼，现在却是一种隐痛、忧伤和无可奈何。连薇拉都看出来了，丈夫每天晚上躺在身边，都是闭着眼睛想心事的。她知道他是在为紫苏担忧。薇拉的感觉没错，俞天白确实在为紫苏担忧。说起来真是奇怪，他们之间没多少交往，在俞天白的半生中，除了薇拉，不曾有哪个女人进入过他心间，却偏偏这个应该被称作嫂子的女孩儿跟他产生了一种说不清的联系。听说紫苏被颂莲关了禁闭，俞天白心里咯噔一下，想自己预料的事情果然一点一点浮出水面了。当初他希望她回老家，就是为了让她摆脱这些枝枝权权，过平静的生活。现在可好，一条"金羚羊"项链送上了门，弄得世人皆知；吴颂莲的矛头也开始转到她身上。紫苏的未来很可能陷入一个可怕的怪圈，可惜她太单纯，不自知啊。想一想，真是奇怪，会是谁送来的这个"金羚羊"？又是何意？俞天白这两天真正忧心的其实就是这个问题，他怀疑这里面有什么阴谋，是有人想加害紫苏，还是有别的目的？俞天白担心紫苏承受不住，被吴颂莲这个铁女人一审，最后会说出她跟吴家耀的那些事，这会把她的人生毁了的！与其这样，不如自己担下来，说那项链是自己送给她的。薇拉对丈夫的这种想法感到吃惊，说："你没糊涂吧，你凭什么送给一个未婚女子那么贵重的东西，你跟她什么关系？当初你为了劝吴家耀离开亚其，愣是把公家的一笔工程款送给了他，自个儿往陷阱里跳，这事儿将来要闹出来还不知怎么着呢，现在你又要帮吴家耀的女人，你这不是背黑锅嘛！你这究竟是善良呢，还是愚蠢？人家要问你，你为什么要送她'金羚羊'，你说得清楚吗？别忘了刘铁一直怀疑你是'羚羊'呢！"

薇拉嘤嘤地哭开了。自从女儿没了后，他们夫妇俩就开始过着一种度日如年的日子。薇拉发现自己一夜间添了不少皱纹，连头发都白了一撮，这对一个年轻美丽的女人来说，是多么残酷的事情！好像就是从那天起，丈夫对过夫妻生活再一次冷淡下来。其实这时候她很需要他，需要他的理解、温存和强有力的怀抱，可是丈夫似乎不再能给予她，他变得愈加胆小软弱和无能为力，这让薇拉失望极了。可现在看起来丈夫不是个胆小鬼，他为了那个女孩儿竟然可以不顾一切！

这看起来一点不像俞天白，但俞天白确实就是这么一个人。经过反复思索，他还是决定把"金羚羊"项链的事扛下来，只有这样，紫苏才不会陷入更险恶的境地。只要她能出来，就让她赶紧离开这儿。俞天白真是这么想的，至于别人怎么猜测他对紫苏的动机，和他如何拥有一条"金羚羊"项链的，随他们去想吧。

见俞天白眼睛看着一边半天不说话，刘铁明白他是要单独向颂莲汇报。刘铁转身准备出门，就在这时传来一阵尖锐的枪声。

二

枪声来自团部西边的禁闭室。

待刘铁、颂莲和俞天白三个人赶到时，门前血流一地，四名警卫倒在血泊中。有一名还有口气，颤抖着指着前方说："姚大个是坏蛋，放马副团长他们跑了，薛医生被绑架了！"显然这是一起里应外合、有组织有预谋的暴乱。刘铁看着大开的门，又气愤又吃惊。真正让他吃惊的倒还不是马黑鹰、侯宝玉这些人脱逃，而是姚建民，这个准备发展他入党的积极分子竟是个坏蛋！还有，马黑鹰绑架紫苏，又是为什么？

俞天白同刘铁一样惊讶，天哪，马老三竟动起真格来了！俞天白来不及细想，就又听到从特务营方向传来的更为激烈的枪声和爆炸声，陡然间营区里大火熊熊，嚷声一片。有人来报告，说李二万劫持了一帮人也跑了！刘铁瞪着俞天白说："咋回事儿，老俞，你的人今天要翻天啦？！"

刘铁去追马黑鹰。

马黑鹰预料刘铁会来，早埋伏在一条干沟里。待刘铁一行刚靠近，便发起猛攻，并迅速包围过来。

"来吧，铁娃子，来抓我们吧！弟兄们，报仇雪恨的日子到了，把共产党的干部统统杀啦！"

"杀了铁娃子有赏！想回老家的回老家，我马某人发给你们路费！"

俞天白明白马黑鹰这是要引诱刘铁上钩，一旦那些政工干部冲上去，就会入了圈套，被一网打尽。俞天白对赶过来的花之锦说："花参谋长，你左我右，咱们要让政工干部们安全撤出，不能死伤一个，明白吗？"

花之锦说："明白！"

俞天白带着五六个警卫班的战士，连推带拉，架着颂莲和邢保财等撤退。颂莲也感觉这么打下去不是回事，毕竟对方已不是纯粹意义上的敌人了，里面有很多受蒙蔽的士兵，所以颂莲一边喊话，一边撤。当俞天白拖住刘铁时，两个人发生了争执。

俞天白说："刘政委，今晚你最危险，你必须撤！"

刘铁瞪着俞天白说："老子是这里的最高指挥员，你凭啥让我撤！"

俞天白一咬牙，对张大国说："张营长，给我把刘政委拖下去！"

张大国和一个士兵刚刚拖着刘铁下去，一颗手榴弹朝这边甩过来。俞天白如果不是滚到沟里，也粉身碎骨了。

马黑鹰此次的行动虽在计划之中，但一上阵就显得有些仓促和无序。嫖娼的后果马黑鹰是早料到了，他原本是想通过这件事加剧政工干部之间，以及政工干部和起义官兵的矛盾，煽动起大家对共产党解放军的仇恨。实质上这个目的是达到了。刘铁把大家一处罚，就连侯宝玉这种跟在共产党屁股后面跑的人，也觉得在解放军部队混不下去了。在多数底层官兵看来，弄个女人不算啥，你共产党这么在乎，若这帮光棍背个嫖娼的烂名声，将来找老婆怕是都困难了。所以，马黑鹰打着给大家发路费，让弟兄们回老家找老婆的旗号，相当有感召力。几乎所有拿了钱的官兵都是一心一意要跟马黑鹰走的。一旦刘铁来追，势必有一场混战，有李二万在外面配合接应，趁此机会把刘铁和政工干部一网打尽。马黑鹰这次是抱着大干一场的决心，也是按照大哥的指示办，就包括那条"金羚羊"项链，一石二鸟，一是为了收拾那个跟着共产党跑的小娘儿们，二是把水搅混，让共党窝里斗上一阵子！

但是，马黑鹰坏就坏在了贪心上。那天他被押进禁闭室的时候，碰见了在院子里"放风"的紫苏。这一次短暂的会面让他格外兴奋，他咋差一点忘了这个被自己弄进来的女人？吴家耀托他带过来的"金羚羊"项链真是威力无比，一下子就把解放军的注意力全引到这女人身上。瞅着这个空子，马黑鹰干了不少事。马黑鹰的胃口很大，这天夜里他蹲在禁闭室里，不知怎么突然又生出一个念头，劫走这女人！他认为这是送给大哥的一份很重的见面礼。这个念头一经生出，马黑鹰激动无比，同时也颇费了一番心思，最后不得不花大价钱去收买那个看管紫苏的大个子警卫姚建民。这样，整个行动就不得不提前了。马黑鹰让姚大个给李二万捎了信，李二万有意见，说太仓促，可马黑鹰顾不得了！

最初跟刘铁接火时，马黑鹰十分自负，认为刘铁今晚非死在自己手中不可。但是，很快目标消失，刘铁被自己的二哥俞天白取代了。俞天白大喊："马老三，别打了，放下枪！再不放，我可不饶你了！"马黑鹰听了这话有些恼，也有些怯，他可不想跟自己的二哥对打。马黑鹰便令李二万把那些士兵全部带走。毛旦和几个士兵这天傍晚正好出去打柴，半道上也被裹挟进来。李二万说，想不想回老家找老婆？想，老子给你们发路费！看见李二万真的拿出那么多钱来，大家伙儿动了心，撂下柴跟他们跑去。不少士兵都是被这笔路费吸引过去的。

在整个交火的过程中，马黑鹰一直不敢放松紫苏，始终一只手捉着她的后衣领，一只手握枪。也许正是因为这一不便，造成了他几次都没能击中刘铁。这是一大遗憾。不过紫苏可以说是他此次取得的另一个辉煌战果。

刘铁被张营长弄到了一条类似坎儿井的暗渠里"保护"起来。听说电话线被切断了，师部那边一时联系不上，刘铁很恼火，说："张营长，你让我走，老子要怕他马黑鹰杀，还像个政委吗？"

这回张营长无论如何也拦不住刘铁了，刘铁纵马驰去。

圆月高照，大地银白。马黑鹰一伙骑马向西逃去。看见前面一座大沙包，马黑鹰咧开大嘴笑了，说："弟兄们，梭梭行子到了，咱不怕啦！"

沙包后传来几声咩咩叫。马黑鹰朝后看了看，黑脸放光，想，让你们追，等着看好戏吧。一串尖厉的呼哨，哈孜别克匪徒打着火把，仿佛从地下冒出，与马黑鹰叛兵会合。

俞天白和花之锦、宋刚紧追而来。宋刚和几个骑兵刚翻过干沟，沙丘后就射来密集的子弹，宋刚中弹倒下。俞天白下马扑向宋刚，宋刚说了一句"土匪"，就没气了。俞天白这时看清了，沙丘后伏着密密麻麻的土匪，马黑鹰跟哈孜别克勾结到一起了！哈孜别克匪徒擅长夜战，而自己仅有几十个人，不能再打下去了。望着这些刚才还活蹦乱跳的小伙子现在躺在脚下，俞天白悲愤极了。

刘铁、邢保财一行赶来时，戈壁上留下一片尘烟和星星点点的火光，是匪徒仓皇逃跑时撂下的火把。暗光映着一地鲜血和士兵们悲惨的面庞，刘铁的肺都要气炸了，他一把揪住俞天白的衣领，吼道："宋教导员咋死的？俞天白，你放走了你大哥吴家耀，这回又放走了一个小弟，功德不小哇！"

花之锦说："马黑鹰跟土匪勾结到一起了，哈孜别克人多势众……"

邢保财说："哼，我看你们这一帮是穿连裆裤！"

马黑鹰跑了，又死了这么多弟兄，俞天白是既愤慨又懊恼，他反击道："少侮辱人！"

刘铁从地上拾起一个亮晶晶的弹壳，举到俞天白面前，说："侮辱人？睁大你的狗眼看看，这是啥？美国汤姆森冲锋枪的弹壳！半年前骑兵团特务营配备过一批这种型号的枪，对不对？你们并没有把全部武器上缴，你们私藏了武器，对不对？！"

俞天白和花之锦望着弹壳都是一惊！莫非这起暴动马黑鹰是早有预谋？一股血涌上头顶，俞天白掉转马头，对花之锦说："追！"

刘铁看了一眼邢保财，说："你回去尽快向师里汇报，老子就跟着他，看他还想要啥花招！"

三

在独立师发生暴乱的同时，十五师和十七师有三个团也同时发生暴乱，死伤无数，其中有十多名是政工干部，一名是师政委。新疆起义部队发生特大暴乱的消息，几乎在第一时间传到北京，引起中央首长的高度重视。中央军委指示，一定要尽快平息暴乱，并彻底消灭哈孜别克这一伙长期危害新疆各族人民生命财产安全的民族分裂分子！这天晚上，从军区总部到二十二兵团，上上下下都动了起来。出了这么大的事情，孙世贤作为独立师的政委自然压力不小，看起来自己的工作还有不少疏漏，有关部门早就告知，有一个叫"羚羊"的特务组织活动在亚其一带，可近一时期你却只顾埋头生产，怎么就没能发现一点暴乱的端倪呢？王司令员打电话对他说，敌人看我们大生产运动顺利进行，怀恨在心，要跳出来干一场，其实没什么了不起，很正常。共产党把蒋介石都打垮了，还怕一个马黑鹰？坏事有时候也是好事，说不定"羚羊"这回要露头了呢。

当晚大家在研究剿匪方案时，孙世贤突然有了一个大胆的想法，让俞天白来当这个剿匪大队大队长。肖伯年和其他人都很吃惊，说俞天白可是马黑鹰的拜把子兄弟，能靠得住？孙世贤意味深长地一笑，说让俞天白担任这个剿匪大队大队长他有两点理由，一是因为他和马黑鹰是拜把兄弟，有利于瓦解对方；二是他对新疆的情况熟，有利于作战。

师党委发出这个指示的时候，刘铁和俞天白已经在戈壁上熬了整整两天。两天里毫无所获，人困马乏，粮水将断，刘铁是心急如焚，对俞天白又怨又恨。这时电报员接到师里发来的电报，直接交给了俞天白。俞天白对于师党委的这个委任状一时有些摸不着头脑，犹豫了半天，去找刘铁。

刘铁看罢电报，说："你当剿匪大队大队长，我给你当副手？凭啥呀，就凭这两天你一直瞎带路？"

俞天白说："这是上级的任命。"

刘铁说："你以为你拿这份电报就能镇得住谁？俞天白，你想想马黑鹰咋会跑的，是你打着保护政工干部的幌子，把我们挟走的，对不对？其实你是为了给他帮忙吧？"

俞天白两天没洗的脸一片灰白，说："你冤枉人！"

眼看着两个人又要吵起来，花之锦连忙上来劝，说眼下抓马黑鹰是要紧事，别耽搁了。

刘铁气呼呼地说："我看跟着你们去抓是扯淡，是白搭！要抓我们自己去抓！"

俞天白眼睛看着一边，口气很硬地说："没有经过我同意，谁也不许擅自离队！谁要不听指挥，半途退出，按逃兵论处！"

狗尾巴草充洋槐花，还抖起来了！刘铁还想跟他干仗，常福小声说："政委，咱不能走。一走，抓马黑鹰就更没指望了。"

说得是，我这一走，俞天白高兴还来不及，他还真的肯去抓马黑鹰？老子认啦，就给你俞天白当这个副手，看你要啥花招。但是，刘铁对师党委这个决定有意见，上级究竟是咋考虑的，莫非是要考验俞天白？刘铁一时想不出个所以然来，大喊一声："常福！"

常福一挺胸，说："到！"

"从现在起，你要保护俞大队长的生命安全，要有个三长两短，我拿你是问！"

"是！"常福想笑，憋着没笑出来，他知道刘铁其实是让他看好了俞天白。

正午，骄阳似火，马队行进在一望无际的戈壁。驮着给养的骆驼直吐舌头，马大汗淋漓。队员们疲惫至极，嘴唇干裂，走得十分艰难。刘铁停下来，让大家歇歇脚，喝口水。花之锦从骆驼上取下羊皮袋，说没水了。刘铁问一个维吾尔族老向导："这附近有水吗？"

这名向导是昨天在一个村落碰上的，俞天白请了过来。老向导拍拍肩上的鹰，说："难说，戈壁滩大得很，要是老天爷保佑，说不定哪个窝窝子里能存点雨水。"

老向导从口袋摸出几粒粗盐，掰开鹰嘴。这是当地老乡找水的一种办法，鹰吃了盐巴渴得慌，就会找水喝。它在天上飞来飞去，在哪儿落，那儿八成有水。

俞天白摊开地图看了片刻，说："前面是雪山，那里找到水的可能性比较大。"

刘铁冷笑一声，说："望山跑死马，这两天大家伙儿跟着你一直白跑路，你一会儿说土匪待在野狼沟，一会儿又说土匪喜欢到死亡谷打猎，到现在没摸到敌人一根毛。照这个架势，怕是要在戈壁滩打持久战了，不先解决水的问题咋行，这样会把大家活活渴死。"

刘铁抓过老向导肩上的鹰，往空中一撂，鹰腾空而起。

鹰低低地、缓缓地一路朝前飞去，似落非落。刘铁和常福跟在老向导后面，跑着。直跑出三里地，跑得满头大汗，这时远远出现一片绿荫，鹰在空中划了一道弧线，落下。

常福兴奋地跑上前，挥起胳膊，大喊："水！水！"

前方灌木丛中的一片低凹处，亮着浅浅一摊子白。三个人跑过去，捧起水就喝。那鹰看着主人喝水，圆眼睛骨碌碌转，一副自豪的模样。喝饱了肚子，大家又把水葫芦、羊皮袋灌满。刘铁背起沉甸甸的羊皮袋，拍拍鹰，说："小伙子，好样的！你帮咱找到了水，有功哪！"

鹰扇动着翅膀发出一声低鸣，刘铁一回头，发现一侧灌木后有动静，说："土匪！"

话音未落，子弹嗖嗖地射过来。一群土匪露出脑袋，大喊："抓共军啦！"

从一棵树上冷不丁甩下来一根绳子，套在了刘铁腰上。两个土匪高兴地拍手，说大鱼逮着啦！刘铁抓紧绳子，嘿的一声，腾空而起，荡了过去，一脚就把树上的土匪蹬翻在地！狗土匪，跟老子玩这套把戏，"荡秋千"那可是我铁娃子的强项！刘铁咚地落地，钻出套子，接着往前跑。

三个人穿过荆棘、沙丘，一路跑去。子弹擦过老向导肩上的水葫芦，水哗哗地淌出来，常福的羊皮袋也被打漏了。刘铁连忙把肩上的羊皮袋抱在怀里，用身体护着向前跑。突然脚下一陷，刘铁呀了一声，竟然是土匪设的陷阱，看来他们是早有防备呢。常福回头要救刘铁，刘铁却是越陷越深，只露下一个脑袋了。刘铁挣扎着大骂："狗土匪，有种的咱们拼刀子！……"

常福伸出手拉刘铁，刘铁费劲地高高托起羊皮袋，说："快，把水带走，别管我！"

常福说："不，政委！"

刘铁生气了，说："蠢货，快走，走！大家等水喝呢！"

常福抱起羊皮袋，和老向导逃去。

几个土匪这时来到陷阱前。一个穿羊羔背心的小头目从马上下来，说："请问这位长官尊姓大名？"

刘铁好像裹在一窝铃铛刺里，浑身生疼，骂道："老子是刘铁，是来收拾你们这些王八蛋的！"

小头目笑了，说："好，有种！那我带你去会会我们长官？"遂令两个匪徒把刘铁吊上来。

听说刘铁掉进了土匪的陷阱，俞天白暗叹糟糕，他带着几个人去寻刘铁，刘铁和土匪却已无影无踪，路上留下一串新鲜血迹。大家担心土匪会向刘铁下毒手，俞天白估计暂时不会，但是往后就难说了。所以，营救刘铁成为当前的首要任务。只是这戈壁滩连着雪山，好大一片地方，谁知道转到了什么地方。两个人才合作了半天，副手就出了问题，俞天白觉得真要命，让电报员马上向师里汇报。

此时刘铁已来到死亡谷的一片松林，被剥去衣服，吊在树上。下面是熊熊燃烧的篝火，蓝色的火焰呼呼地蹿，不时地往刘铁的脚上燎，刘铁在烈焰上挣扎着，大叫。马黑鹰和肉孜管家坐在毡垫上喝着酒，吃着肉，开心地看着。马黑鹰倒了一酒杯走到刘铁跟前，歪着脑袋说："铁娃子，这烤全羊的味道不错吧。要不要喝一杯，为咱们的见面庆祝一下？告诉你，这里有位朋友还想见你哩……"

马黑鹰说的这个人是吴家耀。

刘铁摇摆着双腿，在马黑鹰身上蹭了一脚，骂道："狗日的，你别高兴得太早！"

马黑鹰笑嘻嘻地，自己把那杯酒喝了，说："铁娃子，你是猫命，这我知道，我二哥俞天白过去没少跟我提你，我大哥吴家耀也对你很赞赏哩。我佩服你是个爷们儿，有种！要是你也在国军里，说不定咱们能成兄弟，你得喊我哥，可谁叫咱们不是一条道上跑的车呢？遗憾哪！"

刘铁说："快闭上你的臭嘴吧！你一个军人堕落为寇，还有脸教训老子？马黑鹰，你把薛紫苏弄到哪儿去了？"

马黑鹰眯缝着眼睛说："我猜你就会问这个！铁娃子，瞧你自个儿的命都快保不住了，还挂念着那女人，真是个重情义的好男人！不过，怕是你见不到她了……"说着，抓起盘子上的小刀在刘铁的脖子上抹了一下，那雪亮的刀刃好像就要嵌进皮肉。

肉孜管家慌忙制止，说："马副团长，这烤全羊还不到火候，动刀子早了

225

点儿。"

马黑鹰皱皱眉，说："老子不杀他，也会有人杀他！肉孜管家，一会儿你把铁娃子带回松林坡，见老大。"

肉孜管家说："你哩？"

马黑鹰说："我得待在这儿迎接另一批客人！"

马黑鹰说的客人，是解放军剿匪小分队。

四

孙世贤和肖伯年接到俞天白发来的电报，一时都呆了。土匪没抓到，刘铁把自个儿给陷了进去，这可如何是好？考虑再三，孙世贤决定让颂莲带一个小分队增援俞天白，同时解救刘铁。颂莲二话不说，接受了任务。这时邢保财找上门，向孙世贤和肖伯年请求，让他去第一线。邢保财是鼓着勇气来的。被处分后他一直心灰意冷，打不起精神，眼下是个机会，他想将功补过。颂莲明白邢保财的心思，于是也帮着邢保财求情，最后任务就落到了邢保财身上。

孙世贤说："这次任务可不轻，既要救刘铁，又要抓马黑鹰、哈孜别克一帮，你行吗？"

邢保财豁出来了，挺直胸脯，说："保证完成任务！"

孙世贤把自己画的一幅地形图交给邢保财，指着图上说："俞团长他们现在已接近死亡谷，估计要在那儿宿营，你抄这条近道，今晚就赶过去跟他们会合……"

邢保财敬了个礼，说："是！"

邢保财和二营代理教导员陈李子一行赶到山里时，俞天白的小分队和马黑鹰刚刚交战结束，死里逃生。

原来俞天白的马队在深山里绕了半天，遇上大雨，大家伙儿浑身被淋透。好不容易雨停，来到一个三面环山的避风处，花之锦让大家在这里宿营。俞天白环视四周，也觉得是个不错的地方。但是山上突然传来山鸡叫，老向导发现有人影晃动，说上面有土匪！话音未落，枪声骤起，叛匪从三个方向发起进攻，火力密集。俞天白立刻让大家隐蔽，但是人家在上，你在下，又是三面夹击，无论如何也避不开，一时间倒下好几个士兵。正当俞天白和花之锦焦灼不堪时，枪声骤停，俞天白觉得纳闷，这时从对面山上传来一个熟悉的声音——

"二哥啊，真没想到是你！你不是帮共产党来抓我的吧？铁娃子现在就捏在我手里，咋样，小弟不算太无能吧，哈哈哈哈！"

猛然听到马黑鹰的声音，俞天白心里一抖，大声说："马黑鹰，你给我马上把人放了！"

"二哥，你看你，咋变得这么性急了。咱们兄弟好不容易见回面，谝会儿传子嘛，过去咱们俩光着膀子，一谝就是一宿呀……"

看不见人，马黑鹰的声音却煞是响亮，从山谷那边回荡过来，带着嗡嗡的金属声。花之锦向俞天白使了眼色，俞天白当然明白花之锦的意思，跑了几天，好不容易才找到马黑鹰，而且是在这不利的地方会面，俞天白决定先拖住他。

俞天白说："可不是嘛，老三，咱们俩从前床对着床，你老把臭脚丫子搭过来。"

传来马黑鹰呵呵呵的笑，马黑鹰说："冬天行军宿营，你总让我先睡，说你替我站岗，你当我傻呀，你是想让我给你暖被窝，还记得不？"

"那咋能忘了！我还记得我过二十八生日那天，你送了我一匹白马驹，一直陪伴我到今天……"

"哈！你倒是记得挺清！二哥，咱兄弟的情义可不是一天两天了，打三六年参加马家军，咱们就再没分开过。那阵子你是个胆小鬼，白天骑在马上练大刀，到了晚上你就害怕，大喊大叫说头疼。每回我给你唱《花儿》，你才能睡得着，记得不？说完就唱了起来：

> 青石头峡里斧头响，
> 脚踏（着）牡丹树上。
> 心儿里没想骨头里想，
> 相思病骨头里渗上……

马黑鹰的粗嗓门说起话来凶，唱起歌来却十分温柔，浑厚质朴，韵味十足。俞天白不大会唱歌，但喜欢听俄罗斯民歌，再就是秦腔和《花儿》，这三种风格虽不一样，却都有一种悲凄的味道。俞天白迷恋这样的苍凉和凄婉。现在听到山那边唱着，他这边也和着，心里说，老三啊老三，你唱得真好听！二哥这辈子都忘不了你的《花儿》，忘不了咱们兄弟间的情义！

那边唱着唱着，唱不下去了，发出一阵阵的呜咽……

山谷静悄悄的，风吹树叶沙沙响。俞天白一时间也满眼泪水，难道这就是我们最后的会面？美丽的《花儿》竟成了一曲挽歌？

在两个人一唱一和中，花之锦已悄然率队撤出包围圈。马黑鹰本来还要继续跟他的二哥叙旧，还要告诉他一些关于大哥吴家耀的秘密，但是这时候背后传来李二万的叫声："共军跑啦！"

马黑鹰从一块石头后面站起，顿时傻了眼，自己的二哥竟然把他骗了！刚刚唱完那情意绵绵的悲伤的《花儿》，马黑鹰尤其不能接受这个事实，他抹去泪水，发出瘆人的笑，说："好个二哥，你要起我来了！你凭啥要我，我马老三这辈子咋就被你要啦，嗯？！"

马黑鹰一挥大刀，满腔仇恨地去追赶俞天白的队伍，他要毫不留情地把他们全消灭！但是这个时候传来马蹄声，又一支共军的剿匪小分队包抄过来。马黑鹰接到这个消息，无奈也只好撤了。

这正是邢保财和陈李子的马队。

邢保财是冲着枪声赶过来的，看见俞天白一行狼狈逃窜的模样，火冒三丈，说："我一直弄不明白，你们在戈壁滩绕了这几天，咋就没点进展？原来你们当逃兵！刚才你们跟马黑鹰都交上了火，为啥让人家从眼皮子底下跑了？"

花之锦说："邢主任，敌人早有防备，我们被三面夹击，情况相当严峻，要不是俞团长施了计，怕是撤都来不及呢。"

邢保财对陈李子说："老陈，听到了吧？他们撤得还挺有理由。花参谋长，要是俞团长现在被抓了，你也这么磨磨蹭蹭？这是贻误战机，你们知道不知道？！"

花之锦说："你啥意思？刘政委被土匪抓了，你怪我们？"

邢保财说："身为剿匪大队大队长，当然有推卸不掉的责任！"

俞天白没说一句话，他忽然觉得难受极了，是为马黑鹰，还是为自己？

陈李子劝邢保财说："邢主任，大家来这里都是为了剿匪，就少说一句吧。"

邢保财摆摆手，说："好，好，算我没说。"

第十七章

一

邢保财能否救出刘铁，颂莲其实一直持怀疑态度。邢保财走了一阵儿，她就有点坐不住了，想还是应该自己去营救。不过，这天早上颂莲从薇拉这儿得到一个新情况，薇拉说塔吉古丽又来医疗队找过紫苏，听说紫苏被绑架到土匪那里去了，很惊慌，匆匆走了。这个信息太重要了，紫苏和哈孜别克的小老婆究竟是什么关系？颂莲认为这是弄清楚的好时机，她立刻骑马追赶塔吉古丽。

这一跟踪，倒真的发现了问题。塔吉古丽回去后，就骑马朝一条僻静的小道驰去，一路上鬼鬼祟祟，神色慌张。颂莲想，看你去哪儿，今天我跟定你了！塔吉古丽翻沙包，穿梭梭林，越走越急。颂莲利用灌木丛、沙丘作掩护，一路骑马跟去。七绕八拐，黄昏时到了松林坡一座背阴的山下，塔吉古丽下了马。松林密布的山崖陡峭处，竟然设有一道山门。一个赶着羊群的麻脸男人看见塔吉古丽，撂下皮袄，过来帮着拴马。二人不知说了些什么，塔吉古丽气呼呼地一顿斥责，冲进山门。

颂莲一时傻了眼，自己怎么进去呢？看见塔吉古丽拐上一条小路，颂莲把马拴好，藏到树后。这时刚好有一群羊咩咩叫着，向门里涌去。颂莲看见麻脸男人在挠痒痒，一把抓起地上的羊皮袄，反穿在身，弓着腰混入羊群。这一招是相当冒险的，即使羊再多，当牧人的似乎没有不认得自己的羊的。果然，麻脸男人四下里找羊皮袄，警惕的目光在羊群里扫来扫去；麻脸男人甚至开始查点羊只，觉得有什么不对头。但是麻脸男人个子很高，当他看远处的羊时，就忽略了膝下的羊，颂莲愣是从他脚边钻了过去。颂莲出了一身大汗，浑身的羊膻味儿。

颂莲摸进土匪窝子的时候，木拉提祖孙和牧民们正排着长队打饭。他们是昨天被土匪抓过来的。肉孜管家一边给大家盛汤，一边蛊惑说："香喷喷的羊肉汤，一人一碗，白吃不要钱。你们只要跟着我们哈孜别克大人走，好日子就没个头……"

肉孜管家给石榴盛汤时顺势捏了一把她的手，石榴甩开来，汤泼到了他的靴子上。肉孜管家恼了，说："黄毛雀不识好，老子穿的可是鹿皮做的新靴子，给我把油舔啦！"

石榴瞪着肉孜管家，不动。肉孜管家举起大木勺要打石榴，被木拉提头人挡住。木拉提头人赔着笑脸说："话大了，要伤舌头；火大了，会烧肝脏。管家，孩子不懂事儿，我向你赔不是总可以吧？"说罢，单膝跪地，俯下身舔去了那皮靴上的油。

肉孜管家哈哈大笑，拍拍木拉提头人的脸，说："木拉提头人，你是我见过的最可爱的头人！"

木拉提头人干笑着，那笑比哭难看。石榴最见不得爷爷这副软骨头样儿，拎着陶罐气哼哼地打水去了。石榴心里一直惦着她的铁叔叔，一个时辰前她正在喂马，看见两个土匪押着刘铁过来。石榴大吃一惊，喊着铁叔叔要冲过去，被土匪砸了一枪托。原来刘铁刚从马黑鹰那边转移到这里，关进了后峡山洞。

这阵子瞅着大家吃晚饭，石榴拎着陶罐去后峡打水。峡谷里有一条小溪，溪水清清，野花点点，落日的余晖把树梢染得金红，炊烟穿过林子，袅袅升腾，四周一片宁静。石榴一边汲水，一边朝不远处背着枪的土匪巡视。铁叔叔就关在里面，自己怎么救他呢，石榴皱着小小的眉头，快急死了。

躲在一棵树后的颂莲发现了石榴。颂莲一路上把塔吉古丽盯得死死的，却偏偏进了土匪窝子后把目标弄丢了，这叫她相当懊恼。这么密的松林，谁知道她去了哪里，进了哪一座毡房？颂莲不敢贸然行事，所以便躲在这树后观察。猛然看见石榴，她眼睛一亮，抓起一团干牛粪投过去。谁知惊扰了一个土匪，土匪嚷着"啥人"跑过来，颂莲冲上去，从背后勒住了匪徒的脖子，拔出枪顶在他脑门儿上。

"你要喊，我要你小命！说，那个被你们抓来的解放军关在什么地方？"

"不、不知道……"

"你是说，还是不说？"

"我说，就关在这搭……"

"什么人住在这儿？"

"吴、吴先生。"

"谁是吴先生？"

"那、那个从亚其县跑出来的国军一二六旅旅长……"

颂莲一震，是吴家耀？匪徒感觉到颂莲的松懈，冷不丁挣脱开，喊了一声"有共军"。这时石榴迎面冲上来，将高高举起的陶罐砸到了小土匪头上！匪徒当即昏死过去。好泼辣的女孩儿！颂莲一把搂住石榴，说："石榴，你怎么在这里？"

石榴哆嗦着身体，抽抽搭搭地说："我和爷爷，还有、还有……好多牧民被他们抓来了，铁叔叔也被抓过来了，关在那里面……"

颂莲朝石榴指的地方看了一眼，说："咱们一起救铁叔叔，你配合阿姨，敢不敢？"

石榴两只眼睛露出亮光，点点头，说："敢！"

二

紫苏是被蒙着眼睛送到松林坡的。从那天晚上被马黑鹰绑架出来，她一直处于一种不真切的恍惚状态，甚至连害怕都谈不上。回想自己的童年和少年，以大山为家，与草药相伴，害怕的时候就吹箫。一吹，什么烦恼和惧怕都没有了，天蓝蓝，水清清，云彩飘飘，月儿明明。自小失去父爱，母亲又长年卧病在床，紫苏小小年龄便要学会忍耐和承受。在这个世界上，也许只有外祖父真正疼爱过她。但外祖父在一次采药的时候坠落山崖，她亲眼看着他像一团流云那样沉下去，飘走了。此后另一个男人进入了她的生活，这个人就是吴家耀。本来她是应当感激他的，但是他们之间偏就生出了怨恨，这就是命运。来到这解放军的部队，紫苏起先也是满怀欢喜，尤其是有一位她钦佩喜欢的人待在身边，这叫她内心时时装着一种幸福感。这感情就像春天的小草那样，偷偷地在风中探出脑袋，在阳光下慢慢长大，尽管她是那么压抑，可还是禁不住要长。只可惜好景不长，自己是这样一种身份，就像捆绑上一枚炸弹，不知什么时候会引爆。马黑鹰绑架她的时候，说了一句话，薛小姐，我这其实是为你好，你和刘铁不是一种人！还说，你到了地方会明白的。紫苏想，他要把我弄到什么地方呢？莫非是他来了？

紫苏来到松林坡后，一直在下雨，淅淅沥沥，将人带入无尽的倦乏和一种松弛。紫苏沉睡了三天，好像要把过去的一切全部忘记。醒来，轻松多了，窗外的浓绿和星星点点的野花，以及小鸟的歌唱，让她觉得自己来到了一块世外桃源，真好啊。这宁静直到傍晚时分终于被打破。哈孜别克突然来造访，很礼貌地说："薛小姐在欣赏风光呢，不忙，有的是时间。我带你去见一个朋友，怎么样？"

一种不祥的预感再次从心里升起。

后来当哈孜别克撩开一间毡房的绣花门帘时，紫苏果然看到了一颗略有些秃的头颅，那颗脑袋慢慢地转过来，转向她！

一段日子不见，那个人显得老态了，头发更加少，眯缝的眼睛露出一线灰白的光，那是一种老人的目光，苍凉而柔弱。在短短几秒钟的对视中，紫苏的心像被谁拧了一把，挤出了血，就是这个人曾经帮助过自己和母亲吗？就是这个人像父亲一样每年给自己添新衣吗？……紫苏没有勇气看他，但是对面的人却在审视着她。好一个小紫苏，你比这山里的雪莲花还娇嫩哪，老天爷真是有眼，到底把你给我送回来了，马老三和哈孜别克为我干了一件大好事啊！吴家耀凝视面前这个出落得更加标致的女孩儿，竭力压抑着内心的迷乱。他轻轻咳了一声，拿起小刀想割一块煮羊肉给她，却不知怎么手抖得厉害，小刀落在地上，发出当啷一声响。

哈孜别克弯腰拾起小刀，笑着说："吴先生太激动啦，坐，请坐！今天我哈孜别克做东，庆祝你和薛小姐的团聚！"

紫苏这才注意到满炕的大盘大碗，各种各样的野味，餐布正中还立着一只金黄透亮的烤全羊。哈孜别克托起羊皮袋，哗啦啦倒了三满碗马奶酒，捧起一碗，说："吴先生是我的老朋友了，在此先敬你们二位一碗，为你们这桩美满姻缘！"

马黑鹰把吴家耀的未婚妻捎了过来，这一点哈孜别克是没料到的。那天晚上接应马黑鹰的时候，看到一个美丽的汉族姑娘面色忧戚地站在面前，哈孜别克动了心思，让马黑鹰把这女人交给自己，乘他的马车走。马黑鹰还有些不放心，哈孜别克说，这是旅座的女人，我保证不会动她一根指头，我这也是为了她的安全。马黑鹰眼下要投靠哈孜别克，不得不依他。哈孜别克把紫苏接回松林坡后，并没有让她去见吴家耀，而是有意拖了几天。今天很正式地宴请，目的只有一个，让吴家耀知道在这山里就得听他的。另外，今天他还有一项极重要的安排，那就是把刘铁一并送过来，让吴家耀过目——好好看看他的仇敌加情敌！哈孜别克喜欢热闹，尤其喜欢看汉人跟汉人打架。等他们打得差不多的时候，他再出面调停也不迟。不过到那时，他就有五马车的条件了。

吴家耀来松林坡的路上心情一直不平静，早在两天前他就得到了关于紫苏和刘铁的消息。他该如何处置这两个人呢？决不能轻饶这对狗男女！这是吴家耀一贯的办事风格。但是此刻面对这曼妙的女孩儿时，吴家耀的心还是禁不住颤抖了，多好一个孩子，他怎么能杀了她呢？不，不能！见紫苏端着碗一脸为难，吴家耀喝尽了酒，然后对哈孜别克说："谢谢大人的盛情款待，我吴某干了！只是薛小姐大概还不太适应这山里的马奶酒，咱们就让她自便，好不好？"

哈孜别克哧地笑了，说："哈，吴先生挺知道疼女人哩。"

塔吉古丽提着茶壶进来倒水。趁着酒宴，她壮着胆子说："哈孜别克，求你放了薛医生，她是我的恩人，你不能伤害她！"

哈孜别克生气地打断老婆："闭嘴吧，宝贝儿！薛小姐是吴先生的女人，我是让他们团圆的，怎么会伤害她！这里没你的事儿，你走吧！"

塔吉古丽不得不退下。

这时一名小土匪进来报告："大人，抓到的那个解放军马上送过来。"

哈孜别克拍拍手说："好！我今天要跟这个有七条猫命的铁娃子喝一杯哩！"

铁娃子？天哪，刘铁什么时候被抓到这里的？紫苏简直不敢相信，但看来不会错，吴家耀正用一种阴沉的目光盯着自己。紫苏心里顿时烧起了火，浑身冒汗了，刘铁要到了吴家耀手里，吴家耀一定会杀了他！不，我要阻止这件事！

紫苏捧起木碗，一饮而尽，说："哈孜别克大人，我想跟吴先生单独谈一谈，行吗？"

这姑娘一下变得爽快起来，哈孜别克感到突然，说："这、这……吃完喝完再讲，不行吗？"

紫苏说："就现在！"

哈孜别克捋捋胡子，哈哈一笑，说："看来这马奶酒真不错，一喝就来劲儿！薛小姐既然有私房话要跟吴先生说，那我还是回避一下。吴先生，咱们就等铁娃子来了以后再喝？"

陪吴家耀和他的女人喝酒，哈孜别克其实并无兴趣，他今天最想看的还是刘铁与他们欢聚的场面。吴家耀对于哈孜别克的这个决定，不置可否。哈孜别克便朝两个男仆挥了一下熊掌似的毛手，腆着大肚皮，摇摇晃晃地出去了。

留下了紫苏和吴家耀两个人。

三

此时在后峡的小溪边，穿着红裙的石榴正哼着欢快的小曲儿洗脚。两个土匪听到歌声，扭过脸来看，一看就看到了石榴白花花的腿。石榴洗完了脚，坐下，拔了几片乌斯玛草的叶子，对着溪水描眉。瞥见土匪看她，石榴打了一个飞眼，抛上一个媚笑。两个小土匪一下乐了。颂莲透过林隙看到石榴那鬼样子，禁不住一阵暗笑，这丫头还真会骚情哩，几个小动作就把男人的魂给勾了。果然，那边的小土匪忍不住了，其中一个对同伴说"撒个尿"，就跑了过来。

小土匪从背后一把抱住了石榴！玩虚的还行，动真的了，石榴就吓得要死了，连连大喊："臭土匪！来人哪，救救我啊！……"

听到喊声，看守洞口的土匪们呼啦啦朝这边跑来。颂莲就等这一刻呢，她像一只猫敏捷地从树后跳出，直奔洞口。在洞口，颂莲三下五除二干掉两个哨兵，搬开大石头，钻进洞子。石榴那边传来一片哭骂声和笑闹声……

后峡与哈孜别克的居处隔一架山，距离不远。也许是下雨的缘故，也许是吴家耀的心思全放在了女孩儿身上，他竟然没听到那枪声。哈孜别克走后，吴家耀又喝了一些酒，有几分醉意。他眯着眼，端详着女孩儿，想，多美丽的一张脸啊，为什么这么忧伤，是为了那个人吗？吴家耀欣赏着女孩儿脸上的哀愁，感到心痛。

窗外噼噼啪啪的雨声，仿佛是刘铁急促的脚步，他正在往死神那里赶呀。紫苏终于向吴家耀哀求道：

"请您放了他吧，先生。"

"我当然可以放了他，但是，你得跟我走，紫苏。"

"上回您没走，这回您走得了吗？"

"走不了也好嘛，咱们就同归于尽。不过，我得先把他杀了，再杀你。"

"您可以把我杀了，但您不能杀他！"

吴家耀哈哈大笑，他平素很少有这样的笑，这个女孩儿竟然惹得他笑了。笑了一阵儿，就有些难过，心里叹道，紫苏呀，紫苏，我吴家耀怎么就不能得到你的爱情呢？因为我年龄大？因为我没有那个铁娃子英俊？吴家耀留在这里，无疑是因为他特殊的使命之需要，但是对未婚妻的思念却不是没有的。那花骨朵一样娇嫩的女孩儿待在戈壁滩，他如何能放得下，她要万一有个什么闪失，他怎么向她九泉下的父母交代？在这段漫长寂寞的时光里，独自一人藏匿山中，过着寄人篱下的日子，吴家耀同所有正常男人一样，有思念，也有欲望。哈孜别克隔几天就会给他送来一两个混血女人，吴家耀当然不是吃素的。但过后他会更加郁闷、忧愤，都是些下三烂，无论如何也是不能跟他那冰清玉洁的薛小姐比的。那么，是谁把他逼到了今天这个地步？是共产党，是刘铁！当吴家耀听说了自己的未婚妻跟刘铁打得火热时，他恨得牙根痒痒，一想到他那么纯洁的女孩儿，自己都没舍得碰一下，竟然跟那个泥腿子搞到了一块儿，他简直要疯了，恨自己当初怎么就没有把她给干了！多了这一层复仇的心理，吴家耀困在这山里就愈加痛苦，也愈加之顽强。度日如年，苦苦等待，他怎么会不消瘦不苍老呢？恨是简单的，那被称之为爱的东西，却是一把双刃剑啊。

几只蛾子扑向火盆，栽了进去，发出吱吱声。这山里每天傍晚都要燃一盆松木取暖。吴家耀呆呆地看着，感叹道："多漂亮的小蛾子，只可惜太短命！薛小姐，别说我还真有点欣赏你，一个天使般的女人，为了自己的心上人竟甘愿做蛾子，好样的！我吴家耀活到今天，还没体会过这种飞蛾扑火的爱情呢。刘铁怎么就赢得了你薛小姐的芳心？"

"他是个善良的人、勇敢的人，他热爱自己的国家和人民，他为了老百姓可以献出一切……"

"说得好，薛将军的千金跟她的父亲一样正直！只是我想提醒你，薛紫苏，别那么健忘，你还是我吴家耀的未婚妻，你娘死之前是给咱们订了婚的，对不对？要是一会儿我把这个告诉刘铁，他还会喜欢你吗？"

紫苏只觉得心口被一只大手摁住了，骤然喘不上气来，脸色煞白。

从吴家耀站在自己面前的那一刻起，紫苏就有了一个大胆联想，一段时间以来，部队发生的许多事情都跟这个人有关，包括"金羚羊"项链，这个人毫无疑问就是"羚羊"！

"先生，紫苏这辈子不会忘记您对我们母女的资助。如果有来世，我一定报答。但是，您听我一句劝，放了刘铁，去自首，这是您唯一的出路！"

紫苏快要流泪了，她强忍着不让泪水掉下来，站起身朝门外走去，吴家耀一把拽住了她！

吴家耀想，这是不可能的，我的小姑娘！我等了这么久，就是为了今天，明白吗？我一定要把我的仇人铁娃子消灭掉，而后带着你这只小羚羊到那边去！吴家耀抓着那条细软的胳膊，仿佛捏着一根柳枝。多美啊，这小小的手儿他从来没碰过呢，现在他下了决心，他要把她彻底碾碎压平！

吴家耀一把扯掉紫苏肩上的围巾。

"你要干什么？！"紫苏尖叫一声。

吴家耀瞪着女孩儿，眼睛冒出两团红光。他想，我能干什么？从前我拿你当天使，因为你是薛将军的女儿，高高在上，我甚至连你一根头发丝都没敢碰！今天，你他娘的就是一只小母羊，我收拾了你，再去杀刘铁也不迟！我要让那小子看看，吴家耀是怎么爱他的未婚妻的！

吴家耀像一团黑色的巨浪，咆哮着，将紫苏扑倒在炕，他要淹没她，把她拍成碎片！紫苏显然缺乏精神准备，她慌乱无措，惊恐万状，她一次次想要从那令人窒息的恶浪中逃出来，又都被埋了下去。紫苏闭着眼睛，流着眼泪，祈求上苍，救救我吧，救救我吧！她呼喊，挣扎，却没有人能够救自己……

雨还在下着，噼噼啪啪。紫苏在黑暗中看到了母亲。母亲伸着一只竹枝般的手，喊，紫苏啊，我苦命的孩子，娘救不了你呀。她看到了外祖父，外祖父隔着一座山，从那边往这边扑，像一团云坠了下去。紫苏不想活了，她要跟外祖父一起投向那悬崖……

当啷一声，肉盘里的雕花小刀落到了他们身边，小刀发出炫目的白光，闪电般在紫苏眼前掠过。紫苏一把抓在了手里。没有选择了，没有选择就是选择啊！紫苏流着大颗的眼泪，咬着牙，狠狠地向那个人的后背扎去……

四

哈孜别克是在十分钟前接到一份来自亚其的加急电报，告知：有一名女共匪进山了。哈孜别克把电报投进炭火，大骂塔吉古丽这个蠢婆娘，竟然把女共匪给引来了！他气哼哼地让肉孜管家去请马黑鹰，肉孜管家说，你忘了马副团长这会儿正在戈壁滩和共军的剿匪部队打转转哩。哈孜别克这才想起的确如此，马黑鹰来到这山里好像就没消停过，一直在跟共军周旋。哈孜别克觉得无论是吴家耀还是马黑鹰，这两个小眼睛汉族男人犯了一个病，眼小心大，比自己还贪。刘铁都活捉来了，你们还要干什么呢？莫非是想打回亚其，夺回失去的政权？难啊。在哈孜别克看来，这一次行动比以往任何一次行动都有收效，但却很可能是短命的。所以他们还有一套计划就是，万一出现意外，就赶到乌帕尔山南部一个叫禾木的地方，在那儿出境。

哈孜别克怒气未消，这时后峡的土匪小头目满头大汗来报告，说抓来的解放军跑了！听到这个消息，哈孜别克相当震惊，刚把刘铁押过来准备跟吴家耀见面的，怎么就叫他跑了？会不会是被那个女共匪弄走的？这样一来，大本营就暴露了，不能再待下去了！哈孜别克甩了塔吉古丽一巴掌，穿上大衣，命令肉孜管家准备撤！

肉孜管家问："大人，那个叫铁娃子的，不追了？"

哈孜别克摇着一只毛手，说："追个屁呀，先保自个儿的命吧！"

哈孜别克比兔子还机灵。这些年多少人想杀他都逮不着，就是因为他防范意识极强，来去如风，被称作黑风暴。哈孜别克猛然间想起马黑鹰和吴家耀，不禁有些怨意，这两个蠢货，都这时候了还这么恋战。哈孜别克比较欣赏共产党的游击战，打打跑跑，其乐无穷。他派人马上跟马黑鹰联系，让他于黎明前务必赶到禾木会合，逾时不候！接着，又让一个女仆去喊吴家耀，自己也得略略收拾一下。女仆说，吴先生这会儿怕是正在安乐窝里呢，我不去！哈孜别克说，你去正合适，看看吴先生的未婚妻，能不能赶上你个婊子！这个叫茉莉的女人是吴家耀的第一个床上伙伴，只是吴家耀不喜欢她，嫌她有狐臭。茉莉恨恨地跺了一脚，走了。塔吉古丽被扇了一巴掌，也哭着跟了出去，嘴里念着，老天爷啊，保佑薛医生吧！

十多分钟后，哈孜别克收拾了金银细软，便去跟吴家耀会合。刚刚走到那座尖顶的毡房前，一名匪徒慌里慌张地跑来，说："不好啦，吴先生被捅啦！茉莉也被打死了！"

哈孜别克下马，看见吴家耀趴在门边，瞪着眼睛，手里握着枪，后背上插一把刀，地上是一大摊血。摸了摸，没气了。再看看不远处，树下四仰八叉地躺着茉莉。

哈孜别克怀疑，吴家耀和茉莉是被刘铁和那个女共匪临走时顺手干掉的。当然他更愿意相信，吴家耀是被茉莉杀的，不然吴家耀的手上怎么握着枪呢。事实上，吴家耀确是被茉莉杀死的。紫苏那一刀无论如何不至于送他的命。当吴家耀惨叫着，从紫苏身上翻下去时，紫苏吓得瞪大了惊恐的眼睛，不知该怎么办。犹豫片刻，她疯了似的跑出门去。跑到一棵树下，她与迎面而来的茉莉和塔吉古丽相遇。紫苏再也控制不住自己，扑到塔吉古丽怀里哭起来，求她救救她，离开这里！

茉莉看到这个头发蓬乱、衣衫不整的漂亮女人在哭，想她和吴家耀一定刚干了那件好事。这使她嫉恨在心，恨不能杀了那个男人！她小跑着冲进毡房，大大地吃了一惊，吴家耀趴在地上，背上插着一把刀，鲜血涌流。吴家耀伸着一只手，说：

"快！救救我，茉莉……"

茉莉弯腰望着吴家耀，忽然笑了，说："哼，死在你爱的女人手里，也算了却你这辈子的心病。对不起了，先生……"她绕过吴家耀，去拿炕上的手提箱。这是吴家耀的宝贝，她早就知道那里面装着满箱的金银珠宝。茉莉提起就准备跑，不料吴家耀一把抓住了那箱子！

"把箱子放下！……"

吴家耀紧紧地抓着那箱子。要死了还这么财迷，茉莉真有点看不起这个男人。更重要的是，她一定得带走这个箱子，从此才能衣食无忧。于是，茉莉攥住吴家耀背上的那把刀，狠命地扎了下去！这一次，吴家耀连叫的力气好像都没了，脑袋一歪。但是茉莉却怎么也拿不走那箱子，它被吴家耀死死地抓着，掰都掰不开。再耽搁下去会来人的，茉莉飞快地跑出了门。她不可能想到，吴家耀还会再睁开眼睛——吴家耀到底是军人，支撑他生命的不仅仅是气息，还有精神。吴家耀拿出这辈子最大的无畏，与死亡抗争的无畏，从腰里拔出枪，向目标瞄准——砰，茉莉倒地！你想劫我的财，没门儿！

一袋烟的工夫不到，吴家耀竟然变成了鬼，哈孜别克有些惋惜和遗憾。他拿起他那只宝贝箱子，啧了一声说："吴先生，你真可怜啊。用草原的话说，你这辈子也就是个羊命，早晚得死在刀下……"

吴家耀的死叫哈孜别克松了一口气。吴家耀虽说是寄人篱下，但这个人骨子里藏着汉人的傲慢，以为自己是正统国军，一旅之长，还是"羚羊"组织的头儿，老是不把自己放眼里。哈孜别克一直以"新疆王"自居，可是在这个组织里，他却是一名新兵，要受吴家耀领导，哈孜别克觉得很难受。现在吴家耀死了，他不仅可以把吴家耀的那些军火和黄金据为己有，还攫取了绝对领导权，马黑鹰这个小玩意儿，他是不在乎的。

哈孜别克吩咐手下人，砍了些松枝盖在吴家耀身上。把那个烂女人扔到了山涧，让她当魔鬼。

这一夜，哈孜别克的队伍马不停蹄，往国境线方向运行。最辛苦的是肉孜管家，他负责押送牧民和牛羊，跟在后面跑得气喘吁吁，大汗淋漓。他几次向哈孜别克提出把这些累赘甩了，哈孜别克不同意，说这是他的财富，也是最后的王牌。让肉孜管家操心的还有紫苏，这女人不知被吴家耀咋日鬼的，一路上发高烧，打摆子。紫苏是在跟塔吉古丽逃出松林坡的时候，被两个匪徒抓回来的。哈孜别克对老婆这种吃里爬外的举动大为恼火，狠狠抽了塔吉古丽几鞭子，把两个女人一起绑到了马车上。紫苏一直在发烧，这叫塔吉古丽揪心，塔吉古丽以为吴家耀把这姑娘给欺负了，她哪里知道，是这个柔弱的姑娘亲手把刀子捅进了她未婚夫的脊背的。哈孜别克好像也并不怀疑紫苏，甚至连吴家耀的死讯都没告诉她，但紫苏知道他一定死了！

当地平线泛起一缕淡淡的白光时，哈孜别克的人马总算赶到了边境。望着那边灰黢黢的大山，哈孜别克大喘一口气，对肉孜管家说："歇一会儿！"

哈孜别克下了马，抱下酒坛子喝了起来。

马黑鹰这时带着人马赶到。这两天马黑鹰一直在跟解放军的小分队周旋，与其说是恋战，不如说是他不能放弃他的二哥俞天白。俞天白骗了他一把，马黑鹰固然恨，可是这种恨坚固不起来。每每想到俞天白当年救他，想到他们兄弟间的情谊，想到这些年自己和大哥一直欺骗着他，马黑鹰就觉得有愧，觉得二哥这人太老实，也太可怜。他想何不趁此机会把他"劫"回来一起出境，他们兄弟仨从此又可以过上从前那种好日子了。可是不知怎么，这两天右眼皮老是跳。马黑鹰是昨晚接到哈孜别克派人送来的信的，报告了两个坏消息，一是刘铁跑了，二是大哥被人杀害。得到这两个消息，一股血涌上头，马黑鹰恨不能马上把哈孜别克这只老狼给活剥了！哈孜别克一直在巩固着自己"新疆王"的地位，并对汉人持怀疑和排斥态度，这一点马黑鹰是知道的。吴家耀窝在山里这段时间，倒也没少给哈孜别克上供，不过哈孜别克还是很提防。尤其是马黑鹰这次带着部队进山，哈孜别克是又高兴又紧张。表面上看，他对他们很客气，实际上他有一种压迫感。这次出境是哈孜别克一手联系的，外面有一帮政教势力。吴家耀和马黑鹰从来就不喜欢这帮子人，但现在也只好装着投靠他们。出去后早晚是要分道扬镳的，大家心里都有数。所以，马黑鹰怀疑大哥之死与哈孜别克有关。

　　马黑鹰在极紧张的情况下回了一趟松林坡，抱着大哥的尸体哭了一场后，直奔禾木。一见哈孜别克就怒气冲冲地问："是谁杀了我大哥？！"

　　哈孜别克盘腿坐在地上，啃一个肥大的烤羊腿。他耸耸肩，说："你问我，我问谁？不是铁娃子，就是茉莉。"

　　马黑鹰说："他娘的你们这么多人竟然看不住一个刘铁，还把我大哥的命也给赔上了，这到底是咋回事儿？"

　　哈孜别克冷冷地说："不要激动嘛，马副团长。你要是不信我的话呢，就去问弟兄们。"

　　这时候还能问谁呢，问谁都晚了。不过马黑鹰倒是想起一个人来，薛紫苏。现在大哥没了，留着她还做什么，不如斩了这小娘儿们让她随大哥去！马黑鹰提出要收回这个女人，哈孜别克摇着胖脑袋说："这娘儿们杀不得，她可是个宝贝，过去以后有大用场哩。"

　　这样马黑鹰就更加来气了，看了一眼慢腾腾走着的牧民，提出兵分两路，说你带一路朝西，我带一路朝东，过去再会合吧。哈孜别克抱起酒坛子，猛喝了两口，说："随便！"

五

马黑鹰和李二万率队离去不久，哈孜别克就发现情况不妙，共军追上来了。

昨晚颂莲救出刘铁，二人合骑一匹马跑出去不久，就听到松林坡方向传来匪徒的吆喝声、牛羊的叫声。显然匪徒开始转移了。颂莲把吴家耀藏匿在这山里的情况告诉了刘铁，刘铁万分震惊，接着猛醒，这个人看起来根本就没离开过亚其，难怪总有人明里暗里地跟解放军对着干，吴家耀无疑就是"羚羊"了。马黑鹰把紫苏劫持到这里，紫苏情况咋样，刘铁不能不担忧，不过他最最想做的，还是去抓吴家耀，上回让他跑了，这回决不能再放走这个狗东西！但是颂莲不同意他返回，说，我们只有两个人，现在必须跟老俞、老邢他们尽快联系上。刘铁想也对，跟大部队联系上了，再活捉吴家耀也不迟。两个人于是捡了一堆石头，在林边显眼的地方垒了一个大大的箭头标记。垒完，沿匪徒逃窜的方向追去。

俞天白的队伍是在凌晨的时候发现石头标记的。一连在山里跑了几天，大家伙儿筋疲力尽，连说话的劲头都没了。俞天白的人马在前，邢保财一行在后，侯宝玉和毛旦等几个从马黑鹰那里逃出来的人，押在中间。这一天多，邢保财和俞天白没少闹别扭。可以说邢保财每一分钟都在忍受煎熬，抓不着马黑鹰和哈孜别克，就救不出刘铁；救不出刘铁，他的任务就没法完成，谈何立功。所以他不想跟着俞天白像没头的苍蝇一样，在戈壁滩里转来转去。而且他一直怀疑俞天白在有意拖延时间，马黑鹰是他的拜把兄弟，他忍心抓他？走到半路时，邢保财终于提出各走各的道。俞天白说："戈壁滩这么大，咱们总共一百来号人，要是再不集中兵力，就算发现了土匪，恐怕也难招架。哈孜别克这个人既狡猾又凶狠。"邢保财说："俞大队长的意思是，让我们继续跟着你在这大山里逛风景了？死亡谷九九八十一道坡，坡坡有山洞，洞洞有美景，可老子不是来玩儿的！"邢保财拉着陈李子一行就要走了，这时在山根下撒尿的毛旦大喊："石头标记！"看到石头标记，大家乐了，肯定是刘铁留下的，他还活着！

俞天白和邢保财和解了。

俞天白沿着石头标记，一路追过来，凌晨时在一个沙包上和刘铁、颂莲会合。邢保财一见刘铁，泪蛋子就掉了下来，说："老刘，你没死啊？"刘铁说："我铁娃子还要抓吴家耀，咋能死呢！"听说吴家耀一直藏在哈孜别克的老窝，队伍里炸开了锅。俞天白不能接受吴家耀待在山里的事实，就像马黑鹰不能接受吴家耀的死，都是晴天霹雳。这时负责侦察的士兵回来报告，说匪徒兵分两路，正向东西方向逃窜。俞天白发出了大队长的指示，命刘铁、颂莲、邢保财一组，堵截哈孜别克，他和花之锦、侯宝玉等追剿吴家耀和马黑鹰。对于这个指示，刘铁不以为然，当即就说："老花，还是你跟吴主任和邢主任一搭，我这个副手就配合俞大队长追吴家耀和马黑鹰！"

颂莲和邢保财、花之锦向西追了没一阵儿，就看见哈孜别克的人像羊群一样四散在荒野。一些老人、妇女和孩子实在是跑不动了，匪徒们用皮鞭抽打，也不管用了。木拉提头人拽着石榴一直走在队伍前面，走着走着，发现路不对了。这个憨厚的老头儿终于暴发了，他愤怒地挣脱绳子，说："你们要把我们带到哪儿去？过了国境线，就是别人的家，我可不愿意离开自己的家！"

木拉提头人这么一喊，牧民们都嚷了起来，说，我们不走了，我们就待在自己的家！哈孜别克，你这个骗子、毒蛇，我们不上你的当！眼看着一场骚乱发生，肉孜管家对着木拉提头人就是一枪！木拉提头人两眼瞪着，倒了下去。石榴哭喊着扑上去，和肉孜管家扭打起来。愤怒的牧民们一齐冲向匪徒，又撕又打。还有一扁担路就出境了，谁知道又惹出这么一档子事，哈孜别克气得胡子直抖，骂肉孜管家真是个蠢驴！他顾不上那么多了，带着少量人马趁乱逃跑，这时颂莲和邢保财迅速包抄过来。一时间枪声四起，浓烟滚滚，牧民们吓得四处跑。考虑到有不少老百姓，颂莲让大家停止射击。陈李子在保护牧民时，中了匪徒一枪，后脑勺当场就冒出血，颂莲连忙扯下衬衣下摆，替他包扎。

双方处于对峙状态，哈孜别克这时甩出了他那张王牌。他从马车上拽下紫苏，匕首架到她脖子上，说："我们草原有句老话，在太阳升起的时候迎来客人，那将是他一生的幸福！朋友们，我哈孜别克是非常好客的，我要把最肥美的羔羊献给你们，过来喝一碗吧，哈哈……"

埋伏在树林后的邢保财猛然看见披头散发的紫苏，说："那不是薛紫苏吗？"

如果不是这样一个场景，颂莲是情愿相信薛紫苏就是"羚羊"。人就是这么奇怪，在此之前刘铁说多少证明紫苏清白的话，都是没用的。但此时此刻，颂莲看着一个衣衫褴褛的弱女子站在敌人的屠刀下，看着她一脸的高贵不屈，她觉得她是那么美丽，那么坚强！颂莲噌地跳出去，大喊一声：

"哈孜别克！你放了她！"

看见这个黑黑瘦瘦的女人，杀气腾腾地冲到面前，哈孜别克笑了，说："哎哟，这不是咱们的女巴图尔嘛，咱们又见面了！吴主任，我早就听说你酒量不错，能放翻三个壮士。咋样，咱们要不要先干一碗，为咱们的见面庆贺一下？"

颂莲说："好啊！不过你还是先把这女人放了，我喝酒的时候最讨厌娘儿们掺和！"

哈孜别克说："我哈孜别克也有个毛病，喝酒的时候不爱让人打扰，你是不是让你的兵撤下去？"

邢保财急了，撤兵？扯淡吧！他示意大家做好射击准备。

颂莲呵斥道："都给我下去！听到没？！"

邢保财和花之锦只好撤了，邢保财向陈李子使了个眼色，大家散开来，各找各的位置。

哈孜别克阴笑着，松开紫苏。颂莲把紫苏猛地推开，哈孜别克倒是动作利索，马上就把刀架在了颂莲的脖子上。土匪们冲着她架起了枪。

紫苏回头叫了一声："吴主任！"

颂莲瞪起眼，说："叫什么叫，滚开！"继而对哈孜别克说，"咱们不是说好了，先喝一碗吗？"

哈孜别克说："好，拿酒来！"

塔吉古丽和石榴各抱一个酒坛子上来。塔吉古丽准备往一只陶碗里倒，颂莲一把夺过，举起酒坛，喝得咕咚咕咚，把塔吉古丽和石榴吓坏了，这脖子上分明还架着雪亮的刀呢。一帮匪徒也被这女人的气魄震住了，瞪着眼傻看。

突然，颂莲以迅雷不及掩耳之势，把酒坛子砸到了哈孜别克头上！只听一声惨叫，颂莲一个回身，把哈孜别克持刀的手攥住！哈孜别克头上淌着血，跟颂莲夺刀子。石榴趁机扑上去拽哈孜别克的腿，哈孜别克扑通倒地！到底是挨了那么一家伙，有些力不从心了。这时牧民们冲上来，抄起鞭子、棍棒，一齐向哈孜别克打去。塔吉古丽吓得又哭又叫，说别打啦，他是我丈夫！无奈还是眼睁睁地看着大家伙儿把哈孜别克打死了。剩下一帮匪徒，群龙无首，乱作一团，被邢保财和花之锦很快收拾了。

颂莲这边干得热火朝天的时候，刘铁那边一直进展不顺。马黑鹰这家伙很滑，他带队逃至一片白桦林的时候，发现后面有解放军的剿匪队伍，于是停下来对大家说："弟兄们，前面就是边境了，有人接应咱们。到了那边有吃有喝，还有女人，快跑啊！"士兵们策马驰过，马黑鹰却掉头朝另一个方向逃去。眼下没有选择了，刚才和哈孜别克那么一冲撞，他感到此人不能全靠，他得另寻出路了。

刘铁和俞天白追了半天，追到的其实是李二万那一股叛军。李二万被当场击毙，其余人是纷纷缴枪。俞天白说的一番话让他们难过，俞天白说："弟兄们，我知道你们多数人上有父母，下有弟妹，你们是上了马黑鹰的当才这么干的。翻过这座山就是国外。咱们是军人，守土有责，难道你们忘了自己的职责，情愿离开自己的家吗？解放军已经包围了，再抵抗只有死路一条！"想到自己年迈的爹娘，好多士兵哭了。

一直没见吴家耀和马黑鹰，刘铁老惦记着，俞天白自然也揪心。现在他们面前的最大障碍就是这两个人了——这时候，刘铁和俞天白，他们谁都不知道吴家耀已经死了。

俞天白在边境前的一座秃山下，终于发现了目标——马黑鹰！马黑鹰紧张地回头张望，见追上来的竟是自己的二哥，停下来，叫了一声"二哥"！

俞天白说："马黑鹰，你投降吧！"

马黑鹰说："你别糊涂了，二哥，共产党是不会放过我的，咱们兄弟还是一块儿奔国外吧。"

俞天白骂道："混账东西！你敢叛国，胆子不小，我不会跟你去当叛国贼！"

马黑鹰说："你想拿我向共产党邀赏，门儿也没有！"他踹了一脚马肚子，黄骠马蹿出老远。

这时候太阳刚刚露头，把界碑上"中国"二字映得格外醒目。这两个字在俞天白的心里是很有分量的，军人守边是为什么，就是为了祖国边疆的安宁啊。

俞天白大喊："老三，听我一句劝，回头吧！"

马黑鹰回头看了一眼他的二哥，衣衫破烂，满面沧桑，他忽然心酸起来，大哥死了，二哥跟共产党一条心了，剩下他孤身一人逃窜，兄弟仨就这么完了，人生没有不散的筵席啊。兄弟一场，好合好散，在此分手吧！马黑鹰又踹了一脚马肚子，这一次黄骠马飞起来，咴咴狂嘶，几乎把马黑鹰耸到云间；继而，又似冲天的泥浪，把马黑鹰狠狠拍打在地上！马黑鹰被厚厚的虚土埋了进去，仿佛盖着一床巨大的棉被。"老三！老三！"马黑鹰隐隐听到有人喊，耳朵里、眼睛里灌满了泥，像个溺水的人，要窒息了。"老三！老三！"那声音越来越近，好熟悉，好真切，是二哥在喊自己哩。记得从前他爱睡懒觉，总是有这样的声音在清晨一遍一遍地唤着，二哥把洗脸水都打好了……

马黑鹰像从一场酣睡中醒来，脑袋伸出棉被，梦断了——他看到他的二哥下了马，向他跑来，一瘸一拐；胳膊伸得长长的，像是要来拉自己。再看看前方，太阳血一样红啊，边境线近在咫尺！马黑鹰一拍屁股爬起，继续向前跑。风很大，呼呼地，仿佛二哥在喊："老三！老三！"声声逼近，这令马黑鹰心乱如麻。马黑鹰不得不回头再去看他的二哥，那个可怜的人儿还在吃力地追着，喊："老三！老三！……"

"二哥，你别喊啦，你追不上我！你就让我马老三走吧……"

"不——老三！你站住，站住！你不能过去，咱可是军人啊，不能背叛自己的国家！……"

俞天白终于跑不动了，这些天一路奔波，他长有鸡眼的双脚已是疼痛难忍。他喊了最后一声"老三"，瘫倒在地！

看见俞天白倒地，马黑鹰站住了。再往前一百米，就是边境，但是马黑鹰折了回来——回来扶俞天白。两个兄弟就像两块岩石，矗立戈壁。太阳终于跳出地平线，将一团巨大的红色光影投在他们中间。马黑鹰看见他二哥眼睛血红，红得吓人。马黑鹰哭了，俞天白也哭了。他们就那么搀扶着，时光静静流逝。

远远地传来马蹄声。

马黑鹰听到了这声音，并且判断出刘铁来了！他没有动。待俞天白扭过脸时，马黑鹰来了个出其不意，拔枪对准驰来的刘铁！只是他还没来得及扣动扳机，俞天白一甩手，砰——手里的枪先响了！

马黑鹰瞪大眼睛，捂着胸口，叫了一声"二哥"，訇然倒地！

第十八章

一

　　刘铁和俞天白是在马黑鹰咽气的时候，才知道吴家耀被人杀死在松林坡。两个人都不大相信，刘铁想这会不会是个骗局，说不定吴家耀这只老"羚羊"又猫到哪儿去了。但是李二万手下一个叫王小顺的士兵说，他亲自陪着马副团长去了一趟松林坡，吴旅长确实躺在一片松枝下，后背心有一个血窟窿。究竟是谁杀了吴家耀？显然这个问题没有人会告诉他们了。俞天白是百思不得其解，刘铁是又恨又怨，上一次就闪过去了，这一次好不容易有了机会，咋又让别人赶到前头去了？

　　所以，剿匪这场战役虽说是取得了决定性的胜利，以孙世贤的话说，是粉碎了一次有组织有预谋的民族分裂活动，打击了敌人，为保卫和平、保卫亚其做出了贡献。但是，刘铁心里却有一种说不出的失落感。颂莲和邢保财劝他说，反正吴家耀和马黑鹰死了，你铁娃子的仇也算是报了，你还想咋样。刘铁说，吴家耀这样的人，死在谁手下都不如死在我手下；还有马黑鹰，他咋会被俞天白打死呢，让我打死不好吗？

　　刘铁对于俞天白为了救自己，竟向马黑鹰射去那发突如其来的子弹，着实想不通。实际上，那天清晨马黑鹰倒下后，刘铁在边境线的秃山下站了好一阵儿，看着俞天白走到马黑鹰跟前，跪下，抚摸他的脸庞；还看见他紧紧地抱着他的三弟，悲伤地说着什么……这场景多么像一对亲兄弟在告别啊。刘铁并不想责怪俞天白，只是这让他心里多了沉重、疑惑和不舒服，又咸又苦又酸。他想，他俞天白杀马黑鹰，真是不得已呀。

俞天白和刘铁这一正一副两位大队长，带着剿匪部队凯旋的这天，亚其县举行了盛大的欢迎仪式，迎接英雄的解放军。二十二兵团的首长也来了，带了几卡车粮食和棉被衣物等，分发给那些死里逃生的牧民。石榴怎么也不肯回草原去，缠着刘铁，说要跟铁叔叔去部队。木拉提头人死了，留下这么一个小孙女，刘铁觉着可怜，说："那就跟铁叔叔走吧，等联系上你延安的亲人，就送你回老家去。"

石榴闪着泪花子笑了。

哈孜别克余匪被押送到县公安局审查，马黑鹰带出来的一帮叛兵怎么处理，这时成为一个问题。是不是先关押起来再请示上级？这样一来，情况很可能变得复杂起来，如果军事法院介入，来它个审判，不少人就可能成罪犯了。一路押着叛兵进城，看到他们衣衫破烂，耷拉着脑袋，有的还在哭，刘铁心里不是味儿。这一冬一春开荒修渠没少辛苦，就是因为马黑鹰打着回老家讨老婆的旗号，他们上当受骗，才跟着跑出来，现在一个个全后悔了。刘铁去找孙世贤，先做了一番检讨，而后请求说：

"孙政委，马黑鹰、李二万手下那几个干将这次决不能轻饶，不杀不足以平民愤。但那些受蒙蔽的士兵，是不是交给我们自己处理？"

孙世贤正为这事为难呢，现在下面既然提出来，并且还有道理，孙世贤想了想，便说："铁娃子，就按你说的办，先把人接回去，该教育一定得教育，让大家记取教训。这件事我来跟上面交涉。"

听孙世贤这么说，肖伯年感动极了。孙政委关键时刻总是敢于承担责任，肖伯年从共产党的干部这里学到不少，他愧疚地说："老孙，都是我们这边惹的祸，我肖伯年没带好兵，犯了错误，请求组织处理我。"

孙世贤说："这次叛乱说到底是敌人不甘心他们灭亡的命运，要做垂死挣扎，这是正常的。只是没想到吴家耀竟然没出国，还待在这儿，这大概是'羚羊'组织的一步棋了。吴家耀是死了，'羚羊'未必就消失，或许还会有下一步的行动呢。"孙世贤话锋一转，"刘铁，俞天白这次表现怎么样呀？他能把马黑鹰干了，我和老肖都很震惊呢！"

刘铁没说话。吴家耀死了，"羚羊"未必就消失，说得好。俞天白打死马黑鹰，会不会是一个表面文章？想起马黑鹰临死前俞天白抱着他痛哭流涕的样子，刘铁心里不能不打这个问号。待在这样一个复杂的环境里，脑子不能不多根弦呀。

叛兵排着长队狼狈不堪地回到营区时，引起一场骚动。经过一段时间的教育和改造，绝大多数士兵都有所觉悟，认为跟着共产党，创造未来的新生活才是正道。所以看见这些叛兵，他们气愤又不齿，说有啥脸回来，把他们统统毙了好了！还有士兵说，马黑鹰和哈孜别克打死我们这么多弟兄，我们要为他们报仇！大家伙冲上去，叫喊着打死马黑鹰、李二万的狗腿子，有的扔土块，有的抄家伙，叛兵们没有一个敢还手。不知是谁抢过来一扁担，落到毛旦头上，毛旦当场倒地！

刘铁上前制止，说："都给我住手！烈士尸骨未寒，你们就忍心让他们看着你们再挑起一场战争？给我把手里的家伙放下！"

刘铁这一声吼，场面被控制住了。但是接着，刘铁和邢保财当众发生冲撞。刘铁让邢保财去烧几锅热水，说让这帮人晚上洗个澡。这种事炊事班干就是了，指示一个政治部主任干，邢保财不高兴，为了表现对这帮人的宽大，也用不着这么装模作样嘛。所以邢保财说："让我给这帮王八蛋烧洗澡水？亏你想得出！"

他把刘铁拉到工棚下，掀起其中一块白布，说："看看吧，我们死了多少人！"白布下躺着的全是牺牲的士兵。刘铁猛然间看到陈李子的脸，大惊失色。说起来陈李子死得很奇怪，头部受伤后一直没什么事，打仗照样冲在前面，后来还帮着救护牧民，抬战士的尸体，干得很起劲儿。可半小时前给一个牺牲的士兵洗脸时，陈李子突然感到头晕，一个趔趄，倒在地上就不会动了。紫苏一检查，说头上裂了这么大一个口子，能撑到现在，奇了！刘铁哆嗦着手指头抚摸陈李子的脸，这是来到起义部队后，自己失去的第三位教导员！

邢保财对一帮叛兵说："都睁大眼睛看看吧！你们说，你们跟着马黑鹰搞叛乱，还不该罚吗？就是杀了也应该！"

颂莲劝邢保财有啥话下来再说，还是让大家先回去休息，有些士兵还带着伤呢。一直低着脑袋的俞天白这时说：

"不！就让他们今晚站在这里！"

当晚，下起倾盆大雨，叛兵们浑身淋透。俞天白和大家站在雨中，为烈士守灵。

二

第二天，医疗队里格外忙碌，紫苏和薇拉给大家打针、治伤，忙得不亦乐乎，颂莲也上来帮忙。毛旦刚好落到颂莲手上，颂莲帮他抹完药，没好气地说："为啥跑？"

毛旦眨巴着眼，不敢说。颂莲火了，手下一使劲，毛旦痛得大叫，结结巴巴地说："回家找、找老婆……"说着跪在了地上，"我错了，错、错了！"

颂莲揪住毛旦，喝道："给我站起来，大老爷们儿动不动就跪，什么毛病！就你这尿样儿还找老婆，谁喜欢你这副窝囊样儿！"

毛旦呜呜地哭开了。

颂莲说："好了好了，别哭啦，认识到错误到行。回头我给你说个媳妇，行不？"

颂莲来医疗队是找紫苏的。自己在特务营的蹲点就要结束，紫苏入伍的事儿拖了这么长时间，还是解决掉好，这也是组织上对她的一个评价。刘铁没意见，说早该解决了，这么好一个同志。言外之意是，都是你老吴把人家给冤枉了。颂莲见紫苏一直在忙，留下话，让她忙完上团部把军装领了。

紫苏愣了一下。薇拉和李山杏几个姐妹上来祝贺，说："紫苏，祝贺你参军啊。"颂莲这一决定，算是给紫苏平反了，"金羚羊"项链的事不了了之。颂莲走后，紫苏有好一阵儿不平静。从昨晚到现在她没合过眼，一直在照顾伤病员。窗外电光闪闪，雷声轰鸣，叫她心惊肉跳，老是想起吴家耀一张狰狞的脸，闪亮的刀子。老天爷啊，忘记这悲惨的事情吧！

薇拉发现紫苏这次回来，消瘦许多，问她没什么事吧，紫苏说没什么。薇拉说，吴家耀被人杀了，紫苏的手就抖起来。薇拉说，好妹妹，把过去的一切忘掉吧。

可是，紫苏无法忘掉，那些可悲的经历就像杂草长在她心底。现在她最怕见的人就是刘铁，她能跟他说这些吗？不！一个隐藏着秘密的女人，是可悲的、可怕的，也是让人讨厌的。连紫苏都厌恶自己，虚伪，软弱，不真实。

紫苏犹豫了半天，才去团部办手续，领军装。去前，她认真地梳了一次头，把披着的长发盘到脑后。颂莲已经替她把军装从师里领回来了，放到她面前，让她换上。五分钟后，换上军装的紫苏走出来，秀丽中添了几分英气和成熟，竟然让颂莲愣了一下。

颂莲让她坐下，态度既亲切又严肃，说："薛紫苏同志，从今天起，你再不是老百姓，而是一名解放军军医了，希望你能处处以军人的标准要求自己……"

这时刘铁带着石榴进门。看到紫苏这副装扮，刘铁眼前一亮，开起玩笑，说："好家伙，这一穿上军装更漂亮啦，比我们文工团舞蹈演员的身条还美哩。石榴，这阿姨好看吧？"

石榴眼睛瞪得大大的。

颂莲皱了皱眉，说："什么漂亮呀，身条美呀，有这么表扬女部下的吗？"

刘铁说："瞧，老吴又把我批上啦，嫌我说话不得体，不像个政委。好，薛紫苏同志，你呀穿上这军装就是军人啦。军人哪，就要有个军人的样子，要处处向咱们吴主任看齐……"

颂莲接过刘铁的话，说："那好，薛紫苏，你去把头发剪了。"

刘铁傻了眼，说："这、这……老吴，你看你，女同志留个长头发有啥不好。"

颂莲说："部队讲究个整齐，你不是说向我看齐吗？薛紫苏，回头我要检查的！"

紫苏笑了一下，说了声"是"，向颂莲和刘铁敬了个军礼。

三

紫苏回到医疗队，就去找薇拉帮她剪头发，李山杏说薇拉医生刚刚跟一个男人出去了。紫苏跑到煮药的地方，看到薇拉站在一棵歪脖子胡杨树下抹眼泪。

紫苏有些吃惊，问："薇拉姐，你怎么了？"

薇拉连忙抹净泪，说："没事儿。"

可是紫苏隐隐感到薇拉跟自己一样有了心事。薇拉后来在给她剪头发的时候，心思不专，有好几个地方都剪短了。薇拉还说了些奇怪的话，她说："头发是女人的烦恼丝，剪掉头发，就能剪掉过去。"

这话像是在告诫紫苏，其实薇拉是在跟自己说。

一个钟头前，突然有一个人来这里找她，是老保姆卡佳太太的儿子天山斯基。这几年薇拉一直都在小心翼翼地回避着这个人。天山斯基早年追过薇拉，他们都是俄罗斯族，又都是从伏尔加河那边过来的，相同的经历让这两个年轻人相爱过一段时间。但是后来俞天白出现了，薇拉的心就全部到了俞天白身上。天山斯基几乎要疯了，不过他并不想为难薇拉，道了一声祝福就走了。这让薇拉长久地不安。

天山斯基来找薇拉，态度上仍然是友好的。薇拉问你有什么事？天山斯基说胸口不大舒服。薇拉问，你母亲她还好吗？天山斯基说，不好，突然没了孩子，她不习惯了。提到孩子，薇拉拿着听诊器的手抖了一下。天山斯基说，薇拉小姐，其实我很健康，我来找你是因为一个特殊任务。听到"特殊任务"四个字，薇拉感到不对头，说，天山斯基先生，你到底有什么事儿？天山斯基从皮包里抽出一张小照片，说，这个，你还认识吧？

薇拉看见一个穿制服的漂亮女孩儿，脖子上戴一条"金羚羊"项链。她简直不敢相信，有人会有这张老照片！

天山斯基说，这姑娘叫冯贞，才貌双全，十年前她是南京某医学院的一名高才生。因为她的出众，有人介绍她加入了一个叫"羚羊"的组织，期间她和她的战友参加过著名的"蓝桥行动"。报纸上报道说，在那次行动中五名执行者全部丧生……不，其实还有一人幸存，哼哼，就是照片上这位美丽的冯贞小姐……

薇拉冷冷地说，你想干什么？天山斯基说，你知道，我这人从来不当无赖。薇拉小姐，我只是想请你帮我一个小小的忙。薇拉说，什么忙？天山斯基说了八个字：炸毁和平渠大闸口！薇拉吓了一跳，说，你是什么人？天山斯基说，和你一样的人。薇拉说，我早跟他们没有任何关系啦！天山斯基说，你说没关系就没关系了？这张照片要是到了共产党的手里，我想它不亚于一枚重磅炸弹！你，还有你亲爱的丈夫，都会统统完蛋！

天山斯基说完这些，戴上帽子，走了。

从这天起，薇拉就像掉进了一个深不可测的黑洞。

下午下班后，大家都去吃饭了，薇拉一个人坐在办公室里。天山斯基怎么会有她这张老照片？自己回新疆的时候把很多相关的东西都烧了，那是一段不堪回首的生活，令薇拉恐惧！薇拉还记得从前在班上的时候，一位她尊敬的老师很喜欢她，常约她和几个同学到家里吃饭，师母是个漂亮又有才华的钢琴家，他们在烛光下唱歌，跳舞，朗诵诗。有一天，师母郑重地送给她一条"金羚羊"项链，祝贺她成了他们的一员。她当时很激动，后来才知道这是一个专门进行破坏活动的恐怖组织。她第一次跟着他们夜晚乘船，去炸一座蓝桥，谁知那晚风大浪急，小船被掀翻，她和同学们在浪中挣扎。也许是老天爷怜悯她，她后来被人救了，那几位同学全部丧生……

为了忘记这一段生活，薇拉改了"冯贞"这个名字，回到新疆。这些年薇拉几乎把冯贞这个人忘记了，她一心一意扑在医务上，从不过问政治，也不参与丈夫的事情，她想做个治病救人的白衣天使，做个相夫教子、和和乐乐的女人。但是现在突然有人站在她面前，拿出这样一张照片，薇拉慌了手脚，怎么办？怎么办？！

薇拉很晚才回家。俞天白坐在灯下抽烟，脸色阴沉。

"怎么这么晚回来？"

"紫苏参军了，让我给她剪个头发。"

俞天白愣了一愣，想那姑娘算是躲过一劫，吴家耀一死，她解脱了。

"有个事儿跟你商量一下。家里还有点积蓄吧，我想……想给老三的儿子寄点钱过去。"

"成，你看着办吧。要是不够，把我那些首饰拿去卖了。"

薇拉这么说，让俞天白有些感动。他拉过她的手，那只手冰凉。俞天白这次回来后一直抑郁不安，薇拉有一次抚摸他，他推开了她。此时看着薇拉幽暗的眼睛，他觉得她好可怜，他轻轻把她揽进怀里，想给她一点温存。可是她哭了，说："天白，咱们离开新疆吧……"

从前俞天白几次要回老家，薇拉都反对，现在怎么想离开新疆了？俞天白禁不住哆嗦了一下，莫非马黑鹰临死前说的话是真的？马黑鹰死后，俞天白听到很多议论，不少人说他打死马黑鹰是向共产党邀功，甚至还有人怀疑他杀人灭口，说他是"羚羊"的重要成员……这种怀疑过去一直就有，俞天白已经习惯了，但是现在有一个重要情况，不能不让俞天白揪心！马黑鹰临死的时候，抱着他半天合不上眼。俞天白痛心地说："老三，二哥对不住你！你要恨二哥，你现在可以打死我！"马黑鹰翻了一下眼皮，手里的枪掉到地上。马黑鹰流着眼泪说了最后一句话，他说："二哥呀，马老三不恨你，你是个老实人！是我们大家欺骗了你，薇拉也骗了你，她也是我们的人！……"马黑鹰说完，闭上了眼睛……

马黑鹰这个信息，来自天山斯基。天山斯基说过，有个人不到万不得已不能用，这个人就是薇拉。马黑鹰从来没有在任何人面前漏过半个字，现在他把这个秘密留给了他的二哥，等于留下了一把剑，插在俞天白未来的岁月里。马黑鹰的真诚和残忍一样实在。俞天白掉进了一个更为可怕的深渊。吴家耀了了，马黑鹰了了，一轮新的孽缘却开始了。这份推卸不掉的沉重，怎么会是他亲爱的妻子呢？俞天白思前想后，还是不能相信马黑鹰那句话——薇拉是"我们的人"，但他却是提着心，吊着胆的。

第二天是礼拜天，俞天白取出家中最后一笔积蓄，去县邮局寄钱。快到和平渠大闸口时，他看见那里设了一道道岗，防卫森严，刘铁在巡视。俞天白知道最近形势严峻，为防止"羚羊"搞破坏，刘铁亲自抓安全生产，四处布岗。俞天白心情很复杂，头一低绕到另一条道上，免得打招呼。

看见俞天白这么一早行色匆匆，并且绕道而行，刘铁觉得有意思，向常福使了个眼色。常福跟踪而去。

一个小时后，常福回来向刘铁报告，说俞天白给青海一个马啥的人寄了一大笔钱。马黑鹰的老家就在青海，八成是给马黑鹰家寄钱了。这个信息非常重要，刘铁对常福说："小子，干得好！"

四

听说吴主任要撤回师里，特务营一帮老特务都有些舍不得。晚上熄灯号响了，大家还不肯休息，说给吴主任送点啥好，留个礼物，也是一份心意嘛，吴主任这阵子在营里蹲点着实不易。

大眼从被子里摸出一只用炮弹壳打制的笔筒，说："你们看，我这个咋样？"

侯宝玉凑过去，就着窗外的月光看了半天，没看出名堂，说："啥鸟罐罐，盛饭呢还是装酒？"

大眼说："什么鸟罐罐，是笔筒，吴主任保准喜欢。"

侯宝玉没听懂，说："逼——桶？这骂人嘛！"

柴米贵和几个听明白的士兵笑了，说侯营长真是个下流痞，一想就想到裤腰带下面了。侯宝玉弄清楚后也笑了，扇了自己一嘴巴，说："不恭不敬，该打！吴主任到咱特务营工作这一阵儿吃大苦了，我还就佩服她身上那股子爷们儿劲！大眼，你这鸟罐罐礼太轻，咱得好好表示表示。"

大家都觉得是这样。

柴米贵说："问题是吴主任喜欢啥哩？"

想了半天，想不出来，于是就有人说，问毛旦！毛旦坐在门口，一直闷声不响地磨坎土曼，他抬起红脸膛子，傻乎乎地笑。见毛旦半天不说话，侯宝玉不满地骂了一句："个闷葫芦。"

第二天早上，颂莲带石榴吃完饭，特务营的弟兄们就赶到门上来送行。石榴噘着小嘴，她不想离开这儿，但是组织上已经帮她联系上了延安的叔叔，必须走了。吃饭时，刘铁给石榴塞了两个鸡蛋，石榴哭了。刘铁说："想叔叔阿姨了，以后再回来，好不好？"

士兵们给颂莲送了不少好东西，笔筒、笔记本、铅笔，还有自己种的西红柿、辣椒等，装了一脸盆。颂莲看了看人群，觉得少了个人，问："毛旦怎么没来？"

大眼说："屙屎去了！"

大家笑开了，想这个毛旦，真是没出息透顶。这时候宝玉跑来，喊了一声"报告"。士兵们围上去说，看侯营长给吴主任送的啥高级礼物。侯宝玉不好意思，掏裤子口袋，说，咦，咋不见啦？摸来摸去，摸到裤腰时，竟从裤脚下钻出一团黄茸茸的东西。大家乐了，是一只小鸭子。小鸭子扑腾着翅膀嘎嘎叫，颂莲高兴地捧到手里，把它给了石榴。大家说，侯营长今天的礼物最漂亮！

颂莲说："谢谢大家伙儿。我老吴没什么送你们的，我给你们来一段舞剑，好不好？"

大家说："好！"

都听说吴主任剑法不错，总算有机会开开眼界了。颂莲从打好的行李上拔出剑，舞了起来。众士兵一眨不眨地看着，一脸钦佩，吴主任果真是女中豪杰哪。颂莲一个有力的收势，站定，她看见刘铁和邢保财过来了。

刘铁说："嗬，咱们吴主任的功夫不差啊！"

颂莲说："当然不差。"

刘铁和邢保财是来送行的，刘铁还特意带了一串他晾的鱼干。看到太阳出来了，颂莲便让大家回去，自己该上路了。邢保财招呼士兵们去上班，叮嘱刘铁送一程，刘铁欣然接受这个建议，他想他确实应该送送颂莲，她是自己的救命恩人哪。

刘铁牵着马和颂莲向田野走去，一路无话。石榴背着行李骑马跟在后边，觉得有些怪，问道："你们怎么不说话？"

两个人这才觉得确实有点奇怪。刘铁笑了一下，说："石榴，铁叔叔怕吴阿姨，她是首长。"

颂莲白了刘铁一眼，绷紧的脸总算有了点笑意，气氛一下轻松了。

郁郁葱葱的庄稼地就在眼前，刘铁感慨地说："一晃咱们到新疆快一年了，这日子咋跟流水似的。"

颂莲说："是啊，看到这些庄稼，才知道是夏天了。"

刘铁有些歉疚，说："这段日子让你操心了，老吴。我吧，这个政委当得确实不称职，给你添了不少乱。这次要不是你，说不定我就死在土匪窝子了……"

刘铁说的是真心话。这女人虽说是经常带给他不愉快，但关键时刻往往又是她把他拉出困境，这一点刘铁不能不感谢她，佩服她。刘铁一直想找个机会表达他的心情，却好像总没有合适的时机，因为两个人关系时好时坏的，今天应该是个机会。

看到刘铁一脸真诚，颂莲想，你能记得我救了你这就好，算你有良心。颂莲不大习惯这种慢腾腾的送别，多年的戎马生涯，风里来雨里去的，刘铁这么一跛一跛地送她，叫颂莲相当不适应；同时也有些心疼——尽管这是她内心多少次期盼的事情。颂莲站住了，说：

"不送了，老刘，回吧！"

刘铁站下了。

"放心，我一定派专人把石榴送到乌鲁木齐火车站。"

"成。"

颂莲从刘铁手里接过缰绳，准备走了。

这时刘铁忽然觉得他还有话要说。

"老吴，有句话想问你来着……"

"说。"

"你，你有没有想过……嫁人？"

"嫁——人？！"

"我是说，你年龄也不小了，我呢，当然就更老了……"

这好像是刘铁第一次这么庄重地跟颂莲谈婚事。以前没少开玩笑，说老吴是嫁不出去的老姑娘，话语里多少带着一点讽刺和恶毒。但是，今天刘铁是严肃的、认真的，带着战友的关切的。颂莲一时有点慌乱，脸上显出少有的羞涩，尤其是刘铁那句"我呢，当然就更老了"，把两个人一下子拉到了一块儿，让她心里热热的，想哭了。颂莲有点不敢看刘铁了。

"嘿，还不好意思了，男大当婚，女大当嫁嘛。咱们是老战友了，相互之间最了解，有啥说啥。你呢，其实是个相当不错的女同志，人泼辣，办事利索，能文能武，瞧你的剑耍得多漂亮，这肚子里的学问呢，估计也有好几马车……"

跟在后面的石榴扑哧笑出了声，颂莲瞅她一眼，脸红了。

"我说的是真的！不是奉承你老吴。当然，要说你有没有缺点，有！第一条，就说这脾气，你比较暴，动不动爱训人，对男同志缺乏那个、那个柔的东西……"

颂莲飞快地看了一眼刘铁，点点头，第一次像个妙龄女郎那样羞答答的。

"啥叫柔的东西？柔就是温柔，美气！你看人家薛医生，见人笑眯眯，说话慢悠悠，一走一个风摆杨柳的，一般男同志吧，就好这样儿的……"

石榴在后面听得一清二楚，听着听着，又笑了，她想这两个人有意思！

颂莲朝石榴瞪了一眼，对刘铁说："是吗？"

"可不是！石榴，铁叔叔说得对吧？"

石榴笑得咯咯响，说："对！"

"小家伙，懂得多哩。"刘铁满意地笑了。他忽略了颂莲的表情，咽了一口唾沫接着说："这第二条，关于穿戴。老吴啊，这个问题你也要注意啦。战争年代咱没条件打扮，现在和平时期了，你们女同志爱咋拾掇就咋拾掇，拾掇得越花哨越好！你看你，一年到头跟个爷们儿似的，把头发整得短不溜秋，不好看！你要把头发留成薛医生那样儿的，长长的，黑黑的，缎子似的，往那儿一站，瞅过去多亮眼！嘿，我咋忘了薛紫苏把头发剪了，都是你逼着干的，真可惜！……"

话说到这个份儿上，颂莲已毫无兴趣再听下去。她想你刘铁是为了我好对吧，不需要！我老吴京城的洋学堂里出来的，还要你一个大老粗教导我怎么做女人，什么才是美吗？笑话！颂莲感到委屈，更感到愤怒，如果不是石榴在场，她很可能教训一顿这个自以为是的男人，但是有必要吗，这会让自己显得很没水平的。颂莲心里的火蹿了几蹿，被压灭了，她冷笑一声，说："老刘，你鉴赏女人的水平是越发地高了啊。告诉你，我老吴这辈子还就喜欢穿男人的衣服，留男人的头发，怎么着吧？"

刘铁看见颂莲目光冷硬，透出一副不屑之色，便说："老吴，你看你，咋听不进去别人的意见呢。你还批评我哩，我这不是为你好嘛。这女人本来就得有女人的样子，女人的味道嘛，要么干吗叫女人？"

"你对女人研究得很透哪，不简单！你担心我嫁不出去，是不是？"

"哎哟，老吴，我没别的意思，我就是想帮帮你。实话实说，最近吧，有位老首长从南方打来电话，问起你，那口气特别不一般，他老伴刚刚过世……"

刘铁说的是实情，他前天接到一个找颂莲的电话，颂莲不在。那位首长向刘铁说了自己的近况，又问颂莲的情况，表现出浓厚的兴趣。刘铁和这位首长扯了好一阵子，答应一定转告颂莲。这也是刘铁今天要跟颂莲谈一谈的原因。

颂莲原以为刘铁今天会跟自己说点别的，却没想到如此这般，是自己自作多情了。她牵着马快走两步，说："你不会是想给我介绍对象吧？看不出来啊，刘铁，你戏班子没白待，还有当媒婆的本事，我老吴谢谢你啦！"说罢，翻身上马，甩了一鞭子，"驾！"

一蹄子土撩到刘铁脸上，刘铁抹了抹嘴上的灰，摇摇脑袋，说："个啥女人嘛！"

石榴又笑了，从挎包上解下毛巾，撂给刘铁，招招手离去。

颂莲光顾着自己跑，把石榴抛在了后面。石榴扭头去看刘铁，她的铁叔叔有点可怜巴巴，又有点好笑。石榴打了个呼哨，扯起嗓门唱起那两句她刚学会的秦腔：

> 哥哥——
> 你虎口之中救下我，
> 妹妹上前拜哥哥……

颂莲一路狂奔，似乎在宣泄着心中的不满。

马突然停了下来，原来面前横着一条水渠。颂莲想，你个胆小鬼，连一条渠都不敢过！猛磕一脚马肚子，一声呐喊，枣红马腾空而起！颂莲俯下身子，闭上眼，只觉得一颗心重重地摔碎在地！枣红马咴咴长嘶，落定。许久，颂莲睁开眼，看见尘烟里晃着一个朦胧的人影儿。

"你怎么在这儿？！"

"等、等你……"

毛旦站在芦花前，张着嘴，瞪着眼，像是被颂莲刚才的举动吓住了。

"等我？等我做什么！"

毛旦嘿嘿一笑，撅着屁股钻进苇丛。少顷，举着一个花环出来。

好大一个花环，柳条做的，上面缀满各色野花。看起来真是下了一番功夫，单就那些不同品种的紫花、黄花和红花，就不知跑了多少地方，采了多长时间。而且他怎么就知道我喜欢花呢？颂莲已经很久很久没有注意过这些鲜艳的东西了。还是在少女时期，她采过湖里的荷花，用丝线绣过荷花……颂莲脑子一时有些乱，心里窝着火，她不快地对毛旦说："搞什么名堂？"

毛旦并不在乎颂莲的脸色，羞羞答答地把花环戴到了枣红马的脖子上。

这个大胆的举动，是颂莲没想到的，她愣了一下，便想，送花这种事是有讲究的，你凭什么给我送花儿？颂莲说了一句"胡日鬼"，抓下花环就撂到了地上！

毛旦结结巴巴地说："不是给马的，是给、给你的……"

颂莲说："没事别闲溜达了，赶紧回去上班吧！"说完，头也不回，驰去。

石榴冲毛旦笑，想，这个傻毛旦，真好玩儿！

第十九章

一

天气渐渐地热起来，树木花草长得旺盛，地里的庄稼也一天一个模样，长势喜人。病员们没事就到户外去活动，于是薇拉编了一套体操教大伙儿做。这天，薇拉站在前面正喊着口令，忽然发现队伍里出现一个戴礼帽的人，是天山斯基！

薇拉的头嗡的一下，像飞进一群蜜蜂，脸色骤变，动作乱了。病员们想薇拉医生是不是太累了，就让她去休息。薇拉恨这个男人，却不能不理睬，她把他领到小树林的一个僻静处。天山斯基欣赏着初夏的风光，心情似乎很好，他慢悠悠地说："真美，这里。"见薇拉不说话，才说："考虑得怎么样了，薇拉小姐？"

薇拉厉声说："我不可能再为你们做事。我警告你，别再来找我！"

天山斯基笑了，说："好有个性的女人，我佩服！当年你就是凭着这样一种豪气离开我，投入俞天白的怀抱的，我竟然毫无怨言地接受了生活对我的不公。今天，我想告诉你，我仍然可以原谅你的傲慢。亲爱的，我给你带了一样东西来，想必你会有兴趣看的。"

一听东西，薇拉又是一惊。但是，这一次天山斯基从包里拿出的不是照片，而是一个小黑板。

"莱丽的黑板！"

"到底是当妈的，一眼就认出是自己孩子的。自从莱丽失踪后，我母亲经常拿出莱丽的画，念叨个没完，说莱丽是她带过的最聪明的孩子。瞧，画得多好，爸爸、妈妈，还有她，三个人手拉手，相亲相爱。啧啧，可惜哪可惜，这么好的孩子丢了……"

天山斯基把小黑板递给薇拉。薇拉捧着小黑板，顿时两眼发黑，脸色煞白！天山斯基眨巴眨巴眼，耸耸眉毛，笑了。

"薇拉小姐，你想知道莱丽的下落吗？"

"莱丽的下落？她、她在什么地方？"

"一个很远很远的地方，准确地说，是在土匪窝里！"

这么长时间几乎再无人提莱丽了，即使是丈夫，也很少提，怕勾起她伤心。薇拉常常想，女儿可能早不在人世了。现在突然有人说莱丽还活着，薇拉的心怦怦乱跳，她一把抓住天山斯基的胳膊，说：

"天山斯基，我要见我女儿！请你一定帮我把莱丽找回来！"

天山斯基半天不说话，用一种悲悯的目光看着薇拉。直到薇拉泣不成声，他才拍了拍薇拉，安慰她似的说："薇拉啊，看在咱们过去的情分上，我会找回莱丽的。但是你也得帮帮我，不是吗？"

薇拉想起天山斯基来找她的真实目的，他是要用莱丽来跟和平渠大闸口做交换！老天爷，这如何是好呢！薇拉想了想，连连摇头，说："不！天山斯基，不能够的……"

"为什么呢？和平渠大闸口只有你便于靠近，我亲爱的薇拉，否则我就不为难你了。"

薇拉还是摇头。

"看起来咱们合作不成了，这黑板只好留给你做纪念吧。"

天山斯基微微弓了一下身体，离去。薇拉追了两步，站住，心里仍是波涛汹涌的，天哪，莱丽还活着？她还活着？！薇拉的眼泪哗哗流出。

薇拉回到办公室，称身体不舒服，向队长请了假。这么多年薇拉似乎没有请过病假，大家都有些诧异，说快回去歇着吧。现在薇拉多么需要一个安静的角落，好好梳理一下她纷乱的心啊。回到家中，薇拉翻出莱丽从前的衣物和玩具，摊了一床。无论是裤子上磨出的小窟窿，还是裙子上留下的渍印，以及玩具的叮当声，都能让薇拉想起很多，莱丽的可爱以及他们一家三口在一起时的幸福时光。这一切把她带入无尽的怀想和悲伤中。尤其是当她从箱底翻出那只装着俄罗斯套娃的盒子时，薇拉忍不住放声大哭。莱丽，我的孩子，妈妈对不住你啊。这套娃不是妈妈舍不得让你玩，它是妈妈心底的痛！

薇拉的父亲是个白匪军头目，十月革命之后遭到苏联红军围剿，遂率兵逃到新疆，与土匪为伍。母亲带着年幼的薇拉千里迢迢来劝降，父亲大怒。但父亲最后还是死在了中共的乱枪下，临死前他从羊圈里爬出，从大衣口袋摸出这只俄罗斯套娃送给薇拉，说："宝贝，爸爸祝你生日快乐！记住，替爸爸报仇！"薇拉参加国民党，参加"羚羊"组织，这是一个深层次原因，她曾经是仇恨共产党的。

门外传来脚步声，薇拉迅速止住了哭，把套娃放好。

俞天白这阵子一直在玉米地带班放水，值的中班，下午回来得早些。看见妻子这时候待在家里，他有些奇怪，问："你怎么回来了？"

薇拉说："今天到这一片出诊，结束早，我就提前回来了。"

俞天白看到一床的孩子玩具和衣服，说："你把这些东西翻出来干吗？"

薇拉说："天暖和了，拿出来晾晾。"

俞天白看到这堆东西，便禁不住想起莱丽。他朝妻子叹了口气，说："薇拉，我已经跟组织上提出转业。"

薇拉愣了一下，埋着头飞快地收拾东西。

"你怎么不说话？"

"天白，我想、想……还是别走了吧。"

"你不是说要离开新疆吗，怎么又不想走了？"

"莱丽、莱丽还没找到……"

薇拉说完这句话，忍不住哭了。俞天白搂过妻子，觉得她在发抖，他把她更紧地抱在怀里……两个人都有了感觉，便趁热打铁，把那件事情做了。有好长时间，他们都没有这种亲近和热烈了。薇拉在丈夫的臂弯里喘息，流泪。

这天晚上，薇拉怎么也睡不着，眼前一会儿是莱丽，一会儿是天山斯基。天快亮时她才眯了片刻，梦见莱丽，莱丽大声哭喊，妈妈！妈妈！薇拉看见莱丽脖子上架着雪亮的刀，一旁站着天山斯基。天山斯基恶狠狠地说，薇拉小姐，说吧，想不想要你的女儿？薇拉扑过去，说，你还我孩子！还我孩子！天山斯基说，想要你的女儿，那就跟我合作！薇拉张着两臂，哭着说，求求你，不要杀孩子，你就杀了我吧！……

薇拉的哭喊声惊醒了俞天白，俞天白去推妻子，说："薇拉！你怎么啦？"

薇拉扑到丈夫怀里，满脸是泪。

"怎么了，到底发生了什么事儿？"

"没什么。我就是心里难过，不能想那孩子……"

薇拉这个样子，让俞天白又心疼，又焦急。同时，那团疑云飘浮不散，觉得薇拉一定有什么事瞒着自己，什么事儿呢？难道她真像马黑鹰说的，是"羚羊"？

二

薇拉近来的状态着实令人忧心，下午在地里放着水，俞天白不时地走神，结果毛渠冲垮了都不知道。看到他这副模样，刘铁便说，老俞你回吧，我替你一班。俞天白有些不好意思。

俞天白骑着大白马，一路忧心忡忡。这时候太阳斜斜地挂在天上，原野热腾腾的，亮堂堂的。那些沙枣树呀，苦豆子呀，野麻花呀，就像家里的兄弟姐妹，一个春天之后扑棱棱地长大了。有的胳膊腿长长的，又匀称又漂亮；有的脖子细，脑袋大，傻乎乎的；有的叉着两只大脚丫，屁股朝天，怪模怪样，真是有趣得很。大自然就是一个家啊，包括那些让人讨厌的老鼠和蜘蛛，也是成员，不过有的争气，有的不争气，有的美，有的丑，总之是一家人……俞天白平素喜欢在马上东想想，西想想，想到高兴的时候还要笑一笑。但是这会儿没心思了，薇拉就像一团骆驼刺搁在心里，扎得他生疼。

俞天白下马走进医疗队的时候，紫苏正在草棚里熬药。听到脚步声，紫苏扭过脸。一看是俞天白，她有些紧张，叫了一声俞团长。这姑娘一穿军装，多了几分成熟和英气。剿匪回来后，俞天白一直想找个机会跟她聊聊的，只是心里犯嘀咕，人家好像有些怕自己呢，所以俞天白不敢再打扰她了。

"薇拉在吧？"

"噢，薇拉医生回家了，走了一个多钟头了。"

薇拉回家了？刚才他从团部绕过来时，分明看见自家的门是锁着的嘛。俞天白牵着马悻悻离去，他在想，薇拉会去什么地方呢？

在俞天白找薇拉时，薇拉正坐在亚其城南的白家海子酒馆，一杯接一杯，喝着那种土产的高粱烧。经过一夜撕心扯肺的思想斗争，薇拉终于想清楚了，她必须换回她的女儿！

天山斯基抽着烟，不动声色地欣赏着这个被烈酒燃烧的美人儿，心说，美人儿就是美人儿，连痛苦都是美的，有一种特别的味道，叫人忍不住想为她流泪。但是天山斯基不会再流泪了，几年前他为这个女人流尽了伤心的眼泪，可是她并没有回到他身边，这使天山斯基领受到一种从未有过的挫败感！人生是一个轮回，是冤家总要碰头，不怕没机会。天山斯基把仇恨埋在心里这么多年，他以为他会慢慢忘记，其实根本忘不掉。天山斯基是"羚羊"组织在亚其的一个小头目，主要负责地方与军界的联络，也就是哈孜别克与吴家耀的桥梁。这个桥梁在过去一直发挥着重要作用，包括莱丽的"失踪"，同他有直接关系。刘铁那天到他家看望莱丽，天山斯基正在楼上的小卧室睡觉，虽然不曾露面，却抓到了一个契机！后来他通过骆驼客艾尔肯捎信给李二万，让对方密切关注这件事。在天山斯基看来，这真是一个千载难逢的机会，是点燃俞天白仇恨的燃烧弹，果然他达到目的了。

薇拉在喝下大半瓶高粱烧后，心口开始呼呼冒火。她扶着有些昏沉的脑袋，说："我答应你。"

天山斯基笑了，说："到底是聪明女人。"

薇拉颤抖着一只手说："但是，你、你……必须把莱丽还给我！"

薇拉这时候是又恨又无奈。她想莱丽失踪这件事八成跟这个人有关，可是她却满怀希望他能把孩子还给她。这就是女人的简单了。

天山斯基从提包里取出薇拉的小照片，放到她手里。薇拉望着照片上那个戴着"金羚羊"项链的自己，眼里涌出泪水，当场撕了个粉碎！

三

俞天白没能找到妻子，只好回到玉米地，这是他唯一能够去的地方了。人在孤独的时候，只有那些不会说话的东西才是你最忠实的倾听者。弱者，总是同情弱者，它们会愿意为你分忧。俞天白现在迷恋上了庄稼，他觉得庄稼比树木还贴心，因为庄稼是你种的，就像你的孩子；或者说庄稼养育了你，你是他的孩子，是有一种亲情的。流淌在他们之间的血液就是水，水比血更庞大，更温柔，也更无私。俞天白沿着田埂巡查了一遍，没发现异常情况，便找了一处长着青草的埂子躺下来。月亮在云层下缓缓移动，玉米地被照得一片虚幻。蛙鸣虫吟，渠水流动，夜是多么的静。俞天白依稀想起自己远在苏联留学的时光，那时他常常坐在果园里听人家唱歌。他喜欢《三套车》，那哀婉的旋律隐含着一种愤懑。俞天白闭上眼睛，轻轻地唱起来：

> 冰雪覆盖着伏尔加河，
> 冰河上跑着三套车。
> 有人唱着忧郁的歌曲，
> 唱歌的是那起车的人……

身后的毛渠不知什么时候被冲垮了，水哗哗地流过来。刘铁提着马灯巡夜，听到水声，跑过来，大喊："侯营长！老侯！"

俞天白还在唱着。

刘铁冲过来就是一脚，骂道："侯子，让你放水，你倒睡起大头觉来了！"

俞天白一个激灵坐起，刘铁认出是俞天白，说："哟，你咋来了？"

俞天白抓起铁锨往缺口上填土，说："替老侯顶一会儿班。"

刘铁不满地说："你这一顶班倒出麻达了。眼下正是庄稼最缺水的时候，不能浪费一点水，你不知道啊。"

口子堵住了，刘铁把铁锨放下，一屁股坐到田埂上，说："抽根烟吧。"

俞天白是不抽莫合烟的，他讨厌那股子味儿。可是今天出来得急，忘了带烟，只好问刘铁讨莫合烟。俞天白笨拙地卷了个喇叭筒，抽了一口，咳起来："什么味儿！"

刘铁笑了一下，说："我这兔子屎掺树叶的烟味道不错吧？"

一听说掺了兔子屎，俞天白吐了一口，说："真臭！"

刘铁说："闻着臭，抽着香，这就跟臭豆腐一样，越臭吃着越香，越带劲儿。跟你说，这还是我在清风岭发明的呢。那次我们白政委受伤了，浑身的窟窿咕咚咕咚冒血，真吓人！白政委跟我说，铁娃子，疼死啦，快去给咱弄根烟吧。我说咱们在这连鸟都飞不进的深山里，被敌人包围啦，没吃没喝，一张口就满嘴风，我到哪儿给你弄烟？他说，你一肚子鬼点子，不信日鬼不来。后来我就找了些兔子屎碾碎，掺了点干树叶子，卷了一根又粗又大的烟给他。白政委高兴地说，你们先来，一人两口，就算老子请你们抽喜烟啦。白政委跟我们卫生队一个小护士好上了，打算这次回去结婚的。大家说，谢谢白政委的喜烟！其实我们一人只抽了一口，最后插到白政委嘴上，白政委半天不动弹。大家喊，白政委，快抽你的喜烟呀，白政委还是一动不动……"

本来是说烟，却说到了清风岭，俞天白埋下头去。

刘铁发现走了题，一拍大腿，说："咳，瞧我这狗脑子没记性，哪壶不开提哪壶，又扯清风岭了。不好意思！老俞，我就是想啊，咱们这些当兵的从前不要命地打仗，如今又没日没夜搞建设，到底是为了啥？说白了，还不就是为了吃好穿好，讨个好老婆，养个好儿子，和和美美过日子呗。可他娘的有人偏不想让我们过好日子，要搞破坏，要制造混乱，你说'羚羊'可恶不可恶？"

俞天白不搭腔。过了好一会儿，才说："老刘，我转业的事儿你考虑得怎么样了？"

自从薇拉说想离开新疆，俞天白就迅速打了报告递上去，也许这是挽回自己和薇拉的唯一一步棋！

刘铁早就看了那份报告，在他看来俞天白这是别有用意。刘铁笑了一下，说："你真想走，总得说出个理由来对不对？"

俞天白说："什么理由？我就是不想待在这儿了！"

刘铁哼了一声，说："俞少爷，不会是我铁娃子把你逼得走投无路，你才要回老家吧？即使我放你走，你说你又能躲到哪儿去，全中国都是共产党的地盘，革命群众的眼睛可是雪亮的，法网恢恢，疏而不漏，你听说过吗？！"

俞天白当然听得懂刘铁这话的意思，他在怀疑自己！俞天白觉得没法再说下去了，起身走开。

刘铁朝俞天白后背瞥了一眼，说："干吗走啊，躺在这月亮地里，听着风吹草叶沙沙响，玉米咯嘣咯嘣往上蹿，多享受！好日子就在眼前喽，气死那些狗特务！"

俞天白一脚没踏准，陷在了泥里，哎哟一声！

刘铁哧地笑了，心里骂道，个狗"羚羊"，你跑球不远啦！

俞天白此时的心情很难用一句话形容。如果说刚开始他对妻子只怀有一丝疑虑的话，那么现在则有种大祸临头的感觉。这天晚上趁着薇拉不在家，俞天白突然生出一个念头，想查找什么。他从床下拖出那只很沉的木箱，翻了一遍，就翻出薇拉那只俄罗斯套娃。这只普通的小木盒俞天白以前见过，他一直把它当作一件玩具——一件薇拉儿时的旧玩具，一种薇拉对父亲的特殊纪念，所以薇拉不让莱丽玩，俞天白也不是太在意。但是，今天当他打开盒子，一层一层脱开那些一模一样的空心娃娃时，竟有了一种不祥的预感！俞天白的额上渗出了细汗，手有些抖，果然打开最后一只娃娃时，啪！落下一个亮晶晶、沉甸甸的东西。俞天白拾起，是一条"金羚羊"项链！盒子里还有自己当年送给她的一支小手枪。

俞天白捧着这金灿灿的东西，僵住了。

薇拉很晚才回来。猛然间看见一屋子红红的烟头，她吓了一跳！看清是丈夫在吸烟时，说："这么晚了你怎么不睡觉？"

俞天白说："我想我们应该谈谈了。"

薇拉说："我累了，明天吧。"

俞天白说："不行，我现在就有话跟你说。我要你跟我回老家，越快越好！"

薇拉说："恐怕不行，我要等我的女儿。"

俞天白说："你说的不是实话，薇拉！你还是跟我离开这儿吧，求你了！"

薇拉说："不行！要不……咱们、咱们离婚吧。"

结婚这些年，俞天白似乎还没有过这样的经历，在一个黑暗的夜里跟自己最亲近的人争吵，并且这种争吵是一种致命的伤害和决绝的选择，是命运的一次断裂。看不到脸，却能感受到彼此的气息。难道我们真的走到头了吗？俞天白这些天一直处心积虑地维护着妻子，想挽回那日益远去的爱情，可是到头来他既无法说服自己，也不能说服薇拉。离婚，也许是明智的、正确的。俞天白以他的良知来判断，薇拉已是一个十足的反动分子，甚至可以说是一只披着羊皮的狼，一条美女蛇，她和吴家耀、马黑鹰一样是危害国家和人民的。他们的存在，就是社会的不安定因素。倘若薇拉能够迷途知返，他其实是可以原谅她的。但是薇拉很强硬地拒绝了他，而且鬼鬼祟祟，不知又在干些什么勾当，她完全超出了俞天白的道德底线和做人的原则，所以俞天白不能再退缩了，他必须拔出那柄良心的剑，来捍卫正义，也是捍卫巴格其！他点亮了灯，说：

"我同意离婚！"

四

俞天白没料到自己把离婚报告递上去的当天，刘铁就要请他们夫妇俩吃饭。不去不好，去吧，说什么，怎么说？说得不好，反而麻烦。俞天白矛盾极了。毕竟是自己的老婆，他能向组织告发她是特务？俞天白连想也不敢想。薇拉倒是比丈夫镇定得多。这个女人一旦认定了目标，连眼睛都不眨一下，就像做手术，看准了位置，一刀子下去，再没有回旋余地。这是俞天白从前不了解薇拉的地方。薇拉真正是个厉害女人，这一点颂莲是早看出来了。

刘铁请俞天白夫妇吃饭是有目的的。可以说，他看了离婚报告后，起初挺惊讶，后来才回过神，显然是俞天白怕连累老婆才出此下策。邢保财认为刘铁分析得完全正确，感慨这只老"羚羊"对老婆真不错。刘铁想，这个婚我是不会让你们离的，我要挠你痒痒，刺你心窝，我拖死你俞少爷！

这天晚上刘铁认真地炒了几个菜，红红绿绿一桌，紫苏也被请来作陪。刘铁倒了酒，首先捧到薇拉面前，说："今儿把你们夫妇俩请到这里，我是要向二位谢罪。薇拉医生呀，前段时间俞团长忙着生产和剿匪，对你关心得少了，这都要怪我这个政委没当好。咱们老俞哪，其实是个不错的丈夫。薇拉医生医术高明，人长得漂亮，性格也开朗，要说你们俩真是郎才女貌，那个啥，天造……"

紫苏说："天造地设的一双。"

刘铁说："对，就这意思，我们大伙儿都羡慕你们呢。"

俞天白插了一句，说："幸福的家庭是一样的，不幸的家庭各有各的不幸，俄国作家托尔斯泰说过。"

刘铁愣了愣，说："这位作家同志说得好，不幸的家庭，各有各的不幸。不过要我说，薇拉医生和老俞同志不该有这种情况，薛医生，你说呢？"

紫苏点点头。

刘铁说："这男女搭配过日子吧，也要发扬风格，为芝麻大点小事闹离婚，伤和气，不好。薇拉医生，你先说说为啥要离婚，是不是老俞哪儿有问题？老俞，这里我要批评你，男人就得像男人，哪能跟女人似的拌个嘴就撂挑子呢，还提出转业，不像个共产党的领导干部！……"

俞天白和薇拉互相看了一眼，仿佛商量好了似的，一致不吐口。

刘铁有些急了，说："薇拉医生，你大胆地说，想说啥说啥，别怕！今天我给你做主，我这当政委的就是做思想政治工作的。老俞是咱们团长，他得听我的。"

俞天白眼睛看着一边，嘴角带着一丝讥笑。他在想，铁娃子啊，铁娃子，其实你也有蠢的时候，你怎么就认为是我的问题呢，真是天大的冤枉啊！但是，此时的俞天白真的希望是自己有问题，而不是薇拉，真的希望刘铁这顿饭能让薇拉回心转意！

刘铁费了半天口舌，左启发，右点拨，俞天白和薇拉坐得稳稳的，最终没说出个所以然来。菜吃得差不多了，酒也喝得差不多了，刘铁不得不收场了。他用一种特别关切的口吻对薇拉说："老俞今天在，看来你不方便说。也好，薇拉医生，那我就等着你，啥时候想说了，啥时候来找我。不用怕，共产党历来是尊重妇女同志的，有党组织给你撑腰，不怕他俞天白！"

刘铁看了一眼俞天白，想，这顿酒让这狗东西白喝了！

五

这是薇拉在医疗队的最后一个日子。薇拉在行动前为自己做了一番认真的安排：一是给一个布拉克苏的病孩拆线；二是洗澡；三是告别丈夫。

时间对她来说，变得越来越短暂，越来越珍贵。

上午薇拉给一个病孩拆线时，那孩子痛得直叫，薇拉觉得这孩子的叫声怎么跟莱丽一样。她拿出为她买的糖，说，乖孩子，勇敢点，好不好？拆好了线，年轻的母亲让孩子谢谢大夫，孩子要叩头。薇拉一把拉起她，说，就亲亲阿姨吧。孩子努着花瓣似的小嘴，在薇拉的脸上热热地亲了一个响。薇拉闭上眼睛哭了，紫苏想薇拉是不是想起莱丽了。

之后，薇拉跟姐妹们一起洗澡，格外开心。莱丽失踪后，她好像还没这么高兴过。薇拉洗了澡，换了一条黑红格子的布拉吉，绷在身上曲线分明，看起来很年轻，很漂亮。薇拉洗完澡就回了家，她想跟丈夫一起再过最后一个周末。

薇拉来到巴格其后已经很少做饭了，忙不说，孩子没了，她还有什么心情。但是这天薇拉委实当了一回好主妇，她把家里存的一点好东西全拿出来了，土豆烧牛肉、苹果酱、奶油，还烤了一个列巴，这些美食摆在铺着白色餐布的圆桌上，再点两根蜡烛，放一瓶沃得克酒，就是一个俄罗斯式的大餐。最后，薇拉把那台老式唱片机拿出来，放起了俄罗斯民歌。

俞天白一进门，就听到了《红莓花儿开》；再看看桌上的东西，有一种不真实感。薇拉斟满了酒，送到丈夫手中，笑盈盈地说："来，亲爱的，喝一杯。记得今天是什么日子吗？是咱们结婚四周年纪念日，咱们俩就在今天了断吧。"

俞天白望着妻子，她今天好漂亮，头发是做过的，抹了口红，两腮还打了胭脂。薇拉就那样亭亭玉立、落落大方地站在面前，歪着脑袋笑着，热烈又多情。这让俞天白想起他与她第一次见面时的惊险。那时他刚刚调防到新疆，负责边防大队。薇拉到边境巡诊遇上风雪迷路，俞天白查哨时发现了她，把冻僵的她抱上马背。俞天白后来用一瓶沃得克酒抹了一遍薇拉僵硬的四肢，那热辣辣的酒香通过肌肤，一直渗透到薇拉的心底……

端着这杯沃得克，今非昔比，两个人碰了一下，一饮而尽。薇拉的脸腾地就红了，两眼放光，说："真是好酒，能燃烧冰雪的酒！爱情的酒！天白，我记得你说过，你在认识我之前，甚至没有认真谈过恋爱，是块榆木疙瘩，但你却被一个冻僵的姑娘融化了。你说她俄语讲得是那么好，她唱的歌是那么动听，她还会跳舞，她的内心就像一团火！天白，你说是你救了我，还是我救了你？"

薇拉这话的意思俞天白是明白的，他苦笑了一下，说："咱们谁也救不了谁。"

薇拉说："也许吧，但我还是要谢谢你的爱。天白，我不后悔嫁给你。感谢老天爷让我遇见你，这辈子我知足了。请相信，我是爱你的，永远爱你！……"

永远爱我？你爱我，还欺骗我？俞天白拿出那只盒子，摔出了"金羚羊"项链！看到金灿灿的项链，薇拉愣了一下。过去的很多东西都扔了，唯有这条纯金项链她没丢掉，它是那么美丽精致，不过一件女人的首饰，会有什么呢，薇拉把它藏在了套娃中。

"说，你是怎么加入的这个组织，你都干了些什么？你们还有哪些人？"

现在说这一切还有什么意义，薇拉不想把丈夫牵连进来，离婚其实就是这个意思，他怎么就不明白呢。薇拉沉默片刻，说：

"天白，你不要问了。不过，我还是要告诉你，我从南京读书回来就跟他们没有任何联系了。最近是有人来找我，让我帮他们干一件事。"

"干什么事？"

"炸了和平渠大闸口！"

"天哪！"

"只有这样，他们才肯把莱丽还给我！"

"这是谁说的？"

"你不要问了。"

"这是骗人的鬼话！薇拉，过去你干什么我都不怪你，我相信你是年轻无知，才上了坏人的当。今天你不能这样是非不清，糊里糊涂了！走，咱们去向组织汇报，争取宽大处理，好不好？一定要把那个坏蛋给抓出来！"

"不！我要我的女儿！"

"他们是在骗你！薇拉，你怎么这么蠢呀！"

"我是蠢，谁叫我是个母亲！我要我的女儿，我不能眼睁睁地看着莱丽死在他们手里！"

"薇拉，你这是走火入魔，鬼迷心窍了！"

"我就是鬼迷心窍了，不要你管！"

到了今天，薇拉已经什么都不在乎了，唯有一个念想，找回女儿，女儿是自己的命根儿。

不能再纠缠下去了，时间就是女儿的命！薇拉去床下拿她的药箱，俞天白冲上去，说："你干什么去？！"

薇拉拔出枪，指着丈夫，说："给我让开！"

薇拉背起沉甸甸的药箱，奔出门去。

俞天白意识到不妙，药箱里很可能装着定时炸弹，老天爷啊！俞天白连衬衣扣子都没顾上扣，就往外跑。酒劲儿上来了，火烧火燎，俞天白感到太阳穴一下一下跳着痛，磕磕绊绊一路追去。

此时的薇拉就像一股黑风，凶猛无比，势不可当。不一会儿，她已冲上和平大渠；转眼，又登上桥头——大闸口近在咫尺！

俞天白拿出平生最大的气力奔跑，他穿过荆棘，抄了一条近路，横到了薇拉前面。

"薇拉你站住！"

"天白！你别拦我了，薇拉来世一定做个好女人！"

"你别蠢了，薇拉，跟我去自首！只要你答应我，你还是我的好妻子，行吗？"

"不，我必须完成任务，我必须救回我的女儿！"

薇拉扭身继续向前跑去。

一个军人绝望的时候，总是会想到枪。俞天白现在就是这样，就像当初面对马黑鹰，没有选择，最后只有拔出枪。此刻，当俞天白把黑洞洞的枪口对准那个美丽的背影时，他有些眼花，耳朵嗡嗡地叫，喘不上气。他屏住呼吸，抖着手，扣动扳机——枪口一仰，子弹冲天飞起，发出一声脆响。俞天白准备开第二枪的时候，那个美丽的身影已像一只梅花鹿蹿出好远！俞天白一时间眼珠子要爆炸了，心脏要跳出来了。人在万念俱灰的时候，要么沉默，要么疯狂。俞天白这个沉默了太久的人，到了呐喊的时候了！他挥舞着胳膊，大声疾呼：

"抓'羚羊'呀！快来抓'羚羊'呀！……"

伴随着啼血的呼喊，枪声再一次响起。

枪声和呼喊声惊动了站岗的士兵，也惊动了刘铁和紫苏。这天傍晚紫苏去找刘铁，不知为什么，她心里极度不安，觉得薇拉近来太不对头了。就在她们今天去洗澡的前一刻钟，她去办公室，看见薇拉手里拿着一把手术刀。薇拉是外科医生，拿手术刀是很正常的，问题是她在哭，哭了很长时间。这是紫苏观察到的。紫苏把这个情况一反映，刘铁顿时跳起来，说："走，去老俞家！"

在刘铁看来，薇拉很可能因为离婚这件事想不通，而产生轻生念头。两个人跑得满头大汗，一直跑到大闸口附近时，听到了枪声。接着，看到背着药箱飞奔而来的薇拉。如果仅仅是枪声，刘铁不会认为薇拉背药箱有啥不正常，但是他分明听到"抓'羚羊'呀，快来抓'羚羊'呀"的喊声。刘铁一把推开紫苏，说："不好了，躲开！"一个箭步扑向薇拉，夺过药箱，朝闸下奔去。大闸口左边是一片低洼地，刘铁奋力将药箱抛出，轰隆一声巨响！

这一切不过短短几秒钟。

　　听到这声巨响，薇拉知道完了。这是一个绝顶聪明、不畏生死的女人，又是一个被魔鬼缠住失去了理智的女人，当所有的期盼和爱都化作灰烬时，薇拉举起那只精致的小手枪，对准了太阳穴！她看见丈夫向她跑来，喊着"薇拉、薇拉！"她笑了一下，孩子！妈妈见不着你了……

第二十章

一

薇拉死后，人们发现俞天白一夜间老了好多，鬓角的头发全白了。其实马黑鹰死后的几天，俞天白就从镜子里看见了白发。那是贴近前额的左侧，有一些半黄半白的东西支支棱棱，稀稀落落，像长在盐碱滩上的瘦小庄稼。但可惜它们不是庄稼，而是芦苇一类的杂草，最终要将另一些丰茂苗壮的生命赶尽杀绝，让一个春色满园的头颅变成大雪飘飘的冬季。这真是一件令人悲哀的事情。

俞天白觉得自己彻底完蛋了。这倒不是说他怕薇拉的死会给他的政治前途带来多大妨害，这时候他根本顾不上这个了。他的完蛋，是因为陷于一种不可自拔、无可救药的复杂感情里。薇拉死的那天晚上，俞天白在灯下坐了一宿，先是接受组织上必要的审查，之后配合有关部门的工作人员，搜查家里的角角落落，看薇拉有没有留下什么可疑物品或者信件。实质上，除了一堆衣物、化妆品、医学书籍，还有那只俄罗斯套娃，什么都没找到。俞天白供出的那条"金羚羊"项链怎么也没见到，或许是薇拉临走时带上路了。有关人员看罢这些东西，放下了，俞天白说，你们要觉得有用，就拿走，再检查检查也好。这么一说，人家就拿走了，连同那只俄罗斯套娃。俞天白想，拿走好，拿走了就看不见了，看不见了心里就干净了。包括他们的全家福，俞天白也是迫不及待地扯下了薇拉那半边，放到火上烧了。

俞天白以为，叫薇拉的女人从此就从他生活中消除了。其实不然，大约在一周后，俞天白就像恢复了记忆的失忆患者那样，开始追溯往事了。一点一滴，积少成多，到最后俞天白成夜成夜地不睡觉，专门回忆薇拉，薇拉的一颦一笑，薇拉的声音，薇拉的气息……天哪，俞天白头痛欲裂！俞天白的痛在于，他竟然还在爱着一个狗特务，一个坏蛋！他为她伤心流泪惋惜，他痛恨自己冷酷薄情，在她走的时候竟说了那么多凶狠的话，把她逼向绝路……俞天白这么痛不欲生地怀念着薇拉的时候，时常会有一个声音向他发出诘问，薇拉是个坏女人，你俞天白为什么还留恋她？你俞天白的阶级立场到哪儿去了？

俞天白的绝望就在这儿，他不知道该拿自己怎么办，既怀念，同时又充满罪恶感。俞天白陷入了今生最大的困境。

正在俞天白困苦不堪的时候，一个青海男人领着个五六岁的男孩找上门来。一看见这个男孩，俞天白就好像见到了马黑鹰。果然，这孩子与马黑鹰有关。青海男人说，是娃的娘托他捎过来的，娃的娘说，儿子是马家的，马家不养，她一个人咋养得活咧，她都嫁人了。

俞天白没有选择，只好让孩子住下。头一夜跟自己睡一个大床，半夜里觉得身子下面凉飕飕的，一掀被子，老天爷，尿了好大一摊！第二天一早，俞天白就起来晾被褥。这个叫尕娃的孩子真是跟马黑鹰一样，说起话来粗声粗气，干起活来力大无比，吃起饭是一顿两三碗。还能尿，每天把床从这头尿到那头。这天晚上俞天白躺下就睡了，忽然被什么声音弄醒了，睁开眼，见尕娃光着屁股站在床头，手里握着枪！

俞天白上去一把夺下，说："你想干什么？！"

尕娃一双绿豆眼亮晶晶的，说："你打死了马老三，我要为他报仇！"

俞天白从那双小眼睛里，看到一种与年龄不相称的东西，分明是仇恨。他想，太可怕了，我怎么会跟这样一个孩子生活在一起，他是来讨债的呀。俞天白不知道该不该向组织上反映这件事。

有句话说，群众的眼睛是雪亮的，一点不假，很快就有人看出来了，这个青海尕娃是马黑鹰的儿子。俞天白居然抚养起马黑鹰的儿子，这像啥？他的屁股究竟坐到哪边去了？

这些议论传到了刘铁的耳朵里，这次刘铁倒是冷静，说："老子是老子，儿子是儿子，咱共产党不搞株连。老俞能收留这孩子，说明他是个善人。"刘铁还从来没有这么评价过俞天白呢，包括邢保财在内的政工干部们都感到吃惊。薇拉的事情出来后，刘铁做了一番认真的反思和检讨，痛定思痛，他觉得应该吸取教训！因为过去的仇隙，他发现自己对俞天白始终抱有一种偏见，也是成见。孙世贤严肃地批评了他，说："共产党人为什么能推翻一个旧世界，建立一个新中国，就是因为善于团结绝大多数能够团结的力量。我们如果不能容忍反对过我们的人，就不能够战胜他们！"这次谈话对刘铁的教育太深刻了，让他感到无地自容，不仅觉得对不住俞天白，更重要的是，他的这种固守成见和错误判断，已经影响到了一名指挥员的正常思维，差点儿让敌人的阴谋得逞，这是多么大的失误啊！

这之后，刘铁对俞天白的态度变了。这种变化连大白马都能觉出来，从前刘铁见了大白马，眼神是冷漠和傲慢，现在见了总要摸摸它这儿，摸摸它那儿，有时还会拔一些嫩草，塞到它嘴里。还有，尕娃来了以后，刘铁钓了鱼常让常福送过去半脸盆。刘铁对俞天白真的好多了。但是俞天白却是冷冷的，比从前还冷。

为评劳模的事，最近又闹出一场风波。

军区要评选第一届劳动模范，给各单位分配了名额。九团本来只有两个名额，刘铁硬是向师里又要了一个。评劳模这种事历来是要经过群众推荐的，大家嫌名额少，一下子推荐上来八个候选人。刘铁、俞天白和邢保财三个人票数都不低，其中刘铁的最高。这天刘铁召集大家开党委会，定劳模的上报人选。刘铁主张，士兵里就报毛旦和张友军，干部里报老俞。说老俞这个同志有文化，有才干，为人正直。最可贵的是，关键时刻能站出来，大义灭亲，和敌人作斗争；为改造起义部队他付出不少，尤其是失去了女儿，令人痛心。刘铁还顺便检讨了两句，说自己这个政委当得不咋地，动不动骂人，犯浑，老俞也总是大人不计小人过，心胸宽广，所以这劳模应该老俞当。

刘铁上来就想定调调，邢保财急了。对于报毛旦和张友军，大家都没意见，这两个士兵一个是开荒大王，一个是挖渠标兵，比牛还能干，他们不当劳模谁当？但是要报俞天白，政工干部们就有点不以为然，首先邢保财一百个想不通。

邢保财说："我在这里直言不讳，有啥说啥。我认为俞天白同志根本没有资格当这个劳模。为啥这么说，我举以下例子：一、开荒的时候，上面明文规定让大家交出战马，用于生产，俞天白同志愣是不肯把马交出来，他那匹大白马待遇比咱们战士好，有吃有喝，不饿肚子，还能洗澡，而且、而且一天胡骚情……"

有人笑了，邢保财瞪人家一眼，接着说："二、修和平大渠那阵子最紧张吧，他不管不顾，老娘儿们一样寻死觅活。丢了孩子，我们大伙儿谁不难过？我们老刘眼珠子都肿成牛蛋啦。问题是俞天白同志看不到这一点，他指责谩骂我们的干部，还把枪对准我们的同志。这，是对阶级兄弟的感情吗？明摆着把咱们当敌人嘛。三、俞天白同志在国境线上是击毙了马黑鹰，使叛逃没能得逞，但我认为这是他别无选择！俞天白现在收留了马黑鹰的儿子，说明他旧情难忘。吴家耀一直猫在山窝窝里，同哈孜别克相勾结，搞特务活动，马黑鹰和李二万配合他瞎捣乱，这都是有组织有策划的，是里应外合的，细想它同俞天白的袒护、怂恿和掩盖其实是分不开的。四、俞天白的老婆薇拉死了，这也是事实，但这能算得上付出？要我说，狗特务死有余辜！"

邢保财这番话引起一片反响，下面马上有人附和，说打死马黑鹰，难说不是为了保护自个儿？还有人说，他老婆是特务他就没点觉察？他喊抓"羚羊"，说不定还是一场夫妻的苦肉计哩，谁敢保证以后再没"羚羊"了……

刘铁说："都别瞎议论啦，你们说这些话，能拿出根据吗？我最烦在底下开小会，这是一种不利于团结的风气，要不得！要说收留马黑鹰的儿子这件事，我先表个态，我觉得老俞有种，干了一件了不起的大好事，应该表扬！"

刘铁这么不顾大家反对，要推俞天白评功模，邢保财很不高兴。他说："今天是党委会，老刘我也给你提个意见。我觉得你这个人政治上是欠成熟的，喜欢以个人好恶来评判人，在俞天白的问题上尤其突出。过去你是恨不得一棍子打死他，现在呢又当心肝宝贝处处护着，这么走极端不好。我说句不中听的，是不是因为你和他从小一块儿长大，你们有什么特殊感情？或者说因为莱丽失踪，你突然良心发现，想以此来换取内心的平衡？"

刘铁说："你今天打算跟我吵架是不是？对不起，我没工夫跟你吵。今天的会先开到这里，大家冷静冷静，下次再议！"

邢保财没想到刘铁竟然来这一手，想，等着吧，下次开会老子还要提意见！

二

两天后又一次开会时，邢保财上来就发言。他看了一圈几个教导员，拍着笔记本说："老刘叫咱们大家冷静冷静，我已经冷静得不能再冷静了。我还是那个意见，报谁都行，报俞天白不合适。"

几名教导员看着刘铁，这两天邢保财可是给他们做了不少工作，叫大家统一思想认识。

邢保财接着说："你老刘风格高，要真是不想当这个劳模，可以换别人。咱们王春来、宋刚和陈李子三个教导员全死在巴格其，死得冤，他们要活着，哪一个都该当劳模。新配备的这几位也一个不比俞天白差，就连花参谋长，现在是咱们副团长了，我看也比俞天白强。哎，你们几个都说话呀，是不是这么回事？"

其中一个教导员说："咱们老邢比老俞就更不在话下，一个天上，一个地下。"

刘铁说："老邢的话说得有道理，咱们的教导员确实一个是一个，个个能干。刚才段教导员也说得没错，咱们老邢也很优秀。但大家想过没有，评劳模是为啥，不就是为了调动大家的积极性吗？要在老部队，评你们每个人我都没意见，可咱们是在起义部队，是不是？不能啥事都按老部队的原则办，要重点考虑起义官兵。这些人是从国民党部队出来的，政治待遇是天大的事儿，俞天白能不能当上劳模，可以说关系到他下半辈子的政治命运和前途……"

邢保财说："你倒是为他想得远。"

刘铁说："那是呀，咱们是做思想政治工作的，以孙政委的话说，是化剑的人，重铸灵魂的人，咱总得有点姿态嘛。他们进步了，有了成绩，还不就是共产党的成绩，也是你我大家伙儿的光荣嘛，你们说是不是这个理儿？这才是共产党人的胸怀，要不咋样化干戈为玉帛？我现在总算明白了一个道理，共产党为啥能打败国民党，告诉你们，就是因为共产党有一把宝剑……"

"啥宝剑？"

"大公无私，一心为民！"

刘铁这番话还真是有情有义有水平，几位教导员不得不服，刘铁是宽厚大气的。邢主任尽管说得也有道理，但那是小道理。就这样，俞天白在党委会上通过了。

这件事俞天白很快就知道了，是花之锦告诉俞天白的。花之锦说，老俞，老刘关键时刻还真帮你。我能当上这个副团长，也多亏老刘，咱们得谢谢人家。花之锦本来还想说，回头咱们请刘铁吃个饭，俞天白却不耐烦了，说，他这是恩赐我。

党委会上发生的争端，俞天白早听说了。一天三顿饭跑伙房吃，那里可以说是个大会场，能听到各种声音，还有小道消息。他听说刘铁和邢保财为自己吵起来了，这让他感到很难受。他的票数比刘铁差了好多，比邢保财也少，他压根儿就没想当那个劳模！是他们愣要把他推到火上烤，由此又扯出一些陈谷子烂芝麻攻击他，这是多么令人难堪的事情！

俞天白拖着沉沉的脚步走进团部办公室，正碰上文书小高在出板报。他问刘政委在吗？小高说，上布拉克苏草原了。粮食丰收了，收下第一批麦子，刘铁就忙着加工成面粉，一车一车地往布拉克苏草原送。木拉提头人不在了，但解放军说话要算数，当初你困难的时候，人家老百姓倾其所有帮你，这个情不能忘。见刘铁不在，俞天白扭头出了办公室，却忽然听到隔壁办公室里有人说话，他站住了，是邢保财的声音。邢保财说："胳膊扭不过大腿，折腾来折腾去，还得报俞天白。我就闹不懂了，刘政委咋就一个三百六十度大转弯，现在这么护着俞天白。"

胡干事说："他们俩小时候一个少爷，一个仆人嘛。"

邢保财说："现在是少爷要当劳模了，我们这些老革命靠边站喽！胡干事，下班前你无论如何得把材料印出来，送到师部，明天一早师里要开会研究，别耽搁了。"

俞天白一步跨进去，说："不用麻烦了。"说罢，从胡干事手里夺过材料，撕成两半。

邢保财惊得大张嘴，说："哎，哎！我说老俞，你疯啦！这可是我辛辛苦苦给你写的先进材料，咱们小胡一笔一画刻的钢板，你说撕就撕了，也不商量一下？"

俞天白说："商量？哼，我是命令你，别报我了。"

邢保财说："这可是你说的？俞团长，你的命令下得好，下得及时，我邢保财要不执行是孙子！胡干事，把刘政委的材料换上！"

俞天白走后，邢保财加了个班，亲自给刘铁整材料，硬是赶在下班前送到了师政治部。

三

俞天白回到家仍是气咻咻的，他就不明白自己怎么得罪了这个邢保财，邢保财对他这个态度，有时候比刘铁还过分。刘铁往往比较直接，这个人却是文气中藏着杀气。

院子里晒着尿迹斑斑的被褥，俞天白走过去差点被一股浓浓的尿骚味儿熏得背过气去。这时他看见地上放着一盆水，尕娃身上湿淋淋的。

"你在干什么？尕娃。"

"鱼。"

看到脸盆里有一些细小的黑东西在游动，俞天白气不打一处来，说："你好大的胆子，又跑到河里去摸鱼了，你不想活了是不是？"

近来俞天白发现尕娃的毛病越来越多了。前天带他去伙房打饭，一转眼人不见了。炊事员抬着一笼热腾腾的包子过来，尕娃上前抓过一个，就往嘴里塞。仇班长一把揪住他的耳朵，说哪来的小贼娃子！士兵们说是马黑鹰的儿子。仇班长骂着狗崽子，举起巴掌就要打，被俞天白挡住了。俞天白拽尕娃回家，尕娃一路号，糖包子！糖包子！最后干脆赖在地上打滚儿，弄得满身土，把个俞天白气坏了。俞天白想，你配吃糖包子吗？你以为你是谁？你是马黑鹰的儿子！这周围没有人欢迎你，都骂你狗崽子，连我俞天白也脸面扫地呀。俞天白这天的火气其实不完全是冲着尕娃来的，而是冲那些人，冲自己。自己本来就不干不净，现在又拖了这么一个油瓶如何是好？这个尕娃跟他老子一样顽劣，沾不起呀。俞天白真想再去找那个青海老乡，把尕娃弄走，可是他竟然连那人的名字都不知道。

吃饭的时候，俞天白拿出两个干窝头。尕娃半天咬不下一个渣，把窝头扔到地上，说要吃糖包子。俞天白火了，说，浑小子，给我捡起来！尕娃鼓着腮帮子，说，不捡！俞天白气坏了，指着他说，你给我滚！滚回青海去！

尕娃瞪着俞天白，尿从裤子涌出。尕娃从这天起，有些怕俞天白了。

现在听说尕娃去河边抓鱼了，俞天白决定教训教训他。俞天白抓起一根红柳棍儿，说："把裤子扒下！"

尕娃乖乖地扒下裤子。可是俞天白刚刚举起棍子，尕娃哧溜一下，就像一条小鱼那样从俞天白两腿间钻走了。俞天白以为要不了一会儿，尕娃就会回来，但是尕娃没有回来。傍晚，天空乌云密布，秋雨如注，俞天白慌了手脚，到外面去找，边走边喊："尕娃！尕娃！我不打你了，你回来，成不成？"

俞天白就像当初找莱丽那样，能去的地方都去了，可还是不见尕娃的影子。

其实尕娃没有跑远，他就在附近的一个草垛旁边，俞天白过去时，他躲进了麦草。看见俞天白走了，他又钻出麦草，飞快地朝另一个方向跑去。尕娃野惯了，在老家的时候就爱流浪，这个地方猫一晚，那个地方睡一夜。这回尕娃沿着渠一直往下走，想去那边草原看看。过桥的时候，一只脚夹在了两根木头间，上，上不来，下，下不去！

刘铁开着拖拉机从布拉克苏回来，听到孩子的哭声，摇下车窗，发现尕娃。刘铁跳下车跑上前，帮尕娃从木头缝里取出脚，说："臭小子，这么大雨，你不待在家，跑到这儿干啥！"

尕娃说："俞天白不要我了。"

刘铁把尕娃抱进驾驶室，说："肯定是你惹他生气了，对不对？"

刘铁一直把拖拉机开到俞天白家门口。他给尕娃罩了条麻袋，扛进屋，咚地搁在地上。屋里没人，听到院子外传来脚步声，刘铁嘘了一声，两个人藏到门后。

这时俞天白活像落汤鸡，喘着粗气进门。俞天白抹了一把脸上的雨水，把装着包子的碗放到桌上，叹口气说："尕娃，你跑哪儿去了，伯伯不该拿你出气，快回来吧，回来吃糖包子……"

尕娃咚地跳到俞天白跟前，掀起麻袋，嘿嘿地笑了。

刘铁走出来，说："尕娃，快给俞伯伯认个错。"

尕娃哪里顾得上，抓过糖包子就大口地吃起来，说："甜！"

见刘铁送尕娃回来，俞天白有些感动，说："坐吧，老刘，我正想找你呢。"

刘铁想，肯定是评劳模的事儿。

"是这样，这个劳模你们还是换别人吧，我不够格儿。"

"你别听那些闲言碎语，老俞。"

"我放走了吴家耀，我不让大白马干活，我怂恿马黑鹰叛乱，我老婆是特务，我、我他娘的不是好东西！刘铁，我知道你们这些工农干部从骨子里看不起我，你也不过是怜悯我，想拉我一把。我俞天白是个男人，不吃这嗟来之食，不要这种虚假的荣誉！"

"虚假的荣誉？你把组织的真诚和信任当成啥啦？俞天白，你这么说是错误的！你别以为你多喝了点墨水，就狂妄自大，真不知好歹！"

刘铁气呼呼地走了。自己为俞天白承受了那么多，狗日的竟然不领情呢。

刘铁是第二天一早接到颂莲的电话，才知道邢保财把自己报上去的事儿，这叫他相当吃惊，难怪俞天白会是那样一种态度呢。

刘铁当即去找邢保财。邢保财正在院子里教大家扭秧歌，准备参加国庆晚会。邢保财在前面一边扭，一边喊口令："哐叽哐叽哐哐叽，脚要踏到点子上！……"

刘铁一声大吼："邢保财，你出来！"

邢保财满面笑容，甩着红绸扭过来。

刘铁指着邢保财的鼻子就骂："邢保财，你说你干的那叫啥事，胡闹嘛！"

邢保财一听就知道咋回事了，说："我胡闹，还是他胡闹？老子辛辛苦苦把材料整好了，他跑来二话没有，就嚓嚓地撕了，他娘的太不尊重组织！没了牛粪我还不烧奶茶啦，他以为他是谁呀。名额这么珍贵，咱们团总不能空一个吧？就算不报你，我也得报别人。"

"我看你是成心捣乱！"

"我看你是费力不讨好！"

再吵下去就来不及了，刘铁知道今天一早师党委要研究这事，不敢耽搁，他当即让常福备马。

二十分钟后，刘铁赶到师部会议室的大地窝子。会议开了一半，说来也巧，大家伙儿刚刚举起手来表决刘铁呢，刘铁推开门，说：

"我不同意！"

大家伙儿全愣住了。

刘铁说："我是来补报俞天白同志的，这事儿吧有点小误会，我们报材料的人给弄错了。"

颂莲说："怎么可能？你们这是通过政治处报上来的，盖了章，还会搞错？"

刘铁说："孙政委，吴主任，那我就直说了，这个劳模让我当没啥意思。"

孙世贤说："哦？说说你的理由。"

刘铁说："我是党员，又是政委，当不当劳模我都会好好干。但对起义官兵就不一样了，让他们当劳模，更能发挥他们的光和热，调动他们的劳动积极性。"

孙世贤看看肖伯年，说："嗯，有道理，接着说。"

刘铁说："再有，咱们能在荒原上打下第一季粮食，起义官兵是出了力，流了汗的，他们干得绝不比我们差，他们也是好样儿的！所以，我请求你们为所有报上来的起义官兵都投上一票，让他们的心热乎起来，让他们知道巴格其是他们的光荣，解放军是拿他们当兄弟的，大家说好不好？"

孙世贤带头鼓起掌，肖伯年激动得有点控制不住，站起来，连说了两声"好"。

四

二十二兵团劳模表彰大会是在一座露天会场召开的，因为是第一届，所以相当隆重，不仅请来了军区司令员和许多头头脑脑，还请了若干家新闻媒体的记者。上面给劳模的待遇也很高，请他们住进最高级的招待所，每天有大鱼大肉吃。毛旦这样的底层士兵还从来没睡过这么洁白柔软的床，躺下去人都要酥了，乐得合不拢嘴。

开幕式这天，俞天白坐在前排，如此近地看着那些尊敬的首长朝他微笑，他一时竟有些诚惶诚恐。是司令员给他颁的奖，司令员说："你叫俞天白，对吧？我听你们孙政委说了，你很有文化哪。"司令员同他握手，手又瘦又硬，却把那份温暖和力量留给了俞天白。

俞天白朝台下看时，一下子看到了刘铁。刘铁站起来笑着拍手，似乎还对旁边的人说了句什么，掌声就更响了。音乐、鲜花，以及许许多多不认识的笑脸和目光，这一切像梦。当俞天白迈着有些不稳的步子走下台时，他注意到自己的腿跟众多解放军的腿没什么区别了，都是穿着宽大的没有裤缝的军裤，略有些弯曲甚至是有些皱巴的。这要在过去，俞天白是绝不能忍受的，但现在看到这样的腿，他觉得亲切，这是劳动的腿，有乡土气息的腿。包括那双黑鞋子，白袜子，都有种水墨画的美。

这个秋天，俞天白好事不断。接下来他作为劳模代表，将赴京参加建国一周年庆典，届时还要上观礼台见毛主席！一听说要见毛主席，好多劳模都激动得哭了，俞天白也流下了眼泪。自己是个起义军官，现在一下子成了劳模，而且还要受毛主席接见，这个待遇可不低哪。俞天白从师政治部领回一套挺括的毛布军装，回到家里就喜滋滋地穿上了。他对着一面有裂缝的大衣镜左看右看，军装新崭崭的，就是略显肥大。俞天白把军装往瘦里折折，说："尕娃，来看看伯伯的新衣服！"

听不到回应，俞天白想这孩子准是找紫苏去了。紫苏最近一直在给孬娃治遗尿症，孬娃如此顽劣，倒是听紫苏的话，每天到医疗队去扎一次针，有时候还跟着紫苏上山采药。这样，俞天白就省心多了。

俞天白发现镜子里晃进一个身影，细一看是毛旦！毛旦背着背篓，毕恭毕敬。

"团长，马喂好了。"

"毛旦，怎么样，我这一身？"

"好看！团、团长，你要去见首都见毛主席了？"

"是啊，去首都见毛主席。"

"听、听人说，毛主席长得高高的，也有我这么大、大的手，这么大的脚。"

俞天白拉过毛旦的手，粗大的黑手上染着绿色草汁。

"团长，我想、想请你帮我给毛主席捎、捎个话儿……"

"捎个话，捎什么话？"

"就说二十二兵团独、独立师九团特务营二连三班，有个叫毛、毛旦的！他会放马，会种瓜，还会理发，啥都能干。让他老人家放心，说毛旦一定听党的话，好好劳动，改造思想……"

毛旦放下背篓，拨开青草，从里面滚出一个大西瓜。

"我种的西瓜，让他老人家尝尝，可甜啦……"

俞天白拍了拍带着露水的西瓜，说："毛旦，你也想见毛主席，是不是？来，你试试这身衣服。"

毛旦看了看手，说："脏。"

俞天白说："没关系，试试吧。"说着，脱下衣服，帮毛旦套上。

毛旦个头大，人又魁梧，一穿上新军装，马上不一样了，衬着浓眉大眼，竟十分威武，甚至有几分英俊。他对着镜子兴奋地摇头晃脑，嘴里不停地啧啧。

"好好看看吧，我们毛旦，多标致的小伙儿！"

"嗯，不大不小，刚刚好。团长，咋像给我做、做的一样？"

毛旦挺着胸脯子，走过来，走过去，一脸自豪。乐了一阵儿，毛旦准备脱衣服，说："团长，等你从北京回来，我借你这身衣服照个相，给我娘寄、寄回去。"

俞天白看了毛旦片刻，摁住他的手，说："不用借，这衣服归你了。"

"归、归我？"

"对，归你了。"

毛旦不明白团长这话啥意思，直到俞天白说他不去北京了，毛旦还是听不懂。毛旦甚至很不理解，说："团长，你为啥不去北京，你是傻蛋呀，大家都巴望着能见毛主席哩。"

俞天白说："我想让你这个傻蛋去北京，去见毛主席！"

毛旦这才瞪直了眼，膝盖一软又要跪了，俞天白拉住他说："毛旦，以后不许再帮我喂马了，听到没？"

俞天白竟然把这样一个千载难逢的机会让给毛旦，令所有人都想不到。邢保财有些不以为然，觉得俞天白是在装样子。但是，如果让自己在这件事情上装样子，怕是困难，所以他也不得不服气，俞天白这个人还是有一手的，将来不可小视。

刘铁带着秧歌队欢送毛旦去北京这天，一帮子士兵围上来，把披红戴花的毛旦抬起来，撂了好几个高儿。毛旦牛高马大，人又沉，每撂出去一回，大家都要喊一、二、三，飞！吓得毛旦吱哇乱叫，好像真坐了一回没有头的飞机。有一回还没飞上去，就落了下来，刘铁赶忙上前接住，把几个士兵训了一通，说，你们要把毛劳模给摔死了，我可不饶你们！毛旦受了惊吓，满头的大汗珠子。这时候又拥上来一帮子医疗队的护士，争着跟他合影，毛旦笑都不会笑了，文书小高大声喊，一、二、三，茄子！

俞天白特意把大白马拾掇一新，头上挂着彩绸，牵到毛旦面前，扶他上马。这个举动更是叫官兵们想不到！毛旦不肯骑，侯宝玉说，傻蛋！让你骑你就骑，俞团长的马可不是随便骑的，这是对劳模的优待哩。毛旦一身簇新，再骑上漂亮的大白马，简直不得了了。

毛旦带着众人的嘱托和一路欣喜，来到师部集合。集合完毕，中间有一刻钟，带队的负责人让代表们去撒个尿，就准备上路。毛旦摁着鼓鼓囊囊的裤子口袋，慌慌张张地来到师政治部。王干事不认识毛旦，问他叫啥，毛旦结结巴巴地说，毛、毛旦！毛主席的毛，元旦那个旦。看到这样一种装束，王干事不敢怠慢，连忙去找颂莲。颂莲刚开完会，见戴着红花的毛旦羞羞答答地进来，打量着他说："毛劳模要去北京见毛主席了？祝贺你呀。快坐吧。"

毛旦一见颂莲，脸红了，汗珠子都闪着红光，他嘿嘿笑了两声，坐下又站起，说："不坐！要、要上车了……"

颂莲说："毛旦，这次在北京开完会，顺路回趟老家，看看你娘吧。你娘上回不是说给你找了个媳妇吗？"

毛旦看了一眼颂莲，说："不、不要媳妇……"

"不要媳妇？当了劳模看不上农村姑娘了？"

"不是！是……"

毛旦想说什么，却又咽了回去。他摇摇头，好像费了很大劲儿，才从口袋里摸出一个东西放到桌上，说："走、走啦。"

颂莲倒了水回来，看见桌上竟然放着一个红苹果！想这个毛旦，看似憨傻，心细着呢。颂莲在特务营蹲点那阵子，门外时常放着劈好的柴，有几回屋里还生了火，后来弄清是毛旦干的，颂莲批评他不许再这样！让一个起义兵给自己干活，颂莲心里别扭；尤其是那回毛旦候在路口送花，颂莲怎么都难以接受，加上正在生刘铁的气，索性给毛旦难堪，把花摔了。现在想来自己实在是过分了，太对不住毛旦了。颂莲捧着红苹果，放到鼻子上嗅了一下，一股清香沁入心脾。

第二十一章

一

转眼就是国庆节了。这是中华人民共和国成立的第一年,举国上下莺歌燕舞,形势大好。但是在这个丰收的红十月里,也有一个不好的消息。邢保财这天一早看报纸,被头版头题一行粗大的黑体字震住了,老天爷,朝鲜战争爆发啦,美国兵的军舰开过去了!他拿着报纸一颠一颠地去地里找刘铁,刘铁正掰着玉米,说,念!邢保财念了一遍,大家伙儿全呆了,狗日的美帝国主义愣是不想让这世界太平啊,刚吃了几天饱饭,又闹腾起来,这还了得!

消息传来,人们沉浸在激愤中。部队要抽调一支队伍上前线,不论是刘铁、邢保财这些政工干部,还是俞天白等起义官兵,每个人都像是上了膛的子弹,一触即发。邢保财对上回受处分的事耿耿于怀,心想不如到前线打他几个美国佬,立他娘的一功,争取早日进步。花之锦和黄参谋长这帮起义军官也说,对,打他美国佬,狗日的从前老帮着蒋介石说话。

大家纷纷拥到师部报名,要求参加志愿军。但是,不知怎么搞的,上级并没有从这边抽人,抽的是老部队,这叫邢保财失望,觉得起义部队真是后娘养的,低人一等。刘铁倒也想得开,说,大伙儿都去朝鲜了,谁守卫这新疆?依我看,待在这儿照样可以为世界和平做贡献。俞天白赞同这个观点,说新疆有几千公里边境线,与八国接壤,我们得睁大眼睛,提高警惕呢。俞天白说这话是有先见之明的，若干年后新疆果然不太平了，边境线上燃起烽火。一个国家如果没有强大的经济力量作基础，注定是要被人欺负的。

这时庄稼已经运上了晒场，还不错，头一年就打了胜仗，基本做到自给自足。副业也搞起来了，酒坊、酱厂、食品加工都在刘铁的操持下运转了。猪和羊、鸡和鸭也是一满圈，明年吃肉不成问题了。刘铁一副踌躇满志的样子，想来想去，就是觉得住的条件该改善了。一二十个人挤一间地窝子，打地铺，大家伙儿对此早就有意见了，有人还写了打油诗，讽刺这种"下面四根棍，上面芨芨草"的地窝子，都传到北京去了。周总理有一次就过问起这事儿，指示新疆军区：要尽快改善战士的居住条件。

其实盖房是刘铁早已酝酿在心的事儿，还在春天的时候他就想，等抽出时间建它一片土坯房。新疆这地儿说穷，穷；说富，富得不得了——地多，土多。这么好的黏土，这么多胡杨和芦苇，还愁没有盖房的材料？眼下朝鲜战争一打响，大家伙儿对和平生活就愈加珍视，同时对今天"戈壁滩上盖花园"也有了更深刻的理解。刘铁把这次上级发起的建国立家运动，当作一场配合朝鲜战争的政治仗在打。在我志愿军"雄赳赳，气昂昂，跨过鸭绿江"的时候，刘铁在巴格其广袤的大地上，摆开了另一个战场。"多打一吨粮，为世界和平帮大忙""多盖一间房，为幸福生活谱新章""多打粮，盖新房，保卫咱们的好家乡"。这些，是刘铁费了一晚上功夫编出来的。贴切不贴切不管它，心情有了。邢保财看了觉得还过得去，评价说比刘铁以往的那些枪杆诗、打油诗要好得多，具有革命的浪漫主义精神。这些口号最后经邢保财大笔一挥，变成了醒目的大标语，张贴在营区各处和田间地头。

刘铁之所以抓紧盖房，还有一个原因。最近他到师里开会，从颂莲那里得到一个重要信息，说有一批女兵要来新疆，都是洋学生！从内地招收女兵来新疆是有背景的，这还是司令员向毛主席开了口。二十万部队，二十万爷们儿，绝大多数是光棍儿，要让他们扎根边疆，屯垦戍边，谈何容易。新疆有两千多年的屯垦史，自汉武帝时就开始推行屯田制，历代统治者都把它看作一件大事，有道是唇亡齿寒，西域是不能丢的。但这项事业最后却是一代而终，田园荒芜，屯兵失散，纵然有林则徐、左宗棠这样的帅才，也无可奈何花落去！透过历史的风烟，共产党人以敏锐的目光看到了一个普通又尖锐的问题——那就是婚姻问题。新疆这地儿少数民族多，很多少数民族跟汉族是不通婚的。那么从内地来西域的屯兵，要成个家就很困难了。没有老婆安不下心，没有儿子扎不下根呀。共产党人在这方面汲取了历史的教训，他们高瞻远瞩，拿出旷世的勇气，下决心一定要解决这个前人不能解决的难题！女兵来新疆，不用说，首先是为了解决部队老大难的婚姻问题。

这件事颂莲有叮嘱，先不要向外透露。不过上面倒是下了另一个红头文件，文件规定，凡是有老婆、有对象的，不论官兵，一律可以把老婆和对象接来，路费公家出。

这天，刘铁在土块场上做了一场关于建国立家的报告，传达上级指示精神。还没传达完，下面就开了锅。有人当场就站起来问了，说他们有老婆有对象的挺占便宜，我们这些没老婆没对象的咋办？刘铁说，没老婆没对象的，那就赶紧请亲戚朋友牵线搭桥呀，也可以让组织出面帮忙解决嘛。听了这话，下面嗷嗷叫开了，说赶紧盖新房，找老婆吧！很久没看见大家这样激动了，刘铁心里也热乎起来，他兴奋得脸上的泥点子一跳一跳，挥着胳膊说：

"本人再给你们发布一条新闻，绝密！"

大家伙儿竖起耳朵，眼睛瞪得大大的。

刘铁卖起了关子，说："咱们要以实际行动声援朝鲜人民，保卫世界和平。侵略者的狼子野心不死，不断挑起战争，他们不想让咱们过太平日子，咱们偏要让他们看看，中国人民是咋样热爱和平，热爱家园的！同志们，等盖好这批新房，咱们就在巴格其好好过日子。要过好日子，得有家有老婆有孩子，是不是？那么现要我要告诉你们，毛主席他老人家早替大伙考虑到这个问题啦，不久就会有一批湖南姑娘来新疆，加入到咱们的行列中来！你们要信得过本人，往后我铁娃子给你们当红娘！"

该说的说了，不该说的也说了，下面的欢呼声就更响了。士兵们高兴得抱在一起，倒在地上，幸福得快要疯掉了。有人喊："咱们谁没老婆，以后就管刘政委要！"

刘铁说："找老邢要也行，邢主任当红娘比我有经验。"

邢保财脸一沉，摆着手说："为当红娘我背了处分，再不干啦。"

刘铁的这个关于建国立家的报告，似乎比以往任何一场报告都具有感召力和影响力。一连数日，土块场上歌声嘹亮："嘿啦啦啦，嘿啦啦啦！天上出彩霞呀，地上开红花呀。中朝人民力量大，帝国主义害了怕……"也有人这么唱："嘿啦啦啦，嘿啦啦啦！天上有月亮呀，地上有姑娘呀。咱们兄弟干劲大，就盼着哪成个家，成呀么成个家！……"

下了班，一身的泥汗，大家伙儿去和平大渠洗澡，赤条条，光溜溜。俞天白不习惯这么干，他总是要穿一条月白色裤衩。一些个士兵趁着热闹劲儿，大胆地问刘铁，说那些个女兵长的啥样儿？有没有薛医生好看？咱要能找个薛医生那样的就攒劲儿啦！还有人说，湘妹子又能干又泼辣，还多情，哎哟哟，味道不一般呢。刘铁跟着他们乐，说，臭小子，人家还没落窝，你们就盘算上啦，想得挺美气。大眼在毛旦的小肚子上捅了一把，说，你们看毛旦才美气哩！毛旦连忙缩进水里，羞得头都不敢出来了。置身于这样一种氛围，连一向文雅的俞天白也开起了玩笑，说，你们可要紧握手中的枪，决不放过一个目标！刘铁就说，你们看，老俞的枪把帐篷都支起来啦。大家就去看他那里，说，可不是嘛，俞团长的枪厉害哩。

洗完，坐在晚风中，燃一堆篝火，看夕阳染红西天，心情格外放松。熊熊燃烧的胡杨木上，正在烤着打捞上来的鲜鱼。红柳枝串着一条条肥美的鱼，嗞嗞冒油，那声音动听而美妙。男人们吃着烤鱼，轮流喝着一壶自产的高粱烧，酒不醉人人自醉。啊，真好，辛苦了那么久，他们终于品到了生活的滋味儿。

"别说，看着这房子一天一天起来，我这心里头也痒痒了。"刘铁说。

侯宝玉说："想老婆了是吧，刘政委啊，你总算说心里话了。"

刘铁说："新房子起来了，我就不信你们一个两个不想点事儿。有了房子就不用做贼似的偷偷摸摸钻麦草堆了，侯营长，是不是啊？"

侯宝玉最近在亚其找了一个，老乡给介绍的，是个寡妇。长得老相，但对侯宝玉特别好，时常来部队送吃送喝，大家都很羡慕，说老是老点，耐用就成。侯宝玉住集体宿舍不方便，老婆一来就轰人家出去也不是回事，干脆两个人睡麦草垛。这事儿传的全部队都知道。

侯宝玉嘿嘿笑，说："你们不知道，这麦草垛有麦草垛的味道。"

毛旦说："麦草有啥好味道，马喜欢。"

侯宝玉说："个傻蛋！不懂吧，入了洞房你就懂哩，包括你刘政委。"

刘铁喝得晕晕乎乎，说："洞房好，那是咱们男人的、男人的那个啥……"

"战场。"一直沉默的俞天白冷不丁来了一句。

刘铁拍着大腿笑了，说："哎呀，精辟！都听到了吧，俞团长说是战场，那各位就准备冲锋吧。老俞，你是咱们团长，又是劳模，这种事要打头炮，千万别客气哟。"

俞天白说："那是一定的！盖了新房娶新娘，娶了新娘入洞房！"

二

俞天白现在总算从阴影中走出，状态好起来，这大概与紫苏有关。薇拉死后，孬娃又来了，这叫俞天白焦头烂额。一个不擅家务的男人，带着个孩子本来很闹心，没想到坏事变好事，引来了紫苏的关心。紫苏因为要给孬娃治病，时常来家里送药，还给孬娃织了一条毛裤，这叫俞天白好生欢喜。

这段时间俞天白带着大家搞基建，紫苏时常来工地送汤药。秋天到了，紫苏为大伙儿煎了一些润肺的滋补药。紫苏穿着一件白毛衣，脖子上挂着一串小红辣椒，通红透亮，看起来活泼又可爱。从前紫苏是不打扮的，倒是参了军以后爱打扮了。俞天白似乎第一次发现紫苏的美，当着大伙儿的面，忍不住夸奖："用辣椒做项链可谓一大创举，比金银首饰别致多了。"

俞天白很少表扬部下的，更别说是表扬一个女同志。

刘铁说："老俞呀，你是不是眼馋这辣椒了？你要真想吃，咱们俩就来个比赛，谁土块打得多，薛医生就奖励谁辣椒，薛医生，行不？"

紫苏笑着点头。

俞天白说："弟兄们盖房子挺辛苦，咱们俩还是犒劳一下大家，比赛钓鱼，怎么样？"

钓鱼是刘铁的强项，刘铁乐不可支，说："好啊！薛医生，我要赢了，你可别舍不得你的辣椒！"

战士们高兴了，说今晚我们有鱼汤喝了！

刘铁自认为是绝对没问题的，可谁知道到头来竟输了。俞天白其实不怎么会钓鱼，也许正因如此，他来了另一手，捞。他在一个小泥坑旁挖了条沟，把水放光，最后剩下一堆活蹦乱跳的鲫鱼片子，吧唧吧唧，就等着人用脸盆盛了。刘铁在渠对岸老老实实地蹲了一下午，虽满载而归，却不过是钓了一篓子。等到两个人一会合，看见俞天白身边摆的又是盆又是桶，还有锅，刘铁面红耳赤，俞少爷狡猾呀！现在来追究钓鱼还是捞鱼没多大意义，重要的是成果。刘铁愣是眼睁睁地看着俞天白捧了一串红辣椒，笑倒在草地上！

四川人好吃辣，俞天白提着一串小辣椒回到家本来准备烧鱼的。摘到一半，一琢磨，又把辣椒一个一个穿起来，并且换了一根金黄的丝线。尖尖的小红辣椒闪着亮光，挂在俞天白的床头散发着清香，早上俞天白一睁眼，乐了。人家姑娘当项链的东西你竟然差点给吃了，不像话！俞天白对自己好一番责怪，起床后他来到医疗队，从口袋里掏出辣椒项链，悄悄挂在了紫苏煎药的那座草棚上。

三

这一阵儿在大家热火朝天地盖着新房，谈着女人时，刘铁开始积极为那些有老婆有对象的同志服务。刘铁催过邢保财几回，让他赶紧给家里打个信，把老婆接过来，邢保财总是说，慌啥。刘铁说，我都慌了，你还不慌，你没毛病吧。

刘铁真的替邢保财着急，有老婆的人嘛，干吗干熬着，表现你老邢觉悟高，比大家革命？刘铁白天盖房，晚上忙着当红娘。一管毛笔，一沓信纸，外加一本字典，刘铁干得是兴致勃勃，热血沸腾，心潮澎湃。红娘在古戏中都是很重的角儿，是不可缺少的人，热心人，好人，刘铁觉得自己干这个蛮合适。尽管他不擅文字，但有兴趣就不觉得难。他几乎每天晚上都要写上两到三封信，帮助那些有老婆和对象的人，联系来疆事宜。常福给他当帮手，这个帮手也是个半瓶子醋，常福写的每封信，刘铁都要检查一遍。

这天晚上刘铁检查常福写的信时，发现了问题。

"亲爱的黄槐花同志，这是给谁写的？"

"你不是让我给邢主任的老婆写信吗？"

"亲爱的？亲爱的？这个词儿可不能乱用！"

"列宁都说'亲爱的瓦西里同志'，我咋不能用？"

"问题是人家是个女同志，你写'亲爱的黄槐花同志'，这就成问题了。要让老邢知道了，还不打断你的腿？改！常福啊，以后你得加把油学文化呢。"

"吴主任说你也要好好学文化。"

"说你，你咋提溜出我来了？"

"政委，邢主任不是不想让他老婆来新疆嘛，你还让我写信。"

"他说不让来就不来了？本红娘做主了。这个老邢，资产阶级思想严重，我猜他是嫌老婆是农村的，怕丢他人，才不让来。所以这事儿我就得来个先斩后奏！"

"政委，当红娘真有意思，瞧你每天晚上写这么多情呀爱呀的信，字也练出来了，心里还暖洋洋的……嘿嘿！"

"小屁孩，体会倒挺深刻！等你满二十二了，我给你也找一个。"

"那得等多少年啊。"

"咋，等不及啦？咱们多少老同志还没解决，包括本红娘我呢……"

"那你干吗不向薛医生发动进攻，再不动，人家俞团长就下手啦。"

"你说啥？"

刘铁在常福的头上拍了一巴掌，想，这么下流的话你也能说出来！什么俞团长向紫苏下手，这孩子咋这么能胡说八道呢！

下第一场雪的时候，第一批土坯房盖起来，吸引了好多单位来参观取经。大家来九团其实要看的不是集体宿舍，而是那几套"鸳鸯房"。刘铁特意盖了几间套房，屋子拉着彩纸顶篷，一张双人床又宽又大，两扇玻璃窗亮堂堂，上面贴一对鸳鸯。客人们还没进屋，一眼瞅见飘来飘去的绿绸子窗帘和一对戏水的鸳鸯，有人先叫起来，说，呀，真高级！刘铁告诉大家，以后谁结婚，谁住三天；是夫妻的，一个礼拜轮流上这儿住一宿，不用再爬麦草垛了。看到这么漂亮的房子，谁不动心，尤其是那对戏水鸳鸯的剪纸，吸引了好多人的目光。刘铁和俞天白陪着客人出出进进，人家就问："老刘，老俞，你们两个啥时候戏鸳鸯啊？"

俞天白说："不急，不急。"

刘铁说："你不急，我可急！"

这对鸳鸯是紫苏剪的，起先俞天白觉得扎眼，刘铁说，"鸳鸯房"没鸳鸯咋行？再来一对胖娃娃就更好。有鸟，有娃娃，喜气，才更像个家嘛。俞天白想，倒也是。

这一天，孙世贤和颂莲带着师里一帮干部来九团参观"鸳鸯房"。一进门孙世贤就说："铁娃子，你这红娘当得不错嘛，工作开展得有声有色，把'鸳鸯'都引进巢了。"

看见孙世贤的夫人也来了，刘铁说："欢迎孙政委和郑大姐今晚入住。"

郑大姐左右打量着，说："你看这房子拾掇得多光鲜，还有窗帘窗花，哎呀呀，让人眼馋。老孙，那会儿咱们俩结婚，硬是在作战指挥部搭了张铺。外面炮火连天的，整得我一宿没合眼……"

刘铁笑着说："是咱孙政委的炮火太猛了吧？"

郑大姐拍了刘铁一巴掌，说："没大没小，开起你大姐的玩笑来了。再捣蛋我让你娶不上媳妇！"

刘铁说："哎哟，那我可害怕，铁娃子这辈子咋也得娶个媳妇才行。自个儿找不上，就请咱们郑大姐和吴主任帮忙，组织解决。"

颂莲跟在后面，冷冷地说："刘政委谦虚了吧，你可香着呢。"

郑大姐拉着刘铁的手，说："铁娃子，咱可说定了，你的媳妇包大姐身上！"

郑大姐说完，看了颂莲一眼。

大家在"鸳鸯房"里东拉西扯，正说得高兴，大眼跑了进来，说："邢主任，有人找。"

邢保财听说有人找他，问："谁呀？"

大眼说："是个女的，带个娃，从天津来的。"

听说是从天津来的，邢保财急忙往外跑。这种时候女人带着娃娃来是喜事，一准儿是邢主任的老婆来了。大家伙儿呼啦啦跟出去，门口果然站着个女人，白白胖胖，眉眼清秀，模样看着挺和气。女人背着大包小包，手里牵了个七八岁的男孩儿。男孩儿大个子，又黑又壮，不大像邢保财。

邢保财看见这女人，怔住了。

女人推了一下孩子，说："东东，快，叫爹，他是你爹！"

东东不动弹。母亲又推，孩子一把甩开母亲的手。

女人有点不好意思，笑了笑，觍着脸说："孩子他爹，你别介意……"

邢保财只觉得两条胳膊发胀，拳头攥了起来。黄槐花，你可真能跑啊。老子没收拾你，是不稀理你，你倒好，居然还找上门儿来了！

刘铁最后出来的，一见这对母子，满脸是笑，跑上前迎接，说："你是黄槐花同志吧？赶得早，不如赶得巧！你看我们这'鸳鸯房'刚刚拾掇好，今晚你就跟咱们老邢住进去，给我来个开门大吉！"

邢保财冷冷地说："不用啦老刘，我们还是先去办公室吧。"

邢保财把母子俩带到团部办公室，门一关，压低声说：

"听着，黄槐花！你就是变成金花银花牡丹花，老子这辈子也不稀罕！快滚，滚回老家，别让我再看见你！"

黄槐花一听邢保财这么说，愣了愣，拉着儿子就走，显得蛮有骨气。

刘铁听说邢保财把黄槐花母子赶走了，大吃一惊，连忙去追，路上黄槐花哭得泪人似的。刘铁可怜起这女人，想，人家千里迢迢带着儿子来，脚还没站稳，你邢保财就把娘儿俩往回赶，这算啥事！刘铁最见不得这种陈世美，记得小时候他在戏班子时曾扮演陈世美的儿子，跟着母亲秦香莲去寻父，做了驸马爷的父亲吹胡子瞪眼，就跟邢保财现在一个德行！狗日的邢保财这个人思想确实成问题，喜新厌旧，得好好治治这小子的毛病！刘铁安顿了母子，请紫苏过来陪着，自己去找邢保财。邢保财已经躺在被窝里了。

刘铁一把揪起他，说：

"跟我走！"

"干吗？"

"干好事儿，跟你老婆入洞房！"

"不去！"

"这是你说的？老子累死累活把新房盖好了，给你老婆写了信，寄了钱，接来了娘儿俩，想让你们好好过日子，你竟然不领情！你他娘的心里有啥弯弯绕呢。"

"谁同意他们来了？我同意了吗？多管闲事！"

邢保财愤愤地说。他对刘铁招呼不打，悄悄就把那老娘儿们接到新疆的做法很有意见，想你刘铁这工作方法太成问题了，有这么当红娘的嘛。

"当了官了，看不上农村老婆了，是吧？心痒痒了，想找个洋学生了，是吧？难怪说，等革命成了功，一人一个洋学生。呸！个陈世美，我就看不惯你们这些无情无义的家伙！"

"想找个洋学生也没啥不对，大家伙儿不都想找嘛，难道你老刘不想？"

"嘭！"刘铁一拳砸到邢保财胸口上。

邢保财跳起来，瞪着刘铁说："铁娃子，你还动手了！告诉你，你就是打死我，我今天也不会进那'鸳鸯房'，老子要跟那娘儿们离婚！"

"离婚？凭啥？人家黄槐花给你把儿子拉扯大了，你就这么绝情？老子不会批你！"

两个人吵得脸红脖子粗，再吵下去说不定要打起来了，常福连忙上来拉刘铁。邢保财趿拉着鞋，趁机跑了。

四

黄槐花母子在"鸳鸯房"住到第三天的时候，突然来向刘铁告辞，说不麻烦了，刘政委，我们回去。刘铁再三挽留，说，我一定把邢主任押到你这里，放心！这样，母子俩又住下来。但是刘铁有了心病，邢保财这事再不解决是个问题，自己这个红娘就失职了。刘铁找邢保财又谈了一回，邢保财一言不发，之前跟黄槐花聊，黄槐花哭哭啼啼，也不肯说个一二三。刘铁便想这到底是怎么一回事，看起来自己这个思想工作还不大好做哩。

这天刘铁到师里办事，发现邢保财坐在百花小吃部靠窗的地方，一个人吃喝，似乎是醉了。

刘铁走进去，想这小子老婆孩子不管，一个人偷着乐呢。他夺下酒瓶，说："你跟我说句实话，你和你老婆到底是咋啦？不至于像老俞那样，敌我矛盾吧？"

邢保财说："比……敌我矛、矛盾严重！"

刘铁吓了一跳，说："比敌我矛盾还严重？这叫啥矛盾？"

邢保财抓起酒瓶，一气喝下，说："不可调和的矛盾！"

说着站起就走，走了两步，倒在一把椅子下。刘铁去扶邢保财，邢保财摆了两下手，扯起呼噜。头在椅子腿上磕掉一块皮，血像小溪一样流，刘铁连忙让服务员拿些草纸来。收拾完，刘铁趁机把邢保财送回了"鸳鸯房"。

黄槐花见刘铁背着丈夫进门，丈夫头上还缠着纱布，吓坏了。刘铁说，掉了一块皮，没啥大事，人我给你弄回来了，下面就看你黄槐花了。黄槐花自然是珍惜这个难得的机会，帮着丈夫又是洗又是擦，邢保财醉得不省人事，尿了裤子，黄槐花就连他的屁股都给洗了一遍。在伺候丈夫的这个过程中，黄槐花感受到一种崭新的情感，也是久违的情感，她不知道啥叫爱情，她只知道自己抱着那个滚烫的身体时，就是想哭，黄槐花忍不住真就哭起来！

邢保财被哭声惊醒，用新疆话说："这……这是哪搭？"

刘铁端着羊肉汤进来，说："哪搭，家呀。老邢，你可真有福气，醒来就有羊肉汤喝了。"

邢保财看到黄槐花，倏地坐起，说："我要回去！"

黄槐花连忙让儿子把肉汤送过去。东东捧到邢保财跟前，叫："爹……"

邢保财看也不看东东，飞快地穿衣服。

东东又喊了一声"爹"，邢保财一脚蹬过来，滚烫的肉汤撒到东东脚上，东东大叫。

刘铁火了，这个邢保财，不是东西！人家黄槐花听说你受了伤，好心好意给你煮了羊肉汤，你的良心被狗吃啦？刘铁一把拖起邢保财，骂道："混账东西！你敢耍军阀作风，欺负妇女小孩，老子不饶你！你这就给我向他们娘儿俩赔礼道歉，东东，今天你刘伯伯给你们做主！"

邢保财指着刘铁说："老刘，你最好少管这事儿！"

刘铁说："我就管！你是咱们政治处主任，张口闭口教育别人，你就这个德行？你说说，他们母子有啥对不住你的，你这么待人家？你要说不出个一二三，今天就别想出这屋，老子把你关这儿！"

邢保财站起来，说："你关我？我没长腿？！"说着往外跑。

刘铁一把揪住邢保财，从门背后抓了一条行李带。眼见着丈夫要被捆起，黄槐花上来拉刘铁，说："刘政委，你放了他！我走，我同意跟老邢离婚，你放了他吧！"

东东也上来扯刘铁，喊："不许你捆我爹！放开我爹，放开我爹！"

刘铁说："真是个蠢娘儿们！邢保财这样子，你们还替他说话。我不治他，他将来还不犯更大的错误！"说着，已将邢保财两臂反剪，绑了个结结实实。

邢保财到底是个秀才，没多少力气，功夫全在嘴上，叫个不停。胳膊捆住了，他用屁股顶刘铁，骂："铁娃子，你凭啥捆我，你才是军阀作风！告诉你，我邢保财不是好欺负的！婚姻自由，离婚是我的事情，你没权利插手，你捆住了我的人，捆不住我的心！"

刘铁火气很大，要把邢保财摁倒在黄槐花面前，让他赔罪。却是那黄槐花咚的一声，先跪了下来，磕了一个很响的头，说："刘政委，求你啦，别关我们老邢！他是好人，是我给他脸上抹了黑……"

邢保财大吼："闭嘴——"

黄槐花这一跪，倒真让刘铁冷静下来。这事看起来责任不在邢保财了，那么又是怎么一回事呢？

刘铁把邢保财拖到一座沙包上，说："这里只有咱们两个人，说吧。"

事情闹到这步田地，邢保财就是再好面子，也不能不说了。

邢保财说："老刘，跟你说吧，我儿子不是我的，我老婆其实也不是我的。"

刘铁说："你儿子不是你的，这叫啥话？你老婆不是你的，还能是谁的？"

邢保财哭开了，说："那年成完亲，我出来打仗，再没回去，她的肚子就大了。我娘说，孩子是槐花跟她表哥的，原来黄槐花在嫁给我之前，就跟她表哥好过，不是黄花闺女了。你知道她表哥是个啥人，国民党！一九四三年跟鬼子拼刺刀，一只眼瞎了，一条腿也给弄球没了，回到老家，啥也干不成，槐花把他管起来，谁知道管成了这样……我给槐花写了个休书，我爹死活不同意，说她家是大户，做生意得靠人家……"

要不是邢保财这么说，刘铁还真是没想到看着贤惠的槐花会跟别的男人生下孩子，唉，这女人！也难怪邢保财从前一提老婆就没劲头，想一想是够煎熬的了。刘铁顿时觉得自己有点对不住邢保财了，挥过袖子给他抹了一把泪，说："铁娃子不是人，差点儿关你禁闭，不像话！老邢，你咋不早说哩，早说我要把那娘儿俩弄到这里，我就不是人！唉，都怪我这红娘缺心眼，犯了失察之罪，要不你踹我一脚，再给我两个大耳刮子，解解气？"

邢保财苦笑一下，说："我揍你一顿有啥用，你得帮我解决问题。"

刘铁皱着眉头说："人已经来了，你说咋办吧？要不轰他们走？我倒是想这么干，只是这一弄风声太大，不好看。有句话我说出来你也别骂我，咱们不就是改造国民党的嘛，连国民党都能接受，被国民党迫害的人有啥不能接受的？黄槐花说到底是个受害者，东东就更无辜了。反正他那个国民党的爹也死了，母子俩现在无依无靠，怪可怜的，我看不如先把他们娘儿俩收编了，再考察考察……"

"老刘，这不可能！"

"从前我也拿俞天白当死敌，处着处着，不也顺溜了？同志，有个过程。"

"这不一样！"

"有啥不一样，咱是化剑的人，首先要把自个儿心里的'剑'化掉，这'剑'是仇恨，是嫉妒，是狭隘和自私，不是啥好东西。这话，是你从前劝我的吧，老邢？"

　　这哪儿是哪儿啊，根本不是一回事嘛！难道你刘铁能容忍一个不清白的女人，你的女人要跟别的男人弄出个孩子，你老刘干吗？站着说话不腰疼！邢保财气得不想再理刘铁，他想，你爱让黄槐花母子待这儿是你的事，跟老子无关，总之你刘铁不能不让我离这个婚！

第二十二章

一

周末从军部开会回来，颂莲本想回政治部跟大家再开个碰头会，传达一下上面的指示精神，忽然想起一件事。早上郑大姐打来电话，叫她明天一早去家里吃饭。

毫无疑问，郑大姐是准备给她当红娘的。要在过去，颂莲是定然不会接受的，前两年颂莲不知拒绝过多少人，大家都知道独立师有个刀枪不入的铁女人。这一年来到新疆，部队突然进入一个完全陌生的地方，加上形势严峻，无论是政治任务还是生产任务都很重，所以竟然无人来找颂莲谈婚论嫁了。没人找了，反倒叫颂莲惶惑，是自己老了，还是越来越丑了？看到医疗队那些个小护士每到礼拜天就会有人请出去，看电影，逛巴扎，雀儿一样飞来飞去，那个高兴劲儿，幸福劲儿，颂莲是又羡慕又有些不屑。躺在床上，深夜猛然醒来，听到自己孤寂的心跳，有时她会忽地感到人生的短促和迷茫。又一个黎明即将来临，迎接她的是什么呢，工作？除了工作，人生难道就再没别的内容了？

颂莲不由得要想起苏州老家，想起屋后那片镜子一样明亮的湖，湖上的小舟、凉亭以及荷花莲藕，美丽的圆月。母亲还在的时候，常坐在窗下给她梳头的。母亲还教过她绣莲花，说莲儿呀，做小姐的，得学会女红。女人有双巧手，就能把自己、把生活打理得漂漂亮亮。母亲是个多么热爱生活的人，家里的被套、床单、纱帘，无处不留下她的手艺，上面不是含苞的粉荷，就是竞放的白莲。莲，在母亲眼里是多姿多彩的，是世上最纯洁美丽的花。颂莲，大概是母亲对莲的最高评价和纪念了。

可惜母亲年纪轻轻就去了，留下一个莲花一样的女儿。颂莲长得不像母亲，唯有她的漆黑如墨的头发是像母亲的。颂莲在京城念书的时候，就是披着这样一袭缎子似的头发，跟地下党组织那位姓陈的小组长恋爱的。这是颂莲这辈子的初恋，好像也是绝恋——在颂莲心里留下永生难忘的痛。实质上，他们那场轰轰烈烈的恋爱完全是柏拉图式的，并且缺乏风花雪月的背景。在他们相处的短暂一年里，陈小组长对颂莲最深情的表示，也只是吻过一回她漆黑的长发。那是一个雨天，她第一次跟他去执行任务，不料受阻，躲在一座坍塌的老屋里。她和他浑身淋透了，她很害怕，发起抖来。他便过来抚去她头上的雨珠，捧起她的长发吻了吻，说，知道你的头发像什么吗？像黑夜，像死亡！她对他这个比喻感到不可思议。直到她亲手打死这个人，方才醒悟，她是他的黑夜和死亡。为了救她出狱，他竟然向国民党告了密，小组的所有成员都被抓了。

颂莲一怒之下，抄起剪刀，把一头美丽的黑发铰得七零八碎，长发连同黑夜一起被抛到身后。颂莲成了另外一个人，她组织了一批京津地区的流亡学生，成立了新军敢死队。当年在山西，提起吴颂莲的名字，连阎锡山都要怕三分，因为在一次记者招待会上，颂莲差点儿就毙了这个老汉奸。颂莲能到延安，还是总理亲自去请的。颂莲一来三五九旅，就接替牺牲的白政委任"铁团"政委，被派到清风岭营救被吴家耀部围困的刘铁。那一次是极不愉快的，刘铁初见颂莲，就对这个男人式的女政委印象不佳。因为颂莲口气很硬，要求刘铁必须听她指挥，她掩护，他撤离！刘铁很不高兴，说不用你操心了，守山口的国军团长俞天白是我发小，答应傍晚放行。颂莲说，你敢相信敌人的话？愚蠢至极！后来的事实证明，刘铁错了。

对于刘铁这个人，颂莲在感情上一直是疙疙瘩瘩的。老实说，颂莲在许多时候是不把他放眼里的，觉得这是个大老粗，有点成绩就爱牛皮哄哄，自吹自擂；更要命的是，还时常不懂得尊重知识，尊重知识分子，浅薄。颂莲倒是比较愿意接受邢保财这样的，满腔热血、参加革命的有志青年，他们虽说有这样或那样的毛病，但是这些人有文化，有理想，容易接受新鲜事物，进步得快。砸碎旧世界，建立新中国，需要有一大批有头脑有文化的人，单靠一杆枪是不行的。但是话又说回来，刘铁跟那些工农干部又是不一样的，这个人很大气，很无私，做事情总是考虑别人，从不考虑自己——这样的人无论在工农干部中，还是在知识分子里，都是极少见的，这是他品格中最为闪光的一面。细想，自己和刘铁之间尽管磕磕碰碰不断，也还是有着深厚的阶级感情的。那次从松林坡救刘铁出来，两个人骑着一匹马，跨沟越坎，他总要对她说："抱紧，别摔了！"这句话叫颂莲一辈子忘不掉。她紧紧地抱着他，嗅着他身上那股浓重的汗味儿，好亲切，好幸福。以后每每回忆起这个细节，颂莲的心都要怦怦地跳。

看起来，对刘铁是喜欢大于憎恨了，只是颂莲不善于表达，除此他们之间的关系——一把手和二把手，直到现在的上下级关系，就像一把剑横在中间，叫颂莲难以放下一种自尊。这是身份带来的，也是职业带来的，也许还有性格的因素。总之，颂莲能做一切人的思想工作，就是无法做通自己的工作。当然，这事其实是不能怨颂莲的。颂莲纵然地位再高，终究是个女人，是个姑娘，她像天下所有姑娘一样，等待着心上人的爱慕和追求。只是在这样的雄性世界里，竟然没有人能够与自己匹敌；自己好不容易看中一个男人，这个男人还时常跟自己作对，这叫颂莲多么焦急，多么愤慨，多么无望啊。

想起刘铁，颂莲真是一腔真情，满腹委屈！

郑大姐像娘家人一样，这个时候出来替颂莲张罗，真是贴心贴肺，颂莲感激不尽。颂莲回到宿舍，烧了一桶热水，认真地洗了起来。好久没洗澡了，颂莲用肥皂上上下下打了两遍。擦净身子，忽然想起那条纯白绣粉色荷花的旗袍来。她从床下的皮箱里取出来，穿上，举着半面镜子，从额头、眼睛，到嘴唇、脖子、胸，一点点照下来。因为是半面镜子，颂莲照到的是她身体的一半，另一半是个什么样子，可以忽略不计了。总之，这一半是年轻、苗条、美丽的，是个新新鲜鲜的待嫁的女人。

这一夜，颂莲就穿着这样的衣服，躺在床上，静听她生命的渴望。她很快睡着了，并且做了一个梦，梦见她回到了苏州水乡。她穿着这身白旗袍，披着黑发，坐在一池荷花前读书。一个轻轻的脚步声从背后传来，颂莲扭头，一位学生装的英俊青年站在身后，是刘铁！颂莲瞪大了眼睛，竟然会是他？他就是自己苦苦等待多时的心上人？颂莲扑了过去……

窗外传来军号声，睁开眼，天亮了。听着这熟悉的号声，颂莲弹起来！看到一屋子空荡荡的灰色，不由得失落。她慢慢脱去旗袍，有些心疼地抚弄着上面的折痕，这痕迹是那么深，那么新，是梦的脚印，梦刚刚走过。但不管是不是梦，颂莲都觉得自己的人生好像要重新开始了。

今天就是开头。

<h1 style="text-align:center">二</h1>

师部家属院在师机关附近的一片树丛中，清一色土坯房，整整齐齐。孙世贤在全军区可谓是第一个开辟了住宅小区的人。对此不少人议论，说他小资产阶级，知识分子毛病。这话传到军区，司令员说，你们告他，我还要表扬他哩。咱们不是唱"戈壁滩上盖花园"嘛，这花园还没搞起来，就盖了个土坯房，你们就受不了啦？目光短浅，要不得！

颂莲来到孙世贤家，孙世贤去乌鲁木齐开会了。

趁着刘铁还没来，郑大姐一边洗菜，一边教导起颂莲来。郑大姐说："小吴，你呀啥都好，人聪明，有文化，还能打仗，一点不比花木兰差。大姐有啥说啥，实事求是。你呀，就是有一点要命！就像我们炒菜，啥都有了，没有盐，你说要命不要命？这盐呢就是味儿！你呀，就是缺那个味儿……"

颂莲想，郑大姐整天在招待所和食堂忙，说出话倒是越来越有味儿了。

郑大姐怕颂莲听不明白，进一步说："我说的这味儿呢，不是盐味儿，是女人的那种味道！你别笑！这是个很重要的问题。比方说吧，跟你喜欢的男人在一起，你咋样才能抓住他，这就得靠你那种味道。你得拿他当顺毛驴，要夸他哄他求他，该撒娇的要撒娇，该耍赖的要耍赖，该撒泼的时候还得会撒泼，这才叫女人！只有这样他才会喜欢你，恨你个半死还离不开你。小吴哪，像你这么直通通硬邦邦，啥事都是命令，那不成，男人肯定不喜欢。我跟你说，我们家老孙从前脾气犟得像牛，愣是让我调教过来了。在外面，他是首长；在家，他得听我的，我说东他东，我说西他西……"

门外传来刘铁的声音："郑大姐！"

郑大姐应了一声，向颂莲挑挑眉毛，说："我刚才说的，都记住啦？"

颂莲态度上表现出少有的积极，说："记住了。"

刘铁提着一块五花肉推门进来。他是昨晚接到的郑大姐的电话，说到家里坐坐。刘铁想没准儿是大姐要给自己说对象的，不好谢绝。现在看见颂莲也在，放下心来，想也许是有别的什么事要谈。刘铁跟颂莲打了招呼，问郑大姐这块五花肉咋吃，是红烧，还是粉蒸？

郑大姐接过肉说："你来吃顿饭还要提块肉，太见外了。也好，反正你菜烧得不错，我们就劳驾你了。小吴，你看这肉咋吃，你定。"

刘铁噗地笑了，说："这又不是党内重大问题，还要主任定。再说老吴最不讲究，好吃难吃都吃。"

颂莲脸红了一下，说："谁说的？你的红枣炖猪肉在延安不是拿手菜嘛，连毛主席都夸奖过的，我就要吃你做的这道菜！"

刘铁听了这话挺高兴，说："曜，老吴，你还记得我的红枣炖猪肉？成，就做这个。"

郑大姐冲颂莲挤挤眼，笑了，她刚才的教导挺见效呢。

颂莲受到郑大姐的鼓励，从挎包里取出一包东西，捧到刘铁面前，说："老刘，这莲子是从苏州老家寄来的，我记得你好像爱吃甜的，今天我来煮一道冰糖莲子羹，如何？"

刘铁听说过莲子，没见过，捧在手里看了看，说："原来这玩意儿就是莲子，和冰糖煮肯定好吃。"

颂莲说："可惜没银耳，加了银耳会更好。小时候母亲经常煮给我吃，她说莲子有清心润肺补虚之功效，女孩子吃了，会生得白白净净，漂漂亮亮。"

刘铁说："是吧？没想到老吴也有绝活呢，那咱们俩比试比试？"

颂莲显然没料到刘铁会出这个难题，有些不自信。

郑大姐说："没事的，小吴，大胆实践，我给你们当裁判。"

孙世贤家这下成了竞赛场。刘铁哼着秦腔，麻利地切肉，颂莲手忙脚乱捅火炉。煮莲子羹需要些时间，刘铁让颂莲先煮。谁知一上场，火就不利。颂莲凑到炉口吹，轰的一声，火苗蹿出炉膛，颂莲的额上当场就冒出一股青烟。郑大姐跑过来问，没事吧？颂莲说，没事！

郑大姐搬一把椅子坐在门帘后，一边晒太阳，一边织毛活，时不时看一眼这二人的进度和态度。她用一名主妇的眼光首先发现刘铁是个好男人，眼勤，嘴勤，手勤，腿勤。他在做菜时，一直是保持着一股子热情，哼着小曲，可以感受到他对吃的重视程度，实质上也是对生活的重视程度。郑大姐在服务行业做了这么多年，很少看到像刘铁这样把厨房当战场的严肃认真的态度，精致到剥蒜蒜要去蒂，吃姜姜要去皮。再看颂莲，郑大姐就感到费劲了，端锅的架势都不像嘛。但是颂莲已拿出最大本事了。一个家有一个能干的就行了，都能干也是浪费，郑大姐最后想。

忙活了小半天，二人终于端上他们各自的"作品"，红是红，白是白。这一次郑大姐先是从刘铁的"作品"开始检验。夹了一筷子肉放进嘴里，似乎还没怎么嚼呢，就咽下去了，随之而来的是满口的甜香。郑大姐控制着喉咙，品味着那股浓香，说：

"嗯，香！甜！"

刘铁笑了。

郑大姐接着舀了一勺颂莲煮的莲子汤，放到嘴里，嚼了两下，嘴巴不动了。颂莲盯着郑大姐脸上的反应，但郑大姐没有太大的反应，只是笑了一下。

刘铁便夺过勺，说："我尝尝。"一勺舀了五六颗莲子，塞进嘴，嚼了一下，说："苦！"

颂莲简直不相信这莲子羹会是苦的，说："怎么会苦？"

刘铁捂着嘴说："可不是！老吴，你这是想苦死我呀？"

不可能，自己分明放的是糖呀。颂莲用筷子挑了一颗尝，明白了，老天爷，忘了去莲心了。在老家时，母亲总是要泡好后一颗一颗抽了莲心的。

刘铁望着颂莲被火燎焦的头发，禁不住笑了，说："老吴呀，老吴，我说你不是做饭的吧。"

忙了半天这么一个结果，还遭刘铁的嘲笑，颂莲真窝火。不过今天她显得很温和，拿出了郑大姐所说的女人味儿，忍着不快，说："有多苦嘛，这么好的莲子羹你嫌难吃，我吃。"

颂莲这么一说，刘铁果然不好意思，说："还是我吃！我不怕苦，苦能清火，苦能解毒，我吃还不行吗，吴主任？"

郑大姐一直不说话，看着这二人如何处理这样一个常见的家庭分歧。看到这里她放心下来，笑着说："二位辛苦了，都坐下吧。我来总结一下，应该说你们俩今天表现得都很出色，态度也很认真，发挥正常。世界上怕就怕认真二字，共产党最讲认真。做饭有个摸索过程，将来过日子实践的机会很多，小吴不用担心。铁娃子的菜是甜的，小吴的菜是苦的，这一苦一甜合到一块儿，其实才更有味道！"

郑大姐的口气完全是首长式的，她斟满三杯酒，和刘铁、颂莲一碰，别有意味地看了他们一眼。

酒一下肚，刘铁的情绪来了，说："大姐说得对，有苦有甜才好，有句话叫先苦后甜，苦尽甘来嘛。"

郑大姐说："是哩，铁娃子，你说得对，苦尽甘来。"她话锋一转，转到今天的主题上，说："眼下咱们吃穿不愁，总算苦尽甘来了，所以大姐希望你们每个人都能过上好日子。铁娃子，还有小吴，你们别光总是为别人操心，也该操心一下自个儿的事了。铁娃子，大姐问你，想不想娶个好媳妇啊？"

"想！听说女兵要来，整个军营都炸啦。"

"跟大姐说，想找个啥样儿的？"

"反正吧，不能是歪瓜裂枣的。"

"大姐当然不能把丑姑娘说给你，不过大姐告诉你，这漂亮女人不一定是好媳妇，好媳妇吧一定得心里美。心里美比啥都强，对不？"

"对。"

"这些日子大姐思来想去，看了又看，决定呢给你介绍个人儿……"

"啥人儿？"

郑大姐朝颂莲努努嘴，笑着说："这不就在跟前，看不见呀？"

郑大姐说这话时，颂莲的脸已红到了脖子根儿。

刘铁一愣，哈哈笑了，说："哎呀呀，大姐，这还要你介绍嘛，我和老吴那是老关系了，我们是一个战壕里爬出来的战友和兄弟！"

郑大姐说："就因为你们俩是老战友，所以我才乐意做这个媒，你看咋个样？"

郑大姐那么严肃地看着自己，刘铁这才觉得事情挺严重，不像是在开玩笑了。但是刘铁还是忍不住想笑，我的郑大姐呀，你咋把我们两个往一块儿扯，这哪儿是哪儿嘛。铁娃子和她老吴搭档四年，吵了四年，这谁不知道，咋可能搞对象哩！

刘铁有点不敢看颂莲，搔了搔脑袋，结结巴巴地说："这……这问题，真的成问题！老吴那个啥吧，人家是师政治部主任，是咱的老上级，咋能随便往一块儿扯呢，不成！……"

刘铁的脑袋还在一下一下摇着，颂莲已是满面通红，霍地站起，跑了出去。

三

颂莲健步如飞，一直走到师部理发店门口，才停下。她犹豫了一下，想是不是进去把头发剪一下，刚才被火燎了，有股子难闻的气味儿！一探头，发现毛旦在里面，刚给一个战士理完头。在特务营时，颂莲就知道毛旦会理发，每到礼拜天找他的人很多。毛旦倒是问过颂莲，需不需要他效劳，颂莲谢绝了。现在毛旦看见颂莲进来，立即敬礼，说："吴、吴主任。"

颂莲有气无力地往椅子上一坐，说："你怎么在这儿？"

毛旦说："老崔住院了，我来帮、帮忙……"

老崔是个豁嘴的老理发员，大家反映他最近多了一样毛病，给人家理发，理着理着，就停下来，一只手伸到裤子后面抠。这叫人硌硬，说太不卫生，太不文明，不像个解放军的动作。老崔很委屈，说自己那儿痒得不行。后来领导让他去医院看看，一看原来是得了痔疮。老崔一住院，没有理发员了，毛旦便自告奋勇过来帮忙。

毛旦发现颂莲额上有一撮焦煳的头发，小心翼翼地伸过手，说："这……咋啦？修修？"

颂莲望着镜中的自己，面色黑黄，嘴角耷拉着，样子沮丧。她闭上眼睛，说："剪短！"

熟悉颂莲的人都知道，她的头发从来没有长过耳朵根，通常是在耳朵之上。从背后看，你会以为是个小伙子。不过大多数时间颂莲是戴帽子的，你根本就看不到她的头发。现在毛旦看见了颂莲的头发，相当吃惊！这是一头多么漂亮的头发，光亮润泽，不粗不细，柔韧有度。理发，作为毛旦的另一业余爱好，这些年他不知研究过多少脑袋，收拾过多少头发，像颂莲这样的美发确实不多见，尤其还是一个女人，女人跟男人的头发怎么着都是不一样的。男人的头发，黑亮就是黑亮；女人就不同了，滑落指间的竟是缎子般的感觉。

毛旦粗大的指头一绺一绺划过那如丝的美发，禁不住在心里一阵赞叹。这样的头发在他看来是不该剪的，应该留起来，当作眼睛一样好好保护。但是毛旦笨嘴笨舌，他不知道该从哪说起，于是说：

"吴主任，我有个建、建议……"

"你说什么，建——议？"

"建、建议这头、头发，不剪的好……"

"不剪的好？不剪我来理发店干吗？"

颂莲觉得毛旦人是个好人，就是思维有点怪，她不喜欢他这种怪！毛旦不敢吭气了，毛旦是知道这位女首长的脾气的，他想她今天不定又遇上啥麻烦了。想一想，一个女人领导这么多大老爷们儿，真不容易。毛旦有些心疼颂莲了。

剪刀嗒嗒响，颂莲像睡着了一样，闭着眼，眉头紧锁。毛旦不时看一眼镜中的颂莲，手放得更加轻了，生怕弄疼了她。这是毛旦平生最认真最细致的一次理发，每一根发丝都经过了他的处理，不敢轻易放过。理完，他用刷子扫了两遍颂莲的脖子，生怕碎发掉进去扎人。毛旦利用这样一个名正言顺的公众场合，竟然能够抚摸到自己喜欢的女子，并且在她雪白的脖颈下发现一颗绿豆大的黑痣，这是一个天大的收获。毛旦盯着那后脖颈，眼睛热热的，多么可爱的小东西呀，女人的痣长在这里，按他们老家的说法，是有福气的。颂莲突然醒了，她似乎感觉到有什么不对头，厉声说：

"干什么呢，还没完啊？"

"完、完了！……"

毛旦的脸红成了鸡冠花。颂莲没好气地哼了一声，站起，她甚至没有认真看他一眼，就走了。

毛旦已是浑身大汗，像是刚刚开了二亩地，并且是把长满麦苗的地给开了，痛惜至极！毛旦迫不及待地弯下腰，一点一点拾起地上那些碎发，小心翼翼地收入一条白手帕。这手帕是他国庆节去北京开劳模大会时特意买的，还从来没舍得用它擦过鼻子，只是当作一种文雅男人应该有的东西。此时，毛旦捧着这带着颂莲体温和失落的头发，仿佛将颂莲整个儿捧在了手心——她的成功、荣耀，以及痛苦与失落。毛旦脸颊贴着这手帕，突然哭起，不知道为什么要哭，但他真的是被这头发感动了，被他无望的爱情感动了。

颂莲理了发回到宿舍，仍然无法平息胸中的愤怒，这种愤怒不仅仅是对刘铁，更多的是对自己。一个人对自己的绝望往往是最可怕的。颂莲想，我是怎么了，怎么就不可能像很多女人那样得到一份爱情？颂莲脱去军装摔到床上，从墙上唰地抽出剑来，跑到屋后舞起来。

舞剑，是颂莲多年的习惯，也是唯一的爱好。这柄古朴粗大、银光闪闪的宝剑是父亲留下的。颂莲出生在苏州城的一个官宦人家，家族几代都很显赫，父亲是警察局副局长。母亲去世后，父亲一身素白于月下舞剑的背影，深深地刻在了她童年的记忆里。就是这位父亲为了救她，最后死在自己的同仁手中。颂莲在燕京大学念书，因为组织学生游行，公开反对国民党蒋介石搞独裁，被逮捕。在狱中被审查时，她才吃惊地知道父亲原来是个中统特务！颂莲几乎毫不犹豫就表了态，跟父亲断绝关系，宁可死在监狱，也不苟且偷生！但是，在一个深夜，她被几个陌生人救了出去。她问他们是谁，他们说，你回头看看吧。惨淡的月光下，颂莲看见了她满头银发的父亲。父亲叫了一声"莲儿"，倒在了另一伙特务的乱枪下……

这柄挂在父亲书房的剑，从此便成为悬在她心头的永远的耻辱和伤痛！她曾经是多么憎恨父亲啊，她宁愿像众多革命者那样死在敌人的屠刀下，也感到无上光荣！是她的老上级孙世贤给了她启示，他说，我们每个人生来并不是纯粹的革命者，真正的革命者就要敢于同自己身上的弱点做斗争。还说，革命者是尊重历史的，也讲感情。你父亲在最后时刻选择了你，从这点上说，他是个有爱心的父亲。以后随着时光的推移，颂莲觉得父亲不像从前那么可恶了，她甚至有点可怜他，留下一把剑，总在深夜的月光下陪伴她。颂莲痛不欲生，难道她能同情一个特务父亲吗？……

哗！颂莲飞身一跃，寒光闪过，面前一丛高高的芦苇被拦腰斩断，软软地倒在面前。颂莲停下来，摩挲冰凉的剑身，感到一股热热的东西涌出眼眶……

四

邢保财把离婚报告交上去的这一天，正好女兵来。这是一个振奋人心的大喜事，刘铁扫了一眼那两页纸的离婚报告，摔进抽屉，对邢保财说："这事儿以后再说，马上给我去练秧歌，迎接女兵！"

三千多名女兵分配到各个师，最后不过一个百余人的女兵队。女兵队挂靠在师直属的九团，生产生活上由九团负责，这当然是师党委对刘铁的信任。政治思想这一块由颂莲直接抓，颂莲兼女兵队队长。刘铁虽说没具体职务，但其实肩负着更重的责任。之前孙政委来九团做了一次认真部署，希望九团能在女兵初来新疆这段时期，关心她们，照顾她们，同时带着她们尽快熟悉环境，适应环境，投入到建国立家这场运动中来。孙政委的这番话是有深意的，无论颂莲还是刘铁，都明白下一步工作该进入实质性阶段了。

这天迎接女兵的场面十分壮观，几乎全团的士兵都来了。特务营准备的节目很有特色，大家光着脊梁，挽着裤腿，打赤脚，表演大型舞蹈《第一犁》。侯宝玉、毛旦、大眼这些人，没有一个能跳舞的，现在他们挥舞着青春的臂膀，他们弓着腰，蹬着腿，肩背绳索，嗨儿嘿地向前向前，就把一种昂扬的精神表现到极致。姑娘们热情地拍起手，喊，好！好！这些水乡姑娘被一群粗犷剽悍的大西北男人给镇住了。让颂莲尤其吃惊的是，看着粗粗笨笨的毛旦舞跳得不赖，一招一式蛮有样子。跳完下来，一个细皮嫩肉的姑娘跑过来，大大方方地说：

"我叫王牡丹，牡丹花那个牡丹！"

毛旦红着脸不敢搭腔，颂莲笑着介绍："你是牡丹，他是毛旦，我们的劳动模范，到北京见过毛主席呢！"

一听说是个见过毛主席的劳动模范，姑娘们的眼睛全亮了。战士们逗毛旦说，这下好了，姑娘们全记住你。毛旦说，咱都能当人家的叔叔了。侯宝玉提醒他说，你个傻毛旦，可千万不能说自己能当人家叔，还是当哥好，不然以后咋搞对象呢。

欢乐的日子总是过得很快，转眼夏天来了。

孙世贤召见颂莲和刘铁，说要商量件大事。从上次在郑大姐家不欢而散，刘铁和颂莲的关系变得拘谨起来，不像从前那么随随便便了。这是坏事，也是好事，让刘铁一下子觉得欠了老吴什么，见了面就要点头哈腰。相较刘铁这副恭顺，倒是颂莲有点更加盛气凌人，时常当众不留情面地批评刘铁。大家都觉得这个老姑娘脾气随着年龄渐长了。

孙世贤找他们二位，是了解女兵情况的。其实他已经知道不少，比如女兵来了以后，战士们再没有光着腚到处撒尿的现象了，团结互助的精神加强了。另外，我们的士兵还有事没事往女兵宿舍钻，又唱又跳，又疯又笑，害得人家睡不着，引起一些议论。对此，孙世贤的看法是，很正常。这女人就像是亚热带的季风，吹到哪儿哪儿绿。有个叫歌德的诗人不是说嘛，哪个少女不怀春，哪个少年不多情，这说明我们的战士还是很有魅力的嘛！孙世贤最近到乌鲁木齐一连开了两个会，都是关于部队婚姻工作的会议。首长说，毛主席很挂心部队的婚姻，多次过问。上级要求各师加大力度，尽快解决战士们的婚姻问题。但是就这么点姑娘，怎么可能一下子解决那么多人的问题？这就特别需要组织上做工作了，要有重点，分步骤，一批一批解决，不能乱。孙政委说，有一个师因为工作没做好，打破头的事情都发生了。组织上原本把一个女兵介绍给一位首长，结果那女兵嫌首长年龄大，悄悄跟下面一个干事好上了，首长拔出枪要毙了这个干事。

刘铁问："不是也有哪位首长盯上咱们的王牡丹了吧？"

孙世贤说："你说的没错！最近好几位找我介绍呢，有的官比我还大。不过我说了，没有刘铁和小吴同意，谁也别想弄走我一个姑娘。"接着，孙世贤说，"小吴做思想政治工作是一把好手，又是女同志；铁娃子呢，正好也有当红娘的经验，我想呢，你们俩正式搭个班子，一唱一和，来做这件事，替我把好这第一道关。"

刘铁冲颂莲一笑，说："老吴，你也当媒婆啦。"

颂莲看也不看刘铁，说："什么媒婆，我可不想给谁当媒婆。"

孙世贤说："你们这是为革命当红娘。这戏里的红娘都是很重要很让人喜欢的角色，宁可牺牲自己，也要想方设法为人家办好事。眼下咱们这场大戏是前所未有的，你们两个一定要唱好这出戏。"

刘铁说："没问题，我一定协助老吴当好这革命的红娘。"

孙世贤最后叮嘱刘铁和颂莲，回去拟个方案，在政策上首先要向那些有贡献的起义官兵倾斜，比如像俞天白这样的同志，一定要照顾。刘铁说："请孙政委放心，老俞的事儿包在我身上。"

从孙世贤办公室出来后，刘铁、颂莲沿着大院的小路，一前一后，气氛有些沉闷。

刘铁小心翼翼地请示道："老吴，你看咱们是不是就从老俞开始？"

颂莲仰脸看着前方，说："行嘛，你看女兵里哪个合适吧。"

刘铁说："孙政委特意强调要照顾起义军官，要不，咱们就先尽着老俞，让他自个儿挑选一位？"

五

刘铁带着俞天白一行来到被服厂，女兵队最近在生产被服。为了使这次行动显得更加名正言顺，刘铁组成了一个慰问小组，既检查工作，又考察人选，一举两得。之前，刘铁跟俞天白通过气，尽管俞天白并不积极，却也不好拒绝，毕竟是组织上的关心，人家孙政委专门做过安排的，他得配合。配合就是领情，知好。

一行人走进厂房时，厂房里机声欢快，姑娘们端坐在一排排缝纫机前，踩着机子，嗒嗒嗒，雪白的被单便像一条条小溪一般流淌出来。

"姑娘们辛苦了！"

"首长辛苦啦！"

"姑娘们，短短时间你们给九团带来了活力，也带来了效益，我得感谢你们呀。"刘铁说，"有战士跟我说，刘政委，湘妹子好啊，人长得漂亮，活儿也干得漂亮，穿她们做的衣服，盖她们缝的被子，我们可真有福气，心里温暖，工作更有干劲！所以，咱们俞团长建议一定要带个礼物，送给你们……"

常福挑着两大筐干红辣椒进来，往地上一放，空气里立刻散发出一股香辣味儿。

"这是战士们自己种的，他们说湖南姑娘个个是红辣椒，又香又辣。我们种的辣椒再好，也比不上她们哟！"

刘铁这么一说，姑娘们拍着手，脸上笑开了花。有人喊，我们早想吃辣椒了，没有辣，吃不下饭！刘铁说："这下可以好好吃了，吃完了，俞团长负责给你们送！"把俞天白往前面一推。

几个胆大的姑娘立刻冲俞天白笑着招手，气氛一下子热烈起来。趁着这股子热闹，同行的两位没老婆的起义军官已经开始巡视了，目光四处扫射。颂莲、刘铁和邢保财特别留意俞天白的一举一动，俞天白却显得异常平静，甚至是有些冷漠。邢保财一时间有些着急，拉着他来到一个姑娘背后。

这个姑娘正是王牡丹。王牡丹平时干活挺灵巧，但今天似乎知道有人要看她，老是走神。忽听到背后有喘息声，她眼睛一眨巴，针扎了手！

"哎哟，怎么把手扎了，快包包。"

姑娘认出是邢主任，手指头缩了回去，红着脸说："没得关系，不疼……"

邢保财连忙掏出一块方方正正的手帕，说："咋能不疼，来，包上。"

姑娘接过手帕，脸儿更红了。

"姑娘芳名叫什么？"

"王牡丹。"

邢保财其实早知道这姑娘有个跟她长相一样漂亮的名字。女兵来那天，邢保财和刘铁去看望大家，王牡丹正和一帮女兵搬行李，头上的红发卡滑落在地上，还是邢保财拾到的。

邢保财看看俞天白，说："牡丹可是花中之王呀，老俞，是不是？"

俞天白朝姑娘礼貌地点点头，说："好名字，好名字。"

接下来，邢保财便有点走不动了。刘铁过来狠拍他一把，想，今天是让老俞选对象，你别弄错了！

转到第三圈的时候，颂莲问几位同行的男士："怎么样，差不多了吧？"

男人们就都不好意思了，说撤吧。一出厂房，几个就兴奋地议论起来，说这个白，那个黑，这个高，那个矮，但大家一致认为，最标致的要数那个王牡丹了。俞天白低着脑袋走在后面，一声不吱。

颂莲问："老俞，这古戏里常有一见钟情之说，你信不信？"

俞天白笑了笑，说："说信也信，说不信也不信。"

刘铁说："老俞，你别客气，今儿咱们其实就是为你来考察的。看上谁，只管说。你是一团之长，又是劳模，本红娘向你保证，一定为你服务好。你可是咱们这一次婚姻工作的头一仗，必须打赢！"

花之锦也说："老俞，你是该成个家了，身边有个女人照顾要好些，对工作也会有帮助。你们大家说是不是，爱情的力量是神奇的。"

俞天白还是笑。

刘铁忍不住说："刚才那个大大眼儿、红红脸儿的妮子咋样？"

邢保财脱口而出，说："你是说王牡丹？"

俞天白说："人家才十七八岁，小姑娘。"

颂莲说："老俞，你甭管年龄，你就说你看得上，看不上吧？"

邢保财眨巴着眼看着俞天白，其他人也都望着他。这么多人盯着自己，俞天白一时有些紧张，说没一个合适吧，伤人，大家伙儿好心好意来帮你考察；可要说自己看中了谁，又不是真的。俞天白说："考虑考虑吧。"

第二十三章

一

在刘铁为大家积极牵红线的过程中，他对自己始终没着没落的状态也开始焦灼起来。眼下部队上上下下都在热火朝天地抓建国立家，恋爱结婚被当作头等大事，当作政治任务，看见好多他这一级的干部都幸福地找到了自己的另一半，而他却老是徘徊在爱的河边，这真叫人难受。人家双双在爱河里波涛翻滚，你却站在河岸上瞪着眼睛指挥，你说你咋能不着急不眼馋。刘铁决定脱了鞋，也蹚它一回河！

周末，刘铁下了班就回来洗。比起俞天白、花之锦那些起义军官，刘铁在穿戴上是不讲究的，卫生上也差些。邢保财经常批评他不洗头不洗澡，刘铁说，我又没长虱子虮子，有啥洗的？邢保财嗤笑他农民意识。不过这天刘铁确实来了一场大浴，从头到脚，洗下来的灰足有两斤，沉在盆底一层。洗完，觉得轻了好多，一走一晃悠，不是自个儿了。刘铁还从来没这么爽过。出门前，刘铁又从邢保财箱子里翻出半瓶雪花膏，挖了一疙瘩。平日里邢保财不是到师部开会是舍不得搽的，刘铁这一疙瘩顶人家用十次不止。

常福拿起瓶子一看，吓一跳，说："哎哟妈呀，半瓶子都被你干掉啦！政委你今天真不得了，下这么大功夫。"

刘铁说："头回跟人家看电影，咋也要整得像个样子吧。我的裤子烫了吗？"

常福从俞天白那里也学会了用茶缸装上开水烫裤子。他帮刘铁拿来笔直的军裤，说："瞧，两条线比老俞的还直吧？政委，你今儿准打胜仗。"

刘铁美滋滋地说："聪明！小子，你是从哪一点看出来的？"

常福说："就凭这半瓶子雪花膏报销了，也得把人家熏昏过去，不缴械投降才怪。"

刘铁伸出手闻闻，说："是香了点！"

一切收拾停当，刘铁披上那件绛黄色披风出门了。常福习惯性地又跟在了后面，刘铁说："你跟着我干啥？"

常福说："我给你们放哨呀。"

刘铁说："小兔崽子！你在跟前晃悠，我还咋跟人家说话。"

常福说："你们不是要看电影吗？"

刘铁瞪着常福，说："看电影就不兴人说话了？小子，快滚！"

刘铁甩下常福，大步走了。

刘铁是去请紫苏看电影的。看电影是当时男女恋爱的一种很时髦的表达方式，也是需要勇气的，等于把私人感情公之于众。一旦有了这样一个"仪式"，大家就会认可，他和她是一对了。刘铁也是考虑了好久，才下决心请紫苏看电影的。他如此之谨慎，主要是因为紫苏对他的态度一直不冷不热。之前刘铁曾多次跟她套近乎，比如说有一次刘铁请紫苏过来陪黄槐花谈谈心，夜晚送她回去，看她穿得单薄，刘铁脱下军装让她披回去，紫苏怎么也不肯接受。还有，他明明觉得她就是清风岭的那个姑娘，她却说你认错人了！总之，紫苏不是那么好接近的姑娘，她好像在提防着他什么，或者干脆说是一种回避和拒绝。这是怎么一回事呢，莫非她心里有人了，她不喜欢他？好像又不是这样的。凭直感，他觉得她其实也是喜欢他的。他在住院的时候，她熬红了眼睛守着他，他能感受到那丝丝柔情。也许，自己应该来一次正面进攻，才像个军人？

紫苏他们医疗队最近刚刚撤回师医院。刘铁走进师医院大门时，正要下班的李山杏笑着打招呼，说："呀，是刘政委，差一点没认出来，是来看薛医生的吧？"

刘铁嘿嘿笑，笑得不大自然，说："算是吧。"

李山杏说："薛医生在收草药呢！"

刘铁径直走到大院后面那片晒场，这才看见一个窈窕的背影在忙碌。听到一轻一重的脚步声，紫苏扭过脸，抹了一把头上的汗，有些惊讶，说："你怎么来了，刘政委，有事吗？"

刘铁说："没事儿就不兴找你了？晚上师部电影队要放一部苏联片子，一块儿去看吧？"

刘铁有意说得很轻松，但从他的穿着和表情，却能看出这个邀请其实很不一般。刘铁还是头一回请她看电影呢，紫苏知道这其中的意义，她确实很久没看电影了，而且她又那么喜欢苏联电影。但是她想了一下，就摇开了头，说："谢谢刘政委，你看我活儿还没干完，晚上得加班熬药呢。"

"草药怎么熬你告诉我，我帮你干，干完了咱们再去，好不好？"

"让你熬药，这不合适。我还是不去了吧，刘政委，病人等着用药呢……"

"薛医生，你不是对我有啥意见吧？"

"怎么会呢，刘政委想到哪儿去了。"

"是不是我哪儿冒犯了你，让你不高兴了？"

"没，没呀！对不起，刘政委，我还有事要忙，谢谢啦……"

紫苏抱起一捆草药逃也似的离去。

说加班熬药显然是编谎，此时煎药房空无一人，其他人都下班了。紫苏放下草药，靠墙站下，两腿发软。手不知什么时候被刺扎破，血珠子滚动，紫苏咬着手指头，泪水唰唰流。这是幸福的泪，也是绝望的泪！这一年来，刘铁宽阔的背影不知多少次出现在梦中，紫苏越来越觉得这是一种危险信号，她爱上他了——她这个吴家耀的未婚妻，她这个深藏秘密的杀人犯，可怜巴巴又那么无望地爱着一位解放军政委！这叫她欣慰，同时又倍感罪恶，她在矛盾的旋涡里挣扎，却不得不甘愿沉沦。本来，她以为吴家耀死了，恐惧与不幸就会彻底消亡；但似乎没那么简单，过去仍旧像一团巨大的黑云笼罩在身上。尤其是要把它当作一个秘密来保存的时候，它显示出可怕的力量，杀气腾腾，有一股血腥味儿。

她还记得不久前俞天白对她的忠告！俞天白说，紫苏姑娘，刘铁对你有意，是好事，只是就怕有一天他会知道过去的一切！这样恐怕对谁都不利，甚至有可能毁了刘铁！这绝不是危言耸听，这是血淋淋的现实！

俞天白的口吻像个兄长，又像个判官。此番提醒，把紫苏刚刚昂扬的心情打了下去，她想说得极是，自己跟刘铁绝对不合适。最近接触了黄槐花，在得知邢保财不肯原谅老婆的真实原因后，紫苏又一次联想到自己，男人在这种事情上都是很在意的，自己虽说是清白的，但刘铁会这么认为吗？……

紫苏回到宿舍，拿出刘铁送她的"凤凰"根雕，又取出她给刘铁织的羊毛护膝，在飘飘忽忽的小油灯下坐到很晚。这护膝其实早织好了，一直想送给刘铁，但一直在犹豫。紫苏其实早看出来了，还有一个女人爱着刘铁，这个人在很多方面都远远胜过自己呢。想到这些，紫苏真是心灰意冷，把护膝重又压到了枕下。

二

刘铁这个周末过得是索然无味，紫苏居然拒绝了他，这让他好悲哀。晚上他趴在桌上，呆呆地看着面前一沓来信，竟无心处理。都是内地寄来的，多是帮着介绍对象的。刘铁本想给人家回信，但写了一行就写不下去了。

传来轻轻的敲门声。

刘铁有气无力，说："进来。"想这么晚了，又是谁来找他。

门被推开，进来的是俞天白。俞天白面色泛红，喘着粗气，像是从一个很远的地方小跑过来。

刘铁一下乐了，站起来说："是老俞哪，这么晚还没歇？坐！快坐！"

俞天白小心翼翼落座，指指桌上的信，说："这是干吗？代人写情书？"

刘铁干笑一声，说："我肚子里这点墨水你又不是不知道，哪写得了情书，一般性公文吧。"

俞天白说："红娘这个角儿不好当，写信很关键，信写得有水平，对方看了舒服，事情就好办了。"

刘铁倒了一缸子水放到俞天白面前，说："说得是，这鹊桥不好搭呀，就说来的这批小女兵吧，全是洋学生，很麻烦呢，嫌咱们这帮兄弟年龄大，不愿嫁个叔叔。你劝急了吧，她还跟你搬《婚姻法》，说恋爱婚姻自由，你凭啥搞组织分配，唉！"

俞天白连连点头，笑着说："可不是，现在提倡的是恋爱自由，婚姻自主嘛。"

俞天白说着这话，心里头就开始想，他提出那个要求，刘铁会不会拒绝。关于这个问题，俞天白在家里前前后后考虑过无数遍了，如果组织上真要照顾他，一定要给他介绍个女人，那么他只可能有一个选择：薛紫苏。为什么？俞天白自有他的道理，毋庸置疑，他欣赏紫苏的美丽聪慧，但最最重要的是，他要拯救她！只有他了解她，只有他会无怨无悔地接受她和吴家耀的过去。俞天白坚信，这个世界上再无第二个人会像他一样，毫无条件地包容她。眼下看着姑娘在情感的旋涡里不知深浅地扑腾，他觉得自己再不把她拉回来，会使她一生一世不幸！这些，是俞天白思考了几天的一个结果。今天来这里前，他又像放电影一样在脑海中回放了一遍，包括当初他曾在雨夜寻找紫苏的情景，还有紫苏时常来家问寒问暖，关心他和孬娃的诸多细节……经过这一番梳理，更加坚定了俞天白的信心，他和紫苏之间其实是有着良好的基础的，他们俩一直以来就有一种外人所不知的隐秘而默契的关系，他们应该有很多相通的地方。俞天白正是带着这样一份信心和决心来找刘铁的。

"老俞，你找我有事儿吧？"

"晚上睡不着，过来跟你聊聊……"俞天白淡淡地说，心里却是翻江倒海。

刘铁望着眉头紧锁的俞天白，想这么多天过去了，看来找对象的事他是考虑好了。

"说，老俞，是不是看上那朵红牡丹了？想见，我这就给老吴打电话……"

"别、别！刘政委，你听我说，不是的……"

"哦，那你说说看上谁了？不是红牡丹，是黄牡丹？"

"不是的！不是……什么牡丹。"

俞天白慌乱起来，抿抿嘴唇，一时竟有些怕说出口。

"不是牡丹，是芍药？别不好意思啦，老俞，说吧！不管是牡丹，还是芍药，还是别的什么，只要你俞团长看上的，本红娘保证帮你促成，放心！"

"是、是，我相信。组织上这么关心我，我很感谢，谢谢你和吴主任的热心！我今天来吧，是想跟你说，我的事儿慢慢来，就不麻烦你们操心了……"

俞天白终于说出了想说的话。

刘铁愣住了，这个老俞，咋在这件事情上磨磨叽叽，拖泥带水，铁娃子可不喜欢这样的风格！刘铁不高兴了，虎起脸说："老俞，你这叫啥话嘛，什么不麻烦你们操心，你是不是不信任我这个红娘，还是你有啥话不好说，嗯？告诉你，这次我要能促成你这桩终身大事，不说是为改造起义军官做贡献吧，也算是铁娃子为发小尽了点心！看上谁了，痛痛快快说，大不了我这个政委出面去做工作，就是有天大的困难，只要是你老俞看上的，我也要把她攻下来！"

刘铁如此慷慨，倒让俞天白更加不好开口了，停顿一下，说："这、这……你让我怎么说哩。"

"别吭吭吧吧，磨磨叽叽，干脆点！"

俞天白点点头。他朝窗外的夜色看了一眼，扭过脸来，像是下了最后的决心。

"我请求——请求组织上，允许我，跟薛紫苏同志，建立恋爱关系……"

一句话，俞天白把它分成了几段，并加重语气，强调其内涵。

"跟、跟谁？"

"薛紫苏同志。"

刘铁一时呆了。

一阵风把门撞开，桌上的信件哗啦啦落了一地。

三

刘铁没料到俞天白考虑了半天，最后竟考虑出这么一个成果，要跟薛紫苏同志建立恋爱关系！这真是滑天下之大稽，狗日的难道你不知道薛紫苏是我铁娃子看上的人儿？你凭啥挖老子的墙脚？刘铁又气又难过，一宿没合眼，第二天早上一上班就冲到政治部，找颂莲。发泄完，刘铁郑重地说："老吴我告诉你，这事儿我决不同意！"

颂莲一直静听刘铁的发泄。听完，她不阴不阳地说："老俞提出跟薛紫苏同志建立恋爱关系，符合本人意愿，也符合组织程序，这是好事嘛，咱们应当支持，你为什么不同意呢？"

刘铁说："他凭啥呀？"

颂莲说："难道他不能跟薛紫苏建立恋爱关系吗？他现在是单身男人，他有爱与被爱的权利！再说了，俞天白是团长，是劳模，我们在政策上要优先照顾这些起义军官，对不对？你不是口口声声说，老俞，你看上谁尽管说，我去帮你做工作。这是你说的吧，刘政委？"

刘铁被堵得说不出话来。

颂莲冷笑一下，说："我提醒你，刘铁，请注意自己的身份！你现在是共产党的政委，担负着整个部队的婚姻工作，我可不希望听到有人说，我们的解放军政委跟起义军官争老婆。"

刘铁说："我跟谁争老婆了？薛紫苏啥态度，难道她同意老俞了？"

颂莲说："她不同意没关系，这不正需要咱们做工作嘛，否则要你我这个红娘是吃干饭的？"

刘铁说："我不会做这个工作的，老吴！"

颂莲说："你不做，我来做。也说不定根本就不需要做工作，人家薛紫苏早同意了呢。"

一听这话，刘铁慌了，说："老吴，求你帮帮我！"

"帮你什么？"

"告诉俞天白，说薛紫苏有人了。"

"谁？"

"我！"

到底说出来了！颂莲瞪着刘铁，好像不认识他了。这一年多老是有一团疑云笼在心上，叫她憋闷、委屈、压抑，无法排遣，不能自拔。现在看到刘铁通红的眼睛，颂莲有一种茅塞顿开的感觉，她明白了，她为什么会过得这么不开心，刘铁为什么会在郑大姐家给她难堪，都是出自这个原因。颂莲看了刘铁好一会儿，一种悲哀和无助涌上心来。女人最大的敌人，就是自个儿的那颗心呀，心劲儿败了，什么都没了。颂莲抬了抬手，说：

"你要没别的事，就请回吧。"

刘铁走后，颂莲一屁股跌坐在椅子上。

快晌午的时候，颂莲才去医院找紫苏。经过一番思考，她有了思路，她得跟紫苏认认真真谈一次。凭感觉，颂莲并不认为紫苏对俞天白会有太深的东西，当然她也不至于反感这个人；因为俞天白虽冷僻些，却是不招人厌的，甚至可以说对一些有点品位的女人具有相当的吸引力。只是紫苏心里恐怕早已有了人，这个人自然是刘铁，那么她颂莲此番去做工作就会有难度。难，也得做，无论如何都要让这个小女人嫁给俞天白！有了这个明确目标，颂莲突然觉得自己又恢复了活力，充满了必胜的信心和革命激情。她像一位闺中密友那样，把紫苏亲切地约到附近一片胡杨林里。

这天天气晴好，风里飘散着油菜花的芬芳。初夏的热烈衬着两个年轻美丽的女兵，世界是多么美好啊！颂莲跟紫苏先是扯了些草药的趣闻，把紫苏的情绪调动起来，而后才一点点贴近那个主题，这叫步步为营，诱敌深入。紫苏果然就顺着颂莲的思路钻进来了。当颂莲再提起婚姻，提起俞天白的时候，她一点也不感到唐突。

"……俞天白同志是个有才干的起义军官，这一年多经历了不少磨难，能挺过来不容易。他思想上积极进步，当了劳模，我们大家都为他高兴。对于这样的起义军官，组织上是不能忘记的。你是咱们的解放军军医，也是一个优秀的青年，我希望你能以大局为重，服从组织，接受这项光荣任务……"

这项光荣任务，就是与俞天白建立一个革命家庭。紫苏听得再明白不过。

颂莲看了一眼紫苏，紫苏咬着嘴唇不说话。她是不愉快了，甚至是抵触的。颂莲笑了一下，觉得有必要甩出她的撒手锏了。她把声音调整到一个既温和又果决、软中带硬的层次，说："我知道你有些想法，薛紫苏同志，我能理解。其实，我做这个红娘也很难，常常要得罪人的！眼下上级有指示，要优先照顾有突出贡献的起义军官，我们必须按章办事。不瞒你说，我来找你谈话刘政委是知道的，他是政委，负责部队的婚姻工作，这个时候他也必须把工作放在第一位……"

颂莲这话的意思紫苏听懂了，也就是说刘铁也是赞同她和俞天白的。紫苏的心口越来越堵，她想怎么会这样呢，如果那天她接受了刘铁的邀请去看电影，还会是这样吗？紫苏真有点后悔了，可是这世上没有后悔药可吃！

看到那张紧闭的小嘴失了血色，颂莲仿佛动了恻隐之心，她深深地叹了一口气，拍了拍紫苏，说："一个女人一生中能有一次爱其实足矣！爱一个人，也许就是结果，并且是最美的结果！其余该忽略不计，权当是凡俗的过程罢了……"

紫苏抬起头，说："是吗？吴主任，难道你认为爱情就是为革命献身？"

紫苏的语气带着讽刺，颂莲从姑娘的眼里看到了某种尖锐的东西，也看到了她的不屑。她想，这姑娘看着绵软，却是绵里藏针呢。不过颂莲并不生气，慢悠悠地说："这要看值不值了。你以为爱情就是风花雪月？那是没有生命力的，短暂的，苍白的！爱情只有同人生的理想和奋斗相结合，才能体现它真正的价值。从这一点说，爱情为革命献身，是壮美的爱，博大的爱！"

颂莲到底是大学生，她站在人类情感的巅峰来看爱情，其实就是这样。紫苏也觉得颂莲说得似乎有道理，只是她心里很难过。

颂莲还说了很多，句句不离部队，不离战士，让人感觉她真是一位全心全意为大家服务的革命红娘，操心战士们的婚事，就像操心自家兄弟。这是很感人的。

颂莲最后说："薛紫苏同志，我们先安排你跟俞天白同志见个面，可以吗？"

那语气是一种诚挚的请求，叫紫苏不忍拒绝，也不能拒绝。

四

紫苏回到宿舍，捧着那只"凤凰"根雕看了一阵儿，忽然产生一种强烈的倾诉欲。这一年多来为了保守那些个秘密，紫苏把自己完全包裹起来，不该说的话绝不多说一句，这对一个天真烂漫的姑娘，是件多么沉重的事情！紫苏现在很想找个人说说。她朝门外叫了两声李山杏，李山杏还没回来。紫苏有些着急，便在屋子里转圈子，转了几圈，才觉得自己冲动了。即使李山杏在，你又能跟她说什么呢，那些个事情你敢说吗？

一声叹息，紫苏弯腰从床上取出背篓，背篓里放着一只落满灰尘的旧包袱。这包袱是紫苏从湖北老家带到新疆的，里面有一条舍不得丢掉的淡紫色裙子，还有一管箫。它们，代表了紫苏的过去。此时宿舍里静静的，紫苏把它们拿出来，细细端详。抚摸竹箫上的斑斑泪痕，觉得有什么东西一滴滴落在心里，冰冷冷的，那是逝去的少女时光啊。有多久没摸这管箫了，刘铁几次提到清风岭上的箫声，紫苏都装聋作哑。装聋作哑，其实是害怕和回避。

紫苏试了几下，吹起了那支家乡小曲。一吹，她又看到了从前——外祖父站在竹林前看着她，似乎在为她送行，眼里带着担忧；刘铁浑身是血，拖着一条伤腿在泥泞中向她一点点爬来；吴家耀背上插着一把雪亮的刀，瞪着她。最后，紫苏看到的是俞天白，俞天白骑着白马，在雨夜中奔向她……

这就是自己的人生吗？紫苏泪眼婆娑，决定去找刘铁。

这阵子刘铁正光着脊梁，趴在床上，桌上放着未动的饭菜。刘铁是个藏不住事的人，从颂莲那里回来，就把啥话都跟邢保财说了。邢保财至今跟老婆僵持着，刘铁说要离婚可以，你得让对方签字。那黄槐花不知受了谁的点拨，愣是不签字，说自己不会写字，按手印也不干，邢保财又气又恨，也只好先撂下。

看到刘铁痛不欲生的样子，邢保财说："知道俞天白不是玩意儿了吧？当了劳模，他有了政治资本，现在跟你较劲儿了，真是给鼻子上脸。当初让劳模，这会儿又要让老婆，谁规定咱当这个政委就该处处让他国民党，没这个理儿！告诉你老刘，啥都能让，女人不能让！你这就去跟他俞天白明讲，薛紫苏是你的人，你们马上结婚，看他还有啥戏唱。要不你铁娃子这辈子就不是男人，你揣着杆枪也是不带响儿的，白长一个！"

邢保财一边洗着衣服，一边给刘铁烧火。

烧得刘铁浑身燥热，躺不住了，翻身坐起，苦着脸说："问题是我有心，人家未必有意。她薛紫苏跟我一直不远不近的，我回回暗示，她回回转移方向，我是一点也摸不透这女人的心思！"

邢保财说："你们俩一来二去这么久了，你连这个都摸不清，你说你蠢不蠢吧。"

刘铁伤心了，说："是，铁娃子蠢！我连一个女人也搞不定啊……"

见刘铁眼圈红了，邢保财停下手里的活儿，说："老刘啊，咱们俩的命咋一球样，我老婆被国民党坑了，你喜欢的女人现在又快被夺了，唉，不公平！不成，咱不能再受这个气，老刘，你现在就去找薛紫苏，问她愿不愿意给你当老婆！这事得快办。"

刘铁有些担心，说："这、这要万一……"

邢保财说："万一个啥，你就是掉了脑袋也得把人夺过来！这争夺女人跟争夺阵地一个道理，要敢于出击，勇往直前，远交近攻，出奇制胜。《孙子兵法》你不是熟得很嘛，来他一招嘛。我跟你说，这一仗决不能输给他俞天白，要不你就是窝囊废！"

刘铁觉得邢保财说得在理，点了点头。

看见刘铁这么虚心，邢保财心里很受用，甩了甩手上的肥皂泡，又说："要不我现在就去给你把人请过来，你等着。"

邢保财刚刚站起，外面就传来咚咚的敲门声。邢保财去开门，紫苏站在门边。邢保财顿时大喜，说："哎呀呀，薛医生，来得好，来得好！咱们老刘正要找你谈重要事情哩。"

刘铁噢了一声，连忙爬起找衣服。

邢保财朝屋里看了一眼，笑着说："不好意思，薛医生，老刘一见你吧就穷讲究，他还在床上躺着，起来恐怕也得收拾个把钟头，麻烦你等一下，行吗？"

紫苏点点头，退到一棵小树下。

邢保财说"个把钟头"是夸张，但让紫苏在外面"等一下"却是相当必要的，邢保财有要紧话跟刘铁说。

"老刘，这可是天赐良机！"

"我知道！我一定跟她好好谈谈……"

"谈个鸟呀，以后再谈！"

"以后再谈？"

"我的老刘，你是听不懂呀，我是说，少纸上谈兵，来点实际的！"

"来点实际的？"

"嘿，还不明白！老刘呀，老刘，我的意思是，今晚上你就来它个破釜沉舟，压倒一切！不然，过了这个村就没这个店啦！我走了。"

邢保财拿上衣服匆匆出门。

刘铁明白了，邢保财这是要让他干一件大事情！好家伙，这还了得，这不是叫他犯错误嘛。刘铁一时间浑身冒汗，脑袋瓜一摇一摇，似乎要把一个可怕的念头甩掉。不能不承认，刘铁是一个极具传统意识的人，一个受党教育多年的好干部，他能去劫汽车劫粮食，他能在敌人的刺刀面前眼睛一眨不眨，可是要让他光天化日之下把一个女人弄上床，他还是没这个胆量。如果说这个女人还是自己珍爱的女人，就更不能了，连想一想也是大为不敬的。本来刘铁是满肚子怨愤，现在邢保财给他出了这么一番馊主意，把他吓出了一身冷汗后，反倒叫他冷静了。他看着桌上一沓政治学习材料，不知怎么突然联想到延安，联想到白求恩、张思德这些曾在延安待过的革命战友，他们是多么高尚无私啊。

思路就这样一下子跑远了，天和地辽阔了，一切都远了，淡了。等窗外闪过一道暗影时，他凝视着那影子，便想，刘铁，放弃吧。你请她看电影她谢绝了，说明她并非看中你，她现在来找你，莫非是要告诉你她钟情的人是俞天白？好嘛，俞天白是起义军官，是劳模，组织上理应照顾，我刘铁就算不看在发小的分儿上，冲我今天这红娘身份，也该先人后己，成人之美是大德嘛。一想起俞天白那个像鸽子一样欢快的女儿不明不白地失踪，刘铁就更没有什么想不通了。一个男人连孩子都丢了，难道他还不该再有个家吗？……

刘铁把脑袋伸进脸盆，洗了两把，抹干，大喘一口气，去开门。

门外，紫苏好像等待了一百年。今天她来这里，是想要再探探刘铁的口气。

如果他说他真的爱她，需要她，那么她就不顾一切地扑向他！女人在爱情上就是这么感性，关键时刻要有人推一把。看到刘铁衣着整洁地出来，手里还拿着一把手电筒，她觉得有点怪。

"对不起，薛医生，让你久等了。"

紫苏望着他。

"吴主任给你和俞团长都安排好了，对吧？别让人家等急了，要不我送你过去？"

刘铁不仅彬彬有礼，态度上还格外友善。紫苏来之前，曾设计过跟刘铁的这次见面，她还担心会不会引发一场惊心动魄的事件，现在竟是如此平淡——平淡得让人觉得不可思议！看来颂莲说得不假，这一切都是刘铁安排好的了，好个革命红娘啊！

五

俞天白和紫苏见面的地方是一块菜地。那里长着一大片油菜，绿是绿，黄是黄，煞是好看。大白马站在渠边饮水，俞天白踱着步，不时看表。猛然间看到田埂上走来的紫苏，挥了挥手。

刘铁大大咧咧地说："老俞，人儿我可交给你啦！"

紫苏站住，看见渠水里那条灰影子一闪不见了。刘铁走了。

俞天白脸上挂着微笑，看着天边说："这儿多安静，空气也好。"

他在一段长着茸茸绿草的渠堤上，为紫苏铺了一张报纸，请她坐。

"我这么冒昧地向组织上提出这样的请求，你不会怪我吧，薛医生？"

紫苏摇了摇头，她能说什么呢，老实说，俞天白是个好人，这一点从一年前那个雨夜她就看出来了。他夹在吴家耀和马黑鹰中间左右受伤，他不得不委曲求全，压抑自己。后来跟刘铁做搭档，他亦是如履薄冰，在一种不被信任的猜疑中忍受煎熬。丢失女儿更是雪上加霜，让他痛不欲生，而薇拉的事情又给了他致命的打击！……短短一年多，这个文弱的男人经历了多少，他竟然挺过来了，走到今天，还当了劳模，紫苏真是敬佩他！看到他带着尕娃过得不容易，紫苏心生同情，她是真心实意想帮帮这个好人的。但是，这一切与爱情无关，她在心里顶多是把他当作一个大哥来看待。

大白马叫起来，只见刘铁抱着一捆青草过来。

俞天白连忙站起，说："老刘你没走啊，太麻烦你了。"

刘铁笑嘻嘻地说："光顾着谈恋爱，马撂在地头也不管了，还要让本红娘操心你的马。"

俞天白说："不好意思，今天是有点顾不上啦，劳驾你，刘政委。"

刘铁瞥了一眼紫苏，说："顾不上也是正常的，好好谈你们的吧，马交给我遛，麻达的没有。"说着，吼了两句秦腔，牵着马走了。

紫苏偏着脸，看也不看刘铁。俞天白是个敏感的人，他不可能看不懂紫苏脸上的表情，只是他想这是刘铁的选择，你薛紫苏也并不反对，一切都是自愿的。说实话，对于刘铁能批准自己的请求，俞天白有点没想到，因而他既感激，又有一种歉意，觉得刘铁是个好人。听到刘铁唱秦腔，他激动地说："唱得好！老刘越唱越有味儿了，小时候我们俩还对唱过这一段呢。"

紫苏说："是吗？你会唱秦腔？"

俞天白说："当然！我还记得那出戏叫、叫……《苏武牧羊》。"

俞天白哼起来，两只手比画着。他这么做是想活跃一下气氛，冲淡他们之间的尴尬。可是紫苏脸上的表情完全是礼节性的。俞天白唱了没两句，就又被一个声音打断了，只见刘铁抱着一捆梭梭柴过来，说："还唱哩，老俞，不怕蚊子钻你嘴里呀？夜晚凉，我忘了给你们生堆火了，害得又得往回跑。"

俞天白有点过意不去，说："哎呀，老刘，太让你操心了。"

刘铁拍了一把俞天白脸上的蚊子，说："本红娘就是为你们服务的嘛。你们舒服了，我就高兴。"

说话间，火点着了。火光映得油菜花金红透亮，渠水涌动着一股暖意。俞天白满眼是笑，看着紫苏，说："刘政委这人周到，真周到。"

刘铁说："有堆篝火，蚊子就不来捣乱了，你们俩也能安安生生、暖暖和和坐在这儿看月亮了。薛医生，我说得对不对？"

紫苏苦笑一下，说："真要感谢刘政委了。"

刘铁说："不用谢，好好聊！打搅啦。"说罢，跛着一条腿快步离去。

油性很大的梭梭柴在火中噼噼啪啪，发出快活的叫声。一股暖意蔓延开来，紫苏禁不住哆嗦了一下，这温暖来得太迅猛了，让人受不了。

俞天白看了一眼紫苏，他知道她在想什么。

"薛医生，你在怨我，对不对？"

"……"

"我……怎么说呢，这其实是为了你好！"

为了我好？紫苏扭过脸去，眼泪涌了出来。她当然明白俞天白的苦心，只是她不能接受这突如其来的方式和结果！

看到紫苏眼里的泪花，俞天白叹口气，说："唉，也许你不能理解，你可以认为是我俞天白自私，是想得到一个女人！我承认、承认……自己喜欢你，甚至爱你，可这都不是我要跟你建立恋爱关系的理由。我说的是实话。如果你要让我说出这个真正理由，那就是——我不想看着你被毁掉！"

"不要再说了！"

"我要说！我毕竟比你年长许多，我想告诉你，紫苏姑娘，你跟刘铁的感情，恕我直言，是不会有好结果的，我不愿有一天看到这幕悲剧！"

"什么悲剧？你并不了解我们，我跟他——我们在来新疆之前就认识！"

这埋在心底的秘密，终于被喊了出来，紫苏泪流满面。

俞天白显然没想到这一点，他震惊至极，说："你和刘铁，你们俩认识？"

"是的，一九四六年的那个夏天，在湖北清风岭。"

"湖北清风岭？"

"对。他受伤了，腿伤得很重，是我把他扶到山下，为他治伤……"

"你为什么现在才告诉我？"

"因为清风岭一仗给你们双方都带来了痛苦，刘铁的腿至今不愈。"

俞天白简直不敢相信刘铁那条伤腿是在清风岭落下的，更难以相信是紫苏救了他！世上怎么会有这么巧的事呢？俞天白突然觉得好沮丧，同时觉得自己干了一件愚蠢的事情！俞天白啊俞天白，你不该杞人忧天呀，既然人家两个早就相识，或者说早就相爱，你凑什么热闹，你他娘的太不知深浅了！撤吧。

刘铁这时不知从哪儿又钻出来，说："不好意思，又来打搅了。老俞，我发现这地里藏着好东西呢，瞧，土豆！这会儿估计肚子都饿了，我给你们烧了两个，趁热吃点？"

刘铁捧着两个黑不溜秋的小土豆，烫得龇牙咧嘴，左右晃着两个手掌。

俞天白有点哭笑不得，站起说："不必了，老刘。我今晚还有事儿，走啦。"

第二十四章

一

当庄稼一片郁郁葱葱时，和平大厦在鞭炮和鼓乐声中破土动工。方圆百里的百姓们跑来观看，说解放军要建楼房建城市，真新鲜！孙世贤和肖伯年高举扎着红绸的坎土曼，挖下第一坨土，算是剪了彩。刘铁和战士们振臂欢呼，纷纷举起坎土曼、铁锨，激动得眼泪都出来了。

为了实现"戈壁滩上盖花园"的梦想，独立师决定首先在巴格其建一座办公大楼。为了这事儿，孙世贤真费了周折。起先从苏联请来一位专家设计新城和大厦，那位叫瓦西里的专家在巴格其跑了一个月，弄出一套方案来。孙世贤看了不大满意，主要是觉得跟他们的想法不大一样，整座城市有点花里胡哨，小鼻子小眼。孙世贤喜欢大气，广场要大，马路要宽，能跑汽车，还能走马，并且是方方正正的，像士兵列队一样，总之要体现一种军人的气派！孙世贤考察过，在全国还没有一座军人的城市（尤其是起义官兵建的），所以他怀着这一革命理想准备打这头一炮。肖伯年十分赞赏，说，老孙实在是高，我们一定要建出一座有特色的城市，这第一座楼就叫"和平大厦"！

对于两位首长提出的意见，瓦西里先生不能领会，说你们这么一点人，搞那么大干吗，何况这里到处是戈壁沼泽，并不适合建城的。傲慢的瓦西里不肯让步，如此一来就僵了一些时日。孙世贤每天站在地图前忧心忡忡，自己的宏伟蓝图无法实现，叫他倍感郁闷。一支刚走出硝烟的队伍，一没钱，二没技术，三缺人才，来到这大戈壁滩，却要建城市，盖大楼，搞现代化建设，难题不少。共和国刚刚成立，是个穷摊子，一切还得依靠自己啊。肖伯年很理解孙世贤，说，我来挑头干这件事。肖伯年到底是泥瓦匠出身，对建筑是懂行的。肖伯年决定在部队开展一次征集新城设计规划图的活动，群策群力，共同描画这张蓝图。启事在报上刊出后，果然吸引了大批人，其中不乏懂建筑的。师里成立了专门的机构，并邀请内地专家参与。专家选来选去，最后选中了两个人的设计：一个是俞天白关于巴格其新城的规划方案；另一个是刘铁的和平大厦的设计草图。

严格地说，刘铁那个设计根本不叫设计，是信手画在烟盒纸上的。这包香烟是常福不知从哪儿偷来的，开会时刘铁抽完了就丢在了会议室，被一位上海建筑专家发现了。老专家捧着看了半天，两眼放光，说，同志们，我们现在有了一个最新构想！刘铁画的是个酷似拖拉机头的楼房。老专家说，全世界还没有一座拖拉机造型的楼房呢，它很能体现军垦特色呀。那时候刚刚从苏联进口了一批拖拉机，军区照顾起义部队，全部给了二十二兵团。人们对这个红彤彤的既能干活又漂亮的大家伙怀有特殊感情，说，比牛呀马呀的厉害多了。

刘铁对建筑设计一窍不通，本来他没想参加这次征集图纸的活动，一个泥腿子大老粗，他自知来文的不是他的强项。但看到许多士兵都积极参与，尤其是俞天白那么热衷这件事，他就有点耐不住了。有一天晚上他帮着驾驶员小白犁了一圈地，过了把瘾，回来后就突发奇想，想这和平大楼干吗不整个拖拉机模样的？拖拉机可是好东西，人见人爱哩。没想到刘铁这一奇想竟赢得老专家的赞赏。

和平大厦的构想颇有新意，而俞天白对未来巴格其新城的规划设计更为宏观、全面，具有统领全局的气魄。俞天白的设计不仅有医院、学校、广场、住宅区、商业区，而且连城郊的道路、林带、果园、农场全包括了，可谓一个发展蓝图。俞天白和刘铁是各有侧重，相得益彰。

万事开头难，建和平大厦是这支起义部队打的又一硬仗。无论是孙世贤、刘铁这些解放军老部队的人，还是肖伯年等起义官兵，大家从前都没有盖楼房的经验。他们请示了陶司令，陶司令很支持，很快就从湖南老家请来一批工匠，帮着培训起义官兵。砖坯、木材、油漆等原料，没有资金购买，政工干部们就自己想法子解决。比如烧砖，新疆黏土多，就地取材就行；油漆是黄土加亚麻油熬制出来的。肖伯年发愁的事情，到了解放军这里全不成问题，真让他开了眼界，信心大增。

自从大厦开工以来，人们天天议论的是这座楼，都盼着和平大厦早点建起来。刘铁、俞天白和一帮战士下了班，忍不住要往那里跑，有时饭不吃，觉不睡，也想在工地上蹭点活儿干。砌砖是技术活儿，人家不让他们沾手，他们只好干点粗活儿，拉砖，挑泥浆，你追我赶，倒也干得蛮欢实。

在拉砖的队伍里，有一天人们惊讶地发现了大白马。这大白马不干则已，一干顶人跑好几趟，真不简单！俞天白把大白马弄来拉砖，多半是因为刘铁。刘铁有天去拉砖，过沟时绊了一跤，腿伤复发。俞天白扶着刘铁去医院包扎，悄悄问紫苏，这伤有没有办法治愈？紫苏说，像刘铁这种情况，已是严重残疾，不适合再干重体力活；有条件的话，最好到北京的大医院做个手术，把里面的弹片碎屑全取出来。不过，很难，因为实在是太多了。还说，这么拖下去，时间长了，难说不会引起病变……听了这番话，俞天白心情很沉重。

从那个晚上紫苏在油菜地里告诉他，刘铁的伤是在清风岭落下的，俞天白对刘铁的腿就再也不能像从前一样视而不见了。每当看到那个有些跛的背影，他内心就会生出歉疚，原来竟是自己让刘铁落下了终身残疾！战争不仅给人类留下肢体的伤害，更是给心灵刻下难以磨灭的伤痛。俞天白能够从紫苏这里迅速撤离，这是个极其重要的因素。人家两个早在一九四六年就相识于清风岭，并且紫苏救过刘铁的命，这样一种经历该是多么珍贵。你俞天白纵然有一千个理由想要"拯救"这姑娘，也是枉然！俞天白可怜自己一番苦心竟是这么一个结果。

二

就在大家热火朝天地建和平大厦的时候，刘铁和紫苏的关系有了突破性进展。刘铁和薛医生走到一起，在战士们看来理所应当，郎才女貌，天生的一对嘛。不过对刘铁来说却是相当突然的，夜里闭上眼睛他甚至都不敢相信，紫苏竟然接受了他的爱情，答应给他做老婆，不是在做梦吧？为了确认这件事的真实性，刘铁开始筹备结婚的事。

一张双人床首先被抬进宿舍。

邢保财笑着说："老刘，你这报告还没打呢，就先把床打了，你准备把我往哪儿赶？"

刘铁知道近来黄槐花时常让东东过来送吃送喝，邢保财对老婆似乎不那么恨了，关系有所松动。所以他说："让你回自个儿的家。"

邢保财说："你跟薛紫苏结婚，老吴答应了？"

刘铁说："婚姻自主，她有啥不答应的？"

邢保财望着刘铁一张烧红的脸，再看看那宽大的床，酸酸地说："老刘，你跟她不是都那个了吧？我可提醒你，先开饭后敲钟的事儿不能干，共产党对犯男女作风错误的人从来都是不手软的，这可是血的教训。"

刘铁说："咦，上回是哪个让我破釜沉舟来着，还说过了这个村就没这个店了？"

邢保财心里想，形势是在不断发生变化的，老吴这不是正在对薛紫苏搞调查嘛，要查出个啥来，你老刘就被动啦。

刘铁和紫苏能有今天，在刘铁看来真是老天爷给他帮了忙，如果不是那个意外事故，恐怕没那么顺利，至少不会这么神速。那是个礼拜天，医院的女兵们到建楼工地参加义务劳动。女兵们劲头很足，要跟男兵们比赛挑泥浆。紫苏也不甘示弱，结果挑到最后累瘫了，从脚手架上摔下来！紫苏被送到医院，头部受伤，因失血过多，医生要给她输血。刘铁一听说紫苏是 O 型血，二话不说，说，抽我的，我是 O 型血！

紫苏醒来，看见身边坐着刘铁，刘铁整整守了她一宿。有了这个小插曲，这两个一直若即若离的人一下子贴近了，紫苏扑到刘铁宽厚的怀里哭起来。实际上，她的心早就属于这个人了，只是那段特殊的经历一直阻止她向前迈进，现在她不管不顾了！再看刘铁，她觉得他就是自己生命的另一半，她的血管里流动着他的血；而刘铁此时抱着紫苏，觉得她就是他的妻子。刘铁照顾了紫苏六天，那六天是紫苏一生中最幸福最难忘的时光，刘铁扶着她在院子里散步，好多病员都看见这位大名鼎鼎的刘政委对自己所爱的女人是细致入微，呵护有加的。

刘铁终于打了结婚报告，递上去。

颂莲看罢，说："结婚是好事。但你要跟薛紫苏结婚，作为老战友，我有个忠告。"

刘铁说："老吴你这话从何而来？"

颂莲说："你了解薛紫苏吗？如果你不是百分之百地了解她，那么就请收回这份报告。"又说，"婚姻非儿戏！"

颂莲没有批刘铁的报告，并且把那报告一拍，拍到了水盆里，浸湿了。

刘铁火了，在他看来吴颂莲是成心跟他过不去，这个嫁不出去的老姑娘分明是嫉妒他年轻貌美的紫苏。他想你老吴不批也罢，等孙世贤从乌鲁木齐开会回来了，我去找孙政委！

俞天白大概是最后一个知道刘铁要和紫苏结婚的人，是毛旦告诉他的。从理智上说他没什么想不通，甚至为两个人高兴。这辈子自己跟那姑娘没缘分，但他希望她能有个好归宿。只是她同吴家耀的事儿怎么跟刘铁交代，瞒着他行吗？俞天白觉得自己有必要再一次提醒这个姑娘。

其实紫苏这段日子心里也极不踏实，从内心来说她并不想欺骗刘铁，可是她该怎么跟他说呢？紫苏决定去一趟俞家，一是把给俞天白和孕娃做的衬衣送过去，二是跟俞天白谈谈——毕竟他还是一位值得信赖的大哥。

俞天白刚刚下班，正在院子里给大白马上药，大白马一周前拉砖时翻了车，腿受伤了。看见紫苏上门，俞天白明白她为何而来。果然，紫苏说：

"我准备把那件事告诉刘铁。"

听了姑娘了话，俞天白久久不语。从最初到现在他好像不止一次地提醒过她，无论何时何地都要守住那个秘密，不然会毁了自己，可是关键时刻她还是动摇了。老天爷，刘铁要是知道自己所爱的人竟是吴家耀的女人，会怎么样？不敢想！

俞天白觉得有些话他不能不说了。他沉了沉气，压低声音说："谢谢你对我的信任，紫苏姑娘。刘政委要跟你结婚是好事嘛，我祝贺你们。至于你说的那事儿吧，也确实是个事儿。你要告诉他是你的权利，按说也是应该的，夫妻理应忠诚。不过吧，我就是担心刘铁那个脾气，他是个眼里揉不得沙子的人，男人在这种事上就更是如此。所以……所以我以为还是慎重为好。当然，我不是怂恿你搞欺骗，我俞天白这辈子最不能容忍的就是说谎的人，活着就要活得真诚、坦荡、清白。但是，生活往往会逼得我们走投无路，别无选择，你明白吗？紫苏啊，一直以来我提醒你不要把这些事告诉别人，其目的并不是叫你去骗谁，而是要你学会保护自己，是的，保护自己是最起码的！眼下的形势总的来说是好的，但也很复杂，将来情况会怎么样，难说！害人之心不可有，防人之心不可无，人无远虑，必有近忧啊。你是个单纯善良的姑娘，千里迢迢来到新疆，举目无亲，我比你年长，算得上你的大哥。我是不希望看到你再受伤害，如果有这一天，我是不能原谅自己这个做大哥的！……"

俞天白从来没有像现在这样，说这么多话，说得这么费力！因为激动，他的嘴唇颤抖了，他现在当真把她看作了自己的小妹妹，他不能看着她掉进陷阱。

但是俞天白似乎未能说服面前的姑娘。

三

大白马的状况是一天不如一天，这两天连草也不肯吃了。毛旦每天晚上陪在它身边，大白马蜷在地上，微闭眼睛，显得很疲惫。毛旦拿着一把苜蓿，说："大白，来，咱们吃、吃点好吃的。"

大白马脑袋抬了抬，又无力地俯下。

毛旦急了，对俞天白说："团长，你看，大白不吃东西了。"

俞天白接过苜蓿，喂大白马，大白马还是不吃。

毛旦说："团、团长，明天说啥也不能让大白拉砖了，歇两天吧。"

俞天白说："你还是劳模呢，轻伤不下火线，这个也不懂？明天我赶车！"

第二天俞天白牵着大白马去拉砖，又是满满当当一大车。大白马一瘸一拐，在厚厚的土路上走着，吃力极了。车到桥头，俞天白一边拽缰绳，一边吆喝，车就是上不去。大白马索性站住不动了。

俞天白满头大汗，又着急，又生气，说："你这没用的家伙，关键时刻不争气，气死我了！"说着，鞭子没头没脑地抽下去。大白马还是不动，俞天白又抽了几鞭。要在过去俞天白是舍不得打马的，这是救过他命的马呀，可是今天俞天白心里蹿着一股火，压都压不住。

这两天俞天白脑子里老是跳出紫苏送给他的那件衬衣。俞天白这辈子就喜欢白衬衣，穿在里面衬出一圈白领子，整洁高雅。但是一年只发一件衬衣，早穿破了，买都买不上。紫苏真是一个细心的姑娘，这个时候送他衬衣，一针针，一线线，全是手工缝制，得费多大功夫。不过，俞天白却怎么也高兴不起来，他把衬衣锁进了箱子。孬娃问他为啥不穿，小家伙眼睛一眨巴，说："是不是紫苏阿姨要给铁叔叔当老婆，你不乐意？"俞天白说："小娃娃家，胡说什么？！"

不能不承认，这是俞天白心里的隐痛。

大白马挨了主人一顿鞭子，终于仰起脖子，咴咴叫着，四蹄踢腾，冲上桥去。俞天白猝不及防，大白马已从桥上往下奔去，吓得迎面而来的几个士兵大叫着躲开。

大白马一路狂奔，尘土飞扬。

俞天白和毛旦在后面紧追，大喊："大白！大白！"

大白马拼命地跑，腾出一片尘烟，黄尘滚滚，遮去半边天。人们远远望着闪电般穿越在泥浪中的大白马，惊得目瞪口呆。蹚过一段最艰难的扬灰路，大白马停下来。毛旦跑上去，高兴地说："大白，好、好样的，不愧是革命的功臣！"

大白马却突然口吐白沫，像一堵墙重重地倒在地上！俞天白喘着粗气跑来，想扶起他的马，却是根本不可能了。毛旦抱着大白马的头，哭开了，说："团长，大白不行啦！"围观的战士也都叹息起来，说，多好的一匹马，伤了一条腿，就完了。大白马定定地望着主人，用嘴轻轻蹭主人的手，俞天白感受着它温暖的气息，想，真完了。俞天白抚摸它满是泥汗和鞭痕的背，将脸贴在马脸上，他听到大白马喉咙里发出一阵咕哝声，大白呀，你有什么话要跟我说吗？俞天白看着他的爱骑，眼睛潮湿了。

俞天白在大白马跟前蹲了一阵，突然对毛旦说："弄桶水去。"

毛旦点点头，去了。俞天白和几个士兵卸了笼套，把大白马抬到一片绿草地上，顶着炎炎烈日，给它洗了最后一次澡。洗完，俞天白说："把它送到工地伙房去吧。"

听说要把大白马送到伙房杀了，士兵们愣住了。毛旦哭起来，说："不能啊，团长！"

俞天白并不理睬毛旦，把笼套放到车上，拉起大白马留下的一车砖，一步一步向前走去。汗珠掉下来，砸到地上；磨破的肩勒出一道血印，生疼，这疼痛此时竟让他感到无比快活。他咧着嘴想，大白啊，从前总是你帮我，今天就让我帮帮你吧，我一定会把这车砖送到工地，你放心！俞天白走着笑着，眼泪一串串流进嘴里，又苦又咸，走着走着，他觉得自己变成了一匹大白马……

傍晚大家排着队打饭的时候，看到一大盆香喷喷的马肉，格外惊喜。盖楼这么辛苦，难得吃一顿肉，大家伙儿的肚子早缺油水了。

听说俞天白的大白马被杀了，刘铁去找俞天白。俞天白坐在河边，望着缓缓转动的水车发呆。看见刘铁抱着一捆青草，苦笑了一下，说："用不着了。"

刘铁说："我给大白选了块地儿，去看看吧。"

刘铁选的地方在乌帕尔雪山下面，那里埋着许多牺牲的战友。一座座坟茔，有的有碑，有的没碑。刘铁在王春来的坟茔左侧选了一个位置——这算是对俞天白的一个极大安慰。大白马的墓里，有一副笼头，一根绳，两捆青草。

这就是一匹马的一生了。

四

紫苏那天从俞天白家里回去后，更坚定了一个想法，无论如何她得把自己的过去向刘铁做个交代，包括杀吴家耀的事！如果不说清这些事情，她这辈子恐怕都不得安宁。

紫苏约刘铁傍晚见面。这是紫苏第一次约刘铁，刘铁乐不可支，说："好的，下班后河边见！"

夏日的夏米力河不疾不缓，银灰色的，两岸红柳花艳若云霞。刘铁选择的这个美丽宁静的地方，很适合谈恋爱。刘铁特别喜欢那座风车，咿咿呀呀唱着古老的歌谣。

但是世上的事儿就这么巧，这天下午一封紫苏老家乡政府的公函送到了颂莲桌上，是邢保财拿来的。发出去的调查函时日不短了，那边总算有了回音。前一阵为建和平大厦，部队组织过一次捐款，大家都看见紫苏交出了那条"金羚羊"项链。当时颂莲就想，这条项链竟成了一个无头案，真是奇怪！于是她让邢保财再给那边发一份公函催问，这样就有了今天的结果。

颂莲接过公文先是扫了一遍，工工整整的小楷毛笔字写了大半页：

中国人民解放军驻疆二十二兵团独立师政治部：

来函敬悉。关于你们提出的问题，近日我们特派专人到清风岭镇调查。在镇政府的大力协助下，基本查清，现将调查结果综述如下：薛紫苏系国民党原九十一军爱国将领薛文瑾与其结发妻子谢玉香之女，薛将军一九四三年在常德对日作战中牺牲，他的一名叫吴家耀的部下曾关照过母女俩。一九四九年四月吴家耀与薛紫苏在镇上举行过订婚仪式，后薛紫苏跟随吴家耀到新疆……

颂莲捧着来函，拣其中的重点一连看了几遍。看毕，目光停在末尾的大红公章上，邢保财问："咋处理？"

颂莲说："走，去找刘铁！"

要是平常，颂莲会打电话叫刘铁过来见她，可现在马上下班了，估计刘铁又去建筑工地参加义务劳动了，她想不如自己杀过去找他。

这阵子工地上没什么人，都去吃饭了。刘铁拉完最后一趟砖，正在歇息，看见颂莲和邢保财来找自己，手里还拿着个牛皮纸文件袋，有点摸不着头脑。

颂莲拍拍文件袋，说："看看吧，关于薛紫苏的。"

刘铁愣了一下，说："薛紫苏的？啥情况？"

颂莲说："你还是自己看吧！"

刘铁两手的灰往裤子上一抹，接过公函。看完，半天不言语。毫无疑问，这份公函给了他当头一棒！颂莲看见刘铁那条伤腿开始颤抖。

"怎么不说话？"

"……"

"走吧，老刘，先去吃饭。"邢保财上前拍了拍刘铁，似乎想安慰他。

刘铁推开邢保财的手，撂下架子车，跑了。

"干什么去？刘铁，你冷静些！"颂莲喊。

刘铁像没听到，头也不回。

颂莲和邢保财担心刘铁会去找紫苏闹，实际上刘铁也确实如此，只是当他冲到医院大门口时，才想起紫苏正在河边等他呢。天哪，这个吴家耀的小老婆！难道自己还有必要跟她谈吗？刘铁啊刘铁，你真是昏了头，差点儿跟她结婚呀。

坏消息总是传得很快，黄昏的时候这件事已传得沸沸扬扬。大家都说薛紫苏这女人原来是一条美女蛇，比薇拉还可怕呢，在巴格其潜伏了这么久，我们竟然不知道她是吴家耀这个魔鬼的小老婆，害得刘政委差点儿上当受骗哩！

晚上要开会，趁着吃晚饭的工夫俞天白去找紫苏。他想这件事终于发生了，但也许还不算太坏，祸兮福所倚，福兮祸所伏，刘铁是早晚会知道，晚知道不如早知道。这辈子该来的总要来，掩盖回避和阻拦都是没有用的。俞天白这会儿更相信命，他觉得他和紫苏在这个世界上都属于那种倒霉的好人。俞天白对晚上的会议抱有几分担忧，那位吴主任和邢主任不知道还会搞出什么名堂，他要让她有个思想准备。跑了几个地方都没找着紫苏，这让俞天白更加不放心，看看表，开会的时间到了，他不得不往团部赶。

大家已坐在那里了，只等他一个人。看到俞天白一头汗进来，邢保财翻了翻眼皮，说："老俞到了，现在开始开会了。咱们今天这个军政干部小组会，一是研究薛紫苏的问题，二呢跟刘铁同志谈谈心，也算是一种帮教吧。吴主任百忙之中来参加这个会，说明她对九团对刘铁同志的关心。老吴，你先说说？"

颂莲看了一眼坐在角落里的刘铁，说："成，我先说就我先说。我说话可能不好听。大家知道特务坏，窑姐儿脏，实质上，凭着色相勾引咱们干部，混进革命阵营的人，比特务还可恶，比窑姐儿更可耻！为什么？因为他们更具有欺骗性，他们不仅麻痹、毒害了咱们的干部，还破坏了我们这个队伍的团结与和谐！现在薛紫苏就是这样的人，她解放前夕随吴家耀到新疆，他们处了不短的时间。在这种情况下，她一直隐瞒着自己的真实身份，还参加了解放军，欺骗组织，性质极其恶劣！"

"是啊，看着挺纯的一个姑娘咋会这样。"邢保财点头附和。

颂莲冷笑一下，说："纯？我看你们男人的眼睛全是近视！我就一直怀疑那张脸有问题，果不其然，一条美女蛇而已！"

颂莲现在是真的憎恨这个叫薛紫苏的女人了，觉得这小女人颇有心计，竟然把所有人给骗了，尤其是骗取了刘铁的心，叫颂莲最不能容忍。

刘铁听不下去了，说："老吴，你说一就是一，别夹进去个人的情绪好不好？"

颂莲说："什么个人的情绪？要是组织上对你刘铁不负责，你说你跟这种女人结了婚，将来会是个什么样子！到现在了还为她辩解，糊涂！薛紫苏不知道给你灌了什么迷魂汤，弄得你五迷三道，连一个共产党员基本的阶级立场都丧失了！"

刘铁说："我喝了迷魂汤，我五迷三道，我没有立场，随便你咋说吧，你把我这个政委撤了得啦！"

颂莲一拍桌子，说："你什么态度，威胁组织是吧？你以为你是老红军，老资格，尾巴就翘上天啦？我还偏要掎掎你这条长刺的秃尾巴！我可以告诉你，今天开这个会就是为了挽救你。从前我多次提醒过，让你警惕，你一直把组织苦口婆心的劝告当耳旁风，执迷不开悟，越陷越深，以致上当受骗！刘铁同志，你应该通过这件事好好反省自己，汲取教训了！"

颂莲气得脸都青了，一个女人在一帮大老爷们儿中混，需要多少忍耐和坚韧啊。这一年多她几乎忍受了过去多少年没有忍受的事情，尤其是在薛紫苏的事情上，公正、善良与自私、嫉妒，时常在内心深处斗争，叫她一次次缴枪，又让她总不甘心。直到后来，她觉得这个女人确实有可疑之处，便不惜一切要查清楚，她这么做其实是为了刘铁好。但是，刘铁未必会感谢她，明白她一番苦心，他反而怨她，这是多么叫人伤心的事情！

刘铁还想发作，被俞天白摁住了。俞天白沉默了半天，觉得自己应该说几句了。他说："事情要一分为二看，我认为薛紫苏不是一个俗女子，更不是一个坏女人，她其实是无辜的受害者。她并不是成心要欺骗组织和老刘，她是出于无奈。老刘呢，喜欢一个年轻漂亮的女子，也属正常，人都有七情六欲嘛，我看这事儿还是别搞那么严重……"

邢保财打断了俞天白，说："这叫啥话，这是和稀泥嘛，国民党的作风，不讲原则的做法。"

俞天白说："什么叫和稀泥？都是自己的同志，谁能没个闪失，再说这还算不上什么闪失，刘铁同志如果不能接受薛紫苏，他完全可以另做选择，新社会婚姻自主嘛。至于薛紫苏同志，她是个苦孩子，家境所迫，跟了吴家耀，她并不爱吴家耀，其实这是很不幸的。要追究她的责任，我倒是觉得我有责任，她和吴家耀的事儿，我早就知道，是我不让薛紫苏告诉组织……"

听了俞天白这话，所有人都瞪大了眼，除了花之锦，他当然是知道这事儿的。

颂莲说："老俞，你这么做，是想保护薛紫苏，对不对？"

俞天白叹了口气，说："也许吧，我同情她。"

邢保财哼了一声，怪声怪气地说："是爱情吧？"

俞天说："随便你怎么说吧，邢主任。"

刘铁一直没说话，原来俞天白早就认识紫苏，并知道她的底细！俞天白是吴家耀的弟兄，这完全可能。如此说来，俞天白向组织上提出跟紫苏建立恋爱关系，就是再合理不过的事情了，你刘铁怎么就一直蒙在鼓里呢？是你横插了一杠子啊。刘铁在心里大骂自己愚蠢，同时又无比羞愧和伤感，好像钻进了一个早已设计好的圈套！

一件事扯出另一件事，颂莲自然也感到震惊，这个俞天白真能沉得住气啊。俞天白，你这么做看起来是好心，但是你这是错误的！颂莲用严厉的目光看着俞天白，说："俞天白同志，恕我直言，你这是对党的事业的不负责，也是对刘铁同志的不负责！作为一个团长，你极不应该！"

一直闷声不响的花之锦这时插了一句，说："还有我，我也有责任。"

邢保财左右看了看，想，到底是一帮子，一到关键时刻就抱成团儿了。邢保财本来准备批驳花之锦两句，刘铁却开了腔，说："你们有啥责任，我刘铁一把年龄了，有过错还不能自个儿担？要你们为我担的啥鸟责任！"

颂莲说："你担不了，刘铁！薛紫苏欺骗组织这是铁的事实，你刘铁也罢，老俞也罢，老花也罢，谁都别想袒护她。我建议给薛紫苏行政处分，调离医生岗位！"

邢保财首先举起手，说："同意。"

黄参谋长也举起了手，花之锦和俞天白看看大家，也只好举手了。

五

刘铁这两天情绪很糟，加上腿伤复发，真有点过不去的感觉。眼下几乎没人敢劝他，谁劝跟谁急。常福那天晚上在建楼工地壮着胆子说了一句，薛医生不是有意要骗你，她是喜欢你才没敢说实话。刘铁气得一脚蹬倒了半截刚砌的墙，砖头把伤腿又砸出血来，刘铁当场瘫到地上。常福要扶他，刘铁抓起一块砖头，被人夺下。在场的人都摇脑袋，说刘政委疯啦。

刘铁回到宿舍，疼痛难忍，邢保财用热毛巾替他敷。看到刘铁这个样子，邢保财说："老刘，你别怪我那天会上说话难听，我是替你不平啊！从前我一直支持你跟薛紫苏，就算老吴反对，我还是觉得只要自个儿喜欢，管他别人说啥，又不是作风有问题，女人有点小缺点小毛病反而更可爱哩。看起来咱们俩都犯了一个错误，被那女人的外表迷惑了，丧失了警惕性。这一点老吴就是老吴，火眼金睛，看得准，走得稳，咱得服气。"

见刘铁不接茬，邢保财又说："这女人吧不怕别的，就怕她四处开花。这个薛紫苏是迷了俞天白，又迷你刘铁，现在愣是又冒出一个吴家耀！哎哟，你说她咋就那么大的本事？国民党说她好，共产党也说她好，这是个啥女人？八成有问题嘛。老刘啊，你我的教训都够惨痛的了，看起来咱还得在自己的队伍里找老婆，知根知底，政治可靠。像老吴吧，人家对你一直不错，也就是脾气大点，爱摆摆架子，耍耍威风，缺点女人气儿，想想这算啥呢，人家是真正过得硬的，钢板一块……"

刘铁眯缝着眼，一直瞅着邢保财那张红润好看的小嘴滔滔不绝。瞅到最后，他觉得这简直不应该是一张男人的嘴，太让人讨厌了！刘铁就一把扯掉腿上的毛巾，啪地甩到邢保财身上，说："滚！少他娘的唠唠叨叨，给我提那个女人！"刘铁这么不识好歹，邢保财也火了，说："狗咬吕洞宾，不识好人心！"

但是，俞天白来请刘铁喝酒，刘铁竟然态度特别好，爽快地接受了他的邀请。

刘铁和颂莲这天傍晚来到俞天白家时，紫苏已先到一步。俞天白举办这个家庭宴会，说到底是想劝和的，起先紫苏不肯来，俞天白让她一定得来。紫苏已被正式通知调离医生岗位，去打扫卫生。这是个不轻的处罚。看见漂亮又高雅的薛医生穿着一件肥大的工作服清扫过道，病员们议论纷纷，同情者居多，薛医生平日里待他们很周到，他们觉得她是个好医生。但那些女同事态度上就不大一样。一个女人漂亮本来就遭人妒忌，何况她还很聪明，被一个优秀的男人爱着。所以看到紫苏出了事，她们有理由高兴。有人说，给她个处分，让她打扫卫生，处理得轻了。还有人说，这个狐媚眼，水蛇腰，把几个男人都迷倒了。这意思是，包括俞天白。自己的未来难道就在这阴暗的过道里度过？当紫苏被一口飞来的浓痰粘住了眼睛的时候，她捂着脸冲进厕所，气得浑身发抖！她用手撩着水，清洗了好一阵儿，总也洗不净似的，最后，眼睛都红了，忍不住大哭起来……

她不恨任何人，更不恨刘铁，要恨只恨自己贪图幸福，隐瞒了那些羞于见人的事情。自己是卑鄙的、可耻的，甚至是凶残的！越是这么想，紫苏心里就越是愧疚，觉得自己是个坏女人，罪不可赦。俞天白做东，请她和刘铁去家里吃饭，她从心里感激他，但是她想她和刘铁已经结束了。出门前，她把刘铁送她的那只"凤凰"根雕用红绸包好，收进了床下的背篓里。

看见紫苏在桌前坐着，刘铁的脸阴下来，准备退出门去。颂莲一把拽住刘铁，说："有我老吴在，你怕什么。"她扫了紫苏一眼，有种示威的味道。

俞天白不擅家务，今天准备了这么多菜真有点难为他。他一头大汗，解下围裙，擦了擦手，给大家满了酒，说："很高兴吴主任和刘政委，还有薛医生，光临寒舍。我俞某略备薄酒，不成敬意。这是咱们新产的酒，叫'和平大曲'，都尝尝。有句话说，牙齿和舌头还有打架的时候，同志之间也免不了有个磕磕碰碰，咱们喝下这杯'和平酒'，就把不愉快的事情忘了，好不好？来，大家碰一杯……"

颂莲刚端起碗，刘铁已经一口气把酒喝尽，重重地放下了碗。

俞天白笑着说："咱们老刘有点迫不及待了，来，我给你满上。"

刘铁一把夺过酒瓶，连倒两碗，又一气喝下，把碗扣到桌上，站起要走。

俞天白慌了神，说："哎，老刘，这才刚开始呢，怎么就要走？"

颂莲一把摁倒刘铁，说："坐下！你还没给我敬酒呢，怎么就走？没规矩。"

刘铁抹了一把嘴，说："这酒我喝着不对味儿，我喝着他娘的心里不舒坦！"

刘铁这阵子最不想见的就是紫苏，俞天白竟然把她给弄来了，啥意思！紫苏倒不在乎刘铁的态度，事情到了这一步她反而镇定自若。在她二十多年的生命里，老天爷已经给过她许多艰辛和磨难，她都一一经历了，还有什么不能忍受呢。

紫苏端着碗站起，竟是一脸豪气，说："吴主任，组织上给我处分，理所应当，我不怨任何人！是我错了，我不该欺骗你们大家，更不该欺骗刘政委。刘政委，薛紫苏损辱了您的名誉，对不起啦……"说着，一仰脖子，一碗酒下肚。

刘铁夹了一块肉放进嘴里，恶狠狠地嚼着，满脸鄙夷地说："没有谁对不起谁！你，薛紫苏，吴家耀的小老婆！我，刘铁，共产党的团政委，咱们本来就不是一路人！"

俞天白说："老刘啊，你看你这话说的，唉……"

紫苏凄然一笑，说："刘政委说得对，是我薛紫苏不配他，是我自不量力。刘政委，我再说一遍，对不起，向您赔罪啦！"

紫苏抓起瓶子猛喝了两口，呛得咳起来。

颂莲一把夺过瓶子，说："薛紫苏，你这又是何苦呢？恕我直言，你和刘政委其实是一场误会，你们彼此并不了解，也并不合适！一对并不了解的人难道能有真爱吗？"

紫苏望着颂莲，眼睛红了，说："谢谢吴主任点拨……"

这天晚上他们每个人都喝了不少酒。紫苏先告退的，颂莲和刘铁从俞天白家里出来时，月牙儿已偏西。刘铁一摇一晃，吼着秦腔。颂莲不放心，跟着刘铁，刘铁说："你跟着我做啥？！"

颂莲上前扶住刘铁，说："老刘，你这是往哪儿走啊？我送你回宿舍。"

刘铁推开颂莲，说："我要去远远儿的地方，采、采石场！"

颂莲说："别胡闹，回宿舍睡觉去。"

刘铁说："不……去，我就待这儿！我要撒……尿！"

颂莲大步离去，想，你个没出息的东西，今晚你就死在这儿，让狼吃了吧！她一边走，一边扯掉上衣，心里像烧着一团火，轰轰轰！颂莲觉得自己快被烧死了。这时，背后传来扑通一声，颂莲回头去看，刘铁不见了，天老爷！颂莲连忙往回跑，只见刘铁趴在一条杂草丛生的沟里。

颂莲跳下沟，喊："老刘！刘铁！"

刘铁扯起呼噜。

颂莲捧着刘铁湿漉漉的脸，心疼地说："刘铁，你这是何苦呀……"

刘铁像个受了委屈的孩子，靠在颂莲怀里。颂莲抚摸着刘铁的脸，不知怎么竟想起童年时母亲唱过的歌：

> 摇啊摇，摇到外婆桥，
>
> 外婆说，月儿明，花儿俏，
>
> 小哥哥来把妹妹瞧……

颂莲流泪了，自己多么像一个老外婆，在夜半用一颗沧桑的心去抚摸她流浪在外的孩子。孩子，回家吧。孩子，纵然你有再多的错，外婆都会原谅你。外婆就该这样，忍受天下一切不能忍受的事情。颂莲的歌，刘铁听不到，只有月牙儿听到了，苦豆子花听到了。颂莲唱到最后，号啕起来，说："刘铁，别恨我，千万别恨我！……"

第二十五章

一

刘铁到采石场不久，因过度劳累，加上山里早晚气候寒冷，腿伤愈加严重。常福和战士们劝他下山治疗，刘铁不肯，最后常福给颂莲打了电话，颂莲带着吉普车进了一趟山。

山里的气温确实低得多，六月天帐篷里都得生炉子。颂莲到来时，刘铁正从火上取下烧红的小刀，往流脓的膝盖上烫。只听吱的一声，一股蓝烟蹿起，空气中顿时散发出一股皮肉的焦煳味儿。颂莲看见刘铁一头大汗，眼珠子血红，再一看他那惨不忍睹的膝盖，叫了起来，说："老刘，你不要命啦！"刘铁冲常福大发雷霆，说："混账！谁让你惊动吴主任的，告诉你们，我是不会回去的，这条烂腿拖不死我！"

颂莲知道刘铁的脾气，无奈只好让常福跟她下山去取药。

常福趁机去找紫苏，说了刘铁的情况。紫苏很不安，刘铁的病她最清楚，她为他专门配制过几服药，其中一种疗效不错。紫苏回到宿舍便开始配药，这一年多，无论刮风下雨，她坚持去山里采药，自己身边多少也留有一点名贵药材。紫苏对新疆的雪莲情有独钟，雪莲是治疗妇科病的良药，同时对活血化瘀止痛也很有效。紫苏珍藏了一小盒雪莲，她想给刘铁加上这味药比较好。

在常福站在医院走廊等候紫苏的时候，刘医生遵照吴主任的指示，也在给刘铁配药。刘医生发现药房的雪莲不见了，少了这味主药，叫她不好办了。她问大家伙儿雪莲怎么不见了，李山杏多了一句嘴，说她方才在宿舍看见薛紫苏也在给刘政委配药，里面就有雪莲。刘医生一听这话，不高兴了，说薛紫苏调离了，她还开什么药！说来也巧，刘医生说这话时，薛紫苏正好提着药包过来。刘医生从小窗口看见紫苏，跑出去就拉住她，说："我看看你的药。"这一看不要紧，刘医生脸色骤变，说："原来是你拿了药房的雪莲！"紫苏说："没有啊，这是我过去在乌帕尔雪山采的。"刘医生说："这雪莲跟药房的一模一样，咋成了你采的，你就别说谎了！"紫苏说："真的是我采的。"刘医生说："这还巧了不成？薛紫苏，我可提醒你，你现在不是医生了，没有处方权，你还给刘政委开啥药？"一群人围上来看热闹，一个护士说，看不出薛紫苏这么差劲，偷起公家的东西来了。刘医生对紫苏不依不饶，说："薛紫苏，你说雪莲是你采的，有谁证明？你都能欺骗组织，欺骗刘政委，你还有谁不敢骗吧。走，咱们到领导那儿说说去！"说着揪住紫苏，两个人拉扯起来。

争吵声惊动了整个大院，常福急得满头汗，跑上去劝架。俞天白在人群后面站了有一会儿了，他是带尕娃来看感冒的，没想到碰上这一幕。看见紫苏被刘医生揪着胳膊不放，他实在有些看不下去，挤进来说："刘医生，请你放开她。我可以为薛医生证明，这些雪莲是我跟她一块儿采的！"

俞天白众目睽睽之下站出来作证，作为一团之长，有些不同寻常。不要说刘医生，就连紫苏也怔住了。紫苏望着俞天白，俞天白表情威严，眼神忧愤，完全不像是在撒谎。但紫苏知道，他为自己撒了一个天大的谎！

这时李山杏慌慌张张跑来，说："刘医生，雪莲找到啦！"刘医生有些尴尬，但她并没有向紫苏致歉，而是一走了之。众人也跟着散去。紫苏转身离开的时候，俞天白分明看见她眼里含着泪！

这天正好是周末，俞天白下班后到附近老乡家里买了一只老母鸡，回来炖上。很早以前这些事情都是由勤务兵或者薇拉来做的，现在他亲自动手，竟为了一个姑娘，这令他心里既幸福又酸楚。煮好了汤，俞天白让尕娃去叫紫苏。没多一会儿，尕娃回来了，说，紫苏阿姨说她吃过饭了。不用说，紫苏是在拒绝。俞天白有些失望，但并不怨她，他想她现在心里一定很难过，也许她还会觉得他撒谎不好。俞天白给尕娃盛了汤，又盛出一瓦罐来，穿上衣服，提着瓦罐出门了。

暮色降临，笼罩四野，小屋里亮着一盏小小的灯。俞天白想进去，又站住了，站在一棵苹果树下。周围很静，空气中只有风的味道。风吹动苹果树，沙沙响，像是谁在低语，又像是一声一声的叹息。俞天白的耳畔陡然间响起清凉的箫声，听到这箫声，俞天白的眼角湿润了，他对这姑娘的爱怜由箫而生，原来已是一件很久远的事情了。

<h1 style="text-align:center">二</h1>

颂莲一直没有忘记答应毛旦的事情，帮他娶个媳妇。在俞天白和王牡丹的事情落空后，她有了一个大胆的设想，把这朵红牡丹介绍给毛旦。刘铁听了倒是没说啥，邢保财连连摇头，说不行不行，一朵鲜花插到了牛粪上。颂莲说，毛旦是我们的劳模，怎么能说是牛粪，老邢，我看你这思想有问题！

颂莲这话含义深刻。邢保财是有问题了，不是一般的问题，他犯上了相思病。从黄槐花来了以后，邢保财的心空基本上是暗无天日了。后来终于有了一丝儿亮，这亮是新来的女兵王牡丹带来的。王牡丹成了邢保财唯一的慰藉。晚上躺在被窝，脑子想着那些优美的唐诗宋词，手里握着一只红发卡，心儿怦怦乱跳，邢保财找到了初恋般的感觉，忧伤、惆怅而又甜蜜。为了接近这个姑娘，邢保财先后几次去被服厂，一会儿是采访，一会儿是了解女兵思想动态，顺带着找王牡丹谈心，准备发展她做通讯员和秧歌队队员。王牡丹对这个白面皮、红嘴唇的政治处主任很尊敬，一见他先点头后鞠躬，一副女学生的纯情做派，这让邢保财颇为动心。邢保财暗想，如果有一天他向她表示点什么，她会接受他吗？邢保财趁拍新闻照片的时候，给王牡丹拍过两张。接下来，邢保财又请牡丹姑娘帮他刻过一回钢板，顺便把洗出来放大的照片送给了王牡丹，后面还题了两句唐诗。王牡丹欣然接受，并且相当感动，连连说邢主任真好！邢保财这第一步应该说非常成功，谁知道接下来他准备实施第二步计划时，一不小心，竟掉进了黄槐花的仙人洞。

这事儿想起来窝心，那老娘儿们真是个白骨精，害人不浅！也怪自己那把锤子时间久了不用，砸起来没个准头。邢保财那次被刘铁送回"鸳鸯房"，黄槐花替他洗裤子，钥匙落下了，他不得不过去取。正好是个黄昏，东东不知上哪儿野去了，黄槐花一个人没事，烧了一锅水洗澡。邢保财敲门，黄槐花连忙藏到门后。门闩早上时让东东给弄掉了，还没来得及拾掇，所以邢保财一推门就开了。黄槐花不知道是丈夫，吓得吱哇乱叫。邢保财这时已进了屋，猛然间看见一个白花花、光溜溜的身子，不知道是退出去，还是关上门。黄槐花叫唤的声音很大，并且是连续性的，就像那些上了屠宰场的肥猪。邢保财如果这时候退出去，要碰上个人，人家还以为邢主任又和老婆闹了，说不定要进来劝架。邢保财想，索性找到钥匙再走，谁稀罕你个不要脸的！邢保财不愿意看黄槐花，却担心被别人看见，于是选择了关门。邢保财这一关门，那边的黄槐花就来了主意，说，你找不到，我给你找。邢保财眼睛看着一边，命令道，个没羞没臊，把衣服穿上！黄槐花不理会丈夫，一条胳膊抱着两个沉甸甸的大奶，咣里咣当地爬上床，健硕的臀还高高撅着。邢保财厌恶极了，再次命令，把衣服穿上，像个啥话！黄槐花慈眉善目，笑嘻嘻地说，你不看就是咧，我马上找到了。黄槐花找到了钥匙并没有马上给邢保财，而是下床时来了个一失足，哎哟一声！邢保财下意识地朝前迈了一步，说，咋啦？黄槐花捂着肚子，又哎哟一声，好像动不了了。邢保财只好又上前一步，去接她手里的钥匙，这时黄槐花瞅着丈夫过来，一下子就扑上去把他抱了个结结实实！邢保财大惊，喊，放开！你想干啥，耍流氓呀！黄槐花说，你是我男人，咱们两个没离婚，我耍哪门子的流氓！黄槐花用她阔大的胸，严严实实地捂住了邢保财的眼睛、鼻和嘴。邢保财先是被一股体香呛得喘不上气，接着被黄槐花那足有两斤重的家伙堵住了嘴……

　　可怜的邢保财到头来又被女人给弄了，真是窝囊又窝火！但是，这一次不需要他负什么责任，这女人毕竟不是别人。邢保财回去后呸呸地骂自己下贱，没骨气，可是有了一回，就想第二回。大戈壁滩物质生活和精神生活皆很匮乏，到了晚上憋得慌时，就老想在皮肉上琢磨点事情，也算是自力更生，自娱自乐吧。以后天一黑，邢保财就有些管不住自己，偷偷摸摸往"鸳鸯房"跑，一回二回，三回四回，他跟这个毫无爱情的胖女人愣是黏到了一块儿，心里那道防线也就松动了。邢保财怀疑自己是不是堕落了，你一个知识分子，解放军政工干部，整天跟别人讲远大的革命理想，讲无产阶级世界观、荣辱观，怎么到了自己这儿全不起作用了，你像个贼似的每天夜里往那个贱女人的裤裆里钻，你还有点人格和尊严吗？思考了很久，应该说在思想上邢保财是彻底否定自己的，但奇怪的是，肉体上他真是无法再离开那个黄槐花了。如此，邢保财就很矛盾，每次干那件事都像走一遭地狱，痛快又痛苦。怎么办呢？灵魂和肉体竟是这样相斥，一个人活着实在太难了。

现在老吴把自己的精神偶像介绍给了毛旦，邢保财是既恼又恨，又无奈，邢保财啊邢保财，谁叫你没离婚呢。要是你跟黄槐花不那样，说不定早离了；离了，你不就能大胆追求王牡丹了？人生处处是陷阱，走着走着就掉进去了。想来想去，要恨自己目光短浅。无论怎么惋惜心痛，现在牡丹花就要插在牛粪上了，邢保财也只有望洋兴叹了！

三

说起王牡丹和毛旦的事，颂莲真没费什么功夫。她去被服厂和王牡丹一起锁扣眼，两个人头挨头聊起来。颂莲说："王牡丹，你的女红不错，能嫁个好婆家。"又说："王牡丹，你泼辣爽快，我就喜欢你这种性格。"

王牡丹被夸得笑成了牡丹花，高兴地说："是吗？不瞒你说，从前我在我们镇上是出了名的巧手，谁家办喜事儿都找我。我给新娘子做的衣服那个漂亮，你是没见，胸前绣两朵大牡丹，衣襟这儿是一对龙凤，袖口还有连理枝，呀，穿在身上比天仙还美气哩！"

颂莲赞叹道："不简单！那以后咱们就请你给新娘子做衣裳。"

王牡丹说："吴主任，你结婚的时候，我一定给你做一身漂亮衣裳。对了，我能问你吗？你有相好了吧，就是那个……对象？"

颂莲说："我不急，我这当红娘的得先给你们搭鹊桥。"话锋一转，说："王牡丹，我给你介绍个对象吧，他叫毛旦。"

王牡丹叫起来，说："毛旦？那个高高的、壮壮的，老是牵牲口的人？"

颂莲说："怎么样，还不错吧？"

王牡丹噗地笑了，说："我才十八，那个人看上去好老好老哪。还有，他是特务营的起义兵，我娘要知道我跑到新疆找了个国民党老特务，还不得揍扁我。"

颂莲说："什么国民党老特务，人家现在是解放军。"

王牡丹说："可我们女兵都说，他们不是正牌子的，说要找就找个像刘政委、邢主任那样正儿八经的中国人民解放军。"

颂莲说："王牡丹，我们毛旦可是二十二兵团的劳模，连毛主席都接见过呢。"

听颂莲这么一说，王牡丹记起是有这么回事儿，眼睛亮了，想，毛主席都接见过他，这可不得了！自己生在湖南，这辈子就想见一回毛主席，还不知道能不能实现哩。

颂莲说："毛主席吃了毛旦送的大西瓜，夸他能干，还问他找媳妇了没有，说这么帅的小伙，一定会有个好姑娘嫁给他……"这些话是从北京回来的那些代表说给颂莲的。

王牡丹专注地听着，一脸崇敬，由崇敬转为向往，向往变成深情。

颂莲仿佛一个过来人似的，说："王牡丹啊，找对象可不能只看外表，要看他心地善良不善良，思想品质好不好，这是关键。我敢说，毛旦绝对是个好男人，他对一匹马都那么有感情，对女人就不用说了。年龄大是大点，可他细心，知道疼人……"

颂莲这么说的时候，就好像看到了毛旦正在她的小屋里劈柴火，生炉子。

颂莲最后说："王牡丹，你是组织上重点培养的女兵，我希望你能替组织分忧，带个头，好不好？"

王牡丹出身工人家庭，还读过一年初中，阶级觉悟比一般姑娘高。当最后一个扣眼锁好时，毛旦这个人已经在脑子里放了三遍电影。王牡丹是个爽朗的姑娘，她站起来，朝颂莲敬了个礼，响亮地说："我听组织的，听吴主任的！"

没想到这么漂亮的一朵牡丹花，竟然一点架子没有，一下子就被说通了。颂莲用她硬硬的手握着王牡丹柔软的小手，高兴又感动，说："好个辣妹子，爽快！"

接下来就是安排王牡丹和毛旦见面了，地点选在八一俱乐部。颂莲给毛旦送票的时候，为了加强一种上级与下级的融洽气氛，她特意让毛旦给自己理个发。

颂莲说："那个王牡丹是要模样有模样，要多能干有多能干，你找了她可是你的福气。"

毛旦憨憨地笑。

颂莲说："我跟你说话，你怎么跟木头似的？"

毛旦眼睛看着那些美丽的头发，说："波浪刘海。"

颂莲额头两侧的头发的确是鬈曲的，这一点遗传了她的父亲。也许正因如此，颂莲从来不留刘海儿，并且发型总是剪得很短。毛旦给自己留刘海儿，颂莲不高兴，一把推开毛旦，望着镜子说："什么波浪刘海？我让你把这撮子剪了，你给我整得什么波浪刘海，乱七八糟！"

毛旦说:"剪短不好看,又不是爷、爷们儿嘛……"

颂莲说:"听你的,听我的?你这人怎么这么犟,我喜欢剪短,你不知道?没脑子!"

颂莲夺过剪刀,把一撮子刘海咔嚓剪了,扔到地上;从口袋摸出电影票,放到桌上,走了。

第二天,王牡丹哭丧着脸来找颂莲,说要反映情况。原来毛旦从电影开始到结束,一直歪在那儿打呼噜。颂莲听了很生气,但也只好安慰王牡丹说,毛旦每天一个人干三个人的活儿,业余时间还要帮人理发,太辛苦了。这就是劳模的与众不同,我们的劳模太可贵了,下次你要写报道,可别忘了写上这个生动的细节。经颂莲这一说,王牡丹没话说了,反而觉得自己俗气,不懂得欣赏劳模的风采。王牡丹红着脸说,吴主任,你放心吧,我一定好好关心毛旦,照顾毛旦。这以后王牡丹就时常跑去帮毛旦洗衣裳,补裤裆,还给他绣了个漂亮荷包,战士们羡慕得不行,都说傻人有傻福哩。毛旦总是笑,不说啥。这样处了有一个月,颂莲觉得时机差不多了,便想着给他们办喜事了。王牡丹心里有点不踏实,颂莲批评她说,找了毛旦这么踏实的人,你还不踏实,你说你怎么了?王牡丹也就点了头。

颂莲替毛旦和王牡丹把日子都择好了,就在国庆节。新房在特务营,是新盖的套房,劳模待遇。颂莲三下五除二安排好这边的一切,接着就准备进山通知毛旦回来结婚。按说让毛旦下山结婚,根本用不着她这个主任亲自出马,打个电话就行了,颂莲说到底是放不下刘铁。这个时候人是需要抚慰的,刘铁待在一座深山里那么孤独,颂莲觉得只有自己能够救他。为了这次不寻常的见面,在去采石场的前一晚,颂莲拿出女人所有的柔情和耐力,为刘铁缝了一对护膝,厚厚的呢绒布料是王牡丹给她提供的。颂莲不会像紫苏那样织,缝是不成问题的。颂莲缝得很细,缝了很久,已经是下半夜了,她才揣着一腔甜蜜入睡。

四

颂莲来到采石场时,刘铁刚刚从山上挖到一块大青石,足有半个球场大。看到这块大石头,刘铁阴郁的心晴朗了,高兴地围着转来转去,思量着拿它整个啥好。毛旦说,整个大平台,理发用。常福说做个大灶台,做饭用。刘铁说,这么好的石头，要整个有意思的东西，你们看画报上苏联的城市都竖了石头人、石头马，还会喷水，多气派。颂莲说，那叫雕塑。刘铁说，对，雕塑，我就整个雕塑，把你们都刻上去，立到广场上！颂莲说，老刘，这搞雕塑可不比你烧菜、盖房子，那是一门深奥的艺术，人家大学生学几年还不见得能干这活儿哩。刘铁说，不就是在石头上绣个花嘛，有多难？

颂莲不好打击刘铁刚刚提起来的兴致。

颂莲在刘铁的屋子里坐了一会儿，她原本打算跟他谈谈心，如果可能，替他熬一回药，煮一碗面条，烧一壶水，这些都不成问题，她大老远来这里就是想尽一点心。可是，到了这儿才发现，什么都不需要她。药，常福煎好了；水，毛旦烧了。毛旦还每隔三五分钟就进来给自己添一回茶。有一会儿瞅着毛旦不在，颂莲打开挎包，准备拿出那对护膝给刘铁，谁知毛旦提着壶突然又进来了，说壶盖子落下了。弄得颂莲很紧张，又把护膝塞进挎包。看见毛旦不断地进来给颂莲倒水，刘铁说："毛旦，别光叫吴主任喝水，去弄点好吃的来。"又说："老吴你是忙人，大老远往这儿跑，是不是有啥重要指示。有指示就说，说完让常福送你回吧，天不早了。"

这不是撵人嘛，刘铁这句话，把颂莲从昨天到今天积蓄起来的温情全赶跑了。颂莲顿了一下，才说："老刘，我是为毛旦的事情来的。咱们还是生产生活两不误，把他和王牡丹的事办了，时间就定在这个礼拜天，你看行吗？"

刘铁说："行啊，有啥不行。"

说着抬起屁股朝门外大喊毛旦。毛旦听到叫声，折回来。

刘铁说："毛旦啊，吴主任要让你入洞房哩，想不想呀？"

毛旦眨巴着眼。

刘铁说："你和王牡丹，组织上已经决定让你们俩结为夫妻，吴主任替你把屋子都拾掇好了。小子，你有福啊，明年可以添个小毛旦喽！"

毛旦嘿嘿一笑，飞快地看了一眼颂莲，脸红了。

刘铁说："明天下午就别出工了，收拾收拾，把你那身到北京见毛主席穿的呢子军装换上，后天一早我派马车送你回团里。吴主任，你还有什么指示？"

颂莲看着毛旦一头杂草似的头发说："自个儿也理个发，当新郎官，就要有个新面貌。"

刘铁指指屋角说："那坛子酒毛旦你拿去，我这里忙，不能参加婚礼，算我送你的礼了。"

毛旦道了谢谢,抱起酒坛子走了。

看着毛旦出门,刘铁对颂莲说:"这小子还真有福。"

颂莲郁郁地说:"是,比你有福。"

刘铁的眼神暗下来,颂莲的心情也一下子淡到了极点,看来心是谈不成了,自己今天是白跑了。

礼拜天眨眼的工夫就到了。这天女兵们早早起来张罗,房前拉着彩纸,吊着一对大灯笼,秧歌队也敲起了锣鼓。穿着大红绸褂子的王牡丹坐在床前,一副羞答答的模样。两个女兵一个帮她梳头,一个给她抹粉。王牡丹不知怎么搞的,鼻子上老是冒汗。那个年长些的女兵就说,牡丹,别急,新郎官一会儿就来了。王牡丹说,谁急了?我才不急哩。其实王牡丹心里像敲小鼓,一直不安生。她知道吴主任和班长小周正在外面等毛旦,有好一会儿了。说好了,十点半新郎来接亲,到现在没声息。看见王牡丹满面通红,女兵们逗起乐子,说吴主任就是偏向王牡丹,把劳模介绍给她,不介绍给我们。王牡丹心里着急,表面上装得没事,说你们吃醋啦?好,这个新娘今天你们谁来做,我让行吧?一个小女兵说,我可怕毛劳模,这么大的脚,走起路来咚咚咚,地都抖哩;两只手像蒲扇,要是跟他吵个架,他那大蒲扇扇过来,吓都能把人吓死!王牡丹说,你可冤枉我们毛旦了,他可心善哩。年长的女兵笑着说,听听,我们毛旦?叫得多亲!毛旦,牡丹,别说他们俩连名字都般配,好一对双黄蛋啊!女兵们的笑声掀翻了屋顶。

这时候,颂莲和周班长站在路口,望得脖子都酸了。日头已有一竿子高,远处却无毛旦的踪影。颂莲恼了,对周班长说:"小周,你让大伙再等等,今天哪儿也不许去,我上趟山。"

周班长说:"是。"

到采石场并不那么简单,一跑就是俩钟头。晌午时分当军用吉普车呜呜地开到刘铁帐篷前时,颂莲怒气冲冲地走下,推开门,劈头就是一句:"毛旦为什么没来?"

刘铁说:"一早就去巴格其了,你不是安排他办婚事儿嘛。"

颂莲说:"根本没见他的影儿,新娘子一直等他接亲呢。"

刘铁眨眨眼睛，说："不会吧？他一大早就穿上了崭新的呢子军装，火烧火燎的。"

颂莲看了刘铁一眼，她想真是奇了怪了，莫非毛旦会出什么问题？颂莲的判断没错，毛旦这里确实出问题了。今天一大早，刘铁惦着那块大青石，拿着卷尺去量，看见一个穿着呢子军装的背影在搬石头。刘铁问，毛旦，你咋还在干活呢，不是让你下山接亲嘛。毛旦结结巴巴地说，想了一宿，不想结了。刘铁吃惊坏了，说，咋又不想结婚啦？毛旦闷头不语，过了一会儿才说，不喜欢。这话就更叫刘铁想不通，刘铁说，那王牡丹可是咱这批女兵里最漂亮的，你还不喜欢？那你喜欢谁？毛旦又过了半天才说，我现在吧，还不能跟你说。刘铁一下乐了，说，毛旦啊毛旦，看不出你还有点思想哩。你想自由恋爱一回，是不是？你想找个你喜欢的女人，是不是？毛旦说，是哩，刘政委懂我。我要等到那一天，再结婚。刘铁说，噢，你的理想还很远大哩，好小子，我老刘就喜欢这种有性格的兵！说吧，我咋帮你？咱们要不来个金蝉脱壳？

颂莲回到九团已是下午，这婚礼今天是黄了！颂莲一身灰尘，满脸是汗，拖着沉重的步子回宿舍，猛然瞧见屋里亮着光，奇怪了！怎么回事？颂莲推开门，只见通红的炉火旁有一个男人宽大的背影。

"毛旦？！"

"隔壁大嫂给开、开的门，我就进来了。吴主任，我想跟你说来着，结婚就算、算啦……"

"算了？什么意思？"

"不结了。"

不结了？颂莲万万没想到毛旦会冒出这句话，他想结就结，不想结就不结了？当儿戏呢！

"毛、毛旦，"颂莲指着那张黑红的脸，气得竟也结巴起来，"你怎么能、能这样，出尔反尔，耍国民党那一套！你、你还是不是个男人？是不是解放军？王牡丹那可是个姑娘，姑娘！你明白吗？你竟敢这么折腾人家，不像话！告诉你狗、狗日的，今天的事儿不算完，这婚你结也得结，不结也得结！"

颂莲这一骂，把毛旦骂毛了，毛旦愣劲儿上来，说话反倒相当流利和干脆：

"我不结！"

"你再说一遍！"

"我就是不结！"

"娶王牡丹委屈你这个劳模了，是不是？你说你毛旦还想娶个啥样的？"

"娶我喜欢的！"

"哼，你喜欢的，哪个是你喜欢的？！"

毛旦不说话了，脑门上渗出细汗。

铁丝上晾的衣服吧嗒吧嗒在滴水，有一串落到颂莲头上。颂莲一抬脸就发现是自己的挎包，还有给刘铁缝的那对护膝，皱皱巴巴。颂莲这才反应过来，天哪，他竟然请示也不请示就替自己把衣服给洗了，并且连那对护膝也不放过！颂莲的胸口顿时鼓胀起来，像是充了一股气。她指着铁丝，咬着牙说：

"这、这……你干的？"

"我干的。我喜、喜欢……你！"

喜欢我？岂有此理！颂莲胳膊一挥，一记响亮的耳光扇到了毛旦左颊上。

"我、我……就喜欢你！"

颂莲怔了一下，又是一耳光，扇到毛旦的右脸上。

铁丝上的衣服被震得哗哗响，那皱巴巴的护膝抖了两抖，嘭地落到炉膛里。毛旦扑向炉膛，颂莲眼睁睁地看着一只粗大的手伸进去，而后听到吱的一声。

第二十六章

一

不知是刘铁心情的缘故，还是刘医生配的药不起作用，刘铁这一次腿伤始终不见好转，并且有加重趋势。常福急得团团转，一筹莫展。上回拿回一包药，刘铁嫌苦不喝，常福一急之下说，这是薛医生好不容易配的，没想到刘铁自那以后就忌讳服汤药了，有一回还把药泼到地上。人家为了你差点儿被冤枉成贼，你竟然这么干，常福有意见。为了紫苏，常福近来和刘铁吵过几次，关系很僵，这样毛旦就经常过来照顾刘铁了。

刘铁的腿伤愈加严重，疼得晚上睡不着觉了。到了这步田地，颂莲命令刘铁立即住院治疗。刘铁起先还不肯，颂莲在电话里狠狠训了他，说为了那么一个女人不死不活，没出息透顶！同时，连毛旦的账也一并算，说，宁拆千座桥，不拆一家姻，你刘铁这不是拆我老吴的台，而是在拆起义官兵的鹊桥！刘铁被骂得狗血喷头，只好依颂莲，住院。

刘铁被送进医院后，王院长带着一帮骨干来会诊，认为患者高热不退，是因为伤口感染；里面有弹片，得动大手术。但膝盖骨的粘连部位有两块较大的弹片，做不好恐怕连腿都保不住。所以王院长向颂莲提出，还是联系乌鲁木齐军区总院，让刘铁转院，说咱们这是个师医院，各方面条件都有限。颂莲当然也希望刘铁转院，好好治治腿，但是刘铁说自己还得盖大楼呢，保守治疗，能消炎止痛就行。

在王院长他们查房时，紫苏端着脸盆一直站在走廊里。听到刘铁发出的呻吟，她的心很痛。王院长和颂莲一出门，紫苏鼓足勇气迎上去，说："王院长，吴主任，我这里有个方子可以给刘政委试试……"

不等紫苏把话说完，颂莲已经拉下了脸，说："薛紫苏，你这人怎么就不懂规矩呢，你现在不是医生了，你怎么给人治病？医院得为患者负责，对不对？再说刘政委也不会同意你给他治病！"

紫苏端着脸盆离去。

紫苏现在每天的工作就是打扫卫生，清洗那些沾满脓血屎尿的床单被褥。从早到晚不停地忙。这倒也好，让紫苏几乎没有时间回味痛苦，过度的劳累能够麻木一个健康的大脑。只是蹲在河边，被凛冽的寒风吹得双颊冰冷时，紫苏才觉得这个世界是那么萧条，又一个秋天来临了。花落了，草枯了，大雁该飞回南方去了。紫苏忽然就想起自己遥远的故乡。故乡啊，你为什么要让我漂泊他乡？你知道我眼下的处境吗？乌鸦聒噪着落在胡杨树上，远处的水车缓缓转动，夏米力河还像以往那样静静地流着，不同的是，幸福和欢乐随着那个夏天逝去了。

紫苏在河边洗净最后一条被单，端起沉甸甸一满盆回去。

紫苏把被单晾晒到医院后面的一片空地上，这儿很静，三两棵老槐树守着一个角落，一群鸽子叽叽咕咕在觅食。干了大半天活儿累了，紫苏在一捆干草上坐下，从挎包里取出箫。从前跟外祖父上山采药，这管箫总是不离身的。两个人一采起药就各奔东西，带着这管箫作用很大。采满了竹篓，她一吹，外祖父就知道她大功告成，并且知道她在哪里，是否安全。除此之外，吹箫还能缓解疲劳，叫人神清气爽。

紫苏吹起了家乡小曲。一吹，清风岭就又在眼前了，漫山遍野的翠竹，满坡满岭的红杜鹃，风里飘着炊烟和山歌，她又闻到了外祖父那浓浓的药香……一个人对一个地方的思念，是一种气息，一种味道，竹林和药香就是故乡。

紫苏没想到，这一刻有人听到了她的箫声，这个人是刘铁。这些天刘铁是竭尽全力在做着一件事，忘掉紫苏！所以，无论是常福还是颂莲，谁跟他提到这个名字，他都会急。但是随着时光的流逝，空寂的深山和黄昏月夜在渐渐消磨他的仇恨，冷却他的愤怒。寂寞总能使人产生怀念，怀念那些美好的事物。刘铁现在就是这样，理智上他可以拒绝紫苏配的药，但每每在梦中，他却是盼着她来看他。有一回他梦见她站在他床前，一身白，静静地看着他。醒来他想这么纯净的眼睛，她如何能骗自己呢？她和吴家耀订婚，但那是她母亲做的主，怨不得她呀。再说，是自己一而再、再而三追求人家，人家其实一直是持回避态度的，这能说她是有意勾引自己，欺骗自己吗？……

来到这里住院，刘铁情感上就愈加煎熬，那飘忽的背影，若有若无的药香，老是出现在他短暂的梦中，是她啊。这个黄昏刘铁疼痛难忍时，突然捕捉到一个遥远又亲近的声音，他一下坐了起来，哪里来的箫声？好熟悉，自己分明听过这支曲子的！刘铁挣扎着爬起，掀起窗帘朝外看，天哪，是她啊，她当真就是那位在清风岭上救过自己的吹箫姑娘！千真万确，她就是自己的救命恩人！

从见紫苏第一面，刘铁就有一种似曾相识的感觉，但紫苏总是说你认错人了，这倒让刘铁糊涂起来。现在，刘铁被这个突如其来的事件震惊了，被他新的发现震惊了，薛紫苏就是那位姑娘，她的老家不就在湖北清风岭吗？没错！她之所以不肯认自己，看来不是忘了，而是心有余悸，心存不安，因为她是吴家耀的未婚妻，一定是这样的！人生有很多事情，你用大半生去试图解释，都无法弄清楚，却往往在一个关键处找到了答案。此刻刘铁豁然开朗，百感交集，他扒着窗台痴痴地望着那个紫色的背影，一时竟忘记了病痛，对常福说：

"快！扶我出去！"

二

烧得糊里糊涂的刘铁循着箫声，磕磕绊绊，一路疾跑。穿过闪电，冲出雨幕，他看见那团温暖的紫色了，看见那飘飘的黑发了，是她啊！刘铁浑身泥水，满脸泪水，一直跑到树下。

然而树下却是空空的，刚才的一切仿佛梦境。

今天是紫苏的生日，紫苏不记得了，俞天白却记得，这还是紫苏有一次不经意说出的。俞天白做了一锅鸡蛋面，本来想让尕娃送去，又担心这孩子贪玩，半路上去玩了；或者是粗心，把面条给弄倒了。思虑再三，觉得还是自己送上门好。俞天白现在对紫苏已没有什么想法，他就是觉得这个时候她需要人关心。

俞天白找到宿舍见门锁着，于是来到医院。听到一阵箫声，他加快步伐，连走带跑，果然看见紫苏坐在那里吹箫。俞天白站在一棵树后面，看着满面忧伤的紫苏，不想马上打断她。吹到后来，紫苏有些气上不来，便将那箫狠狠掷在地上，这还不解气，又抄起镰刀去砍！俞天白慌忙撂下饭锅，抓住紫苏的手，说，你不能！紫苏挣扎了两下，脚下哗啦一声，一锅面条倒了出来。俞天白说，今天是你的生日。紫苏听了这话，再看看那热腾腾的面条，一下子哭了。

自己在这世上活了二十二年，有谁知道她吃过多少苦？还是很小的时候，外祖父给她煮过两个鸡蛋，说，孩子，今天是你的生日。而母亲这个从她记事起就躺在病榻上的女人，几乎没有能力关心她。紫苏从小就在为她煎药送水，侍候她。回想起来，自己真是命苦啊……

紫苏跟着俞天白走了，她想他说得没错，他们才是同路人。这天晚上紫苏没有回去，她把自己彻彻底底地交给了俞天白。吴家耀和刘铁，一个是自己恨的，一个是自己爱的。她把她恨的人杀了，却又被她爱的人杀死。她没有选择了，没有选择的选择，便是俞天白了。

三

这一夜，刘铁躺在病床上也是百般煎熬。他想去找紫苏，但是还在发烧，常福不敢让他再出去了。他便在心里一遍遍骂自己，你个混账的铁娃子，你狭隘自私，恩将仇报，你不是男人！常福说得对，你再上哪儿找那么好的女人？你这条命是紫苏挽救的，你这辈子都得拿她当恩人哪！

刘铁琢磨了一宿，他觉得这个错一定得认，当然光认错还不足以表达他的心情，他还有一个想法，立刻跟紫苏结婚——如此一来，既实现了自己的美好心愿，也是为紫苏"平反"。这是个非常严肃的决定，含着微笑和泪水的决定，如果不经历这段周折，相爱的人儿怕是永远也体会不到这样的庄严和神圣的。从这一点上说，刘铁真要感激生活，感激清风岭，甚至是吴家耀。

刘铁第二天起了个大早，一瘸一拐地跑到商店采购了一堆好东西，香烟糖果什么的，还有七条头巾，赤橙黄绿青蓝紫，各色一条。售货员觉得惊讶，说没见过谁一次买这么多头巾。刘铁说："这是给我媳妇买的，我媳妇叫薛紫苏，在师医院没人能赶得上她漂亮，漂亮女人就该有七条头巾！"

刘铁在回来的路上，碰上了邢保财。看到刘铁喜气洋洋，马背上的褡裢鼓鼓囊囊，装着水果糖和香烟，邢保财说："这不年不节的，你买这么多好东西干吗？"刘铁说："报告邢主任，今儿个我铁娃子上门请罪。我已经向组织再次提出申请，和薛紫苏结婚。"邢保财愣住了，说："铁娃子，你可变得真快！"刘铁说："你呀，赶紧学习我，别偷偷摸摸了，搬回家睡。一日夫妻百日恩，你就得饶人处且饶人吧。"恰好黄槐花让东东来给邢保财送一双新鞋，刘铁当场就夺下来，说还是让给本新郎官穿吧！

刘铁的求婚仪式很隆重，先是高文书的鼓乐队开道，一路吹吹打打，热热闹闹；接下来是侯宝玉他们的秧歌队，舞着红绸，且扭且唱，拥进师医院大门。最后，毛旦、大眼八个膀大腰圆的汉子，两两一组，抬着贴喜字的大肚子酒坛，忽悠忽悠跟上来。这一路不知吸引了多少眼球，都说刘铁要结婚啦！也难怪人家这么说，刘铁完全是新郎官的打扮，身穿呢制军装，骑着高头大马，披红戴花，神采奕奕。

听到锣鼓震天价响，王院长慌慌张张跑出去，闹不清发生了什么。王院长推了推那副深度近视的黑眼镜，望着刘铁说："这、这……披红戴花的，刘政委，你咋跟新郎官似的。"

刘铁笑着说："说对啦，王院长，咱今天是结婚彩排，本人先预演一下新郎官。"

王院长挺吃惊，谨慎地问："新娘子还是……还是咱们医院的？"

看热闹的人群里站着刘医生，刘医生说："刘政委，你又把咱们医院哪位姑娘俘虏啦？"

刘铁说："哎哟，刘医生，我铁娃子这辈子老是俘虏别人，这回可是被你们的人俘虏啦。王院长，麻烦你把薛紫苏——薛医生给我请出来好吧。"

一听"薛紫苏"三个字，人群中炸开了。王院长也愣了一家伙，眼镜片闪闪发光，充满疑惑，不过他觉得这是个好事，"噢"了一声，笑着说："好！好！我这就给你去请，刘政委，等着！"

紫苏却是不请自到，站在人群后面，一脸漠然。看见她，嘈杂的人群立刻安静下来，所有的目光都投向这个不同寻常的女子。此时的紫苏面庞消瘦，甚至有些憔悴。看到这张年轻又沧桑的脸，刘铁心疼极了，他真想冲过去拥抱她！但是刘铁觉得在这样一个场合，他首先应该说点正式的话，有意义的话，他是政委，政委就得像个政委。刘铁下马施礼，先敬了个礼，而后严肃地说：

"刘铁叩见薛紫苏同志！"

紫苏嘴角牵了牵，她明白刘铁的来意了。从屋里出来时，她脚步有些慌乱，心怦怦地跳，眼里含着泪水，她真是感动又感激的。从最初到现在，她从来没有怨恨过刘铁一丝一毫，只要他说他还爱她，她会毫无条件地回归他！但是，眼下可能吗——有了昨夜之后？紫苏的心在哀号，在叹息。

"刘政委，有什么话请讲。"

"那好，今天当着大伙儿的面，我讲啦！薛紫苏同志，我刘铁正式向你认错！是我有眼无珠，恩将仇报，请你大人不记小人过，给我一个悔过的机会。我已经向组织打了结婚申请报告，要是你没啥意见，我想今天就请大家伙儿吃喜糖抽喜烟喝喜酒。瞧，全带来啦——"

锣鼓又响了起来，常福从褡裢里抓出大把的水果糖和香烟，向空中抛撒。孬娃、东东一群小孩子和战士们欢叫着，抢糖抢烟。

紫苏苦笑一下，说："刘政委，您的戏演得太离谱了。"

刘铁认真地说："我不是演戏，紫苏，我这是负荆请罪！请大家伙儿为我作证，刘铁一片诚心，向你求婚。"

求婚？紫苏摇了摇头，说："刘政委，我们之间已经没有关系了，请您离开这里吧。"

在刘铁看来，紫苏是个宽容大度的姑娘，所以他并不担心紫苏会有什么变化。即使有，他也能感化她，说服她。但是现在看见紫苏拒人千里之外的冷漠，刘铁有些不解，更是焦灼难耐，扑通一声跪倒在地，大喊："不！有关系，紫苏，你是我的恩人！"

刘铁这一跪，让人们惊呆了，紫苏也愣住了。

刘铁觉得鼻子发酸，有热热的东西往外涌，他望着紫苏说："你知道这辈子最让我刻骨铭心的地方是哪儿吗？湖北清风岭！我永远也忘不了清风岭一战，我牺牲的战友，忘不了我死里逃生，被一个姑娘搭救！那个姑娘就是你！你穿着紫色的裙子，背着竹篓，在月下吹箫。是你把一个伤痕累累、即将死亡的人唤了回来，对不对？可是，你为什么一直不承认呢？因为你怕，你怕吴家耀会带给我一生的仇恨！是，我是恨过怨过，甚至连带你一起。直到后来我才发现，这种仇恨毫无意义，尤其是拿它伤害一个无辜女子的时候，更是可悲可恶！只怪我心胸狭隘，一时糊涂！紫苏，是我对不住你！……"

刘铁一番话说得这么真诚，这么感人，人们鼓掌喝彩。善良的人们希望这对消除误会的有情人能重归于好，他们看着紫苏，希望她点点头，或者笑一下，这样，他们就放心了。但是，紫苏沉吟片刻，毅然离去！天底下怎么有这么心硬的女人，他们那么尊敬爱戴的刘政委都跪下了，她怎么就能走？常福和那些士兵都瞪起了眼睛，喊："薛医生！你不能走！"恨不能上去拉住她，让他们这就成亲。他们自然是看不见紫苏的心在流泪，在滴血。为什么会是这样，老天爷呀，难道你有意要耍弄我吗？

比起刘铁，紫苏更加绝望。

邢保财带着颂莲赶来时，人还未散去。刘铁正仰着脖子冲药房窗户喊："紫苏，我要跟你结婚！嫁给我，好吗？"

一见这光景，颂莲气不打一处来，拖起刘铁就走，说："刘铁，你腿有病，莫非脑子也出了毛病！大白天跑到这里下跪，丢人现眼！你还像个领导，像个男人吗？"

刘铁像不认识颂莲似的，挣脱开，冲窗口继续嚷："紫苏，你为什么不说一句话，我知道我把你的心伤透了，你不能原谅我……没关系，你可以拒绝跟我结婚，但是你拒绝不了我向你致歉，更拒绝不了我的爱，刘铁这辈子到死都不会忘记你！……"

刘铁这番心酸的表白，全医院的人都听到了。邢保财现在才知道刘铁和紫苏在清风岭的那段故事，他向颂莲求情："都这样了，老吴，你就把那报告批了吧，成全他们。"

刘铁在湖北清风岭被一个采药姑娘救了，颂莲是早就知道的，却没想到这个薛紫苏会是那姑娘，难怪刘铁一见她就黏糊上了。可这有什么稀罕的，我老吴难道没救过你吗，你怎么就那么无情？！在颂莲看来，好马不吃回头草，你刘铁还不如个马呢，怎么偏要在薛紫苏这棵弯弯树上吊死！心里有气，但她不能说，她用一种老战友的口气说："老邢，我跟你说，结婚申请报告我是不会给他批的。为什么？还是那句话，为老刘负责，为他们双方负责！"怕邢保财听不明白，又强调了一句，"你想想吧，他们俩闹成这样，刘铁说结婚薛紫苏就跟他结婚了？人家难道就没有想法，或者说没有变化？"

邢保财点点头。的确，薛紫苏的态度是变了。

"所以我说，他们应该有个缓冲，留点时间和余地，双方都再考虑考虑，这样更好。他老刘和薛紫苏要真是像古戏里唱的那样，是一种超越阶级和时空的爱情，放心，我老吴不是不讲道理，到时候我亲自给他们证婚，让老刘风风光光做新郎！"

颂莲这番话说得很中肯，也很在理。邢保财不得不佩服这位吴主任看问题的深刻。

比颂莲和邢保财早一步赶到这里的是俞天白。俞天白目睹了这出戏的三分之二。只是在这个过程中，他仿佛一个梦游者，飘忽不定，思绪凌乱。直到颂莲和邢保财来了，他才彻底醒来，确认这不是梦，而是一个真实的存在，并且感到这个存在的严重性！刘铁终于知道紫苏是他的救命恩人了，刘铁终于幡然悔悟了——原来这世上任何一个秘密，都会随着时间的推移而被解密。而这个解密，带给他们双方的又是怎样一种冲击！紫苏沮丧的神情就是明证——她该多么悔恨她与他的昨夜，一次短暂的欢雨，一场错位的人生！其实，此时的俞天白比紫苏还要沮丧，他该怎么办？怎么办？！

无论怎么办，作为刘铁的搭档，他都不能够这个时候袖手旁观，他得像一个正常人那样来劝刘铁，施以抚慰。痛苦中的刘铁这时像抓到了一根救命稻草，哀求道："老俞，帮我去劝劝她，她听你的。"

踏上熟悉的小路，他又看到了那印在窗户上的美丽身影，俞天白没有勇气再走下去。他来找她能说什么，劝她嫁给刘铁？如果在昨天晚上之前，毫无疑问他是一定会这么做的，哪怕他再爱她，他都认为刘铁比自己更适合她，更有资格得到她。可是现在你把人家姑娘都那样了，难道你还能把她推给刘铁？换句话说，紫苏愿意吗？俞天白真是一筹莫展，比刘铁还要难办。

四

冬天来了。这个冬天显得出奇的静，所有的故事到这里好像都停止了，或者说是终止。只是雪没完没了，一场接一场地下。大雪覆盖了人们熟悉的许多东西，小草、水渠、道路，还有田野。每天扫着这些雪，紫苏的眼前白茫茫的，脚下的路飘忽不定。

紫苏不知道未来是个什么样子。在刘铁闹婚的第二天早上，俞天白来找过她，非常急切，非常秘密地。俞天白说："紫苏，咱们结婚吧。"这是俞天白想了一宿做出的一个决定。那晚上俞天白从紫苏的泪水里其实已经体会到一种遗憾和伤痛，他想他这算不算乘人之危、趁火打劫呢，事后细想，俞天白尽管有一丝懊丧，却并不后悔，理由就是，他是真爱这个姑娘的，他能够给予这个姑娘所有的包容和耐心。他一定会赢得她，他有信心。但是这天早上紫苏看着俞天白，沉默了很久，走了。

紫苏想，尽管俞天白是个好男人，他能够包容她的一切。但是，她没有结婚的心情——结婚是要有精神准备的，准备去做一个人的妻子，给他生儿育女；准备跟一个男人白头到老，相伴终身。紫苏现在很惧怕这些事情，甚至有种下意识的抵触。当然，她更不可能回头去同刘铁和好，自己已经没有资格去做刘铁的心上人了，这就是紫苏的隐痛和绝望。

不知内里的善良的人们一直在关注着这件事情的发展，他们希望刘政委和薛医生能有个结局。但是观望了半天，竟然再无动静。紫苏的沉默，不仅让俞天白如坠迷雾，也让刘铁束手无策。不过俞天白倒是很快就明白了，自己犯了一个不可饶恕的错误。而刘铁却未必清楚，他这辈子错过了一个季节，就错过了一切。他还在想紫苏眼下不原谅他，早晚会原谅他，这需要一个缓冲。所以，刘铁这个冬季难过归难过，还不是过不来。俞天白就不同了，老是觉得心尖上扎着一根针，一喘气就会疼。俞天白陷在一种深深的自责中。因为打那以后紫苏不再来家里了，即使给朵娃做什么东西，也是喊朵娃过去拿。朵娃问过俞天白，说紫苏阿姨是不是生你的气了？俞天白无言以对。

整个冬天都在下雪，俞天白忍受着一种白色的煎熬。但是这时候有一件事给了他莫大慰藉——组织上让他参加党员积极分子培训班了。凡是能够参加这个班的，都是培养对象。早在一年前，他被评为劳模后，刘铁送给他一个小红本，说这是党章，你拿回去好好看看。他明白刘铁的意思，之后写了一份入党申请书，交了上去。不久刘铁和邢保财找他谈话了，鼓励他积极向党组织靠拢。但是当年有四个起义兵入了党，没有他，为此他不痛快，还找过肖伯年。肖伯年很低调，他说他一直没写申请，觉得自己条件不够。俞天白看出来了，肖伯年多少有顾忌。一个曾经的国民党员，现在摇身一变，想要加入共产党，这其实应该是一次人生的大转折。如果你没有信仰，不讲主义，又何必加入呢，不过是一个政治投机者而已。加入共产党，首先要从思想上加入。这一点让俞天白很钦佩肖伯年，相比之下，自己就显得急功近利了。也许前半生活得太窝囊，太平庸，又置身动乱，现在到了和平年代，俞天白是一心想寻求进步，施展才华，自己毕竟还是个留学生，学了那么多知识没处用呢。所以说，俞天白渴望能够做一名共产党员，渴望在巴格其干一番宏伟事业！

最近，俞天白把自己从前在苏联留学时用过的书籍全部整理了一遍，每天晚上吃过饭都要读书。它们就像他过去的一些熟朋友，带着亲切的笑容，和他在深夜交流融汇，时常给他带来莫名的惊喜和收获。俞天白从前学的是园艺学，如今在书上看到这么多可爱的苹果、桃子，他真就向往有一天自己能够亲手种出这些美丽的水果，就算是为了纪念女儿莱丽吧！

第二十七章

一

又一个春天来临了。

冰冻的河面开始融化，小草绿了，桃花红了，柳丝儿在春风中摆动，大雁和天鹅飞回来了。戈壁的春天来得晚些，但是一经到来，就蓬蓬勃勃，红红火火，远远近近都飘飞着春的气息，白天黑夜原野里响着拖拉机的犁地声。阳光下，大地像黑色的海洋，腾起一层层温暖的泥浪……

这个春天雨水较往年多，加上气温骤然回升，雪水消融，夏米力河水位一下高出好多。风大，河水湍急，古老的水车有些力不从心，吱吱扭扭。这吱吱扭扭的声音引起人们的注意，两个看水的士兵发现夏米力河大堤西段裂了一道口子！

春天一到，堤上不是翻浆就是裂缝，这是正常事，但是眼下水势猛涨，就让人担忧了。万一河堤垮了，淹了庄稼，就坏事了。他们连夜把电话打到俞天白家里，也巧，俞天白和刘铁正在喝酒。下午刘铁割了一些头茬的嫩韭菜，提到俞天白家里，两个老光棍，加上尕娃，三个人美美地吃了一顿韭菜鸡蛋馅饺子。刘铁吃着，还连连感慨，说："老俞，我现在真羡慕你，累是累点，有个孩子也不错。唉，啥时候我成家了，非生他十个八个儿子不可！"又说："老俞啊，你说我和紫苏有指望吗？……"这时候突然接到一个电话，两个人撂下碗就往外跑。

九团的班子成员全部赶到大堤上集合。现场实地一看，西面的河堤上真就有一道好深的裂缝！刘铁蹲下，抓了一把土，泥土潮湿，有渗漏了。加固河堤，刻不容缓！不过眼下正忙于春播，要马上抽一批劳力和车辆来修大堤，真有些紧张。分管机务的黄参谋长发起牢骚，说："这一段是老问题了，一九四六年的时候，吴家耀的一二六旅和三区民族军一个河西，一个河东，打了几个月。为了彻底阻断民族革命军过河，吴家耀干脆把大堤给炸了。以后又重修，这儿漏那儿漏的，年年出事，不知淹了多少民房，死了多少人。"

这事儿刘铁早就听说过，今天黄参谋长旧话重提，他没太在意。只是花之锦看了一眼俞天白，二人低下了头。刘铁说："咱们这一次一定要搞利索，不能再留后患。"

这时黄参谋长又说了："我从前在工程处的时候，陶将军就提出过加固河堤的事儿。一九四九年新疆省政府还拨过一笔工程款，由一二六旅承担，结果河堤还是没加固。"

黄参谋长对这件事显然耿耿于怀，但是刘铁还是没在意，说了一句："是吴家耀负责的这个工程？"

黄参谋长不说话了。黄参谋长这一沉默，倒叫俞天白忐忑不安，说："是我负责的。"

刘铁说："那好，老俞，加固大堤的事还是你负责！"

邢保财看看俞天白，又看看黄参谋长，吸吸鼻子，仿佛闻到了一股异味儿。特殊的政治敏感，让他瞬间就捕捉到什么。邢保财的感觉没错，这是俞天白今生最不愿回顾的事情！

大家顺着大堤继续查看，花之锦凑到俞天白身边小声说："这个老黄，他什么意思？"

俞天白不说话。月光照着他的脸，白中透蓝。他看了一眼河水，有一个巨大的漩涡。

二

加固大堤的战斗连夜打响，人们挑灯夜战，拉土的拉土，运石头的运石头。

中间扛沙包时，邢保财叼了个空，把黄参谋长叫到一边。

邢保财递过去一根烟，显得挺随和，说："你说的加固夏米力河大堤工程的事儿，是咋回事儿？"

黄参谋长叫黄鹂，在班子里是最年轻的一个。马黑鹰死后，花之锦任副团长，黄鹂便调来接替了参谋长一职。这是个直爽又有些傲气的年轻人，跟俞天白和花之锦关系疏远。他说："咋回事儿？明摆着嘛，大堤没加固，那笔拨下来的钱就被吴家耀哥仨给私吞了嘛！"

邢保财一惊，说："还有这事儿？"

黄鹂说："那还有假？吴家耀啥事干不出来，俞天白和马黑鹰跟着没少占便宜。"

邢保财想了一下，笑了，说："老黄，你这人倒是心直口快，像我。我跟你说吧，全国镇反运动开始了……"

黄鹂对共产党的这些运动弄不太清，说："什么镇反运动？"

邢保财又笑了一笑，说："就是镇压反革命呀。"

黄鹂说："这都解放了，谁还敢反共产党，当反革命？"

邢保财说："幼稚了吧，解放了难道就没反革命了？那些贪污的、腐化的，还有潜伏的国民党特务，就是反革命分子呀。看吧，暴风雨马上就会降临！"

邢保财说得没错，一场镇反运动在中华大地已正式拉开序幕，他这也是刚刚从军区那位老首长那里听说的。出于职业习惯，邢保财先分析了一下形势，又分析现状，最后联系自己，他感到这不是一个小运动，同时还感到这也是个战机！

山雨欲来风满楼，这句诗真是深刻，说明了一种态势。任何一个事件来临之前总会露出一丝迹象，人们现在想来"刘铁大堤撞紫苏"这件事的发生绝不寻常，它其实是俞天白开始走下坡路的一个开端。

这天师医院抽调了一批人支援大堤会战，刘铁扛沙包时，和推着独轮车运土的紫苏在大堤上相遇。这本来是极平常的事情，这一天里有多少人在这里相遇，甚至碰撞，不会有什么奇怪的。可是，扛着沙包的刘铁和推着独轮车的紫苏在这里相遇，就引发了一些细节。窄窄的一条道，紫苏让刘铁，刘铁却要让紫苏，两个人你让我，我让你，结果撞到了一块儿，紫苏连同独轮车顺坡滚下堤去！

　　紫苏被扶起来时，双目紧闭，处于昏迷，刘铁慌了手脚！在场的人都说，这个薛医生真倒霉，上一回工地出一回事故。紫苏被送进医院抢救，在等候的这段时间里，刘铁愧疚至极，他想自己咋就把紫苏给撞上了，她会不会被撞成脑震荡？……良久，新调来的张副院长出来说，没事儿，她是怀孕了。

　　"先开饭，后敲钟"这在过去是犯大忌的，再说这里是部队，影响有多么恶劣！颂莲接到医院的电话当即赶来，不由分说就让随行的警卫把刘铁给绑了。在她看来，祸起萧墙！但是第二天一早俞天白来找她，递上一份检讨，一份结婚申请报告，这就叫颂莲蒙了。不仅颂莲，所有人都蒙了！

　　最为愤怒的自然是刘铁，他被关了一个晚上放出去后，第一件事就是找俞天白算账。俞天白那时正在大堤干活，裤腿挽着，一高一低，满脸的泥点子。刘铁走过去一抓揪住俞天白那惹眼的白领子，一句话没有，一拳先砸到对方脸上！接着，连连出击，一直把俞天白从堤上打到堤下。俞天白满脸是血，眼镜掉在地上，但他既不躲闪，也不还手。大家实在是看不下去，上来劝架。颂莲这时赶到，一掌将刘铁推出好远，骂道："浑蛋！你是不是还想关禁闭？！"刘铁说："我打断他狗日的一条腿，坐牢都行！"俞天白擦净脸上的血，这才喘着粗气说："告诉你刘铁，我俞天白也不怕坐牢，更不会被你的拳头吓倒！既然你抛弃了薛紫苏，就休要怪他人。听着，薛紫苏现在是我的女人，我爱她胜过你一百倍，我已经向组织上打报告了，我要跟她结婚！"

　　俞天白真是这么想的，即使被撤职处分，他也认了，总之他得为紫苏负责到底。但是老天爷没给他这个机会，大约是第三天，俞天白被公安警察带走了。正是吃晚饭的时候，人们纷纷围上来，都以为他是因为犯了男女作风错误而被抓的，包括刘铁。

　　到了第四天的时候，孙世贤接到军区军法处的电话。是一位姓柴的处长打的，柴处长郑重通知独立师，俞天白这次将被作为镇反运动的典型！孙世贤不明白是怎么回事，柴处长说，你们九团政治处的同志政治敏感很强，反映了俞天白的情况，我们认为很有价值。经过调查初步认定，俞天白涉嫌贪污。贪污，他什么时候贪污了？孙世贤问。柴处长说，这你就不知道了吧，一九四九年春，为了加固夏米力河大堤，新疆省政府曾下拨了一笔专项资金，这笔资金全部划到了一二六旅，被负责工程的俞天白提走。当时局势比较混乱，俞天白带着工程队只干了三天就撤了，这笔钱从此不知去向。柴处长最后说，现在全国的镇反运动搞得轰轰烈烈，这是二十二兵团抓出的一条大鱼，肯定不能轻易放过，这种人混进革命队伍，必须清除掉！

放下电话，孙世贤只觉得后背发冷，看了看窗外，大风撕扯着院子里刚刚栽下的小树，寒流又来了，这个春天不太平呀！

三

俞天白被抓时，尕娃和几个小孩正在玩斗鸡。东东朝尕娃喊："尕娃，你俞伯伯被警察抓走啦！"尕娃连忙追赶警车，尕娃没追上他的俞伯伯，只好去找紫苏。紫苏听说俞天白被抓，拉着尕娃跑出医院。远处的大路静悄悄的，空留一缕尘烟。紫苏送尕娃回家，看见桌上摊着俄文书籍和笔记本，恍惚间觉得俞天白刚刚出门，这屋里还飘着他身上淡淡的香皂气息。

尕娃在灶前烧着火，惴惴不安地问："紫苏阿姨，他们为啥要抓俞伯伯？"

紫苏埋头往锅沿上贴锅盔，热腾腾的蒸气熏得她想流泪。她对尕娃说："尕娃，俞伯伯不是坏人，他会放出来的，咱们等他回来好吧……"

紫苏真是这么想的。但是接着就听说俞天白犯了贪污罪，是镇反典型，她惊呆了！第二天医院安排人流手术，紫苏上了手术床忽然改变主意，不做了，说："我想生下这孩子。"张副院长吓了一跳，连忙把电话打给颂莲。

颂莲放下电话就往医院跑。俞天白这样了，薛紫苏还要生下他的孩子，这还了得！

颂莲说："薛紫苏，你真是昏了头！因为你的轻浮草率，造成怀孕，这原本不可宽恕；你现在要再生下这个孩子，问题的性质就更严重，这将是一个没有父亲的私生子，你知道不知道？你不考虑自己，总得为孩子考虑对不对？看着你年轻，我才想挽救你的。"

颂莲说的是实话，此时她真的是想拉这个女人一把，免得她头脑发热，酿成更大的错。

紫苏说："吴主任，你不必劝我了。"

这次谈话时间很短，但是留给颂莲的印象极其深刻。她发现这真是个不同凡响的女人，不像王牡丹那么好对付。颂莲一直以来认为自己是坚硬的，在薛紫苏这里她看到了另一种坚硬，柔韧的坚硬。这叫她吃惊，叫她忌妒，刘铁，俞天白，这些所谓的好男人皆痴情于这个女人，可能不仅仅是被她的美貌所迷惑。当紫苏那么平静地说她想要这个孩子时，颂莲震惊之余有好一会儿心里潮潮的。是的，她甚至都不能不被这个柔弱的女人所具有的勇敢和伟大打动！不过，接着她就觉得这个女人真是愚蠢透顶，没羞没臊！

紫苏不肯堕胎，结局是明摆着了，刘铁作为政委这个时候不能不出面了。刘铁到医院找紫苏，李山杏说她去看尕娃了。刘铁去俞天白家，紫苏果然在那里给尕娃做饭。

刘铁说："我不希望你的处境越来越糟，俞天白已经这样了，你不能再毁了自己。俞天白恐怕十年八年都回不来呢！"

刘铁说这个话并不是要吓唬紫苏，刘铁来之前颂莲跟他交过底，说俞天白涉嫌贪污，数额巨大，情节恶劣，现已移交军事法院。经审讯已初步认定，俞天白把贪污的那笔河堤加固款送给了吴家耀，俞天白的理由是，他当时是为了劝吴家耀放弃血洗亚其、离开亚其才这么干的。但有人认为，送这么大一笔钱，其目的是支持吴家耀潜伏下来。俞天白的老婆是特务，这应该是一个佐证。现在俞天白又玩弄女人，致使女方怀孕，是罪上加罪。像俞天白这种情况，要判下来不会轻了。

紫苏说："俞天白不是贪污犯，把那笔钱送给吴家耀是被逼无奈，是为了保全亚其和亚其的老百姓，这不叫贪污。"

紫苏如此固执，刀枪不入，令所有人愤怒。俞天白马上要判了，她还执意要留下一个孽种，这是个阶级立场问题，原则问题，组织对她的处理当然就不会轻。

星期五下午医院召开大会，宣布师政治部对紫苏的处理决定：

> 薛紫苏身为一名解放军军医，毫不珍惜组织对她的信任，曾因欺骗组织，被调离医生岗位。她不仅不记取教训，反而更加放肆，作风败坏，与他人发生不正当男女关系，导致怀孕。鉴于薛紫苏的严重错误，经上级研究决定，开除其军籍，自即日起下放到布拉克苏牧场劳动改造……

紫苏是背着她平日采药的那只柳条背篓离开巴格其的。肩上挎着药箱，手里提着包袱，里面是一条紫色裙子、一管箫，还有刘铁送她的"凤凰"根雕——这就是紫苏的全部了。曾经穿过的军装叠得平平整整，连同军帽一起放在桌上，红五星闪着幽暗的光。紫苏临出门时，最后看了一眼那军帽，不知怎么竟然觉得那颗星很像是外祖父苍老的目光。别了，红五星！

<h1 style="text-align:center">四</h1>

紫苏走的时候，刘铁正在邢保财家里喝酒。刘铁本来没心情，邢保财硬拉他，说为了我和黄槐花，你操心劳神的，我们总得请你喝顿酒吧。

邢保财终于放弃偷偷摸摸的日子，搬到黄槐花那里住了。对此他尽管不舒坦，可是也没办法了。黄槐花这个胖娘儿们是牛皮糖，黏上就甩不脱。不过眼下邢保财也需要这么个人侍候，黄槐花身体好，能干，待他也蛮周到，邢保财从头到脚，从里到外，现在都靠她打理。另外，耐用，不像有些个女人，用一次几天喊腰疼，还要让你侍候。黄槐花咋用都行，是块不错的练兵场。黄槐花目前基本上把邢保财当老爷供，东东每天晚上负责给他爹烧洗脚水，邢保财看着这个野种，渐渐地也不觉得难受了，有时候还掐掐他的小脸蛋子，让他喊爹，说："瞧，你长得愣是像爹。"东东说："我是大双眼皮，你是小眯眯眼，不像！"黄槐花就骂儿子："咋不像，瞎你狗眼！"

邢保财眼下是一心求进步，他想开了，女人是菜，不能当饭，有萝卜白菜吃就不错，何必要像刘铁似的要去掐些嫩韭菜鲜豆苗。真正能够体现男人价值的不是女人，是官位，这才是你的大事业。邢保财向上级反映俞天白的问题，不否认有个人因素，比如他一向就反感这个人，但最重要的还是一种责任感驱使他这么做，他是政治处主任，是镇反小组副组长。邢保财在关键时刻是从来不含糊的，他不像刘铁好感情用事，他有文化，有头脑，看得远，看得深。当然还有一个因素是不能说出口的，那就是俞天白要继续待在九团，对自己早晚是妨害，因为这个人文化程度高，有潜力。从他设计的巴格其新城规划图纸，邢保财就看出了此人的不凡。

邢保财今天请刘铁喝酒，是要给他宽宽心的。俞天白被抓了，紫苏被开除，两件事扯到了一起，刘铁肯定不会舒服。邢保财端起茶缸跟刘铁碰了一下，说："来，干！今儿咱们兄弟俩喝个痛快！"

刘铁说："好，喝个痛快！"一仰脖子，半缸子酒没了。

但是，刘铁是越喝话越少，越喝越不痛快，最后吐了。邢保财连忙叫老婆拿毛巾来，黄槐花拿来毛巾，要给刘铁擦，邢保财接了过去，示意老婆出去。邢保财拍着刘铁的脊背，说："老刘，有啥话就说，说出来就痛快了。"

刘铁趴在桌子上，说："老邢啊，老邢……"

邢保财同情地说："老刘，想通吧，薛紫苏她就是一块玉，现在也碎啦，你就别再想啦。咱在女兵里再挑一个有模样的行不？你看王牡丹咋样，你要看得中，这回我给你当红娘。"

刘铁摆摆手，说："我……谁也不要！王牡……丹咋能跟紫苏比？天哪，这么好的女人给毁啦……"

邢保财说："我早就说俞天白不是玩意儿，古戏里还唱，朋友之妻不可欺，他竟敢冲薛紫苏下手。国民党就是国民党，反动本性难改，狗日的罪有应得！"说到这里，邢保财觉得应该跟刘铁说出那件事，让他知道自己其实也给他帮了一忙。邢保财拉起刘铁的手，拍了两拍，说：

"老刘，跟你实说吧，俞天白这事儿是我给军区写信反映的。"

"你？"

"对！还记得夏米力河大堤裂口子那天吧，黄参谋长跟我漏了底，我就对俞天白怀疑开了，没想到这一查，还真查出问题了。"

"你……咋、咋就不跟我通个气？"

"跟你通了气，你能让我写这封信吗？老刘，不是我说，你们俩还真是发小，你太护着俞天白了！护到最后咋样，他骑到你脖子上拉屎拉尿……"

咚！刘铁突然把碗摔到桌上，指着邢保财，骂了起来："你、你个浑蛋，你告的他？！你啥目、目的，你想让他死，是……不是？"

"谁浑蛋，浑蛋是俞天白！俞天白贪污，你还替他说话，你是共产党员吗？刘铁，我提醒你，你的屁股坐歪啦！"

两个人都有些醉了，刘铁一把揪住邢保财的衣领，邢保财扯着刘铁的袖子，眼睛对眼睛，嘴对嘴，脸红脖子粗的。黄槐花听到吵声冲进来，拉开丈夫，说："有你这么请刘政委喝酒的吗？"

邢保财结结巴巴地说："他不是玩意儿！包、包庇贪污犯，这酒……不让他喝了，拿走！"

五

邢保财算是有先见之明，俞天白一出事，这团长的宝座就到了他屁股下。不过，是个代理团长，这是一种过渡，也是对他的考验。延安一失足，叫邢保财吃尽苦头，这些年忍辱负重，整整绕了一大圈，才又绕回到从前那个点上，想想是心酸大于欣慰。但邢保财是珍惜组织上给予他的这次机会的，他决心代理出点名堂，早日变代理为正式。

邢保财代理团长的第五天，就和刘铁去师里参加一个棉花工作会议。新疆这时还不产棉花，对于这样一个会议，大家都觉得有意思，想听个究竟。

会上，孙世贤拿出一幅棉花图，说："这是什么，你们好多人还没见过吧？我在延安的时候倒是见过，但没种过，告诉你们，这就是棉花！棉花能干什么，我不用说了。我想说的是，你们很多人可能不知道，咱们国家解放前需要的棉花主要靠从国外进口，自己产量很少。现在解放了，人口增加，老百姓要穿衣，棉花的供求矛盾就加剧了。靠别人不是回事儿，弄不好就得露屁股，咱得靠自己。最近中央首长研究来研究去，把试种棉花的任务交给了新疆军区，军区又把这个任务交给了二十二兵团，具体地说，就是咱们独立师……"

孙世贤的话说完，下面就叽叽咕咕开了。在座的虽然有不少人没见过棉花，但关于棉花的风一段时间以来就在耳朵边吹。早在去年的时候，军区就请了一位苏联乌孜别克的棉花专家来新疆考察，乌孜别克是棉花产地，也是全世界的"白银王国"。那位专家相当自豪，走哪儿都说他的棉花。他还有个习惯，一到地里就捏一撮子土用他的高鼻子闻。一闻，就摇脑袋，说："北纬四十六度，棉花禁区！"

孙世贤查过史料，新疆从古到今确实没种过棉花。但是孙世贤有个观点，什么事总得有个开头，解放军要敢于做开历史先河的人。苏联专家曾经说戈壁滩盖楼房不行，咱们不是也盖了吗？孙世贤把这么多大将请到这里来，一是动员，二是鼓劲，目的只有一个，看谁愿意接这个活儿，来做这个开历史先河的人。

下面鸣里哇啦好半天，说啥的都有，最后静悄悄的了。刘铁看了邢保财半天，邢保财一直皱着眉头，用钢笔敲打着笔记本。刘铁就忍不住了，站起，说：

"我们邢代理说啦，他干！"

孙世贤和肖伯年当即拍起手，大家伙儿也跟着拍手叫好，有人说："老刘你们别逞能，这种棉花可比盖楼难多啦！"

邢保财一言不发，脸红到脖根儿。对于棉花，邢保财并不比别人知道得多，也就是在延安纺线的时候摸过一回。要种不出来，自己这个代理团长如何交代？下来后邢保财闷声对刘铁说："老刘，既然你要啃这块骨头，那好，你给我请个专家来，要不我可干不了！"

刘铁想不就请个专家嘛，回头请一位就是了。谁知这事儿还真没那么容易，刘铁去找孙世贤，孙世贤说，两个月前他和肖师长就跟司令员提过，想从北京请一位来。可北京回了话，说刚解放，全国到处缺人才，自己想办法解决吧。孙世贤托人在军区摸了一遍，也没找到这样的人。孙世贤拍着刘铁的肩膀说："铁娃子，什么事都是从不会到会，有个摸索过程，你别怕，我给你们做后盾！咱们这支部队现在是什么都得学，都得干，要有知难而上的劲头。你们一定要有信心，争取今年春天播下种子，到秋天抱个大银娃娃！"

专家没找到，从苏联老大哥那里买的种子先运到了九团。看到这些油黑发亮，据说是花了好大一笔钱买来的种子，邢保财嘟嘟囔囔，说："这巴格其是人家苏联专家判了死刑的地方，咱要种不出棉花，脸就丢大了！"刘铁只好又去找颂莲，请她帮忙物色个会种棉花的。没两天颂莲就打来电话，说查过档案了，起义部队里知识分子倒是不少，有学园艺的、电机的、煤炭的，就是没有学农的，更别说种棉花了。这一下刘铁和邢保财都傻了眼。邢保财两手一摊，说："老刘啊，这活儿我干不了了！种棉花技术要求很高，现在是要人没人，要书没书，就给我这些金豆豆，我两眼一抹黑，咋种？"邢保财心想，我这才代理团长几天，你就找来这么个大麻烦，你为我考虑过吗？邢保财甚至怀疑起刘铁的动机。

第二十八章

一

刘铁正在为棉花专家的事发愁，这时传来一个消息：俞天白后天一早执行死刑！刘铁一下傻了，在他看来俞天白顶多判个十来年，咋会枪毙呢。

这时紫苏冲进门，一见刘铁就哭天喊地："刘政委，求你救救老俞！老俞实在是冤枉哪！"

大家正在开会，一屋子人看着紫苏，这女人真是豁出去了。

邢保财没好气地说："薛紫苏，从前因为老刘这层关系，我拿你当嫂子敬。你现在这个样子，说句不中听的，人不人，鬼不鬼。俞天白都这样了，你还替他说话，你就不怕再追究你？"

紫苏说："说俞天白贪污不是事实，那笔工程款他一分钱没拿，全部给了吴家耀，但吴家耀的汽车、房产，还有两家皮货公司被公家收购了，用来抵这笔钱……"

刘铁还是第一次听说有这事。

紫苏说："不信你们可以到亚其县政府去调查，是他们接收的。"

邢保财早不耐烦了，说："薛紫苏，你就别再替俞天白狡辩了！告诉你，后天就开公判大会，你说这些也没用。你出去，我们正在开会。"

紫苏一下跪倒在刘铁面前，说："刘政委，求你救救老俞，他不是坏人，他没贪污！"

紫苏这副落魄的模样真叫刘铁不忍，刘铁劝她先回去，紫苏哭哭啼啼地走了。

散会后，刘铁直奔师部找孙世贤。孙世贤正要开会，看见刘铁来，说自己没时间跟他谈。孙世贤的表情相当严肃，甚至是冷峻，就连颂莲也只是跟刘铁点点头，就匆匆进了会议室。刘铁心头升起一团疑云，现在这个时候，谁还愿意帮俞天白说话，说错了，自己也跟着倒霉呢！

其实为了俞天白的案子，孙世贤和肖伯年还真是帮着说了不少话，就在这天上午他们还去二十二兵团司令部找过陶司令。但陶司令有一言难尽之苦。陶司令在解放初期为了和平大局，放走了叶成、马呈祥和罗恕人这三个顽固派，至今被某些人揪住不放，自身难保。要不是王司令员说了话，恐怕也不妙了。陶司令是认识俞天白的，知道这是个爱国的起义军官，在守卫红卡子边境线时曾立过战功；虽然跟吴家耀和马黑鹰是拜把兄弟，但他不失良知和正义，为保卫亚其做了很多有益的事情。这样的人怎么成了贪污犯？说贪污，并未贪污一分钱，而且这是起义前的事，当初不是说既往不咎吗？孙世贤和肖伯年都觉得这个案子处理得过重。陶司令最后说了实话，他说审理这个案子时，有人也提出来过，说这是起义前的事。但这不正好赶上镇反运动嘛，军区分管政法工作的丁副司令要求一律从严，俞天白这个案子是他亲自抓的。

刘铁揣着一颗沉重的心回来，他想他是没法见紫苏了。刘铁回来时，正赶上开晚饭。伙房餐厅热腾腾的，显得比以往嘈杂，大家七嘴八舌，都在谈论俞天白的事情。刘铁心里乱糟糟的，见常福端着一盆面条过来，问："尕娃呢？等尕娃来了再吃。"

自从俞天白被关，紫苏去了布拉克苏草原后，尕娃就又过起流浪儿的日子。有一天刘铁来吃饭，看见小家伙在桌子底下拣骨头啃，便招呼他过来一起吃。见铁叔叔是个大方人，尕娃盯上了刘铁，以后每天到点就赶来蹭铁叔叔的饭，刘铁算是把尕娃接管下来了。

这天傍晚刘铁左等右等不见尕娃，就让常福出去找。常福转了一圈回来，说听两个小孩讲，东东他爸让尕娃滚，说再不许待在九团！刘铁赶紧出去找，一直找到麦场，发现尕娃钻在麦草里睡着了。刘铁拉起他，问咋回事，尕娃哎哟哎哟叫。刘铁掀起尕娃的裤腿，发现腿上有一片紫青。尕娃说，东东他爸踹的。原来中午的时候，尕娃喂鸽子，东东用弹弓打伤了一只白鸽，尕娃跟他打起来。恰好邢保财路过，上来呵斥，尕娃顶了他两句，邢保财就踹了尕娃一脚。尕娃这么一说，刘铁火冒三丈，说不像话，找他狗日的去！

刘铁对邢保财这一阵子的表现相当不满，这一脚是导火线，一点即燃。刘铁拉着尕娃来到邢保财家门口，腰一叉，喊："邢代理，你给我出来！"

邢保财正在洗头，顶着一头泡沫出来，眯缝着眼说："嗨，老刘，啥事儿？"

黄槐花和儿子东东也跟出来了。

刘铁把藏在背后的尕娃推到前面，说："铁叔叔今天给你做主，踹邢代理一脚。"

邢保财明白过来，说："老刘，你开啥玩笑？"

刘铁说："开玩笑？哈，我可没工夫跟你开玩笑。尕娃，上！"

尕娃握着两只小拳头朝前走去。

看见两只亮亮的绿豆眼狼似的，邢保财知道不是开玩笑了，连忙往老婆后面躲，说："这野小子打我儿子，我把他训了一顿，咋啦？这还要报仇不成？"

黄槐花也慌了神，帮丈夫求情道："刘政委，你大人不计小人过。我们老邢打孩子不对，我替他受罚，行不？"

刘铁拉开黄槐花，说："弟妹，你别管，这是我们老爷们儿的事儿。"说罢，直视邢保财，"邢代理，我告诉你，欺侮弱小，我刘铁这辈子就看不惯这个！你老邢的孩子是孩子，尕娃就不是孩子？你刚代理上团长没几天就打人，以后还不吃人啦？"

刘铁今天来这里，邢保财看出了他是要找碴儿，他把自己恨上了。邢保财当然不能示弱，他义正词严地说："刘铁，你别没事找事，借题发挥！从前你护着俞天白，护着薛紫苏，现在你又护着马黑鹰的儿子，你说说，你这个政委还有点立场吗？我看你中毒太深！"

刘铁今天就是来吵架的，他一把揪住邢保财，说："那你干脆把我也告上去，把我也打成反革命！"

邢保财说："你出身硬，资格老，老虎的屁股没人敢碰！"

刘铁说："你知道就好。说吧，你打小孩，知罪不知罪吧？"

邢保财说："为个小毛孩子，还问我知罪不知罪，笑话！"

刘铁说："看来你是不打算认错了对吧？告诉你，共产党不搞株连九族，大人打小孩，你走到天边都是错！尕娃，去，踹他狗日的一脚！"

刘铁猛一松手，邢保财朝后一倒。这时尕娃早已憋足了劲儿，一咬牙冲上去，咚的一脚，不偏不倚，正落到邢保财的大腿根上！

邢保财哎哟一声，捂着裤裆骂："混小子，你想踹死我呀！"

黄槐花连忙跑上去摸丈夫那个地方，被邢保财一把推开了。

刘铁哈哈大笑，拍拍尕娃，说："小子，好样儿的！"

尕娃冲邢保财做了个鬼脸，众人哄笑起来。东东望着他爹也咯咯地笑，邢保财气得一巴掌打过去，骂："笑！笑个鬼！"

刘铁领着尕娃高高兴兴地走了。

刘铁把尕娃带回宿舍，让他吃点东西，自己去伙房打热水。刘铁打回热水，尕娃不见了。这小子真够淘气，刘铁跑出去大喊尕娃，一抬头看见尕娃站在屋顶上，拿着望远镜朝一个地方看。刘铁夺过望远镜看去，是俞天白的家，那里长着一棵孤零零的桃树，鸽子飞来飞去。

尕娃说："我要回家。俞伯伯回来了，要找不着我他会生气的。"

刘铁看着尕娃认真的表情，想，孩子啊，你俞伯伯再也回不来了！可是他不能告诉他。他拍了拍尕娃的头，说："好，铁叔叔送你回家。"

这是俞天白出事后，刘铁第一次踏进这个家。院门坏了，风一吹，哐当哐当；鸽子笼落在地上，鸽子们蜷缩在屋顶，那样子很像是怕冷的小孩子。刘铁让尕娃去喂鸽子，自己修起院门。修好，又找出针线，帮尕娃缝补被东东扯破的衣裳，边缝，边给他讲打仗的故事。跑了一天，尕娃没一会儿就趴在床头睡着了。刘铁缝好了衣裳，也准备回去了。一转身，猛然看见一个穿着白衬衣的背影！刘铁一惊，叫了一声老俞，朝前走去，脑袋瓜碰出一个响儿，原来竟是一面大衣镜！大衣镜照着对面的衣帽架，那里挂着一件白衬衣。刘铁摸了摸那衬衣，熨得好平整，老俞啊，你咋就忘了穿呢。顺着衬衣，刘铁的视线一点点延伸，他看见了一架老式唱片机，看见了玉石烟斗，看见了笔筒、砚台，以及许许多多的书……这些东西刘铁平素从来没喜欢过，尤其是书，比砖头还厚，谁能啃得动呢。刘铁对读书人是一直报以同情的，但是这天晚上刘铁把对俞天白的缅怀寄托在了那些书籍上，全然忘了"夺妻之恨"。他把俞天白没来得及放整齐的书放整齐，没合上的笔记本合上，甚至连桌子都替他擦了一遍。

这时，笔记本里滑出一张照片，落到地上。刘铁弯腰拾起，扫了一眼，是张合影，照片上穿着西装、留着小分头的俞少爷春风得意，被一个大胡子苏联人搂着笑呢。刘铁望着他们脚下一片白花花的东西，眼睛跳了两下，这不是棉花吗？苏联的棉花地呀。刘铁早听说俞天白在苏联留过学，莫非他学过种棉花？一定是这样的！因为这个意外的发现，刘铁激动万分，他耐着性子翻看起俞天白那些厚厚的书籍，只可惜上面密密麻麻，全是豆芽似的洋码子。洋文可以不认识，棉花刘铁是认得的，刘铁在一摞书籍里到底翻出了一本印着棉花插图的书！如此说来，自己踏破铁鞋要找的人，就在这儿？！

二

邢保财这天晚上心情不好，早早就躺下了。刘铁竟然上门问罪，并且当众让孬娃踹了他一脚，这叫他相当难堪，可以说是他代理团长以来受到的最大侮辱！刘铁走后，邢保财冲老婆和东东大发雷霆，说，个孬种，你要再给我惹事，老子让你娘儿俩滚回去！吓得黄槐花不敢吭声，悄悄支儿子去打洗脚水。骂完娘儿俩，邢保财又拍桌子骂刘铁，说，你以为我怕你铁娃子，邢代理邢代理地叫，老子听着就不顺耳！哼，山不转水转，走着瞧，今儿你让那小兔崽子踹我一脚，往后我踹他十脚！

东东打来洗脚水，邢保财让他出去玩会儿。黄槐花说，天黑了你让他出去嘛事？邢保财说，少废话，让他玩会儿就玩会儿！东东一走，邢保财咚地把门关死，上了闩，说，试试有问题没问题，个兔崽子，敢踹老子命根儿。黄槐花很配合，四仰八叉，才褪了一条裤腿，邢保财就迫不及待地上去了。还好，一上阵就亮出枪杆，威风不减。邢保财放心下来，问老婆，感觉咋样？黄槐花学着丈夫的口吻说，问题不大。

邢保财算是放心了，倒头睡觉。这时传来嘭嘭的拍门声，黄槐花睁开眼，说，妈呀，忘了东东在外边哩。一开门，竟是刘铁！黄槐花吓得一激灵，连忙抱住胸前那一堆，说："刘、刘政委……"

刘铁笑了一下，说："老邢还没睡吧？"

黄槐花担心刘铁又来找丈夫的麻烦，说："睡啦。"

邢保财点亮了灯，没好气地说："没睡！铁娃子，你不是还想再踹我一脚吧？"

他举着灯，慢腾腾地走出来。

刘铁扑上来，一把抱住邢保财！邢保财吓了一跳，架起胳膊准备自卫，说："你、你想干啥？！"

刘铁说："我给你找了个大宝贝。"

邢保财沉着脸说："啥宝贝不宝贝的，这会儿来捣乱人家睡觉，烦球人！"

刘铁从裤腰里抽出书，说："看！"

"找着种棉花的书啦？"邢保财接过书一翻，上面果然印着许多棉花插图，顿时大喜，说，"好！好！铁娃子，你这个宝贝送得太及时啦，今儿你踹我那一脚咱就一笔勾销。不知道吧，这可是咱们老大哥的书，俄文的！"

"你还认识俄文啊，老邢，你太有学问啦。快说说，这上面写些啥？"

看到邢保财反应这么强烈，刘铁觉得自己今晚干了一件天大的事情。邢保财看了书，又看笔记本，自然他和刘铁一样也看不懂这密密麻麻的洋码字，但是他不想说自己不认得，所以眉头一皱，样子深沉地说：

"写的啥，当然是种棉花的知识嘛。这书和笔记本哪弄的？"

"猜猜。"

"看你笑模笑样的，老刘，你不是连棉花专家也找到了吧？"

"差不多吧。"

"差不多？你就说他是谁吧，咱这就去拜师。他要能给我种出棉花来，我邢保财给他叩仨响头！"

"真的？"

"真的。老刘，谁嘛，你别卖关子了，说！"

刘铁从笔记本夹层里，抽出那张俞天白和苏联专家在棉花地里的照片，往灯下一亮。邢保财一看照片，张大嘴巴，指着上面的人说："俞……俞天白？！"

刘铁点点头，说："俞天白年轻时在苏联留过两年学，他有一次跟我说过。毫无疑问，他学的就是种棉花……哎，老邢，你咋啦？"

邢保财感到一阵头昏眼花，刚才太下力了，精气神全耗到那婆娘身上了。他扶着脑袋稳了稳神，望着刘铁，觉得今晚上真有点不可思议，有点鬼怪，苦苦寻找了那么长时间的棉花专家竟突然一下冒出来，并且是他——俞天白，一个明天就要上法场的死刑犯？邢保财不敢相信似的摇了摇头。

在邢保财短暂的迷惘中，刘铁把什么都看明白了。这世上有很多事情就是这样，之前不露丝毫痕迹，可一到时候却显现出它的特殊性！事物是这样，人也是这样。这是一种巧合，还是一场暗算，命运在这个节骨眼上，突然朝一个相反的方向折去？人算不如天算，邢保财啊，邢保财，你以为俞天白必死无疑，谁知道老天爷要帮他哩。如果你邢保财想种棉花，那么你就得救他俞天白！

刘铁当夜闯到了孙世贤家。他想好了，一定要想法子把俞天白"借"出来！

孙世贤刚躺下不久，披着衣服出来。刘铁来之前给他打过一个电话，说棉花专家找到了，还说有要紧事谈，原来是为俞天白的事。

孙世贤说："铁娃子，你真敢想！明天人就要枪毙了，都这会儿了，你让我找谁去借？借得出来吗？这可不是小事。"

刘铁说："眼下人才奇缺，俞天白在苏联留过学，会种棉花，咱为啥就不能让他戴罪立功呢？战争年代咱们不是也利用过敌人和他们的先进装备嘛。"

孙世贤想了想，瞪着刘铁说："你说实话，铁娃子，你是不是想救俞天白？"

刘铁严肃地说："我这可全是为了种棉花。到时种不出棉花，完不成党中央毛主席交给咱的光荣任务，不是给您老人家丢脸嘛，是吧？"

孙世贤哼了一声，说："你当我是傻子，看不出你那点小九九？"

看到孙世贤那双锐利的眼睛剑一般指向自己，刘铁虚了，说："孙政委，我说实话。俞天白是有罪，可也不至于判死刑，就这么没名堂地死，我还真觉得可惜。咋说他也算个人才吧，咱们现在刚好缺棉花专家，让他为国家做点人事儿不好吗？也好争取个宽大嘛……"

孙世贤沉吟片刻，说："不用解释了，你回去吧。"

刘铁知道孙世贤有了松动，激动得拱手作揖，说："孙政委，拜托您啦！"

刘铁走后，孙世贤再无睡意，心里一阵阵地慨叹，铁娃子是个善人啊。说实在的，自己也很为俞天白惋惜，但是连陶司令都无能为力，你孙世贤又能怎么样呢。刘铁现在用这样一个办法来拯救俞天白，是个不错的主意。当然这首先要得到上面的支持，这个人就是王司令员。王司令员去北京了，说是明天上午回来，可明天上午天白就要上法场了！孙世贤在吸完一根烟后，抓起电话。他想，这种时候只有派吴颂莲出马了，当年吴颂莲从山西到延安，是王司令员亲自迎接的，王司令员很赏识她呢。

三

第二天一早的公判大会是在师部大操场上开的。刘铁坐在前排，能清晰地看到台上的俞天白，他发现他整个变了样儿，是不是因为剃了头，没戴眼镜的缘故，看起来竟有些滑稽——两眼浮肿，鼻梁塌陷，皮包骨头，活像个蔫巴的小白萝卜。但是他穿得很整洁，一件白衬衣紧紧地扎在旧军裤里，束出了挺拔的腰身；两条裤缝笔直，显出腿的修长。望着那明晃晃的白领子，刘铁想，狗日的，你都要死了，还穷讲究，衬衣的领子比我的还白哩。刘铁只是搞不懂他为啥没戴眼镜，眼镜没了，就缺了过去那股子斯文劲儿，莫非是上回自己把他的眼镜给打碎了？老俞啊老俞，要知道你今天成这个样子，我铁娃子无论如何也不会揍你那一顿！

刘铁想着这些的时候，审判长的声音轰隆隆传来："……俞天白犯贪污罪、渎职罪，两罪并罚，判处死刑，立即执行！"

台下发出一片嗡嗡声，那些起义士兵多少是不忍的。但是这嗡嗡声很快被"打倒贪污犯俞天白""打倒反革命分子俞天白"的口号声压住。俞天白被两名警察推着，歪歪扭扭地穿过沸腾的人群。这时候太阳刚刚升起，天空是那么蓝，云彩是那么白，鸽群飞过，洒下欢悦的铃声。俞天白被押上车，飞快地驰去。

大操场很快就变得空荡荡了。刘铁一个人站在操场上，看着那些标语在风中哗啦啦响，觉得那是一些黑色的舌头在翻卷。老俞哪老俞，你就这么走啦？刘铁简直有点不敢相信。

颂莲是晚些时候回来的。她一下车就直奔孙世贤办公室，肖伯年也在那里。

"情况怎么样？"

"见到王司令员了，他刚下飞机就被我堵上啦。我把情况一说，王司令员当场点头，同意先把俞天白借给我们种棉花，让军事法院暂缓执行！"

这个吴颂莲真能办事啊，孙世贤高兴地握着她的手说："小吴，你不愧是敢死队出来的，能把司令员堵住，太好了！"

肖伯年看了看手表，说："可人已经送法场了，怎么办？"

孙世贤说："马上去救人！"

当刘铁和颂莲骑马赶到戈壁滩时，戴着镣铐的俞天白已经站在了指定的位置上。戈壁滩的太阳很亮，刺得人睁不开眼，俞天白眯着眼眺望远方的乌帕尔雪山，一群鸽子从前方飞过，丁零零，这是自家的那群鸽子吗？看起来很像呢。亲爱的鸽子，谢谢你们为我送行！俞天白心里涌出一丝暖意。

"预备——"远处法警队队长发出指令。

一片拉动枪栓的声音。俞天白缓缓背过身去，似乎看见法警们举着枪朝后背心瞄准。他下意识地挺了挺胸，站得更直一些。他这半辈子都是在军营度过，他想他应该以军人的姿态去迎接死——为了军人的称号。俞天白深深地吸了一口气，看了一眼天空，天空好蓝，太阳又升高了。生命就要在这一刻结束，俞天白的心跳忽然加快，仿佛要蹦出胸膛，逃离那枪子儿。

俞天白咬着牙，闭上眼睛，心里说，别了，巴格其！

旷野一片死寂。风在吹，云在飘，花儿在悄悄开放。

陡然间，一个声音响雷般滚来，劈开蓝天："刀下留人——"

刘铁和颂莲骑马驰来。所有人都听到了那带血的声音，所有人都震惊了！

这种情况似乎不曾有过，法警队队长和他的部下都有点惊讶，却不得不收枪。因为就在刘铁他们下马时，军事法院的一辆警车也赶到了，通知法警队：接到上面的命令，对这名犯人暂缓执行！

俞天白起先还不相信这是真的，看到刘铁和颂莲匆匆走向自己，他一脸迷惘，恍若梦中。但是刘铁那句玩笑，让他相信这是真的了，自己今天死不了了。

刘铁指着他的裤裆说："门儿开了。"

俞天白一低头，发现一粒裤扣不知什么时候开了。他一把捂在了上面。

刘铁哈哈大笑，说："这可是生命的大门，开得好！"

四

刘铁把俞天白接回九团，弄了两个菜，算是为他压惊。

俞天白吃完喝完，刘铁这才进来，跟他谈正经事儿。刘铁说："为啥借你出来，你都知道。你要能种出棉花，兴许还能捡回条命。"

俞天白从桌上拿起自己的俄文书和笔记本，翻了两下，又扫了照片一眼，摇着脑袋笑了。

刘铁说:"你笑啥?"

俞天白忍不住笑出了声,说:"老刘,你还是送我回去的好。"

刘铁说:"你啥意思?"

俞天白止住了笑,感叹道:"铁娃子啊,铁娃子,你确实是个大老粗!你跟首长说我是棉花专家对不对?这样他们才答应把我借出来,对不对?这书是我的不假,这是这照片上的农业专家送给我的他的著作。这笔记本呢,是我为了学俄语抄的一些文章。这照片,是同学给我在棉花地里拍的。实话跟你说吧,我从来没种过棉花。"

刘铁惊得一跳,说:"你说啥?!"

俞天白说:"我在苏联学的是园艺,这种棉花跟种果树是两码子事。"

刘铁说:"俞天白,你狗日的别开玩笑!"

俞天白说:"谁开玩笑,我说的是实话,我不会种棉花。"

刘铁一下急了,说:"老俞,你、你可不能胡说呀,这可关系到你的小命呢。"

俞天白摇摇脑袋,说:"还是送我回看守所吧,别啰唆了。"

就在一个时辰前,刘铁还被自己英勇无畏的精神所感动,他能从法场上救下俞天白,多么了不起!既保住了俞天白的命,也找到了棉花专家,真是一举两得,公私不误啊。因为极度兴奋,他亲自下厨烧菜,好酒好肉招待这个死里逃生的人。但是现在俞天白嘴一抹,竟然说他不是棉花专家,刘铁就觉得天要塌了!他愤怒地说:"想回看守所?你以为救你出来那么容易?孙政委、肖师长、吴主任,多少人为你跑断腿,说尽好话,你知道不?!"

俞天白完全能够想象出来这其中的不易,他从心底里感谢刘铁这么不顾一切,但是他想他不能骗刘铁。这辈子俞天白只撒过一回谎,是为紫苏,他不想再撒谎了。俞天白说:"刘铁,走到今天这一步,你以为老子会怕死?脑袋掉了不过碗大个疤!"

俞天白竟是这么不知好歹,刘铁火了,一拍桌子,朝门外喊道:"常福,给我把这狗日的先关一夜!"

刘铁不敢耽搁,立马去找颂莲。出了这么大一个差错,刘铁觉得有必要跟颂莲先汇报。

听完刘铁的话,颂莲皱着眉头说:"刘铁啊刘铁,说起来你是个聪明人,怎么净办些缺心眼的事儿!种棉花和种果树那差别就大了。依我看,俞天白要回去，不如就送他回去，这样上面问起来，你顶多是弄错了情况，属于小错。但你要留下他这个假专家，将来又种不出棉花，查出来还不以弄虚作假、欺骗组织论处？这可是大错误，弄不好你刘铁这辈子也搭上了。"

刘铁想，是这个理儿，自己真是个大老粗呀，今晚回去就送他俞天白回看守所！

从颂莲那里回来后，刘铁骑着马火烧火燎地往回赶。可是快到家门口了，又矛盾开了。颂莲的话固然有理，可俞天白要送回去肯定还是个死，你刘铁等于没救他嘛。但是要把他留下来，自己就得担风险，这如何是好呢。望着月牙儿一点一点向西移，刘铁浑身冒汗，左右为难。最后，他索性摘了帽子，眼睛一闭，朝天抛去，要是正面，就留他；要是反面，送他回！

竟然是正面。

第二十九章

一

　　来到这梭梭行子，俞天白真就被逼上梁山了。他不止一次地想，自己这一来，说不定就把刘铁给害了。他当然知道刘铁是为了他好，可是自己要种不出棉花，追究下来刘铁罪责不会小，他这是何苦呢。但是事已至此，俞天白唯一的选择只能是配合刘铁，把棉花种出来！

　　现在每天晚上俞天白都在灯下啃那本比砖块还要厚的俄文棉花专著，这并不是一件容易的事，俞天白一边查字典翻译，一边理解领会，还要把理论运用到实践中去。有这样一段话吸引了他："中国的塔里木盆地是内陆气候，干燥炎热，降水量少，日光充足，土壤肥沃，具备发展棉花，特别是长绒棉的得天独厚的条件……"如此说来，新疆是可以种棉花的，这位叫波利涅夫的棉花专家早年到新疆的塔里木盆地考察过，应该说这是一个重要依据。这段话增强了俞天白的信心。

　　棉花是喜温喜肥作物，俞天白跑了好多地方，最后在梭梭行子东面选了一块地。这块地用俞天白的话说，是典型的腐殖质土，有一层黑褐色草炭，这种地最大的好处就是种庄稼不用上肥，促使作物生长的微量元素含量丰富，是沙漠里罕见的沼泽地的象征。刘铁捏起一撮土，放在舌尖上品，觉得跟以前的土味道不大一样，有股子香，又夹点腥臭。俞天白说："又香又臭，这就对了。

香，说明土质新鲜；臭，是因为这种土积累了好多年野生植物的腐烂叶子。"

邢保财让刘铁再尝尝，说老刘的舌头灵光，八九不离十。俞天白不以为然，说："咱们这是搞科学，靠一条舌头能有几成准？这舌头有时候喜甜，有时候喜辣，没个准儿的。"俞天白这么说，邢保财很不舒服，其他人也说，听刘政委的，刘政委说哪儿行，咱们就开那块地。刘铁批评他们，说："老俞是咱们的技术指导，他让干啥就干啥，少啰唆。老俞既然选了这地，咱就定这地！"

为了给俞天白打气，刘铁必须树他的权威。

种子播下去一天后，大家就盼着出苗了。邢保财有一回扒开土想看看里面是个啥状况，俞天白穿着皮鞋的脚一脚踏上去，说："谁让你乱扒，这种子要干了怎么办！"俞天白这副少有的威风，让邢保财既恼火又不能不受，上面最大的官既然同意把俞天白借出来种棉花，邢保财即使有想法也不好说什么，但是他对俞天白从心里是抵触的。

三天过去了，地里还是没动静，大家伙儿急了。俞天白也阴着脸，每天晚上蹲在地头不睡觉，那模样真叫人焦心。到了第七天的晚上，毛旦跑来喊："出苗啦！"一时间，火把、马灯从四面八方向棉花地汇拢，将地角一片浅黄幼嫩的小苗照得通亮。头一回看到这么稀罕的苗苗，好多战士激动得流出了眼泪，有人说："好嫩乎，就跟刚生出的娃娃一个样！"

棉苗出来了，俞天白舒了一口气，悬在刘铁心上的石头也落了地。初战告捷，邢保才自然是得意，当晚就给师里打电话。孙世贤和肖伯年刚好在外开会，要三天后才能回来。邢保财就有些等不及，把电话打到报社，邀请记者先来采访。刘铁想这小子也太沉不住气了，等长出三片叶子再宣传也不迟嘛，但是他也能理解邢保财的心情，作为代理团长，这是他的荣耀嘛。

九团在"棉花禁区"试种出棉花的消息很快见报，头版头条，标题十分醒目。颂莲和好几个战友看到报纸后，都给邢保财打来祝贺电话，说你这个代理团长开局不错啊。邢保财哈哈笑，邢保财现在的心情真好比春天的小河，哗啦啦地流淌着欢乐。

俞天白这个身份特殊的"棉花专家"也出现在文章里。看到报道，俞天白一脸不快，拿着报纸去找刘铁，指责记者胡说八道，说我不是什么棉花专家！刘铁说，我也讨厌玩虚的，可我能说啥，说你是个假专家？刘铁想这些其实都不重要，重要的是你俞天白必须把棉花种好，争取当个棉花专家。

事情发生在孙世贤和肖伯年来梭梭行子的那一天。

这是一个清晨,火红的太阳跃出地平线。两只灰色的野兔竖着耳朵,听到脚步声,嗖地钻进草丛。这是毛旦的脚步声,毛旦每天比所有人都起得早。毛旦径直跑到刘铁的帐篷前,喊:"刘政委!"

这个毛旦又咋呼啥,刘铁从床上坐起。

毛旦推开帐篷门,一头大汗两脚泥,说:"苗、苗……死啦!"

刘铁和邢保财来到地里,发现大片的棉苗果真叶子蔫巴发黄,要死的样子。

俞天白蹲在一边,又怨又悔,拍打着地,说:"地!地有问题!这儿的黑土跟内地的和苏联的都不一样,看着肥得冒油,其实、其实盐碱含量很大……"

这是他刚刚醒悟过来的。

邢保财恨不得上去扇他两耳光,说:"你现在说这话了,既然你知道土不行,为啥还要选这块地,他娘的你这不是成心搞破坏嘛。"

大眼和几个战士也说,是啊,还是棉花专家哩,这棉花专家狗屎不如,竟然也上报纸!听到人家这么说,俞天白梗着脖子大声说:"假的!告诉你们,我不是棉花专家!"

这句话可把人吓得不轻,邢保财凑过耳朵去,说:"啥?你不是棉花专家?"看看俞天白,再看看刘铁,他信了,说:"好家伙,胆儿不小!那本俄文书是咋回事儿,是为了活命,有意拿它来蒙人对吧?"

俞天白说:"我没蒙谁,我早说过我没种过棉花!"

邢保财直视刘铁,说:"老刘,他说的是真的?"

刘铁叹了口气,纸包不住火啊,是俞天白愚蠢,还是自己愚蠢?到底露馅了!

远远地传来汽车声。是孙世贤和肖伯年他们来了。

邢保财朝路上看了一眼,说:"老刘,你说咋办吧。"

刘铁哼了一声,说:"咋办,你就说刘铁为了救俞天白的命,编造谎言,欺骗上级!"

邢保财望着满地泛黄的棉苗,气愤地说:"难道不是这样吗?刘铁,这一切是你一手造成的,告诉你,你要负全部责任!包庇罪犯是啥性质,你应该知道!"说罢,跑去迎接孙世贤一行。

俞天白突然放声大笑。

刘铁想，你笑个鬼，我铁娃子这回是栽在你身上了！

二

俞天白是假冒棉花专家的事儿当天就被捅到了军区丁副司令那里，有人说是邢保财汇报的。是谁汇报的不重要，关键是老头子发怒了，说独立师瞒天过海，欺骗上级，并特别指出孙世贤政治立场有问题，说他这是袒护反动起义军官；还说要把俞天白送回去立即执行，撤了九团那个刘铁！

独立师连夜召开党委会，孙世贤在会上做了深刻检讨，说自己工作粗心大意，惹了乱子，实不应该。颂莲说，这事儿责任原本在她，当初刘铁跟她说过俞天白的事。听颂莲这么说，大家都感到惊讶，说你吴主任为什么不阻止刘铁，而且也没向上级汇报。颂莲红着脸，羞愧万分，说愿意接受组织上处分。孙世贤火了，说你小吴还嫌事情闹得不够大，再跳出来给我添乱？这事到此打住，不扯那么多了，要收拾就收拾我老孙一个人好了。当然，刘铁这个政委是肯定不能干了！其他委员也说，刘铁这小子凭着出身硬，资格老，瞒天过海，为所欲为，是该给他一点教训。

大家议了一番新政委的人选，因为意见不一，暂时没有合适的人，最后说不如就让颂莲去兼。会上还决定把试种棉花的任务交给马彪的十团。孙世贤特别强调，眼下补种棉花勉强来得及，时间紧，任务重，错过季节就错过一年，这次我们无论如何不能再失败了！

听说把种棉花的任务交到了十团，刘铁难过极了，自己这个政委可以不当，但种棉花的事不能让别人抢走。抢走了，俞天白怎么办，送回去不是命就没了嘛。刘铁第二天一早赶到十团的一片三角地里找孙世贤和肖伯年，两个人正在跟马彪研究改良土壤的事情。

刘铁见面先给了马彪一拳，说："你小子竟敢抢到我头上来了！这种棉花是我们九团的事，你瞎掺和啥！"

孙世贤严厉地看着刘铁，说："刘铁，你给我听着，这里没有你的事，你别掺和！"

刘铁说："孙政委，你撤我的职我没意见，但我请求再给九团一次机会！"

孙世贤说："你是想让我给俞天白一次机会吧？哼，你们已经打了哑炮，我还能让你第二次放空炮？"

刘铁不服气地说："咱们在巴格其种棉花是头一回，连一些苏联农业专家都认为这里是棉花禁区，可见其难度之大。既然是在学习摸索阶段，总是要付出代价的。毛主席不是还说，失败是成功之母嘛。教训往往就是经验，通过这次失败，我铁娃子肯定会摸出一条路子！"

肖伯年赞许地看着刘铁，只是孙世贤不置可否。

刘铁碰了一鼻子灰回到梭梭行子。走在田埂上，地里一片空寂，刘铁忽然就有些紧张。他连走带跑去了俞天白的帐篷，里面空荡荡的！刘铁拾起散落在地上的一页页棉花资料，上面有些字他不认识，但是这工整的小字此时却让他倍感心酸，这是俞天白熬了多少个不眠之夜翻译出来的呀。

刘铁夹着这沓资料准备再去找孙世贤，他要让孙政委看看俞天白这些日子的努力和成果，为俞天白争取宽大。其时，侯宝玉正带着一群人在拆帐篷，看见刘铁过来，常福迎上来悄悄说："刘政委，邢代理派人把俞天白送走了。"原来看守所这两天人手不够，人家打算过两天来押人，邢保财怕夜长梦多，就自己派手下送人过去。邢保财还有这一手，刘铁没想到！常福说："他们走得不远，可能还没出梭梭行子。"听了这话，刘铁说："常福，你把这包东西交给孙政委，一刻也不能耽搁！"自己跑向路边的一辆拖拉机。司机刚刚下车去撒尿，刘铁跳上拖拉机，一脚油门，就把车开走了。

侯宝玉那边等着装车，这边拖拉机没了。邢保财听说刘铁开走了拖拉机，一下毛了，凭着他对刘铁的了解，不得了啦！正巧新任政委颂莲骑马来视察工作，邢保财一把拉住颂莲，说："老吴，要出大事了！"

梭梭行子的西面是一条五颜六色的山峦，叫五彩湾。正是一天中最热的时候，大太阳直直地照着，山是白的，地是白的，连人也成了白花花一条影子。大眼和毛旦骑马押着俞天白，俞天白双臂反剪，被一根绳子拴在两马之间。马走得快，俞天白尽管很配合，但走到最后还是踉踉跄跄了。毛旦实在是不忍，让俞天白骑他的马。大眼现在是邢保财的红人，制止毛旦说，你还同情罪犯，啥阶级立场！俞天白自然不肯连累毛旦，说，毛旦，我走得动，你骑你的，别管我。毛旦看见他曾经的上级成了这样，心里好难过，便牵着马陪俞天白一起走，两个脚指头露在胶鞋外，发出吱吱扭扭的声音。

上路前，俞天白曾提出见一下刘铁，邢保财态度恶劣，说不行，俞天白便将那一厚沓自己翻译的棉花资料留下了。回想在梭梭行子度过的这些日子，俞天白感激又愧疚，对不起刘铁啊。经过那片长着胡杨树苗的碱水坑时，俞天白停下来，说要解手，大眼便让毛旦解开他胳膊上的绳子。俞天白来到水洼前撒完尿，蹲下，抚摸幼嫩的胡杨树苗。他经常在碱水坑旁解手，发现这里盐碱虽大，但四周一圈胡杨苗却长得很茂密。他知道每年都会从河上游吹过来一些胡杨种子在这里落脚，洪水一来，盐碱被冲到洼地，高出的地方就长出了树苗。俞天白曾经从岸上和水里各挖了一些土品尝，感觉大不一样，岸上的土果然没那么苦，这说明被洪水冲刷后，土壤的含碱量明显小了。趁着这工夫，俞天白告诉毛旦说："回去跟刘政委说，梭梭行子不是不能种棉花，现在有一个办法可以治碱。先用水洗碱压碱，然后再把盐碱水排出去，这样就能降低地下水位，从根本上解决土壤盐碱化问题。"

毛旦说："是，团长。"

俞天白弯腰脱下半旧的皮鞋，说："换上这双鞋吧，我没什么送你的，这鞋结实，留给你……"

"你打、打赤脚咋行？不要，团长！"

"听话！毛旦。我就想打一回赤脚，赤条条来，赤条条去。"

毛旦知道他不能拒绝这最后的命令，泪珠子吧嗒吧嗒掉下来。

三个人又继续赶路。上路不久，他们发现前面一股黄烟，一辆拖拉机呼啸而来，横在面前。

"呦，原来是大眼副队长呀，把俞天白交给我，人我来送。"

冷不丁被刘铁堵在路口，大眼有点慌神，但是他马上镇定下来，想你铁娃子已经被撤了职，你有啥权力命令老子。在解放军部队待了这两年，他看出来了，刘铁是条硬汉，但是硬汉往往打不过软蛋，软蛋难缠。大眼未必喜欢邢保财这种小白脸，不过像他这种身份的人是需要有个靠山的，邢保财的未来不可小视。这段时间大眼左右不离邢保财，鞍前马后，果然收效不错，邢保财给了他一个棉花队副队长干。倒霉的是，这棉花种砸了，他这副队长也当到头了。邢保财私下里给他许了愿，说还有机会。

大眼用一双牛蛋眼晃了一下刘铁，说："对不起，刘铁同志，这可是邢团长交给我的任务。"

刘铁早看不顺眼这个人了，跳下车，骂道："白眼狼！你连自个儿的长官都不认，还不如狗！老俞，上车！"

刘铁为了他已经被撤了职，现在再这么干，那不是把自个儿彻底毁了嘛。俞天白大声说："老刘，你别胡来！"

刘铁说："麻达已经惹下了，怕他个卵子！"

大眼不是吃干饭的，举起枪，说："刘铁，你要敢劫走俞天白，我就开枪！"

毛旦说："大眼，你放下枪，放、放下！……"

趁着二人说话，刘铁从车厢里抓起一团旧渔网甩过去，大眼被罩在里面嗷嗷叫，难以挣脱。刘铁把俞天白连拖带拽弄上车，一脚油门离去。

大眼总算逃出渔网，去追拖拉机，大喊："铁娃子，等着瞧，我让邢团长收拾你！"

刘铁哈哈大笑，拖拉机绝尘而去。

刘铁开着拖拉机狂颠，后面邢保财和颂莲率马队追来。刘铁果然是来劫人的，真是吃了豹子胆！邢保财挥着枪喊："刘铁，你要再不停下，老子就开枪啦！"

颂莲说："老邢，你别胡来！"

邢保财说："是我胡来，还是他胡来，竟敢劫持死刑犯，我看他不想活了！站住，狗日的——"

这梭梭行子沟沟坎坎，骑马比较灵活，拖拉机就没那么方便了。刘铁加大油门跑了一阵儿，感觉有些跑不动了。俞天白的脑袋在车顶撞了几次，见后面穷追不舍，说："老刘，停下！"

刘铁硬撑着说："没你的事儿，坐好！"

拖拉机和马队兜起圈子。发动机咕咚咕咚开了锅，一声长啸，在沙地里熄了火。刘铁再发动，怎么也发动不着。马队包围而来。

邢保财一头大汗，端着枪，既气愤又得意，说："铁娃子，你投降吧，老老实实交出俞天白！看在老战友的分儿上，老子可以饶你！"

颂莲庆幸自己今天赶过来，不然刘铁不知道要闯多大的祸！她腰一叉，朝对面喊："刘铁，你这是干犯法的事，知道不知道？赶紧给我把人交出来，别闹腾啦！"

对面没反应。

邢保财耐不住了，喊："铁娃子，你倒是交不交！我现在数一二三，数到十你要不交人，老子可就要动手啦！一、二、三……"

数到"九"的时候，邢保财一挥手，所有的人端起枪。邢保财不是在开玩笑，如果刘铁今天硬要劫走俞天白，那么就休怪他邢保财无情，这是个政治立场问题。在他看来，俞天白走到今天这一步完全是自己造成的，怪不得谁。你刘铁想帮他，我老邢也能理解，毕竟打小一起长大。可你干吗和俞天白合起伙来骗我，导致今天这么一个结局？棉花种砸了，空欢喜一场，邢保财像是被人推进了深谷！今天一早瞅着刘铁出去，邢保财当机立断派大眼和毛旦送走俞天白，同时准备撤回团里。

邢保财的手在扳机那儿哆嗦了片刻，有点害怕，但是咬咬牙，他觉得他必须做出决断！

颂莲这时猛扑过来，用胸脯挡住了枪口，说："狗日的，你想干什么？！"

没见过颂莲这么粗野，粗野得近乎野蛮——颂莲张着两臂，瞪着眼，歪着嘴，活像一只老母鸡，又像一只母狮子。邢保财讥笑起来，说："老吴，我一直拿你当聪明女人看，可到了刘铁这儿，你咋就变成了糨糊，比我家那婆娘还糊涂和愚蠢！"

颂莲一把下了邢保财的枪，两眉倒立，吼道："妈的，你说谁呢！我老吴在这里，还轮不到你邢保财发号施令！听着，我不许你动刘铁一根毫毛，除非你先打死我！"

看到这阵势，士兵们把枪放下了。

邢保财闭了闭眼睛，哼了一下，笑了，想，老吴啊老吴，你到底是个女流之辈啊。

双方僵持下来。

烈日炎炎，像无数的针扎在脊背，俞天白再也坐不住了。

"老刘，求你让我下去吧！"

"你不能下！我看他邢保财能咋地。"

"刘铁，这辈子我俞天白欠你太多的良心债，我就是死也还不清。求求你，别管我啦！"

"少跟我说这种扯淡话！你要想还债，就种棉花！我知道你有这个本事，他娘的谁叫你念的书比我多哩。你要实在不想活了也成，等种出了棉花再去死！"

刘铁死死拽着俞天白不放。

这时一辆吉普车驰来，在拖拉机旁边戛然而止，从车上走下风尘仆仆的孙世贤和肖伯年。

看来俞天白翻译的那沓棉花资料起作用了，刘铁想。其实除了那沓翻译的棉花资料，还有一个重要因素是肖伯年。自搭档以来，这位起义师长从来没有求过孙世贤，即使前不久他老家的房子被乡政府没收，说肖是国民党反动军官，肖伯年忍受着屈辱都一声不吱。孙世贤为此感到歉意，同时更觉得肖伯年是个值得敬重的人。但是现在肖伯年为一个部下向他求情，这叫孙世贤感动。孙世贤随即给王司令员打电话，请求把俞天白再借给他们一个月。肖伯年说："要万一种不出棉花，你怎么办？"孙世贤说："摘了乌纱帽！"

两位首长一起朝拖拉机走来。

刘铁准备下车，俞天白已先跳下，上前一步，说："孙政委，肖师长，我俞天白罪该万死！我跟你们走，只是请你们不要追究刘铁，他是在胡闹。"

刘铁把俞天白拨拉到后面，说："孙政委，肖师长，要杀就杀了我，反正我是大老粗，死了就死了。俞天白可是个大知识分子，他能把那么厚的俄文棉花专著翻译出来，全军区有几个？他是没种过棉花，可他学过园艺，将来他能为咱巴格其建果园子。这次棉花种失败了，不能全怪他，我们大家不是都没经验嘛，俞天白现在正在积极想办法，与其杀了他，不如再给他一次立功的机会。"

孙世贤说："说完了？"

刘铁说："说完啦，要杀要砍随便！"

侯宝玉和那些善良的士兵喊起来，说："再给老俞一次机会吧，也给我们一次机会！"

孙世贤看了一眼肖伯年，说："好，再给你们一次机会！"

大家欢呼。刘铁朝俞天白咧嘴笑了。

孙世贤说："刘铁，我可说清了，这一个月你们要再种不出棉花，不但俞天白要掉脑袋，你这辈子也完了！"

刘铁咬着牙说："就是死，我们也要把棉花种出来，我们一定要打赢这一仗！"

刘铁伸出大手，俞天白迟疑了一下，上前握住，那手湿乎乎的，带着一股子灼人的热力。俞天白至死都忘不了他们的这次握手，像一对绝处逢生的兄弟，紧握着最后一线希望。

三

改良土壤是个艰巨的工程，压碱和排碱是系统工作，要有进有出，配套实施。光洗碱，不排出碱水，反而会使地下水位增高，盐碱返上来更要命。如果挖一条排碱渠，让碱水不断排出去，就达到了洗碱压碱的目的。俞天白在会上提出的这一套方案，其实是受了碱水坑四周那圈胡杨树苗的启发。它证明了一点，凡是被洪水冲洗过的地方，一般盐碱都比较小；而那些低洼处光秃秃的，说明盐碱大，很难长出植物。

种个棉花还得修一条排碱渠，费老鼻子工；再说时间这么紧，修排碱渠能来得及？邢保财无论如何也不想这么穷折腾了。俞天白说，再费工也得这么干，地是基础，而且我们现有的苏式大条田也必须改革。大条田适合苏联，却未必适合巴格其。这里盐碱重，改成小地块便于洗碱压碱，提高作物成活率。又说，我们现在是在种棉花试验田，要讲究因地制宜，精耕细作，科学管理。刘铁很赞同俞天白的想法，颂莲也表示支持，邢保财也就没办法了。颂莲来这里兼政委，等于是刘铁当政委，这两个人尽管时常水火不容，其实是一个人。邢保财好失望，对于种棉花他现在是一点心劲儿都没了，赔不起。邢保财提出自己回九团，颂莲也只好随他，想他待在这里指挥种棉花其实反而不痛快。

邢保财把一些人带走了，给刘铁留下一个班，十二个人。

刘铁说："同志们，我们现在只有十二个人。十二个人，是十二条好汉，十二座大山！要是你们还愿意当我的兵的话，就请你们帮我，三天之内打起一条排碱渠！"

三天修一条排碱渠，简直是开玩笑！开荒最紧张的时候也没这么干过，有人有顾虑，但这是刘铁和俞天白现在面临的首要难题，必须克服。从这个傍晚开始，梭梭行子三天三夜没断过篝火。长长的排碱渠，长长的火把，人连着人，一条巨龙蜿蜒而去。单靠十二个人无论如何也是有困难的，关键时刻颂莲从各团动员了几车皮人来这里支援他们。第三天黎明时，总算把一条排碱大渠修起，一股巨大的清黄色碱水顺着这条大渠流向远方的戈壁。

盐碱水滚滚流去，梭梭行子的方格地在朝阳中呈现出茸茸绿色。半个月之后，新播下的棉苗长了出来。这一次跟上回有些不同，棉苗是深绿色的，叶儿很厚。大家都说，土改良了，长出来的苗壮。白天在地里拔着草，大家有说有笑，高兴时刘铁还会邀俞天白跟自己对唱一段《苏武牧羊》。

听说又出了苗，邢保财煮了两大桶绿豆汤送到梭梭行子，并且亲自给俞天白和刘铁各端了一碗，说，辛苦了，给咱们的功臣送一碗绿豆糖水！还说，你们需要人，我给你们派。喝下三大碗邢保财的"悔罪汤"，刘铁不再恨邢保财了。

但是，就在邢保财准备回去的时候，一场黑风暴袭来。

许多战士目睹了这股黑风暴。起先它像一根大烟囱，立在远处；接着变成一股烟，摇摇晃晃往这边跑。越跑越快，越跑越大，突然轰地炸开了，大地一片昏暗。根据以往的经验，大家迅速趴在地上，死死抓住灌木，以免被刮走；待七八分钟后，黑风暴过去，再从沙里爬出来。但是这一次时间很长，足有半个钟头，当他们爬出来时，发现棉花地不见了！是的，整个棉田被沙尘覆盖了，至少有一半的棉苗被黑风暴带走了，带上了天！

俞天白那时正在地里拔草，黑风袭来时他还试图用衣服、芦苇等保护棉苗，其实是徒劳的。黑风暴过后，满目疮痍，俞天白几乎不敢相信这是他日夜辛劳的棉花地。老天爷呀，你为什么这么对待我，为什么？我俞天白这辈子难道作了什么孽吗？！

黑风暴让夜变得格外黑。刘铁带着大家打着火把，提着马灯，连夜抢救棉苗，把那些可怜的小苗从厚重的沙土下扒出来，扶直。所有人都是一脸悲怆和疲倦，一些人一边扒，一边哭，这是他们的心血呀。邢保财这回表现不错，和花之锦、黄鹂带着大队人马来支援，还站在渠埂上给大家鼓劲，说，同志们，擦去你们的泪水吧！越是困难的时候，我们越是要看到光明，越要有信心有干劲！人民解放军没有什么是不能战胜的！颂莲也动员了一批兄弟团的战士赶来帮忙。俞天白和大家一样跪在地里，不停地扒着，手指开始疼，后来僵了，渗出血来。干到后半夜的时候，大家发现俞天白不见了。

真是乱中生乱！刘铁带着常福赶紧去找。帐篷里没有，周围营区也没有，最后常福跑到一小片胡杨林前，突然指着一棵歪脖子枯树喊起来："人！"

直条条一个人挂在那里。天哪，这不是俞天白吗？一股血涌到脑门儿，刘铁冲上去一脚踹翻了下面的树疙瘩，俞天白刚刚把脑袋钻进绳扣，就栽到了地上！刘铁又是一脚踹到俞天白的屁股上，骂："你个软蛋臭蛋！一个军人用裤腰带上吊，脸都丢尽了你！"

俞天白瘫在地上，上气不接下气，说："我，软蛋臭蛋！我活该吊死！……"

刘铁说："老子为了你落到这步田地，你受点委屈就要死要活，像个爷们儿吗？早知道这样，我铁娃子何必救你，让你死了算球！"

俞天白要死，与其说是为了自己，不如说是为了刘铁。人家说，好死不如赖活着，俞天白也有贪生之念。但是他活着就会给刘铁带来数不清的麻烦，他不想再连累这个好人了。眼下棉苗再遭重创，这个天大的灾难让他再无勇气去面对世界，他要解脱，为自己，也为刘铁。

只是刘铁不肯放弃。刘铁把俞天白拖回去后，抱出一坛酒，为他压惊。这个可怜的人儿清醒着就更苦，不如让他喝醉了睡一觉。

俞天白这一觉睡了两天两夜，醒来听到外面的歌声。他摇摇晃晃地出门，看见一轮鲜红的太阳。前方，是一片参差不齐的绿色，一行行幼嫩的小生命劫后余生，在晨光中摇曳。还有密密麻麻的人，或蹲或跪。俞天白看见了孙世贤、肖伯年，看见了刘铁、颂莲、邢保财和花之锦，他们在挖沟、撒种，补种棉花。俞天白长吁一口气，朝着歌声嘹亮的地方跑去。

四

这一场灾难之后，老天爷让俞天白和他的棉花一路春风，迎着朝阳，蓬蓬勃勃活下来。俞天白的好心情随着棉花的生长在生长，他时常会忘掉自己是一名死刑犯。有一回松土，常福不小心把一棵棉株铲掉了，俞天白上去就给常福一脚。常福跟了刘铁多年，哪是个受气的主儿，他扭住俞天白说，你个死刑犯，你敢打人，就不怕送你上刑场？刘铁听到争吵声赶来，对常福说，这上面有九个花骨朵，你等于害死了九条命，你说你还不该打？打得好！以后你们谁再砍了棉株，小心我砍了他的脚指头！常福脸上一阵红，没话说了。大家看出来了，刘铁现在是把俞天白和棉花捧在了手心里。

浇了地，松了土，没两天棉花开花了。邢保财又请来那位眼镜记者，眼镜记者看见这么多粉的黄的花儿，高兴地撅着屁股在地头拍了半天照片。第二天消息一见报，立刻吸引来好多别的师的人。大家都没见过棉花花儿，看见它们一朵朵在微风中频频点头，矜持又高贵，说真好看，棉花开花胜牡丹哩！孙世贤和肖伯年感叹，刘铁把俞天白留下来留对了。

这时颂莲接到通知，去军区党校高级研讨班学习一阵儿。此类培训每年军区举办一两回，档次不一，办高研班应该说还是头一次，每个师只有一个名额。刘铁和邢保财这些干部心里都明白这是未来升迁提拔的一个必经之路，也是必备条件，颂莲能去，说明这女人的未来不可低估。

临行前，颂莲召集九团的班子开了一个会，让邢保财把政委的工作暂时兼上，这个决定是事先经过孙世贤同意的。邢保财在会上当即表态，一定把这个政委兼好。两个肩膀一边兼团长，一边兼政委，想一想真叫有意思，亲爱的组织啊，你哪怕给我一个正式的也成啊。不过在邢保财看来，这是组织重用他的一个信号。

九团至今未调一名正式的政委来，颂莲心里有数，这其实是孙世贤给他的老部下刘铁"存"机会哩，就连肖伯年也看出来了。孙世贤就等着刘铁种出棉花，秋天抱银娃娃呢。但是刘铁对上级领导的意图未必明了，对于让邢保财兼政委他多少有些不快。会后，颂莲特意提了一瓶酒到刘铁的帐篷，一是跟他道别，二是顺便敲打几句，免得他在此期间惹事。

颂莲很诚恳地说："老刘，说实话，你是个不错的干部，能力有，干劲也有，就是关键时刻脑瓜子不大管用，犯些低级错误。这次撤你职说重不重，说轻也不轻，是个教训，你得给我好好记住。还有，我走了你要支持老邢的工作。一个成熟的干部是不会轻易树敌的，他应该是个善于团结人的人，不仅能团结自己的朋友，还能团结那些跟自己意见不同的人。会团结，是大胸怀，也是大智慧。"

刘铁说："放心，我一定跟老邢团结好！他老邢是谁呀，救过丁副司令一命，右脚丫子都少了一根大拇指呢。"在他看来，邢保财时来运转，八成跟那个"丁"有关。

颂莲不便多说，笑了笑说："老邢这个人是有毛病，可人家这次抢救棉苗蛮积极的。老刘，要学会发现别人的优点，学会容人，好不好？还有，把眼光放远些，胸怀放宽些。"

这女人是越来越会教导人了，她这一镀金将来可就更不得了。刘铁哼哼哈哈，皮笑肉不笑，应付着颂莲。但是颂莲最后一个告诫他不能不认真对待，颂莲严肃地说："老刘，棉花工作一丝不敢松懈，俞天白这条命能不能最后保住难说，千万不能鸡飞蛋打，前功尽弃！"

　　这话对刘铁是个提醒，是啊，不敢马虎！但有道是，屋漏偏遭连阴雨。颂莲没走几天，一件倒霉事又落下了。

　　事情的起因还是棉花。一天夜晚俞天白巡视棉花地，发现叶片有被虫咬的洞眼。俞天白断定这是蚜虫干的。蚜虫，是一种非常可怕的农业害虫，它们专门吸食植物的汁液，能让整个棉株完蛋！这事不敢耽搁，俞天白当夜就配制了药水，穿着胶靴，背着喷雾器给棉花打药。那农药毒性很大，第二天俞天白的手都烧掉了皮。看到俞天白这么辛苦，刘铁打了几只野鸽子，红烧后让常福端到地头。常福有点不乐意，说凭啥照顾一个劳改犯，刘铁说老俞能种出棉花，你狗日的能吗？这鸽子是犒劳功臣的！

　　常福把一碗红烧鸽肉送到地里，谁知俞天白一见鸽子肉就火了，说，拿走！你转告刘铁，他要再打野鸽子吃，我不饶他！你说他这人怎么这么馋，连天上飞的都不放过？鸽子那可是精灵，你把它整死吃了就不怕遭报应？俞天白这个人是有些怪癖的，不吃马肉，不吃兔子肉，现在连带羽毛的也不吃了。常福看见俞天白这么不知好歹，气就更大，说，你不吃老子吃！说着抓起一只鸽子，吃得满嘴油光，还手舞足蹈，结果一脚踏在了地上的皮管子上。这管子接着喷雾器，刹那间一股乳白色的药液像毒蛇嘴里的芯子，喷涌而出，直冲俞天白的脸！俞天白叫了一声，捂住右眼。周围的人都说，赶紧去洗洗，这药毒性不小哩。

　　俞天白洗过，右眼肿起，刘铁臭骂了一通常福，让他赶紧带俞天白去医院。常福吓白了脸，放下碗，要背俞天白，俞天白脾气也犟，说不去！俞天白一连又干了两天，大家看到他那只右眼红肿流泪，老是拿块手帕擦来擦去，都说上医院看看吧。俞天白为蚜虫焦头烂额，又忙得屁股朝天，说明天再去，明天再去。他没考虑太多，每天用盐水洗眼睛，洗完舒服多了，就这么一天一天挺过来。

　　这是一个黎明，棉田在风中涌起绿色的波涛。早起解手的战士发现棉花结桃了，高兴得大呼小叫，人们从四面八方跑来。俞天白揉着流泪的眼睛，也一摇三晃地跑到地头。看到那么多油光碧绿的小棉桃，他一下跪在了地上，把棉桃捧在手里，沉甸甸好大一串哟。俞天白来到这梭梭行子还从没笑过，现在他捧着它们，像捧着一个个生命——一个个刚出生的热乎乎的孩子。俞天白呵呵地笑了，笑得眼泪一把鼻涕一把。大家伙儿也跟着笑，站在他背后一齐喊，一个、两个、三个……这时有人发现俞天白多数了一个，明明是七个，怎么数成了八个呢，便说，多数了一个！俞天白手忙脚乱，又数了一遍，还是八个。大家说，老俞，你又数错了。俞天白却不认账，说，八个，就是八个！刘铁蹲下来，抓过俞天白的手，说，来，咱们重数一遍！于是把着他的手一个一个数，最后俞天白一把摸在了刘铁另一只手的拇指上，说，瞧，还有一个，八个！这一下大家伙儿觉得不对头了，看看刘铁，又看看俞天白，只见俞天白那只右眼肿得比棉桃还要大。刘铁摇了摇手，叫了一声，老俞！俞天白红肿的眼睛流下泪来，还有一些青黄色的分泌物，表情是呆痴的。这时所有人都不说话了，觉得俞天白的眼睛出问题了！

俞天白当天被送到了师医院，眼科医生检查完他的右眼，摇着脑袋，说晚了。刘铁一听这话吓得一身冷汗，连忙给孙世贤打电话。孙世贤赶到医院，当即给王院长下指示，说给我上最好的消炎药，要不惜一切给俞天白治眼睛。但是医生们使出浑身的本事，也无法控制病情的恶化，俞天白的右眼终因感染致神经坏死，也就是说，失明了！刘铁恨死常福了，这个王八蛋，他把老俞给毁啦！但是刘铁最恨的还是自己，太麻痹大意，那天你要把俞天白及时送到医院，也许就不会是这个结果。孙政委批评得对，说轻点是你刘铁做事不细欠周到，说重了是你对同志生命的不负责！老天爷，关键时刻咋会惹出这么大的乱子，就是自己丢掉一只眼，也不能让俞天白这样一个读书人失去一只眼呀！刘铁自责极了，连夜写了一份检讨交给邢保财，请求组织处理。但是邢保财看罢，说，这事咋能怨你呢，老刘，是常福踩的那一脚，常福也是无意的嘛。说来说去，是俞天白自个儿倒霉！

对于这个突如其来的灾难和周围的一片同情声，俞天白倒显得很平静，或者说是麻木。从他被判处死刑的那天起，他就不把自己的命当回事了，而此时尖锐的疼痛叫他更加厌恶这半条狗命！孙世贤和肖伯年来嘘寒问暖，常福到他的床前痛哭流涕，以及刘铁、邢保财、花之锦……他们一个个怀着沉重和怜悯来看他，俞天白都是用轻轻的一摆手表达了一切。是的，他已经把命扔给了老天，随他去吧。若不是刘铁一番苦心，对棉花抱一腔热望，他早该一死了之。当然，他这么苟且活着，多少还为了那个可怜的女人和未曾出世的孩子。她近来怎么样了呢？天地茫茫，这么长时间竟无一丝她的消息，想必她也很困难，这个时候自己不能照顾她，这一点是最让他感到愧疚和痛心的！这一天打过止痛针后，俞天白刚刚睡着，耳畔突然响起一阵孩子的啼哭。他摸索着爬起，那哭声变得愈加清晰和嘹亮。他赤着脚要往外跑，被监护他的大眼挡住，大眼问你要干什么，撒尿还是拉屎？俞天白说，有个孩子哭！大眼说，哪来的孩子哭，你眼瞎了，耳朵也坏了？俞天白站定再听，哭声没了。

但是，俞天白一躺下，就又听到了孩子哭，哭得是那么揪心，很像女儿莱丽小时候的哭。

五

俞天白这个时候听到孩子哭，不是没来由的。老天爷顾惜这个可怜的人，冥冥之中把一个神秘的信息传递给他。

这个信息来自布拉克苏草原。

这天紫苏像往常一样从山里放羊回来，把羊群往圈里赶，一边赶，一边清点头数。她每天的工作就是这么简单，却十分辛劳。日出而牧，日落而归，日复一日。一个汉族姑娘要在牧区生活，需要适应的东西太多，适应这里的环境，这里的气候，还有这里的许多习惯。紫苏是南方姑娘，起先是极其不适应的，她最最不能忍受的是羊膻味儿，也吃不了那刺鼻的酸奶疙瘩。但是生活把她逼到了这个角落，她得咬紧牙关，就算为了肚子里的孩子。草原有一点好，天蓝地阔，花红草绿；这里的人也很开朗，很热情，他们不把紫苏当坏女人看，而是当成解放军。紫苏来了不久，他们就提着酸奶和馕跑来看"解放军医生"，请她治病。紫苏一下子认识了好多牧民。以后紫苏在放牧的同时，便承担起给牧民看病的义务来，牧民们采了草药也会主动送上门。

没想到紫苏会在这里遇上一个可疑的孩子！

半月前紫苏来到一个叫哈斯木的牧民家里，给他儿子叶尔兰看病。叶尔兰患了流行性乙型脑炎，要隔离治疗，紫苏守护了那孩子两天。其间，紫苏发现这个六七岁的大眼睛、卷头发的"儿子"是个女孩儿，女扮男装。紫苏打量着这孩子，不知怎么就有一种奇怪的感觉。她问哈斯木，为啥要让叶尔兰扮成个小子，哈斯木说他喜欢小子，小子好。回去以后，紫苏把这件事跟塔吉古丽说了。塔吉古丽告诉紫苏，这孩子是哈斯木打猎时捡的。哈斯木从前是个好猎手，有不少姑娘追他，他娶了个头人的女儿，小日子过得挺红火。那年春天土匪盯上他家一片草场，赶他走，哈斯木不答应，结果老婆和儿子被杀死了……打那以后，哈斯木酒喝得越来越凶，脾气也变得很古怪，没人敢跟他来往。好端端的丫头哈斯木偏要让她扮成个小子，有人就劝哈斯木，说以后叶尔兰会嫁不出去的。哈斯木胡子一翘，瞪着眼睛说，谁再胡咧咧，我割了他的舌头喂狗！为这孩子，哈斯木一年里搬好几回家，他就是不想让人家知道这孩子是捡来的。

听了塔吉古丽这番话，紫苏再去叶尔兰家就留心起来。两天前紫苏去送药，发现叶尔兰有一顶小红帽。看到这顶带蝴蝶结的小红帽，紫苏当时惊呆了，眼前闪过莱丽，莱丽从前就有这样一顶帽子！紫苏问叶尔兰，哪儿来的这帽子？叶尔兰用半生不熟的汉话说，阿爸说，是我小时候的帽子。紫苏回来后去找塔吉古丽，说，你一定要帮帮我，要回这孩子，她肯定是莱丽！不料塔吉古丽说，这事儿我帮不了你，哈斯木跟我丈夫有仇，那年就是哈孜别克带人抢了他的草场，杀了他的老婆儿子。紫苏想，还是自己去找他谈。今天上午她去了哈斯木家，讲述了俞天白几年前丢失女儿的事情，不料哈斯木非常粗暴，说，肚子饿的人，爱盯人家的饭锅。他丢了孩子找我哈斯木，这样的道理有吗？还说，人没福气，仓库里的小麦变成了大麦！我哈斯木碍谁了，养个孩子还招人眼？把紫苏给轰出来了。哈斯木如此态度，让紫苏更加觉得这个叶尔兰就是莱丽，她想她有必要去一趟梭梭行子找刘铁和俞天白，告诉他们这件事！

紫苏把羊群赶进羊圈，洗了脸，换了身衣服，准备出门。谁知道这时候腹部一阵剧痛，她知道自己要生了，没想到这么快，她撑着门板，朝对面的毡房喊塔吉古丽！

听到叫声，塔吉古丽和她妹妹跑来，一见这架势，赶紧套马车送紫苏去巴格其。当年紫苏救了塔吉古丽，现在又轮到塔吉古丽救紫苏。

紫苏被送进师医院不久，一位姓陈的年轻男医生就诊断出紫苏是横胎。刘铁和常福刚好赶过来，听到产房里不断传出紫苏的叫声，问咋回事儿。小陈医生说产妇难产，生不下来。刘铁说，那就赶紧动刀子呀。小陈医生说，张副院长不在家，自己才从医学院毕业来这儿，没做过这么复杂的手术。刘铁说，人都快死了，你见死不救，算个啥医生，还大学生呢，今天老子命令你实习一回！小陈医生被逼无奈，只好仓促上阵，但此时情况变得很糟，小陈医生问刘铁是不是病人的家属，说，现在只能保一个人，要么大人，要么小孩！刘铁说，大人小孩我都要！小陈医生说，这种情况根本不可能。这时紫苏睁开眼，气息

微弱地说，要孩子。说完，昏了过去。大家看着刘铁，刘铁一时间不知道该怎
么办了。让紫苏死？不！让孩子死？这孩子可是俞天白现在唯一的希望啊。刘
铁这会儿赶来，本来就是受人之托。下午俞天白突然告诉他紫苏要生了，让他
去看看。刘铁是一刻也不敢耽搁，和常福买了些吃的用的就直奔草原，到了草
原才听说紫苏被送到巴格其来了。

刘铁犹豫片刻，觉得没别的选择了，他从小陈医生手里抓过单子，咬牙说，
保大人！在上面狠狠地签上了"刘铁"二字。

第二天当一轮太阳冉冉升起时，紫苏睁开眼，仿佛看见一颗血滴悬在头顶。
顿时痛感又回来了，她摸摸肚子，猛地坐起，天哪，孩子呢？孩子没了！

"还我孩子！还我孩子！……"痛苦洪水般一泻千里。

看着紫苏哭，刘铁觉得自己犯了罪，杀死了一个孩子，俞天白的孩子。为
什么呀，莱丽的失踪多少跟自己有关，这第二个孩子又因为自己而死，我回去
该如何向俞天白交代？

第三十章

一

新疆军区二十二兵团在苏联专家判了死刑的盐碱地上种出了棉花，还建了新城，盖了楼房，这是一个了不起的事，说明起义官兵的改造工作做得好。为了勉励他们，中央派出一个代表团来新疆视察，巴格其是重要一站。

邢保财这天从师里参加完会议回来，兴奋得满脸放光，当晚就召来花之锦和黄鹂布置工作。现在他只有依靠他们俩了。他热情地拿出好烟招待，说："老花，老黄，咱们仨开个小会。中央代表团明天下午要来看棉花地，师里要求我们一定要做好安全保卫工作。前两天上面打电话来，说俞天白借给你们时间不短了，现在他的任务已基本完成，再待在外面怕是不合适，要收监……"

邢保财说的是实话，丁副司令确实提出过要将俞天白收回，毕竟是个犯人，不可能一直待在外面。对于俞天白目前的情况，邢保财不是没动过恻隐之心，他甚至带着营养品去医院看望过他，但是邢保财从心底里明白他和他已经彻底为敌了。现在中央代表团来视察，正好是个机会，能了则了。古人说，人无远虑，必有近忧，还说，放虎归山终为患，都是提醒人做事要做干脆，不能手软。邢保财让花之锦明天一早就跟监狱那边联系，最好请他们派人来接。

花之锦说："这……老俞不是还病着嘛，要收监起码也得等他出院吧。"

邢保财说："没说今晚上就弄他走嘛，我只是说你跟监狱那边打个招呼，至于咋处理人家是干这一行的，还不比咱们懂政策？"

花之锦不吭气了。他前天去医院看过俞天白，俞天白的状态着实令人担忧。俞天白给吴家耀送夏米力河工程款一事花之锦最清楚不过，这是当时无奈中的选择，也是为了保全亚其。但是现在俞天白撞在了枪口上，有谁敢出来替他说一句话呢，包括自己。待在邢保财手下，跟从前待在吴家耀手下一样，得处处小心，防不胜防，俞天白就是个例子，不知怎么把邢保财得罪了。花之锦一般情况下是个随和的人，跟谁都能处，在国民党的矛盾圈里，他当好人；现在在共产党这边，他还当好人，他有时讨厌自己这个好人，因为这个好人无异于一个没骨头的人。就像现在邢保财让他联系监狱，他能拒绝吗？但是他深深地同情俞天白。

见花之锦面有难色，邢保财乜了他一眼，对黄鹏说："老黄，要不就你跟监狱那边联系吧。老花你负责卫生，各营区不许有一个羊粪蛋。"

刘铁是第二天中午才听说中央代表团要来视察棉花地的事。常福说："棉花是你和老俞种出来的，他邢代理凭啥自个儿风光，不让你们见首长？"

刘铁想了想说："常福，你这就去一趟医院，想办法给我把俞天白弄出来！"

常福明白刘铁的意思，笑着跑了。

不到一个小时，就传来消息，俞天白不见了！大眼跑来报告这事时，邢保财和刘铁正站在地头。邢保财让刘铁换身衣服跟他回团里，准备迎接首长视察，刘铁提出让俞天白也一道去。邢保财很恼火，说："老刘，你没糊涂吧？俞天白现在是啥人？死刑犯！要不是咱们是老战友，你现在这个身份我也不便叫你。你种出了棉花不容易，我希望你能跟首长们见个面，认识一下，日后有啥难处也好办。"

大眼此时来报告俞天白失踪的消息，对邢保财来说简直就是晴天霹雳！他揪住大眼嚷："你这个监护瞪一双贼大的眼看啥去了，咋能让个瞎了一只眼的人跑了！"

看到邢保财气得脸都青了，刘铁暗笑，心想常福动作挺利索！刘铁把俞天白弄出来，其实就是想让他见见中央首长。为了棉花，人家一只眼都搭上了，这样的功臣难道还不该得到奖励吗？

这阵子监狱那边正好过来接人，是两名警察，一老一少。俞天白突然"失踪"，警察们便来找刘铁，很严肃地对他说："刘铁同志，据我们所知，你跟俞天白关系比较特殊，你能不能给我们提供一下线索，比如俞天白最近都有些啥动向。"

刘铁抹着头上的汗花子，说："警察同志，你们别着急。要我看，俞天白跑不到哪儿去，估计是猫到哪里屙屎去了，他喜欢在棉花地里屙屎，说对棉花有好处……"

老警察皱了皱眉，说："二十四小时之内他要不自首，就算脱逃，他这条命怕是保不住了！"

刘铁暗想，要不了仨小时，我就会让俞天白出来，放心吧。刘铁在地里锄着草，哼着秦腔，乐了好半天，直到常福满面通红地跑来。常福把刘铁拉到一边，喘着粗气说："俞天白不在医院！"

如此说来，俞天白不是常福弄走的，而是真的失踪了！老天爷！刘铁一下傻掉了。

俞天白一时找不着，视察工作还得照常进行。俞天白失踪一事邢保财没敢跟上面透露半个字，也不让其他人说出去，以免惹出乱子，耽误了大事。依他看，俞天白还不至于搞什么破坏，但也难说，所以沿途全加了岗，可谓重兵守护。

太阳火球似的高悬，万里无云，这是一个异常炎热的夏日。这样的天气，棉花更显出它美丽的质感和旺盛的生命。首长和专家们望着这戈壁中珍贵的绿色，赞叹着，在军区领导陪同下，迫不及待地走进棉花地。大家伙儿越是兴奋，邢保财就越是恐慌，他全身都湿透了，肌肉绷得紧紧的，手按着腰间的枪，在发抖；花之锦和黄鹂也不安地东张西望。

这时候，刘铁、常福和警察们正在棉花地附近火烧火燎地寻找着俞天白，连警犬都出动了。刘铁起先是在营区找，后来他转移了方向，他觉得俞天白眼下这种情况，是不会逃跑的，但是他有可能寻短见。刘铁穿过一片又一片地，来到西北角一片低洼地时，他站住了，那个背对着太阳，蹲在那里的不是老俞吗？大家也都止了步，看着俞天白摩挲着一串棉桃在数，数完，用白布条绑上，然后在笔记本上记下。这个瞎了一只眼睛的人，是多么宁静，多么专注啊，这场景不能不让人感动，连那只警犬也在主人身边蹲了下来，敬畏地看着俞天白的后背。

不知过了多长时间，俞天白做完一切，才不慌不忙地收起笔记本，擦了一把额上的汗，走过来，走向警察，伸出一双沾着泥土的手。咔嚓！小警察麻利地给他戴上手铐，俞天白跟着警察走了。

"老俞！"刘铁叫了一声。

俞天白回了一下头，那是极其平静的一瞥。他不怨刘铁，孩子死了也许是幸事，可以让紫苏从苦海中解脱。今天从医院出来前，俞天白去过一次妇产科，他想看看紫苏，但是人家告诉他那个从草原来的产妇刚回去。俞天白抑制不住内心的酸楚，来到梭梭行子的棉花地。棉花，现在是他唯一的希望，那些在风中摆动的小棉桃啊，就是他美丽俏皮的孩子……

俞天白被押向警车时，代表团的首长和专家们正在欣赏着那些棉桃。多漂亮的棉桃，沉甸甸的，她们是上天赐给人类的温暖、善良和实诚。摸着热乎乎的碧绿的桃子，就仿佛摸着一颗心。首长和专家们很高兴，对军区领导说，你们的起义官兵能在这样的环境中创造奇迹，太伟大了！

一阵镣铐声惊动了他们。有人问："这是个什么人？"

邢保财看见俞天白被抓住了，一下放松了，说："是个死刑犯。"

孙世贤说："这人是个起义团长，年轻时在苏联留过学，就是他为咱们种出的棉花。"

首长和专家们一时都很震惊。代表团团长姓吴，吴老问："他犯的什么罪？"

孙世贤把事情的大概说了一遍。

吴老听完竟是一脸感慨，说："我听说你们陶将军解放初也收购了二十多个反动军政官员的财产，礼送他们出境了嘛，起义后有人公开指责陶将军放走了反革命分子。可你们王司令员说，对反动派也要讲究斗争策略，在当时的情况下，不把这些反动头目放走，打起来，新疆各族百姓不知要吃多少苦哪。这其实是一种政治智慧和远见，可有些人就是看不到这一点。"

肖伯年看看孙世贤，想这位首长真敢说话，想必是个厉害的主儿。

警车从专家们身边经过时，扬起一片黄尘。俞天白坐在车上，闭着眼睛，他知道北京的首长和专家是来看他的棉花的，这叫他觉得安慰和自豪，同时也有一种很深的悲哀。

二

在和平大厦接近收尾的时候，刘铁采来的那块大青石被运到了和平广场。刘铁原本打算亲手拾掇这个大家伙，雕一座大型群雕，就连雕塑的名字他都想好了，叫化剑为犁。可眼下要侍候棉花没工夫，再说颂莲也怕他糟践了这么好的石头，硬是从北京请来一位姓费的雕塑家。雕塑家每天灰头土脸，弓着身子爬高上低，围着大青石忙碌。广场上天天都有人来看热闹，或帮忙打杂，向雕塑家提出各种各样的问题和建议。

这天刘铁来了，指着草图上的人说："老费，我给你提个意见。这个地方不对，我们的战士拉犁的时候，屁股没撅这么高。"

雕塑家操着南方口音说："这叫艺术的夸张呀。"

刘铁说："再夸张也不能把咱们的战士往丑里整吧？"

雕塑家说："那你说怎么整呀？"

刘铁在胳膊和胸脯上比画了一下，说："你就不能把他们这儿，还有这儿，弄得结实点，像男人点？偏要撅那么高腚干吗？再有，眼神也成问题。战士们拉犁的时候，浑身用力，眼睛盯着前方，有股子精神气儿和盼头，你看现在傻不拉唧，老牛似的……"

众人笑开了。

雕塑家脸一红，撂下雕刻刀，说："你这个同志是干什么的呀？"

刘铁做了个拉犁的动作，学着雕塑家的腔调说："拉犁的呀。"

雕刻家眼睛一亮，说："好，不动！就要你给我当模特！"

刘铁有些没听懂，说："摩——托？"

雕塑家拖着长腔说："模——特儿，就是示范呀。"

刘铁听明白了，笑着说："噢，摩——托儿！毛旦、老侯，你们几个犁拉得不错，还会骑摩托，就给咱们老费当回摩托儿。"

几个男人咬着牙，撑着劲儿，认真地做出了拉犁的动作。雕塑家兴奋得手舞足蹈，拍拍刘铁，又捏捏毛旦，说："哎呀呀，漂亮！这肌肉，这线条，还有这大腿和屁股，真漂亮呀！"

刘铁说："漂亮是吧？那好，老费，你就把咱哥儿几个刻在上面，听到没？"

雕塑家觉得这个长着一对招风耳，眼睛又大又亮的人很有特点。

这样，刘铁便上了群雕。

这年秋天，和平大厦以及和平广场终于落成，一座标志性雕塑——化剑为犁，矗立于广场正中。大厦竣工这天，周围的牧民们赶着牛车，骑着马，来这里观光，一些其他师的人也跑来看稀罕。巴格其一时成了热点，报纸上经常可以看到它的名字。

过了没多久，上面就要调孙世贤。大家都以为他另有高就呢，谁知是调他去军区党校教研室工作，这就有点大材小用了。按说种出了棉花，盖起了楼房，孙世贤理应得到重用，结果反而受冷落。有知情者说，就是因为他种出了棉花，盖了楼房，才遭人嫉妒，有人开始不容他。对于这次工作变动，孙世贤倒不大在乎，自己本来就是教书匠出身，现在正好可以学习学习，提高一下。

孙世贤调离前办了最后一件事——恢复了刘铁的政委职务。以刘铁看，这多半是因为自己种出了棉花，但孙世贤找他谈话时说，不全是这个原因。孙世贤郑重地说："刘铁同志，我之所以要让你出来工作，是因为近一个时期你对我教育很大，在很多方面可以说你是我的老师。"

刘铁受宠若惊，说："我这大老粗能当您的老师？"

孙世贤说："没想到对吧？铁娃子，你的宽容、善良和坚强教育了我，让我反思。从井冈山走到延安，再到今天的北京，我们党可以说经历了腥风血雨，付出了惨重代价。奇怪的是，一些人却并没有从中汲取教训，相反，一旦有点苗头，首先会在自己内部挑起战争。化剑为犁，化的就是人心灵的仇恨和隔阂。唯有包容，才能化剑；唯有牺牲，才能化剑。不然，我们和起义军官怎么能够建设一个和谐的家园？俞天白站在刀尖上，能无怨无悔地为我们种棉花，说到底是你铁娃子的人格魅力征服了他。我从你这里得到了启发。"

何为人格魅力，刘铁弄不清，但他知道这是好话，孙政委在表扬他哩。

孙世贤临行找刘铁，还有一个重要的事情要让他去办——帮俞天白申诉。孙世贤说："铁娃子，只有你才能救俞天白，否则这个人才就被毁掉了！只是做这件事难度不会小。"

对于俞天白一案，刘铁此前也只是知道个大概。但是后来两个人有一次给棉花浇水，谈到此事，俞天白有几句话叫刘铁很震惊。俞天白说："老刘你知道吗，我把那笔河堤加固工程款送给吴家耀，有一个直接原因，就是你和老吴已经来到亚其城外。清风岭一战我负了你，现在你们要解放新疆，我不能看着亚其被吴家耀毁掉，否则我就更对不起你，也对不起亚其的老百姓！"俞天白这番话即使在法院审他时也不曾说过，现在他总算说出来了，心里好受多了，他这辈子一直觉得欠刘铁一笔债。

听到俞天白这么说，刘铁说："老俞，你为啥不申诉呢？"

俞天白说："想过，但是没用，那些审我的人从上到下全一个思路，认为我把那笔钱给吴家耀，其目的是支持吴日后潜伏，我是他的帮凶，这个案翻得了吗？"

现在孙政委把这样一个艰巨任务交给了自己，刘铁觉得既沉重又光荣。是啊，让这么一个满腹学问的人在监狱里度过下半辈子，真是太可惜了，也太冤枉了！

刘铁来到监狱的时候，戴着一只眼罩的俞天白正蹲在一间小监舍里看蜘蛛织网。种出了棉花，俞天白被减成了死缓。因为是重刑犯，又在患病，警察把他单独关在一间小屋里。俞天白现在每天面对的是铁窗和蜘蛛，一只漂亮的红蜘蛛。俞天白不喜欢蜘蛛，本来他准备消灭它的，但是看见它并无加害他的意思，而是从早到晚一心一意地织着一张网，他便饶过了它。欣赏蜘蛛织网成为他打发时光的唯一乐趣，他盯着它一次次从那网上掉下来，像是摔疼了一样，慢慢爬行，然后又一点点攀上去。他想，它怎么就这么不怕死？

"47号！"外面传来叫声。

这是在叫他，俞天白站了起来。

俞天白被警察带进会见室，刘铁已经候在那儿了，桌上放着一包莫合烟。看见刘铁给自己带了烟来，俞天白乐了，哆哆嗦嗦地从衣袋里摸出笔记本，扯了一张，卷烟。刘铁拾起落在地上的几页纸，看见上面有棉花图案和数据，惊愕地说："老俞，这么宝贵的资料，咋扯了。"

俞天白卷好烟，舌头一舔，把喇叭筒含进嘴里，说："没球用啦。"

刘铁开门见山说明来意，他以为俞天白会很激动，不料俞天白竟是一脸淡漠，说："老刘，你没必要为我这种人去打什么官司，白花工夫。我帮你们种出了棉花，现在减成死缓，政府够宽大了。你看我一个残废待在这里有吃有喝，还不劳动，很不错啦。残了有人养着，老了有人送终，我知足啦！真的，挺好的，别耽误你工作，回去吧……"

刘铁说："老俞，替你申诉，不光是我的想法，这也是孙政委和肖师长的意思。"

俞天白摆了摆手，说："别麻烦了，老刘，不值。"

刘铁再劝，俞天白就恼了，说："老子不用你管了，行不行？"

监管警察说："俞天白，你跟刘政委说话客气点！"

俞天白叹口气，闭上眼。他想，铁娃子，你他娘的好不容易官复原职，何必再因为我受连累呢，我俞天白不能再给你添麻烦啦！

三

尽管俞天白态度上丝毫不积极，但刘铁从监狱回来后，还是费劲巴力弄了一份几千字的申诉材料，抄得工工整整，装进牛皮纸信封，寄往乌鲁木齐军事法院。

过了没几天，颂莲从军区党校学习回来，一见面就揪住刘铁，说："刘铁啊刘铁，你脑子真是缺根弦！你有俞天白的委托书吗？你凭什么自作主张替他写这份申诉材料？军事法院已经把这事儿汇报到丁副司令那里，老头子气得要追查你哩，说你背后有人指使，这不明摆着是把矛头指向孙政委吗？孙政委眼下的处境本来就够糟了，你这是雪上加霜啊！"

颂莲这么生气，也是怕给孙世贤带来麻烦。孙世贤调离后，新调来一个政委叫彭一，过去是新四旅文工队的副政委，外号彭大鼓。这个人在南下的时候任大队政委，动不动瞎指挥，结果老吃败仗。

这位彭政委调到独立师第二天，就把肖伯年和颂莲召去了，要成立一个清查小组，调查孙世贤的问题。肖伯年和颂莲都有些反感，半天不说话，彭一便启发他们说，孙世贤为救一个判死刑的反动起义军官，跟下面串通一气欺骗组织，说那人是棉花专家，有这事儿吧？还有，他为了树立个人形象，克扣起义兵津贴，去盖什么大楼和工厂，不切实际地说要建花园城市，有这事儿吧？颂莲实在忍不住了，说，孙政委救出的死刑犯是个知识分子，他能在高纬度地区种出棉花，这样的人难道不该救？盖大楼盖工厂，建花园城市，那是我们战士最美的心愿，我们心甘情愿献出津贴。我们就是要在戈壁滩树一座"化剑为犁"的丰碑，树立共产党解放军的形象，难道不行？颂莲说得这么坚定，鼓舞了肖伯年。肖伯年也表了态，说，彭政委，如果一定要在独立师抓个反革命典型，这个人只能是我，我肖伯年这双手曾经沾染过红军的鲜血，我对人民犯下了罪过，而孙世贤他是人民的功臣！

独立师这第一仗就败了，彭一相当窝火。刘铁来找彭一时，彭一还在为这事生气。彭一个儿不高，脑袋和脸是圆的，仿佛一面鼓那样。看见刘铁，他愣了一下，说："这不是三五九旅的铁娃子吗？"

刘铁和矮小的彭一站在一起，显得特别高大，彭一挨着他简直就像个孩子。刘铁笑着搂抱彭一，捏了捏他的小手，说："彭败仗彭政委！"

彭一的笑容在圆脸上僵住了。

刘铁装得没事人一样，说："很久很久没见到你啦，想起南下那阵子你每次击鼓作战，恍若梦中。"

彭一说："是呀是呀，听说那次你的腿差点儿炸没啦，要不是吴颂莲救你，你这颗兔脑袋还不知埋在哪儿哩。"

刘铁说："可不是！我这辈子就打了一场败仗，你这辈子鼓敲得挺响，但好像只打过一场胜仗。咱们俩刚好翻个个儿。"

彭一恼了，说："哎，铁娃子，我说你这个人咋进步不了，原来是老毛病没改！一说话浑身抖粪渣子，臭烘烘的。你来这儿不是跟我对骂吧？"

刘铁笑着说："岂敢，你是师政委，我是团政委，官大半级压死人，别说你还比我高一级哩，还会敲鼓，咱得恭恭敬敬地给您汇报思想。"

彭一端起架子，说："你不来我还准备找你哩。"

刘铁说："为帮俞天白申诉的事儿？我跟你直说，这事儿跟任何人尤其是孙世贤同志毫无关系，是我自己要替俞天白翻案的。"

彭一认真地说："你这么做何意？"

刘铁说："那还不简单，我跟俞天白从小一起长大，他是少爷，我是书童，我们俩也算是兄弟嘛。"

彭一讥讽道："真亲切，还兄弟哩，你的阶级立场有没有了？"

刘铁说："那要看在啥情况下了。比如现在，我觉得俞天白就像我哥，他在监狱蹲一天，我铁娃子就一天不舒坦。"

彭一严厉起来，说："我明着跟你说吧，俞天白这个案子军事法院是不会受理的，你的申诉势必被驳回。这件事已经过去了，即使当时的审案工作有些小纸漏，那也是丁副司令定的，或者说是某种历史原因造成的。你现在到处申冤，不是成心和老首长过不去吗？"

刘铁说："我们无仇无怨，我咋会跟他过不去？我是跟错误思想过不去。共产党不是讲求实事求是、有错必纠吗？领导干部就该有这样一种胸怀和境界，有知错就改的勇气，要是连这个都没有，那我们的社会主义还不出麻达啦？"

彭一呵呵笑了，用短短的指头敲着桌子说："铁娃子呀，铁娃子，你有长进了，能说出点道道来了。但是我要指出，你的思想还很幼稚，甚至可笑！这事儿我用不着跟你再理论了，我今天要告诉你，这件事我是不支持的，你别再添乱子。我这个人喜欢和平，不喜欢战争，谁要发起战争，我也不怕，到那时彭败仗就不是彭败仗了，照样把鼓敲得震天价响！"

对于刘铁替俞天白申诉这件事，持反对意见的竟然不在少数，刘铁的好多老战友都提醒他别把虱子往自己身上拈，眼下不太平。邢保财话就说得更直截了当，说俞天白的案子是丁副司令一手批的，早有定论，你现在翻腾出来对你有啥好处。刘铁想，怕是捅了你老邢的心窝了吧，哼，要不是你盯着俞天白，会有今天这一切吗？刘铁对邢保财是有看法的。

邢保财对刘铁又何尝没看法，刘铁这次官复原职，对邢保财是个不小的刺激，可以说把他刚刚萌生的一个梦打碎了。这个孙世贤真是偏心眼，临走都要帮刘铁把事儿办了，为啥就舍不得为我邢保财把"代理"二字取掉呢。邢保财对孙世贤有意见！邢保财曾公开对同级的一些干部说，孙世贤为啥调离，就是因为他这个政治委员只抓经济，不懂政治，埋头拉车不看路，犯了右倾；袒护反动起义军官，丧失党性原则。邢保财还说，中央代表团这次来新疆也听到不少反映，最有争议的就是巴格其。说巴格其经济增长速度过快，战士们缺吃少穿，忍饥挨饿，可有人为了树政绩，不顾下面死活，劳民伤财、不切实际地在戈壁滩上建啥花园城市，纯粹是搞乌托邦那一套！

戈壁滩上建花园难道错了吗？当初大家拼死拼活闹革命，推翻吃人的旧社会，不就是为了过上和平幸福的好日子嘛。颂莲劝他说，俞天白的事儿先放一放，等待时机吧，在复杂的形势下开展斗争，是需要策略的，迂回不等于退却。又说，老刘，咱们要相信共产党，相信真理。真理常常会遭受磨难，但终会挺立在阳光下。

刘铁觉得颂莲从党校学习一趟回来，更像个首长了。

四

这阵子想做事都没法安下心来做，刘铁索性过起寻常日子。最近刘铁在巴格其分了一套新房，大家以为刘政委准备成家了，谁知刘铁搬进新居没几天，就把夵娃接了来。刘铁在梭梭行子种棉花时，夵娃曾一度放在邢保财家，让黄槐花代管。后来夵娃跟东东打了一架，就跑到布拉克苏草原，住到紫苏那里去了。

紫苏自从失去孩子后，把夵娃当作自己的孩子养起来。只是草原没有学校，到了入学年龄的夵娃上学成了问题。有一回刘铁去看夵娃，夵娃正跟着紫苏念唐诗，紫苏感慨这孩子很聪明，不上学可惜了。刘铁把这话记在了心上，这回师里给一批老红军老八路分房，他特意打了报告。他想夵娃有了着落，俞天白待在监狱也会安心些。刘铁弄到身边这么一个孩子，周围马上有了议论。在颂莲看来，刘铁这个举动本身就很冒险，眼下是啥形势，你收留这种背景的孩子就不怕自己的政治前途受影响？最后她看明白了，刘铁这是在帮紫苏分担呢。

颂莲不知道刘铁心里还装着一件更大的事。最近刘铁和紫苏几次去山里，一去就是一两天。的确，现在没有什么事比寻找一个叫哈斯木的人更重要的了，找到哈斯木，就等于找到了俞天白丢失四年的女儿莱丽。关于莱丽的事儿，紫苏生孩子那回就跟刘铁提起过，当时紫苏刚刚丧子，神思恍惚，尤其在孩子的事情上不清醒，刘铁根本无法相信她说的是真的。后来，紫苏又找他说这事儿，刘铁就不能不信了。直到后来他来到那个叫哈斯木的牧民家，亲眼见了叶尔兰之后，简直惊呆了，活脱脱的莱丽啊。哈斯木也承认女扮男装的叶尔兰是他四年前在夏米力河边从一条旧麻袋里解救出来的，只是他不肯还孩子，因为他知道这孩子的母亲死了，父亲在坐牢。紫苏先后交涉了几次，无奈老人相当固执，后来干脆搬了家，让你找不到！尽管如此，刘铁那颗沉郁的心还是亮堂不少，回想这几年他时常被噩梦中的孩子哭声所惊醒，刘铁觉得莱丽就是自己的命。

这一天，刘铁和夵娃正在吃饭，外面传来轻轻的敲门声。刘铁拉开门，面前竟站着紫苏和一个穿着花裙子的小姑娘。刘铁是做梦也没想到，哈斯木会让紫苏把孩子送上门！

紫苏对刘铁说："哈斯木让我转告你，这孩子托付给你他才放心，你就给孩子当爸爸吧。人家说，你在剿匪的时候救过他，他认识你，要报答你。还有，你得让这孩子上学，这是哈斯木的心愿。"

原来刘铁上了一趟门之后，哈斯木思想上就产生了动摇，他认出了这个腿有些跛的解放军了，那年不正是他从匪徒手里救出自己和一批牧民吗？解放军是自己的救命恩人哪。有了这个情结，哈斯木躲在山里就无法安生，再说让这孩子扮个小子跟自己长年待在山里吃苦受穷也可怜，不如让她进城跟着解放军，将来有个好前程。思前想后，哈斯木终于把孩子送到紫苏这里，让她还给解放军。

多好的民族兄弟呀，好不容易把孩子带大，现在送上门来，竟无任何条件，就是希望孩子能上学。刘铁听完紫苏这一番述说，心里涌出无限感激。他一时想不起自己何时救过这个汉子，不过看到叶尔兰摇身一变成了莱丽，叫他爸爸，他还是相当激动。他一把抱起孩子，说："莱丽，你可回来啦！"

小姑娘搂着刘铁的脖子嘤嘤地哭开了。

莱丽毕竟跟哈斯木生活了几年，对过去的一切早已没有记忆，如何跟她谈她的家庭以及父母，这是一件棘手的事情。刘铁和紫苏商量了一番，两个人都觉得莱丽现在这个年龄，说得太多可能不利于她身心健康，应该尽量简化。另外，等到时机合适时再带她去看望父亲。

但是，有一件事急需办，这就是上学。莱丽没来之前，刘铁为尕娃上学的事曾去过一趟学校。一位姓王的女校长说，我们是师里唯一的子弟学校，是为咱们自己的干部子女服务的，马尕娃不符合条件。王校长还说，师资力量有限，教室不够，咱们有些干部的孩子都解决不了，再别说像他这样的了。下面的话不用说，刘铁也明白了。刘铁说，照你这么说，反革命的子女这辈子就没念书的资格了？你是一校之长，算大知识分子啦，咋对求学的孩子这么缺乏同情心？我小时候想念书念不成，那是因为旧社会，我这个穷孤儿被人看不起，只配当书童。现在是新社会了，孩子们想念书咋就不成呢？怪球啦！王校长说刘铁骂人，不讲"三大纪律八项注意"，刘铁气得脸都青了，领着尕娃悻悻归来。

碰了这次钉子后，刘铁有些窝火，同时也清醒地意识到这两个孩子未来将面临的困境。所以这一次他不想做无用功，他跟谁都没商量，就到巴格其公安局给两个孩子落了户，户口簿上，刘铁是户主，两个孩子一个叫刘光明，一个叫刘和平。刘铁正式收养了尕娃和莱丽。刘铁叮嘱他们说，以后有人欺负你们，就告诉他，铁爸爸收拾他狗日的！

两个孩子上了学，刘铁也遂了愿。刘铁带着他们去探监，俞天白看罢两本写得工工整整的作业本，冲着本皮上的"刘和平"三个字噗地笑了，说："我女儿现在成了你的了，好啊，铁娃子。哪天我要不在了，你可得把莱丽养大！"

刘铁临走时，俞天白又说："一个人带俩孩子可不容易，你就娶了她吧。"俞天白说的是紫苏。

五

转眼又过了一年。

一九五四年的秋天有些不寻常，大家正拾棉花的时候，传来一个消息，新疆军区要变成新疆军区生产建设兵团。别看多了几个字，性质整个变了，红头文件一下来，庆祝会一开，兵团便不再属于军队系列，而是一支不穿军装、不吃军粮、不拿军饷，却保持着人民解放军光荣传统的军垦部队。各师的番号也跟着变，皆成为农业建设某某师。

对于这一变动，下面反响很强烈。开荒种地不怕，到新疆四年多，这支二十万人的部队其实一直在务农，但是大家是穿军装的，帽子上有一颗红五星。这是一种身份，一种象征，也是一份荣耀。现在要让大家脱了军装，摘了帽徽，首先感觉上就不舒服。有人说，生产建设兵团是个啥，军不军，民不民，二转子嘛。还有人说，原来是让咱暂时放下枪支，拿起锄头，这回是真缴枪了。枪都没了，你说咱们还算个兵吗？没干头啦，不如回老家正经八百当老农民！在大家极其失落的时候，便禁不住要羡慕刘铁，说老刘命真好，被调到南方某空军部队当副参谋长，还提成了副师，愣是从地上到天上去了。都知道这是刘铁从前的老上级罗大胜把他调过去的，罗大胜比孙世贤的资格还老呢。

这次整编，确有少数政治和军事素质过硬的优秀干部或调至内地军队，或留在新疆的现役部队，绝大多数就地转业务农。之前邢保财也找过丁副司令，甚至找过彭一政委，也有走的打算，但这两位首长说，眼下干部们都想往内地部队跑，下面思想动荡不安，人心涣散，你这个团长这时候要起模范带头作用。邢保财没辙了，彭一刚刚把他那个"代理"取掉，他怎么能走呢。再一想，邢保财觉得这或许是命运之神的安排，这么多年来你老邢怀才不遇，说到底是因为比你优秀比你能经营的人太多，所以你上不去。现在这拨人走了，留下自己这不正好是个机会嘛，待在这儿再搏他一次，不信会比别人差。这么一想，邢保财就心理平衡了。这天晚上他热情地在团部小食堂张罗着给刘铁摆酒送行，大家一直闹到深夜，才依依不舍含泪道别。

谁也没料到，刘铁第二天上了路又折回来，说，不走了。这其中的原因，后来大家私下里议论过多次，也没猜出个所以然来。就连邢保财也闹不大明白，问过刘铁，刘铁说得轻描淡写，大意是他这一走影响太大，不利于九团的稳定工作。正值秋收，那么多白花花的棉花落在地里没人收，心疼啊！刘铁说的是实情，那天他坐着吉普车经过棉花地时，确实看到一片萧条景象，近一个时期几乎所有人都没心思干活了，邢保财这个一团之长开会动员过几次，可大家的情绪就是调动不起来。刘铁这时候不走了，对稳定大局无疑是有利的，他这一留下，把九团涣散的人心一下聚拢了。

不过刘铁最终留下来，原因似乎不只是这一个，应该说是一种始终如一的情感挽留了他。说得具体点，恐怕跟一个人有关，这个人就是俞天白。这是颂莲分析的。颂莲的分析和判断完全正确，她对刘铁太了解了。

原来刘铁在临走前没有忘记俞天白的事，他给兵团党委写了一封信，再次为俞天白申诉。这次部队大转业，上面领导层也有调整和变动，有一个有利条件是，孙世贤被提拔为兵团副政委。俞天白的案子搁了这么久，此时申诉应该是个时机。但是这件事并不是那么顺利。关于俞天白一案，孙世贤特地给刘铁打来电话，说新上任的分管政法工作的副司令员很重视，但是当事人需提供一系列新的证据，否则法院连受理都困难，因为这是上一任亲定的案子。为了稳妥起见，必须要拿出具有说服力的证据。刘铁这两年为了俞天白的事情多少掌握了一些法律知识，知道证据这玩意儿的厉害，证据那可是审判工作的依据。要想把这个案子翻过来，没有强有力的证据是不行的。现在俞天白待在监狱里又如何能为自己采到那么多证据？何况过去了好几年，人事皆非啊。孙世贤这个电话叫刘铁心生忧虑，他想是不是请颂莲代理这个官司，想来想去觉得不大合适。所以那天早上，刘铁坐着吉普车经过棉花地，看到地头的牌子上留着模糊不清的"棉花试验田"几个字时，触景生情。这几个字是俞天白写的，它让他想起他们曾在梭梭行子患难与共的日子，想起俞天白为此付出的一只眼睛！难道自己能丢下这个苦命的人儿远走高飞吗？兄弟啊，我不能扔下你呀！

刘铁抱着那个牌子，久久无法松开自己的手。

事实证明，刘铁这次留下太有必要了。取证是个艰难的过程，幸亏是刘铁，换了任何人怕是都无法完成这繁复而缜密的工作。在刘铁的努力下，肖伯年、花之锦等二十多名当年一二六旅的起义官兵终于站出来为俞天白作了证，证明俞天白当初确实是为了阻止吴家耀"血洗亚其"，不得已将夏米力河堤工程加固款赠予吴家耀，乌鲁木齐和亚其的几位当事者同时证实有这回事。在这次取证工作中，紫苏也提供了有利于俞天白的证词，紫苏甚至供认，是自己亲手杀死了吴家耀，这令所有人震惊，尤其是刘铁！在刘铁近一年的奔走呼号下，乌鲁木齐军事法院经重新审理，这桩冤案时隔几年终于被翻了过来，俞天白被无罪释放！

俞天白被放出来后，暂时住在刘铁家。刘铁又开始为他的工作奔波，组织上认为俞天白虽然无罪释放，但犯男女错误这件事却是事实，所以要恢复他的团长职务一时恐怕不可能。俞天白当然明白这个道理，他这个只有一只眼睛的人，能出来就很不错了，还有什么奢求呢。刘铁和两个孩子相处融洽，而莱丽跟自己却无论如何亲近不起来，不仅不亲近，女儿压根儿就不认他这个坐过牢的生父，这是令俞天白感到遗憾的。不过他并不责怪她，女儿能找到就是天大的福气。叫俞天白真正感到歉疚和不安的是，刘铁和紫苏。从这个布置温馨的家他看出来了，紫苏是常来这儿的，这两个人应该组成一个家了，而自己留在这儿很多余，回四川老家才是明智的。俞天白的感觉没错，自从收养了孕娃和莱丽后，刘铁和紫苏的关系进一步推进，两个孩子时常在中间走动，一来二去，把两个大人重又拉近了。所有人都看出来了，经历了一场风风雨雨，刘铁和紫苏的感情更加牢固，这时所有人都希望他们能重新走到一起，就连颂莲也认为到火候了。然而事情并没有朝着人们期待的方向发展，在俞天白出狱后不久，刘铁做出了一个意想不到的决定。

这中间当然有个小插曲。那段日子刘铁正好在建一个"西王母蟠桃示范园"，这是个国家级科研项目，意义不凡。谁知桃树苗好不容易买来了，栽下去不到七天就死了一片，刘铁使出浑身解数，最后也未能保住这些花了大价钱引进来的苗子，给国家造成一笔损失，自个儿一年的工资全被扣了。成立了兵团，那时大家伙儿刚刚开始拿工资。这让刘铁又痛心又恼火，觉得自己这个大老粗根本搞不了科研！就在刘铁绝望的时候，准备回四川老家的俞天白上了火车又下来了，跑回来帮刘铁继续搞这个科研项目。到底是学园艺的，这是俞天白的强项，俞天白带着刘铁到北疆一个产蟠桃的村子，从老乡那里搜罗了两筐蟠桃核，回来自己培养苗子，结果成功了。俞天白却因劳累过度眼病犯了，几乎危及另一只好眼。刘铁让紫苏过来照料，希望她能挽救这个濒临绝境的男人。果然紫苏给了俞天白生的力量，化险为夷。这件事情之后，刘铁便想自己虽然爱这个女人，但俞天白比自己更需要这个女人，需要一个家，只有紫苏能把俞天白留下来，留在新疆。

这在刘铁的一生中，可谓一次艰难抉择。为这事刘铁还去找过颂莲，颂莲非常震惊，说："老刘啊，你就舍得让自己心爱的女人去给别人当老婆？你简直让人无法想象！"刘铁说："有人骂我大傻瓜，窝囊废，我认了。老俞这辈子老婆死了，又瞎了一只眼，坐了几年大牢，女儿还不认他，你说惨不惨。现在虽说是出来了，但孤苦伶仃。别忘了，他是有特殊贡献的人，他为新疆种出第一片棉花，这样的人我们能亏待吗？紫苏当然是我刘铁爱的女人，失去她我心里别提有多难过！但是，想想咱们那么多战友牺牲在战场上，我这点算个啥？我刘铁这辈子哪怕不结婚都成，就是不能看着老俞这样，我得让老俞有个家，有个老婆，让他能安安生生过几天好日子！"

刘铁说得那么真诚实在，颂莲被深深感动。刘铁请求颂莲把紫苏调到巴格其，让她和俞天白团聚。颂莲这一次很通情达理，破例给紫苏办了，紫苏从布拉克苏草原调回了师医院。

对于这一人生变故，紫苏起初感到有些突然和别扭，但她还是接受了。她不怨刘铁，她和刘铁的感情也许早已不再是爱，而是一种比爱更深厚的东西：理解、包容、体谅、尊重。再说了，自己曾有过失，上回的难产又导致终身不育，刘铁这样的好男人理应得到一个完整的女人，一份完整的爱，自己不配。而俞天白为了种棉花眼睛瞎了一只，这让她痛心之余又多了一层尊敬。这样的人，难道你还不应该照顾他一辈子吗？紫苏是个善良的女人。

俞天白和紫苏的婚礼是刘铁主持的，办得很隆重，刘铁把草原上的阿肯演唱队都拉来了，为他们助兴。邢保财表现得也不错，亲自带着秧歌队舞了一通大秧歌。在这个婚礼上，颂莲还宣布了一个好消息：鉴于俞天白对发展兵团林果业做出的特殊贡献，经师党委研究决定，恢复其团长职务，继续和刘铁做搭档!

　　当了没多长时间团长的邢保财，到师里去代理政治部主任，这是彭一政委
对他的重用。而颂莲这时被提拔为师里主管宣传文化教育工作的副政委了。

第三十一章

一

和平的日子过得很快，一晃到了二十世纪六十年代初。

经过十多个年头的开发建设，到一九六〇年兵团的耕地面积已增到一千多万亩，农场由原来的五十多个增加到近两百个，可以说基本奠定了兵团事业的规模，职工丰衣足食。随便走到哪儿，一眼望出去，从前褐色的戈壁滩现在是一片片绿洲。秋天是收获的季节，这个时候田野里显得格外繁忙，驴车马车，拖拉机和汽车，嘚嘚嘚，突突突，你追我赶，可着劲儿地跑。看到晒场上一座座金山银山，军垦战士们仿佛看到了他们幸福的未来。老天爷对勤劳的人总是很慷慨，他把最美丽的颜色给了他们，也把财富给了他们。

原野上还有另一种颜色令人着迷，那就是白色——白色的棉花地，白色的棉山，白色的拾花姑娘。兵团现在是全国最大的产棉区，一车皮一车皮的棉花带着西部阳光的芬芳，源源不断地运进内地，变成人们穿的盖的。与此同时，正如当初战士们唱的那样，"戈壁滩上盖花园"，巴格其已逐步有了一种城市的态势，且不说商业区的日益繁华，单就那些果园，足以让巴格其与众不同——从东到西，从南到北，有许许多多的园子——杏园、桃园、梨园、苹果园、葡萄园、石榴园……春天，是各色各样的花，秋天是各种各样的果，内地哪座城市有这么多花园果园？有哪座城市汇聚了这么多来自祖国各地支援边疆建设的姑娘小伙？巴格其真正是融汇了全中国的美，是一个甜蜜芬芳的地方，一个梦想成真的地方。

巴格其的街道肯定也是内地找不到的，可以跑车走马，可以列队阅兵。宽阔的街道两侧，不是那种笔直肃穆的钻天杨，而是一些颇具风情的苹果树；东西南北军营式的职工住宅被划成一方一方，像是一个个队伍，随时准备接受检阅。这些年环绕着和平广场又建起不少楼房，有的还很漂亮，那座拖拉机形状的和平大厦看上去就不免有些古旧，却是有一种出众的气质——就像一名老兵，上了年纪腰杆照样挺拔，沧桑和老成中愈见含蓄可爱。和平大厦在刘铁这些人的眼里，就是一名老兵。每天在军号声中醒来，向着太阳行注目礼，向着祖国的东方致敬，也向着那些活着的和死了的战友敬礼！

一九六〇年之前，兵团人一直在骄傲和荣耀中生活。他们财大气粗，被人羡慕；他们慷慨解囊，八方支援，因此而获得更多赞誉。谁也没想到某一天早上睁开眼来，这个世界会发生变化，他们视为老大哥的人竟然跟他们翻脸了。不仅是这个老大哥，又冒出来那么多新的对手，这是一个没有硝烟的战场，是打一场旷日持久的经济战！即使不识字的老百姓，恐怕也从广播里得到了那个可怕的信息：中国进入困难时期，粮食短缺，饥饿正严重地威胁着人们的生命！甘肃、四川、河南、山东、安徽等地大批灾民涌入新疆……

乌鲁木齐火车站爆满！巴格其汽车站爆满！旅店爆满！饭馆爆满！随便走到哪个地方，都能看到一群群面带菜色，操着各地方言的灾民。人们往新疆跑，是因为新疆有个生产建设兵团。兵团是老部队，是子弟兵，老百姓一听就觉得亲。他们还听说，兵团地多，他们种麦子种棉花，养牛养羊还养猪，月月发工资，日子富得流油。从二十世纪五十年代初就有一批又一批各地的青年学生和转业军人分到那里，只要看看电影《军垦战歌》，就知道兵团是个好地方，一望无际的草原放牧着无数人的梦想。

只要能混饱肚子，他们当然不会考虑别的。不能不说他们的选择在当时是极其英明的，这些被称为"盲流"或"盲道"的人，到兵团投亲访友，确实得到了一些关照，起码把肚子暂时填饱了。因为有了成功的例子，接下来就有第二批、第三批……很快就有无数支灾民队伍拥来。这个现象不能不引起首脑机关的重视。

来巴格其的灾民人数最多，粗粗统计了一下，至少有好几万，和平广场上黑压压一片，连雕塑上都爬满了孩子。颂莲现在是师政委，一把手，压力相当大。以她多年来做人做事的风格，这些灾民是不能不管的，共产党是人民的党，怎么可以看着他们挨饿而无动于衷呢？

这天上午，颂莲召集各团主要领导开了一个紧急会议，听取情况汇报。对于如何为这个会定调子，颂莲和邢保财商量了半天。颂莲认为还是要让各团力所能及地去帮助灾民，在吃住上提供方便。但邢保财有顾虑，想一旦开了头麻烦就大了。肖伯年三个月前因胃癌病休，邢保财现在是代理师长，代理得多了，邢保财代理出经验来，那就是不能因小失大犯糊涂。从前当团政治处主任时，邢保财对颂莲很佩服，甚至有几分惧怕，但自打到师里代理政治部主任，他的眼光就发生了变化。无论是颂莲，还是刘铁，他觉得他们根本不比自己强，他邢保财今天能坐到代理师长的位置上，看起来老天爷是长眼睛的，卧薪尝胆的人总有扬眉吐气、重见天日的一天。自己当年为救那位姓丁的首长，炸掉一根脚指头，以及后来挖空心思跟那个叫彭一的政委搞关系，都是人生必要的铺垫和积累。机会是为有准备的人设置的，平常看不见，她猫在远远的一个什么地方；只有你经历了千辛万苦，百折不挠走下去时，才会看见她朝你微笑！人这辈子要耐得住寂寞，该等待就等待，当忍让则忍让，等待和忍让是学习和积累的过程，就跟打仗一样，要学会养精蓄锐。这是邢保财总结出来的。

邢保财让八团先汇报。

杨涛团长吸尽最后一口烟，把烟屁股扔到地上，狠狠一踩，说："我们八团这两天比过年还热闹，二连食堂的菜窖昨晚上被撬了，丢了一麻袋洋芋。一连职工王大宝反映，他家丢了两只老母鸡。今儿我起床到院子里收衣服，我老婆给我做的一条绿底红花的新裤衩子也不见啦……"

众人哈哈笑了，有人说："杨团长，是不是哪个小媳妇看上你啦。"

邢保财很反感这种不分场合的下流玩笑，敲敲桌子，说："安静！"

马彪插嘴说："杨团长，你那算啥嘛，我们十团情况严重多了，畜牧连一晚上就丢了十只羊，一头牛，还有一头快下崽的毛驴。最严重的是，有人冲进连部，把我们一个连长打了。到天黑，你就瞅吧，食堂、礼堂、商店门口，能睡的地方，全都占啦，不瞒你说，昨天晚上有人都爬到我们家床上去了，把我老婆吓坏了……"

下面又是一阵笑，问是男是女。

马彪说："男的，是个尕娃子。"

轮到刘铁那个团，俞天白轻咳两声，用独眼扫了一下刘铁，然后不慌不忙地从口袋里摸出个红本本，一二三地汇报起来。接下来又有几个团汇报，也全是诸如此类。

待全部汇报完毕，邢保财做了一个小结，然后话锋一转，说："看来灾民的大量流入，确实严重扰乱了咱们正常的生产和生活秩序。这是当前摆在咱们面前的一个不可回避的、严峻的问题。我们必须拿出个办法。大家看看，有啥好法子没？"

颂莲一惊，想这个邢保财真是精明，代理上师长后办事的方法讲究了，看来他根本不同意自己那个关于救助灾民的意见。邢保财确实有自己的想法，如果他一上来就端出个防范措施，颂莲未必同意，弄不好其他人也会反对。与其这样，他不如把住一个大方向，让这些团里的头头脑脑自己想主意，总之以防为主，在"防"字上做文章。

"老刘，你说。"邢保财点了刘铁的名。

刘铁今晨刚从垦荒工地下来，很疲惫，坐在后面一直闷头抽烟。近年来刘铁不大走运，同他一起的战友提拔的提拔，调走的调走，他似乎走起了下坡路——从前是团里的一把手政委，现在竟成了团长。好多人替他惋惜，说五四年转业你要去了南方的空军部队，说不定今天都提副军了，最差也是个正师，窝在这儿愣是把前途误了。但是刘铁不后悔，看看巴格其如今变成了塞外江南，这其中就有自己的功劳啊。刘铁喜欢到和平广场散步，只要瞅瞅雕塑上那个酷似自己的人像，他就感到一种骄傲和满足，像是吃了蜜糖。只是最近刘铁有些沉闷，对一些事情想不通。为多打粮支援内地灾区，上面前不久下达了一个"双千万亩"的指示，开荒一千万亩，播种一千万亩。对于这个指示，刘铁和许多人都觉得不切实际。

见刘铁眉头紧锁还在抽烟，马彪说："老刘，邢师长叫你拿出个防范措施哩。"

刘铁这才掐了烟，没精打采地说："要我说吧，这事儿没必要搞那么紧张。灾民是谁？不是敌人，是咱兄弟姐妹。兄弟姐妹受了灾，大老远跑来，吃你一头羊两只鸡，穿你一条裤衩子，你还把他告上法庭治他的罪不可？"

马彪说："是啊，是啊，和为贵嘛，烂裤衩子丢了就丢了，羊吃了就吃了。"

邢保财说："瞧你们这话说的！这么严重的政治事件，甚至是刑事案件，咋能说丢了就丢了，吃了就吃了？同志哪，这叫偷，叫抢，我们要不制止就是对国家的不负责！"

刘铁冷笑一声，说："邢代理言重了吧？就算他们没给咱打招呼，拿了咱的，也是没把咱当外人，解放军不是人民子弟兵嘛，咱们是老部队，人家相信咱嘛。"

邢保财说："老刘你这是歪理邪说，不讲逻辑。老俞，还是你说说吧。"

俞天白翻了一下独眼，说："上面到现在也没个态度，我们不好办。"

刘铁说："当领导的要是啥事都等着上面拿主意，下指示，要你吃干饭呀。新疆这么大，有这么多土地荒着，不如把灾民组织起来搞生产自救嘛。"

邢保财觉得刘铁这是在讽刺他，说："这些事恐怕用不着你一个团长考虑，你管得宽了。"

刘铁火了，说："那你狗日的叫我来开的啥鸟会，老子现在就回工地！"说着，站起要走。

邢保财脸红了，说："你骂谁狗日的？颂莲同志，你可听到了，刘铁老毛病不改，出口就是脏话，太没点素质！今天的会是你主持，开个半中腰他就擅自离场，你到底管不管？"

颂莲瞥了一眼刘铁，手朝下压压，说："老邢，你先坐下。老刘，你也坐下。"

邢保财坐了下来，说："哼，政委不当了，脾气渐长啊。"

刘铁一笑，说："你以为你代理上师长了，我就不能骂你狗日的了？"

一帮团长政委呵呵地笑。刘铁本来还想过过嘴瘾，忽然看见俞天白那只独眼闪着寒光，剑一般劈过来，便乖乖坐下了。

二

会后，刘铁本打算回垦荒工地，被俞天白拉住，说："家里去吧，紫苏给你泡了一瓶雪莲红花酒。"刘铁犹豫了一下，看着俞天白。俞天白的独眼亮亮的，看起来是真诚的。

这些年刘铁和俞天白的关系又有了一层新的变化——敬而远之。有人说俞天白没良心，也有人说刘铁不讲理。孰是孰非，不是一句话能说清楚的。话说若干年前刘铁积极帮着俞天白打官司，俞天白有幸平反昭雪，恢复职务。俞天白出狱那阵子，刘铁事业和生活正处于上升时期。看到瞎了一只眼的俞天白弯腰驼背，女儿还不肯相认，刘铁可怜起这个不幸的人来。他先是咬着牙忍痛让"老婆"，不久又力排众议，解决了俞天白的入党问题。其时军区党校办了一个为期一年的干部培训班，出来是带学历的。颂莲也是为刘铁的前途考虑，从上面争取到一个珍贵的名额，谁知刘铁说，让我在教室坐一年，我这屁股坐不住，让老俞去，老俞天生爱读书。俞天白当时有点感激涕零了，当即告别新婚的妻子和刚刚团聚的女儿，去军区党校学习。一年后俞天白镀完金回来，刚好赶上一个起用优秀起义军官做党的政工干部的好政策。如此一来，俞天白的好运就来了。不仅让刘铁吃惊，也让所有老政工们没想到，俞天白竟然从此跟刘铁调了个个儿，摇身一变，成了九团政委，党的一把手，而刘铁屈尊为团长！事后，俞天白十分不安地对刘铁说，老刘啊，老吴跟我谈话我都不敢信，我说我是起义的，人家老刘是红小鬼出身，论资历论水平，我怎么敢跟他调这个个儿呢。老吴说，俞天白同志，这是分管组织工作的兵团副政委孙世贤同志的提议。孙副政委说，起义军官这些年进步很大，他们同工农干部相比，有较高的文化水平，是和平建设的一笔宝贵财富，要大胆起用，发挥他们的积极性。俞天白进步了，刘铁当然高兴，说孙副政委的思路是对的，这才是共产党"化剑"的气度和成果嘛，我举双手拥护！除了俞天白，那次还有十余位起义军官被任命为团政委，是兵团第一批成为共产党政工干部的起义军官。

　　但是，这之后刘铁和俞天白的关系就不像从前了。俞天白一当政委，立刻表现出一种浓厚的指挥欲，大事小事都要由他把舵，刘铁再不可能像过去那样无拘无束、自说自话了。更甚的是，俞天白还时常搬出党性原则、规章制度之类的东西训导刘铁。看到俞天白左胸上别着一杆亮晶晶的钢笔，口袋里随时都能摸出一个红皮本本，刘铁感到滑稽——他咋越来越像我们那些老政工了，连表情都像，比邢保财还像那么回事儿。经常地，他一边跟你谈着话，一边用一只眼牢牢地盯住你，像是要看穿你的五脏六腑，所有人都被他这副模样弄得又惊又怕。少了一只眼，俞天白不再是俞天白了，他的威严和霸道无以复加。比如他要求干部们每个月写一个两千字的工作小结交给他，算是思想汇报。这就很难为刘铁，不写吧，好像不支持一把手的工作；写，每个月一份，有那么多话说吗？有要紧事为啥不能在会上说，非要写在纸上不可呢，这就是文人的臭毛病了。另外，俞天白还要求干部们政治学习时做笔记，会后不是抽查，就是评比。刘铁每每被当作靶子射，俞天白批评他错别字多，还说我们的干部不注意学习，将来就要被历史淘汰。有一回他在刘铁的工作小结上用红笔画了好多圈，叫干部们传阅，连常福都看不下去了，说这不是让刘团长丢丑吗？俞天白说，你们说那些大白字美吗？是他自个儿丢自个儿的丑！

这些事一件件，一桩桩，攒到一块儿就叫人越来越不痛快。不过刘铁拿俞天白没辙，如今人家是政委，是有最后决定权的。只是有一件事，刘铁把俞天白拿住了，那就是莱丽。那年俞天白平反后，刘铁跟莱丽认真谈过一回，让她回到生父的身边去，并改姓俞。俞天白自然是巴不得。可是莱丽不是小时候的莱丽了，她跟父亲的感情愣是拉不近，甚至还有一种抵触。当时俞天白和紫苏刚结婚，莱丽在父亲那里住了一夜，第二天就又跑回刘铁这边。俞天白找来时，刘铁出于好意，对俞天白说，你们好好过几天安生日子吧，不行就让孩子暂时住我这儿。俞天白想，也好。可是哪知这个"暂时"没边没沿，以后俞天白多次提出让莱丽回去住，刘铁总是说莱丽的思想工作没做通，她不肯回。久而久之，莱丽跟父亲越来越生分，连叫声爸爸都困难，倒是跟她的铁爸爸愈发热乎。俞天白终于不能忍受，两口子郑重其事上门来接孩子。这一回是莱丽出面，莱丽对父亲说，我不想回去，我就跟铁爸爸过。父女俩拉扯起来，俞天白急了，一巴掌打到女儿脸上。看到莱丽的小脸上印着粗大的指印，刘铁当时就怒了，朝俞天白吼道，你算个啥父亲，有这么打孩子的吗？俞天白说，我这是教育我的女儿，不要你管！刘铁搂过莱丽，指着俞天白说，狗日的，冲你这德行，我看你不配当政委，更不配当父亲！还说，莱丽在法律上现在是我的养女，你休想把她弄走！俞天白自然是不甘心，通过组织出面找刘铁做工作，要求还他女儿。刘铁死活不肯还，最主要的是，莱丽压根儿就不愿回到生父身边。孩子的态度很重要，俞天白最后没辙，在紫苏的劝导下，也只好作罢。

现在莱丽念高中了，还是叫刘和平，狗日的刘铁简直是强盗嘛。俞天白不能提这事儿，一提心里犯堵。倒是紫苏看得开，说刘铁这辈子有小人缘，孬娃和莱丽跟着他也好。紫苏这话其实是个提醒，想到刘铁至今孤身一人，俞天白还能再说什么，人家帮你把女儿找回来了，把女人也让给你了，你做点牺牲还不行？想女儿时，俞天白就到学校去远远瞅一眼。他发现女儿很顽皮，一笑，那眉飞色舞的鬼样子酷似刘铁，真是奇怪了！

最近这一年俞天白和刘铁的关系得到一些改善。莱丽和尕娃上高二了，翻过年就要参加高考，刘铁是一心希望他们俩能考个好学校，为他这个大老粗爸爸争口气。自己在学习方面帮不了他们什么忙，加上这一阵又带队去戈壁垦荒，基本不在家待，两个孩子得有人照顾，所以刘铁就叫他们搬到俞家去住，既有人管饭，还有人监督他们学习，何乐而不为呢，这是刘铁打的小算盘。俞天白当然看出了刘铁的狡猾，不过他还是很乐意"帮"这个忙的。通过这段时间近距离的接触，他和女儿的关系大有改进，莱丽毕竟大了，也懂些事了，她对自己的生父尽管不怎么亲近，却还礼貌。不能不承认，人与人的亲密关系仅靠血缘是不够的，血缘只是一个符号；而人的精神、气质、趣味的相同，情感的融洽，却是维系彼此关系的最坚韧的纽带。

刘铁来到俞家时，紫苏已做好一桌酒菜。两个孩子见了刘铁，上来祝福铁爸爸，每人还给刘铁准备了一个小礼物，原来今天是刘铁的生日。俞天白夫妇能给自己过生日，这叫刘铁很意外，喝下一杯酒，心里热起来。在山里好久没改善伙食了，按说应该有胃口的，但是这天刘铁光是喝酒，很少动筷子。紫苏感到不对头，示意丈夫好好开导一下刘铁。俞天白知道刘铁为什么沉重，刚才他们回来时，在路上碰到一群河南灾民，有个老太太带着三个孩子，大的六七岁，小的大概才两岁。孩子们饿得哇哇哭，老太太哄了大的，又哄小的，最后没办法，干脆解开衣裳，叫两个小的一人含她一个奶头……这情景深深刺痛了刘铁。想起上午开的那个会，刘铁愈加不安，面前摆着这些好吃的，他哪儿能咽下去呢。看到刘铁紧锁眉头，俞天白心里也不是味儿。

突然外面传来闹哄哄的声音。俞天白站起，看见柴米贵慌慌张张进来。柴米贵现在是三连连长，他一脸严肃地说："俞政委，刘团长，有一帮灾民偷咱们场上的玉米，被民兵当场抓住！你们看咋处理……"

刘铁和俞天白连忙出门，只见院子里站着一群衣衫褴褛的灾民，为首的是个花白头发的老太太，怀里抱一个，身边站了两个，正是刘铁一个小时前见过的那个老人。原来这帮河南灾民饿得招架不住了，有个叫大水的人便带他们去了一个地方，偷了一些玉米躲在芦苇丛里烧着吃，被执勤的柴米贵和大眼发现了。此类的事并不少见，关键是那个叫大水的人再次浮出水面，柴米贵感到是个重要信息。一段时间以来，"大水"这个名字在灾民里叫得很响，似乎是个惯犯，作案手段灵活，来去如风，几次从民兵眼皮子下溜走，民兵们对他恨之入骨。但许多得到过他帮助的灾民，却说这是个好心的贼娃子。有人还把他说成是长有三头六臂的英雄，越传越邪乎了。大水这回又溜了，柴米贵有些恼，让灾民供出这个人藏在哪里。没想到为首的老太太态度强硬，说，要杀要剐我老婆子担，让我们供出大水，没门儿！柴米贵索性把他带了过来。

　　见两个干部模样的人出来，乱哄哄的声音一下没了。莱丽拿着没吃完的半个馒头，跟着尕娃出来看热闹，这时一个意想不到的事情发生了！那老太太的大孙子斜冲过来，扑向莱丽，抢了莱丽的馒头就往回跑，大家不由得叫了起来。大孙子是个孝顺孩子，他抢了馒头没有自己吃，而是准备给他年迈的奶奶。奶奶伸出一只竹枝般的手，抖了两下，没有接，朝着大孙子的脸上扇去，半个馒头落到地上！男孩儿哭起来，男孩儿一哭，引出所有孩子的哭声。孩子一哭，女人们也开始哭。老太太没哭，她走到刘铁和俞天白面前，求情道："两位同志，是我偷了你们的苞谷，跟娃娃们无关，要抓就抓我老婆子吧，我有罪！"说着扇起自己的耳光。

　　刘铁一把抓住老人的手，说："大娘，你也是为了孩子，你是个好奶奶，我不抓你。我知道你们是因为老家受了灾，为了活命，才来新疆寻口饭吃。都说新疆是个好地方，牛羊肥壮，瓜果飘香。说得没错，新疆大得很哪，不怕没有落脚的地方！还没吃饭吧，走，我给你们弄吃的去！"

　　听刘铁这么一说，俞天白急了，说："老刘，你可别惹麻烦！"

　　刘铁说："人家大老远来到咱家门口，咱总不能不管顿饭吧？"

　　刘铁说"管顿饭"，显然不是只管一顿饭，就连住宿也管上了。刘铁让现任招待所所长的常福把所有房门打开，说晚上要霜降了，架上炉子，把库房里存的被褥和棉衣全拿出来，发给大家。

　　常福很敏感，说："团长，上面没说安置灾民呀。"

　　刘铁说："我说安置了吗？我现在是实行人道主义，救急！懂吗？"

　　常福暗想，老团长啊，难怪你提不起来呢，每到风头浪尖上，你总是冲第一个，枪打出头鸟啊。

　　这天晚上，刘铁给灾民们做了一顿香喷喷的手擀面。那位河南老太太捧着一碗面，抹起眼泪来。老太太姓王，三个儿子都当了兵，两个死在抗日的战场上，最小的这个还是个战斗英雄，叫黄小丫，落下残疾，回乡务农。不久前儿子儿媳得了浮肿病，双双离世，撇下三个孙子孙女。一听黄小丫这个名字，刘铁仿佛看见一个汉子訇然倒在清风岭的情景，黄小丫正是自己手下的一个指导员呀！长得清清秀秀，像个姑娘，那回要不是他引开敌人的火力，就连剩下的人马也保不住了，只可惜黄小丫失掉了一条胳膊。

看见老人一把鼻涕一把泪，刘铁心痛啊，这是自己战友的母亲，英雄的母亲啊。刘铁握着老人的手，说："大娘，我是小丫的战友，您就管我叫铁娃子！您和乡亲们放心在这里住，有我铁娃子一口饭，就饿不着您和大家！"

三

听说九团有个菩萨心肠的铁团长，亲手给灾民擀面条吃，还给他们发衣服，第二天上午就有另一支灾民队伍浩浩荡荡地杀过来。看见大路上尘烟四起，常福感到情况不妙，让服务员赶紧关好门窗，自己向团部跑去。

常福火烧火燎地赶往团部时，刘铁把家里的事情该交代的都交代了，刚刚回垦荒工地。俞天白正给营以上干部传达师里召开的关于加强治安工作的会议精神，特别强调要对灾民进行有效的疏导和劝导，避免发生冲突。这时候常福冲进来，说又来了一批灾民！一时间大家惶惶然，俞天白瞪着独眼问："有多少？"

常福说："两个排不止，反正招待所是住不下了。"

大家议论起来，有人说，招待所是供干部们开会的地方，现在成啥了，难民营嘛。开了这个头，以后就没完了，上头又没说让收留灾民。也有人说，兵团粮食是不少，可那是有计划的，要缴国库，来这么多灾民，将来咱们从哪儿弄粮食给他们吃。这些话其实是针对刘铁的，谁都知道刘铁昨晚上擅自收留王大娘一帮河南灾民的事。

俞天白听着，笔头在小本本上一点一点，并不制止。共产党讲究民主和平等，敞开言路，让大家畅所欲言也好，自己这个政委就不至于犯一言堂的错误。等他们说得差不多了，俞天白才慢条斯理地发言，他先是对大家的情绪表示理解，说："你们的担忧不无道理，说老实话，我比你们更担忧。这件事要处理不好，将来很可能惹麻达，到时候谁也负不了这个责！"

这番话说明俞天白的内心是矛盾的。是啊，眼见着这么多灾民饥寒交迫，出于善良的本性，俞天白确实很焦急，很难过，想帮他们一把。但是他如今是政委，是把舵的人，又不能不顾全大局。师里刚开过会，要求各团做好安全防范工作，而九团却私自收留了一批灾民，这要汇报上去，自己这顶乌纱帽能戴稳吗？邢保财本来就对自己有成见，这回弄不好会再次被抓小辫子。经历过无数次政治风浪，死里逃生的俞天白不能不心有余悸。但是，刘铁临走前几乎求他了，说，老俞，王大娘是我死去的战友的娘，你得收留！这么多年的搭档，还是自己的恩人，第一次求他，俞天白能不答应吗？俞天白当即表了态，说，老刘，你放心回工地，这事我扛着。

现在看到有人对这件事有异议，俞天白半带解释地说："王大娘是咱们刘团长牺牲的战友黄小丫的娘，也就等于是刘团长的娘，这个面子不能不给。"

下面又叽叽咕咕开了，主要是觉得给了王大娘照顾，李大娘管不管？山东来的李大娘那可是咱们某某的亲戚。还有四川的张大妈，安徽的马大婶，要把这七大姨八大姑都收下，九团就变成一个师了。要不留，不如一个不留，免得闹出是非。听到有人这么说，俞天白恼了，敲敲桌子，说："喂，你们别那么多话行不行？我刚才说过了，王大娘的情况比较特殊，人都住下了，能赶她走吗？这事儿就这么定了，不许再说三道四！"

俞天白拿出了他政委的威严和权力。

过了没几天，灾民发生了一场骚乱。这事儿说起来跟王大娘有关，王大娘住下后，又来找俞天白，希望她那些同乡也能一起留下。俞天白经不住老人家一把鼻涕一把泪，说，好吧。但招待所的负担过于重，他只好将一部分灾民分到各营去。招待所每个月拨的粮食是定量的，各营食堂也一样，没多少余粮，俞天白就让粮站想办法，问题算是暂时得到了解决。可是过了几天，各营报告说没粮了，情急之下，俞天白只好从自家扛来仅剩的三袋玉米面，又动员全团干部把家里的余粮献出来。一时间大家伙儿意见很大，主要是对刘铁，认为他心太善，结果引火烧身，让自己的职工受委屈。这一年来随着内地支青和自流人员的剧增，加之兵团粮食产量由于天气缘故出现减产，职工的日子过得已不像从前那么滋润了，他们对外来人免不了有些怨意。花之锦和黄鹂几个班子成员表示说，共产党的干部讲无私奉献，让我们献出家里的余粮当然没问题，不过这是杯水车薪，无济于事。他们给俞天白出主意说，粮站那一批准备多缴的公粮，能不能拿出来救急？一听公粮，俞天白连连摆手，开什么玩笑，国库的粮还敢动？！

九团粮站后面有个大仓库，近来重兵防守，大家都知道那是一方轻易不让人靠近的重地，那里装着九团去年一年节余下来的粮。兵团每年都承担着给国家上缴粮食的任务，内地闹饥荒，这个任务就显得更加紧迫和繁重。为给国家多做贡献，刘铁主张把节余下来的粮也上缴。一个月前班子开会讨论时，有人觉得刘铁有争强好胜、打肿脸充胖子的嫌疑，可动机是好的，加上俞天白赞同，所以不便反对。后来俞天白把这笔数字也报上去了，果然得到上级的表扬。现在这批粮虽然还没运走，可已经成为计划内的公粮。老花和老黄这个时候提出这建议，俞天白很警惕，要是一个月前还好办，现在黄花菜都凉了，这个心思不能动。

但是，俞天白真就发起愁来。昨天他打电话给粮站，要求上任不久的梁站长一定要对粮库严防死守，梁站长说了一个情况，叫俞天白大吃一惊，原来各营食堂最近都上他那儿拉过粮，给垦荒工地的粮食眼下只剩不到半车，那边催着让送粮了！听到这个消息，俞天白训斥梁站长，说："你他娘的昏了头，谁让你乱批的？"梁站长说："咋叫我乱批，不是你把灾民分到各营的吗？他们说你让他们来我这里拉粮的，还说灾民里有刘团长的娘，尤其要照顾招待所。"俞天白气得眼睛疼，扣了电话，骂道："狗日的，你们一个两个真会钻空子，这可怎么得了，把第一线的粮食也给吃掉了！"

俞天白中午没回家，一个人坐在办公室抽闷烟。垦荒工地那可是前线，不能缺粮的，缺了粮就会出大问题。可眼下上哪儿弄粮去？仿佛又到了十多年前初来巴格其时山穷水尽的地步，俞天白又看到了病榻上挣扎的王春来，看到一群群饿倒在工地上的士兵。刘铁啊刘铁，你一拍屁股走人，把这道难题留给了我！俞天白心如刀绞，几乎陷入绝望。

在俞天白进退两难、焦头烂额之时，肖伯年从医院带话来，叫他过去一趟。有一阵儿没见，肖伯年的头发全白了，瘦骨嶙峋，精神却还好。肖伯年掏出一把钥匙交给俞天白，说他有一套古钱币，是二十多年前从一个商人那里收购的，价值不菲，让俞天白去找一个叫王世昌的人，那人识货，且家底很厚，卖了给灾民换些粮食回来，先救个急。

俞天白知道肖伯年对古董的珍爱，说："肖师长，那可是你的宝贝呀。"

肖伯年说："钢能用在刀刃上，足矣！东西在我的书柜里，你告诉我老伴，就说我让你取的，快去办吧！"

俞天白望着肖伯年，心里一热。这是个好人啊，自己能平反，重新回到领导岗位上，肖伯年没少替他说话。他们曾在一个旧军队里共事，有过相似的经历，从某种意义上说，就有一种更加默契的东西连在他们中间。俞天白握着肖伯年枯瘦的手，眼睛湿润了。

四

当一拖拉机面粉运到垦荒工地时，负责伙食的仇班长乐了。垦荒大队的队员们已吃了两天稀的，一直等着团里送粮来，那边却一推再推。刘铁很恼火，也曾有过一闪念，想团里是不是粮食紧张了，但又想不可能，供应一线的粮历来是列入专项计划的，绝对有保证；即使来了一批灾民，也不至于会闹粮荒。所以刘铁给俞天白打电话催粮，态度上很不客气。俞天白在电话那边显得很平和，说："老刘你放心，我就叫他们把面粉送过去。"

这天中午仇班长给大家蒸了几大笼萝卜猪肉馅包子。离开饭还有几分钟，趁着包子刚出笼晾着的工夫，仇班长准备去撒个尿。他刚转身出门，一摸口袋，烟没带，回来拿烟，这时发现一个戴着旧军帽的小脑袋嗖地一下钻到了案板下。最近炊事员大明几次反映，说有个小贼娃子偷他们的馒头，仇班长没在意，现在看见这小子把自己扣在了一只大菜筐下，想，兔崽子！光天化日之下敢跑到这里偷东西，看我不剁了你的手！

"狗日的，你是谁？"仇班长把那家伙拽了出来。

"你是谁？！"小个子面无惧色，瞪着黑亮的大眼睛。

这时从外面进来一群打饭的职工，有人马上认出这就是那个叫大水的惯偷。一听"大水"这个名字，众人的情绪陡然高涨，有人抓起铁锨，冲上去喊："打呀，打死这个坏蛋！"

大水从腰间拔出小刀，说："看谁敢上，我的刀可不长眼！"

仇班长回身抄起一把大号菜刀，说："臭小子，竟敢班门弄斧，看谁先剁了谁！"

众人嗷嗷叫，都知道仇班长的刀技不一般。只听仇班长呀了一声，刀光一闪，扑向大水。那大水倒是机灵，猫儿似的一跳，把仇班长给闪到一边。仇班长憋足了劲儿，又呀了一声，再次出击，大水又是一跳，偏过脑袋！几个回合下来，仇班长便有些懊恼，肥胖的身体气球一样膨胀开来，好像要爆炸了。他追着大水左劈右砍，似乎总是差那么一丁点，菜刀就要落到大水的头上，而大水又总是在这个关键时刻脱险，看得人好害怕。其实仇班长的手下是有分寸的。不过这最后一次大水没有躲，迎着那雪亮的刀光，眼睛一眨不眨！气氛变得异常紧张，人们看着那把大菜刀悬着，抖个不止。突然，大水也举起了手里的刀，这刀子是那么小巧，尖尖的、细细的，却是寒光闪闪，锋利无比。人们以为大水会对仇班长进行一场反攻，不料这小子一抬胳膊，狠狠地插进嘴里——

仇班长本来满怀战斗的豪情，准备好好耍一回大刀，在众人面前显一回身手的，现在这小子来这一手，他被吓住了，菜刀落到了地上。在场的其他人也傻了似的，看着大水嘴巴一闭，腮帮子鼓了鼓，使劲，再使劲，皱眉努嘴，喉头一动，咯噔！老天爷，他把刀子吞下去了！只见大水嘴角流下一抹浅红的唾沫，东摇西晃，转了几个圈，咚！倒在地上。

大家愣了片刻，才有人反应过来，大喊："吞刀子啦，出人命啦！"

刘铁跑来时，仇班长吓得裤子都尿湿了，抹着鼻涕眼泪说："刘团长，我不是有意的！他偷包子，我想吓唬吓唬他，跟他玩一把大刀来着，他咋这么不经吓，寻起短见来了！……"

刘铁看见一个人躺在地上一动不动，摸了一下他的嘴，说："我的天！赶紧送医务所啊。"说着，托起大水的屁股就跑。大水像只死猫软软地瘫在刘铁怀里，小脑袋紧贴着刘铁的胸。

刘铁把大水送到工地医务所，两名医护人员帮着把大水放到床上，哗哗啦啦拿出一套家伙，要帮着取刀子。谁知这时大水突然睁开眼，一骨碌坐起！

大家伙儿全愣住了。

大水跳下床，捶胸顿足，扭腰摆髋，一阵舞动，最后双掌捂嘴，做了个呕吐的动作，噢——一把雪亮的小刀吐在了手上！天哪，这是个啥人，这么神！

刘铁上前要过小刀，在刀面上一拭，笑着说："臭小子，你还会蒙人哪，有点功夫嘛！"

大水大眼睛骨碌一转，操着陕西话说："那是，我在老家是秦剧团的，变个戏法，小菜一碟。"

听说大水是秦剧团的，刘铁来了兴趣，说："你是唱戏的？"

大水说："不信咋地，瞧我的——"说着，哐叽哐叽哐哐叽，踩着碎步走了一圈，一个亮相，叫起了板：

哥哥——
多亏你虎口之中救下我，
妹妹上前拜哥哥……

一场虚惊，仇班长和一帮人这下笑了，拍着巴掌说："唱得好，唱得好！"

声音还真到位，果然是唱戏的。刘铁激动得两眼放光，说："好小子，唱得不错！你叫大水对吧，小伙子，你哪儿也甭去了，就留在这儿，给咱们唱戏！但有一条跟你说清楚，不许再偷东西！"

大水翻了两个跟斗，立正，挺胸，像模像样地敬了个军礼，说："是，铁团长！"

刘铁拍拍他的肩，说："你还知道我是铁团长？"

大水眨眨眼睛，说："我还知道你是陕西人，咱们是乡党哩！"

刘铁认下一个"盲流干娘"，现在又认了个"小偷乡党"，有人在下面议论刘铁老乡观念重，当面却也不好说啥。大水被安排到伙房帮忙，这小子手脚勤快，嘴也甜，还会唱秦腔，大家伙儿很快就喜欢起他来。初冬戈壁滩开始刮西北风，比小刀片还锋利，好多人的手脚裂了口子，大水每天给大家熬姜汤，送到地头，用来驱寒。大水给刘铁送的姜汤是用一只大号水壶装的，里面加了砂糖。刘铁一喝就乐了，说真甜！大水从低低的帽檐下瞅着刘铁，抿抿嘴，黑眼睛里绽开两朵小水花。刘铁觉得这小伙子瘦是瘦，耐看，眉眼间有股子姑娘的秀气哩。

自打大水来了以后，刘铁的个人卫生有人管了。大水隔天就跑到刘铁的帐篷里搜罗脏衣服，就连内裤和袜子也不遗漏。这天傍晚刘铁扛着坎土曼收工回来，一进帐篷觉得好敞亮，好暖和。原来大水在屋子正中搭了一个小铁炉。看着整洁的地铺和呼呼作响的炉火，刘铁想这小子挺有眼色，知道爱护首长呢。刘铁在炉子前坐下，大水端着一盆湿衣服进来，两只细嫩的手冻得通红。刘铁有点过意不去，又有点感动，想了想说："放下衣服我来晾吧。去，小乡党，把你的铺盖卷搬过来。"

大水愣了一下，说："这、这……您是大首长，我是小盲流，住一块儿，成何体统？"

刘铁说："没什么不成体统的，本首长现在需要你，你就甭啰唆，快去！"

"是哩！"大水扯着长长的戏剧腔应道，放下脸盆，蹦蹦跳跳去了。

大水走后，刘铁围着火炉惬意地喝起姜糖水。这时外面传来汽车声，刘铁拉开门，见颂莲披着黄呢大衣快步走来。颂莲这个时候跑到工地上，显然有要紧事。

刘铁迎上去，说："老吴政委驾到，有失远迎，罪过罪过！"

进了屋，颂莲从挎包里拿出一瓶酒和一个大纸包，往桌上一搁。一见酒和油汪汪的纸包，刘铁两眼放光，说："是卤猪头肉吧？太好了，肚子里正缺油水呢。"

刘铁热情地扶颂莲在木墩上坐下，自己恭恭敬敬地蹲在对面，抱着酒瓶子闻了又闻，爱不释手。看到刘铁又黑又瘦，一副傻乎乎的样子，颂莲有些心疼，心里直叹，刘铁啊刘铁，你年纪不小了，脑子也不算笨，为什么明知有些事不能为你偏要为？人说响锣不用重锤敲，这些年我敲打你还少吗，你怎么就不开窍呢？

见颂莲半天不开腔，刘铁已明白几分，说："说吧，老吴，我又犯啥事儿了？"

看来他心里跟明镜似的，颂莲索性直截了当，说："收容灾民，你跟谁请示了？"

这事儿其实颂莲早几天就听说了，她没有制止，是因为她觉得刘铁这么做是可以理解的。但是昨天邢保财冲她大发雷霆，说这么大的事，他刘铁不请示，不汇报，想咋地咋地，他眼里还有没有组织？有没有师领导？邢保财如此盛气凌人，理由有三：一是因为他刚刚开过会，定了规矩，有人竟敢不执行，这不是跟他这个代理师长对着来嘛。刘铁分明是有意而为之。二是擅自接受灾民非同小可，与其说刘铁是给自己找麻烦，倒不如说是在给他邢保财添乱。听说有人还提出要动用公粮，这可是犯法！这第三个理由，邢保财没明说，那就是在兵团上层，有一种主流意见是：遣送灾民回内地。邢保财发狠地说："必须马上让九团甩掉这个烂包袱，不然会出大事！"

听说有人已瞄向公粮，颂莲一阵心惊肉跳。为了把这个不良念想消灭于萌芽状态，或者说避免一场大灾难，颂莲默认了邢保财的那个命令：遣散灾民！

颂莲来这里，就是跟刘铁谈这件事的。

弄清了颂莲此行的意图，刘铁一脸不快，说："老百姓走投无路才找到咱们，咱们再把他们撵回去像啥话。老吴，你说咱们革命的目的是什么？不就是为了老百姓嘛。"

刘铁当了一些年头政委，口才练得不错，关键是他是站在人民的立场上思考问题，因而不容你反驳。这些道理颂莲作为一名党的高级干部又怎么会不懂，革命的目的肯定是为了老百姓，可眼下情况不是那么简单。

颂莲劝刘铁还是别拗了，星期五师里要开会，统一布置遣送灾民一事。

刘铁愤愤地说："这是不顾人民死活的做法，我决不会听从他邢代理的。如果你老吴也这么要求我，这猪头肉老子不吃啦！"

刘铁把酒瓶撂在地上，跑了。

望着简陋的地铺，颂莲心酸地想，刘铁，你认为我吴颂莲是胆小鬼对吗？我这可是为了你。师里张副政委已调走，组织部准备对你和俞天白进行考察，节骨眼上你不能再做出格的事了！刘铁，你就让我省省心吧！

颂莲的这些话，刘铁听不到，也不想听。他恶狠狠地劈着柴，呸呸吐了两口唾沫，想，让我赶走王大娘，不可能！我铁娃子不能这么无情无义，见死不救！

五

颂莲走后，刘铁开始喝酒。喝了酒，心里憋得慌，就想找个人说话。看见大水在门边收拾地铺，刘铁用油乎乎的手一指，说："把你的……跟我的，并在一块儿，暖和！"

大水有点为难，刘铁又是一指，大水只好把自己的铺并了过来。

"坐下，小乡党，陪、陪我喝两口！"

大水被摁在了地铺上。刘铁倒了半茶缸，往他手里一塞，说："喝！"

大水抿了一小口，差点吐出来。

"不许吐，这可是雪莲酒，好酒……"

"铁团长，刚才……那女的是你上级吧？"

"她不仅是我上级，还是我……奶奶哩！"

大水嘻嘻地笑了。

"你瞧她那个凶，她命令我把灾民送回老家，老子不会听她的！大不了这个团长不当了，娶个媳妇，生个儿子，窝到哪儿当老农工！"

"铁团长，你还没成家？"

"没咧。"

大水捧着茶缸，咕咚一口，嘿嘿笑了。

"嘿嘿！你笑、笑个啥呀？"

大水咕咚咕咚又是两口。

刘铁一把夺过来，说："嘿，小子！叫你抿一口，你还喝上瘾啦！去，回被窝，睡、睡觉！"

大水帽子也不摘，和衣钻进被窝，掀开羊毛毯子一角偷看刘铁，笑得咕叽咕叽。刘铁不明白他乐个啥，说："吃了呱呱鸡肉啦，个勺子！睡、睡吧。"

大水又笑了一声，片刻扯起小呼噜。

如果刘铁细心一点的话，应该能觉出大水是个不同寻常的人。但是刘铁比较麻木，或者说没想到，即使身边的人睡了，一翻身，露出一只细白的脚，刘铁还是没在意，扯过毯子把那脚盖上。

这样两个人头挨头一连睡了好几天。

几天后的一个夜里，刘铁感到一阵腿痛，被冻醒，只听帐篷外寒风呼啸。刘铁坐起，瞅瞅炉子，火灭了。他捶着腿，用手电筒照照小窗，嗬，雪花飞舞！看见身边的大水蜷在薄薄的毯子下，被头上一层白霜，刘铁拍了一把，朝那边挤挤。大水睁开了眼。

"小乡党，来！睡我这边，我的被子厚，咱们俩挤一块儿。"

"我不冷……"

"还说不冷，一条破毯子管啥用。下雪了，这头场雪天很冷哩。"

刘铁又拍了拍大水。大水似乎有些怕，裹着毯子朝一边靠了靠。这个动作叫刘铁觉得大水跟他生分。刘铁不喜欢下属和他有距离，于是一把将大水拉进了自己的被子，又把大水的毯子盖到了上面。

大水背过身子，又往边上挪。刘铁发现大水连棉衣都没脱，还戴着帽子，这么睡不暖和不说，身上不透气还会长虱子的。刘铁有这个经验。

"小乡党，你这种睡法成问题，还是把棉衣脱了睡暖和。"

刘铁的手又搭到了大水肩上，不料大水这次一把甩开刘铁！刘铁被大水这个举动弄得有些尴尬，说："咋啦？"

大水坐起来，瞪着刘铁不说话。那神情不像大水了，倒像个受委屈的小姑娘，眼神是幽怨的。

"嘻！小乡党，这睡得好好的，你这是咋啦？"

"你、你……难道一点也认不出来我咧？"

"看这话说的，你不就是大水吗？"

大水的眼泪这时唰地涌出来，帽子一抹，落下一头乌黑的长发，好家伙，是个女的！

"你、你是女人？！"

"铁叔叔！我是石榴！"

自己不仅光着脊梁，还光着两条大腿哩，刘铁连忙找裤子穿上。继而划了根火柴，点亮马灯，哆哆嗦嗦凑过去，打量面前这个黑黑瘦瘦的女人。细看，当年那股子俏皮劲儿还在脸上，尤其是一双黑亮的眼睛，有一些小星星在里面。这些星星现在被一层阴云笼罩，那个天真活泼的石榴变成了面前这个有些沧桑的成熟女子。我的个天啊！真是石榴，她咋会跑到这里来，为啥还要扮成个爷们儿呢？

"铁叔叔，我是没法子了，才来找你啊！"

原来那年石榴被送回延安，先是读了一年半书，后来姐姐从甘肃老家探亲回来，说他们那个县的秦剧团在招演员，石榴就去甘肃考了秦剧团。凭着一股子聪明劲儿，几年练下来，石榴成了一名看家花旦，嫁给了副团长。谁知道县上这几年连遭旱灾，剧团垮了，丈夫也病倒了。为了给丈夫治病，石榴借了一屁股债。丈夫死后，好多人上门讨债，几乎把石榴逼疯了。石榴这时突然想起遥远的新疆，想起铁叔叔，她索性女扮男装，在一个夜晚偷偷跑出来……前段日子，她一直在悄悄打听刘铁，听说刘铁在一个很远的地方垦荒，她找了过来。但是看到刘铁，她又不敢认，心虚得很，因为她现在是个被九团人通缉的"贼娃子"，并且自己早已是明日黄花——嫁过人的人了，这一路为了讨口吃的，还跟两个不三不四的男人厮混过。石榴啊石榴，你还有啥脸见铁叔叔呢，铁叔叔是个多么高尚的人啊。

那天"吞"下小刀,被刘铁抱着,一路小跑送到医务室时,石榴蜷在刘铁温暖的怀里,心里一直在流泪。那热腾腾的汗味儿又让她想起小时候,她坐在他腿上听他讲战斗故事和唱秦腔的情景。她忘不了当年是他抓出了那个强奸她的坏蛋,是他治好了她的"怪病",他是自己的恩人啊!石榴为自己的种种劣迹而感到羞愧,感到自卑,所以当刘铁留下她时,她满怀感激,有种重新做人的喜悦。是的,她一定要好好照顾铁叔叔,也算是报答他。颂莲那天来找刘铁,石榴和她有过短暂的照面,颂莲没认出石榴,石榴却看出了名堂,她的颂莲阿姨对铁叔叔很不一般。不过听说铁叔叔还是单身,石榴心里一亮,有数了。再瞒下去终不是回事儿,索性说个明白也好,石榴坚信铁叔叔会可怜她的。

果然,听了石榴一番哭诉,刘铁唏嘘不已,仿佛又回到十多年前。这个世界说大也大,说小也小,不是冤家不聚头,缘分哪。走到今天这一步,能怪石榴吗?石榴只是一个弱女子,不得已啊。想起她自小就失去父母,四处漂泊,刘铁联想到自己,皆是命不由己。他看了石榴片刻,叹道:"石榴哪,石榴,当初要不送你回去就好啦。"

石榴号啕起来。

刘铁生着了火,把自己的大衣披到石榴身上,用一种对孩子的宽厚口气说:"今晚你就在这儿睡,把门顶好。"说完,抱起一床毯子走了。

石榴俯在门后,哭成了泪人儿,心说,铁叔叔,你别撵我走,石榴再不当坏女人了。听着石榴哭,刘铁站在门外眼睛湿润了。可怜的石榴,铁叔叔不会撵你走,铁叔叔不会去撵一个灾民,因为你们已经够不幸了。

第三十二章

一

邢保财做出遣散灾民的决定不是凭空而来，而是有着复杂的背景。最近兵团上层就灾民问题一连开了几次会，会上两种意见截然不同，遣送灾民回去的呼声很高，只有孙世贤等少数人反对，就有些孤掌难鸣，孤立无助。

这些天，孙世贤时常站在那幅中华人民共和国的大地图前发呆，一只手在西边的黄颜色上缓缓移动，移到边境线时，就不动了——这里，是他的一块心病。国际形势骤变，边境空虚，能不能建一个农场带，以巩固边防？要知道兵团的使命是屯垦戍边啊。孙世贤曾在几个会上提出自己的这番见解，却并没有受到重视。在这个班子里，孙世贤是年轻的，文化程度却比其他几位高很多，这就让他时常面临一种尴尬和孤独——他的许多意见或建议尽管不无道理，却不可能得到采纳，谁叫你是教书匠出身呢，在那些资历很深的革命功臣面前，他就像个幼稚的小青年，纸上谈兵，被人所忽略。

孙世贤能到今天这个位置上，可以说是个偶然，这倒不是说他能力不行，而是说论资历他远远比不过那些操枪杆子的人。但是他是一位中央的老首长力荐的，那位老首长二十世纪五十年代初带着一个代表团来新疆参观了巴格其后，感慨万千，他发现这里有个出色的"改造专家"，一位眼光和胸怀皆与常人不同的帅才。能团结和改造好一支国民党起义部队，并把这个漫长艰辛的过程，同

"化剑为犁，戈壁滩上建家园"这样一个美好主题相联系，这是多么积极浪漫的想法，充满了人情味儿和大智慧呢！当建设美好幸福的家园成为大家共同的愿望时，无论是共产党，还是国民党，党性、阶级、仇恨，等等，这一切似乎都不再重要了，和平自由就是人类的终极目标和最高理想。什么是共产主义，这其实就是看得见、摸得着的共产主义，世界处处是和平，大家人人成兄弟，多好啊。所以，从某种意义上说，正是孙世贤这样一位长期在一线工作的老政工，用他艰苦的实践为我们党总结了一条成功经验：改造，即融合，共产党的精神能熔化剑。

对于日渐严重的灾民问题，孙世贤的思路又跟其他人不一样。多数人认为，灾民多了，会干扰我们的工作，争我们吃的用的；为了新疆，也为了兵团的稳定，不如把他们遣送回原籍。而孙世贤说，内地灾民往新疆跑，往兵团跑，说明什么？说明新疆好，兵团好，说明这广阔的天地大有作为。新疆要持续发展，需要人，尤其是人才，咱们能不能设法安置灾民呢？你把他们遣送回去，他们没吃没喝，就不会给社会带来混乱了？不能这么狭隘，更不能短视，要有大局观念和发展的眼光。

孙世贤的这个意见，在会上被大家否了，有人说他不当家不知柴米贵，书生气太重。也可以理解，兵团从二十世纪五十年代到现在，接受安置了山东、河北、河南、四川、江苏十几个省市的几十万支边青年和转业军人，职工队伍猛增，许多岗位人员饱和，兵团确实负担不起了。眼下再把如此沉重的一座大山往自个儿身上背，谁会干？

上面既然发了话，下面就开始执行了。星期五上午，邢保财召集各团的一二把手到师部二楼会议室开会。刘铁没有到会，俞天白拿着个小本本坐在后面，一笔一画，认认真真作记录。传达完上面的指示，邢保财朝后面看了一眼，说："俞政委，今天的会你没通知刘团长参加吗？"

俞天白连忙站起来说："他那头这两天忙，我代表了。"

邢保财说："今天我在这里特别要对九团提出批评，九团团长刘铁，无组织无纪律，擅自收容灾民，很不像话！刘铁不来参加会也没关系，只要有你俞政委在就好。我向你重申一遍，两天内送走刘铁那个干娘，还有他那个叫啥的，对！叫大水的小偷乡党，逾期我可要追查你这一把手的责任！"

下面有人哈哈笑了，说那个大水是个小娘儿们，铁娃子过去的老相识哩。颂莲抬起脸，有点不相信，那天她见到的分明是个黑瘦的小伙儿，在刘铁帐篷里铺床，怎么成娘儿们了？

散会后，邢保财特意把俞天白留下，提醒他说："俞政委，你是咱们兵团第一批担任政工领导干部的起义军官，你得为组织争气。在大是大非问题上，希望你不要糊涂。现在组织部正在考察你和刘铁，你可不能跟着刘铁一块儿犯错误。"

邢保财这一手着实厉害，俞天白身在党内，是知道这番话的分量的，他点了点头。

在灾民的事情上，俞天白一开始确实是怀着强烈的同情心，站在一个比较公正的立场上。尽管遇到很多麻烦，他一个人担了，跟刘铁只字不提，可谓忍辱负重。但是现在俞天白必须服从命令听指挥，你是一个领导干部，怎么能不听招呼呢？再说了，这些天跟灾民接触多了，俞天白真就头疼，说他们是盲流、盲道不无道理，这些人大多没什么文化，素质不高，小农意识又强，一派自由散漫，无政府主义。此外，偷鸡摸狗、流里流气的也混杂其中，比较难办。就在昨天晚上，两个灾民为了一碗粥干起来，河南的嫌山东的能吃，争了他们的食。一动手就是一帮对一帮，结果是双方谁也没吃上饭，一锅粥被掀翻在地。幸好俞天白和花之锦赶来，避免了一场血战。俞天白又气愤又痛心，粮食本来就不多，这些粮还是发动干部从家里拿出来的余粮，现在竟糟蹋了，可惜啊。俞天白回到家，脱下被扯烂的衣服给紫苏看，紫苏问丈夫，你的手表呢？俞天白瞪大眼睛，手腕上的表不见了！俞天白让常福帮着找，今晨常福打电话来说，政委，甭找了，一准儿被偷了。俞天白窝火啊，还是趁早把这帮人弄走得了。刘铁，我这也是执行命令，你怨不得我！

二

刘铁是后半晌才听说王大娘他们被送走的事儿，他开着一辆工地的大卡车直奔车站。狗日的俞天白，你就这么不帮忙啊，明知是我战友的老娘，你也不肯给点面子。刘铁咬着牙，一路把车开得飞快。

天上飘起细碎的雪花，巴格其长途汽车站被挤得水泄不通，到处是灾民，哭声喊声和汽车声，让这座小城充满了一种生离死别的悲切。刘铁穿过一堆堆东倒西歪的灾民，四下里张望，看得眼睛发酸，也没看见他熟悉的面孔，更别说王大娘。这时背后不远的地方传来一阵孩子的啼哭，正是王大娘的小孙子。气温骤降，小孙子发起高烧，老人家抱着孩子，急慌慌往这边走，准备找个医生给看看。

刘铁奔过去，叫了一声："大娘！"

猛然间看见刘铁，老太太一下流开了眼泪，说："铁团长，救救孩子吧！"

见那孩子满脸通红，哭个不停，刘铁接过来，摸了摸他的小脑门儿，说："哎呀，大娘，这孩子烧得不轻！走，跟我回团里去看医生。"

王大娘颇为不安，说："铁团长，我知道你作难，我不能再给你添麻烦了……"

刘铁说："您这是说的啥话，小丫不在了，您就把我当您儿子，有啥麻烦的。"

一些老乡认出了刘铁，呼啦啦围上来，说，铁团长来啦，铁团长这人心眼好。有几个光着小脚丫的孩子迎着雪花，还"铁叔叔、铁叔叔"地叫。看见这些手脚都冻红了的孩子，刘铁有些心疼，他拍拍这个孩子的脸，摸摸那个孩子的头，面对黑压压一片人，喊起了话：

"乡亲们！我是九团团长刘铁，这些天我在外面开荒，对各位关照不周，让大家受委屈啦！十多年前这位王大娘把三个儿子送上战场，打日本鬼子，打国民党蒋介石，她还给我们的伤病员煮过鸡汤，做过军鞋，她是个革命的好妈妈！今天革命胜利了，我们不能忘记老百姓的支持，不能忘记人民的恩情！新疆生产建设兵团是一支老部队，爱护老百姓是我们的光荣传统。你们的困难，就是我们的困难，乡亲们，都跟我回去吧！"

刘铁的一番话就像一盆炭火，在这个雪天散发出珍贵的暖意。灾民们有的抹着泪花笑，有的拍手欢呼。刘铁怀里的小孩这时止住了哭，睁大清澈的眼睛看着刘铁，他伸出小手，抹去了刘铁眼角的一颗泪珠。

傍晚，九团的人们正在家里吃饭，忽听到一阵歌声由远及近，"……共产党，像太阳，照到哪里哪里亮。哪里有了共产党，呼儿嗨哟，哪里人民得解放……"这歌声音质杂乱，还有些跑调，却高亢有力，伴以汽车、拖拉机的引擎声，惊心动魄。人们禁不住要出去看个究竟，竟发现是一辆辆满载灾民的汽车和拖拉机。

听说刘铁又把灾民接回了团，俞天白第一个反应就是给粮站打电话，命令梁兵站长加强防范！因为他知道，无论是团部招待所的小食堂，还是各营的大食堂，这些天粮食几乎被那帮灾民吃光了。

俞天白的担忧不是多余的，不多时刘铁便带着花之锦和常福奔粮站去了。刘铁今天有意叫上花之锦和常福，一是壮声势，二是他们俩也算是个证人。刘铁黑着脸走向粮站的大门时，被一个民兵拦住，敬一个礼，说："首长，请止步。"

刘铁看见加了双岗，冷笑一声说："还首长呢，我可不是啥大首长，我是九团团长刘铁！九团的团长还不能进九团自己的粮站？"

两个民兵似乎有些没办法，对视一眼，那意思是进就进吧，反正里面还有好几道关呢。刘铁一行三人穿过一道道岗，那些年轻的哨兵都挺怕刘铁，纷纷敬礼。刘铁挥挥手，算是还礼，径直往粮库方向走去。那座高大的砖木结构的平房，正中两扇黑漆漆的铁门上，挂着一把将军不下马的大铁锁。门边，两名持枪民兵格外高大，铁塔似的。

刘铁问："梁站长在吧？"

一个小白胖子从仓库后面走来，腰间丁零当啷挂着一串钥匙。小白胖子在刘铁面前立正，声音洪亮地说："报告团长，本人是站长梁兵！"

刘铁打量了他一番，说："好名字，守护粮食的兵。以前我咋没见过你？"

梁兵挺直腰杆说："报告团长，刚从部队转业过来的。"

刘铁说："我说眼生呢。"

梁兵说："首长不认识我，我认识首长，我听过您作报告。"

刘铁态度和气了，说："嗯，小嘴还挺会说。一回生，二回熟，从今往后咱们就是熟人了。梁站长，我今天来这里，是要借一下你的仓库钥匙。"

梁兵早有思想准备，挺了挺胸，说："对不起，团长，梁兵啥都能借，就是一样不能借——仓库钥匙，它是我的武器！"

刘铁从那若干道新增的岗哨上，就看出了名堂，显然这是俞天白用来对付自己的。刘铁看着粮库旁那个黑乎乎的小门，故意提高嗓门说："真不愧是俞政委教育出来的好兵！但是，梁站长，今天你必须把你的'武器'借给老子用一下。花副团长，把他的钥匙拿下！"

听到刘铁发了话，花之锦看了常福一眼，想今晚上这场斗争是避免不了了！刘铁叫他出来时，他就有顾虑，但想到刘铁这么多年对他一贯友善，再说刘铁这也是为了老百姓，花之锦咬咬牙还是来了。

花之锦上前一步，拧住梁兵的胳膊，说："交钥匙！"

旁边那两个民兵也不是吃干饭的，他们早就得到指示，一旦有人抢粮或行凶，可以当场击毙，所以二人当即端起了枪。真正干起来了，花之锦也不是软蛋，他朝前迈了一步，大声喝道："把枪放下，竟敢对准刘团长，反了你们！"

常福冲到刘铁前面，一副准备出击的架势。两个民兵有些怯火，枪口抖了一阵，垂了下去。倒是那梁兵很坚定，他紧紧护住腰间的钥匙，说："要钥匙没有，要命有一条！"

正僵持着，从黑暗中走出一个人，说："把枪收了。"

刘铁就知道俞天白今晚上会守在这儿等自己，他呵呵一笑，说："俞政委在这儿呢，太好啦。"

俞天白听到刘铁的声音，想他狗日的果然来了！虽说是只有一只眼睛，俞天白却真正是火眼金睛呢。他绵中带刺地说："老刘，这批粮可是你一心要向国家做贡献的公粮，数字都报上去了，不能动，动了可就是犯法！"

刘铁说："给国家多缴粮食是好事，我坚决拥护。只是眼下这么多灾民饿着肚子，面临生命危险，我们手里有粮食却不拿出来，这是对人民负责的态度吗？人都死了，我再拿那个超额完成公粮任务的鸟奖状有啥意思！作为九团的领导，老俞，咱们不能让灾民在九团的地盘上饿死一个，饿死了，就是你我的失职，就是犯罪！"

刘铁固然有他的道理，可俞天白觉得这个道理必须服从于上级的指示，服从于大局。他说："老刘你今天就是说破了嘴，这个钥匙也不能给你。我这是为了你好。"

刘铁说："免了吧，我不需要你为我，我要你替这些老百姓想一想，他们没有粮食就会饿死。老俞，叫你的人撤下去，把钥匙交出来。"

俞天白说："这是不可能的，老刘，听我一句劝，掉脑袋的事儿不能干！"

俞天白不愠不火，却如此强硬，惹急了刘铁。王大娘他们还等着吃饭呢，这么缠下去到啥时候。刘铁上前一步，瞪着梁兵，说："梁站长，我再说一遍，交钥匙！"

梁兵看了一眼俞天白，气更盛了，说："不交，除非你们把老子打死！"

臭小子，你嘴上才长几根毛，就敢在我面前老子老子的。刘铁对这个叫梁兵的真就有些恼了，他朝粮库周围扫了一圈，明晃晃的大灯照得院子十分敞亮，一堆柴火前撂着一把大斧头。多锋利的斧头，好像是为刘铁今晚特意准备的，刘铁的目光与它一碰撞，立刻发出一道雪亮的白光！刘铁走过去拿斧头，大家都以为他要跟梁兵拼命了，谁知他直奔粮库大门——咣当！那把沉重的大黑锁被击落在地。

一切不过在几秒钟内。俞天白显然没料到刘铁如此之野蛮和大胆，比土匪还凶！望着那把硕大无用的黑锁，俞天白直摇脑袋，说不出话来。花之锦、常福、梁兵以及两个民兵也惊得目瞪口呆。

接着，轰的一声，大门被撞开。刘铁叉着腰，掷地有声："花副团长，常所长，我命令你们马上给灾民分粮！"

俞天白这才发出无奈的长叹，说："老刘哪，老刘，你闯祸啦！"

看到俞天白那副快哭的模样，刘铁朗声大笑，说："你们几个全看见了，是我刘铁独断专行，俞政委是坚决反对我开仓的。老俞，你快滚，别在这里碍我的事儿，滚！"

三

公安警察来抓刘铁时，刘铁正在九团的大操场上和灾民们联欢。这天晚上月亮很圆很亮，灾民们重新回到九团，美美地吃了一顿饱饭，情绪又起来了。一个叫秦小川的四川小伙平素喜欢诌几句歪诗，便张罗着热闹热闹。大水摇身一变，成了石榴，石榴是从巴格其出去的，重回故地，感慨自然是不少。两个人一合计，就收拾出一片场子，开起了篝火晚会。灾民中也还有些能人，山东的说山东快书，河南的唱豫剧，四川的耍杂技。石榴邀请刘铁跟自己唱《虎口缘》。这小女子一化装，再穿上戏装，漂亮得让刘铁又认不出了。两个人一唱一和，配合默契，看得下面的人直拍巴掌。莱丽和孬娃跟着一群孩子也来看热闹，莱丽完全被石榴迷住了，佩服得五体投地。眼下的莱丽出落得花儿一样，比起母亲薇拉，她要多一些东方姑娘的柔和朴素，看起来就更秀丽，也更入眼。

一阵阵欢呼声此起彼落，把团里那些老职工也吸引来了。离开家乡这些年，他们似乎第一次这么真切地听到家乡戏。本来对灾民还有一些抵触，通过一说一唱，再一攀谈，关系一下拉近了。柴米贵和侯宝玉、常福几个当场认了老乡，他们改用家乡话跟灾民扯起老家，听了家乡遭灾后的种种情况，更多了些同情和焦虑……

这时候一阵警笛传来。刘铁知道是冲自己来的，他向乡亲们挥挥手，朝警车走去。石榴和王大娘、秦小川等纷纷扑向警车，说："放了铁团长，他是好人，你们不能抓他！"莱丽和孖娃也跟在警车后面追，但刘铁还是被带走了。

抓刘铁，是颂莲下的令。

起先颂莲还犹豫不定，可邢保财咄咄逼人地说："老吴，这可是对你党性原则的考验！我知道你对刘铁有感情，但感情不能有悖原则，刘铁抢了国库的粮，非同小可，是要治罪的！"还说："之前我们不是没教育过他，他一意孤行，对抗组织，现在到了这步田地，谁也保不了他，包括你，你要帮他，那只会害你自己！"邢保财把一柄双刃剑架到了自己的脖子上，颂莲没办法了，便拨通了公安局张局长的家，让拘留刘铁。谁知这时俞天白气喘吁吁地跑来，说："你们要抓就抓我吧，我是政委，是一把手，是我决定开的粮库！"

俞天白这个举动叫颂莲和邢保财大为吃惊，这似乎不大像俞天白一贯做人做事的风格。邢保财冷笑一声，说："你让开的粮库？哈！不是我小瞧你，老俞，就是借你十个胆儿，你也不敢，你想包庇刘铁？包庇不了！"

俞天白这么急着把责任往自己身上揽，显然是为了保刘铁。邢保财当然不是傻瓜，倒是颂莲感动中有一丝难过，她有气无力地说："俞政委，这事儿你就别管了，请回吧。"

颂莲几乎一宿没睡，第二天一上班就来到巴格其公安局看守所。这是一个单间，有床和简陋的桌椅，那位高所长正是从前的高小明高文书，对刘铁蛮照顾。颂莲进来时，刘铁正在吃饭，一个玉米面窝头，一碗糊糊。窝头没舍得吃，放进了抽屉；糊糊很烫，刘铁将碗捧在手里转着吸溜。

颂莲冷冷地说："耍杂技哪？"

刘铁偏了一下头，把声音弄得更响。昨晚刘铁竟然睡得很香，眼下这种结局其实早在预料之中。他之所以并不太当回事儿，一是出于天性，刘铁是个心胸宽广、从不计个人得失的人；二是他坚信自己是正确的，坚信中央不会不管这么多老百姓一直饿下去。现在有些干部是给上面当的，做事先为自己考虑，这算什么人民公仆？

都什么时候了，刘铁还吃得这么香，颂莲真有些恨铁不成钢。刘铁看出了颂莲的恼怒，他有点不屑。从解放初郑大姐为他和颂莲牵红线，到如今若干年头过去，中间曾有人几次想让他们密切一下关系，包括俞天白夫妇，可是二人间好像真的有了无法逾越的障碍，谁都觉得不轻松——这种不轻松似乎很难用爱与不爱来解释，是一种非常微妙复杂的东西。尤其是颂莲现在当了师政委，刘铁出于男人的自尊，更不愿高攀。而颂莲这边呢，曲高和寡，知音难觅，日子便一年一年过去，她好像也渐渐习惯了一个人。在他们这批老兵中，除了刘铁和颂莲，还有一个人没成家，这个人就是毛旦。前些年有人曾扯过一些关于颂莲和毛旦的闲话，也许因了这些闲话，颂莲从此和毛旦很少来往。

刘铁喝完糊糊，嘴一抹，说："香，这里的糊糊甜丝丝的。我铁娃子这辈子还没在这种地方吃过饭，吃一次也好。感谢吴政委，今天让我坐进了咱自己的班房。这里有饭吃，有床睡，我很满意……"

颂莲说："这里是看守所，还不是班房！"

刘铁说："下一步不就是监狱了？老吴，我还真就不明白了，我究竟错在哪儿了？我用国家的粮救老百姓的命，我错了吗？共产党像太阳，照到哪里哪里亮，老百姓唱得多好啊。"

颂莲说："可你别忘了，共产党是有铁的纪律的。你砸了粮库大门，抢劫国家财产，这是事实，对不对？虽说你是用那批粮食救老百姓，可你也不能违法啊，你向师里请示了吗？你上报组织批准了吗？没有！"

刘铁何尝不懂这套所谓的组织程序，他说："如果大家的认识都能统一，我用得着这样？只怕是婆婆妈妈半天，到头来还是不同意。灾情就是命令，时间就是生命！有些事儿可以等，有些事儿老子等不及就自个儿办，这叫特事特办，具体问题具体对待！"

颂莲今天来这里，不是来了解情况的，甚至也不是来劝刘铁的，她知道劝是没有用的，刘铁就是刘铁，他总是按自己的方式做人做事。人说江山易改，禀性难移，刘铁这辈子怕是改不了了，这种人其实是极不适宜在官场混的。只是她不希望事情闹得更糟，事到如今，识时务者为俊杰，该低头得低头。所以她说："听着，刘铁，你现在嘴巴不要再硬了，好好配合有关部门的审查，该检讨检讨，这是老战友给你的最后忠告！"

颂莲准备离去时，想起一件事，又转过身问："还有，我问你，在垦荒工地，你是不是和一个甘肃来的女人……在一起？"

刘铁愣了一下，说："甘肃来的女人？噢！你是说大水吧，嘿嘿，咋啦？"

看见刘铁一脸怪笑，颂莲气得扬起手，几乎要扇过去，恶狠狠地骂道："真不要脸！"

四

石榴这天找颂莲找得好辛苦。颂莲上午没去办公室，说是出去开会了。下午石榴再去办公室，人家说吴政委来过一趟，又出去开会了。石榴想，我不如到家去等，晚上你总得回来睡觉吧。石榴来到师机关家属院，在一座环境幽雅的小院前坐等颂莲。下班过了一个小时，一辆军用吉普车在小院前停下，颂莲夹着公文包下车。

石榴戴着军帽，一身旧军装，有点不男不女。看见颂莲开门，她从树后钻出来。颂莲很机敏，拔出腰间的手枪，喝道：

"什么人？！"

"大水。"

"大水？甘肃来的那个大水？你跑到这里想干什么？"

"我、我想让你给我开个证明，证明我跟刘铁的关系……"

"跟刘铁的关系？什么关系？"

"就是证明、证明他是我男、男人……"

昨天下午石榴带着一包换洗衣服曾去过一趟看守所，探望刘铁。值勤的小警察不让进，还审问了她好一番，问她是何人。石榴为了能见到刘铁，只好谎说自己是刘铁团长刚从陕西老家来探亲的婆姨。警察不大相信，便说，那好，你开个证明来。石榴一琢磨，颂莲是最大的官，就找她！

颂莲这才认真打量面前这个黑黑瘦瘦、不男不女的人，瞪着她说："刘铁是你男人？哼，扯淡！"

石榴笑了，索性把这出戏演到底，于是操着陕西话说："你骂也好，打也好，反正他是我男人。首长，你得给我开证明，我好到看守所去陪我男人……"

简直是无赖，刘铁怎么跟这种女人厮混上了！颂莲叉起腰，厉声说："你还耍起赖了，我可不吃你这一套。听着，马上给我离开这儿，不然我叫警察了！"

　　石榴来这里找颂莲，多少有些顾忌，因为她知道颂莲跟刘铁关系特殊，加上自己这种处境，出于自尊，她乔装打扮，不想暴露真实身份。现在再也装不下去了，索性帽子一抹，叫了一声："颂莲阿姨！我是石榴啊！"

　　颂莲吓了一跳，看了她一阵儿，隐约认出，说："石榴？！你不是在陕西吗，怎么跑到这里来了？"

　　石榴哭开了，说："我是从甘肃逃荒来的，呜呜，铁团长他是为了我们这些灾民砸的粮库，他好冤枉！吴政委，求你救救他吧，只有你能救他……"

　　看见石榴哭得上气不接下气，颂莲闻到了一股异味儿。二十年转眼过去，从前那个俏皮可爱的小石榴早已变成了少妇，瞧那眉眼、腰身，还有屁股，活脱脱一个风骚女子！自古有句话，女大十八变，其实是八十变。最近颂莲听到不少关于刘铁和大水的闲话，看起来不是空穴来风。看见石榴，颂莲完全有理由相信刘铁喝了迷魂汤，又掉进仙人洞了。颂莲想冲石榴发火，但忍了忍，沉下脸说："石榴，你怎么成这样了，又偷又骗，你还有脸来找我？你给刘团长的脸上抹了黑，你知道不知道？"

　　石榴又叫了一声颂莲阿姨。

　　颂莲扭身进了院子，把石榴关在了门外，她不想搭理这个损害刘铁形象的女人！石榴泪眼婆娑，望着那门好一会儿，才离去。她看出来了，如今的颂莲讨厌她了。

　　石榴一路哭着往回走。走到九团招待所大门口时，冷不丁被两个人挡住，石榴抬眼一看，认出他们是刘铁的养子和养女，连忙擦去泪水，说："你们……有事儿吗？"

　　莱丽说："石榴姐姐，我们要救铁爸爸，你愿意帮我们吗？"

　　自从刘铁被关进看守所后，俞家就失去了往日的宁静。俞天白、紫苏这对从未红过脸的和睦夫妻为此吵了几次，主要是紫苏觉得丈夫没有及时有效地劝阻刘铁，应该对这件事负有主要责任。俞天白辩解说他不是没劝过刘铁，是劝也没用！这十多年来两个人过得还算恩爱，可到了关键时刻俞天白发现妻子在感情上还是向着刘铁。两个大人一吵架，莱丽和孕娃就愈加不安，铁爸爸这一进去，肯定凶多吉少了。这天傍晚吃罢饭，两个孩子无心写作业，商量起如何救刘铁的事。孕娃从抽屉里摸出一把刀子，说："铁爸爸养咱们一场，恩重如山，现在是咱们回报他老人家的时候了！"

莱丽打小就顽皮，这些年跟着刘铁更是天不怕地不怕，说："上刀山下火海，在所不惜！"

两个人不约而同地想到石榴，看得出这女人蛮喜欢铁爸爸，不如找她合计合计去。

孖娃和莱丽把想法一说，石榴是一拍即合，说："成，咱们今晚就行动！"

<h2>五</h2>

这是一个月黑风高的夜晚，刘铁早早躺下了。也许是因为一连喝了几天玉米糊糊，刘铁感到有些体力不支，头昏眼花，尤其是腿脚冰凉发木。这时候他真就有些想家，两个孩子还好吗？这些年带着孖娃和莱丽一起过，挺开心的，只要他在家，他们会轮流给他烧洗脚水，还要给他敲腿，这就是当父亲的最大享受。

刘铁昏昏然快睡着了，突然听到枪声！

这枪声是由莱丽和孖娃引发的。按照原计划，石榴装作一个迷路的疯老太太，先在大门口拖住执勤警察，吸引目标，莱丽配合孖娃翻墙入院救人。只怪孖娃动作太猛，落地时弄出了动静，这样目标就暴露了。不到五分钟，两个孩子双双被警察逮住，石榴逃了！

当晚警察突击审讯，画成黑脸和花脸的孖娃、莱丽站成一排，不像是接受审讯，倒像是戏剧演员在谢幕。这是石榴给他们化的装，为的是不暴露，但警察还是弄清了他们的真实身份。警察问那个跑掉的老太婆是谁，两个孩子一口咬定，不知道！警察说："刘光明，刘和平，你们两个嘴还挺硬。告诉你们，今天晚上的事情性质很严重，企图劫持羁押人员，这是严重违法！看你们年轻，奉劝你们老实交代，争取宽大处理，不要毁了自己的前途！"警察又问："谁是主谋？"莱丽说："我！"看守所的警察都知道这是俞天白那个漂亮丫头，说："大花脸，你倒是挺勇敢，比你哥哥底气都足，你这么干就不怕你亲爹俞天白伤心？你这可是自个儿往火坑里跳。"莱丽说："我亲爹俞天白说过，铁爸爸是大好人，我能救好人，他会高兴的。"警察连连叹息，说你们真是孩子，屁事都不懂啊。

马上要高考了，两个孩子出了这么大的事，刘铁听说后当晚求见高所长。

看着老领导的分儿，高小明来了。刘铁说："高所长，他们是孩子，不懂事，求你放他们回去。"

高小明说："刘团长，这事情我定不了，请你原谅。不过，这俩孩子你真没白养，一个黑脸，一个花脸，挺能折腾……"

刘铁知道这事情最后肯定要上报师里，结果不会美妙，老天爷，都是自己连累了他们呀！刘铁坐在小小的铁屋子里，盼着天快点亮，他想他要跟颂莲好好谈谈。

第二天上午，邢保财和颂莲在师部小会议室听取公安局的工作汇报，重点是关于刘铁的审查情况。刘铁的事还不知是个什么结果呢，眼下又牵扯出尕娃和莱丽"劫狱未遂"的事儿，这让颂莲大为头疼，真是一波未平，一波又起。

会上，颂莲亮出自己的意见，说两个孩子年轻无知，又是初次犯，批评教育一下就算了。邢保财倒也不反对，说孩子的事好办，但劫粮一案必须抓紧审理，这是兵团首长下的指示。公安局张局长摇头苦笑，说审查工作很不顺利，刘铁啥也不肯交代，发给他的信纸全擦了屁股。他们不能训，更不敢逼，现在是一点辙也没了。听到这个情况，邢保财相当恼火，说："他刘铁是老虎屁股摸不得啊，好吧，不行你们就把他送我这儿，我亲自审！"颂莲提醒说，这事要慎重，说最近她听到一些消息，中央对灾民很快要出台一些政策。邢保财不以为然，说："一码是一码，抢劫国库的粮食说到天边都是犯罪！"颂莲不好再说什么，想到刘铁吉凶难卜，不寒而栗。

开完会，颂莲赶往看守所，这是高小明替刘铁捎的话。颂莲想刘铁请她去，一定有要紧话说。颂莲的猜测没错，这两天刘铁几乎一直在思考一些问题，甚至当他熟睡的时候，都在梦中跟人辩论着，有一回他气得大发雷霆，醒来再也睡不着了。现在他要把自己昼夜思考的问题告诉颂莲。

"老吴，我就是闹不明白，这都解放十多年了，这么多灾民流离失所，竟然会没人管？最后我想明白了，肯定是哪个地方出了毛病！共产党是好的，人民是好的，还有老吴老俞老花你们这些人都是好的。但王八蛋有没有？有！他们是革命的投机者，有些人甚至还掌握着很大的权力，所以弄得老百姓雪上加霜，像我刘铁这样的忠良也受到迫害……"

看着刘铁布满血丝的眼睛，颂莲有些心疼。刘铁这番感受颂莲何尝没有，她也在为国家眼下的处境焦急和痛心啊，但是她更多了一些理性。作为一个生命个体，不过宇宙间一粒微尘，面对天灾人祸狂风暴雨般降临，我们又能如何呢？无为的抵抗也许只能带来毁灭。与其这样，不如藏其锋芒，在条件成熟时一搏！刘铁啊刘铁，你也看见了，眼下有一股势力占了上风，好汉不吃眼前亏，当忍则忍。邢保财现在逼你就犯，说到底是要挽回他的面子，你就认个错，求个情，只要能宽大处理，大事化小，小事化了，比什么都强，何必硬扛呢。想到这里，颂莲硬下心肠，说："这就是你思考的？刘铁，我还是希望你能从自己身上反思一些问题。"

刘铁笑了一下，说："我这人犯过很多错误，这些年因为你的及时挽救，避免了一些失误，说起来我真应该感谢有你这样一位好战友、好搭档、好上级。我呢，也总想找个机会报答你……"

颂莲打断他的话，说："老刘你要真想报答我的话，你就低个头，好汉不吃眼前亏……"

刘铁说："不——我刘铁永远不会向错误思想低头！吴颂莲同志，我现在要郑重提醒你，别官做得越大，脑子越糊涂！丁副司令是邢保财的老上级，提拔过他，也重用过你，所以你们怕得罪了这个铁腕人物，怕将来的仕途受影响，对不对？就连邢保财你也让他三分，对不对？老吴，过去我一直拿你当兄弟，可现在你跟过去不大一样了，你离我越来越远，你让我悚得慌啊……"

这么多年来刘铁还是头一回用这么沉重的口气跟自己说话，并且说得如此直率和尖锐，这叫颂莲有些羞愧和恼怒，真是戳到她的痛处了！颂莲摇着脑袋说："你不要再说了！"

刘铁哼了一声，说："对不起，吴政委，我说多了。"说完，拉开抽屉，把那一包窝头用毛巾包好，送到颂莲面前，这是他每顿存下来的。

"我在这儿怕是待不了两天了，这包东西就拜托你捎给王大娘，只当救个急吧……"

颂莲接过，见是一包窝头，有点惊讶。

"铁娃子无能啊！人民养育了我们，现在革命成功了，我却无力报答，对不起了！"

刘铁今天请颂莲来，还有一件非常重要的事情求她办。经过认真考虑，他决定跟莱丽和尕娃从法律上断绝关系，为此他郑重地写了一份声明，字迹清晰工整。颂莲简直没想到刘铁会来这一手，当初她曾反对他收养这两个孩子，孬娃和莱丽固然聪明可爱，但毕竟有着那样的出身，谁晓得未来的岁月中会给你刘铁带来什么样的厄运呢。遗憾的是，刘铁为了两个孩子能上学，愣是收养了他们。现在刘铁又要跟他们断绝关系，他这么做显然还是从两个孩子的前途考虑。

颂莲这天回到家，心口像堵了一团烂棉絮。平心而论，颂莲并不认为刘铁有多大罪，他是一心一意为老百姓的那种人，丝毫不考虑自己，这种人在当今是多么稀少啊。她吴颂莲就做不到这样无私，从这一点说她不能不佩服刘铁，被他的人格、他的勇气和无畏的精神所感动。但是邢保财说得也有道理，你刘铁再为了老百姓也不能抢吧，抢劫公粮是犯法。邢保财马上要提审刘铁，刘铁定然不会配合，颂莲完全能够想象得出会是一种怎样的结局。我一定要阻止这场悲剧！她想。

颂莲打点行装，准备去一趟乌鲁木齐。当她从箱底翻出一件灰格上衣时，忽然又看见了那对呢绒护膝，这是许多年前她熬了一个通宵给刘铁缝制的，后来被毛旦洗得皱皱巴巴。今天看见它，颂莲百感交集，热泪盈眶。

第三十三章

一

在颂莲赴乌鲁木齐的第四天，邢保财在师部二楼会议室设了一个临时审讯室，亲自审刘铁。

这是个大雪天，天气严寒。邢保财进来时，一溜铺着军绿色毯子的办公桌前已坐了一排人，有师政治部主任黄鹂，这位九团从前的参谋长，跟邢保财关系一向不错，现在上来了。还有公安局张局长，以及其他工作人员。邢保财今天穿一身浅灰色中山装，下巴刮得白中透青，这几年因为操劳过度，加上烟瘾很大，一张白胖脸竟有些浮肿，眼袋松松地垂在镜片下，有种未老先衰的迹象。他在正中的座位上坐下，打开公文包，朝张局长点点头。

"带人！"张局长下令。

两名膀大腰圆的警察，押着一瘸一拐的刘铁进来。近日气温骤降，刘铁腿伤复发，膝盖那儿好似扎了根针，一走就尖锐地痛，但他尽量保持着笔直的身板。邢保财埋头翻着笔记，从那一轻一重熟悉的脚步声，他知道刘铁已来到面前。

"搬把椅子，让他坐。"

师长发了话，警察便搬来椅子。刘铁毫不客气地坐下。邢保财这时慢悠悠地掏出一包烟，抽出一根叼进嘴里，向刘铁抛过去一根。刘铁一伸手接住，看了看，说："邢代师长又换新牌子了嘛。"

邢代师长？哈，可不是嘛，自己还在代理期间呢。邢保财皱了一下眉，眯缝着眼看刘铁，说："这烟好抽，尝尝吧老刘。"

说着，过来给刘铁点烟，刘铁发现邢保财用的是一只亮晶晶的打火机。多年前邢保财在战场上缴获过这玩意儿，吓得不轻，以为是美国佬发明的一种新式微型炸弹，刘铁令他扔到山沟，闹出好大一场笑话。想起这些，刘铁笑了，猛猛吸了一口烟。

邢保财重又回到座位上，态度和蔼地说："笑什么？老刘，咱们俩多久没一块儿谝闲传了？"

刘铁说："邢代师长日理万机，忙于国家大事嘛。有啥话今天你就直说，给你省点时间，我呢今儿起得早，还想回去眯一觉。"

邢保财看了一眼身边的黄鹂，说："好！那咱们就开门见山，不兜圈子，不绕弯子，抓紧时间，提高效率。"他咳了一声，清清嗓子，说："你们九团那批粮食，是准备超交的公粮，已经上报到兵团。也就是说，这批粮食已正式纳入国家计划，属于公粮，对不对？你刘铁擅自开仓，动用公粮，这是啥性质，我想听听你的认识。"

哼，邢保财这是把自己往套子里引哩，我刘铁才不上你的当。刘铁吐了一口烟圈，慢吞吞地说："啥叫超交，说明我们该交的已经交了，完成了给国家上缴粮食的任务，对不对？而准备超交的部分，我们因为有特殊原因没交上去，其所有权还在九团，对不对？既然所有权是九团的，那么我作为九团的最高行政长官，当然可以对这批粮食的使用做出安排。当饥饿威胁着老百姓生命安全的时候，一个共产党员的良知告诉我，应该把这批粮食拿出来救急！"

这个刘铁还会诡辩哩，他不承认准备超交的部分是公粮，这就是个认识问题。邢保财不愿在这个显而易见的问题上打转转，他严厉地说："你还好意思说自己是个共产党员，我问你，你的组织纪律跑到哪儿去了？你请示过师里吗？你目空一切，根本不把师领导和兵团首长放在眼里嘛！"

刘铁扑哧笑了，说："你是说我没把你邢代师长放眼里吧？邢代师长，跟你说吧，铁娃子打小没爹没娘，跟着戏班子跑东串西，吃的是百家饭，这辈子咱就把老百姓当亲爹亲娘，放在眼里，敬在心上。现在谁要跟老百姓过不去，说我不把他放眼里，那是轻的；惹火了，老子还要揪他卵子哩！"

有人笑了，邢保财一拍桌子，说："放肆！"

刘铁站起来哈哈大笑，说："咋，邢代师长怕啦？"

一名警察跑过来，说："老实点，给我坐下！"

刘铁一把甩开那年轻警察，说："哪儿来的新兵蛋子，敢跟老子动手，滚一边去！"

邢保财说："刘铁，我提醒你，你又在骂人了！"

刘铁说："我今天还就想骂你狗日的，没心没肺，不是个东西！"

邢保财这回火了，跳起来指着刘铁，说："你侮辱领导，好大的胆儿！"

看到刘铁猖狂到敢骂师长，张局长站起来呵斥。两个警察一人一条胳膊，把刘铁往椅子上按，刘铁哪理视这些尕娃子，老子打江山的时候，你们他娘的还没落地哩，这会儿我倒成了阶下囚了，混账！刘铁一掌一个，把他们推得老远。警察岂是好惹的，张局长一声令下，又上来几个小伙，七手八脚，总算把刘铁制服在地！那新兵蛋子还猛猛地冲刘铁那条伤腿来了两脚，血顺着膝盖迅速染红裤脚。

邢保财咧了咧嘴，向警察喝道："都给我下去，让他坐好就是了！"

刘铁扶着流血的膝盖，瞪着邢保财说："邢保财，过去我咋就没把你看清楚，狗日的胆子不小，还敢私设公堂，刑讯逼供哩！"

邢保财拿着一条毛巾走到刘铁面前，皱着眉头，说："你说我私设公堂，刑讯逼供，纯属诬蔑。他们都可以为我作证，我没逼你一句。老刘，看在老战友的分儿上，我劝你还是冷静，和组织上好好配合，承认自己的错误，争取从宽处理。你说你何必这么固执，是不是？只图一时骂得痛快，到头来自己倒霉。过去你就这毛病，老都老了，咋到现在还不改？你不为自己考虑，总该为两个孩子想想吧，莱丽要被你毁了，俞天白会恨你一辈子！还有尕娃，这孩子的成绩比我家东东强一百倍，考个清华、北大都不是问题，你说你这不是把他也害了？当初为了让他们上学，你可没少费心思，甚至去办了收养手续……"

提到两个孩子，刘铁感到心在发抖，伤腿更加疼痛。他扶着椅子吃力地坐下，叹了一口气，说："老邢，你咋收拾我都行，劳改判刑，十年八年我也不怕。但是你得给我把孩子放了，他们再有几个月就要考大学了，这可是天大的事儿，算我求你啦！"

这么多年这大概是刘铁头一回求邢保财，口气之恳切痛心，还含着低三下四的味道。邢保财听了心里舒服了些，重又把毛巾递向刘铁，示意他擦掉腿上的血，刘铁不接。邢保财有点尴尬，退回到座位上，向一名警察使了个眼色，警察走了出去。

片刻，孕娃和莱丽被带了进来。

邢保财打量着他们，亲切地说："刘光明，刘和平，转眼的工夫你们都长大了，铁爸爸把你们养大不容易啊。现在你们的铁爸爸犯了法，正是你们表孝心的时候，邢叔叔希望你们能以大局为重，一起挽救你们的铁爸爸，劝他认罪服法，他最听你们的话。"

两个孩子不说话。几天不见，莱丽和孕娃好像一下长大了，他们看着自己的养父坐在面前，眼里是心痛和敬佩。

刘铁抬起头，看着两个站得直直的孩子，用一种平淡的口气说："孕娃，莱丽，我写的那份声明你们已经看到了吧。从今往后呢，我跟你们不再有任何关系，你们不再是我的养子女，我呢也不再是你们的养父。吴政委会替我办理相关手续的，你们走吧！"

邢保财愣了一下，他还不知道这件事。狗日的铁娃子来这一手，是想保两个孩子呢。

突然，莱丽哭着扑向刘铁，说："铁爸爸，我们不离开你！"

孕娃也满眼泪水，这个相貌酷似马黑鹰的孩子现在已长成大小伙子了，他粗声粗气地说："铁爸爸，你没做错，我们支持你！我们不怕死，要死咱们一起死！"

刘铁搂过一对养子女，说："傻孩子啊！铁爸爸不能毁了你们，你们还年轻，马上要考大学了，前程远大哩。今生咱们有一段父子情，我已感到天大的满足，只可惜咱们仨不能走到底了！听话，你们走吧，铁爸爸求你们啦……"

两个孩子把刘铁抱得紧紧的，摇着脑袋，齐声说："不！铁爸爸，我们永远是你的孩子！"

简直就是一场生离死别！在场的人唏嘘不已，就连邢保财也有些难过，是啊，养育一场，怎么能说断就断呢？……

颂莲在去乌鲁木齐的那天晚上，曾上门找过俞天白夫妇，其时，两口子正为孩子的事忧虑。再有几个月孕娃和莱丽就高中毕业了，眼下不论上大学还是参加工作，政审都很严。当初正是因为两个孩子出身有问题，上不了学，刘铁才收养他们。可如今刘铁又成了这个样子，莱丽还好说，毕竟是俞天白的亲生女儿；夯娃本来就不过硬，这个品学兼优的孩子很可能因为这件事误了前途。现在看到颂莲把刘铁亲笔写的一份声明送上门来，俞天白惊呆了。第二天俞天白就拿着这份声明，去看守所给两个孩子做工作，劝他们别感情用事，说现在唯一能救你们的就是这页纸了。从孩子们的前程考虑，俞天白不能不认为这是明智的选择，他一方面感谢刘铁的通情达理，一方面为刘铁揪心。但是他的思想工作并未奏效，两个孩子坚决不答应，尤其是莱丽。俞天白甚至把话说透了，说铁爸爸这次弄不好要坐牢，你们这辈子就完了，别说考大学，将来找工作都成问题。莱丽说，他就是坐牢，也是我铁爸爸！

<h2 style="text-align:center">二</h2>

这天早上，灾民们聚集在师部大门口外，一直不肯散去。他们是来为刘铁鸣不平的。石榴、王大娘和一些乡亲还提着篮子，背着背篓，那里面是大家刚刚凑的一些零钱、粮票，以及他们认为值钱的东西，比如首饰和鸡蛋，等等。王大娘说，铁团长是好人，他是为咱们砸的粮库，咱们得救他。咱们吃了九团的粮，咱们还！石榴向哨兵求情，说要进去见见首长，反映情况，有啥罪责我们担，不能让铁团长替我们背。哨兵们起先是劝说，后来见灾民越来越多，只好打电话向保卫处汇报。保卫处的领导把这个情况报告给邢保财，邢保财在公安局张局长和几名警察的陪同下，从办公楼里走出来。

一见这种毫无秩序的场面，邢保财就来火，手臂朝半空一劈，说："你们是从九团来的，对不对？我还没找你们问罪呢，你们倒跑到这里闹开事了。围堵、冲击党政机关，扰乱公共秩序，那是要治罪的，知道不知道？赶紧离开这里！"

石榴冲到邢保财面前，大声说："邢师长，铁团长没有罪！要说有罪，石榴有罪！我偷了九团的苞谷，我还带着两个孩子跑到看守所劫铁团长，你把我抓起来吧，把孩子们放出来！"

邢保财望着这个火辣辣的漂亮女子，指着她说："你就是那个女扮男装的大水？我早都听说了。不简单哪，小石榴，你真是越变越出息了，无法无天，敢劫看守所了！"

听说这是个落网分子，张局长当即下令拘留石榴。两名警察上前来捆石榴，石榴竟是一脸豪迈，冲着楼上一个窗口喊："铁团长，石榴来啦！石榴陪你坐牢，你别怕啊——"

石榴这一抓，引起更大的骚乱。灾民们群情激昂，你推我搡，拥进大门，喊："不许抓人！放了石榴！放了铁团长！"看见这股乱劲儿，邢保财急了，连忙让张局长布置手下的人维持秩序，张局长问："万一收拾不住，能不能用武？"邢保财想，都是你现场抓人惹出这大乱子，他骂道："动个球的武！共产党是不允许把枪口对准人民的，做思想政治工作，说服他们，听明白了吧？做思想政治工作！"

张局长于是挥着胳膊，朝灾民喊："老乡们，请听我说，听我说啊……"

没有人听他的，人们高声喊："放了铁团长！放了石榴！"俞天白和侯宝玉、常福等一批老兵赶来时，师部大门口正乱得不可开交。老兵们今天赶到这里，是想替他们的老领导、老战友说话的。在大家看来，刘铁就算有错，那也是为了群众，咋能判他呢。俞天白拨开人群，很认真地说："邢师长，今年九团按五倍偿还那批粮食，行不行？我们决不欠国家的，我今天当着大伙儿的面向你保证。"

俞天白竟把一批老兵给搬来了，这不是给他邢保财施加压力嘛。邢保财沉着脸说："老俞，我实话跟你说吧，刘铁这事儿不是我说了算，兵团首长有指示，我得照指示办。"

邢保财还想说什么，被一片喊声压了下去，大家连声喊："把铁团长放出来！放出来！"尽管来了众多警察维持秩序，看起来也难控制住局面。邢保财不禁有些担忧，让马上转移战场！张局长明白其意，连忙跑进办公楼通知黄鹏，中止审讯，从后门撤离。

刘铁一直闭着眼睛，靠在椅子上，似乎睡着了，其实他已感觉到外面发生什么了。听到张局长和黄鹏小声嘀咕，他睁开眼站起来，说："我看不必把群众当作洪水猛兽，要不让我出去跟他们讲几句？"

那位张局长看起来有点不放心，刘铁笑了一下，说："你还怕我跑了不成？"

黄鹏朝张局长点点头，说："带他出去。"

警察押着刘铁一走出办公楼，沸腾的人群立刻安静下来。刘铁在台阶上站定，环视着一周，语气平和地说："乡亲们，谢谢你们对我的关心，我没事儿，大家别担心！事情总会解决的，要相信咱们的党，咱们的国家。天气这么冷，你们穿得单薄，别冻病了，大家伙儿还是赶紧回去，好不好？"

　　他们爱戴的铁团长让他们回去，他们似乎不能不听，有人开始撤了。这时不知是谁喊了一声，铁团长的腿流血啦！这一声喊，把人们的视线牵到了刘铁的腿上。可不是嘛，裤脚上淌着殷红的血哩，铁团长在里面肯定遭大罪了！王大娘站在前面看得真切，她听说铁团长这条腿是在清风岭落下的残疾，禁不住要联想到自己那炸掉一条胳膊的儿子黄小丫，有一种切肤之痛。老太太拖着两个孙子冲到邢保财跟前，说：

　　"首长，求你放了铁团长吧！铁团长那腿有伤，受不得罪！要跪我老太婆给你跪，中不中？"

　　王大娘拉着两个孙子真就跪在了地上。接着，灾民也扑通扑通跪倒一片！这阵势邢保财还没见过呢，一下子傻了。刘铁看见一位白发老人竟然为自己下跪，心口似被刀戳，两眼一热，奔过来扶老人，说："好妈妈，您别这样！乡亲们，你们别这样！都起来，起来！起来！再不起来，我刘铁就给你们下跪了……"刘铁上前一步，咚的一声，跪在了王大娘面前，"我刘铁求你们啦，都回去吧！"

　　老天爷，铁团长跪下了！刘铁这响亮的一跪，几乎把所有人镇住了。在俞天白的记忆中，这个倔强的铁娃子是宁死也不肯下跪的。儿时因为丢了俞天白的小白马，俞老爷罚他跪，铁娃子不肯，结果挨了一顿痛打……刘铁啊，刘铁，你为什么总是为别人着想啊。俞天白不再犹豫了，也咚的一声跪在了刘铁身边。侯宝玉、常福等老兵一个接一个，跪成了一排……

　　大雪飘飘，大雪无言。

　　黑压压的人群一片寂静。

　　这时候，一辆军用吉普车在离大门不远的地方停下。这是孙世贤的车，孙世贤风雪兼程，这一路颇不平静。颂莲去找他的时候，他正在参加一个紧急电话会议。关于灾民的问题，中央有态度了，周总理亲自给兵团下了一道指示，要求立刻安置灾民，为国分忧！这个指示对于那些执意要甩"包袱"的人，无疑是当头一棒。

　　看见颂莲和一个大官模样的人快步走来，人们闪开一条道，搞不清这二人此时的到来意味着什么。孙世贤三步并作两步，跑上台阶，去扶刘铁，说："起来，快起来！怎么能让你跪呢，铁娃子，你是好样儿的，你为老百姓做事，没错，是他们错了！"说着，犀利的目光射向邢保财几个。

从他含泪的眼睛和颤抖的双手，人们看出这是个好官，是个老百姓的官。当他把刘铁扶起时，灾民们拍起巴掌。孙世贤扶着刘铁走到台阶正中，说："从大家的掌声中，我听出了你们对刘铁这样的好干部的欢迎和热爱，我说得对不对？"

灾民们齐声喊："对！"

孙世贤说："说得好！我们共产党的领导干部就应该像刘铁同志这样，大公无私，一心为民！而那些不顾人民死活的人，他们根本不配做共产党的领导干部！"

邢保财脸上一阵红，一阵白，天气这么冷，脊背上却冒了一层冷汗，看来孙世贤此行不寻常啊。果然，孙世贤提高嗓门说：

"父老乡亲们，今天我来这里，要报告大家一个好消息！党和政府并没有忘记你们，周总理非常关心你们眼下的处境！他听说你们漂泊到新疆，很焦急，要求兵团战胜一切困难，伸出援助之手，为国分忧，共渡难关。兵团党委按照总理的指示，已做出部署，你们的问题很快就会得到解决！"

听到这个振奋人心的消息，众灾民高呼"毛主席万岁""共产党万岁"。刘铁和大家一样激动，他走下台阶，说："乡亲们，走，跟我回家去！"

三

总理一道指示，灾民问题得以解决。据统计，这一年兵团接受和安置灾民二十一万人，在历史上破了纪录。此前的两年，曾安置内地支青、甘肃移民，以及劳改犯人计十四万多，职工的人均占有粮一下子降到了不足三百公斤。所以有人说兵团打肿脸充胖子，上层内部对灾民持不同意见，也就不足为奇。现在兵团上上下下很快提高认识，端正态度，以稳定大局为重，为国分忧。到底是一支老部队，部队讲究个组织纪律，说动一下就动起来了。至于这之前某某说了什么，某某又做了什么，不再追究。因为不是某个干部缺乏大局意识，而是相当一批，像刘铁这样的毕竟凤毛麟角。所以，包括那位丁副司令在内，大家在各级会议上做了检讨后，就重新开始——开始以崭新的姿态，投入到救助和安置灾民的运动中。

邢保财这次检讨得比较深刻，也比较全面，收到一定效果。会上他失声痛哭，说自己曾在延安犯过错误，打那以后就畏首畏尾，办啥事总考虑自己，私心杂念重，要不得。他请求同志们原谅他，尤其是刘铁，表示从今往后要以刘铁同志为榜样，学习他一心为民、胸怀全局、忍辱负重的精神。邢保财这番话含着某种真诚，通过近年来发生的一些事情，他开始意识到为官者仅靠心术和关系，路子终会越走越窄。古人曰，水能载舟，亦能覆舟，自己这一次差点儿丢掉乌纱帽，应该是个沉痛的教训！你要想把官位坐稳，说到底得为老百姓做事，让老百姓认可，老百姓是糊弄不了的，老百姓就是你邢保财的天！邢保财从刘铁这里受到教育，也受到启发。他在后来为灾民兴建"花园新村"的行动中，一改往日的风格，与群众打成一片，卓有成效。他的师在安置灾民方面率先推行惠民政策，对稳定人心起了积极作用，成为全兵团的一个亮点。老百姓是朴实的，有人写了感谢信表扬邢师长英明。

邢保财此举与肖伯年分不开。有一回邢保财去医院看望肖伯年，肖伯年看到邢保财一脸沮丧，遂建议他从灾民的住房抓起，说有了家，人方能安心；如果你邢保财能把这件事办好，老百姓肯定拥护你。这时离春节还有一段日子，邢保财便想如果年前能让大家伙儿搬进新居该多好！他被这张宏伟蓝图激励着，全心全意跑这件事，那一阵儿他几乎不着家，吃住都在工地，白胖的脸黑了瘦了。大家伙儿发现邢代理师长好像变了个人，连颂莲和刘铁都惊讶呢，说，老邢知错就改，是个好同志。

泥瓦匠出身的肖伯年这次帮了邢保财很大忙。这位病休的老师长亲自陪邢保财勘察地形，设计图纸，一直监督在施工现场，直到第一个花园新村建好，直到他生命的最后一刻！除夕的前两天，灾民们欢欢喜喜迁进新居，挂上灯笼，放起鞭炮。听说老师长的字写得好，古诗词功底又深厚，所以大家纷纷请他写春联。肖伯年很乐意干这种事，每年春节都要给一些单位和个人写副对联。这一次肖伯年让夫人买了好厚一沓红纸，他想给每户灾民送一副对联，算是新春的祝福。肖伯年整整写了一天还没写完，这是除夕的前一天晚上，邢保财跑来请老师长去看节目，肖伯年说，不行，明天是除夕，得加个班，不然写不完了。肖伯年写到天快亮时，累得趴在了桌子上。笔还在手中擎着，墨迹尚未干，他本想歇个片刻，再给自家写一副，可是这一歇竟然睡了过去。第二天早上，两个性急的灾民跑来拿春联，看见老师长趴在那里，被满桌的大红春联包围了……

肖伯年走得是那么安静，连他的老伴都不知道，仿佛窗外悄然飘落的雪，无声无息。

肖伯年的死，让巴其格所有人悲痛！最令人痛心的是，他死后人们从他抽屉里找到两份文书：一份是入党申请书，用小楷毛笔抄得工工整整；一份是账单，他住院期间有不少单位去看过他，给他买了礼品，肖伯年一一记录在册，要求从他的工资中扣除。

俞天白、花之锦等，这些肖伯年当年带过来的起义官兵，在除夕之夜为他们的老上级守了一夜灵。肖伯年的追悼会是孙世贤主持的，按照他生前的愿望，死后葬在乌帕尔雪山下，因为那里有他很多弟兄。下葬那天，刘铁、俞天白和邢保财几个，流着眼泪亲自为老师长扛棺材，足足走了两里地，大家说，肖伯年真正是为灾民流尽了最后一滴血！

肖伯年死后，邢保财被扶正——正式任命为师长，总算如愿以偿。但是他似乎少了过去那种轻狂和浮气，沉稳多了，也踏实多了。人的变化有时很奇怪，一件小事便可能改变你整个人生。何况邢保财走过的是一段不平凡的岁月，痛定思痛，觉醒，奋起。他总算成熟了。

这时师里那位副政委也调走一阵子了，组织部下来该考察的也考察过了，现在要在俞天白和刘铁之间产生一名副政委。从颂莲和邢保财的个人感情出发，他们希望这个人是刘铁，刘铁也应该上了。组织部找刘铁谈话，想听听他的意见。谁也没料到，刘铁竟然谢绝了。刘铁的理由听起来有点不可思议，他说他这种人压根儿不适合在官场混，因为他有个致命弱点，独断专行，总跟人闹不团结！把他放在颂莲和邢保财手下，今后难免还会有矛盾，不利于安定团结的政治局面。他有个建议，说当今我们最缺乏的是专业化的领导干部，要搞经济建设，须大力提拔重用科技人才，俞天白就是这样的人才。

就这样，俞天白调到师里当了副政委，提了半级。

四

俞天白不敢相信自己能当上共产党的副师级干部，算高级干部了。事后他感叹，比起铁娃子他的境界差远了，同肖伯年相比也差一截子。但是，俞天白当了副政委不久，就跟刘铁发生两次大的冲突。

说起来都跟那个叫石榴的女人有关。

先是刘铁自作主张，收留了一个民间戏班子。上级让安置灾民没错，可刘铁招呼也不打，把一个甘肃来的老的老、小的小，娘儿们一大堆的戏班子，弄到团部养起来，就有点没分寸了。这帮人从炊事员到演员加起来有好几十口，整天吊儿郎当，不干活，还捣是非。把他们拉到水库工地干过一阵儿活，不是磨洋工，就是聚在一起唱啊闹的。最不像话的是，以石榴为首的几个小娘儿们，一到晚上就钻进职工宿舍唱些哥哥妹妹的酸曲，弄得那些单身汉夜夜睡不安，白天根本没心思干活。有两个小伙子为了争石榴，打得头破血流，那个叫秦小川的因为拧石榴的屁股，还被刘铁罚晒了半天太阳。此话传出来，都说石榴是刘团长的人。有人还亲眼看见石榴趴在刘铁肩上给他缝衣服，以前叫铁叔叔，现在一口一个铁哥哥、铁团长……听了这些反映，俞天白大为恼火，想你刘铁堂堂一个团长，怎么跟这么个女人搞到了一块儿，放着那么多城市来的女支青你不找，偏要找个屁股不干净的寡妇！

刘铁收留这个戏班子八成是为石榴，俞天白判断。最近刘铁又跟新任政委花之锦提出，要让这个戏班子脱产，搞演出，说准备成立一个秦剧团。人事上的事是要上报组织部门批准的，你刘铁应该懂这个规矩嘛，你这是看着花之锦新上任，不把人家当回事，横行霸道，老毛病又犯了。所以花之锦来找俞天白说这事，俞天白很生气，说这么大的事情他刘铁为什么不跟自己这个分管宣传文化教育口的领导汇报？眼下这么困难，多一个吃白饭的就多一份负担，你养这么一个不干活的戏班子，不是胡闹嘛，而且把我好端端的团场弄得骚烘烘、乱糟糟的，不像话！

俞天白在党委会上把这件事拎出来，希望得到颂莲的支持。谁知颂莲笑着说，你是副政委，这口子归你管，你可以加强管理嘛。看起来颂莲是知道这事儿的，不仅知道，还默认。以前邢保财总说颂莲偏心，俞天白信了，这个铁女人不是没有私心，在刘铁的问题上她总"卡壳"。俞天白新官上任，不能不作为，他很快下到九团，把整顿戏班子同提高职工素质联系到一起，当头等大事来抓。首先推广普通话，改变南腔北调，俞天白认为这关系到一个群体的形象。但是收效不大，这帮人见了他说几句普通话，一下去照说"土话"。最有意思的是，俞天白待了一阵子，自己说起话来都是甘肃调调四川腔了，偶尔还冒一股河南味儿。刘铁笑着说，兵团人来自五湖四海，你嫌土气，我倒觉得说家乡话亲切，啥叫乡音不改，乡音就是乡情嘛。俞天白只好让步，说乡音可以不改，但稀稀拉拉的作风得改，到了兵团就得像个兵！

这一点刘铁倒是赞同。俞天白开始搞军训，每天天不亮就拉着那帮人练正步走。其他人还勉强过得去，就那个石榴一走一送胯，一扭腰。俞天白叫她出列单独操练，故意把口令喊得很慢，那女人满不在乎，一条腿又直又长，抻在半空，呈金鸡独立之势。见石榴好半天不倒，众人喝彩！

站在一边的刘铁，笑眯眯的，他想你老俞真是蠢，石榴是练过功的，这一点能难倒她？下来之后，俞天白那只独眼就害了红眼病。刘铁看着俞天白烂桃似的眼睛，劝他说："一个小丫头，你跟她生啥气，气坏了这只好眼，不划算。"俞天白说："小丫头？哼，我看你们俩这辈分快扯平啦！"

后来有一天晚上，俞天白去查铺，营地上很安静，原来石榴带着一帮人跑到金沙滩看月亮去了。俞天白赶到那里，篝火通明，亮堂堂一片人，在听石榴唱戏。第二天就有很多人起不来，不能按时出工。其时大家正在开荒造田，时间紧，任务重，来年要打粮食翻身仗，全靠这一战，现在这个样子怎么行呢？一支队伍好习惯三年难养成，坏风气只需一个晚上，俞天白担心这么下去，会消磨斗志，瓦解士气，影响生产进度。俞天白不能坐视不管了，他索性向刘铁下命令，打发戏班子走！

这样两个人就对立起来。刘铁说不行，我还打算让他们给咱整一台节目呢，到时候在兵团汇演中露个脸。还说这些人多是童子功，有专业水平，要不是闹灾荒能跑到这里来？我们捡了个大便宜，等条件成熟了，我要成立个秦剧团。俞天白一针见血地指出："老刘，你昏头了！你当我看不出，你是为了那个石榴。"刘铁说："政委同志，你想歪了。我跟你说吧，当年在延安，形势那么严峻，生活那么艰苦，八路军不照样组织了各种文艺演出团体嘛，还有专门培养高等文艺人才的鲁迅艺术学院呢。不信你去问老吴老邢，共产党对文艺工作那可是一向非常重视的，希望你把这个光荣传统继承下去，发扬光大！"俞天白又去找颂莲，颂莲还是笑，说："老俞，别急，先观望一下吧。"

这一观望，就引出又一桩窝心事儿。

在刘铁的支持下，戏班子正经八百地排了一部戏，剧本是秦小川写的，反映灾民到兵团后与当地军垦战士结下的深厚情谊，主题积极。戏里需要大量群众演员，莱丽听说后，拉着尕娃跑去找石榴。石榴让莱丽唱一段，莱丽亮开嗓子就唱《虎口缘》。石榴激动坏了，说："刘和平，你来我们这儿吧。"

从这天起，莱丽下了学就去排戏，这事儿叫俞天白知道了。俞天白气得七窍生烟，眼睛当即又肿起来，他跑到大礼堂，愣是把女儿拽走了，让她安心复习，准备迎接高考。可莱丽脾气死犟，说："我不想上学了，我要当演员。"这丫头被刘铁宠坏了，亲爹的话是一句也不肯听。俞天白一怒之下，扇了莱丽一耳光，莱丽跑到铁爸爸那儿讨公道。刘铁看到莱丽脸上的手印子，心疼坏了，拉着莱丽就来找俞天白算账，说："狗日的俞天白，别以为你是副政委了，就能打人。告诉你，这个主老子做了，我就让我闺女去唱戏，看你能咋地吧！"

在俞天白看来，刘铁和莱丽都是中了那个酸石榴的毒。刘铁自个儿打小当戏子，没文化，现在又把莱丽往这条路上引，这不是毁孩子嘛！为了女儿，平素挺温和的俞天白跟刘铁展开一次次交锋，吵得不亦乐乎，快你死我活了。但是事情并没有按照俞天白的意愿发展，莱丽还是去学唱戏了，中间因为排练紧张，病了一场，竟然连高考也没参加。刘铁完全由着她。俞天白为这件事伤透了心，一气病倒，住进医院。医生郑重告之，再不注意控制情绪，那只左眼也会失明！俞天白在心里喊，莱丽呀，你怎么就不理解你父亲？难道你非要把我这只好眼也气瞎不成？

但是过了不久，俞天白不得不认输。第一，九团的生产任务超额完成，在全师名列第一，据说戏班子功不可没，是他们经常在地头演出，给大家鼓了劲；第二，这年春节戏班子上演现代秦剧《一家人》，取得空前成功，受到兵团首长、专家和广大观众的高度赞扬，说这是一部歌颂社会主义大家庭团结互助的感人的好剧目，唱出了兵团人开拓进取、无私奉献的精神。兵团人来自五湖四海，要在戈壁滩建设新家园，特别需要一种东西把大家凝聚到一起，现在这种东西找到了，那就是"化剑为犁"的军垦文化，是团结、奋进、和谐与发展。《一家人》透视出如此宏大的文化主题，彰显出前所未有的历史意义，戏班子的地位一下就提高了，一时间名声大震，被请到各处巡回演出。上级正式决定成立一个兵团秦剧团，将他们收编。崭露头角的莱丽，也犹如一颗璀璨的新星升起在绿洲大地。

俞天白既欣喜又失落。紫苏劝丈夫与女儿和好，俞天白憋着一口气。有一回他偷偷去看戏，竟看进去了，还感动得流了泪，眼睛又肿得像桃。至此，俞天白不得不承认刘铁这个泥腿子不仅具有战略眼光，而且很懂宣传文化，是个奇才。

　　不过，俞天白还是不喜欢石榴。在这个问题上，紫苏和丈夫的观点一致，认为石榴这种女人不可靠，可是刘铁偏就吊在了这棵石榴树上，又有什么办法呢？

第三十四章

一

二十世纪六十年代，刘铁所在师根据上级指示成立了开发建设边境农场带指挥部，准备开赴边境，建立边境农场带，以巩固边防。邢保财是总指挥，俞天白是副总指挥。马彪、张涛几个团长有些泄气，说我们刚把巴格其整出个样子，现在又跑到荒山野岭建农场，这不是吃二遍苦，受二茬罪嘛。边境线上光气候就够呛，一年里有大半年冬天哩。在一些人犹豫的时候，刘铁报了名。

邢保财和俞天白两个人先赴边境勘察。俞天白此行甚是兴奋，像是发现了新大陆，原来那里的气候和土壤条件非常适合栽培一种叫"金皇后"的玉米，俞天白打算开一片试验田。这"金皇后"不是一般的玉米，它是俞天白在国外当农艺师的朋友研究多年培育出的杂交新品种，抗旱又高产，种子的价格很昂贵。朋友年前回国探亲，俞天白死缠硬磨，拿出自家所有积蓄，买了人家一小袋种子。眼下国家缺粮，如果能在新疆繁育推广开来，那意义可不一般。俞天白雄心勃勃，决定亲自来做这件事。但是老天爷不帮忙，偏在这时他的眼病犯了，这一次来势凶猛，痛得整夜睡不着，不得不住院治疗。而播种期迫在眉睫，自己这么躺着还不把春播误了？俞天白心急如焚，可越是急，病就越严重。紫苏对丈夫说，不如就让刘铁种。俞天白不放心，就这么一袋宝贝种子，刘铁要万一种砸了怎么办？自家那笔钱打了水漂也就罢了，关键是目的没达到。但是不交给刘铁，又能交给谁呢？刘铁到医院看俞天白，发了誓，说："老俞，我要种砸了，我就抠掉我一只眼珠子给你安上，成不成？"刘铁心里想，你老俞别看不起人，咱这个大老粗这回还就要打它一场科研攻坚战！

刘铁准备出发的时候，石榴找上门来。

石榴他们的戏班子马上要归兵团，石榴要去乌鲁木齐了。这本是一件大好事，可石榴打算放弃，想跟刘铁去边境。刘铁当然明白石榴的心思，说心里话，他也喜欢这女子，尽管外面传她跟别的男人这样那样，他不嫌她；在他心里她是个孩子，一个不幸的孩子。同情这种东西要比爱情坚固，让人多了宽容、善良和高尚。刘铁劝石榴还是去乌鲁木齐，说："边境上条件艰苦，还很危险，都是一帮老爷们儿，你一个女的不方便。再说，你的工作是唱戏，到了边境可就要种地了，你不怕吗？"

石榴说："不怕。当年打仗老吴不也是跟你一个炕上滚过来，一个战壕里钻出来的嘛。"

刘铁说："老吴是老吴，有几个老吴，你能跟老吴比？"

石榴说："告诉你，石榴一不怕苦，二不怕死，你别门缝里瞧人！"

石榴是那种倔强又任性的女子，她想你刘铁不同意，我就去找邢保财！

邢保财看见石榴大晚上闯上门儿，还没说话先噼噼啪啪掉眼泪，以为出了什么大事。他扶她坐下，说："小石榴同志，你看你哭个啥嘛，有话就说，慢慢说。"

石榴哭着说："邢师长，您得让我去边境。您要不同意，今儿晚上我就待您家，不走啦……"

闹了半天她是想跟刘铁走。好多年前邢保财第一次见这丫头，就觉得是个小妖精，果然没看走眼，现在到底把刘铁给缠上了。老百姓有句话，女人就怕长个花花眼，花花眼蒙男人。这丫头一笑，眼睛里水花子乱窜。

邢保财说："小石榴同志，这事儿只要刘团长同意就行了。"

石榴说："他不同意我才来找您嘛，您是咱师里最大的官，他得听您的不是？"

小嘴挺会说哩，邢保财笑了，说："你跟我说个实话，你跟老刘到啥程度啦？"

石榴愣了一下，泪花花又乱转了，说："咋说哩，邢师长，石榴这辈子不会再有别的男人，我生是刘铁的人，死是刘铁的鬼！"

邢保财呼了口气，说："这个铁娃子，不请示，不汇报，啥事情都做到头里了，无组织无纪律！这样吧，小石榴同志，你先回去，我跟吴政委研究一下再说。"

石榴说："邢师长，人家都说您办事雷厉风行，您就为小石榴做一回主吧，拜托！"

邢保财看着石榴，想了想，说："成。"

石榴连忙站起，像古戏中的小女子那样行了个礼，说："谢谢邢师长，您真是个大好人！"

邢保财故作严肃地说："小石榴同志，去可以，但我交给你两个任务，你必须完成。一、负责刘团长的生活起居，当好生活秘书；二、配合咱们指挥部的后勤工作。这前一项任务是中心任务，刘团长的健康就交给你了，有啥问题你要及时向我汇报，听明白没？"

石榴挺挺胸，甜甜地说："是！"

二

有了邢保财的批准，石榴就名正言顺，理直气壮了，组织上等于认可她和刘铁的关系了嘛。后天一早要出发，第二天下午的时候，石榴穿着新军装，背着行李，来敲刘铁的门。

"邢师长批准了，让我去边境！"

"乱弹琴！"

"我就要跟你去！"

"唉，我年龄一把了，还是个半残疾，你年纪轻轻，长得又不懒，这是何必嘛。"

"我不管你年龄多大，是不是残疾，我就喜欢你！你答应也罢，不答应也罢，石榴跟定你了！"

"你跟着我会受苦的，石榴。"

"不怕！"

刘铁当真拿这小女子没办法了，去就去吧，人家把行李都打好了。看见刘铁默许了，石榴笑了，用陕西话说："想吃饺子不？我给我男人包饺子吃！"

这还是刘铁和石榴头一回在一起做饭，回想以前和紫苏、颂莲做饭的情景，竟像遥远的梦，美好却不真切，叫人有一丝遗憾。今天完全是另一种感受，也许因为自己一直拿石榴当孩子，刘铁心情相当放松，两个人一边干活，一边对唱《虎口缘》。说着唱着，热腾腾的饺子就出锅了，真是快！

"吃饺子啦，老刘！"

"喊我啥？"

"老刘，老刘好。"

"哎哟我的石榴！从前一口一个铁叔叔，后来变成了铁哥哥、铁团长，现在又叫开老刘了。"

"不喜欢我叫你老刘，那我还喊你铁叔叔？"

"捣蛋！再喊我铁叔叔，那咱们俩……还不乱套啦？"

石榴捏了一个饺子，咬一口，塞到刘铁嘴里。

"尝尝，我包的饺子香不？"

"嗯，香！"

"我，好不？"

"好！"

"哪儿好？"

"哪儿都好。"

"亲我一下！"

"这、这……咱不是还没确立那个……婚姻关系吗？"

"没确立婚姻关系就不能啦？亲！"

"你看你石榴，毛孩子脾气，说风就是雨，这不要吃饭了？"

"亲不亲？一、二、三，枪、上、肩……"

石榴喊起了刘铁常喊的口令，把个刘铁逗乐了。看见比饺子还喷香的脸逼在眼前，再看看那一双花花眼，刘铁的脑子嗡的一下就晕乎了，一把抱住石榴！石榴轻叫一声，抱住了刘铁，轻轻唱道：

"妹妹这颗心给了你，你不把妹妹放眼里……"

"石榴！我的小石榴！"

"叫一声哥哥你莫犹豫，妹子早该是你的人儿……"

"石榴！我、我忍不住了，我要犯错误啦！……"

"不怕，咱就犯他一回！"

刘铁大喘如牛，一时却不知从哪入手，从哪下脚。不能不说石榴在这方面要比刘铁老到，几乎在瞬间她就把刘铁所有的领地侦察了一遍，包括那个神秘的军事禁地。刘铁的机关一个不剩地被打开了，石榴自个儿的堡垒却依然坚固。在这个关键的时刻，如果不是石榴过于注重一个华丽的序幕，强调细节的生动和英雄诞生的意义，那么也许就会节省很多时间，也许就会直奔主战场，迅速拿下那个阵地。但是石榴就是石榴，成心给英雄设置阻力，她要让这个在女人身上毫无作战经验的人，经过摸爬滚打，浴血奋战，占领阵地，夺取胜利。如此一来，过程就显得漫长和复杂了，以至贻误了战机。

当外面传来敲门声时，两个人惊慌又懊丧。刘铁一头大汗，如梦初醒，石榴撇撇嘴，一副不甘的架势，却也只好鸣金收兵了。

<h1 style="text-align:center">三</h1>

来人是颂莲，颂莲穿一件黑红格子的呢上衣，翻一溜子白领子，笔挺地站在门边。看见颂莲，刘铁显得慌乱又羞愧，样子相当不自在。倒是石榴应变能力比较强，甜甜地叫了一声吴政委，夸颂莲这么一穿戴，又年轻又漂亮。石榴热情地把颂莲迎进屋，指着桌上的饺子说："吴政委没吃吧，刚出锅的饺子，要不嫌弃，跟我们老刘一块儿吃吧。"

我们老刘？听这口气，像是夫妻了。颂莲瞥了一眼鼻尖上冒汗的刘铁，嘴角牵起一丝笑，说："成，今儿跟老刘喝一杯！"

颂莲是来给刘铁送雪莲酒的，说送酒，其实主要是送护膝——那双多年前为刘铁缝制的呢绒护膝，前一段时间被她翻出来，她觉得再压在箱底毫无意义，送给刘铁倒是实用，同时也了却一桩心事。没想到石榴会在这里，拿出一副女主人的架势；又一听刘铁还准备带石榴一块儿走，颂莲从挎包取出了酒，就再没有勇气取那护膝了。

这顿饺子吃得有些勉强，吞下最后一个，颂莲咕咚咕咚满了一茶缸酒，说："我敬你们俩一杯！"

一茶缸酒对颂莲来说着实不算什么，就是白开水，颂莲喝完背起军用挎包就告辞了，出门时对石榴说："好好跟老刘过日子。"

颂莲说的是真心话，她希望刘铁从此能有个女人照顾，结束孤苦的生活。这一点，男人不比女人。

告别石榴，颂莲就直奔布拉克苏草原，准备在那里做几天调研。这些年布拉克苏草原面貌大变，医疗和教育条件改善多了，还建了一个种羊场，牧民们很感谢政府，这其中有颂莲付出的大量心血。

傍晚，是草原最忙碌最欢腾的时刻。马群归圈，羊儿撒欢，农妇们烧开茶炊，呼唤放学的孩子；男人们吆喝着牲口，丁零当啷入圈。一轮血红的落日悬在半空，欲落未落。颂莲紧贴马背，风里穿行，云中起落。冷风一吹，酒劲儿上来，肚子里翻江倒海，火烧火燎。颂莲告诫自己，没事儿！你老吴什么没经见过，难道一个小石榴能把你击倒？不必在意！可是坚持到最后，还是忍不住吐了，眼泪鼻涕一把，从马背上掉下，瘫在草地上……

主人走不了了，那马儿便围着主人兜圈子。颂莲趴在草地上，隐隐听见有人唱："莱丽莱丽莱丽，我的黑眼睛；莱丽莱丽莱丽，我的害人精……"颂莲吃力地睁了一下眼，似乎看见远方有一座小小的白毡房。颂莲拉了一下缰绳，试图爬起，却怎么也起不来。牧歌还在唱着，颂莲忽然就想放声大哭一场，可是就连哭的力气也没有了，紧闭的眼角滑下两颗清泪……

唱歌的人是毛旦，毛旦这会儿正在喂羊。最近种羊场又买来一只新种羊，叫"一号"，有点像对首长的称呼。这家伙长得高高大大，果然有股子首长派头，把它跟一些母羊弄到一块儿，母羊们争着往前凑，可它眼神里透着傲慢，根本不理人家。春天是发情期，毛旦担心这么下去影响生产，便想方设法调教。这就跟给人做思想工作一样，同样不容易。这时牧羊犬叫着从外面跑进来，扯毛旦的裤腿。毛旦说："个狗东西，凑啥热闹嘛，没见领导正忙、忙着哪。"

这狗显然是个受宠的角儿，它一边叫，一边拖着毛旦的裤腿往外扯。毛旦明白了，有客人了。

毛旦没想到会是颂莲。颂莲呼呼大睡，挎包撂在一边。毛旦喊了两声吴政委，不见反应，知道她是醉了，拍拍手上的灰，把颂莲小小心心抱起，对牧羊犬说："小旦，把客、客人的马带咱家去。"

牧羊犬摇摇尾巴，叫两声，带着马儿往毡房去了。

　　草原的春天到了晚上气温就降得很低，毛旦生着炉子，烧了水，替颂莲把弄脏的手脚擦洗了一遍。做这一切时，他是那么轻巧细致，生怕惊醒她。炉火燃烧，发出好听的噼啪声，马灯晕黄的光照着颂莲疲惫痛苦的面孔。听见她在睡梦中发出的叹息和呻吟，毛旦心疼极了，想她一定又碰上什么烦心事儿了。谁都有闹心的时候啊，就说自己，一个大小伙子这些年却远离人烟，跟一群羊待在一起，有啥办法呢，这不是你吴政委安排的嘛，还说是对我毛旦的信任哩。这里的羊无疑是羊类中的优秀分子，承担的使命是那样神圣，它们因为多娶多嫁多生而受到人类的赞赏；可自己却平凡又平凡，光棍一条，除了额上多了几道皱纹，一无所获。羊因为对"组织分配"不满意，可以任意跟他发脾气，他不如意又向谁说呢？看到那些个公羊在母羊面前踌躇满志，迈着方步，像功臣一样，有时候毛旦真嫉妒它们。

　　不过毛旦很快就从最初的不满状态，进入一种安逸——他发现跟羊在一起久了，会很幸福。以前他的耳朵似乎只能听到人声，现在他听到了风声、水声，花儿的开放声，燕子的呢喃声，哪怕一只蜻蜓落到脚上，他也能感到她在歌唱和舞蹈。有时候坐在草坡上看着羊吃草，他嘴里便有了青草甜丝丝的芳香——他像是一个很老很老的羊祖父，在回忆着那久远的事情，篝火、月亮、少女和小木屋，还有烟斗、猎枪。作为羊，这辈子能在草原上看到那么多美丽的事物，并自由自在地去追逐任何一枝小花，一朵云彩，一只蝴蝶，这该是多大的幸福啊。只是这幸福不为世人所知，不为世人所知的幸福，才是世界上含金量最高的幸福。毛旦用羊的思维说服人的思维，他就变得踏实和满足了。每年夏季的时候，草原上百花齐放，毛旦会采来最漂亮的野花，插在屋子四周，她们仿佛是他的情人，把热烈和芬芳毫不保留地献给他。有一回颂莲下来检查工作，顺路过来，看见满屋子的花儿，甚是惊讶。她问他为何这么喜欢花儿，他说，好看！颂莲说，好看的花儿很快就谢啦。毛旦说，谢了明年还会开。后来颂莲让场长阿西登给他捎来一个马灯，毛旦的心被照得亮堂起来，温暖起来。晚上没事的时候，毛旦总要取下灯罩，捧在手里擦呀擦呀……

　　颂莲醒来已是下半夜。当她闻到一股淡淡的青草味儿时，这才发现自己是在一座陌生的毡房，一张陌生的床上。

　　"我怎么会在这里？！"

　　"你醉、醉啦……"

猛然间看见一双亮晶晶的眼睛从黑暗中探出来，颂莲翻身坐起，趿拉上鞋就要走。

"去、去哪儿？！"

"不要你管！"

"醉成这个样子，不、不能出去！再说，别人看到了，会笑话你没个首、首长形象……"

这话从毛旦嘴里说出，颂莲愣了一下，扶住昏沉沉的脑袋，望着毛旦。

"我，很难看，是吧？"

"不……"

"哼，你们男人都喜欢年轻漂亮的女人，我知道！……让开！"

颂莲一把推开毛旦，笑了一声，既冷又硬，令毛旦发怵。她摇摇晃晃地朝门外摸去，刚刚走到门边，脚下被一堆软软的东西绊了一下，原来是那条狗。那狗站起，抖了抖身子，冲颂莲尖牙利齿地叫起。

"小旦，不叫！她是吴、吴政委。今晚上你一定要站好岗，听、听见没？"

那狗甩甩尾巴，不叫了，好似听懂了主人的命令，听话地走出去，在门旁卧下。

颂莲头痛欲裂，浑身绵软，看来也只好客随主便了。

这一晚，颂莲在炉火的陪伴下睡了个难得的好觉。第二天清晨醒来，她胡乱擦了把脸，背起挎包，拉开门却见外面白茫茫一片，这草原的春天说下雪就下雪。听到动静，牧羊狗欢叫着跑来，颂莲看见门边立着个雪人，老天爷！是毛旦，毛旦在外面守护了她一夜。

四

乌帕尔山白雪皑皑，哈喇河蜿蜒流去。

山峦，界碑，哨兵般挺立的长长白杨林，持枪巡逻的士兵。

田野，民居，霞光炊烟里穿行的燕子、和平鸽。

这就是边境农场。桃花、梨花和苹果花开过之后，刘铁种下的"金皇后"玉米终于露出了头。一眼望过去，试验田平展展的，就像一张绿茸茸的地毯，漂亮极了。初战告捷，刘铁精神大振，对他的"金皇后"更加钟爱。偌大一片地，几乎每个土疙瘩都在手里过过一遍，被捏碎抚平。刘铁眼下的细心，真像是侍候一个小孩子。刘铁腿不好，又这么操劳，边境上气候无常，石榴有意见了，提醒他要注意休息，说别累出毛病来。刘铁说，哪敢休息，我要种砸了，老俞还不跟我拼命？

刘铁不仅在地里肯花力气，最近在书本上也开始下功夫了。他让尕娃给自己寄来不少农业书籍，每天晚上都要在灯下苦读一阵子，还学着俞天白过去的样子，认认真真做笔记。难怪人家说书本就是老师呢，人一读书，耳朵尖了，眼睛也亮了，面前是一个从未见过的丰富多彩的大世界！尕娃给刘铁寄来的书籍中夹着一个大笔记本，是俞天白的，上面记录着俞天白近年来栽培果树及种植玉米等农作物积累下来的一套经验和体会。看到满满一本子学问，刘铁感慨这俞少爷真是个聪明人，善于积累和总结，这方面自己就差了十万八千里。可石榴不这么认为，石榴说，你还是比俞天白聪明能干，你把他这么反动的人改造成了共产党的大官，你还不能？是呀，俞天白就算能到天上去，还不是你刘铁的战果？刘铁从石榴这里算是找到了一个让他扬扬得意的新理论。

"金皇后"长到一拃高时，俞天白和邢保财、颂莲一行来到边境农场。刘铁叫石榴做了些菜招待大家，席间几个人给他们祝酒，希望二人早日成亲。就连俞天白也正式敬了酒。刘铁说，等秋天"金皇后"丰收了，我们就办事儿。到时我要在这地边上搞个篝火晚会，你们全来，咱们喝个通宵，我还要好好跳他一场舞哩！

那天俞天白喝得有些多，在刘铁的小木屋住了一宿。两个人在这一晚就着清风明月谈了很多，这是近两年来他们第一次心平气和地坐下来谈话，关于莱丽和石榴的那些个摩擦不快，在一杯淡茶中化解。看见桌上的字典、笔砚，以及刘铁在书里留下的圈圈点点，笔记本上记下的蝇头小字，俞天白感慨"士别三日当刮目相看"。刘铁说："我这是被你俞少爷改造喽。"

俞天白说："我改造你？是你改造我吧。"

刘铁认真地说："从前是我改造你，现在是你改造我，或者说是自我改造。你这么爱学习，这么有学问，我还不得向你看齐？再不学习我就要被时代淘汰喽。"

相处这么多年，刘铁第一次说"你改造我"这么谦虚的话，俞天白觉得刘铁真是变了。

刘铁的小木屋建在哈喇河畔的山坡上，门前的小院里种着果树菜蔬。河对岸是另一个国家，据说那边的很多人跟这边的人是亲戚，从前你来我往，时常走动。因为离得近，那边的小孩子叼个羊吃草的空儿，就过来耍；这边有人晚上起来解手，摸着黑一不小心也会踏过去……但是现在，冰冷的铁丝网把一切都隔断了，视线所及之处，是铁灰色的岗楼和戴着头盔、全副武装的哨兵升旗或换岗。

刘铁每天早上起来第一件事就是听广播，放鸽子。刘铁的这些鸽子像哨兵一样守纪律，每每听到哨声，它们就会迅速飞回，绝不越雷池一步。俞天白好生羡慕，说："老刘你这日子过得才叫有滋味，守着一院房，一块地，一片林子，一群鸽子，一个女人。"

刘铁严肃地说："还有一个国家！不到这边境线，老俞你很难体会到军垦战士的真正含义。可站在这国境线上，你就觉得自己跟普通人不一样，想法也不一样。"

"怎么不一样？"俞天白饶有兴趣地看着刘铁。

刘铁说："比如说吧，每天看着这初升的太阳，你就会思考一个问题，啥叫家园……"

俞天白笑了，说："那你说说看，啥叫家园？"

刘铁像一名小学生那样挺挺胸，认真地回答："家园就是咱国家，咱老百姓，就是平平安安、和和乐乐的好日子，就是这红彤彤的太阳！你别笑，老俞，我就是这么想的。来的时候有人劝我说，边境上又荒凉又艰苦，你刘铁去那儿干吗？要我说待在这儿可太有意义了，它让我重新找回了做军人的感觉。咱是个老兵，保家卫国，理所应当！只要咱这个大家园安宁了，老俞你说咱还有啥不能付出和舍弃的，铁娃子就是在这里为大家伙儿站一辈子岗，也乐意呢！"

如此朴素的语言，让俞天白看到一种高远的境界，高大的人生。他被深深打动，点点头说："说得太好了，老刘，你给我上了生动的一课。"

刘铁想，你以为我政委不当了，就不研究政治了，论政治素质我照样比你老俞过硬。他笑了笑，说："等退了休，老俞，我非写它一写不可。"

俞天白说："是应该好好写一写。研究研究咱们的'军垦文化和兵团精神'。不过老刘，眼下你最要紧的是，结婚生儿子。"

刘铁说："是哩，赶紧结婚生儿子！将来我死了，也好让我儿子来这里接班。"

第三十五章

一

刘铁的腿病又犯了。说起来他这条伤腿多少年就没消停过，此前因为处在一种尚能忍受的疼痛中，涂点药膏，吞一片止痛片就对付了；忙了索性不理它，看它能把自己咋地。可这天夜里竟然引发刘铁全身大面积的痛，痛得他嚷起来。他硬撑着爬起，吃下一片止痛片，安生了一阵儿，痛得又不行了。再吃怎么都不管用。好不容易熬到天亮，石榴过来做饭，看见刘铁坐在灶前，感到不对头。撸起他的裤腿，吓了一跳，说："哎呀，这腿咋这样了，快去医院看看吧！"

刘铁的膝头此时肿得跟个烂冬瓜似的。刘铁本来想在指挥部的医疗队包扎一下，打一针就算了，可那位中年男医生说，刘团长，你一定得去巴格其，不然就耽搁了。石榴慌了，连忙给邢保财打电话报告此事。邢保财下了死命令，让自己的司机亲自送刘铁回巴格其，玉米试验田就交给花之锦。

一路上石榴拽着刘铁的袖子，抽抽搭搭。要在从前，刘铁大概不习惯石榴当着人面跟他黏糊，可这一次他没有拒绝，还拍了拍她的手，哄孩子似的说："瞧你眼泪吧嚓，这条腿是老毛病了，吃点药，打个针，就好，没事儿！"石榴的眼泪却像断了线的珠子，怎么也收不住。

自打来到这边境农场，石榴一直陪伴在刘铁身边，给他洗衣做饭，要多贤惠有多贤惠。刘铁对石榴很满意，很多事情可以说都听石榴的，但唯有一件事刘铁不依她，那就是有时候晚了，石榴想留宿他的小木屋，刘铁坚决不答应。为这石榴哭过鼻子，说，你是不是嫌我不干净？刘铁说，在我眼里你永远都是从前那个小石榴。刘铁还说，等到"金皇后"丰收的时候，我赶着马车把你拉到我的小木屋，让你做我的新娘子！

刘铁没想到这一次去医院，老天爷会给他这个命硬的人判死刑。

谁都没想到，包括紫苏。当刘医生把诊断报告送到紫苏那里时，紫苏惊呆了，刘铁竟然已发展到骨癌晚期！紫苏现在是一院之长，她深知这种病的紧迫和危险，一个师医院显然不具备治疗的条件，必须马上转到乌鲁木齐军区总医院进行手术！紫苏放下报告单，就去病房找刘铁，一个小护士说刘铁到和平广场溜达去了。紫苏大发脾气，说你们怎么能让病人自己出去！

紫苏一路小跑来到和平广场，果然看见刘铁在那里，正帮一个园林工人修剪树木。旁边站着几个小孩，因为打鸟，园林工人没收了他们的弹弓，正在大声训斥。

"花开啦，树绿了，好容易招来几只百灵，这些小孩子见了就打，不像话！"

刘铁上前拍拍一个孩子的头，说："小朋友，你们知道百灵鸟还有一名字叫啥？叫歌唱家！百灵鸟会唱歌哩，想不想听？……"

刘铁顺口就编出一支维吾尔族风味儿的小曲儿，一边唱，还一边舞。孩子们觉得这个叔叔很和气，很好玩儿，嘻嘻地笑了，有人说："我们咋没听到百灵鸟唱歌？"

刘铁说："你们光打她，她当然不唱，百灵鸟会唱好多好多好听的歌呢。春天她一唱歌，花儿就开了，蝴蝶呀蜜蜂呀就飞来啦，到了秋天苹果梨子就长出来啦。你们想不想吃苹果？嗯，想，对吧？所以，就不能打百灵鸟，她可是咱们人类的好朋友，懂不懂？"

孩子们齐声说："懂！"

刘铁朝园林工人挤挤眼，示意他把弹弓还给他们。孩子们拿了弹弓，学着刘铁唱的小曲儿，欢快地离去。刘铁笑了，在阳光下露出洁白的牙齿，这使他整个面孔显得有些天真和调皮，还有一丝小狡猾。望着这张熟悉的脸，此时紫苏就更加难过，这是一个多么热爱生活的人啊，老天爷为什么要叫他死？他还没成个家呢。不，我要救他！

"请你跟我回去吧，刘政委！"

刘铁这才发现紫苏站在面前，惊诧地说："呀，薛院长，你咋到这里来了？"

"你得马上转院做手术！"

"转院？！"

看到紫苏神情异常严肃，刘铁意识到有啥事了。

说实在的，刘铁从未畏惧过死，战争年代他是时刻做好了献出生命的准备。只是进入和平年代，他觉得死亡变得遥远起来。现在有人突然告之，他得了不治之症，兴许只能活半年，他一下慌了手脚！自己还有好多事情没做完呢，"金皇后"玉米长了不到一米高，边境农场带还没建好；另外，媳妇没娶，儿子还没生……难道说都来不及了？想到这些，犹如万箭穿心，刘铁恨时光之苦短！不过想想那些牺牲在清风岭的战友，想想王春来、宋刚，以及肖伯年，刘铁又觉得自己比他们幸运。他们很多人还没来得及享受一天新生活就死了，而你到底活过四十岁了，你就知足吧。唯一对不住的是石榴，这个苦命女子！刘铁现在最难的是，不知如何面对石榴。对于自己这条不争气的腿，他倒是想开了，这么多年该尽的力都尽了，愣是治不好有啥办法，如今即使再做一百分的努力也是无用功，大可不必。

经过一个晚上的思考，第二天早晨上班的时候，刘铁避开石榴来到院长办公室，向紫苏明确表态放弃。他很平静地说："薛院长，我这病我心里有数，是治不好了。这些年让你费心不少，谢谢你了。眼下国家遭灾，团场也不富裕，你说我何必再为这条烂腿继续作践国家的钱呢，省下来起码还能添几头毛驴一群羊，是不是？我是个共产党员，是个唯物主义者，不怕死，人终有一死嘛。我还信奉一条，万事不可太过强求，顺其自然就好……"

刘铁不仅不打算转院，还要求出院。这不是拒绝治疗吗？紫苏瞪着他说："刘铁，你不能这样！就算为了石榴，你也得转院，马上做截肢手术！"

刘铁笑着说："那我就更不能转院了。咱是个老兵，死也得站着死，对不对？缺一条腿像啥话。都说铁娃子命硬，铁娃子这半辈子死里逃生好几回，也该死啦。死不怕，就是不能让咱缺一条腿，过些天我的'金皇后'丰收了，我还想好好跳他一场舞哩。薛院长，这事儿就这么定了，你和刘医生谁也不许给我张扬出去。"

紫苏说："老刘，你不能啊。"

刘铁看了紫苏片刻，突然有些可怜巴巴，声音很低地说："帮帮我吧，紫苏，求你了。这半年很关键，我要种不出'金皇后'，是死不瞑目啊！"

看到刘铁哀求自己，紫苏的心流血了，刘铁啊，刘铁！

二

刘铁在这短短的半天里，一口气办了两件事。第一件是，他打电话让常福帮他订一张从乌鲁木齐到西安的火车票。第二件是，陪石榴到商店买了一身新衣服。

刘铁这么做看起来有些突兀，但也算合理。几天前石榴收到婶婶的来信，说她叔叔病重，在石榴看来这八成是一种要钱的方式，石榴因为跟贪财的婶子前些年处得并不好，所以没理视。刘铁是在来巴格其的路上听说的，他劝石榴还是给老人寄点钱过去，说就这么一个亲人，肯定是眼下生活有困难，才开这个口。现在刘铁把自己的存折交给了石榴，让她取出钱回老家看叔叔，似乎没什么不对头。倒是石榴过意不去，想刘铁还是个病人，需要照顾，她咋能离开呢。可是刘铁态度很坚决，也很诚恳，说，这种时候我总得表表我这侄女婿的孝心吧，我眼下不能回去，你替我尽孝是应该的。刘铁这么说，确有孝敬之意，自己今生不可能再娶石榴了，这也算是对她的一种补偿，感谢她对自己的一片苦心。同时让石榴离开这里，自己也好解脱出来，回边境农场放开手脚干一场！时间真的是不多了。

刘铁这番心意让石榴十二万分感动，对刘铁更是放心不下，在离开巴格其前她找紫苏询问病情。紫苏很矛盾，按说她应该跟她说实话，可刘铁那样求她，所以她没有把真实情况告诉石榴，只说刘团长住几天就能出院，还说有我照顾，你放心。

火车票订在第二天下午，晌午的时候，刘铁笑吟吟地送石榴上路，还提了一大包土特产，让石榴代他向她叔婶好。常福亲自开车送石榴去乌鲁木齐。汽车驶出大院时，一件突如其来的事情发生了。紫苏不知从哪儿钻出来，拦住了汽车。

石榴探出脑袋，问："薛院长，你有事儿吗？"

紫苏说："石榴，你不能走，你得待在刘团长身边！"

紫苏脸上的悲切一览无余，让石榴一下就明白了。她下了汽车，掉头向病房奔去。石榴是个烈女子，她嚓嚓两把就将车票撕了个粉碎，扑向刘铁，两只拳头雨点般朝刘铁肩上砸去，咬牙切齿地说："刘铁，你为啥要对我瞒着你的病，你是信不过我石榴对吧？告诉你，石榴这辈子生是你的人，死是你的鬼，你休想赶我走，我哪儿也不去了！"

刘铁说："我不是有意要瞒你，我何尝不想娶你这样的好女子？可我现在这个样子，我不能害你。"

听刘铁这么说，石榴撕心扯肺地号："刘铁，求你别让我走！你是我在这个世界上最亲最亲的人，我不想离开你！我知道你不会死，你是铁娃子，有七条猫命哩！……"说着，跪到地上，紧紧抱住了刘铁那条残腿。

看见两个相爱的人又到了一起，周围的人都觉得是好事。紫苏也很感动，从前她一点不喜欢石榴，可一接触发现石榴就像草原的太阳一样亮，一样热，对刘铁是掏心扒肺的好。这是她突然改变主意的原因，她不能让刘铁在最后的时光里孤孤单单，让这对有情人留有遗憾。

刘铁是在这天傍晚偷偷离开的医院。石榴一开始反对他这么做，并要报告给紫苏和邢保财，但是刘铁说："你要这么干，你就不是我的石榴；你要是我的石榴，就陪我回去一道种'金皇后'，实现我的愿望。"刘铁走得这么匆忙，有一个直接原因，就是他从广播里听到今明两天将有一股强冷空气从乌拉尔山进入，受西伯利亚寒流的影响，预计未来一周内，新疆北部有雨加雪和霜冻发生。老天爷，他的"金皇后"能受得了吗？石榴深知刘铁对"金皇后"的爱，她同样是个特殊女人，为了刘铁的梦想，也为了她的爱情，最后依了他；并且绞尽脑汁引开护士，掩护刘铁逃出医院。为了防止刘铁跑，紫苏特意安排两名护士轮流看护刘铁。

紫苏知道这件事的时候，一家人在吃晚饭，医院打来了电话，俞天白当时就在桌前，电话里的声音听得一清二楚，他问夫人到底怎么了，紫苏不得不说实话。刘铁入院那天，俞天白去看过一回，刘铁精神很好，说起"金皇后"还眉飞色舞的，没想到他那条腿最终竟会引发骨癌！俞天白不是一般的震惊，手里的筷子啪地落到地上，他即刻给司机打电话，说去边境农场！此时天色已晚，并且在下雨，紫苏没有阻拦，她甚至催促丈夫说要走就快走，或许还能追上刘铁。

　　去边境农场路途遥远，且多是山路，加上雨夜，速度很慢。凌晨五点还没走出山，俞天白一直不见刘铁的影子，就不免有些性急，索性让司机走便道。俞天白和邢保财上次来边境勘察时走过一条便道。司机叫王小顺，是俞天白带过的兵。王小顺平日里很稳重，车也开得利索，可是这一次不知怎的，在一个急拐弯的地方，没刹住车，车子朝着对面的山包冲去！王小顺下意识地去保护首长，结果还是没保护得住，俞天白从车窗甩了出去，磕在一块大石头上。若不是这块大石头，俞天白兴许连命都送了，因为再往下就是悬崖。但是这块石头把俞天白撞成了严重的脑震荡，不仅如此，还伤及了那只左眼，医生说，这只眼恐怕也保不住了！

　　第二天颂莲和邢保财到医院看望俞天白的时候，俞天白整个脑袋缠着纱布，处于昏迷状态。邢保财叫了几声老俞，俞天白一动不动。只是当他们要走的时候，俞天白突然吐出一口气，嘴角嚅动了一下，紫苏凑过耳朵，听见三个字：

　　"铁娃子！"

　　紫苏当即流泪了。她知道他是放心不下刘铁，他是在为自己多年前在清风岭犯下的软弱错误而痛悔！邢保财紧握俞天白的手，说："老俞，你放心吧，我一定把铁娃子弄回来。"

　　俞天白的手抖个不停，从他那只空洞的眼里淌下一颗硕大的泪滴。

　　邢保财出得门来，眼窝子潮乎乎的。老俞呀，老俞，为了种棉花，你年轻轻就失去了一只眼睛，现在刚刚被提拔，日子好过了，老天爷又要夺走你另一只眼，你真是命苦哇！想起自己以前整过这个人，害得人家蹲了几年大狱，邢保财恨不能一头撞死，我老邢此生犯了一个不可饶恕的罪哪……

　　直到去边境农场的路上，邢保财仍然不能从一种巨大的悲恸中解脱出来。短短几天，刘铁被查出得了绝症，俞天白将面临另一只眼睛失明，人生真是无常啊。邢保财想不通像刘铁这样一条硬汉，敌人的刀枪都奈何不了，狗日的几粒小小的弹片竟害得他多少年不得安宁，最后还要夺去他的命，着实不公平！自己跟刘铁算是最铁的战友，可近年来两个人却走得越来越远，这不能不让人伤心。为什么到了这种时候，才发现自己失去的是最珍贵的东西？那是无法弥补的良知和真情哪。颂莲曾总结说："老邢，咱们俩职务比刘铁高，却并不比刘铁高尚。老刘是一个心地纯净的人，他能把自己毫无保留地献给国家和人民，你我都做不到。"颂莲这话说到了根本，也许这就是自己与刘铁最大的不同。

从某种意义上说，自己就连俞天白也比不上。俞天白能拿出家里所有的积蓄，从国外买回"金皇后"玉米种子，他是身怀忧患，想国家所想，急人民所急。俞天白这样的人今天能成为一名共产党的高级干部，在邢保财这个搞政工的看来，完全是以刘铁的牺牲，换来他俞天白的重生。这究竟是一场喜剧，还是一场悲剧？值，还是不值呢？这个问题近来时常萦绕在邢保财心头，叫他不能释怀。有时候他觉得刘铁傻，有时候又觉得刘铁再聪明不过——纵观古今，历史最辉煌的一页常常是写在那些牺牲者的无畏的胸膛上。牺牲，是一个多么美好神圣的词！就仿佛你现在伫立于王春来、肖伯年的墓前，难道你不会汗颜，不会缅怀，不会沉思，不会崇敬吗？是的，你邢保财只要活一天，就会为自己的渺小和轻薄而羞愧。这，就是刘铁们为活着的人留下的神奇力量。因而，他们的牺牲不仅仅具有广泛的社会意义，更有着不可估量的美学价值。

邢保财和颂莲这一次在边境农场待了三天三夜。寒流肆虐，风雪无情，为了保住他们珍贵的"金皇后"，三个人顶着大风冰雹，日夜奋战在地里。三天后阴霾散去，大地阳光普照，看到雪后的玉米焕发勃勃生机，三个人紧紧拥抱，仿佛又回到了从前钻一条地道、爬一道战壕、滚一张大炕的日子。三个人喝了一次酒，喝完，抱在一块儿都哭了。

按照事先约定，打完这一仗，刘铁应该跟邢保财和颂莲回巴格其住院治疗，但是末了刘铁竟要起赖，反悔了。任二人说破嘴皮，刘铁就是不肯进医院，还说："老吴，老邢，你们要真为我好，就别逼我。我一进医院，准会拿自己当个要死的人。不如让我待在这边境线上，呼吸呼吸新鲜空气，晒晒太阳，看看鸽子，守着我的'金皇后'舒心。待在这里，我会时刻觉得我是个军人，担负一种责任，不能倒下！即使有一天真倒下了，也会很幸福，很满足。"

刘铁这番话说得挺认真，作为老战友，颂莲和邢保财是能够理解他这种感情的，尊重为好。但是病不能不治。邢保财于是亲自下了一道命令，从师医院派了一名骨干到边境农场，做刘铁的专职医生。这大概是邢保财多年来第一次动用职权谋"私利"。

三

也许是因为那位医生治疗有方，石榴又照顾得周到，刘铁竟然平稳地度过了他的第一个病痛期。随着天气逐渐转暖，他看起来似乎比前些日子气色好多了。浇过初夏的二遍水后，"金皇后"玉米像小孩子一样蹿起来，夜里去放水，满耳朵都是清脆的咔嚓声，刘铁知道，这是玉米在长个子，用专业术语说，叫玉米拔节。刘铁喜欢躺在地埂上，头枕铁锨，望着月亮，听风声水声和玉米的窸窸窣窣声，这是庄稼在谈论他们的家事哩，庄稼也有欢乐和不为人知的忧心事儿。

现在表面上看刘铁很平静，其实他内心时时在忍受一种折磨，首先他越来越不能面对石榴。他总是找些借口，企图让石榴离开自己，可是石榴是打定了主意，跟定他，这真叫他又感动，又难过。

刘铁更重的一块心病是俞天白。在俞天白左眼失明一个月后，刘铁终于从莱丽那儿知道了这件事。此前所有人都瞒着他，怕给他带来心理负担。刘铁得知这消息后，几乎是连夜赶到巴格其的，不过极不凑巧，俞天白那天正好被转往北京的医院，希望通过角膜移植手术，恢复视力。但是这一次未能成功，一方面是国家刚刚开展这种有难度的眼科手术，还有一个重要原因，缺乏角膜源。要换眼角膜，必须从活体或者是死亡不久的人体上移植。中国虽说是大，可有谁愿意把自己的眼角膜拿出来？人死了，就更不能取人家身上的东西了，这是大不敬呢。

俞天白这次回来，情绪异常低落。正值壮年，他还有好多事情要做，比如他准备建一个万亩葡萄园和蟠桃园，另外还打算承担一项关于棉花高产的国家级研究课题。对于他而言，时光比金子还珍贵，前些年因为浪费得太多，现在他要补回来。不承想自己这一只好眼也失明了，从此只能与黑暗同行。俞天白焦急、痛苦、愤怒，从北京回来后他一连多日把自己关在书房里。刘铁这第二次去巴格其，也没能见到俞天白。俞天白谁也不肯见，连刘铁也拒之门外。

边境上的夏季短些，一场大雨之后，风开始变凉，要入秋了。"金皇后"玉米高大丰硕，很像一个洋女人，那粗壮的棒子就是她的孩子，抱在怀里，一头深褐色头发，煞是可爱。不愧是玉米的皇后，美啊！到了这个时候，刘铁便松了一口气。这几个月，靠着医生的努力和他的顽强，咬着牙总算走过来了——现在，他除了看起来有些瘦削，行走要借助一根拐杖，脸上却是黑中透红，目光炯炯的，谁也不会觉得这是个接近死亡的人。石榴和刘铁在一起的时候，看到的也总是一张淌着汗水的笑脸，甚至连他的呻吟也很少听到了。刘铁生病后，莱丽时常到边境农场看望铁爸爸。尕娃已经是八一农学院的大学生，有一回提出要休学照顾养父，被刘铁训了一通。刘铁说："你目前的任务是给我好好念书，将来当个农业专家，让咱们的粮食产量翻他几番，解决大家的肚子问题。"

瓜果飘香，丰收在望，一年中最美的季节就要到来了。

刘铁这时候向组织上提出，想去一趟北京，看看天安门。刘铁是老红军，对革命有特殊贡献，现在身患绝症，提出想去看看首都北京，这难道不是一件有意义的事情吗？无论是颂莲还是邢保财，都觉得太应该了。师党委经研究决定，再困难也要让刘铁乘飞机去；出于对他身体的考虑，还让石榴陪同。同时，颂莲又跟北京一家部队医院做了联系，让刘铁上那儿治病。

对于这次出行，石榴是又激动又兴奋，她琢磨着不如趁旅行把婚结了，可是又想这么一来就是假公济私了，不好，还是回来再说。在石榴看来，刘铁的病不像医生说得那么邪乎，从他目前的状态看，甚至要比前些日子好，能吃能睡，还能干活儿，就是腿脚不大灵便而已。不仅是她，许多人都觉得刘铁是个奇人，身边有好几个得癌症的都先后去了，可他似乎越活越精神。大家伙儿开玩笑说，大概是女人给养的。老刘不结婚，却有个女人陪，这家伙会享福哩。

临行，刘铁在巴格其停留了一晚。这个宝贵的晚上，刘铁甚至没有去看俞天白，也没有找邢保财，而是买了一份很厚的礼——一套景德镇出的细瓷茶具、一对苏州产的缎面枕套，登门拜访颂莲。这天晚上他很晚才回到招待所，眼睛红红的。谁也不知道他们聊了些什么，包括石榴在内。

刘铁这次去见颂莲，是有缘由的。几个月前毛旦曾来边境农场看过刘铁一回，捎来一张上好的羊羔皮，说是给刘铁当褥子。此外，他还带来一双呢绒护膝——正是许多年前颂莲熬了一个通宵给刘铁缝的。那次颂莲醉酒后夜宿毛旦小屋，第二天仓促之下错把毛旦的挎包背走了，自己的挎包留下了。本来毛旦以为颂莲很快会来这里换回自己的挎包，但是不知为什么颂莲却没来。毛旦看见这对护膝，回忆起多年前颂莲给自己的那一耳光，恍然大悟。毛旦不是木头，他早看出颂莲对刘铁一往情深，不仅是他，好多人都知道呢。这么多年她是为刘铁守身如玉，刘铁却稀里糊涂不当回事，毛旦看着都着急。尤其是那个晚上颂莲酒后孤苦的模样，叫毛旦很是心疼。这时候毛旦就生出一个大胆的念头，想为心爱的人做点什么——决定把一切的一切告诉刘铁！毛旦这时候完全把自己的感情撇到一边了。

不能不说这双一针一线缝制的护膝，给刘铁带来了巨大的震惊和感动！起先他不相信老吴那舞枪弄棒的手能干这个，毛旦不是在开玩笑吧？但毛旦说："这真的是吴政委给你缝的，有好多年了。"刘铁问："你咋知道？"毛旦红着脸说："有一回我替她洗挎包，把这东西洗了，她很生气，骂了我，说刘政委的护膝你怎么能乱洗！"毛旦省略了颂莲给他的那一耳光。

毛旦最后说："刘团长，吴政委是个好女人，你娶了她吧，你跟她才真正般配。"刘铁看着毛旦一脸恳切，沉默。良久，他告诉他自己已经没资格了。毛旦这才知道刘铁得了绝症。刘铁握住毛旦的手，用一种兄弟般的诚挚口气说："毛旦，今儿这里就咱们俩，你跟我说句实话，你是不是早就喜欢吴政委？"毛旦一下慌了手脚，说："我一个起义兵，咋能配得上。"刘铁说："你配得上！你浓眉大眼，相貌堂堂，心地善良，聪明能干；而且你还是咱们兵团的大劳模，你说你配不上她，谁配得上？"毛旦说："她骂我是傻蛋。"刘铁笑着说："傻蛋好，男人傻一点可爱。再说你其实并不傻，你不想凭借劳模的光环，让组织帮你介绍对象，这说明你有梦想。你还跟我说过，你想找一个你喜欢的女人，这个女人是咱们师最优秀的女人。你说你傻吗？你要傻，咱们吴政委能叫你给她理发？……"毛旦终于笑了，满脸放光。刘铁拍着他的肩膀，说："小伙子，拿出你的勇气吧。谁说国民党起义兵就不能娶解放军的师政委？要相信她老吴也是个女人，也是讲感情的。你是共产党员吧？告诉你，共产党就是凭着宽容善良和一腔真情，同国民党握手言和，融化了横在我们之间的仇恨之剑。那么，男人和女人之间的这把情感之剑，是不是也可以用爱心去融化呢？"毛旦被这么一点拨，豁然开朗，敬了一个礼，说："是，团长！"

毛旦那天走后，刘铁就瘫在床上起不来了。心说，毛旦呀，你可看见了，铁娃子自以为聪明，可他这辈子在女人上却犯了一个大错误，现在后悔莫及！毛旦呀，你要吸取教训，做一个有情有义的男人，大胆地把你的爱情献给所爱的人，这样才对得起自己的一生。毛旦呀，我真羡慕你，年年轻轻，健健康康，趁着这大好的时光，爱它一场吧！刘铁在心里这么悲哀地喊着，因为只有毛旦能够替他偿还这笔感情的债了……

应该说，毛旦的这次造访，彻底改变了颂莲在刘铁心目中的固有形象，同时也改变了刘铁。刘铁找颂莲辞行，其实是一次忏悔。这一次心与心的交融叫刘铁至死不忘，更叫颂莲悲痛欲绝，柔肠寸断！这天晚上不知为什么竟然断电，刘铁和颂莲对着一支蜡烛喝闷酒，很长时间都不说话。最后还是刘铁叫了一声

"颂莲"，把颂莲惊醒！

刘铁从来不这么称呼她的。

刘铁说："颂莲啊，咱们俩是多年的老战友了，枪林弹雨里钻出来，一张炕上滚过来，我一直拿你当兄弟，当上级，可到今天我才发现自己犯了个天大的错误！我铁娃子有眼无珠，咋就忘了你是个女人，一个多好的女人！颂莲啊，你恨我吗？你应当恨我才对！铁娃子从前每回犯错误，都是你批评我、教育我，想方设法把我从泥坑里拽出来。你今儿要有气，就朝我撒吧，骂我一顿，打我一顿都成，我这心里会舒坦些……"

颂莲默默地看着刘铁。有谁说过，沉默是最大的悲哀？刘铁这时候来跟自己说这些，颂莲意识到这也许是他们最后的告别，是一种了断。刘铁，我不怨你，吴颂莲这辈子不后悔，直到现在她还爱着你——就像鸟儿留恋一棵永远不长果子的树，就像风儿追随一粒不回家的胡杨种子，因为她眷恋春天的花朵，眷恋那云间的自由——这就够了！

颂莲侧过脸，两行清泪缓缓淌下。这个女人好像从未真正哭过，现在她哭了！她的哭竟是那么静，无声无息，让刘铁忽地就联想到一种东西——雪莲。这种带着苦香的花儿，总是孤独地绽放在山巅悬崖，挺立于冰雪。时光流转，海枯石烂，唯有芳心不变。

"颂莲啊，颂莲，我刘铁这辈子没法还你这份情了。好妹妹，听我一句话吧，成个家，好好过日子，我不想再看着你一个人苦苦熬下去了！要是这样，我刘铁就是死也不能瞑目！颂莲，我的好颂莲，好妹妹，铁娃子求你啦！……"刘铁俯下身子，紧紧地握住了颂莲的手。

那支小小的蜡烛，终于不堪承受这么漫长的夜，如此庞大的黑暗和悲哀，欢乐和欣慰，它用力闪耀了一下，将最后的光和热投进他们心底，被他和她永世珍藏。在那个短暂的瞬间，他们像两股激流冲撞到一起，汇合到一起，变成滔天巨浪。

黑夜唱起一支生命的挽歌。

四

第二年的春天来得格外早，三月天和平广场已是桃红柳绿，莺歌燕舞。晨练的老头老太太们在这里打拳舞剑，扭大秧歌，煞是热闹。孩子们喜欢放鸽子，巴格其湛蓝的天空，到处飞翔着鸽子。鸽子落到地上，一眼望去，似一大片白茸茸的绽放的花儿，飞起来的时候就变成了白色旋风。有记者曾写过批评报道，说这么多鸽子一年要吃多少粮食，太浪费。但是巴格其的人说，鸽子是和平的象征，和平广场没有和平鸽是不对的。

不仅偏爱鸽子，巴格其的人还喜欢树，喜欢花，喜欢军号声，喜欢旧军装旧军帽，这是一种情结，一种性格。有一个细节很能说明巴格其人对家园的热爱，说某年秋的一天，一个老头儿上露天厕所解手，屁股上落了两片黄叶。老头儿拿着黄叶便告到刘铁那儿。刘铁立马跟着老头儿来到厕所旁边的杨树林里，发现地上果然有许多落叶。刘铁气坏了，跑到那个单位领导的办公室里，质问他们为什么不好好管理树木，说，狗日的再落一片叶子，老子罚你的款，赶紧浇水！这个故事未免夸张了，但刘铁确有这样一个规矩，不许街上任何一棵树在国庆节之前发黄落叶，必须一直绿到十月底，甚至初冬，为的是让大家伙儿多看绿。刘铁的这个规矩后来被邢保财采纳了，定为这座小城的一条制度，沿袭至今。

现在，当又一个春天来到巴格其时，人们讲起这个故事，不免有些伤感，因为他们再也见不到那个为了两片落叶跑几里路上门兴师问罪的刘铁了。刘铁离开了他挚爱的土地，和这块土地上的人民。

俞天白是两个月后才知道这件事的，他带着一双明亮的眼睛刚刚从北京飞回。坐在驶往巴格其的吉普车里，繁荣的街景和郁郁葱葱的草木格外清晰明艳，叫他有一种儿时的梦幻感。他有些恍惚，问女儿这是哪儿？莱丽说，巴格其呀。俞天白揉揉眼睛，可不是，他看见和平广场了！

在夫人和女儿的陪伴下，俞天白围着广场绕了一圈，又绕了一圈，最后在那座群雕下站定。他目光如电，一下就在上面找到了一双熟悉的眼睛，右边第二个。铁娃子，你笑得好得意哩！俞天白看着那双俏皮的眼睛，笑了，眼里迸出一些火花，一闪一闪。紫苏望着丈夫的眼睛，有一刹那，觉得他是刘铁，刘铁在朝她笑。紫苏的眼圈一下红了。

浏览完广场，俞天白给女儿下了指示，说："快给铁爸爸打电话，说我回来了，要见他。"

莱丽看了一眼紫苏，没说话，她知道父亲给刘铁带了北京二锅头，是用军用水壶偷着带上飞机的。隐瞒到这会儿，两个女人都觉得应该告诉俞天白一些事情了。紫苏朝莱丽点点头，莱丽便从车上抱下一个包袱，打开，取出那只檀香木的盒子。

看到这种古色古香的小盒子，俞天白一震！在北京住院的日子，他几次问起刘铁的病，莱丽一直说铁爸爸还好，铁爸爸让你安心手术。现在一切都不用说了，显然是家人和医生怕他不能接受，有意瞒他——自己如今的眼睛就是刘铁的眼睛，刘铁的骨灰是同他乘一架飞机回来的！老天爷，怎么会是这样呢？铁娃子啊铁娃子，你说过，要把你的眼睛抠出来给我安上，谁知道这句玩笑竟成了真的！俞天白抱着那个檀香木的盒子，像是抱着刘铁温暖的肩，禁不住潸然泪下。

实质上，从刘铁向组织上提出去北京看天安门的那一刻起，他就为自己，也为俞天白布下了一个棋局。他没有告诉任何人。不久，俞天白接到北京某医院的通知，说有人要为他无偿捐献眼角膜，俞天白包括紫苏在内，谁都不知道那位不肯透露姓名的好心人是谁。这件事最终是石榴告诉了莱丽。在刘铁病逝的当天，石榴把一封信交到了莱丽手中，说如果有一天你父亲能够重见光明，就请他看看这信。

这封信只有一段，一笔一画写得挺工整，猛一瞧有点像中学生的字。

老俞：

　　我先走一步啦。这辈子铁娃子最遗憾的是，墨水喝少了，没个长进。但最让我自豪的是，我这个大老粗跟着共产党，愣是打败了国民党，还改造了一支国民党军队！像你这么顽固的老家伙，能给咱共产党当师政委，说明啥？说明共产党的厉害，说明我铁娃子有能耐（哈哈）！你别不承认，你可是我刘铁最大的改造成果！所以，俞少爷，我得让你狗日的（对不起，又骂人了）重见光明。我把我的眼角膜给你，我就是你俞天白的眼睛，你就是我铁娃子的重生。你要替我好好看着巴格其，看着咱的家，拜托啦，兄弟！还有一句话，最最重要的一句话！藏在心里好多年啦。其实吧，我挺佩服你老俞的，铁娃子这半生也被你改造了不少。兄弟，咱们是互相改造哟！

　　　　　　　　　　　　　　　　　　　　　　　刘铁　于2月2日

这封信俞天白后来读了多遍，每读一遍，都要睡不着觉。夫人实在是担心，就替他收藏起来。俞天白还是念叨刘铁，只好一个人跑到和平广场看那座群雕。许多年里都是如此。直到年过九旬坐上了轮椅，还是每天去一趟和平广场。

这一天，俞天白在雕塑前愣神，听见旁边有个放鸽子的孩子说：

"爷爷，你长得特像这上面的一个人。"

俞天白转过脸，那孩子用黑白分明的眼睛看着他。

"右边的第二个，你的眼睛跟他一模一样！"

这话从一个七八岁的孩童嘴里冒出，俞天白吃了一惊。狗日的铁娃子，真被你言中了，"我就是你俞天白的眼睛，你就是我铁娃子的重生"！老天爷，如此说来，今天活着的就不是俞天白，而是刘铁——那个有着七条猫命的刘铁？！

好啊，铁娃子活着哩！他正站在这二〇一〇年的阳光下，微笑。

2022 年 3 月 10 日五稿于乌鲁木齐翡翠城